KB050802

이의산시집 ㊥

李義山詩集

이 책은 (재)한국연구재단의 지원으로 학고방출판사에서 출간, 유통합니다.

한국연구재단 학술명저번역총서 동양편 618

이의산시집

李義山詩集

中

이상은 李商隱 저 / 이지운 李智芸 · 김준연 金俊淵 역

學古房

|목 차|

권중卷中

찾아보기

권중
卷中

214

南朝

남조

地險悠悠天險長,[1]	땅의 험함이 아득하고 하늘의 험함이 긴데
金陵王氣應瑤光.[2]	금릉 땅 제왕의 기운은 북두성에 상응한다.
休誇此地分天下,	이곳이 천하를 나누었다고 큰 소리 치지 마라
只得徐妃半面粧.[3]	그저 서비의 반만 화장한 얼굴 얻었으니.

주석

1) 地險(지험) : 땅의 험함. 지리상의 형세가 험함을 이른다.
天險(천험) : 하늘의 험함. 여기서는 장강을 이른다.

2) 金陵(금릉) : 지금의 남경(南京). '금릉'이라는 지명은 전국시대부터 있었으나 가리키는 지역은 시대에 따라 조금씩 달랐다. 민간 전설에서는 옛날 진시황이 이곳에 왕자(王者)가 나올 기운이 있어 이를 억누르기 위해 황금인형을 만들어 이곳 어딘가에 묻었기 때문에 이런 지명이 생겼다고 하기도 한다. 다음 연에서 언급한 양원제는 건강(建康, 즉 금릉)이 아닌 강릉(江陵)에 수도를 두어 이 구절과 완전히 부합되지는 않는다.
瑤光(요광) : 북두칠성 중 일곱 번째 별.

3) 徐妃半面粧(서비반면장) : 서비의 화장한 반쪽 얼굴. 《남사(南史)》에 따르면, 서비의 이름은 소패(昭佩)였고, 남조 양원제(梁元帝) 소역(蕭繹)의 비였다. 양원제는 어려서 눈병을 앓아 한쪽 눈을 실명해 애꾸눈이 되었

는데, 서비는 외모도 못나고 능력도 없는 이 애꾸 황제에게 불만이 많았다. 그래서 그녀는 황제가 자신의 처소로 온다는 소식이 들리면 곧 얼굴의 반쪽에만 화장을 했다. 황제가 애꾸이니 자신도 반쪽만 화장을 할 수밖에 없다는 의미였다. 원제는 반쪽만 화장한 그녀의 얼굴을 볼 때마다 화를 내며 그녀의 처소를 나가 버리곤 했다.

해설

이 시는 대중 11년 시인이 강동(江東)을 유람할 때 쓴 것으로, 진취적이지 못한 군왕을 풍자한 영사시다. 제1-2구는 금릉을 묘사한 것이다. 땅도 하늘도 험한 곳이어서 북두성에 상응하는 제왕의 기운을 띠고 있다고 했다. 제3-4구는 서비의 반쪽 얼굴만 화장한 고사를 활용한 것이다. 천하의 반을 가지고 있다고 큰소리치는 사람이 부부간의 정도 얻지 못했다고 쏘아붙였다. 이 시를 창작할 당시 당나라의 임금은 번진이 할거하는 등 혼란해지는 정세 속에 구차한 안일만을 구했지 진취적이지 못했다. 아마도 시인은 이에 대한 풍자의 뜻을 기탁한 것으로 보인다.

215

題漢祖廟

한고조의 묘당에 제하다

乘運應須宅八荒,[1]	시운을 타면 응당 천하를 통일해야 할 것이니
男兒安在戀池隍.[2]	사내대장부가 어찌 고향 마을에 미련을 두랴.
君王自起新豊後,[3]	유방이 스스로 신풍현을 만든 뒤에는
項羽何曾在故鄉.[4]	항우가 언제 고향에 머물렀던가.

주석

1) 乘運(승운) : 시운을 타다.
宅(택) : 집으로 삼다. 여기서는 통일한다는 뜻이다.
八荒(팔황) : 팔방의 먼 곳. 여기서는 천하를 가리킨다.

2) 戀(연) : 연연하다. 미련을 두다.
池隍(지황) : 성(城)의 연못.
《설문해자(說文解字)》 물이 있으면 '지'라 하고 물이 없으면 '황'이라 한다.(有水曰池, 無水曰隍.)

3) 君王(군왕) : 여기서는 한고조 유방을 가리킨다.
新豊(신풍) : 지금의 섬서성 서안시 임동구(臨潼區) 동북쪽. 유방이 장안에 도읍을 정한 후, 그의 아버지가 패현(沛縣)의 풍읍(豊邑)을 그리워하자 장안 부근의 역읍(酈邑)을 풍읍처럼 꾸미고 풍읍의 사람들을 그곳으로 이주시켰다. 후에 신풍현으로 이름을 바꾸었다.

4) 故鄕(고향) : 항우의 고향은 진(秦) 하상현(下相縣)으로, 지금의 강소성 숙천시(宿遷市) 서남쪽이다. 항우가 병사를 이끌고 관중으로 들어가자 그에게 함양(咸陽)에 도읍을 정하고 천하를 통일하라 권하는 사람이 있었으나, 항우는 서초패왕(西楚霸王)이라 자칭하며 그의 고향과 가까운 팽성(彭城), 즉 지금의 서주시(徐州市)에 도읍했다.

해설

이 시는 대중 3년(849) 무녕군절도사(武寧軍節度使) 노홍정(盧弘正)의 초빙을 받고 막부가 있는 서주(徐州)로 가는 길에 지은 것이다. 한고조 유방(劉邦)의 묘당인 한조묘(漢祖廟)는 서주 패현(沛縣)의 동쪽, 유방이 정장(亭長)을 지냈던 사수정(泗水亭) 내에 있다. 제1-2구는 대장부가 가져야 할 마음가짐을 이야기한 것이다. 천하를 통일할 시운을 얻었다면 고향에 미련을 두지 말고 과감하게 큰일을 도모해야 한다고 했다. 제3-4구는 유방과 항우를 예로 들어 승자와 패자의 차이점을 예시한 것이다. 유방이 고향을 떠나기 싫어하는 아버지를 설득하려고 신풍현을 만든 반면, 항우는 성공해서 고향으로 돌아가지 않으면 비단옷을 입고 밤에 돌아다니는 것과 같다며 금의야행(錦衣夜行)을 이야기했다. 결국 초한(楚漢)의 쟁패가 유방의 승리로 마무리된 후에는 항우가 고향으로 돌아가고 싶어도 그럴 수 없었다고 했다. 다만 사실(史實)을 따져보면 유방이 신풍현을 만든 것은 항우가 이미 죽은 뒤이므로, 이 연에서 시인이 펼친 논단(論斷)은 시적인 가공으로 보아야 하겠다. 장안에 가족을 남겨두고 서주의 막부로 가는 길이었으므로, 이 시를 통해 대장부가 웅지를 펼치려면 소소한 일에 연연하지 말아야 한다고 재삼 다짐한 것이라 여겨진다.

216-1

韓冬郎卽席爲詩, 相送一座盡驚. 他日余方追吟'連宵侍坐徘徊久'之句, 有老成之風. 因成二絶寄酬兼呈畏之員外[1](其一)

한악이 즉석에서 시를 지어 전송하니 자리에 있는 사람들이 모두 놀랐다. 후에 내가 '여러 날 밤 모시고 앉아 오랫동안 배회하네.' 구절을 읊어보니 의젓한 풍이 있어 절구 두 수를 지어 부치며 한첨에게도 보인다 1

十歲裁詩走馬成,	열 살에 시를 짓되 말 달리듯 완성해내었고
冷灰殘燭動離情.	차가운 재와 꺼져가는 촛불에도 이별의 정을 자아냈지.
桐花萬里丹山路,[2]	오동나무 꽃은 단산 만 리 길에 한껏 피어 있는데
雛鳳淸於老鳳聲.[3]	어린 봉새 소리가 늙은 봉새 것보다 청아하다.

주석

1) 韓冬郎(한동랑) : 한악(韓偓, 840-923). 당나라 말기 경조(京兆) 만년(萬年) 사람. 자는 치요(致堯) 또는 치광(致光)이고, 소자(小字)는 동랑(冬郎)이며, 호는 옥산초인(玉山樵人)이다. 소종(昭宗) 용기(龍紀) 원년(889)

진사에 급제하여, 중서사인(中書舍人)과 병부시랑(兵符侍郞), 한림학사승지(翰林學士承旨)를 역임했다. 시를 잘 지었는데, 염정(艶情)의 색채가 진해 향렴체(香奩體)로 불렸다.
連宵侍坐徘徊久(연소시좌배회구) : 여러 날 밤 모시고 앉아 오랫동안 배회한다. 이 시구는 한악이 지은 시구인데, 지금은 전하지 않는다.
老成(노성) : 노련하다. 의젓하다.
畏之員外(외지원외) : 한악의 아버지인 한첨(韓瞻)을 가리킨다. 그의 자는 외지(畏之)이며 개성(開成) 6년(841)에 진사에 합격하여, 같은 해에 급제한 이상은과 교분이 매우 두터웠다. 원외랑(員外郞)과 여러 지역의 자사(刺史)를 역임했다.

2) 丹山(단산) : 단혈이 있는 산. 단혈은 《산해경(山海經) · 남산경(南山經)》에 나오는데, 금과 옥이 널려 있고 오색 무늬를 한 봉황새가 산다고 한다. 여기서는 한첨과 한악이 사는 곳을 가리킨다.
3) 雛鳳(추봉) : 어린 봉새. 여기서는 한악을 가리킨다.
老鳳(노봉) : 늙은 봉새. 여기서는 한첨을 가리킨다.

해설

대중(大中) 5년(851) 늦가을, 한악은 겨우 10세였는데, 연회에서 즉석으로 시를 지어 모두를 놀라게 했다. 5년 뒤 이상은이 장안으로 돌아와 한악의 시구를 다시 읊으며 옛 일을 추억하고는 이 두 칠언절구를 지어 답했다. 두 시 모두 한악의 재능을 찬양하고 있다. 제1-2구는 한악이 시를 지었을 때의 정경을 묘사한 것이다. 연회에서 매우 빠르게 즉흥적으로 시를 지으면서도 이별의 정을 애틋하게 그려내고 있다고 했다. 제3-4구는 한악을 재주를 칭찬한 것이다. 한악 부자를 오동나무에 서식하기 좋아하는 봉새에 비유해 고상한 정취를 암시하면서, 늙은 봉새보다 어린 봉새의 울음소리가 더욱 듣기 좋다며 한악의 재주를 치켜세워 주었다.

216-2

韓冬郎卽席爲詩, 相送一座盡驚. 他日余方追吟'連宵侍坐徘徊久'之句, 有老成之風. 因成二絶寄酬兼呈畏之員外(其二)

한악이 즉석에서 시를 지어 전송하니 자리에 있는 사람들이 모두 놀랐다. 후에 내가 '여러 날 밤 모시고 앉아 오랫동안 배회하네.' 구절을 읊어보니 의젓한 풍이 있어 절구 두 수를 지어 부치며 한첨에게도 보인다 2

劍棧風檣各苦辛,[1]	검각의 잔교, 범선 타며 늘 고달팠었는데
別時氷雪到時春.	이별할 때 엄동설한이더니 도착하자 봄이네.
爲憑何遜休聯句,[2]	청컨대 하손께서는 시 엮는 것을 잠시 멈추어 주시게
瘦盡東陽姓沈人.[3]	동양태수 심씨도 수척해졌으니.

주석

1) 劍棧(검잔) : 검각(劍閣)의 잔도(棧道). 검각은 중국 삼국 시대 이래의 요해지. 장안(長安)으로부터 촉(蜀)으로 가는 대검산(大劍山)과 소검산(小劍山) 사이에 있는 요해지로, 현재의 지명으로는 사천성(四川省) 검각현에 있다.

風檣(풍장) : 범선(帆船). 여기서는 시인이 진촉(秦蜀) 지방을 오가며 고달팠다는 것을 의미한다. 잔도를 건너거나 배를 이용해서 왕복한 듯싶다.

2) 憑(빙) : 청하다.

何遜(하손) : 남북조 때 남조 양(梁) 나라의 시인.

〈범광주의 댁에서 연구를 짓다 范廣州宅聯句〉 낙양성 동서로 이별하여 해를 넘겼네. 예전에 갈 때는 눈이 꽃 같았는데 지금 올 땐 꽃이 눈 같네.(洛陽城東西, 却作經年別. 昔去雪如花, 今來花如雪.)

聯句(연구) : 예전의 시를 짓는 방식의 하나로 두 사람 또는 여러 사람이 함께 한 편의 시를 짓되 서로 이어서 만드는 것이다. 처음에는 정해진 방식이 없이 한 사람이 1구 1운(韻)이나 2구 1운 등을 순서대로 지었다가 나중에는 한 사람이 상구(上句)를 내면 다른 사람이 그에 맞추어 한 연을 짓고 다시 상구를 내는 방식으로 발전했다. 술자리나 벗들 사이의 유희로 많이 지어졌다.

3) * 〔원주〕 : 동양태수(東陽太守) 심약이 하손에게 이르기를, "나는 매일 그대의 시를 읽는데 하루에 세 번이나 반복해서 읽지만 결국 그대의 경지에 이를 수 없었소. 내 비록 그대와 같은 재주는 없지만 그대만큼은 말랐다오."라 했다.(沈東陽約嘗謂何遜曰, 吾每讀卿詩, 一日三復, 終未能到. 余雖無東陽之才, 而有東陽之瘦矣.)

東陽姓沈人(동양성심인) : 성이 심씨인 동양태수. 즉 심약(沈約). 여기서 하손(何遜)은 한악을, 심약은 시인 자신을 이른다.

해설

이 시 역시 한악의 재능을 찬양한 것이다. 제1-2구는 시인이 진촉(秦蜀) 지방을 오가는 고달픔을 언급한 것이다. 험난한 검각의 잔도나 뱃길 모두 고달픈 여정을 비유하며, 오갈 때의 계절적 배경도 소개했다. 제3-4구는 하손과 심약의 전고를 들어 한악의 재능을 은근히 치켜세운 것이다. 하손과 같은 한악에게 시를 그쳐달라고 하면서 심약과 같은 자신이 이미 너무 수척해졌다고 했다. 마지막 구는 제1구의 고달픔과 연결이 되어 언외로 자신의 초췌함에 대한 상심을 읽을 수 있다.

217

評事翁寄賜餳粥走筆爲答[1]

평사옹께서 단죽을 보내오셨기에 급히 써서 답하다

粥香餳白杏花天,[2] 죽은 향기롭고 엿은 희고 살구꽃 피던 시절
省對流鶯坐綺筵.[3] 꾀꼬리를 마주하고 화려한 연회석에 앉았었지요.
今日寄來春已老, 오늘 보내오셨지만 봄은 이미 저물어
鳳樓迢遞憶鞦韆.[4] 아득한 봉황 누각의 그네를 생각합니다.

주석

1) 評事(평사) : 관직명. 대리시(大理寺)의 속관.
餳粥(당죽) : 단죽. 한식에 먹는다. '당(餳)'은 맥아당(엿당).
2) 杏花天(행화천) : 살구꽃 피는 시절. 봄을 가리킨다.
3) 省對(성대) : 마주하다.
綺筵(기연) : 화려한 연회석.
4) 鳳樓(봉루) : 봉황의 누각. 여기서는 궁궐의 누각을 가리킨다.
迢遞(초체) : 아득한 모양.
鞦韆(추천) : 그네.

해설

이 시는 평사(評事)가 한식을 맞아 단죽을 부쳐와 그것에서 일어난 감개를 쓴 것이다. 전체적으로 과거와 현재를 대비시키며 현재의 실의를 부각시키고

있다. 제1-2구는 이전의 모습을 회상한 것이다. 예전 경사(京師)에서 살구꽃 필 때 향기로운 죽과 엿이 있었고, 함께 꾀꼬리를 대하고 아름다운 자리에 앉아 풍류(風流)가 넘쳤다고 했다. 제3-4구는 다시 현실로 돌아온 것이다. 오늘 다시 단죽을 받고 보니 예전의 즐거웠던 모임을 다시 가질 수 없어 그저 궁중의 누각을 아득히 그리며 그곳에서 그네 뛰었던 정경을 떠올릴 뿐이라고 했다. 평사가 보내준 단죽에 감사하면서도 과거와 현재의 성쇠 때문에 슬픔이 일어날 수밖에 없는 작가의 심정을 담아냈다.

218
東阿王
동아왕

國事分明屬灌均,[1] 나랏일이 분명히 관균에게 속해 있기에
西陵魂斷夜來人.[2] 서릉에 상심하여 밤에 온 사람이여.
君王不得爲天子,[3] 그대가 천자가 되지 못했던 것
半爲當時賦洛神.[4] 절반은 당시에 〈낙신부〉를 지어서라오.

주석

1) 灌均(관균) : 삼국시대 위나라의 관리로 감국알자(監國謁者)라는 벼슬을 지냈다. 조비로부터 조식의 거동을 감찰하라는 지시를 받았다.

《삼국지 · 위지(魏志) · 진사왕식전(陳思王植傳)》 황초 2년(221) 감국알자 관균이 천자의 뜻을 받들어 상주했다. "조식은 술에 취하여 난폭하고 오만하게 사자를 협박했습니다." 담당관리는 처벌을 요청했지만, 문제는 태후를 생각하여 안향후로 작위를 낮췄다.(黃初二年, 監國謁者灌均希旨, 奏植醉酒悖慢, 劫脅使者. 有司請治罪. 帝以太后故, 貶爵安鄕侯.)

2) 西陵(서릉) : 위(魏) 무제(武帝) 조조(曹操)가 묻힌 고릉(高陵). 업성(鄴城)의 서쪽 구릉에 있어 서릉이라 불린다.

魂斷(혼단) : 크게 상심하다.

夜來人(야래인) : 밤에 온 사람. 여기서는 조식을 가리킨다. 조조를 가리킨다고 보는 설도 있다.

3) 君王(군왕) : 제왕(諸王)의 존칭. 여기서는 조식을 가리킨다.
4) 賦洛神(부낙신) : 〈낙신부(洛神賦)〉를 짓다.

해설

이 시는 동아왕(東阿王)에 봉해졌던 조식(曹植)을 노래한 영사시다. 제1-2구는 조비로부터 핍박을 당했던 조식의 처지를 말한 것이다. 조식의 비위를 고발한 관균(灌均)의 상주문으로 인해 좌천된 조식이 애초에 그를 후계자로 지목했던 아버지 조조의 무덤을 밤에 찾아가 울분을 호소한다고 했다. 제3-4구는 조식이 제위에 오르지 못한 이유를 분석한 것이다. 〈낙신부〉와 같은 환상과 낭만이 담긴 문학작품을 지은 까닭에 천자가 되지 못했다고 했다.

사서(史書)에 따르면 조식은 기분 내키는 대로 행동하는 성격인 반면, 조비는 앞뒤를 잘 재면서 꾸미는 성격이라고 했다. 이런 점에서 〈낙신부〉가 조식의 특징을 드러내주는 일단이 되긴 하겠으나, 〈낙신부〉는 조비가 제위에 오른 뒤에 지은 것이므로 조식이 천자가 되지 못한 직접적 사유는 아니다. 따라서 이 시는 조식의 고사에 기탁하여 시인의 정서를 드러내려고 한 것으로 보아야 한다. 이상은에게서 이 시의 '낙신부'와 성격이 유사한 부분을 찾자면 대체로 염정시가 될 것이다.

219

聖女祠

성녀사

松篁臺殿蕙香幃,[1]	소나무 대나무에 둘러싸인 누대와 전각, 혜초향의 휘장
龍護瑤窗鳳掩扉.[2]	용이 아름다운 창 보호하고 봉황이 사립문을 닫는다.
無質易迷三里霧,[3]	형체가 없으니 3리의 안개에 헤매기 쉽고
不寒長著五銖衣.[4]	추위를 타지 않으니 늘 오수의를 걸치고 있다.
人間定有崔羅什,[5]	인간세상에는 필시 최나십이 있어도
天上應無劉武威.[6]	천상에는 분명 무위태수 유자남이 없을 터.
寄問釵頭雙白燕,[7]	비녀의 두 마리 꼬리 흰 제비에게 묻노니
每朝珠館幾時歸.[8]	매일 구슬 궁전에 조회를 가서 언제쯤 돌아오느냐?

주석

1) 松篁(송황) : 소나무와 대나무.
   蕙香幃(혜향위) : 혜초의 향기가 풍기는 휘장.
2) 龍護(용호) : 용이 보호하다. 창에 용의 도안이 새겨져 있다는 말이다.
   瑤窗(요창) : 옥으로 장식한 아름다운 창.

鳳掩(봉엄) : 봉황이 닫다. 문에 봉황의 도안 새겨져 있다는 말이다.

3) 無質(무질) : 형체 또는 흔적이 없다.

易迷(이미) : 헤매기가 쉽다.

三里霧(삼리무) : 3리에 펼쳐진 안개. 농무를 가리킨다.

《후한서 · 장해전(張楷傳)》 장해는 성품이 도술을 좋아했고 5리의 안개를 만들어낼 수 있었다. 당시 관서 사람 배우도 3리의 안개를 만들어낼 수 있었는데, 스스로 장해만 못하다고 여기고 그에게 배움을 청했으나 장해가 피하며 만나주지 않았다.((楷)性好道術, 能作五里霧. 時關西人裴優亦能爲三里霧, 自以爲不如楷, 從學之, 楷避不肯見.)

4) 不寒(불한) : 추위를 타지 않다.

長著(장착) : 늘 ~을 입다.

五銖衣(오수의) : 신선들이 입었다는 가볍고 얇은 옷. '銖(수)'는 무게의 단위로 한 양(兩)의 24분의 1에 해당한다.

5) 人間(인간) : 인간세상.

定(정) : 틀림없이.

崔羅什(최나십) : 무덤에 들어가 유요(劉瑤) 아내의 혼령을 만났다는 가상의 인물.

단성식(段成式), 《유양잡조(酉陽雜俎)》 장백산에 한 부인의 무덤이 있었다. 북제(北齊) 효소제 때 청하 최씨인 최나십이 부름을 받아 이곳을 지나게 되었다. 홀연 붉은 문에 분을 바른 벽이 있는 집에서 푸른 옷을 입은 시종이 나오더니 최나십을 보고 이렇게 물었다. "마님께서 뵙고자 하십니다." 최나십은 어리둥절하여 말에서 내려 두 겹 문 안으로 들어서자 푸른 옷의 시종이 앞으로 안내하며 말했다. "마님은 평릉 유부군의 아내로서 시중 오질의 따님입니다. 유부군이 먼저 세상을 뜨셨기에 뵙자고 한 것입니다." 최나십은 마침내 앞으로 들어가 평상에 앉았고 그 여인은 문 동쪽에 서서 최나십과 가벼운 인사를 나누었다. 여인은 이렇게 말했다. "근자에 보니 당신이 이곳을 지나자 정원의 나무들이 그대를 칭송하며 노래를 하기에 그래서 옥안을 한번 뵙고자 한 것입니다." 최나십이 더불어 한위 당시의 일을 논하니 모두 위나라 역사와 들어맞았다. 최나십이 이렇게 말했다. "남편분인 유씨의 성함을 알려주시기 바랍니다.” 여인이 말했다. “남편은 유공재의 둘째 아들로 이름은 요이고 자는 중장입니다. 얼마 전 죄를 짓고 끌려가더니 돌아오지 않았습니다.” 최나십이 평상에서 내려와 인사를 하고 떠나려니 여인이 말했다. “지금부터 10년 뒤에 다시 만나게 될 것입니다.” 최나십이 대모 비녀를 건네자 여인은 손가락에 낀 옥반지를 최나십에게 주었다. 최나십이 말을 타고 수십 보를 가다 돌아보니 뜻밖에 큰 무덤이 하나 있었다. 10년이 지난 어느 날 최나십이 정원에서 살구를 먹다가 문득 이렇게 말했다. “여인에게 소식을 알려야겠다.” 그리고 바로 떠났다. 살구를 하나 다 먹기도 전에 죽었다.(長白山有夫人墓. 魏孝昭之世, 淸河崔羅什被徵夜過此. 忽見朱門粉壁, 一靑衣出, 遇什曰, 女郎須見崔郎. 什恍然下馬, 入兩重門, 靑衣引前曰, 女郎乃平陵劉府君之妻, 侍中吳質之女. 府君先行, 故欲相見. 什遂前入就床坐, 其女在戶東立, 與什敍溫涼. 女曰, 比見崔郎息駕庭樹, 嘉君吟嘯, 故欲一敍玉顔. 什與論漢魏時事, 悉與魏史符合. 什曰, 貴夫劉氏, 願告其名. 女曰, 狂夫劉孔才之第二子, 名瑤, 字仲璋. 比有罪, 被攝, 乃去不返. 什下牀辭出, 女曰, 從此十年, 當更相逢. 什留玳瑁簪, 女以指上玉環贈什. 什上馬行數十步, 回顧乃一大塚. 後十年, 什在園中食杏, 忽云, 報女郎信, 俄卽去. 食一杏未盡而卒.)

6) 劉武威(유무위) : 한나라 때 무위군(武威郡) 태수를 지낸 유자남(劉子南). 《신선감응록(神仙感應錄)》 한나라 무위군 태수 유자남은 도사 윤공을 좇아 무성자형화환을 전부 받았다. 그것을 차면 형체를 숨기고 역귀, 다섯 가지 병기, 예리한 칼, 도적, 재해를 물리칠 수 있었다. 영평 연간에 오랑캐와 싸우는데 화살이 빗발처럼 쏟아졌다. 그러나 유자남의 말 앞 몇 자에도 이르기 전에 갑자기 땅에 떨어져 결국 부상을 면했다.(漢武威太守劉子南從道士尹公, 授務成子螢火丸. 佩之隱形, 辟疫鬼及五兵, 白刃, 盜賊, 凶害. 永平間, 與虜戰, 矢下如雨. 未至子南馬數尺, 輒墮地, 終不能傷.)

7) 寄問(기문) : 물어보다.
釵頭(채두) : 비녀.
雙白燕(쌍백연) : 두 마리 흰 꼬리 제비. 여기서는 사당의 여신상에 있는 비녀의 제비 문양을 가리킨다.
《동명기(洞冥記)》 원정 원년에 초령각을 세우자 신녀가 임금에게 옥비녀를 남겼고, 임금은 그것을 조첩여에게 하사했다. 원봉 연간에 이르러 궁인이 그 비녀를 보고 부수기로 공모했다. 이튿날 상자를 열어보니 다만 흰 제비가 하늘로 날아오를 뿐이었다. 그 뒤로 궁인들이 이 비녀 만드는 것을 배워 옥연채라 이름 짓고 상서롭다고들 했다.(元鼎元年, 起招靈閣, 有神女留玉釵與帝, 帝以賜趙婕妤. 至元鳳中, 宮人猶見此釵, 共謀欲碎之. 明旦發匣, 唯見白燕飛天上. 後宮人學作此釵, 因名玉燕釵, 言吉祥也.)

8) 朝(조) : 조회(朝會)하다.
珠館(주관) : 구슬로 만든 궁전. 천상의 선궁(仙宮)을 가리킨다.

해설

이 시는 성녀사(聖女祠)에 들러 지은 것이다. 제1-2구는 성녀사의 외관을 묘사한 것이다. 소나무와 대나무가 자라는 곳에 자리 잡은 성녀사에서 혜초 향기가 무성하고 창과 문에는 용과 봉황의 무늬가 새겨졌다고 했다. 제3-4구는 성녀상(聖女像)에서 받은 인상을 소개한 것이다. 모습이 뚜렷하지 않은 것이 마치 안개를 만들어낸 듯하고 얇은 오수의를 걸치고 있으니 아마도 추위를 타지 않는가보다라고 했다. 제5-6구는 성녀가 천상으로 올라가지 않고 인간세상에 머무는 이유를 추측한 것이다. 인간세상에는 유요(劉瑤)의 아내가 반했다는 최나십(崔羅什)이 있어도 천상에는 도술을 익힌 유자남(劉子南) 같은 인물이 없기 때문이라고 했다. 제7-8구는 성녀상의 제비에게 질문을 던진 것이다. 성녀가 선궁(仙宮)에 조회하러 가서 언제 돌아오느냐고 물었다.

이 시에서 묘사한 성녀가 여도사를 가리킬 것은 틀림없는 사실이다. 그런데 이 여도사가 시인과 개인적인 친분이 있는지의 여부는 확인할 방도가 없다. 그래서 혹자는 자신의 처지를 여도사에 빗댄 것이라고도 하고 혹자는 여도사와의 만남을 추억한 것이라고도 한다. 또 여도사의 문란한 남녀관계를 풍자한 시로 보는 이도 있다. 이러한 여러 가지 견해 가운데 첫 번째 설을 대표하는 청나라 강병장(姜炳璋)의 평을 인용한다. “첫 두 구는 사당의 성대함을 말했다. 그러나 성녀가 이슬을 무릅쓰고 가벼운 옷차림에 두루 돌아다니는 것은 아마도 천상에서 찾을 수 없으나 인간세상에는 아직도 지음이 있기 때문이 아니겠는가? 그러나 이 또한 너무 수고롭다. 시험삼아 묻건대 구슬 궁전으로 상제에게 조회를 하러 가면 언제나 다시 이 사당으로 돌아와 스스로 편안하게 지낼까? 이상은이 왕무원(王茂元)의 초빙에 응하려 했기에 그래서 성녀를 빌려 자신을 비유한 것이다.(首二言祠之赫然. 然聖女觸霧輕衣, 往來周歷, 豈以天上無能物色, 而人間尙有知音乎? 然亦太勞苦矣. 試問其朝上帝於珠館也, 幾時復歸此祠以自安逸耶? 義山欲應茂元之聘, 故借聖女以自喩.)" 그러나 때로는 가볍게 지은 시에서 중대한 의미를 발견하려다 천착에 빠질 수 있으므로, 무리한 해석을 시도하기보다 시의 내용만 파악하고 넘어가고자 한다.

220
獨居有懷
홀로 지내며 감회가 들다

麝重愁風逼,[1]	향기 진하니 바람 불어올까 근심하고
羅疎畏月侵.[2]	비단 휘장이 얇으니 달빛이 들어올까 겁내며,
怨魂迷恐斷,	원혼은 미혹되어 끊어질까 염려하고
嬌喘細疑沉.[3]	아리따운 숨은 가늘어 잠길까 의심하네.
數急芙蓉帶,[4]	연꽃 허리띠를 여러 번 조이고
頻抽翡翠簪.	비취 비녀를 자주 뽑으며,
柔情終不遠,	부드러운 정은 끝내 멀어지지 않는데
遙妬已先深.	먼 곳의 질투가 벌써 먼저 깊어졌네.
浦冷鴛鴦去,	물가 차가운 것은 원앙이 떠난 때문이고
園空蛺蝶尋.	동산 빈 것 나비가 (다른 곳을) 찾은 까닭이니,
蠟花長遞淚,[5]	촛불은 오래토록 눈물을 흘리고
箏柱鎮移心.[6]	쟁의 현 기둥은 늘 중심을 옮긴다네.
覓使嵩雲暮,[7]	사자를 찾아보지만 구름 낀 숭산에는 저녁이 지고
迴頭灞岸陰.[8]	고개를 돌려보지만 파수 가는 어둑어둑할 뿐,
只聞涼葉院,	그저 정원에서 쓸쓸히 낙엽 지는 소리 듣는데
露井近寒砧.[9]	우물가에는 가을의 다듬잇돌 소리 가까이 들리네.

주석

1) 麝(사) : 사향. 여기서는 향기를 뜻한다.
   逼(핍) : 가까이 다가오다.
2) 羅(라) : 비단 휘장
3) 嬌喘(교천) : 아리따운 숨.
4) 急(급) : 조이다. 이 두 구는 몸이 날로 여위어 허리띠를 더 조여야 하고 머리가 날로 빠져 비녀를 자주 뽑아 다시 머리를 정돈해야 한다는 의미이다.
5) 蠟花(납화) : 촛불.
   遞淚(체루) : 번갈아 계속 눈물을 흘리다.
6) 鎮(진) : 늘.
   移心(이심) : 중심을 바꾸다. 여기서는 마음이 바뀐 것을 암시한다.
7) 嵩雲(숭운) : 숭산의 구름. 여기서는 시인이 있는 낙양을 의미한다.
8) 灞岸(파안) : 파수(灞水) 가. 여기서는 장안을 의미한다.
9) 露井(노정) : 덮개가 없는 우물.
   寒砧(한침) : 쌀쌀한 가을의 다듬잇돌 소리.

해설

이 시는 회창 4년(845) 시인이 낙양에 잠시 머물 때 지은 것이다. 여성화자의 어투로 외로움을 토로하면서 깊이 감추었던 생각을 기탁해냈다. 여기서 시인이 뜻을 기탁한 대상은 영호도(令狐綯)라는 데 이견이 없는 듯하다. 앞의 〈영호낭중에게 부치다(寄令狐郎中)〉 시에서는 이 둘의 관계가 좀 나아지는 듯했으나, 역시 그 간극과 상처가 완전히 회복될 수는 없었다. 따라서 시인은 화자의 성별을 바꾸고 원망과 아쉬움을 슬픔의 어조로 표현해냈다.

제1-2구는 그리움에 잠 못 이루는 여인을 등장시킨 것이다. 규방 안 향기는 달콤한 잠을 자게 하는데 바람이 불어 향기가 날아가 꿈이 깰까 근심하고 얇은 휘장에 달빛이 비쳐 잠을 이루지 못할까 두려워했다. '근심'과 '두려움'은 홀로 거하는 여인이자 시인의 심리상태이다. 다음 네 구는 이별을 슬퍼하는 구체적인 모습이다. 제3-4구에서는 원망하는 마음에 미혹되어 꿈이라도

꾸어지지 않을까 염려하고 가녀린 숨은 갑자기 멈추는 것이 아니까 의심했다. 제5-6구에서는 이별에 몸이 상하여 초췌해지고 머리털도 빠져 초라한 모습을 묘사했다. 제7-8구에서는 자신의 정은 결코 상대에서 멀어지지 않지만 상대는 나의 마음을 모르고 멀리서 질투만 깊어진다고 하여 둘의 간극이 좁혀지지 않음을 말했다. 제9-10구에서는 상대가 떠난 후의 적막하고 처량한 정경에 대해 묘사했다. 제11-12구에서는 이별 후 마음이 아파 잠들지 못하고 오직 눈물 흘리는 촛불만이 벗하고 있다고 했다. 또한 무료함에 쟁을 타며 마음을 달래고자 하나 상대는 마음을 바꾼 듯하여 상심이 더욱 크다고 했다. 제13-14구에서는 자신은 낙양에 있고 상대는 장안에 있어, 사자를 찾아 소식을 전하고 싶지만 그럴 길이 없다고 했다. 마지막 제15-16구에서는 제목에서 제시했듯 결국 다시 혼자일 수밖에 없음을 확인하고, 임을 위해 옷을 지으려 다듬이질을 하며 이별의 상심에 젖어 있다.

221

過景陵[1]

경릉을 찾아가다

武皇精魄久仙昇,[2] 무황의 혼백은 신선 되어 승천한 지 오래고
帳殿淒涼煙霧凝.[3] 휘장 두른 전각에는 처량하게 안개가 짙다.
俱是蒼生留不得,[4] 이 세상에 머무를 수 없는 것은 모두가 매한가지니
鼎湖何異魏西陵.[5] 황제의 정호가 조조의 서릉과 어찌 다르리오?

주석

1) 景陵(경릉) : 방사(方士)인 유필(柳泌)의 금단(金丹)을 먹고 부작용을 일으켜 급사한 헌종(憲宗)의 능.

2) 武皇(무황) : 헌종을 가리킴.
精魄(정백) : 영혼. 혼백.

3) 帳殿(장전) : 휘장 두른 전각. 임시로 꾸민 어좌(御座). 여기서는 무덤을 가리킨다.

4) 蒼生(창생) : 세간(世間)의 모든 사람.

5) 鼎湖(정호) : 황제(黃帝)가 용을 타고 하늘로 올라갔다는 곳. 황제가 하늘에 오를 때 활을 떨어뜨렸고, 그 장사지낸 교산(橋山)에서는 빈 관(棺)에 칼만 있었다는 고사(故事)에서 나온 말로서, 임금의 갑작스러운 죽음을 뜻함.

魏西陵(위서릉) : 위 무제 조조(曹操)가 묻힌 고릉(高陵). 위나라 수도였던 업(鄴)의 서강(西岡)에 있어 서릉이라 불린다. 〈업도고사(鄴都故事)〉에 따르면 조조는 죽기 전에 여러 아들에게 유언을 했는데, 자신이 죽으면 여러 미인들로 하여금 동작대(銅雀臺)에 올라가게 해 음악을 연주하게 하고 아들들은 동작대에 올라 자신의 묘를 바라보도록 했다.

해설

이 시는 경릉을 지나면서 헌종(憲宗)이 신선방술(神仙方術)에 빠졌던 것에 대한 비판을 담은 것이다. 제1-2구에서는 경릉의 주인인 헌종이 신선이 되어 승천했고 그의 무덤은 쓸쓸하고 처량한 모습이라고 했다. 신선이 되어 승천한 것은 헌종이 생전에 장생불사에 탐닉했던 것을 풍자하여 한 말로, 사실은 승천한 것이 아니라 한 인간으로서 죽음을 피하지 못했음을 넌지시 드러내고 있다. 제3-4구에서는 불사란 것은 애당초 불가능한 것이었음을 말했다. 왕이라 하여도 일반 백성들과 마찬가지로 영원히 이승에 머물 수 없는 것이니, 이는 황제나 조조의 경우도 예외가 아니라고 했다. 황제도 죽었고 조조 역시 죽었으니, 세속에 연연해하는 짓은 부질없다는 것이다. 결국 이들과 마찬가지로 헌종도 세상을 떠났다며, 그가 생전에 추구했던 신선술이 허망하기 짝이 없다고 강하게 풍자했다.

222

臨發崇讓宅紫薇

떠나기에 앞서 숭양택의 백일홍나무에게

一樹穠姿獨看來,[1]	한 그루 나무의 아름다운 자태를 홀로 보러 왔더니
秋庭暮雨類輕埃.[2]	가을 정원에 내리는 저녁 비에 가벼운 먼지가 뭉친다.
不先搖落應爲有,[3]	먼저 지지 않았던 것은 그럴 이유가 있어서였지만
已欲別離休更開.[4]	이제 헤어지려고 하니 다시 피지 마라.
桃綬含情依露井,[5]	복사꽃은 정을 머금은 채 이슬 내리는 우물에 기대어 있고
柳綿相憶隔章臺.[6]	버들솜은 나를 그리워하며 장대 건너에 있다.
天涯地角同榮謝,[7]	하늘 끝 땅 모퉁이에서도 피고 지는 것은 매한가지인데
豈要移根上苑栽.[8]	어찌 뿌리를 옮겨 상원에 심어야만 하겠는가.

주석

1) 穠姿(농자) : 아름다운 자태.

2) 暮雨(모우) : 저녁 비.

輕埃(경애) : 가벼운 먼지.

3) 搖落(요락) : 떨어지다. 꽃이 지다.

爲有(위유) : 위하는 바가 있다. 이유가 있다.

4) 休(휴) : ~하지 마라.

5) 桃綬(도수) : 도화수(桃花綬). 한나라 때 구경(九卿)의 인끈을 말한다. 여기서는 '인끈'의 의미는 없고 '도화'만 취한 것이다.

露井(노정) : 덮개가 없는 우물.

6) 柳綿(유면) : 버들솜.

章臺(장대) : 장안 서남쪽에 있는 거리 이름. 장대는 전국시대 진왕이 함양에 세운 누대이다.

7) 天涯地角(천애지각) : 아주 먼 곳을 가리킨다.

榮謝(영사) : 피고 짐. 무성함과 시듦. 인간세상의 흥망성쇠를 비유하기도 한다.

8) 移根(이근) : 옮겨 심다.

《서경잡기(西京雜記)》 권1 처음 상림원을 만들었을 때 여러 신하들이 먼 지방에서 각자 유명하고 기이한 과실수와 화훼 삼천여 종을 바쳐 그 안에 심었다. (初修上林苑, 群臣遠方, 各獻名果異卉三千餘種植其中.)

上苑(상원) : 왕실의 원림. 여기서는 조정을 가리킨다.

해설

이 시는 낙양의 숭양택을 떠나기에 앞서 백일홍나무에게 남긴 것이다. 백일홍나무는 부처꽃과의 낙엽활엽교목으로 배롱나무라고도 부르며 여름과 가을 사이에 꽃이 핀다. 제1-2구는 숭양택의 백일홍나무를 말한 것이다. 비가 내리는 가을 저녁 쓸쓸히 피어 있는 백일홍나무의 꽃을 감상하려고 홀로 정자 옆으로 왔다고 했다. 제3-4구는 백일홍나무를 감상하고 나서의 느낌을 말한 것이다. 시인에게 감상의 기회를 주려고 가을이 되어도 지지 않고 기다려준 것은 고맙지만, 이제 시인마저 떠나고 나면 더는 찾아와 줄 이도 없으니 피지 않아도 된다고 했다. 제5-6구는 백일홍나무의 처지를 복사꽃, 버들솜과 비교한 것이다. 복숭아나무와 버드나무는 찾는 사람이 많은 우물가와 장대에

뿌리를 내리고 있어 외롭게 핀 숭양택의 백일홍나무와 다르다고 했다. 복사꽃과 버들솜이 장안에서 벼슬살이하는 시인의 급제 동기를 비유한다는 주장도 참고할 만하다. 제7-8구는 시인 자신의 모습이 투영된 숭양택의 백일홍나무를 위로한 것이다. 식물의 본성은 자라는 장소가 달라도 계절에 따라 피고 지는 것은 매한가지이니 현재의 위치에서 만족해도 좋다고 했다. 그러나 이는 억지 위로에 가까운 말이고, 실제는 아름다움을 뽐낼 만한 기회가 주어지지 않은 데 대한 한탄에 가깝다고 할 것이다. 참고로 '백일홍'은 국화과의 한해살이풀로, 이 시에서 소재로 삼은 '백일홍나무'와는 다른 품종이다.

223

及第東歸次灞上却寄同年

급제하고 동쪽으로 돌아가다 파상에 머물며 급제 동기에게 부치다

芳桂當年各一枝,[1]	향기로운 계수나무를 젊은 나이에 각기 한 가지씩
行期未分壓春期.[2]	출발 날짜 생각지도 않다가 봄 느지막이 떠났네.
江魚朔雁長相憶,[3]	장강의 물고기와 북녘의 기러기로 늘 서로를 그리워해도
秦樹嵩雲自不知.[4]	진 땅의 나무와 숭산의 구름인 양 절로 소식 모르리라.
下苑經過勞想像,[5]	곡강에서의 지난 일 힘들여 떠올릴 텐데
東門送餞又差池.[6]	동문에서 잔치 열어 전송하니 다시금 이별.
灞陵柳色無離恨,[7]	파릉의 버들 빛에는 이별의 한 없으니
莫枉長條贈所思.[8]	공연히 긴 가지를 그리운 이에게 주지 않아도 되리라.

주석

1) 芳桂(방계) : 향기로운 계수나무. 과거 급제를 비유한다.
   當年(당년) : 젊은 나이. 한창 나이.
2) 未分(미분) : 예상하지 못하다.

壓(압) : ~에 임박하다.

春期(춘기) : 봄철. 봄날.

3) 江魚朔雁(강어삭안) : 장강의 물고기와 북녘의 기러기. 모두 소식을 전하는 동물들로, 편지로 안부를 전할 것이라는 말이다.

4) 秦樹嵩雲(진수숭운) : 진 땅의 나무와 숭산(嵩山)의 구름.

두보, 〈봄날 이백을 생각하며 春日憶李白〉 위수 북쪽엔 봄날의 나무, 장강 동쪽엔 저물녘의 구름(渭北春天樹, 江東日暮雲.)

5) 下苑(하원) : 곡강(曲江). 본래 하두(下杜)에 속하기 때문에 이렇게 부른다.

經過(경과) : 지난 일.

勞(노) : 힘들이다.

想像(상상) : 떠올리다. 상상하다.

6) 東門(동문) : 장안성 동쪽의 문. 본래 이름은 선평문(宣平門)이다.

送餞(송전) : 잔치를 열어 송별하다.

差池(치지) : 이별하다.

《시경 · 패풍(邶風) · 연연(燕燕)》 제비들은 앞서거니 뒤서거니. 누이 시집가는데 멀리 들에서 전송하고, 바라봐도 보이지 않으니 눈물이 비 오듯 하네.(燕燕于飛, 差池其羽, 之子于歸, 遠送于野, 瞻望弗及, 泣涕如雨.)

7) 灞陵(파릉) : 한문제(漢文帝)의 능묘. 《삼보황도(三輔黃圖)》에 의하면, 한나라 사람들이 길손을 전송하려 파릉 옆의 파교(霸橋)까지 와서 버들가지를 꺾어주며 이별했다고 한다.

8) 莫枉(막왕) : 공연히 ~하지 마라.

長條(장조) : 긴 가지. 버들가지를 가리킨다.

所思(소사) : 그리워하는 이. 여기서는 이상은 자신을 가리킨다.

해설

이 시는 이상은이 개성 2년(837) 과거에 급제하고 제원(濟源)으로 성친(省親)하러 가다가 장안 동쪽의 파상(灞上)에 유숙하며 장안에 있는 급제 동기에게 부친 것이다. 아마도 이상은이 갑자기 떠나게 되어 동기들이 미처 파교까지 전송을 나오지 못한 것으로 보인다. 제1-2구는 과거에 급제하고 늦봄에 성친하러 장안을 떠났다는 것이다. 이상은이 출발한 것이 봄의 끝자락인 음력 3월 27일이었던 까닭에 '봄 느지막이'라 했다. 제3-4구는 헤어지는 아쉬움을 전했다. 시인이 이제 장안을 완전히 떠나고 나면 편지로나마 소식을 전할 뿐일 텐데, 그마저도 여기저기 떠돌아다니면 어려울 것이라는 말이다. 제5-6구는 추억만 남겨둔 이별을 서술했다. 곡강지에서 급제자에게 베풀어진 성대한 연회를 뒤로 한 채 장안성 동문에서 송별연을 열고 이별했다는 것이다. 제7-8구는 애초부터 파릉까지 전송을 나올 필요는 없었다는 말로 동기들의 아쉬움을 덜어주었다. 과거에 급제하고 기쁜 마음에 떠나는 여정이라 이별의 아쉬움을 달래려 버들가지를 꺾을 이유가 없다고 했다. 이상은의 칠언율시 가운데 감정이 풍부하고 운치가 넘친다는 평을 받는 작품이다.

224

野菊

들국화

苦竹園南椒塢邊,[1]	참대 자라는 동산의 남쪽 산초나무 둔덕 한편
微香冉冉淚涓涓.[2]	어렴풋한 향기 풍겨오는데 눈물이 방울방울.
已悲節物同寒雁,[3]	이미 계절의 사물을 슬퍼하는 것 추운 날의 기러기 같은데
忍委芳心與暮蟬.[4]	차마 꽃다운 마음을 버리며 매미와 함께 하랴.
細路獨來當此夕,	좁은 길로 홀로 온 이 날 저녁
清尊相伴省他年.[5]	맑은 술 벗하니 지난날이 떠오른다.
紫雲新苑移花處,[6]	자주색 구름 피어나는 새 정원에 꽃 옮겨 심을 때에도
不取霜栽近御筵.[7]	서리에도 크는 꽃을 궁궐의 연회석에 가까이 두지 않았다.

주석

1) 苦竹(고죽) : 참대. 죽순에 쓴 맛이 있어 식용으로는 부적합하다.
   椒塢(초오) : 산초나무가 빙 둘러져 있는 곳. 산초 가루는 매운 맛이 있어 향신료로 쓰인다.
2) 冉冉(염염) : 조금씩 움직이는 모습. 여기서는 향기가 서서히 퍼져나가는

것을 말한다.

涓涓(연연) : 눈물이 줄줄 흐르는 모습. 비가 내렸음을 암시하는 말이다.

3) 節物(절물) : 계절의 풍물과 경치.

寒雁(한안) : 추운 날의 기러기.

4) 委(위) : 버리다.

芳心(방심) : 향기로운 마음. '꽃'을 가리키기도 한다.

與(여) : 함께 하다.

5) 淸尊(청준) : 술잔. 전하여 맑은 술을 가리킨다.

省(성) : 생각하다. 떠오르다.

他年(타년) : 지난날.

6) 紫雲(자운) : 자주색 구름. 옛사람들은 상서로운 징조라고 생각했다. 당 개원 원년에 중서성(中書省)을 자미성(紫微省)으로 불렀던 적이 있어 '자주색'이라는 말을 쓴 것으로 보인다.

移花(이화) : 꽃을 옮겨 심다.

《서경잡기(西京雜記)》 권1 처음 상림원을 만들었을 때 여러 신하들이 먼 지방에서 각자 유명하고 기이한 과실수와 화훼 삼천여 종을 바쳐 그 안에 심었다.(初修上林苑, 群臣遠方, 各獻名果異卉三千餘種植其中.)

處(처) : ~할 때.

7) 霜栽(상재) : 서리 내릴 때 심다. 여기서는 들국화를 가리킨다. 영호초와 같은 노년배를 가리킨다고 보기도 한다.

御筵(어연) : 임금이 마련한 연회.

해설

이 시는 들국화를 노래한 영물시다. 들국화에 시인 자신을 투영해 회재불우(懷才不遇)의 답답한 심정을 토로했다. 제1-2구는 들국화가 피어 있는 장소와 비에 젖은 들국화의 향기를 말한 것이다. 쓴[苦] 참대와 매운[辛] 산초와 더불어 피었다고 하여 들국화가 갖은 신고(辛苦)를 겪으며 눈물을 흘리는 것 같다고 했다. 제3-4구는 국화가 열악한 환경에 처해 있지만 여전히 향기로운 꽃이기를 포기하고 싶지는 않다는 것이다. 서리를 무릅쓰고 피어나려니 기러기처럼 추운 계절을 슬퍼하게도 되지만, 그렇다고 꽃다운 향기 즉 자존심과 희망을 버리고 저녁 매미처럼 침묵 속으로 빠져들 생각은 없다고 했다. 제5-6구는 들국화를 감상하며 과거를 회상한 것이다. '좁은 길'과 '홀로'는 시인이 궁색하고 외로운 처지에 있음을 암시한다. 그런 까닭에 〈중양절(九日)〉 시에서처럼 영호초와 함께 섬돌을 두른 흰 국화를 감상하며 술잔을 기울이던 시절이 그립다고 했다. 제7-8구는 왕실의 정원을 새로 단장할 때 들국화가 외면당했다는 것이다. 이는 영호도가 중서사인(中書舍人)에 임명되어 조정의 요직에 오른 뒤에 들국화와 같은 신세의 시인을 임금에게 천거하지 않았다는 뜻으로 풀이된다. 《서경(書經)》의 한 구절을 빌려 이 시의 주지를 요약하자면 '군자재야(君子在野)'의 탄식이라고 하겠다.

225

板橋曉別

판교에서 새벽에 이별하다

迴望高城落曉河,[1]	고개 돌려 높은 성 바라보니 새벽의 은하 떨어지고
長亭窓戶壓微波.[2]	장정의 창문은 잔잔한 물결 옆에 있네.
水仙欲上鯉魚去,[3]	수선화 올라오려 하여 잉어가 떠나니
一夜芙蓉紅淚多.[4]	밤새 연꽃은 붉은 눈물이 뚝뚝.

주석

1) 迴望(회망) : 고개를 돌려 바라보다.
   高城(고성) : 여기서는 변주성(汴州城)을 가리킨다.
   曉河(효하) : 새벽의 은하.
2) 長亭(장정) : 여행객의 편의를 위해 매 10리마다 설치했던 정각(亭閣) 형태의 휴식 시설.
   壓(압) : 가까이 가다. ~옆에 있다.
   微波(미파) : 잔잔한 물결. 여기서는 변하(汴河)를 가리킨다. 은하수를 가리킨다는 설도 있으나 취하지 않는다.
3) 水仙(수선) : '수선화' 또는 '물속에 사는 신선'의 이중적 의미이다. 따라서 이 구절은 "물속의 신선이 잉어에 올라 떠나려 하니"로도 이해할 수 있다.
   《열선전(列仙傳) · 금고전(琴高傳)》 금고는 조나라 사람이다. 금 연주로 송나라 강왕의 사인이 되었다. 연자(涓子)와 팽조(彭祖)의 법술을 행하여 200여 년 동안 기주와 탁군 사이를 떠돌아다녔다. 그 후 사람들과 이별하고 용 새끼를 취하러 탁수 속으로 들어가면서 제자들에게 당부하길, '모두 목욕재계하고 물가에서 기다리고 사당을 세우도록 하라'고 했다. 금고는 과연 붉은 잉어를 타고 강 속에서 나와 사당 안에 앉았다. 아침이 되자 수많은 사람들이 그것을 보았다. 금고는 한 달 남짓 머물다가 다시 강으로 들어가 사라졌다.(琴高, 趙人也. 以鼓琴爲宋康王舍人. 行涓彭之術, 浮遊冀州涿郡之間二百餘年. 後入涿水中取龍子, 與諸弟子期曰, 明日皆潔齋候於水旁. 果乘赤鯉來. 留月餘, 復入水去.)

4) 一夜(일야) : 밤새.

紅淚(홍루) : 붉은 연꽃의 이슬. 여기서는 미인의 눈물을 비유한다.

해설

이 시는 변주(汴州) 서쪽에 있던 여관인 판교(板橋)에서의 이별을 노래한 것이다. 제1-2구는 새벽에 판교에서 변주성을 바라보는 모습을 묘사한 것이다. 이별을 앞둔 사람들이 변하(汴河) 옆의 여관에 모여 새벽까지 이야기를 나누었던 것으로 보인다. 제3-4구는 금고(琴高)의 고사를 인용하여 이별을 이야기한 것이다. '수선화(물속의 신선)'는 떠날 사람, '잉어'는 떠날 사람이 타고 갈 배를 각각 비유하는 시어로 이해할 수 있다. 또 '연꽃'은 여인을 가리키고, '붉은 눈물'은 여인이 흘리는 눈물을 가리킨다고 보면, 이 시의 주인공은 이별을 앞둔 한 쌍의 남녀로 상정할 수 있다. 그런데 〈변상에서 소주로 가는 이영을 전송하다(汴上送李郢之蘇州)〉 등의 두 수와 관련된 인물인 이영이 〈판교에서 거듭 전송하다(板橋重送)〉와 같은 시를 남기고 있는 것으로 보아, 이 시에서 다룬 '떠날 사람'이 바로 이영이라 판단된다. 청나라 정몽성(程夢星)에 따르면, 판교는 당나라 때의 유흥가가 틀림없다고 했다. 따라서 이 시는 기루 여인과의 이별을 다룬 것이라 할 터인데, 고사를 잘 활용해 저속한 느낌을 지웠다는 점을 주목할 만하다.

226

過伊僕射舊宅

상서우복야 이신의 옛 저택에 들르다

朱邸方酬力戰功,[1]	붉은 저택은 힘써 싸운 공로에 막 보답한 것인데
華筵俄歎逝波窮.[2]	화려한 연회도 흘러가는 물처럼 끝났음을 문득 탄식한다.
迴廊簷斷燕飛去,[3]	굽이진 복도는 처마 부서진 채 제비 날아가 버렸고
小閣塵凝人語空.[4]	작은 누각은 먼지 엉기어 사람 말소리 사라졌다.
幽淚欲乾殘菊露,[5]	빛바랜 국화는 그윽한 눈물인 듯 이슬이 마르려 하고
餘香猶入敗荷風.[6]	시든 연꽃은 남은 향기가 아직도 바람에 들어온다.
何能更涉瀧江去,[7]	어떻게 다시 쌍강을 건너가
獨立寒流弔楚宮.[8]	홀로 차가운 강가에 서서 초나라 궁궐을 조문할까?

주석

1) 朱邸(주저) : 붉은 저택. 한나라 제후의 저택은 문을 붉은색으로 칠했다. 흔히 고관대작의 저택을 가리킨다.

力戰(역전) : 힘껏 싸우다.

2) 華筵(화연) : 풍성한 연회석.

俄(아) : 문득

逝波(서파) : 흘러가는 물.

《논어 · 자한(子罕)》 선생님께서 냇가에서 말씀하셨다. '흘러가는 것은 이와 같이 밤낮을 가리지 않는도다.'(子在川上曰: "逝者如斯夫, 不舍晝夜.)

3) 迴廊(회랑) : 굽이진 주랑(走廊).

簷斷(첨단) : 처마가 부서지다.

燕飛出(연비출) : 제비가 날아오르다.

유우석(劉禹錫), 〈오의항 烏衣巷〉 예전엔 왕씨, 사씨 집 앞에 있던 제비들이 보통 백성들의 집으로 날아든다.(舊時王謝堂前燕, 飛入尋常百姓家.)

4) 塵凝(진응) : 먼지가 엉기다.

5) 殘菊(잔국) : 빛바랜 국화. 시든 국화.

6) 餘香(여향) : 남아 있는 향기.

7) 瀧江(쌍강) : 광동성 나정시(羅定市) 인근을 흐르는 강. 여기서는 영남 지방의 강을 대칭한다.

8) 寒流(한류) : 맑고 차가운 시내.

楚宮(초궁) : 초나라 궁궐. 여기서는 이신이 절도사와 관찰사를 역임 안주(安州), 황주(黃州) 등의 초나라 지역을 가리킨다.

해설

이 시는 장안 광복방(光福坊)에 있었던 이신(伊愼)의 저택을 찾아가 지은 것이다. 이신은 원화(元和) 연간에 상서우복야(尙書右僕射)를 지낸 까닭에 시제에서 이복야(伊僕射)라 했다. 제1-2구는 붉은 저택의 주인인 이신이 이미 세상을 떠난 것을 탄식한 것이다. 나라를 위해 애쓴 보답으로 받은 붉은 저택에서 열렸던 성대한 연회도 주인을 잃으면서 막을 내렸다고 했다. 제3-4구는 주인이 떠난 저택의 쓸쓸한 광경을 묘사한 것이다. 처마가 부서진 회랑과 먼지가 엉긴 누각이 사람들의 발자취가 끊긴 채 황량해지고 말았다고 했다. 제5-6구는 저택 주변의 스산한 가을 풍경을 담은 것이다. 빛바랜 국화에는 눈물처럼 이슬이 말라가고 시든 연꽃에서는 조금 남은 향기가 바람에 실려 전해진다고 했다. 이신과 내왕하던 사람들은 그가 죽은 뒤 모두 떠나가고 오직 국화와 연꽃만이 아직도 그를 추모하는 것 같다는 의미로 풀이된다. 제7-8구는 이신의 행적이 남은 초 땅까지 찾아가 조문하기가 어려운 형편임을 말한 것이다. 장안에 있던 이신의 저택도 이렇게 폐허가 된 마당에 그가 치적을 남긴 쌍강 인근의 초 땅은 더욱 말할 나위가 없다고 했다.

시인이 이신과 특별한 인연이 있었던 것으로 보이지 않으므로, 이 시는 장채전(張采田)의 지적대로 이덕유(李德裕)를 애도하는 뜻을 담은 것이 아닌가 한다. 이덕유는 대중 2년(848) 재상에서 파직되고 해남도(海南島)의 애주사호참군(崖州司戶參軍)으로 좌천되어 이듬해 임지에서 죽었다. 그의 정치적 입장을 지지하는 시인으로서는 해남도까지 그를 찾아가 위로하고 싶지만, 형편상 그러지 못한다는 뜻을 이 시로 완곡하게 드러내려 했던 것 같다.

227

關門柳[1]

관문 곁의 버들

永定河邊一行柳,[2]　　영정하 변에는 버들이 한 줄로 서 있는데
依依長發故年春.[3]　　늘 하늘하늘 피어 예와 같은 봄빛이로다.
東來西去人情薄,　　동에서 오고 서로 가는 사람 인정이 박해져
不爲淸陰減路塵.[4]　　시원한 그늘로도 흙먼지 줄이지 못한다.

주석

1) 關門(관문) : 국경이나 교통의 요로(要路)에서 통행인을 조사하는 곳. 여기서는 동서의 교통 요충지인 동관(潼關)을 가리키는 듯하다.
2) 永定河(영정하) : 어디인지 알 수 없다.
3) 依依(의의) : 바람에 가볍고 부드럽게 한들거리는 모양.
4) 淸陰(청음) : 시원한 그늘이라는 뜻으로, 소나무나 대나무 따위의 그늘을 운치 있게 이르는 말.

해설

이 시는 관문 곁에 있는 버들을 통해 인정이 박해진 세태를 슬퍼하고 있다. 제1-2구에서는 관문의 강가에 있는 버들이 가지가 가볍고 부드러워 하늘거리는데, 늘 봄마다 피어 같은 모습을 하고 있다고 했다. 제3-4구에서는 강가에 서서 시원한 그늘을 만들어 주지만, 행인은 박정하게도 관심을 두지 않고

갈 길을 재촉하며 먼지만 날린다고 했다. 이는 사물에도 정이 있으나, 사람은 오히려 무정한 것을 이른 것으로, 박정한 세태에 인생의 고달픔을 겪고 있는 시인의 어려움을 기탁했다.

228

酬別令狐補闕

좌보궐 영호도의 이별시에 수답하다

惜別夏仍半,[1]	작별할 때는 여름이 갓 반을 지났는데
迴途秋已期.[2]	돌아오는 길에는 가을이 이미 다 갔습니다.
那修直諫草,[3]	어찌 직간의 초고를 다듬겠습니까?
更賦贈行詩.[4]	다시 길 떠나는 이에게 주는 시를 짓게 했으니.
錦段知無報,[5]	비단자락에 보답할 길 없음을 알겠지만
青萍肯見疑.[6]	청평이 어찌 의심을 받으려 했겠습니까?
人生有通塞,[7]	인생에는 뚫리고 막힐 때가 있어
公等繫安危.[8]	공과 같은 분께 안위가 달렸습니다.
警露鶴辭侶,[9]	이슬을 경계하는 학은 짝과 헤어지더라도
吸風蟬抱枝.[10]	바람을 마시는 매미는 가지를 끌어안습니다.
彈冠如不問,[11]	관을 털고자 하는데 소식이 없으시면
又到掃門時.[12]	또 문 앞을 쓸 때 가보겠습니다.

주석

1) 仍(잉) : '내(乃)'와 통한다. 비로소.

2) 期(기) : 다 지나가다.

3) 直諫草(직간초) : 군주에게 충언을 바치는 글의 초고.

4) 贈行(증행) : 이별의 즈음에 주다.

5) 錦段(금단) : 오색 무늬가 들어간 옷감.

장형(張衡), 〈사수시 四愁詩〉 미인이 나에게 금단을 주셨는데, 무엇으로 보답할까, 푸른 옥으로 장식한 안상일세.(美人贈我錦繡段, 何以報之靑玉案.)

6) 靑萍(청평) : 전국시대 조양자(趙襄子)의 참승(參乘). 《여씨춘추 · 서의(序意)》에 의하면, 청평은 친구인 예양이 조양자를 암살하려는 것을 발견하고 친구와 신하의 도리를 다하기 위해 자살했다고 한다.

肯(긍) : 어찌.

7) 通塞(통색) : 뚫리고 막히다. 《역경》에 보이는 말로 인생의 부침을 나타낸다.

8) 繫(계) : ~에 달리다.

9) 警露(경로) : 이슬을 경계하다. 학은 경계심이 많아 이슬이 맺혀 떨어지는 소리가 나면 큰 소리로 울면서 서식처를 옮긴다고 한다.

辭侶(사려) : 짝과 헤어지다.

10) 吸風(흡풍) : 바람을 마시다. 매미는 바람이 불면 더 나뭇가지에 달라붙어 꼼짝하지 않는다고 한다.

11) 彈冠(탄관) : 관의 먼지를 털다. 출사할 준비를 하고 있음을 가리킨다. 《한서 · 왕길전(王吉傳)》에 의하면, 왕길은 공우(貢禹)와 친구 사이였는데 세상에 "왕길이 자리에 있으니 공우가 관을 턴다"는 말이 있었다고 한다.

12) 掃門(소문) : 문 앞을 쓸다. 《사기 · 제도혜왕세가(齊悼惠王世家)》에 의하면, 한나라 위발(魏勃)은 재상 조참(曹參)을 알현하고자 매일 일찍 일어나 조참의 집 문 앞을 쓸었다고 한다.

해설

이 시는 영호도(令狐綯)가 이상은에게 써 준 이별시에 수답한 것이다. 개성 5년(840) 이상은이 홍농(弘農)으로 갈 때 지은 것으로 추정된다. 제1-2구는 홍농에 오고간 시점을 언급한 것이다. 여름에 홍농현위로 부임한 뒤에 휴가를 청해 장안으로 돌아왔다가 가을에 다시 홍농으로 떠난다는 말이다. 제3-4구는 오가는 일로 번거롭게 해 송구하다는 것이다. 여러 차례 송별시를 쓰느라 직언을 올리는 좌보궐의 본분을 다하기 어렵게 해드린 것이 아니냐고 했다. 제5-6구는 은원(恩怨)이 교차하는 복잡한 심경을 내비친 것이다. 이상은이 왕무원(王茂元)의 사위가 되면서 영호도와의 관계도 소원해지기 시작했다. 그러나 은혜에 보답하려는 마음이 없지 않으니 조양자(왕무원)와 예양(영호도) 사이에서 갈등하는 청평의 고민을 이해해달라고 했다. 제7-8구는 자신의 운명이 영호도에게 달렸다는 애걸이다. 홍농현위 사직 이후에 좋은 자리를 마련해달라고 청탁했다. 제9-10구는 학과 매미를 들어 자신의 충정을 밝힌 것이다. 몸은 놀란 학이 되어 홍농으로 떠나지만 마음만은 매미처럼 영호도에게 들러붙어 싶다고 했다. 제11-12구는 재차 청탁의 취지를 밝힌 것이다. 좋은 자리를 마련해줄 때까지 정성을 다하며 기다려보겠노라고 했다.

영호초와 영호도 부자가 이상은의 은인이라고는 하나 고매한 인격의 소유자는 아니었다. 기득권을 배경으로 우이당쟁(牛李黨爭)의 소용돌이에서 운좋게 우위를 점해 관도가 트인 사람들이었을 뿐이다. 이들에 비해 절대적 열세에 놓인 이상은으로서는 여기저기 눈치를 보며 생존을 모색하지 않을 수 없었다. 비굴해 보여도 어쩔 수 없는 일이었다. 청나라 기윤(紀昀)은 이 시의 마지막 두 구를 두고 "너무 골격이 없어서 결국 시 전체를 빛바래게 했다(太無骨格, 遂使全篇削色.)"고 지적했다. 비굴함이 지나쳐 온유돈후함을 잃었다는 말이리라. 영호도처럼 고관대작으로 호의호식하며 걱정거리 없이 살았던 사람 눈에는 그렇게도 보였을 것이다.

229

銀河吹笙

은하수 아래에서 생황을 불다

悵望銀河吹玉笙,[1]	슬피 은하수를 바라보며 옥 생황을 부는데
樓寒院冷接平明.[2]	추운 누각과 썰렁한 정원에서 새벽까지 이어진다.
重衾幽夢他年斷,[3]	겹이불 속 그윽한 꿈은 옛날에 끊어졌고
別樹羈雌昨夜驚.[4]	나무를 떠난 짝 잃은 암컷도 어젯밤에 놀랐다.
月榭故香因雨發,[5]	달구경하는 정자에서 남은 향기가 비로 인해 피어나고
風簾殘燭隔霜清.[6]	바람 막는 발 안에서 잦아드는 촛불이 서리 너머 맑다.
不須浪作緱山意,[7]	함부로 구산의 뜻을 지어내지 말지니
湘瑟秦簫自有情.[8]	상비의 슬과 진루의 퉁소에도 제각기 감정이 있었다.

주석

1) 悵望(창망) : 슬프게 바라보다.

玉笙(옥생) : 옥으로 장식한 생황(笙簧). 생황의 미칭(美稱)으로도 쓰인다. 생황은 17-19개의 대나무 관으로 이루어진 악기이다.

2) 接(접) : 이어지다.
平明(평명) : 새벽.
3) 重衾(중금) : 겹이불.
幽夢(유몽) : 그윽한 꿈. 아련한 꿈속을 말한다.
他年(타년) : 옛날. 이전.
4) 羈雌(기자) : 짝을 잃은 암컷 새.
5) 月榭(월사) : 달구경하는 정자.
故香(고향) : 남은 향기. 시들지 않고 남아 있는 꽃의 향기를 말한다.
6) 風簾(풍렴) : 바람을 막기 위해 다는 발.
殘燭(잔촉) : 잦아드는 촛불. 사그라지는 촛불.
7) 不須(불수) : ~해서는 안 된다.
浪(랑) : 함부로.
作意(작의) : 뜻을 지어내다. 의미를 붙이다.
緱山(구산) : 구씨산(緱氏山). 지금의 하남성 언사시(偃師市) 남쪽에 있다. 《열선전(列仙傳)》 왕자교는 주나라 영왕의 태자 진이다. 생황을 잘 불어 봉황의 울음소리를 냈다. 이수, 낙수 사이에서 노닐었는데, 도사 부구공이 그를 데리고 숭고산으로 올라갔다. 30여 년 뒤에 산 위에서 그를 찾았는데 백량 앞에 나타나 말하길, "7월 7일에 구씨산 정상에서 나를 기다리라고 내 집에 알려주게."라고 했다. 그날이 되자 과연 흰 학을 타고 산마루에 내려앉았다. 멀리서 그를 바라보았으며 가까이 다가갈 수 없었다. 손을 들어 당시 사람들과 이별하고 며칠 후 떠나갔다. 나중에 구씨산 아래와 숭고산 정상에 사당을 세웠다.(王子喬者, 周靈王太子晉也. 好吹笙, 作鳳凰鳴, 遊伊洛之間, 道士浮丘公, 接以上嵩高山. 三十餘年後, 求之於山上, 見栢良曰: "告我家, '七月七日, 待我於緱氏山巓.'" 至時, 果乘白鶴, 駐山頭. 望之不得到, 擧手辭時人, 數日而去. 亦立祠於緱氏山下及嵩高首焉.) '구산의 뜻'이란 신선이 되어 떠나는 것을 말한다.
8) 湘瑟(상슬) : 상비(湘妃)가 타던 슬.
秦簫(진소) : 진루(秦樓)의 퉁소. 진나라 농옥(弄玉)이 불던 퉁소를 말한다.
有情(유정) : 감정이 있다. 신선이 아닌 인간으로서의 감정이 있다는 말이다.

해설

이 시는 첫 구절에서 제목을 취한 일종의 무제시다. 제1-2구는 밤에 은하수를 바라보며 생황을 부는 장면을 묘사한 것이다. 차가움이 느껴지는 누각과 정원에 울려 퍼지는 생황 소리가 새벽까지 이어진다고 했다. 제3-4구는 애틋했던 지난날을 아쉬워한 것이다. 사랑하는 임과의 추억은 이미 과거지사가 되어 버렸고, 이에 대한 감상을 담아 부는 생황 소리에 짝 잃은 새도 동병상련인 듯 놀라 울었다고 했다. 제5-6구는 생황을 부는 장소를 감각적으로 묘사한 것이다. 비가 온 뒤라 남은 꽃의 향기가 은은히 정자 안으로 스며들고 서리 내리는 깊은 밤 발 사이로 촛불이 맑게 비친다고 했다. 독수공방의 외로움이 경물 묘사 속에 묻어난다. 제7-8구는 권유의 말로 시상을 매듭지은 것이다. 슬을 타던 상비와 퉁소를 배운 농옥도 남녀 간의 정을 잘 알았으니 생황을 분다 하여 꼭 신선세계를 꿈꾸는 것으로만 이해하지 말라고 했다.

구씨산(緱氏山)과 관련된 《열선전(列仙傳)》의 고사가 칠석을 시간적 배경으로 삼고 있으므로, 이 시에 보이는 '은하수'도 칠석과 연관 지어 보아야 할 것이다. 따라서 화자가 칠석에 은하수를 건너 만나는 견우와 직녀를 바라보며 생황을 불었다는 분석이 가능하다. 화자는 사랑을 나누었던 지난날을 그리워하며, 신선세계에서 어서 돌아오라고 옛 연인에게 권유하고 있다. 이러한 맥락으로 볼 때 이 시는 세상을 떠난 아내를 애도한 도망시(悼亡詩)라기보다 여도사에게 보내는 염정시에 가깝다고 판단된다. 청나라 정몽성(程夢星)의 풀이가 대체로 이와 유사하다. "이 시 또한 여도사를 위해 지은 것이다. 은하수는 직녀가 견우와 만나는 약속이고 생황을 부는 것은 왕자진이 신선이 되는 고사이니, 그래서 '은하수 아래에서 생황을 불다'라고 제목을 단 것이다.(此亦爲女冠而作. 銀河爲織女聚會之期, 吹笙爲子晉得仙之事, 故以銀河吹笙命題.)"

230

與同年李定言曲水閒話戲作

급제 동기 이선(李宣)과 곡강(曲江)에서 한가롭게 대화하다 장난삼아 짓다

海燕參差溝水流,[1]	제비는 들쭉날쭉, 개울물은 흐르니
同君身世屬離憂.[2]	그대와 같은 신세 되어 이별의 근심을 안았네.
相攜花下非秦贅,[3]	서로 꽃 아래서 손잡았을 때는 진나라 데릴 사위 아니었는데
對泣春天類楚囚.[4]	봄 하늘 향해 마주보고 우는 꼴은 초나라 포로 같소.
碧草暗侵穿苑路,[5]	푸른 풀이 슬그머니 뻗은, 동산을 지나는 길
珠簾不捲枕江樓.[6]	구슬발 걷지 않은, 강가의 누각.
莫驚五勝埋香骨,[7]	물에 미인의 뼈를 묻었다고 놀라지 마시라
地下傷春亦白頭.[8]	지하에서도 봄을 슬퍼하느라 또한 백발 되었을 테니.

주석

1) 海燕(해연) : 제비의 별칭. 제비가 남쪽 지방에서 바다를 건너온다고 해서 이렇게 부른다.
參差(참치) : 들쭉날쭉. 가지런하지 않은 모습.
溝水流(구수류) : 개울물이 흐르다. 개울물이 동서로 나뉘어 흐른다는

뜻으로, 흔히 남녀의 이별을 비유한다.

탁문군(卓文君), 〈백두음 白頭吟〉 하얗기는 산 위의 눈, 밝기는 구름 사이의 달. 당신께서 두 마음 가졌다고 하여 그래서 결별하러 왔어요. 오늘 술잔 기울이며 만나지만 내일 아침 개울가에서 헤어져야 해. 타박타박 궁궐 밖 개울가를 걸으면 개울물은 동서로 흐를 테지요.(皚如山上雪, 皎若雲間月. 聞君有兩意, 故來相決絶. 今日斗酒會, 明日溝水頭. 躞蹀御溝上, 溝水東西流.)

2) 身世(신세) : 처지.

屬(속) : ~에 해당하다.

離憂(이우) : 근심을 만나다.

3) 相攜(상휴) : 서로 손을 잡다.

秦贅(진췌) : 데릴사위. 진나라 때 부잣집 아들은 분가하고 가난한 집 아들은 데릴사위가 된 데서 나온 말이다. 데릴사위는 예로부터 천시되었다. 예컨대 진시황은 데릴사위를 적발하여 수자리로 내보냈고, 한문제(漢文帝) 때도 데릴사위는 관리가 될 수 없었다.

4) 對泣(대읍) : 마주보고 울다.

類(유) : 비슷하다.

楚囚(초수) : 초나라 출신의 포로. 흔히 곤경에 처한 사람을 가리킨다.

《좌전(左傳) · 성공(成公) 9년조》 진나라 군주가 병기고를 둘러보다가 초나라의 종의를 발견했다. 그에 대해 묻기를 "남쪽 나라 갓을 쓰고 잡혀 있는 자는 누구인가?"라 하니 병기고의 관리가 대답하기를 정나라 사람이 바친 초나라 포로입니다."라고 했다.(晉侯觀於軍府, 見鍾儀. 問之曰, 南冠而縶者, 誰也. 有司對曰, 鄭人所獻楚囚也.)

《세설신어 · 언어(言語)》 강남으로 넘어온 여러 사람들이 매번 좋은 날이 오면 곧 서로 맞이하여 신정으로 나가 화초를 자리삼아 주연을 벌였다. 주의(周顗)가 좌중에서 탄식하여 말하길 "풍경은 다르지 않으나 정작 산하가 다르도다." 라고 하자, 모두 서로 바라보며 눈물을 흘렸다. 그런데 오직 왕도(王導)만이 근심스럽게 얼굴빛을 바꾸면서 말하길 "마땅히 함께 왕실을 위해 힘을 써서 중원을 회복해야 할 것이지 어찌하여 초나라의 포로처럼 서로 마주보고만 있단 말인가!"라고 했다.(過江諸人, 每至美日, 輒相邀新亭, 藉卉飮宴. 周侯中坐而歎

曰, 風景不殊, 正自有山河之異. 皆相視流淚. 唯王丞相愀然變色曰, 當共勠力王室, 克復神州, 何至作楚囚相對.)

5) 暗(암) : 모르는 사이. 부지불식간.
侵(침) : 침습하다. 풀이 길로 뻗어난 것을 말한다.
穿(천) : 지나다. 통과하다.
苑路(원로) : 동산에 난 길. 곡강(曲江)에 부용원(芙蓉苑)이 있었다.

6) 珠簾(주렴) : 진주를 엮은 발.
不捲(불권) : 걷지 않다. 사람이 없다는 뜻이다.
枕江(침강) : 강가.

7) 莫驚(막경) : 놀라지 말라.
五勝(오승) : 오행상승(五行相勝). 여기서는 물을 가리킨다. 진(秦)나라가 불의 덕을 가진 주(周)나라를 물의 덕으로 이겼다고 한 데서 나온 말이다.
埋(매) : 묻다.
香骨(향골) : 미녀의 유골.

8) 傷春(상춘) : 봄을 슬퍼하다. 연인과의 사별을 슬퍼하는 것을 가리킨다.

해설

이 시는 여인과 이별한 친구와의 동병상련을 노래한 것이다. 제목에 보이는 이정언(李定言)은 이선(李宣)이라는 인물로 추정된다. 시를 지은 장소가 행락지로 유명한 곡강이고, 또 제3구에서 '꽃 아래(花下)', '데릴사위가 아니었다'고 한 것으로 보아 이 시에서 말하는 여인은 부인이 아니라 가기(歌妓)였을 것이다. 제1-2구는 두 사람 다 여인과 이별한 처지임을 말한 것이다. 제비가 둥지를 떠나 제각기 날아가고 개울물이 동서로 나뉘어 흐르는 것으로 이별을 비유했다. 제3-4구는 과거와 현재를 대비시킨 것이다. 예전에는 데릴사위와 달리 자유롭게 꽃밭에서 놀았는데, 이제는 여인을 떠나보내고 봄날 처량하게 서로 마주하고 있다고 했다. 제5-6구는 쓸쓸해진 곡강을 묘사한 것이다. 동산의 길은 인적이 끊겨 풀이 무성하고 강가 누각도 여인이 떠난 후 구슬발을 걷지 않는다고 했다. 제7-8구는 위로의 말을 농담 삼아 건넨 것이다. 여인이 일찍 세상을 떠난 것은 안타깝지만, 그녀에게 지각이 있다면 아름다운 지난날을 슬퍼하며 또한 백발 할머니가 되었으리라 했다. 여인의 불행한 운명 속에 시인과 이정언 두 사람의 불우함이 배어 있어 '장난삼아 짓다'라는 제목의 표현을 곧이곧대로 믿을 것은 아니다. 청나라 육명고(陸鳴皐)는 이 시의 마지막 연에 주목해 이렇게 평했다. "피를 토하며 혼을 빼놓는 이런 결어(結語)는 오직 이 시인만이 홀로 뛰어났다.(嘔血追魂, 此種盡頭語, 惟此君獨擅.)"

231

彭陽公薨後贈杜二十七勝李十七潘, 二君竝與愚同出故尚書安平公門下

팽양공이 돌아가신 뒤에 두승과 이반에게 주다-두 사람 모두 나와 고 이부상서 안평공의 문하에서 나왔다

梁山兗水約從公,[1]	양산과 연수에서 공무를 맡자고 약조했는데
兩地差池一旦空.[2]	두 곳에서 일이 어긋나며 하루아침에 텅 비었네요.
謝墅庾郵相弔後,[3]	사안의 별장과 유량의 마을에서 서로 조문한 후
自今歧路更西東.[4]	이제 갈림길은 다시 동서로 나뉘네요.

주석

1) 梁山(양산) : 섬서성에 있는 산 이름으로, 여기서는 영호초의 산남서도절도사 막부가 있던 양주(梁州)를 가리킨다.
兗水(연수) : 하남성에 있는 하천 이름으로, 여기서는 최융(崔戎)의 연해관찰사(兗海觀察使) 막부가 있던 연주(兗州)를 가리킨다.
從公(종공) : 공무를 담당하다. 여기서는 막부에 종사하는 것을 말한다.
2) 差池(치지) : 가지런하지 않은 모양. 일이 어긋난 모양. 여기서는 막주(幕主)의 사망으로 막부가 해산된 것을 가리킨다.

一旦(일단) : 하루밤새.

3) 謝墅(사서) : 사안(謝安)의 별장. 《진서 · 사안전》에 의하면, 사안은 대나무 숲 속에 별장을 마련해두고 자주 아들과 조카를 불러 놀았다고 한다. 여기서는 최융의 장안 저택을 가리킨다.

庾邨(유촌) : 유량(庾亮)의 마을. 《진서 · 유량전》에 의하면, 유량은 무창(武昌)의 남루(南樓)에서 은호(殷浩) 등과 어울려 시를 짓곤 했다고 한다. 여기서는 영호초의 장안 저택을 가리킨다.

4) 歧路(기로) : 갈림길.

해설

이 시는 팽양공 영호초(令狐楚, 766-837)의 장례를 마치고 막부에서 함께 종사관으로 있던 두승(杜勝)과 이반(李潘)에게 보낸 것이다. 판본에 따라 제목에서 '이군(二君)' 이하가 주석으로 되어 있기도 하다. 〈안평공시(安平公詩)〉에서 "막부의 종사관인 두승과 이반을 보노라면, 기린의 뿔과 호랑이 날개가 서로 절차탁마했다(府中從事杜與李, 麟角虎翅相過摩.)"고 한 것처럼 이들과는 태화 연간에 최융의 막부에서도 동고동락한 사이였다. 이상은이 이들과 헤어져 왕무원(王茂元)의 경원절도사(涇原節度使) 막부로 갈 때 지어준 시인 듯하다.

제1-2구는 막부에서 함께 지냈던 지난날을 회고한 것이다. 이상은은 두승, 이반과 최융의 연해관찰사 막부에 이어 영호초의 산남서도절도사 막부에서 같이 일했는데, 공교롭게도 모두 막주(幕主)가 세상을 뜨면서 막부가 해산되었다고 했다. 제3-4구는 이제 다시 갈림길에 섰다는 감회를 피력한 것이다. 막주의 장례를 마친 시점이라 서로 살 길을 찾아 떠나야 한다고 했다. 얄궂게도 이상은과 이 두 사람은 이후로 서로 인생길을 달리 했다. 이상은이 내내 막부를 전전한 반면, 두승은 검교예부상서(檢校禮部尙書)에 오르고 이반은 예부시랑(禮部侍郞)에 오르며 승승장구했던 것이다.

232

聞歌

노래를 듣다

斂笑凝眸意欲歌,[1] 웃음을 거두고 응시하며 노래 부르려 하니
高雲不動碧嵯峨.[2] 높은 구름 움직이지 않은 채 푸른 산인 듯.
銅臺罷望歸何處,[3] 동작대에서 다 바라보고 나면 어디로 돌아가나?
玉輦忘還事幾多.[4] 옥 수레 돌아오길 잊었던 일 얼마나 많았던가?
青塚路邊南雁盡,[5] 푸른 무덤 길가에 남쪽 기러기 사라지고
細腰宮裏北人過.[6] 세요궁에 북쪽 사람 지나간다.
此聲腸斷非今日,[7] 이 노래 소리 마음 아픔은 오늘만이 아니니
香灺燈光奈爾何.[8] 향 다 타고 등불 비칠 때 너를 어찌 할까?

주석

1) 斂笑(염소) : 웃음을 거두다. 웃음을 참다.
凝眸(응모) : 응시하다.
意欲(의욕) : ~하고자 하다.

2) 高雲(고운) 구 : 높이 뜬 구름이 노래를 들으려 푸른 산처럼 우뚝 멈추었다는 말이다.
《열자 · 탕문(湯問)》 진청이 무릎을 치며 슬피 노래 부르자 그 소리가 숲의 나

무를 뒤흔들고, 울림이 떠가는 구름을 멈추게 했다.(秦靑撫節悲歌, 聲振林木, 響遏行雲.) '차아(嵯峨)'는 산 같은 것이 우뚝 솟은 모양이다.

3) 銅臺(동대) : 동작대(銅雀臺). 《업도고사(鄴都故事)》에 따르면 조조는 자신이 죽으면 여러 미인들이 동작대(銅雀臺)에 올라가 음악을 연주하고 자식들은 동작대에 올라 자신의 묘를 바라보라는 유언을 남겼다.

罷望(파망) : 바라보는 일을 마치다.

4) 玉輦(옥련) : 옥 수레.

《습유기(拾遺記)》권3 주 목왕이 황금벽옥 수레를 몰고 사해에 두루 발자취를 남겼다. 서왕모가 비취빛 봉황의 수레를 타고 와서 목왕과 함께 즐겁게 노래를 불렀다.(穆王御黃金碧玉之車, 跡轂遍於四海. 西王母乘翠鳳之輦, 而來與穆王歡歌.)

忘還(망환) : 돌아오기를 잊다.

5) 靑塚(청총) : 왕소군(王昭君)의 무덤.

《귀주도경(歸州圖經)》 오랑캐 땅에는 흰 풀이 많았는데 왕소군의 무덤만 푸르러 마을 사람들이 그녀를 기려 향계에 사당을 세웠다.(胡地多白草, 昭君冢獨靑, 鄕人思之, 爲立廟香溪.)

南雁盡(남안진) : 남쪽 기러기가 사라지다. 남쪽에서 기러기가 오지 않는다는 말이다.

6) 細腰宮(세요궁) : 무산(巫山)에 있었던 초나라의 이궁(離宮).

北人(북인) : 북쪽에서 온 사람. 남방의 초나라가 망했음을 암시한다. '식부인(息夫人)'을 가리킨다고 보는 설도 있다. 식부인은 춘추시대 식후(息侯)의 부인으로 식나라가 망한 후 초나라 문왕(文王)의 왕후가 되었다.

7) 此聲(차성) : 이 노랫소리.

腸斷(장단) : 마음 아프다.

8) 香灺(향사) : 향 심지 끝의 탄 나머지.

奈爾何(내이하) : 너를 어찌 할까. '너'는 노래를 가리킨다. '내하(奈何)'는 청중이 노래를 들으며 덧붙이는 일종의 추임새이다.

《세설신어 · 임탄(任誕)》 환이(桓伊)는 매번 아름다운 노래를 들으면 문득 '내하'를 외쳤다. 사안(謝安)이 그것을 듣고 이렇게 말했다. "환이는 줄곧 깊은 감정이 있다고 말할 만하다."(桓子野每聞淸歌, 輒喚奈何. 謝公聞之曰, 子野可謂一往有深情.)

해설

이 시는 노래를 듣고 난 후의 느낌을 시로 옮긴 것이다. 시의 내용으로 보아 가수는 궁중의 가기(歌妓)였다가 신세가 몰락한 이로 여겨진다. 제1-2구는 노래를 부르기 직전의 모습을 묘사한 것이다. 가수가 자세를 가다듬고 노래를 부르려 하니 벌써 구름도 움직임을 멈추고 경청할 준비를 한다고 했다. 가운데 네 구는 모두 고사를 인용해 노래의 슬픈 정조를 형상화하고 더불어 영락한 가수의 처지를 암시한 것이다. 먼저 제3-4구는 위 무제 조조(曹操)와 주(周) 목왕(穆王)을 예로 들었다. 조조가 세상을 뜨고 주 목왕이 유람을 다니며 환궁하지 않았던 일을 이야기했다. 다음으로 제5-6구는 왕소군(王昭君)과 초나라의 궁녀를 예로 들었다. 왕소군의 무덤에는 기러기도 날아오지 않고 여인의 가는 허리를 좋아했던 영왕(靈王)의 초나라도 망했다고 했다. 이상의 네 가지 고사에는 모두 비빈(妃嬪)과 궁녀(宮女)의 슬픈 운명이 저변에 깔려 있다. 제7-8구는 가수의 슬픈 노래에 공감한 시인의 심사를 드러낸 것이다. 시인도 오늘처럼 슬픔을 느낄 때가 많아 노래를 들으며 하염없이 추임새를 넣는다고 했다. 전고를 잇달아 쓰는 수법이 〈눈물(淚)〉 시를 연상케 한다.

233

贈華陽宋眞人兼寄清都劉先生[1]

화양관 송진인에게 보내고 겸하여 청도관 도사 유선생에게 부치다

淪謫千年別帝宸,[2]	궁전을 떠나 귀양 온 지 천 년
至今猶謝蕊珠人.[3]	지금까지도 상청경 선인들과 헤어져 있다.
但驚茅許同仙籍,[4]	모몽과 허매처럼 함께 선적에 든 것만도 놀라웠는데
不道劉盧是世親.[5]	유곤과 노심처럼 친척인 것도 몰랐지.
玉檢賜書迷鳳篆,[6]	옥 문갑 속 하사받은 경전은 어지럽기만 했고
金華歸駕冷龍鱗.[7]	금화산으로 돌아갈 수레의 용 비늘은 차가웠다.
不因杖屨逢周史,[8]	노자의 자취를 따르지 못했다면
徐甲何曾有此身.[9]	서갑 같은 내게 어찌 이런 몸이 있었겠는가.

주석

1) 華陽(화양) : 화양관(華陽觀). 장안에 있는 도관.
宋眞人(송진인) : 송화양(宋華陽) 자매 중 하나라는 의견도 있지만 누구인지 분명치 않다.
清都(청도) : 옥양산(玉陽山)의 도관으로 이상은이 예전에 도를 배웠던 곳이다.
劉先生(유선생) : 누구인지 알 수 없다. 아마도 이상은과 함께 옥양산에

서 함께 도를 배웠던 이로 추측되는데, '선생'이란 호칭으로 보아 사제지간인 듯하다.

2) 淪謫(윤적) : 귀양가다. 폄적되다.
帝宸(제신) : 제왕의 궁전. 여기서는 옥황상제의 궁을 의미한다.

3) 蕊珠人(예주인) : 상청경(上淸境)의 궁궐에 사는 이. 여기서는 상청궁궐에 있는 선인(仙人)을 이른다.

4) 茅許(모허) : 모몽(茅濛)과 허매(許邁). 모몽은 귀곡선생(鬼谷先生)을 스승으로 삼아 장생술을 익혀 화산(華山)으로 들어가 수도하다 승천했고, 허매는 명산을 유람하다 임안(臨安)의 서산(西山)에 들어가 승천했다.
仙籍(선적) : 선인의 명부.

5) 不道(부도) : 알지 못하다.
劉盧(유로) : 유곤(劉琨)과 노심(盧諶). 유곤의 처가 노심의 이모였다. 여기서는 송진인과 유선생이 친척임을 이른다.

6) 玉檢(옥검) : 옥으로 만든 편지함.
賜書(사서) : 임금이 신하에게 서적을 하사하다.
鳳篆(봉전) : 도가의 경전을 쓸 때 사용하는 글자체, 도가의 경전.

7) 金華歸駕(금화귀가) : 금화산의 선인이 수레를 타고 돌아가다. 《운급칠첨(雲笈七籤)》에 따르면, 육현궁주(六玄宮主)가 모든 하늘의 신을 운령관(雲靈觀)에 모으자 용 수레와 학을 타고 왔고 의장대도 정연하게 하늘에 머물렀다. 그때 태극원진제군(太極元眞帝君)이 천로(天老), 즉 재상에게 명하여 용을 타고 가서 육현궁의 선녀에게 경의를 표하라 했다. 육궁의 선녀 역시 각각 선녀를 보내 학을 타고 제군에게 가서 경의를 표하게 했다. 일을 마치자 ……금화산의 선녀가 날아서 황제 앞에 이르렀고, 원진제군에게 금단(金丹)의 도에 대해 말했다. 말을 마치고 자리로 돌아갔고 얼마 후 여러 신선은 아득하게 날아갔다.

8) 杖屨(장구) : 지팡이와 미투리. 도사(道士)나 중을 가리키거나, 그들의 자취를 의미한다.
周史(주사) : 노자(老子). 주(周)나라 문왕 때 수장사(守藏史)를 지냈고 무왕 때에는 주하사(柱下史)를 지냈다. 여기서는 유선생을 비유한다.

9) 徐甲(서갑) : 《신선전(神仙傳)》에 따르면, 노자에게 서갑이라는 객이 있었는데 노자에게 삯을 받고 일을 했으나 돈 720만전을 받지 못해 노자를 찾아갔다. 노자가 그를 보고 "내가 목적지에 도착하면 급료를 계산해서 황금으로 지불한다고 말했거늘, 너는 어찌 참지 못하느냐? 지금 당장은 지불할 수 없어 그 대신 네게 '태현청생부(太玄淸生符)'를 주어 그 덕택에 살아왔거늘."이라 했다. 서갑이 입을 삐쭉이자 과연 그 책이 나왔고, 서갑은 마른 뼈가 되었다. 서갑의 장인이 노자가 신인(神人)인 것을 알고 살려달라고 부탁하자 노자가 다시 살려주었다. 이 시에서는 이상은 자신을 비유한다.

해설

이 시는 송진인에게 보내면서 유선생도 염두에 두고 쓴 것으로, 송진인의 처지와 그들의 관계를 쓰면서 유선생에 의해 시인 자신도 수도할 수 있었음을 담고 있다. 제1-2구에서는 송진인이 본래 천상의 선녀로 천 년간 세상에 귀양 와 지금까지 돌아가지 못하고 있다고 했다. 이는 궁인으로 궁정을 떠나온 지 오래되어 옛 벗들과 여전히 이별해 있음을 말한 것으로 보인다. 제3-4구에서는 두 전고를 사용하여 송진인과 유선생이 함께 신선의 명부에 올랐고 두 사람이 친척관계였음을 알지 못했다고 했다. 아마도 이상은이 예전에 수도할 때 송진인과 유선생을 알았지만 그들의 관계에 대해서는 시를 주는 이 시점에야 알게 되었던 듯하다. 제5-6구에서는 송진인이 귀양 와서 돌아가는 것이 요원하게 되자 천상의 경전도 읽지 못하게 되었고, 그곳으로 돌아갈 용 수레도 하염없이 기다리게 되었음을 말했다. 제7-8구에서는 노자와 서갑의 고사를 인용하여 자신에게 유선생이 없었다면 도를 알지 못했을 것이라 했다. 제목의 '겸하여 부친다(兼寄)'에 대한 언급이다.

234-1

楚宮 二首[1](其一)

초나라 궁전 2수 1

十二峰前落照微,[2]	열두 봉우리 앞 낙조가 희미해지는데
高唐宮暗坐迷歸.[3]	고당관의 궁전 어두워지도록 앉아 돌아갈 줄 몰랐지.
朝雲暮雨長相接,[4]	아침 구름과 저녁 비를 늘 맞이하면서도
猶自君王恨見稀.	오히려 군왕은 만나는 것 드물다 한탄했지.

주석

1) 제목 : 다른 판본에는 첫 번째 시 제목에 '이수(二首)'가 없고 두 번째 시의 제목이 〈비 오는 날 지난 일을 한담하다(水天閒話舊事)〉라 되어 있기도 하다.

2) 十二峰(십이봉) : 무산(巫山)의 열두 봉우리. 등룡(登龍), 성천(聖泉), 조운(朝雲), 망하(望霞), 송만(松巒), 집선(集仙), 정단(淨壇), 기운(起雲), 비봉(飛鳳), 상승(上升), 취병(翠屛), 취학(聚鶴)의 열두 봉우리이다.
落照(낙조) : 석양의 햇살.

3) 高唐(고당) : 고당관(高唐觀).
迷歸(미귀) : 돌아갈 것을 잊다. 돌아갈 줄 모르다.

4) 朝雲暮雨(조운모우) : 아침 구름과 저녁 비. 남녀의 즐거운 만남을 비유한다.

송옥, 〈고당부〉 서문 옛날에 선왕께서 고당에서 노닐 적에 한 부인을 꿈에서 보았다. 그 여인이 이르기를 저는 무산의 신녀로, 아침에는 구름이 되었다가 저녁에는 비가 되어 내린다고 했다.(昔者先王嘗遊高唐, 夢見一夫人, 曰: 妾巫山之女也, 旦爲朝雲, 暮爲行雨.)

해설

이 시는 초 양왕의 호색(好色)에 대해 쓰고 있는데 시인의 불우함에 대한 감개 또한 담겨 있다. 제1-2구에서는 무산의 황혼을 묘사하여 슬픈 분위기를 조성하면서 고당 전고를 제시했다. 제3-4구에서는 제2구를 이어 초 양왕과 신녀의 전고를 썼다. 날마다 운우의 정을 즐기면서도 왕은 도리어 그것이 모자라다 한탄한다고 했다. 겉으로는 왕의 호색에 대해 견책의 뜻이 있는 듯하지만, 여기서는 그 대상이 왕의 신임과 총애를 받고 있는 영호도(令狐綯)를 가리킨다고 볼 수 있다. 영호도와는 달리 시인은 불우하여 떠돌고 있으니 자신의 처지에 대한 감개를 이 시에 기탁했던 것이다.

234-2

楚宮 二首(其二)

초나라 궁전 2수 2

月姊曾逢下彩蟾,[1]	항아가 달의 궁궐에서 내려와 만났었는데
傾城消息隔重簾.[2]	미인의 소식은 여러 겹 발로 멀어져 있다.
已聞珮響知腰細,	이미 패옥 소리 듣고 허리 잘록한 이 알아보았고
更辨絃聲覺指纖.	다시 현 소리를 분별해 가느다란 손가락임을 알았지.
暮雨自歸山悄悄,[3]	저녁 비에 스스로 돌아오니 산은 처량한데
秋河不動夜厭厭.[4]	은하수 움직이지 않으니 밤은 고요하기만.
王昌且在牆東住,[5]	왕창이 그저 담 동쪽에 살고 있으니
未必金堂得免嫌.[6]	울금당에서도 꼭 의심을 벗지는 못하리라.

주석

1) 月姊(월자) : 항아(姮娥).
彩蟾(채섬) : 달 속에 산다는 두꺼비. 전하여 월궁(月宮)을 가리키기도 한다.
2) 傾城(경성) : 미녀.
3) 悄悄(초초) : 근심하는 모양. 외롭고 처량한 모양.
4) 秋河(추하) : 은하수.

厭厭(염염) : '염염(懕懕)'과 같은 뜻으로 편안하고 고요한 모양.

5) 王昌(왕창) : 당대의 여러 시에 왕창이라는 이름 보이지만 그가 누구인지는 모른다. 아마도 특정한 사람을 지칭한 것은 아닐 듯하다. 여기서는 시인을 가리키는 듯하다.

且在(차재) : 지재(只在)와 같다. 다만 ~에.

牆東(장동) : 동가(東家), 즉 동쪽 집이라는 뜻이다.

6) 金堂(금당) : 울금당(鬱金堂). 화려하고 웅장한 집. 울금당은 양(梁) 무제(武帝)의 〈하중지수가(河中之水歌)〉에 보면 노(盧)씨의 아내 막수(莫愁)의 거처로 나온다. 나중에는 여인이 거하는 곳을 이르는 데 쓰였다.

免嫌(면혐) : 의심에서 벗어나다.

해설

이 시는 앞의 시와는 다른 내용으로, 어떤 여인을 그리워하지만 만나지 못하는 마음을 담고 있다. 제1-2구에서는 그 여인이 달 속의 항아와 같은데 예전에 만난 적이 있으나 오늘은 여러 겹 발로 떨어져 있음을 말했다. 제3-4구에서는 비록 떨어져 있지만 패옥소리와 가야금 소리에서 그녀의 소식을 알 수 있는 것 같다고 했다. 제5-6구에서는 그녀는 무심하게도 돌아가 버렸고 시인은 아쉬움에 밤새 잠을 이루지 못하고 있음을 말했다. 제7-8구에서는 시인이 담 동쪽에 가까이 있지만 닿지 못하는 처지이고, 울금당에 있는 그녀 역시 연정을 품고 있어 같은 마음일 것이라 했다.

235-1

和友人戲贈(其一)

친구가 장난삼아 지어준 시에 창화하다 1

東望花樓會不同,[1]	동쪽으로 꽃 누각 바라보아도 함께 만나지 못하고
西來雙燕信休通.[2]	서쪽에서 제비 한 쌍이 와도 편지를 전하지 않는다.
仙人掌冷三霄露,[3]	신선의 손바닥엔 온 하늘의 이슬이 차갑고
玉女窓虛五夜風.[4]	선녀의 창은 밤 내내 부는 바람으로 휑하다.
翠袖自隨迴雪轉,[5]	비취빛 소매는 저절로 날리는 눈발 따라 펄럭이고
燭房尋類外庭空.[6]	촛불 밝힌 방은 이윽고 바깥뜰을 닮아 텅 빈다.
殷勤莫使清香透,[7]	은근히 맑은 향기 스며들게 하려 마시오
牢合金魚鎖桂叢.[8]	빗장을 굳게 걸어 월궁을 잠갔으니.

주석

1) 花樓(화루) : 아름다운 누각.
會不同(회부동) : 회동하지 못하다. 만나지 못하다.
2) 信休通(신휴통) : 통신되지 않다. 편지가 전해지지 않다.
3) 仙人掌(선인장) : 한무제 때 손에 쟁반을 들고 이슬을 받는 형상으로 만

들었던 금동선인(金銅仙人)의 손바닥을 말한다.

三霄(삼소) : 세 겹의 하늘. 신소(神霄), 옥소(玉霄), 태소(太霄)를 말한다.

4) 玉女(옥녀) : 선녀.

五夜(오야) : 오경(五更).

5) 翠袖(취수) : 비취색 옷소매.

迴雪(회설) : 날리는 눈.

6) 燭房(촉방) : 촛불 밝힌 방. 여기서는 거실을 가리킨다.

尋(심) : 이윽고.

類(유) : ~를 닮다.

7) 殷勤(은근) : 은근히. 은밀히.

淸香(청향) : 맑은 향기. 여기서는 여인이 풍기는 향기를 가리킨다.

透(투) : 새어나오다. 스며들다.

8) 牢合(뇌합) : 굳게 잠그다.

金魚(금어) : 어약(魚鑰). 물고기 모양의 빗장을 말한다.

桂叢(계총) : 계수나무 숲. 여기서는 월궁(月宮)을 말하며, 여인의 거처를 가리킨다.

해설

이 시는 《문원영화(文苑英華)》에서 시제를 '영호도가 장난삼아 지은 시에 창화하다(和令狐八綯戲題二首)'라고 했고, 또 이 시 뒤에 '두 수를 지은 뒤에 다시 임수재에게 장난삼아 주다(題二首後重有戲贈任秀才)'라는 시가 있는 것으로 보아 영호도가 '장난삼아 임수재에게 주다(戲贈任秀才)'라는 시를 지은 데 창화했던 것으로 보인다. 제1-2구는 임수재가 마음에 둔 여인과 만나지 못하는 모습이다. 꽃 누각에 사는 여인을 만나고 싶지만 오랫동안 헤어진 채 소식조차 전할 수 없다고 했다. 제3-4구는 여인이 쓸쓸히 밤을 지새우는 정경이다. 밤은 이슥해져 이슬이 내리는데 독수공방하는 여인의 창가엔 바람만 휑하다는 것이다. 제5-6구에서는 창밖의 시선이 방안으로 다가갔다. 여인의 푸른 옷소매는 찬바람에 저절로 펄럭거리고, 방안은 촛불을 밝혔지만 바깥뜰이나 매한가지로 적막이 감돈다고 했다. 제7-8구는 놀리는 말이다. 임수재더러 여인이 쓸쓸한 처지이기는 해도 굳게 빗장을 걸어 잠그고 있으니 쉽게 넘볼 생각은 말라고 했다.

235-2

和友人戲贈(其二)

친구가 장난삼아 지어준 시에 창화하다 2

迢遞青門有幾關,[1]	멀리 청문에는 몇 겹 관문이 있나?
柳梢樓角見南山.[2]	버드나무 끝, 누각의 모퉁이로 종남산이 보인다.
明珠可貫須爲珮,[3]	밝은 구슬은 꿸 수 있으니 패물로 삼아야 하겠고
白璧堪裁且作環.[4]	흰 옥은 다듬을 수 있으니 고리를 만들어야지.
子夜休歌團扇掩,[5]	한밤중에 노래 끝나니 둥근 부채로 가리고
新正未破剪刀閒.[6]	정월이 아직 지나지 않아 가위도 한가하다.
猿啼鶴怨終年事,[7]	원숭이와 두루미처럼 일 년 동안 울고불고 한다 해도
未抵熏爐一夕間.[8]	향로 피우는 하루 저녁만 못하리라.

주석

1) 迢遞(초체) : 아득히 먼 모양.
青門(청문) : 장안성의 동남문. 본래 이름은 패성문(霸城門)인데 문이 푸른색이어서 이렇게 불렀다고 한다.

2) 柳梢(유초) : 버드나무의 끝자락.
南山(남산) : 종남산(終南山). 장안의 정남쪽에 있다.

3) 貫(관) : 꿰다.

珮(패) : 패물.

4) 白璧(백벽) : 둥그런 모양에 가운데 구멍이 있는 백옥.

裁(재) : 다듬다.

環(환) : 고리.

5) 團扇(단선) : 둥그런 모양에 손잡이가 있는 부채. 여기서는 중의적으로 악부의 곡명인 〈백단선가(白團扇歌)〉를 가리킨다. 《고금악록(古今樂錄)》에 의하면, 흰 단선을 즐겨 들었던 진(晉)나라 중서령 왕민(王珉)이 자신의 시녀 사방자(謝芳姿)와 정분이 난 것을 알게 된 형수가 용서를 빌미로 노래를 시키자 사방자가 "흰 단선이여 초췌한 것이 옛날 모습 아니니, 임을 만나기 부끄럽구나.(白團扇, 憔悴非昔容, 羞與郎相見.)"라는 노래를 불렀다고 한다.

6) 新正(신정) : 정월.

未破(미파) : 아직 다하지 않다.

剪刀(전도) : 가위.

7) 猿啼鶴怨(원제학원) : 원숭이와 두루미가 처량하게 울다.

終年(종년) : 일 년 내내.

8) 未抵(미저) : ~에 미치지 못하다.

熏爐(훈로) : 향로.

해설

제1-2구는 임수재가 여인의 거처를 바라보는 모습이다. 여인이 사는 곳은 장안의 동남쪽 청문 부근이어서 버드나무 사이로 종남산이 바라보인다고 했다. 제3-4구는 여인을 보배에 비유한 것이다. 밝은 구슬 같고 흰 옥 같은 여인을 꿰고 다듬어서 패물로 삼고 고리로 만들고 싶어 하는 임수재의 내심을 간파했다. 시어 가운데 '珮(패)'는 '配(배, 배필)'와 해음(諧音)이고, '環(환)'에는 '合(합, 결합)'의 뜻이 있다는 점도 참고할 만하다. 제5-6구는 여인의 무료한 모습이다. 한밤중에 노래를 마치고 나면 둥근 부채로 얼굴을 가리고, 정월이 아직 다 지나가지 않아 가위를 잡을 일도 없이 심심하다는 것이다. 제7-8구는 첫째 수와 마찬가지로 놀리는 말이다. 일 년 내내 여인을 향한 그리움에 몸부림쳐본들 하룻밤의 달콤한 밀회에 비할 바가 못 된다고 했다.

'비취빛 소매(翠袖)'나 '노래 끝나니(休歌)'와 같은 시어로 보아 임수재가 그리워하는 여인은 가기(歌妓)인 것으로 보인다. 또 '신선(仙人)'이나 '선녀(玉女)'와 같은 말을 쓴 것으로 보아서는 여도사일 가능성도 있다. 임수재가 이 여인과 어떤 사정이 있는지 자세히 알 수는 없으나, 그의 안달복달하는 심사만큼은 두 수의 시에서 잘 형상화되었다. 청나라 요배겸(姚培謙)이 "한 마디 한 마디가 장난으로 주는 것이니 묘하기 그지없다(語語是戲贈, 妙絶.)"고 한 평에 일리가 있다.

236

題二首後重有戲贈任秀才

두 수를 지은 뒤 다시 임수재에게 장난삼아 지어주다

一丈紅薔擁翠筠,[1]	한 길 붉은 장미가 푸른 대나무를 에워싸고 있어
羅窓不識繞街塵.[2]	비단 창에서는 거리를 둘러싼 먼지를 모른다.
峽中尋覓長逢雨,[3]	협곡에서 찾아다니면 언제나 비를 만나고
月裏依稀更有人.[4]	달 속 으스름한 곳에도 달리 사람이 있다.
虛爲錯刀留遠客,[5]	쓸데없이 금돈 때문에 멀리서 온 길손을 머물게 하지만
枉緣書札損文鱗.[6]	괜히 편지로 인해 물고기에 해만 입혔다.
遙知小閣還斜照,[7]	멀리서 알겠거니, 작은 누각에 석양이 돌아온 뒤
羨殺烏龍臥錦茵.[8]	비단 깔개에 누운 오룡이 부러워 죽을 지경이라는 것을.

주석

1) 紅薔(홍장) : 붉은 장미.
擁(옹) : 에워싸다. 두르다.
翠筠(취균) : 푸른 대나무.
2) 羅窓(나창) : 비단 창. 여기서는 비단 창 안의 여인을 가리킨다.

繞街塵(요가진) : 거리를 둘러싼 먼지. 여기서는 여인을 찾아 거리를 헤매고 다니는 임수재를 가리킨다.

3) 峽中(협중) : 협곡. 무협(巫峽)을 말한다.

尋覓(심멱) : 찾다.

長(장) : 늘. 언제나.

逢雨(봉우) : 비를 만나다. 무산(巫山) 신녀(神女)의 고사를 암용한 것으로, 여인을 찾아갈 때마다 먼저 온 손님이 있었다는 말이다.

4) 依稀(의희) : 어슴푸레하다.

更(갱) : 달리. 별도로.

5) 錯刀(착도) : 금착도(金錯刀). 금착도는 금실로 글자나 꽃무늬를 새겨넣은 칼 모양의 돈이며, 칼의 이름으로 쓰이기도 한다.

장형(張衡), 〈**사수시 四愁詩**〉 미인이 나에게 금착도를 주었네(美人贈我金錯刀.)

遠客(원객) : 멀리서 온 손님. 여기서는 임수재를 가리킨다.

6) 枉(왕) : 괜히.

緣(연) : ~로 인해.

書札(서찰) : 편지.

文鱗(문린) : 물고기. 여기서는 잉어를 가리킨다.

악부시 〈**음마장성굴행 飮馬長城窟行**〉 손님이 먼 곳에서 찾아와, 나에게 두 마리 잉어를 남겼네. 아이를 불러 잉어를 삶으니, 그 가운데 한 자 되는 비단에 쓴 편지가 있었네(客從遠方來, 遺我雙鯉魚. 呼兒烹鯉魚, 中有尺素書.)

7) 遙知(요지) : 멀리서 ~한 상황을 알다.

小閣(소각) : 작은 누각. 여기서는 여인의 거처를 가리킨다.

斜照(사조) : 석양.

8) 羨殺(선살) : 부러워 죽을 지경이다.

烏龍(오룡) : 개 이름.

錦茵(금인) : 비단깔개.

해설

이 시는 앞의 '친구가 장난삼아 지어준 시에 창화하다'에 이어 다시 임수재에게 장난삼아 지어준 것이다. 임수재가 여인을 만나러 갔으나 번번이 수포로 돌아간 것을 놀렸다. 제1-2구는 임수재가 여인을 찾아다니는 광경이다. 그는 먼지를 일으키며 거리에서 찾아 헤매지만 비단 창 안의 여인은 무심할 뿐이다. 제3-4구는 창기(娼妓)로 보이는 여인에게 다른 손님이 있었다는 것이다. 임수재가 여인을 찾아갈 때마다 먼저 온 손님이 있어서 발길을 돌릴 수밖에 없었다는 푸념이다. 제5-6구는 여인을 만나지 못해 안달하는 모습이다. 임수재가 여인에게 준 금돈도 허사로 돌아가고 답도 없는 서찰을 보내느라 잉어만 괴롭혔을 뿐이다. 제7-8구는 임수재를 놀리는 말이다. 여인에게 가까이 가지 못하는 그의 처지가 여인의 곁에서 사랑을 받는 애완견만도 못하다고 했다. 앞의 시와 비교하면, 창기를 희롱하려는 임수재의 행각과 이를 지나치게 노골적으로 묘사한 시의 내용 모두 수준이 낮다. 청나라 기윤(紀昀)이 "이런 부류는 모두 시라고 볼 수 없다(此種皆不以詩論.)"고 한 평이 적확하다.

237-1

有感 二首(其一)

느낀 바가 있어 2수 1

九服歸元化,[1]	온 나라가 제왕의 덕에 귀속되고
三靈叶睿圖.[2]	삼령이 임금의 계책과 부합되었거늘,
如何本初輩,[3]	어째서 원소(袁紹)의 무리들은
自取屈氂誅.[4]	스스로 유굴리(劉屈氂)의 죽음을 택했는가?
有甚當車泣,[5]	수레에서 울게 한 것보다 심했으니
因勞下殿趨.[6]	그 때문에 수고롭게 궁전에서 내려와 뛰어야 했네.
何成奏雲物,[7]	어찌 구름의 길흉을 상주하게 되랴?
直是滅萑苻.[8]	그저 환부를 토벌하는 바인 것을.
證逮符書密,[9]	관련자를 체포하라는 공문이 엄밀하여
詞連性命俱.[10]	진술에 연루된 사람은 목숨을 함께 했네.
竟緣尊漢相,[11]	결국 한나라의 재상을 치켜세우다가
不早辨胡雛.[12]	미처 오랑캐 아이를 가려내지 못했던 것.
鬼籙分朝部,[13]	사자(死者)의 명부는 조정의 반열을 나누고
軍鋒照上都.[14]	군대의 칼끝이 수도를 밝혔네.
敢云堪慟哭,[15]	통곡할 만하다 감히 말하거니와
未必怨洪爐.[16]	커다란 화로를 원망해 무엇하랴.

주석

* 〔원주〕: 을묘년(835)에 느낀 바가 있어 병진년(836)에 시를 썼다.(乙卯年有感, 丙辰年詩成.)

1) 九服(구복) : 온 나라. 주나라 때 왕기(王畿)를 천리사방으로 하고 그 주위를 상하좌우 각각 오백 리마다 1기(畿)로 구획하여, 후(侯) · 전(甸) · 남(男) · 채(采) · 위(衛) · 만(蠻) · 이(夷) · 진(鎭) · 번복(蕃服)으로 한 것을 말한다. '복(服)'은 천자에 복종한다는 뜻이다.
元化(원화) : 제왕의 덕화(德化).

2) 三靈(삼령) : 천지인. 하늘, 땅, 사람.
叶(협) : 합치되다.
睿圖(예도) : 영명한 책략. 임금의 계책을 가리킨다.

3) 本初(본초) : 후한 원소(袁紹)의 자(字). 여기서는 환관을 주살하려 했다가 실패한 사건인 '감로사변(甘露事變)'의 주모자 이훈(李訓)을 가리킨다.

4) 屈氂(굴리) : 한무제의 서형인 중산정왕(中山靖王)의 아들 유굴리(劉屈氂). 환관의 참소로 죽음을 당했다.

5) 當車泣(당거읍) : 수레에서 울다. 《한서 · 원앙전(袁盎傳)》에 따르면 후한 효문제 때 환관 조담(趙談)이 임금의 수레에 동승하자, 원앙이 형을 받은 사람과 함께 수레를 탈 수 없다고 간언하여 조담은 울면서 수레에서 내려왔다고 한다.

6) 下殿趨(하전추) : 궁전에서 내려와 뛰다. 《후한서 · 우후전(虞詡傳)》에 따르면 장방(張防)이 우후를 해하려 하자 환관인 손정(孫程) 등이 별점을 구실로 장방을 모함하는 글을 올리면서 임금 뒤에 서 있던 장방에게 썩 내려오라 꾸짖자, 장방은 하는 수 없이 동쪽 곁채로 뛰어갔다고 한다.

7) 奏(주) : 상주하다.
雲物(운물) : 구름의 기운으로 보는 길흉. '물(物)'은 색깔의 뜻이다.

8) 直是(직시) : 다만 ~일 뿐이다.
萑苻(환부) : 도적이 출몰하는 소택지. 《좌전(左傳) · 소공(昭公) 20년》에 의하면, 정(鄭)나라에 도둑이 많아져 환부의 택지 지역에서 인명을 뺏는 일이 발생하자 대숙(大叔)이 군대를 출동시켜 토벌했다고 한다.

9) 證逮(증체) : 사건과 관련된 자를 체포하다.
符書(부서) : 공문. 관청에서 하달하는 문서.
密(밀) : 엄밀하다. 낱낱이 파헤친다는 뜻이다.
10) 辭(사) : 진술.
連(연) : 연루되다.
性命(성명) : 생명. 목숨.
11) 緣(연) : ~때문에.
漢相(한상) : 한나라의 재상. 여기서는 이훈을 가리킨다.
12) 辨(변) : 분별하다.
胡雛(호추) : 오랑캐 아이. 여기서는 이훈과 함께 거사를 모의한 정주(鄭注)를 가리킨다.
13) 鬼籙(귀록) : 죽은 사람의 이름을 적은 명부.
朝部(조부) : 조정의 반열.
14) 軍鋒(군봉) : 군대의 칼 끝. 다른 판본에는 '봉(烽)'으로 되어 있는데, 군사상의 긴급함을 알리는 봉화라는 뜻이므로 더 뜻이 잘 통하는 것 같다.
上都(상도) : 경사. 수도.
15) 慟哭(통곡) : 통곡하다.
16) 洪爐(홍로) : 커다란 화로. 이 세상천지를 가리킨다.

해설

이 시는 감로사변(甘露事變)에 대한 감회를 서술한 것이다. 감로사변은 문종 태화 9년(835) 11월 이훈(李訓)과 정주(鄭注) 등이 금오위(金吾衛)의 석류나무에 감로가 내렸다고 상주하여 환관 구사량(仇士良) 일파를 척살하려 했다가 사전에 발각되어 도리어 주모자들이 해를 입은 사건이다. 이 일로 환관의 세력은 더욱 확대되어 이후의 왕을 모두 옹립하며 무소불위의 권력을 휘두르게 되었다. 이상은은 이 사건에 대해 오언배율 두 수를 지어 자신의 견해를 밝혔다.

첫째 수는 이훈과 정주의 거사가 용의주도하지 못해 화를 자초한 것을 꼬집었다. 제1단락(제1-4구)은 환관의 무리를 제거할 계획이 치밀하지 못했다는 지적이다. 그 결과 도리어 문무 관료들이 대량 학살되는 참극을 빚고 말았다. 제2단락(제5-8구)은 수포로 돌아간 거사의 경과이다. 감로를 구실로 환관을 꾀어냈지만 허술한 매복으로 모의가 탄로나 환관이 군대를 동원해 주모자들을 환부의 도적처럼 소탕했다. 제3단락(제9-12구)은 이훈과 정주가 얕은 수를 부린 감로사변으로 많은 희생자가 발생했다는 것이다. 적절한 인물을 재상에 기용하지 않은 잘못도 짚으려는 의도가 엿보인다. 제4단락(제13-16구)은 이 사건으로 인해 무고한 인명피해가 커진 참극을 애도한 것이다.

237-2

有感 二首(其二)

느낀 바가 있어 2수 2

丹陛猶敷奏,[1]	붉은 섬돌에서 아직 상주문을 올리고 있을 즈음에
彤庭欻戰爭.[2]	궁전의 뜰에서 갑자기 큰 싸움이 벌어졌는데,
臨危對盧植,[3]	위기를 맞아 노식을 대하고서야
始悔用龐萌.[4]	비로소 방맹을 기용했던 것을 후회했다.
御仗收前隊,[5]	임금의 의장대가 선봉 부대를 거둬들이니
兇徒劇背城.[6]	흉악한 무리들은 사납게 성을 등지고 싸워,
蒼黃五色棒,[7]	오색 봉으로 허둥대다
掩遏一陽生.[8]	하나의 양기가 생겨나는 것을 틀어막았구나.
古有清君側,[9]	옛날에도 임금의 주변을 깨끗이 했고
今非乏老成.[10]	지금도 경험 있는 대신이 부족한 것은 아니니,
素心雖未易,[11]	본심은 비록 바뀌지 않았다 해도
此擧太無名.[12]	이런 거사는 너무 명분이 없다.
誰瞑銜寃目,[13]	누가 원통함을 품고 눈을 감을 수 있을 것이며
寧吞欲絶聲.[14]	어찌 끊어질 듯한 목소리를 삼키겠는가?
近聞開壽讌,[15]	요즘에 들으니 장수를 비는 연회를 열면서
不廢用咸英.[16]	함지와 육영을 쓰던 걸 없애지는 않았다 하네.

주석

1) 丹陛(단계) : 붉은 칠을 한 대궐의 섬돌.
敷奏(부주) : 상주문을 올리다.
2) 彤庭(동정) : 궁전의 섬돌 위에 붉게 칠한 뜰. 여기서는 궁전을 가리킨다.
欻(훌) : 홀연히.
3) 臨危(임위) : 위기를 맞이하다.
盧植(노식) : 동한 말엽의 인물. 여기서는 영호초를 가리킨다. 《후한서·하진전(何進傳)》에 의하면, 환관 단규(段珪) 등이 자신을 주살할 계획을 세운 하진을 제거하고 태후와 임금을 북궁으로 피신시키려 하자 노식이 창을 쥐고 단규를 위협해 태후를 빼냈다. 또 단규가 임금을 소평진(小平津)으로 끌고 가자 노식이 황하로 말을 몰아 환관을 죽이고 임금을 궁궐로 복귀시켰다.
* 〔원주〕: 이날 저녁 전 재상인 팽양공(영호초)을 따로 불러 입조하게 했다.(時晩獨召故相彭陽公入.)
4) 방맹(龐萌) : 동한 초의 인물. 시중(侍中)을 역임하며 광무제로부터 두터운 신임을 받았으나, 후에 그가 반란을 일으키자 광무제는 그를 기용한 것을 몹시 후회했다고 한다. 여기서는 이훈을 가리킨다.
5) 御仗(어장) : 임금의 의장대.
前隊(전대) : 선두 부대.
6) 劇(극) : 격렬하다.
背城(배성) : 배성차일(背城借一). 자기 성을 등지고 적과 최후의 일전을 벌이다. 환관 구사량이 병사를 거느리고 궁궐에서 나간 것을 가리킨다.
7) 蒼黃(창황) : 매우 급한 모양. 허둥대다.
五色棒(오색봉) : 다섯 색깔의 몽둥이. 조조(曹操)가 낙양북부위(洛陽北部尉)에 임명된 뒤, 오색봉을 만들어 현문(縣門) 옆에 매달아놓고 법규를 위반한 자를 처벌하는데 썼는데, 그것으로 환관 건석(蹇碩)의 숙부를 죽이기도 했다.
8) 掩遏(엄알) : 틀어막다. 억제하다.
一陽(일양) : 동지가 지나면 해가 길어져 하나의 양기가 처음 생겨난다는 데서 나온 말로, 동지 또는 동짓달의 뜻으로 쓰인다. 감로사변이 동짓달에 일어났기에 쓴 말이다.

9) 君側(군측) : 임금 주변의 악인.
10) 老成(노성) : 경력이 많아 사물에 노련함.
11) 素心(소심) : 본심. 평소의 바램.
12) 無名(무명) : 명분이 없다. 적당한 이유가 없다.
13) 瞑目(명목) : 눈을 감다.
銜寃(함원) : 원한을 품다.
14) 呑聲(탄성) : 소리를 삼키다.
欲絶(욕절) : 끊어지려 하다.
15) 壽讌(수연) : 축수(祝壽)의 연회.
16) 咸英(함영) : 함지(咸池)와 육영(六英). 모두 옛날의 악곡명으로, 함지는 황제(黃帝)를 위한 곡이고, 육영은 제곡(帝嚳)을 위한 곡이라고 한다.

해설

이 시는 감로사변에 대한 감회를 서술한 둘째 수이다. 문종이 재상으로 기용한 이훈이 일을 그르쳐 사태를 악화시킨 책임을 묻고 있다. 제1단락(제1-4구)은 감로사변이 일어나자 문종이 영호초를 불러들이고 무능력한 이훈을 기용한 것을 후회했다는 것이다. 제2단락(제5-8구)은 감로사변으로 인해 벌어진 전투 상황이다. 이훈이 섣불리 환관 세력을 치려했으나, 오히려 환관 구사량이 이끄는 군대가 문무백관을 살육했다는 것이다. 제3단락(제9-12구)은 용인(用人)이 잘못되었음을 한탄한 것이다. 조정에는 영호초와 같이 노련하고 유능한 인물이 없지 않은데도 그렇지 못한 이훈을 재상에 임명해 참극을 초래했다는 비판이다. 제4단락(제13-16구)은 시행착오에 대한 뼈저린 반성이 없는 왕실을 비판한 것이다. 인사의 실패로 인해 무고하고 원통한 희생자가 대량으로 발생했는데도 이에 대한 반성과 대책 없이 다시 연락(宴樂)에 심취한 조정의 행태를 개탄했다.

● 이상의 두 수는 감로사변의 경과를 개략적으로 언급하면서 용인의 문제점을 지적하

는 데 초점이 맞추어져 있다. 문종이 만약 경험이 많고 계략이 치밀한 인재를 기용했다면 환관의 세력을 효과적으로 제압할 수 있었을 텐데, 이훈과 같은 이를 재상에 앉히니 섣불리 잔꾀를 부리다 도리어 큰 화를 불렀다는 것이다. 감로사변 직후 모든 문인들이 환관의 서슬에 기가 눌려 숨죽이고 있을 때 이처럼 감로사변의 본질을 꿰뚫는 내용의 시를 창작했다는 것이 놀랍다. 청나라 주이준(朱彛尊)은 "시상이 정밀하고 근엄하며 주장이 완곡하고 진지하니, 두보의 시사(詩史)라 해도 또 여기에 무엇을 더 얹겠는가?(用意精嚴, 立論婉摯, 少陵詩史又何加焉.)"라며, 이 시의 비판 정신을 높이 평가했다.

238

重有感

거듭 느낀 바가 있어

玉帳牙旗得上游,[1]	옥 장막의 상아 깃발이 상류를 차지했으니
安危須共主分憂.[2]	안위를 모름지기 임금과 함께 나누어 걱정해야 한다.
竇融表已來關右,[3]	두융의 표가 이미 함곡관의 서쪽에 이르렀으니
陶侃軍宜次石頭.[4]	도간의 군대는 석두성에 주둔해야 마땅하다.
豈有蛟龍愁失水,[5]	어찌 물을 잃을까 근심하는 교룡이 있을까마는
更無鷹隼與高秋.[6]	높은 가을 하늘을 날아오를 매와 독수리가 전혀 없도다.
晝號夜哭兼幽顯,[7]	주야로 통곡함은 산 사람 죽은 사람이 마찬가지니
早晚星關雪涕收.[8]	언제쯤이면 천문(天門)에서 눈물을 닦아 거둘까.

주석

1) 玉帳(옥장) : 장수가 거처하는 장막.
牙旗(아기) : 대장군의 기. 상아로 장식한 데서 나온 말이다.
上游(상유) : 상류(上流). '상류를 차지한다(得上游)'는 것은 당시에 소의진(昭義鎭)이 실력도 있고, 지리적으로도 가까워 장안으로 출병하는 데 유리한 조건을 구비하고 있었음을 말한다.

2) 安危(안위) : 안위. 편의복사(偏義複詞)로 보고 '위태로움'으로 풀이하기도 한다.

主君(주군) : 군주.

3) 竇融(두융) : 동한 초기의 인물. 서한 말에 하서(河西) 지방(지금의 감숙성 일대)을 점령하고 있다가 광무제에게 귀순했다.

關右(관우) : 함곡관(函谷關)의 서쪽.

4) 陶侃(도간) : 동진의 장수. 성제(成帝) 함화(咸和) 2년(327), 소준(蘇峻)이 반란을 일으키자, 형주자사(荊州刺史)로 있던 그가 토벌군의 대장이 되어 군대를 이끌고 석두성(石頭城)으로 가 소준을 죽였다.

次(차) : 주둔하다. 진주하다.

石頭(석두) : 석두성. 지금의 강소성 남경시(南京市)에 있었다.

5) 蛟龍失水(교룡실수) : 교룡이 물을 잃다. 영웅적 인물이 근거지를 잃는 것을 비유한다.

6) 鷹隼(응준) : 매와 독수리. 모두 맹금류이다.

與(여) : '거(擧)'와 통하여 '날아오르다'는 뜻. '힘을 보태다'의 뜻으로 보기도 한다.

高秋(고추) : 높고 맑은 가을 하늘.

7) 晝號夜哭(주호야곡) : 밤낮으로 통곡하다.

幽顯(유현) : 산 사람과 죽은 사람.

8) 早晩(조만) : 언제.

星關(성관) : '천문(天門)'과 같은 뜻으로, 군주의 처소를 가리킨다.

雪涕(설체) : 눈물을 닦다.

해설

이 시는 소의군절도사(昭義軍節度使) 유종간(劉從諫)이 환관의 전횡을 비판한 글을 상주한 데 대한 시인의 느낌을 서술한 것이다. 유종간은 개성(開成) 원년(836) 2월과 3월 두 차례에 걸쳐 표를 올려 감로사변 당시 재상이었던 왕애(王涯) 등이 무고하게 피살되었음을 주장하고, 환관 구사량 등의 죄악상을 폭로했다. 이상은은 그의 강직한 의견에 많은 기대를 걸고 이 시를 써서 동조의 입장을 밝혔다.

제1-2구는 유종간에게 조정의 안위를 돌보는 데 적극적으로 나설 것을 주문한 것이다. 당시 소의군은 상주(相州), 즉 지금의 하남성 안양시(安陽市)에 주둔하고 있어서 장안과 그리 멀지 않았다. 제3-4구는 무력을 동원해 환관 세력을 진압할 것을 촉구한 것이다. '두융'과 '도간'은 모두 유종간을 가리키는데, 이미 표를 올렸으니 이어서 실력 행사에 속히 나서달라는 바람을 전했다. 제5-6구는 조정이 처한 안타까운 현실을 들어 격려에 나선 것이다. 감로사변으로 인해 조정의 중신들이 대거 화를 당한 참이라 군주의 곁에서 '매와 독수리'가 되어 악의 세력을 소탕할 신하가 없다고 했다. 제7-8구는 환관 세력을 소탕해 원혼을 달래는 일이 시급하다는 것이다. 감로사변에 연루되어 일족이 몰살당한 이나 살아남아 환관에게 핍박을 받는 이나 모두 통곡을 그치지 않고 있으니 속히 이들의 눈물을 씻어줘야 한다고 했다.

실제로 유종간이 막강한 환관 세력에 맞설 만한 능력과 조건을 갖추었는지에 대해서는 회의적인 시각이 많다. 이상은의 정치적 감각이나 형세판단이 그다지 정확하지 않았다는 얘기다. 그러나 시인의 순수한 바람을 피력한 것으로 이해한다면, 이 시에 담긴 우국충정을 유치한 발상으로 치부할 일도 아닌 듯하다. 이 시가 사회현실에 관심이 컸던 두보를 배웠다는 평이 많다. 일례로 청나라 시보화(施補華)는 "이상은의 칠언율시는 두보에게 터득한 것이 깊었다. 그래서 곱고 예쁜 가운데서도 때때로 침울함을 띠었다(義山七律, 得於少陵者深. 故穠麗之中, 時帶沈鬱.)"며 이 시를 예로 들었다. 혹자는 더 구체적으로 〈여러 장수(諸將五首)〉와 같은 두보의 시를 배운 것이라고 지적하기도 한다.

239

壽安公主出降

수안공주의 출가

嬀水聞貞媛,[1]	규수의 정숙한 여인에 대해 들었거니
常山索銳師.[2]	상산의 정예 부대로 신부를 맞았다.
昔憂迷帝力,[3]	예전에는 제왕의 힘 미혹케 하는 것 걱정하더니
今分送王姬.[4]	지금은 왕녀를 보내는 것에 만족해한다.
事等和强虜,[5]	사정은 강한 적과 화친하는 것과 매한가지이고
恩殊睦本枝.[6]	은총은 종실과 화목하게 지내는 것과도 다르다.
四郊多壘在,[7]	사방 교외에 많은 성채가 있으니
此禮恐無時.[8]	이번 혼례는 때가 맞지 않은 듯싶다.

주석

1) 嬀水(규수) : 북경시 연경구(延慶區) 팔달령(八達嶺) 북쪽에 있는 하천. 요임금이 여기서 두 딸을 순에게 시집보냈다고 한다.
貞媛(정원) : 정숙한 여인.

2) 常山(상산) : 하북도(河北道)에 속했던 군(郡) 이름. 성덕군절도사(成德軍節度使)가 주둔했던 곳이다.
索(색) : 아내를 맞다. 성덕군절도사 왕원규(王元逵)가 수안공주(壽安公主)를 아내로 맞이하는 것을 가리킨다.

銳師(예사) : 정예부대.

3) 帝力(제력) : 제왕의 힘. 군주의 통치력을 말한다.

4) 分(분) : 만족하다. 기꺼이 바라다.

王姬(왕희) : 천자의 딸. 주(周)나라가 희(姬) 성이었던 데서 나온 말이다. 여기서는 헌종(憲宗)의 아들인 강왕(絳王) 이오(李悟)의 딸 수안공주를 가리킨다.

5) 和(화) : 화친하다.

强虜(강로) : 강한 적.

6) 睦(목) : 화목하게 지내다.

本枝(본지) : 적계와 방계의 자손.

7) 四郊多壘(사교다루) : 사방 교외에 보루가 많다. 《예기 · 곡례(曲禮)》에서 유래한 말로, 빈번하게 외침을 당하는 것을 가리킨다.

8) 此禮(차례) : 이번의 혼례.

無時(무시) : 적당한 때가 아니다.

해설

이 시는 수안공주가 성덕군절도사 왕원규와 혼례를 올리게 된 일에 대한 감회를 피력한 것이다. 왕원규는 반란을 일으킨 왕정주(王廷湊)의 아들로 아버지의 절도사 직위를 세습한 인물이었다. 당 문종은 그를 달랠 목적으로 사촌누이인 수안공주를 시집보냈다. 제1-2구는 수안공주와 왕원규의 혼사를 언급했다. 요임금이 두 딸을 순에게 시집보낸 것을 배경으로 삼아 흐뭇한 일처럼 그렸다. 제3-4구는 왕원규에 대한 당 왕실의 달라진 태도를 문제 삼은 것이다. 문종은 한때 왕정주의 목에 거액의 현상금을 걸고 그를 토벌하려 했는데, 이제 그 아들인 왕원규에게는 공주를 시집보내 비위를 맞추려 한다고 했다. 제5-6구에서는 혼사의 문제점을 조목조목 지적했다. 그것은 수안공주를 제물로 반역도당인 왕원규에게 평화를 구걸하는 짓이고, 그런 일에 사촌누이를 활용하는 것은 종친간의 도리도 허무는 일이라고 비판했다. 제7-8구는 수안공주의 혼사가 불러올 폐해를 우려한 것이다. 당시 당 왕실은 각 지역에 할거한 번진(藩鎭) 세력들로 인해 골머리를 앓고 있었는데, 이렇듯

염치불구하고 화친을 구하는 일이 왕실의 위신을 더욱 추락시킬 수 있다는 것이다. 청나라 기윤(紀昀)이 "너무 거칠고 직설적이어서 군왕에 예의를 갖추는 체식을 상실했다(太粗太直, 失諱尊之體.)"고 발끈했을 만큼 에두르지 않고 문종의 잘못된 처사를 직접 공박한 점이 눈에 띈다. 이상은의 순진하고 강직한 일면을 살펴볼 수 있는 작품이기는 하나, 시적인 맛은 현저히 떨어지는 것이 사실이다.

240
夕陽樓
석양루

花明柳暗繞天愁,[1]	꽃 색깔 밝고 버들 색 짙은데 하늘을 감싼 건 근심
上盡重城更上樓.[2]	높은 성을 다 올라 다시 누각에 오른다.
欲問孤鴻向何處,	외로운 기러기 어딜 향하는지 묻고 싶구나
不知身世自悠悠.[3]	신세도 알 길 없이 스스로 떠돌고 있으니.

주석

* 〔원주〕: (석양루는) 형양에 있다. 이것은 아는 분으로 지금 수녕에 계시는 소시랑이 형양을 다스리실 때 세운 것이다.(在滎陽. 是所知今遂寧蕭侍郎牧滎陽□作者.)

1) 繞(요) : 두르다. 감싸다.
2) 重城(중성) : 높은 성.
3) 悠悠(유유) : 떠도는 모습.

해설

이 시는 석양루에 올라 느낀 감회를 토로한 것이다. 석양루는 소한(蕭澣)이 정주자사 시절에 지은 누각인데, 소한은 형부시랑으로 자리를 옮겼다가 태화 9년(835) 6월에 수주사마(遂州司馬)로 좌천되었다. 이상은은 본디 소한의 소개로 최융의 막부에 들어갔기에 그의 좌천을 마음 아파한 것이다. 제1-2구는 제목의 '석양루'를 각각 '석양'과 '누각'으로 나누어 묘사했다. 석양은 마지막 힘을 발해 꽃과 버들을 비추지만 어둠이 다가오는 불안함을 감출 길이 없다. 시인은 울적한 심사를 달래려 성을 오르고 또 누각에 오른다. 제3-4구는 '외로운 기러기'를 빌려 좌천당한 소한을 동정했다. 그러나 이 구절의 진정한 매력은 정작 시인 자신은 그 누구로부터도 동정을 받지 못한 채, '일모도궁(日暮途窮)'의 벼랑에 몰려 있음을 알아채는 데 있다. 다른 이의 불행을 동정할 만한 형편이 못 되는 사람은 종종 남을 동정하다 자신의 더 큰 불행을 깨닫기 때문이다. 청나라 요배겸(姚培謙)이 "어쨌거나 날아가는 기러기는 그래도 스스로 선택할 수 있다(畢竟飛鴻猶得自主)"고 한 것은 그런 맥락이다.

241

春雨

봄비

悵臥新春白袷衣,[1]	새봄에 흰 옷 입고 슬피 누워 있으려니
白門寥落意多違.[2]	백문 쓸쓸하고 생각과 많이 어긋난다.
紅樓隔雨相望冷,[3]	붉은 누각을 빗줄기 너머로 바라보니 차가운데
珠箔飄燈獨自歸.[4]	구슬발이 제등에 나부낄 때 홀로 돌아온다.
遠路應悲春晼晚,[5]	멀리 떠난 길이라 응당 봄이 저무는 것 슬프고
殘宵猶得夢依稀.[6]	새벽녘엔 아직도 어렴풋한 꿈을 꾼다.
玉璫緘札何由達,[7]	옥 귀걸이와 편지를 어떻게 전달할까?
萬里雲羅一雁飛.[8]	만리 밖 비단 구름에 기러기 한 마리 날아간다.

주석

1) 悵(창) : 슬프다.
白袷衣(백겹의) : 백협의(白夾衣). 한거할 때 입는 흰 겹옷.

2) 白門(백문) : 남조의 수도인 건강(建康)의 선양문(宣陽門). 여기서는 실제 지명이 아니라 일반적으로 남녀가 모여 놀던 곳을 가리킨다. 남조 민가 〈양반아(楊叛兒)〉 여덟 수 중 둘째 수, "잠시 백문 앞으로 나갔더니, 버드나무에 까마귀가 숨을 정도네요. 그대는 침수향이 되고, 저는 박산로가 됩니다.(暫出白門前, 楊柳可藏烏. 歡作沉水香, 儂作博山爐.)" 근인 섭총

기(葉蔥奇)는 백문을 서주(徐州)의 대칭(代稱)으로 보았다. 이상은은 대중(大中) 3년(849) 겨울 서주 막부의 판관으로 부임하여 대중 5년 봄에 서울로 돌아왔는데, 서울로 돌아온 해 가을쯤에 그의 처 왕씨가 병으로 세상을 떠났다.

寥落(요락) : 쓸쓸하다. 영락하다.

意違(의위) : 생각이 어긋나다. 일이 뜻대로 풀리지 않는 것을 말한다. 근인 김택(金澤)은 많은 추억이 가슴속에 거슬리는 것이라 풀이했다.

3) 紅樓(홍루) : 붉은 누각. 시인이 그리워하는 사람이 살던 곳을 가리킨다.

隔雨(격우) : 빗줄기 너머.

4) 珠箔(주박) : 주렴(珠簾). 빗발을 비유하는 말로 풀이하기도 한다. '구슬발'과 '봄비'의 오버랩으로 이해하면 좋을 듯하다.

飄燈(표등) : 제등(提燈)에 나부끼다.

獨自(독자) : 홀로.

5) 遠路(원로) : 먼 길. 그리워하는 사람이 멀리 있다는 말이다.

畹晩(원만) : 해가 지다. 날이 저물다.

《초사 · 애시명(哀時命)》 흰 태양이 점점 떨어져 장차 산으로 들어가려하니, 내 목숨이 길지 않음이 슬프구나.(白日畹晩其將入兮, 哀吾壽之弗將.)

6) 殘宵(잔소) : 밤이 다 지나간 때. 새벽.

猶(유) : 아직.

得夢(득몽) : 꿈을 꾸다.

依稀(의희) : 희미하다. 어렴풋하다.

7) 玉璫(옥당) : 옥으로 만든 귀걸이. 옛날 젊은 남녀들이 사랑의 예물로 주고받았던 것이다.

緘札(함찰) : 편지.

何由(하유) : 어떻게.

達(달) : 전달하다.

8) 雲羅(운라) : 비단처럼 넓게 펼쳐져 있는 구름.

해설

이 시는 사랑했지만 멀리 떠나버린 여인의 거처를 다시 찾은 감회를 피력한 것이다. 제목을 '봄비'라 했으나 봄비 자체를 노래한 것은 아니며 봄비로 인해 떠올린 지난날에 대한 감상을 담았다. 제1-2구는 쓸쓸히 봄을 보내는 모습을 노래한 것이다. 외로이 누워 있으려니 연인과의 다정했던 과거가 떠올라 괴롭다고 했다. 제3-4구는 봄비가 내릴 때 여인의 거처를 찾아갔던 일을 서술한 것이다. 여인이 떠나고 싸늘해진 누각을 확인한 채 빗속에 혼자 돌아왔다고 했다. '붉은 누각'과 '구슬발'이 아련한 과거를 회상하게 한다면 '차가운' 느낌과 '홀로'인 외로움은 가슴 아픈 현재다. 제5-6구는 홀로 남겨진 시인의 슬픔을 토로한 것이다. 여인이 멀리 떠난 뒤라 봄날이 지나가는 것이 더욱 슬프기에 그 아쉬움이 꿈으로 이어진다고 했다. 제1구와 연결 지어 생각해보면 시인이 '슬피 누워 있던' 것은 여인과 재회할 수 있는 백일몽의 세계로 들어가고자 함을 알 수 있다. 제7-8구는 마음을 전할 방법이 없어 애가 탄다는 것이다. 옥 귀걸이와 편지로 변치 않는 사랑을 호소하고 싶지만 유일한 희망은 만 리 밖을 훨훨 나는 기러기 한 마리뿐이라고 했다. 이 시에 대해 청나라 장문손(張文蓀)은 《당현청아집(唐賢淸雅集)》에서 "아름다운 구절로 참담한 회포를 묘사하니, 한 글자마다 한 줄기 눈물(以麗句寫慘懷, 一字一淚.)"이라고 했다. 이 시의 특징을 잘 요약했다고 생각된다.

242

中元作

중원절에 짓다

絳節飄颻宮國來,[1]	붉은 깃발 휘날리며 궁궐로 와서
中元朝拜上淸迴.[2]	백중일에 조회하고 상청으로 돌아간다.
羊權雖得金條脫,[3]	양권이 비록 금팔찌를 얻었다지만
溫嶠終虛玉鏡臺.[4]	온교는 끝내 옥 경대도 부질없다.
曾省驚眠聞雨過,[5]	놀라 깨어나 비 지나가는 소리를 들은 것 기억나거니와
不知迷路爲花開.[6]	길 잃은 것 몰랐던 것 만발한 꽃 때문이었다.
有娀未抵瀛洲遠,[7]	유융이 영주보다 멀지 않은데도
靑雀如何鴆鳥媒.[8]	파랑새가 짐새의 중매가 된 것을 어찌하랴?

주석

1) 絳節(강절) : 붉게 칠한 깃대. 여기서는 도교에서 말하는 상천선군(上天仙君)의 의장인 붉은 깃발을 가리킨다.
飄颻(표요) : 나부끼다. 번득이다.
宮國(궁국) : 궁중.

2) 中元(중원) : 중원절. 백중. 음력 7월 15일. 도가에서는 천상(天上) 선관(仙官)이 1년에 세 번 인간의 선악(善惡)을 살피는 때를 원(元)이라 하고,

음력 1월 15일은 상원(上元), 7월 15일은 중원(中元), 10월 15일은 하원(下元)이라 했다. 이 셋을 합쳐 삼원(三元)이라 하는데, 이 날들에는 신에게 제를 올리며 치성을 드렸다.

上淸(상청) : 도가에서 말하는 신선의 거처.

3) 羊權(양권) : 동진(東晉) 목제(穆帝) 때 황문랑(黃門郞)을 지낸 인물.

條脫(조탈) : 팔찌. '跳脫(도탈)'로도 쓴다.

《진고(眞誥) · 운상(運象)》 악록화가 동진 승평 2년 11월 10일 밤에 양권의 집으로 내려왔다. 양권은 자가 도학으로 간문제 때 황문랑을 지낸 양흔의 조부이다. 악록화가 시 한 수를 주고 석면포(石綿布) 수건 한 장과 금옥 팔찌 각각 하나씩도 주었다.(萼綠華以晉升平二年十一月十日夜降羊權家. 權字道學, 簡文帝黃門郞羊欣祖也. 綠華贈以詩一篇, 竝致火澣布手巾一條, 金玉跳脫各一枚.)

4) 溫嶠(온교) : 서진(西晉) 사람으로, 명제(明帝) 때 중서령(中書令)을 지냈다.

鏡臺(경대) : 거울을 버티어 세우고 그 아래에 화장품 따위를 넣는 서랍을 갖추어 만든 가구.

《세설신어 · 가휼(假譎)》 온교가 상처했다. 당고모 유씨는 전란을 만나 가족이 흩어져버리고 오직 딸 하나만 있었는데, 그 딸은 매우 아름답고 총명했다. 당고모가 온교에게 혼처를 알아봐달라고 부탁했더니, 온교는 은밀히 자신이 결혼하고 싶은 마음이 있어서 대답했다. "훌륭한 사윗감은 구하기 어렵지만 저와 같은 정도라면 어떻습니까?" 당고모가 말했다. "전란으로 가족을 잃은 나머지 겨우 목숨만 부지하고 있는 처지에 나의 여생을 위로받을 수만 있으면 됐지 어찌 감히 너와 같은 이를 바라겠느냐?" 며칠이 지난 뒤에 온교가 당고모에게 알렸다. "이미 혼처를 찾았습니다. 문벌도 대강 괜찮은 편이고 사윗감의 명성과 관직도 모두 저에 못지않습니다." 그러면서 옥 경대 하나를 예물로 내놓으니 당고모가 크게 기뻐했다. 이윽고 결혼하게 되어 배례를 나눈 뒤 신부가 손으로 비단부채를 제치더니 크게 웃으며 말했다. "나는 본래 늙다리 당신일 것이라고 짐작했는데 과연 예상했던 대로군요." 옥 경대는 온교가 유곤(劉琨)의 장사가 되어 유총을 북벌했을 때 얻은 것이었다.(溫公喪婦, 從姑劉氏, 家値亂離, 唯有一女, 甚有姿慧, 姑以屬公覓婚. 公密有自婚意, 答云: "佳婚難得, 但如嶠比云何?" 姑云: "喪破之餘, 乞得粗相存活, 便足慰吾餘年; 何敢希汝比?" 却

數日, 公報姑云: "已得婚處, 門地粗可, 壻身不減嶠." 因下玉鏡臺一枚. 姑大喜. 旣婚, 交禮, 女以手披紗扇, 大笑曰: "我固疑是老奴. 果如所卜!" 玉鏡臺, 是公爲劉越石長史, 北征劉聰所得.)

5) 曾(증) : 일찍이.
省(성) : 기억하다.
驚眠(경면) : 놀라 잠에서 깨다.
雨過(우과) : 비가 지나가다. 이 구절은 무산(巫山)의 신녀(神女)가 "저녁에는 지나가는 비가 되겠다."고 한 말을 암용(暗用)한 것이다.

6) 迷路(미로) : 길을 잃다. 유의경(劉義慶)의 《유명록(幽明錄)》에 의하면 한나라 때 유신(劉晨)과 완조(阮肇)가 천태산에서 길을 잃었다가 선녀를 만나 집으로 초대를 받았다고 하는데, 이 구절은 이 고사를 암용한 것이다.
爲(위) : ~때문이다.

7) 有娀(유융) : 전설상의 옛 나라 이름. 이 나라에는 두 미녀가 있었는데 그 중 나이가 많은 간적(簡狄)은 늘 높은 누각에서 살다가 제곡(帝嚳)에게 시집가 상(商)나라의 시조인 설(契)을 낳았다고 한다. 여기서는 여도사가 머무는 도관을 가리킨다.
未抵(미저) : ~에 미치지 못하다.
瀛洲(영주) : 봉래(蓬萊), 방장(方丈)과 함께 삼신산(三神山)의 하나로 꼽히는 산.

8) 靑雀(청작) : 파랑새. 서왕모(西王母)의 사자(使者)로 보낸다는 신조(神鳥)이다.
如何(여하) : 어찌하랴.
鴆鳥(짐조) : 광동성(廣東省)에 사는 독조. 그 깃을 담근 술을 마시면 죽는다고 한다.

《이소(離騷)》 높이 솟은 요대 바라보니 유융의 미녀 보이는구나. 나는 짐새를 중매 삼았는데 짐새는 내게 나쁘다고 말한다. 숫비둘기 울며 날아가지만 나는 오히려 그 경박함을 싫어한다.(望瑤臺之偃蹇兮, 見有娀之佚女. 吾令鴆爲媒兮, 鴆告余以不好. 雄鳩之鳴逝兮, 余猶惡其佻巧.)

媒(매) : 중매.

해설

이 시는 중원절에 느낀 감회를 노래한 것이다. 전체 내용으로 유추하건대 여도사와의 염정을 담은 것일 가능성이 크다. 제1-2구는 중원절을 맞아 여도사가 입궐한 광경을 묘사한 것이다. 삼원절(三元節)의 하나인 중원절에 붉은 깃발 휘날리며 궁궐로 와서 조회하고 다시 도관으로 돌아간다고 했다. 이 연의 내용으로 보아 도관으로 돌아간 이는 궁인(宮人)으로 있다가 도관에 들어간 여도사라고 판단된다. 제3-4구는 여도사와의 과거사를 회상한 것이다. 양권(羊權)이 선녀인 악록화(萼綠華)로부터 금팔찌를 받은 것처럼 여도사의 마음을 얻었으나, 온교(溫嶠)처럼 경대를 예물로 주고 혼례를 올리는 결실을 맺지는 못했다고 아쉬워했다. 제5-6구는 여도사와 달콤한 사랑을 나누었던 추억을 떠올린 것이다. 여도사는 비가 되어 찾아오겠다던 무산 신녀처럼 눈앞에 나타나 시인의 마음을 흔들어놓았고, 시인은 꽃 같은 여도사의 향기에 취해 길을 잃고 헤매는 줄도 몰랐다고 했다. 제7-8구는 끝내 맺어질 수 없었던 인연을 안타까워한 것이다. 여도사가 머무는 도관이 멀지 않았으나 두 사람의 가교 역할을 기대했던 파랑새가 짐새처럼 훼방만 놓아 어쩔 수 없었다고 했다.

이 시는 이상은의 염정시 중에서는 의미를 파악하기가 비교적 용이한 작품인데도 역대로 제설이 분분했다. 그것은 대개 시인과 여도사와의 염정을 인정하는 대신 다른 작시 배경을 찾으려는 시도가 있었기 때문이다. 왕무원(王茂元)의 딸과 결혼하게 된 것을 기뻐한 것이라든지 정아(鄭亞)에게 판관(判官) 자리를 간청한 것이라든지 하는 견해가 그러하다. 지나친 천착이라 하겠다.

243

鴛鴦

원앙

雌去雄飛萬里天,[1]	암컷이 떠나자 수컷은 만 리 하늘을 나는데
雲羅滿眼淚潸然.[2]	비단 구름 눈에 가득해 눈물이 그렁그렁.
不須長結風波願,[3]	풍파 속의 소원을 길이 빌 것도 없으니
鎖向金籠始兩全.[4]	쇠 우리에 갇혀야 비로소 둘 다 온전할 터.

주석

1) 雌(자) : 암컷.
   雄(웅) : 수컷.
2) 雲羅(운라) : 비단처럼 넓게 펼쳐져 있는 구름. 흔히 그물을 비유한다.
   潸然(산연) : 눈물이 흐르다. 또는 그런 모양.
3) 不須(불수) : ~할 필요 없다.
   結願(결원) : 소원을 빌다. 다시 만나기를 바라는 마음을 가리킨다.
   風波(풍파) : 풍랑. 여기서는 험난한 세파를 가리킨다.
4) 鎖(쇄) : 갇히다.
   向(향) : ~에.
   金籠(금롱) : 쇠로 만든 우리. 여기서는 새장을 가리킨다.
   始(시) : 비로소.
   兩全(양전) : 둘 다 온전하다. 암컷과 수컷이 다 무사하게 된다는 말이다.

해설

이 시는 원앙을 빌려 남녀의 이별을 이야기한 것이다. 원앙은 암수 한 쌍이 늘 함께 다닌다 하여 부부를 상징하는 새다. 최표(崔豹)의 《고금주(古今注)》에 따르면, 사람이 원앙의 암수 중 한 마리를 잡으면 다른 한 마리가 그리워하다 죽는 까닭에 '필조(匹鳥)'라 부른다고 했다. 제1-2구는 암컷이 떠난 후 수컷이 하늘로 날아가는 모습을 묘사한 것이다. 제4구에 '둘 다 온전하다(兩全)'는 말이 있는 것으로 보아 암컷이 죽었다고 보는 설명은 옳지 않은 듯하다. 한 쌍의 원앙이 헤어지게 되어 하늘로 날아가며 슬퍼한 것으로 풀이해야 할 것이다. 제3-4구는 험난한 세파를 역설적으로 말한 것이다. 풍파를 견디며 다시 만나기를 기약하는 것은 너무 위험하니 차라리 새장에 갇히는 것이 둘 다 목숨을 보전하는 길이라고 했다. 청나라 요배겸(姚培謙)은 이 시에 대한 평어에서 이렇게 말했다. "그저 새장에 갇혀 있어야지 그렇지 않으면 인간세상 곳곳에 풍파가 있다는 뜻이다.(意謂除非鎖向金籠, 否則人間處處有風波耳.)"

244

楚宮[1]

초나라 궁궐

湘波如淚色漻漻,[2]	상수의 물결은 눈물처럼 빛깔이 맑고 깨끗한데
楚厲迷魂逐恨遙.[3]	초나라 귀신의 돌아갈 곳 없는 혼은 한을 따라 멀어졌다.
楓樹夜猿愁自斷,[4]	단풍나무의 밤 원숭이 소리에 근심 속 절로 혼이 끊기고
女蘿山鬼語相邀.[5]	이끼에 덮인 산귀가 말하여 그를 초대한다.
空歸腐敗猶難復,[6]	헛되이 부패하게 되면 오히려 고복(皐復)하기 어렵거늘
更困腥臊豈易招.[7]	물고기에게 곤욕을 당하기까지 했으니 어찌 쉽게 부르랴.
但使故鄉三戶在,[8]	고향에 세 집만 있다면야,
綵絲誰惜懼長蛟.[9]	누가 색동실로 큰 교룡을 겁주는 데 인색하겠는가?

주석

1) 楚宮(초궁) : 초나라 궁궐.

2) 湘波(상파) : 상수(湘水)의 물결.

漻漻(유류) : 맑고 깨끗한 모양.

3) 楚厲(초려) : 초나라 귀신으로, 여기서는 굴원(屈原)을 가리킨다. 려(厲)는 돌아갈 곳이 없는 귀신.

迷魂(미혼) : 돌아갈 곳 없는 영혼.

4) 단풍(楓樹) 구

〈초사(楚辭)·초혼(招魂)〉 넘실대는 강물 위에 단풍나무 있는데, 천리 끝을 둘러보며 애끊는 봄 마음(湛湛江水兮上有楓, 目極千里兮傷春心.)

〈구가(九歌)·산귀(山鬼)〉 원숭이 시끄럽게 울부짖고 밤에 꼬리긴 원숭이 우는데 바람 윙윙 불고 나무 쓸쓸하네(猨啾啾兮狖夜鳴, 風颯颯兮木蕭蕭.)

5) 女蘿(여라) 구 : 이 구는 상수에 밤이 들어 컴컴한데 오직 원혼만이 있어 한밤중 산귀와 함께 이야기 하는 듯함을 이른 것이다.

〈구가·산귀〉 누군가 산모퉁이에 벽려 옷에 새삼 덩굴 띠. 정겹게 곁눈질하고 웃음띰은, 그대 내 아리따운 모습 좋아서여라.(若有人兮山之阿, 被薜荔兮帶女蘿. 既含睇兮又宜笑, 子慕予兮善窈窕.)

6) 空歸(공귀) : 헛되이 돌아가다. '귀(歸)'는 ~으로 귀착된다는 뜻이다.

腐敗(부패) : 썩다.

復(복) : 고복하다. 혼을 부르는 것.

《예기·단궁(檀弓)》 초혼을 복이라 한다.(招魂曰復.)

7) 腥臊(성조) : 비린내. 여기서는 어류를 가리킨다. 여기서는 흙에 묻어도 부패하여 그 혼을 다시 부르기 어려운데 하물며 비린내 나는 고기 뱃속은 더 말할 것도 없다는 뜻이다.

8) 三戶(삼호) : 세 가구의 인가. 사람이 매우 적음을 말한다.

《사기·항우본기(項羽本紀)》 초나라가 비록 세 가구밖에 없다 해도 진나라를 멸망시킬 이는 필시 초나라이리라.(楚雖三戶, 亡秦必楚.)

9) 綵絲(채사) : 색동 실. 갈대 잎사귀를 쪄서 찹쌀밥을 담아 실로 감는 종자(粽子)를 가리킨다. 굴원이 5월 5일에 멱라강에 투신하여 죽었는데 초 지방 사람들이 그것을 슬퍼하여 이 날이 되면 대나무 통에 쌀을 넣어 물에 던지며 제사를 지냈다. 한나라 건무(建武) 연간에 장사(長沙)의 구회(歐回)가 대낮에 한 사람을 문득 만났는데, 스스로 삼려대부라 칭하면

서 구회에게 이르기를 "제사를 잘 지내고 있지만 항상 교룡이 훔쳐가 괴롭다오. 나뭇잎으로 그 위를 덮어 오색실로 그것을 묶어주시오. 이 둘은 교룡이 두려워하는 것이오."라 했다. 구회는 이 말을 따랐다. 사람들이 종자를 만들어 잎으로 싸고 오색실로 묶었다. (《속재해기(續齋諧記)》)
惜(석) : 아까워하다. 여기서는 다만 세 집이 있어 진을 멸망시키고 초를 회복시킬 수 있다면 죽어도 아깝지 않다는 말이다.

해설

이 시는 대중 2년 담주를 지날 때 지은 것이다. 초 땅의 풍속을 대하고 굴원을 추모하면서 자신에 대한 감개를 담고 있다. 제1-2구는 굴원의 혼백이 한을 품고 강물을 따라 요동치며 멀리 떠났다는 것이다. '한을 따라 멀어진다(逐恨遙)'고 하여 슬픔을 기저로 하면서도 강물을 눈물로 비유하여 더욱 강렬하게 침통한 정을 드러냈다. 제3-4구는 초나라 궁궐 주변의 으스스한 밤 풍경을 묘사한 것이다. 단풍나무 소슬한데 다만 원숭이만이 슬프게 울어대고 산귀만이 호응하는 처량한 경색을 제시하여, 굴원의 혼백이 의지할 데 없이 떠돌고 있음을 말했다. 제5-6구는 굴원이 멱라수에 투신하게 된 비참한 처지를 소개하고 혼백을 부르기에도 쉽지 않음을 개탄한 것이다. 이상 세 연에서는 굴원의 불행한 조우와 천고의 한을 깊이 표현했다. 제7-8구는 정조를 바꾸어 다소 격양된 어조로 초 땅의 백성들이 굴원을 추앙하고 있음을 말한 것이다. 두 개의 전고를 사용하여 초 땅 사람들의 충성스러움과 굴원에 대한 애정을 결합시켰다.

이상은은 이 시에서 초사와 역사적 사실을 교묘하게 엮어 내어 감정이 깊고 진지하며 굴원을 추모하면서 자신의 불행에 대한 감개도 기탁했다. 청나라 옹방강(翁方綱)은 《석주시화(石洲詩話)》에서 이에 대해 "정미하면서도 부드러우며 돈좌가 있어 독자의 기운과 마음을 요동치게 한다(微婉頓挫, 使人蕩氣迴腸.)"고 칭송했다.

245

妓席暗記送同年獨孤雲之武昌[1]

술자리에서 몰래 적어 무창으로 가는 동년 독고운을 전송하다

疊嶂千重叫恨猿,[2]	산봉우리 수없이 겹쳐 있고 한 맺힌 원숭이는 울부짖는데
長江萬里洗離魂.	장강 만 리에 이별의 혼 씻기네.
武昌若有山頭石,[3]	무창에서 산위에 망부석이 있거든
爲拂蒼苔檢淚痕.[4]	푸른 이끼 떨어내고 눈물 흔적 찾아보게.

주석

1) 獨孤雲(독고운) : 자는 공원(公遠)이고, 관직은 이부시랑(吏部侍郎)에 이르렀다.
武昌(무창) : 지금의 호북성(湖北省) 남동부(南東部)에 있는 무한(武漢)의 한 구(區).
2) 疊嶂(첩장) : 중첩되어 있는 산봉우리. 줄지어 겹쳐 있는 산.
3) 山頭石(산두석) : 산 위에 있는 바위. 유의경(劉義慶)의 《유명록(幽明錄)》에 따르면, 무창의 북쪽 산에 망부석이 있었는데 그 모습이 사람이 서있는 것 같았다. 그 돌은 전설이 있었는데 부역 가는 남편을 전송하러 아이를 데리고 이 산에 올라갔다가 남편을 바라보며 돌이 되었다고 했다.
4) 蒼苔(창태) : 푸른 이끼.

해설

이 시는 송별의 술자리에서 몰래 떠나는 이에 대한 그리움을 적은 것이다. 제1-2구에서는 독고운이 앞으로 거치게 될 여정을 묘사했다. 그가 강을 따라 내려오면 수많은 산봉우리가 겹쳐 있고 원숭이가 한스럽게 울어댄다고 했다. 만 리 길이나 되는 긴 여정이라 이별의 슬픔을 더욱 가중된다. 제3-4구에서는 독고운에게 무창에 가서 망부석을 찾게 되면 돌 위의 이끼를 털어내고 눈물 흔적을 찾아보라 했다. 이는 남편을 기다리는 아내가 눈물을 그치지 않았던 것을 들어 자신이 그를 그렇게 그리워하고 있음을 넌지시 드러낸 것이다.

246

宿晉昌亭聞驚禽

진창의 정자에 묵으면서 놀란 새소리를 듣다

羈緖鰥鰥夜景侵,[1]	나그네 시름에 잠은 안 오고 밤경치 깊어 가는데
高窓不掩見驚禽.[2]	높은 창 닫아 두지 않아 놀란 새가 보인다.
飛來曲渚煙方合,[3]	곡강지로 날아오니 안개가 마침 모여들고
過盡南塘樹更深.[4]	남지를 다 지나가니 나무가 더욱 깊어진다.
胡馬嘶和楡塞笛,[5]	오랑캐 말울음은 느릅나무 요새 피리 소리와 어우러지고
楚猿吟雜橘村砧.[6]	초 땅 원숭이 울음은 귤 마을 다듬잇돌 소리와 섞인다.
失群掛木知何限,[7]	무리를 잃고 나무에 매달리는 일 어찌 끝이 있으랴?
遠隔天涯共此心.	멀리 하늘 끝에 떨어져 있으면 그 마음 함께 하리라.

주석

1) 羈緖(기서) : 나그네의 생각.
鰥鰥(환환) : 눈이 말똥말똥하여 잠이 안 오는 모양. 환(鰥)은 큰 민물고기로 근심으로 잠을 자지 못한다 한다.

侵(침) : 점차 나아가다.

2) 驚禽(경금) : 놀란 새.

3) 曲渚(곡저) : 곡강지(曲江池).

4) 南塘(남당) : 자은사(慈恩寺)의 남지(南池). 곡강지와 함께 모두 장안성 동쪽 진창방(晉昌坊)에 있었다.

5) 嘶(시) : 울다.

榆塞(유새) : 변방. 진나라 장수 몽염(蒙恬)이 흉노를 막기 위해 느릅나무를 심은 데서 유래한 말이다.

6) 橘村(귤촌) : 귤나무를 심은 마을.

7) 掛木(괘목) : 나무에 매달리다.

知何限(지하한) : 어찌 한계가 있겠는가?

해설

이 시는 대체로 대중 5년(851) 재주(梓州)에 있던 동천절도사(東川節度使) 막부에 합류하기 전 장안의 진창방(晉昌坊)에 유숙하면서 지은 것으로 보인다. 진창방은 장안성 동쪽의 구역 이름으로 영호도(令狐綯)의 저택이 여기에 있었다고 한다. 제1-2구는 시를 짓게 된 동기를 밝힌 것이다. 먼 길을 떠나는 나그네가 잠 못 이루고 있을 때 창 밖에서 놀라 우는 새 소리를 들었다고 했다. 제3-4구는 새가 날아가는 경로를 따라가며 눈에 들어오는 경치를 묘사한 것이다. 곡강지(曲江池)에는 밤안개가 피어오르고 남지(南池) 너머로는 나무숲이 우거졌다고 했다. 안개와 나무숲은 시야를 가리는 것들로 시인의 불투명한 전도(前途)를 상징한다. 제5-6구는 놀란 새의 울음소리로부터 연상한 슬픈 소리들이다. 오랑캐 말의 울음, 느릅나무 요새의 피리, 초 땅 원숭이의 울음, 귤 마을 다듬잇돌 소리가 떠오른다고 했다. 느릅나무와 귤나무는 제4구의 나무에서 이어받은 시상(詩想)이다. 제7-8구는 말과 원숭이의 울음소리에 대해 공감과 동정을 표한 것이다. 오랑캐 말처럼 무리를 잃거나 초 땅 원숭이처럼 나무에 매달려 우는 일은 다반사이고, 하늘 끝 먼 곳으로 떠나는 사람이라면 그 심정을 더욱 잘 알 것이라 했다. 무리를 잃은 것은 상처(喪

妻)한 사실을 가리키고, 나무에 매달리는 것은 재차 막부에 의지하게 된 형편을 가리키는 것으로 보인다. 이래저래 울고 싶은 마음이 밀려드는 시인이기에 놀란 새의 울음소리가 유난히 크게 들려왔던 것이리라.

247

深宮

깊은 궁궐

金殿鎖香閉綺櫳,[1]	황금 궁전에 향기 갇히고 비단 창도 닫힌 때
玉壺傳點咽銅龍.[2]	옥 호리병이 시간을 알리니 구리 용도 흐느낀다.
狂飈不惜蘿陰薄,[3]	사나운 바람은 여라 그늘이 옅은 것 봐주지 않고
淸露偏知桂葉濃.	맑은 이슬은 오로지 계수나무 잎 짙은 것만 안다.
斑竹嶺邊無限淚,[4]	얼룩반점 대나무 고개 마루에는 끝없는 눈물
景陽宮裏及時鐘.[5]	경양궁에서는 때맞추어 치는 종소리.
豈知爲雨爲雲處,	비가 되고 구름이 되는 곳
只有高唐十二峰.[6]	그저 고당의 열 두 봉우리에만 있는 줄 어찌 알았으리오.

주석

1) 金殿(금전) : 황금궁전. 일반적으로 궁전을 가리킨다.
綺櫳(기롱) : 비단 창. '기소(綺疏)'와 같은 말로 비단의 무늬를 조각한 문이나 창을 이른다. 롱(櫳)은 창살 있는 창.
2) 玉壺(옥호) : 물시계로 쓰이는 구리 병의 미칭.
傳點(전점) : 시간을 알리다.
銅龍(동룡) : 물시계에서 물을 토해내는 용머리 부분.

3) 狂飇(광표) : 급하게 부는 폭풍.
   蘿(라) : 여라(女蘿). 이끼의 한 종류.
4) 斑竹(반죽) : 소상(瀟湘) 지방에서 나는 아롱진 무늬가 있는 대나무.
5) 경양(景陽) 구

   《남사(南史) · 제무목배황후(齊武穆裴皇后)》 제 무제는 깊숙이 거하여 궁정 정문에 있는 시계소리를 듣지 못해 경양루 위에 종을 두었다. 다섯 번과 세 번 종을 울리면 궁인들이 이 소리를 듣고 일찍 일어나 단장을 했다.(齊武帝以內深隱, 不聞端門鼓漏, 置鐘景陽樓上. 應五鼓及三鼓, 宮人聞聲早起粧飾.) 여기서는 밤새 잠들지 못해 경양루의 종소리를 듣는 것을 말한 것이다.
6) 高唐十二峰(고당십이봉) : 고당의 열 두 봉우리, 즉 무산십이봉(巫山十二峰)을 말한다.

해설

이 시는 총애를 잃은 궁인(宮人)의 원망을 통해 시인의 실의함으로 인한 고민과 우울을 드러냈다. 제1-2구는 깊은 궁의 적막함을 묘사하고 있는데, '갇히고' '닫힌' 궁에서 잠들지 못한 채 물시계 소리만 듣고 있어 궁인이 답답하고 슬픈 신세임을 짐작하게 했다. 제3-4구에서는 옅은 여라와 짙은 계수나무 잎을 대조시켜 불공평한 대우를 부각시키면서 젊음과 미모를 잃어가는 궁녀의 처지를 암시했다. 제5-6구는 윗 연을 이어 다른 대우를 받는 이에 대한 것으로 앞 구에서는 총애를 잃어 눈물짓는 여인을, 뒤 구에서는 총애를 받아 임금 기까이에서 단장하는 이에 대해 썼다. 당시 영호도는 궁중에서 고공낭중(考功郎中)과 한림학사(翰林學士)에 임명되어 있었고 시인은 막부에서 실직해 북쪽으로 돌아가고 있었기 때문에 처지가 매우 다른 것을 기탁했다고도 볼 수 있다. 제7-8구에서는 위에서 언급한 '맑은 이슬'과 '경양궁'을 이어 임금의 은혜를 입은 이는 오직 고당의 신녀뿐임을 원망했다. 이는 임금의 사랑이 넓지 않음을 이른 것으로, 그 사랑을 받는 이는 영호도임을 암시한다. 이런 궁인의 원망은 바로 시인 자신의 것이요, 시인이 임금이 재주 있는 선비를 두루 등용하지 못한 것에 대한 일침이기도 하다.

248

明禪師院酬從兄見寄

명선사원에서 종형이 보내온 것에 수창하다

貞吝嫌茲世,[1] 일이 어려워지면 이 세상을 혐오하게 되고
會心馳本原.[2] 마음이 흐뭇해야 본원으로 달려가게 되는 법.
人非四禪縛,[3] 사람들은 사선의 속박을 받지 않고
地絕一塵喧.[4] 머무는 곳은 속세의 시끄러움과 단절되어 있네.
霜露欹高木,[5] 서리와 이슬은 높은 나무에 흠뻑 내리고
星河墮故園.[6] 은하수는 고향 뜰 쪽으로 지네.
斯遊儻爲勝,[7] 지금 노니는 이곳을 빼어나다 여긴다면
九折幸迴軒.[8] 구불구불한 산길이라도 다행히 수레를 돌려 올 수 있겠지.

주석

1) 貞吝(정린) : 바르다 하더라도 인색하다. 이는 일이 어렵게 되거나 어려움을 만나게 된다는 뜻이다.
《역경 · 태괘(泰卦)》 성이 무너져 해자로 무너진다. 함부로 군대를 쓰지 마라. 읍으로부터 명을 고할 것이니 바르다 하더라도 인색할 것이다.(城復于隍, 勿用師. 自邑告命, 貞吝.)

2) 會心(회심) : 마음에 흐뭇하게 느낌.

本原(본원) : 가장 근본적인 실체.

3) 四禪(사선) : 깨달음의 경지에 이르는 네 단계의 선정(禪定). 대상을 명료하게 관조하여 탐욕을 떠나는 관선(觀禪), 청정한 지혜로써 번뇌를 점점 정화시키는 연선(練禪), 모든 선정(禪定)을 스며들게 하고 성숙시켜 걸림 없는 경지에 이르는 훈선(熏禪), 모든 경지를 자유자재로 드나드는 수선(修禪).

縛(박) : 묶다. 속박하다.

4) 塵喧(진훤) : 속세의 시끄러움.

5) 欹(의) : 기대다. 기울다.

6) 墮(타) : 떨어지다.

故園(고원) : 옛 고향의 뜰. 여기서는 시인의 고향인 정주(鄭州)를 가리킨다.

7) 儻(당) : 만일(萬一). 혹시.

8) 九折(구절) : 꼬불꼬불한 고갯길이나 산길. 여기서는 시인이 머무는 촉(蜀) 지방을 가리킨다.

迴軒(회헌) : 수레를 돌리다. 여기서는 마음을 돌려 정토인 사원으로 온다는 의미이다.

해설

이 시는 시인이 명선사원에 머물 때 종형이 시를 보내오자 사원 부근의 경치를 적어 수창한 것이다. 전체적으로 전반부에서는 사원에 대해 묘사했고, 후반부에서는 돌아가고 싶은 마음을 기탁했다. 제1-2구는 명선사원에 머물게 된 상황을 말한 것이다. 세상일이 뜻대로 되지 않아 비관하던 중에 마음의 안식을 찾아 근본적인 실체를 탐구하게 되었다고 했다. 제3-4구는 사원에 있는 사람들과 그곳의 모습을 묘사한 것이다. 사람들은 사선의 속박을 받지 않아 속세와 달랐고 사원도 속세와 단절되어 있어 고요하다고 했다. 제5-6구는 서리와 이슬이 잔뜩 내린 사원 주변의 가을 풍경을 묘사한 것이다. 가을하늘의 은하수가 고향 쪽으로 흐르는 것을 보고 시인은 고향에 대한 그리움이 솟아났던 것 같다. 제7-8구는 종형을 초청한 것이다. 구불구불한 산길은 그가 있는 곳의 지형이 험함을 나타내기도 하지만, 세로(世路)가 험난하다는 뜻도 기탁되어 있다. 험한 지형이나 세상길이라 해도 정토인 이곳에 오면 위로를 받을 수 있음을 암시했다.

249

寄裴衡[1]

배형에게 부치다

別地蕭條極,[2]	이별했던 곳 매우 쓸쓸했었는데
如何更獨來?	어이하여 또 혼자 오셨는가?
秋應爲黃葉,	가을은 누런 낙엽을 위해 온 듯하고
雨不厭靑苔.[3]	비는 푸른 이끼를 아까워하지 않듯 내리네.
沈約只能瘦,[4]	심약을 흠모했으나 난 그저 수척할 줄만 알았고
潘仁豈是才.[5]	반악에 견주고 싶었으나 난 어찌 재주도 얻지 못했는가.
離情堪底寄,[6]	이별의 정을 어찌 부치리오
惟有冷於灰.	다만 마음이 재보다 더 차가워졌는데.

주석

1) 裴衡(배형) : 누구인지 확실하지 않다. 풍호는 《신당서(新唐書)》에 기재된 자가 무사(無私)인 사람으로 보았고, 섭총기(葉葱奇)는 이상은의 〈도진사에게 주는 편지(與陶進士書)〉에서 언급한 배생(裴生)이라고 여겼으며, 유학개는 이상은의 자형으로 보았다. 이상은의 누이가 배씨에게 시집갔는데 아마 그일 것이라 여겼다.
2) 蕭條(소조) : 분위기가 매우 쓸쓸함.
3) 厭(염) : 싫어하다. 물리다. 여기서는 '아까워하다'는 의미로 풀었다.

4) 沈約(심약) : 심약(441-513)은 중국 남조 시대의 학자로 자는 휴문(休文). 《남사(南史)》에 따르면, 심약이 등용되지 못하자 자신의 정을 서면(徐勉)에게 펴냈는데, 자신이 늙고 병들어 허리띠가 늘 구멍을 옮겨야 한다고 했다. 이로부터 '심약처럼 야위었다'는 뜻의 '휴문수(休文瘦)'라는 말이 생겼다.

5) 潘仁(반인) : 반악(潘岳, 247-300). 서진(西晉) 사람으로 자는 안인(安仁). 《진서(晉書)》에 따르면, 반악은 어려서부터 뛰어난 재주로 알려졌다. 그 때문에 사람들이 질시를 하여 10년간 세상을 피해 시골에서 살다가 겨우 외직인 하양령(河陽令)을 맡았다. 재주를 가지고 있으면서도 뜻을 얻지 못해 우울했다.

是(시) : 인정하다. 다스리다.

* 이 두 구는 함축이 많아 다소 애매한데, 여기서는 시인이 심약을 흠모했으나 겨우 수척한 것만 따라할 수 있었고, 반악의 재능에 견주고 싶었으나 재능은 얻지 못하고 그저 다른 사람의 질시만 받게 되었음을 이른 것으로 보았다.

6) 底(저) : 어찌.

해설

이 시는 쓸쓸한 가을 날 배형과 헤어지며 자신의 괴로움을 토로한 작품이다. 제1-2구에서는 예전에 이별했던 곳이 쓸쓸했는데, 어찌하여 오늘 또 이곳에 혼자 왔는가라 물었다. 예전도, 지금도 모두 쓸쓸함을 나타내고 있다. 제3-4구는 가을날 쓸쓸한 풍경으로 낙엽이 지고 가을비가 푸른 이끼 위로 내리는 모습을 묘사했다. 쉽게 볼 수 있는 풍경이나 정이 있는 듯 묘사하여 시인의 감성을 느끼게 한다. 제5-6구는 전고를 사용하여 시인 자신이 심약이나 반악의 재능을 흠모했으나 그저 수척함과 질시만을 얻게 되었다고 했다. 인생사 뜻대로 되지 않는 고충을 배형에게 쏟아내고 있다. 제7-8구에서는 다시 이별의 상황으로 돌아와 이별의 정을 부치고자 한다고 하면서 마음이 쓸쓸하고 외로워 차가워졌다고 고백했다. 이는 제1구의 쓸쓸한 이별의 장소와 다시 호응하면서 시 전체에 정감이 회환(回還)하는 효과를 주었다.

250

卽日

즉흥시

小苑試春衣,[1]	작은 동산에서 봄옷을 입고
高樓倚暮暉.[2]	석양에 높은 누각에 기대본다.
夭桃唯是笑,[3]	예쁜 복사꽃은 그저 웃음 지을 뿐
舞蝶不空飛.	춤추는 나비는 괜스레 날지 않는다.
赤嶺久無耗,[4]	적령에서는 오래도록 소식이 없고
鴻門猶合圍.[5]	홍문은 아직도 포위되어 있다.
幾家緣錦字,[6]	몇 집에서나 금자서를 새기려
含淚坐鴛機.[7]	눈물 머금고 베틀에 앉아 있을까?

주석

1) 試(시) : (옷을 입으려고) 점검하다.

2) 暮暉(모휘) : 석양.

3) 夭桃(요도) : 예쁜 복사꽃.

4) 赤嶺(적령) : 지금의 청해성 서녕(西寧) 서쪽에 있는 산. 당나라 때 토번(吐藩)과 경계를 이루던 곳이다.
耗(모) : 소식.

5) 鴻門(홍문) : 지금의 산서성 삭주시(朔州市) 일대의 현 이름. 당나라 때

하동도(河東道)의 변방이었던 곳이다.
合圍(합위) : 포위하다.
6) 緣(연) : 옷에 새겨 넣다.
錦字(금자) : 금자서(錦字書). 전진(前秦) 때 소혜(蘇蕙)가 남편인 두도(竇滔)에게 보내려 비단에 짰다는 회문시를 말한다.
7) 鴛機(원기) : 비단을 짜는 베틀.

해설

이 시는 원정을 나간 남편에게 보내는 사부곡(思夫曲)이다. 제목에 보이는 '卽日(즉일)'은 '그날 보고들은 것'이라는 뜻으로, 일종의 즉흥시를 가리킨다. 제1-2구는 소식을 기다리는 아내의 모습을 담은 것이다. 봄옷으로 갈아입고 누각에 올라 쓸쓸함을 달랜다고 했다. 제3-4구는 동산의 봄 풍경을 스케치한 것이다. 봄날의 복사꽃과 나비도 미동이 없어 아내의 적막함을 풀어주지 못한다고 했다. 제5-6구는 남편이 돌아오지 못하는 이유를 제시한 것이다. 당나라의 변방을 이루는 적령과 홍문에서 크고 작은 전투가 끊이지 않아 수자리 서는 병사들이 돌아올 수 없다고 했다. 제7-8구는 돌아온다는 소식을 듣지 못한 아내의 안타까운 모습을 묘사한 것이다. 장안 곳곳에서 전진의 소혜가 비단에 짰다는 회문시를 새기느라 바쁠 것이라고 했다. 왕창령(王昌齡)의 〈규원(閨怨)〉 시를 모방한 듯한 풍격과 내용이라 독창성은 인정해주기 어려워 보인다.

251

淮陽路

회양군의 길에서

荒村倚廢營,[1]	황량한 마을이 버려진 군영을 기대고 있어
投宿旅魂驚.[2]	투숙하는 나그네 마음 놀란다.
斷雁高仍急,[3]	무리에서 떨어진 기러기 높은 하늘에서 더욱 급하고
寒溪曉更清.	차가운 시내는 새벽에 한결 맑다.
昔年嘗聚盜,[4]	지난날에 도둑이 모여든 적 있더니
此日頗分兵.[5]	이 날엔 자못 군사를 나누어 배치했다.
猜貳誰先致,[6]	의심은 누가 먼저 불러일으켰나?
三朝事始平.[7]	세 임금을 거쳐서야 사건이 비로소 평정되었거늘.

주석

1) 荒村(황촌) : 외지고 황량해 인적이 드문 마을.
廢營(폐영) : 버려진 군영.
2) 旅魂(여혼) : 나그네의 마음.
3) 斷雁(단안) : 무리에서 떨어진 기러기.
仍(잉) : 또. 그리고.
4) 聚盜(취도) : 도둑이 모이다. 여기서는 이희열(李希烈), 주도(朱滔), 오소

양(吳少陽), 오원제(吳元濟) 등이 하남도(河南道) 일대에서 반란을 일으킨 것을 가리킨다.

5) 分兵(분병) ; 군사를 나누다. 여기서는 오소성(吳少誠)이 절도사로 할거하던 채주(蔡州)가 평정된 후 언성(郾城)을 갈라 은주(溵州)를 만들고 이를 진허(陳許) 관찰사에 귀속시킨 것을 가리킨다.

6) 猜貳(시이) : 의심하며 딴마음을 품다. 여기서는 당 덕종(德宗)이 절도사를 신뢰하지 않아 발생한 일련의 사건들을 가리킨다.

7) 三朝(삼조) : 세 임금. 여기서는 덕종, 순종(順宗), 헌종(憲宗)을 가리킨다. 덕종 때 시작된 이희열 등의 할거 국면은 순종을 거쳐 헌종 때가 되어서야 배도(裴度) 등에 의해 평정되었다.

해설

이 시는 개성 5년(840) 이상은이 왕무원의 진허관찰사(陳許觀察使) 막부로 가기 위해 회양군(淮陽郡)을 지나면서 지은 것이다. 회양군 일대는 덕종 때부터 상당 기간 동안 절도사들이 반란을 일으키고 할거했던 지역이었기에 그에 대한 감회를 표출했다. 제1-2구는 투숙한 마을의 모습을 묘사한 것이다. 여기저기 절도사들이 만들었던 군영이 황량한 마을에 버려진 모습에 흠칫 놀라게 된다고 했다. 제3-4구는 주변의 경관을 스케치한 것이다. 무리에서 떨어진 기러기와 맑고 차가운 시냇물은 모두 나그네의 외로움과 쓸쓸함을 더해주는 것들이다. 제5-6구는 회양군의 과거와 현재를 대비시킨 것이다. 과거에는 여러 절도사들이 반란을 일으키고 이곳을 차지했는데, 현재는 진허관찰사의 관할지로 편입되어 평화를 되찾았다고 했다. 제7-8구는 군주의 신뢰를 촉구한 것이다. 시인은 회양군 일대가 한때 어지러웠던 주된 이유를 덕종이 절도사를 신임하지 않은 데서 찾으면서, 조정에서 진허절도사로 부임한 왕무원을 신임해달라는 뜻을 내비쳤다.

252

崇讓宅東亭醉後沔然有作

숭양택의 동쪽 정자에서 취한 뒤 알근하여 짓다

曲岸風雷罷,[1]	굽은 연못가에 바람과 우레 그치고
東亭霽日涼.[2]	동쪽 정자에 날 갠 뒤 햇빛이 서늘하니,
新秋仍酒困,[3]	새로 가을이 되어 또 술에 찌드는데
幽興暫江鄉.[4]	그윽한 흥취는 문득 강마을 같다.
搖落眞何遽,[5]	떨어지는 것 진정 얼마나 빨랐던가
交親或未亡.[6]	친구들은 간혹 아직 죽지 않았는데,
一帆彭蠡月,[7]	팽려호에 배를 한 척 띄운 듯한 달
數雁塞門霜.[8]	변새 관문에 몇 마리 기러기 나는 듯한 서리.
俗態雖多累,[9]	세속적인 모습에 비록 자주 묶였지만
仙標發近狂.[10]	신선 같은 풍모 드러내고 보니 광분에 가까워지고,
聲名佳句在,[11]	명성을 얻은 아름다운 구절 있다지만
身世玉琴張.[12]	신세는 옥으로 장식한 금의 줄을 매는 듯하다.
萬古山空碧,	오랜 세월 산은 부질없이 푸르건만
無人鬢免黃.[13]	머리카락 누렇게 되는 것 면하는 사람 없고,
驊騮憂老大,[14]	화류마는 늙고 나이 먹는 것 걱정하니
鶗鴂妒芬芳.[15]	두견새가 아름다운 향기를 샘냄에랴.

密竹沈虛籟,[16]	촘촘한 대나무의 빈 피리 소리는 가라앉고
孤蓮泊晚香.[17]	외로운 연꽃에 저녁 향기가 머물러 있는데,
如何此幽勝,[18]	이 그윽하고 뛰어난 곳
淹臥劇清漳.[19]	아주 맑은 장수 가에 눕는 것에 비하면 어떤가.

주석

1) 曲岸(곡안) : 숭양택 안의 굽이진 연못가를 가리킨다.
2) 霽日(제일) : 맑게 갠 날.
3) 仍(잉) : 또.
4) 暫(잠) : 문득.
江鄉(강향) : 남방의 물이 많은 지방. '강남(江南)'과 같은 말이다.
5) 搖落(요락) : 시들어 떨어지다.
遽(거) : 갑작스럽다.
6) 交親(교친) : 서로 친하다. '친척과 친구'라는 뜻도 있다.
7) 彭蠡(팽려) : 파양호(鄱陽湖).
8) 塞門(새문) : 변방의 관문.
9) 俗態(속태) : 세속적인 모습.
10) 仙標(선표) : 신선 같은 풍모.
11) 聲名(성명) : 명성. 명예.
12) 玉琴(옥금) : 옥으로 장식한 금.
張(장) : 갱장(更張). 악기의 줄을 풀었다 다시 매는 것. 변화를 비유한다.
13) 鬢黃(빈황) : 나이가 들면 머리가 희어지고 이어서 누래진다고 한다.
14) 驊騮(화류) : 주(周) 목왕(穆王)의 여덟 준마 가운데 하나.
15) 鶗鴂(제결) : 두견새.
이상은, 〈어젯밤 昨夜〉 두견새가 아름다운 봄을 시샘하는 건 마다하지 않지만, 다만 날리는 먼지에 촛불 밝힌 방 어두운 것이 애석하다.(不辭鶗鴂妬年芳, 但惜流塵暗燭房.)
16) 密竹(밀죽) : 촘촘히 자라는 대나무.

《위씨술정기(韋氏述征記)》 숭양방에는 큰 대나무와 복숭아나무가 자란다.(崇讓坊出大竹及桃.)

虛籟(허뢰) : 소리 없이 고요하다.

17) 泊(박) : 머무르다.

18) 幽勝(유승) : 그윽하고 아름답다. 또 그러한 장소.

19) 淹臥: 오랫동안 눕다. 몸져눕다.

劇(극) : 지극히. 매우.

清漳(청장) : 맑은 장수(漳水). 유정(劉楨)의 시에서 유래하여 와병을 비유한다.

유정, 〈오관중낭장에 드리다 贈五官中郎將)〉 시 둘째 수 나는 어려서부터 고질병을 앓아 맑은 장수 물가에 몸져누웠다.(余嬰沈痼疾, 竄身清漳濱.)

해설

이 시는 낙양 숭양방(崇讓坊)에 있었던 왕무원(王茂元)의 저택 동쪽 정자에서 술을 마신 뒤에 감회를 노래한 것이다. 이 시의 창작 시점에 대해서는 개성 5년(840), 회창 5년(845), 대중 5년(851), 대중 10년(856) 등 다양한 설이 존재하나, 시의 내용으로 보아 이상은이 40세 때인 대중 5년에 지었다는 주장이 근리한 듯하다.

이 시는 20구로 이루어진 오언배율로서 네 구씩 다섯 단락으로 나누어 살펴볼 수 있다. 제1단락(제1-4구)은 시를 지었던 장소를 소개한 것이다. 숭양택의 동쪽 정자 쪽에는 연못이 있어 강마을의 흥취가 생겨난다고 했다. 제2단락(제5-8구)은 시간의 흐름과 변화를 말한 것이다. 그 사이에 벌써 친구들 몇몇은 세상을 떠나고 시인은 갖은 풍상 속에 남과 북을 분주히 오갔다고 했다. 제3단락(제9-12구)은 삶에 찌들렸던 지난날을 돌아본 것이다. 도가의 자유분방함도 완전히 잃지는 않고 글 솜씨로 명성도 얻었지만, 늘 다시 조율해야 하는 악기의 현처럼 삐걱거린 나날이었다고 했다. 제4단락(제13-16구)은 이룬 것 없이 늙어가는 자신을 슬퍼한 것이다. 천리마의 능력을 발휘해보지도 못한 채 나이만 먹어 가는데 그마저도 시샘하는 자들이 훼방을 놓으려 한다고 했다. 제5단락(제17-20구)은 술에 취한 채 애써 마음을 달래본 것이다. 대나무와 연꽃이 멋진 동쪽 정자에서 술을 벗 삼는 모습이 차라리 장수가에 몸져누운 유정보다 낫다고 했다. 부인 왕씨와 가까운 친구들을 먼저 저세상으로 떠나보내고 여의치 않은 생활에 힘겨워 하던 때 신세를 한탄하며 지은 시로 생각된다.

253

晩晴

저녁에 날이 개다

深居俯夾城,[1]	홀로 살면서 담장 사잇길을 내려다보니
春去夏猶清.	봄이 지나간 뒤 여름이 오히려 맑다.
天意憐幽草,[2]	하늘의 뜻은 고요한 곳에서 자라는 풀을 어여삐 여기고
人間重晩晴.	인간세상에서는 날 개인 저녁을 소중히 여긴다.
倂添高閣逈,[3]	높은 누각에 먼 모습을 한껏 보태주고
微注小窓明.	작은 창문에 밝은 빛을 살며시 가져다준다.
越鳥巢乾後,	월 땅의 새는 둥지가 마른 뒤라
歸飛體更輕.	돌아가며 나는 몸 더욱 가볍구나.

주석

1) 深居(심거) : 인가에서 멀리 떨어져 접촉이 없이 살아가는 것.
夾城(협성) : 양쪽에 높은 담장이 있는 사잇길.

2) 幽草(유초) : 고요하고 인적 없는 곳에 있는 풀.

3) 倂(병) : 더욱.

해설

이 시는 대중(大中) 원년(847) 계주에 와서 지은 듯하다. 비록 본래 가졌던 뜻과는 달리 남쪽 멀리 오게 되었지만, 복잡다단했던 장안과 멀어짐으로써 마치 비온 뒤에 갠 날 같은 가벼운 마음을 갖게 되었던 것이다. 갠 날 저녁에 보이는 여러 경물을 묘사하면서 시인 자신이 깨달은 자연과 인간세상의 이치를 버무려 두었다. 제1-2구에서는 장안에서 멀리 떨어져 사람들과 접촉 없이 홀로 살면서 여름이 온 것을 느끼게 됨을 말했다. 제3-4구에서는 하늘은 후미진 곳에서 자란 풀을 아껴 비를 거두고 인간세상에서는 비바람이 다 지나고 난 저녁을 중히 여긴다고 하여, 자신이 깨달은 자연과 세상의 이치를 논했다. 후미진 곳에서 자란 풀은 비가 그치고 나면 생기를 되찾게 되므로 하늘이 풀을 아낀다고 했고, 또 세상 사람들이 소중히 여기는 갠 저녁은 비바람 같은 고통의 시간을 다 보낸 후 맞이하는 때인데다 그 시간이 너무 짧으므로 더욱 소중하게 여긴다는 것이다. 제5-6구는 비 갠 저녁에 보이는 모습을 묘사한 것이다. 비가 개고 나면 높은 누각에서 먼 경치가 더욱 잘 보이고, 작은 창문에 옅은 저녁 햇빛이 비친다고 했다. 제7-8구는 비 갠 저녁 둥지로 돌아가는 새의 몸이 가볍다는 것이다. 이를 통해 복잡한 장안을 떠나 정치적인 비바람을 견뎌내며 멀리 계주로 오자 시인 자신의 마음도 그 새와 같이 한결 가볍다는 것을 드러냈다.

254

迎寄韓魯州瞻同年

급제 동기 노주자사 한첨을 맞이하며 부치다

積雨晩騷騷,[1] 장맛비가 저녁에 주룩주룩
相思正鬱陶.[2] 그리운 마음에 마냥 울적하오.
不知人萬里, 그대 만 리 길 떠나는 줄도 몰랐는데
時有燕雙高. 이따금 제비가 쌍쌍이 높이 나는 구료.
寇盜纏三輔,[3] 도적이 경기 지역을 소란스럽게 하는데
莓苔滑百牢.[4] 푸른 이끼로 백뢰관이 미끄럽다오.
聖朝推衛索,[5] 성스런 조정에서 위관과 색정을 추천하면
歸日動仙曹.[6] 돌아오는 날 조정의 부서를 움직여보시게.

주석

1) 積雨(적우) : 장맛비.
騷騷(소소) : 바람이 부는 소리. 여기서는 빗소리로 쓰였다.

2) 鬱陶(울도) : 근심이 쌓인 모습.

3) 寇盜(구도) : 도적.
《자치통감(資治通鑒)》 대중 5년 10월 조 봉주와 과주의 여러 도적들이 조계산에 근거지를 두고 삼천 지방을 노략질하자 과주자사 왕찬홍을 삼천행영도지병마사로 삼아 그들을 토벌했다.(蓬果群盜依阻雞山, 寇掠三川, 以果州刺史王贊

弘充三川行營都知兵馬使以討之.)

纏(전) : 소란스럽게 하다.

三輔(삼보) : 본래 경기(京畿) 지역을 다스리던 세 개의 관직을 말하나, 후에 그 지역을 가리키는 의미로 쓰였다. 청나라 풍호(馮浩)는 '삼보'가 '삼촉(三蜀)'의 잘못으로 보인다고 지적했는데, 작시 배경으로 보아 일리가 있는 말이다.

* 〔원주〕: 당시에 흥원의 적이 일어나자 삼천의 병력이 출동했다.(時興元賊起三川兵出.)

4) 莓苔(매태) : 푸른 이끼.

滑(활) : 미끄럽다.

百牢(백뢰) : 백뢰관(百牢關). 옛 관문 이름으로 본래 '백마관(白馬關)'이라 부르다가 후에 고쳤다. 지금의 섬서성 면현(勉縣) 서남쪽에 있다.

5) 衛索(위색) : 진(晉)나라에서 상서령(尙書令)을 지낸 위관(衛瓘)과 상서랑(尙書郎)을 지낸 색정(索靖). 여기서는 한첨을 가리킨다.

仙曹(선조) : 조정의 부서.

해설

이 시는 대중 6년(852) 보주자사(普州刺史)로 부임하는 급제 동기 한첨(韓瞻)에게 부친 것이다. 제목에 '노주(魯州)'라 한 것은 사서에 기록된 한첨의 이력으로 보아 '보주(普州)'의 잘못이다. 한첨이 지금의 사천성 자양현(資陽縣) 경내인 보주로 부임하면서 이상은이 머물던 재주(梓州)를 지나게 되어 이상은이 그를 맞이하며 이 시를 짓게 된 것이다.

제1-2구는 장안에서 출사(出使)를 준비하고 있을 한첨을 떠올린 것이다. 저녁에 내리는 장맛비가 그리움을 더해 마음이 울적하기 짝이 없다고 했다. 제3-4구는 뜻밖에 사천에서 만나게 되었음을 말한 것이다. 장안에 머물던 한첨이 만 리나 멀리 떨어진 보주로 부임하게 되어 한 쌍의 제비처럼 상봉하게 되었다고 했다. 제5-6구는 한첨의 출사 배경과 여정을 소개한 것이다. 경기(실제로는 촉 지방) 지역에 도적들이 출몰해 이를 토벌하기 위해 보주로 가게 된 바, 험한 백뢰관을 넘어야 하니 조심하라고 당부했다. 제7-8구는 자사로서의 임무를 완수하고 무사히 돌아가기를 축원한 것이다. 위관(衛瓘)과 색정(索靖)을 언급했으니 한첨은 본래 상서성(尙書省)의 낭관(郎官)이었던 듯하다.

255

武夷山[1]

무이산

只得流霞酒一杯,[2]	겨우 유하주 한 잔을 얻었을 뿐이니
空中簫鼓幾時迴.[3]	언제야 하늘에 음악소리 울리면서 돌아갈 수 있을까.
武夷洞裏生毛竹,[4]	무이산 동굴 속에 모죽이 자라나고
老盡曾孫更不來.	증손주도 늙어죽었으니 다시 오지 못하리라.

주석

1) 武夷山(무이산) : 복건성(福建省)과 강서성(江西省) 경계(境界)에 있는 산으로, 죽재(竹材)와 죽순(竹筍)이 많이 남. 신선 무이군(武夷君)이 이곳에 살았다 하여 이렇게 부른다고 한다.

2) 流霞酒(유하주) : 신선이 마신다는 술. 《논형(論衡)》에 따르면 한 잔 마시면 며칠간 배가 고프지 않는다고 한다.

3) 簫鼓(소고) : 피리와 북. 악기를 이른다. 육우(陸羽)의 〈무이산기(武夷山記)〉에 이런 내용이 있다. 무이군은 지방 관리였는데, 매년 8월 15일이면 마을 사람들을 무이산에 모이게 했다. 이 날이면 태극옥황태모(太極玉皇太姥)와 위진인(魏眞人)과 무이군이 공중에서 마을 사람들을 증손주라 부르며 남녀를 갈라 앉게 한 후 술과 음식을 놓게 했다. 피리와 북 등 음악이 연주되고 술이 돌아가자 팽령소(彭令昭)로 하여금 〈인간가애(人

間可哀)〉라는 곡을 부르게 했다.

4) 毛竹(모죽) : 대나무의 일종으로 키가 매우 크고 잎이 사시사철 푸르다. 〈무이산기〉에 따르면 어느 날 산에 가시 같은 모죽이 자라나 찔리면 병이 났으므로 마을과 왕래를 못하게 되었고 길도 끊어지게 되었다고 한다.

해설

이 시는 무이산에 살았다던 무이군의 고사를 빌어 신선 추구의 허망함을 노래했다. 제1-2구는 신선을 추구하는 길이 요원하다는 것이다. 신선이 되고자 신선이 마셨다는 유하주 한 잔을 얻어 마셔보지만, 하늘의 음악소리 울리며 천상으로 돌아갈 수는 없다고 했다. 제3-4구는 신선 추구의 허망함을 보여주는 사례를 언급한 것이다. 무이산에 모죽이 자라 마을 사람과 왕래가 어려운데다가 증손주로 불렸던 마을 사람들도 모두 죽어버렸으니, 누구도 무이군처럼 신선을 추구할 수 없다고 했다. 이 시가 지어진 배경에 대해서는 미상이다. 다만 신선에 대해 부정적인 어조로 볼 때, 신선을 좋아했던 무종(武宗)을 풍자한 것이라는 청나라 정몽성(程夢星)의 견해가 설득력을 지닌다 하겠다.

256
一片
한 조각

I

一片瓊英價動天,[1]	한 조각 옥돌 값이 하늘을 흔들어
連城十二昔虛傳.[2]	열두 성과 바꿀 정도였다는 옛말 헛되이 전해 왔네.
良工巧費眞爲累,[3]	훌륭한 장인이 솜씨를 부린 것 진실로 잘못이니
楮葉成來不值錢.[4]	닥나무 잎을 만들었으나 한 푼의 가치 없네.

주석

1) 瓊英(경영) : 옥돌.
2) 連城十二(연성십이) : 잇달아 있는 열 두 개의 성. 《사기(史記)》에 조나라 혜문왕(惠文王)이 화씨지벽을 얻자 진나라 소왕(昭王)이 그것을 듣고 조나라에 사신을 보내어 성 열다섯 개와 바꿀 것을 청했다는 내용이 있다.
3) 良工(양공) : 솜씨 좋은 장인.
4) 楮葉(저엽) : 닥나무 잎. 《열자(列子)》에 송나라 사람이 군주를 위해 3년 만에 옥으로 닥나무 잎을 만들었는데 실제 닥나무 잎과 섞어놓아도 구별할 수 없었다는 내용이 있다. 이 두 구는 장인이 솜씨를 부렸지만 옥이 가진 본래의 아름다움을 잃은 채 그저 실제 모습에 가깝게만 만들었으므로 가치가 없다는 의미이다. 보기에 따라서 닥나무 잎을 애써 세공했으나

그 진귀함을 알아주지 못하고 한 푼의 가치도 없는 것처럼 보는 세상에 대한 개탄으로 볼 수도 있으나, 여기서는 전자로 해석했다.

해설

이 시는 재능에 대한 자부심이 있으나 결국 불우하게 된 것에 대한 개탄을 담았다. 제1-2구는 열다섯 성과 바꿀 정도로 귀한 화씨지벽 고사를 인용한 것이다. 시인이 그와 같은 재능을 가지고 있으나 지금은 별 소용이 없다고 했다. 제3-4구는 닥나무 잎을 만든 장인의 고사를 인용한 것이다. 장인이 깎고 다듬는 수고를 했지만 그것은 오히려 본래 가진 귀한 아름다움을 잃어버리게 한 헛수고에 그쳐서, 자신이 가진 재능마저 가치 없게 만들었다고 했다. 청나라 풍호는 이 시를 두고 "스스로 한탄하는 말(自歎之詞)"로 보아 과거시험에 급제하지 못했을 때 지은 것이라 했는데, 참고할 만하다.

257

寄成都高苗二從事[1]

성도의 고·묘 두 종사에게 부치다

紅蓮幕下紫梨新,[2]	붉은 연꽃 휘장 아래 자줏빛 배 새로운데
命斷湘南病渴人.[3]	명 끊겨 상수 남쪽에서 소갈증 앓는 이 있네.
今日問君能寄否?	오늘 그대들에게 묻노니 보내줄 수 있겠는가?
二江風水接天津.[4]	두 강의 바람과 물이 은하에 닿는다던데.

주석

* 〔원주〕: 이때 두 분은 이상은이 있던 좌주 이회(李回)의 막부에서 종사로 있었다.(時二公從事商隱座主府.)

1) 高苗二從事(고묘이종사) : 이회의 막부에서 종사를 지냈던 고씨와 묘씨. 이회는 대중 원년(847)에 외직으로 나가 서천(西天)에 주둔하고 있었다.

2) 紅蓮幕(홍련막) : 붉은 연꽃 휘장. 막부를 미화하여 부르는 명칭이다.
紫梨(자리) : 자줏빛 배. 본래 이것은 촉 지방의 산물이 아니나, 시인은 〈촉도부(蜀都賦)〉의 "자주빛 배가 반지르르하네(紫梨津潤)"라는 구절을 사용하여 제목에서의 성도(成都)와 부합시켰다. 여기서는 두 종사를 비유한다.

3) 湘南(상남) : 상수의 남쪽. 여기서는 시인이 계관(桂管)에 있는 것을 가리킨다.
病渴人(병갈인) : 소갈증을 앓는 이. 사마상여(司馬相如)가 소갈증(消渴

症)을 앓았다는 전고를 이상은은 즐겨 썼는데, 여기서는 벼슬을 구하는 마음이 간절함을 나타내는 데 썼다.

4) 二江(이강) : 두 강. 여기서는 성도의 비강(郫江)과 검강(檢江)을 가리키며 두 종사를 비유한다.

해설

이 시는 대중 원년(847) 가을, 시인이 막부에 새로 들어온 두 종사에게 자신의 처지를 호소하며 이끌어줄 것을 바라는 내용을 담고 있다. 제1-2구에서는 '자줏빛 배가 새롭다'고 하여 가을을 설명하면서 두 종사가 이회(李回)의 막부에 새로 들어왔음을 기탁했다. 이와 대조적으로 자신은 멀리 있으면서 병을 심하게 앓는다고 하여 두 사람의 은혜를 은근히 기대했다. 제3-4구에서는 두 종사에게 자신의 소식을 전해줄 수 있는가를 물었다. 두 강으로 두 종사를 비유하고 은하수로 이회를 비유했으니, 시인을 대신하여 이회에게 영향력을 미쳐줄 것을 소망한 것이다.

258

鄭州獻從叔舍人褎[1]

정주에서 종숙인 기거사인 이포에게 바치다

蓬島煙霞閬苑鐘,[2]	봉래산의 안개와 노을 낭원의 종
三官牋奏附金龍.[3]	삼관의 상주문을 금룡에 덧붙입니다.
茅君奕世仙曹貴,[4]	모군은 여러 대에 걸쳐 선계의 관리로 부귀했고
許掾全家道氣濃.[5]	허연은 온 집안에 도가의 기운이 짙었습니다.
絳簡尚參黃紙案,[6]	붉은 책에는 여전히 견해 밝힌 노란 종이 섞여 있고
丹爐猶用紫泥封.[7]	붉은 화로는 아직도 자줏빛 진흙으로 봉합니다.
不知他日華陽洞,[8]	훗날 화양동에서
許上經樓第幾重?	경전 읽는 누각 몇 층까지 오르게 허락할지 모르겠습니다.

주석

1) 從叔(종숙) : 아버지의 사촌 형제.
舍人褎(사인포) : 기거사인(起居舍人) 이포(李褎). 《신당서(新唐書) · 이양이전(李讓夷傳)》에 있는 기거사인 이포를 가리키는 듯하다. 당시 그는 정주자사(鄭州刺史)로 있었으며 이상은의 종숙(從叔)이다.

2) 蓬島(봉도) : 봉래산(蓬萊山). 신선이 산다는 전설상의 산.
閬苑(낭원) : 곤륜산(崑崙山)의 꼭대기에 있다는, 신선이 산다는 곳.

3) 三官(삼관) : 도교에서 신봉하는 신으로 천관(天官), 지관(地官), 수관(水官)의 합칭. 천관은 복을 내리고, 지관은 죄를 사해주고, 수관은 액을 풀어준다고 함.

金龍(금룡) : 구리로 만든 용. 도교에서 명산 동부(洞府)에 던져 제사를 지낸다.

4) 茅君(모군) : 제나라 사람으로 수련하여 득도했다.

《동선전(洞仙傳)》 모몽(茅濛)은 자가 초성(初成)으로 함양 남관 사람이며 동경사명군(東卿司命君) 모영(茅盈)의 고조이다. 북곽의 귀곡선생(鬼谷先生)을 스승으로 삼아 장생술을 전수받았으며 화산에 들어가 도를 닦다 백 일 만에 승천했다.(茅濛字初成, 咸陽南關人, 卽東卿司命君盈之高祖也, 師北郭鬼谷先生, 受長生之術, 入華山修道, 白日昇天.)

奕世(혁세) : 여러 대. 누대.

仙曹(선조) : 선계의 관리.

5) 許掾(허연) : 옥부(玉斧). 《상청원통경목주서(上淸源統經目注序)》에 따르면 허매(許邁)의 다섯째 동생은 허밀(許謐)이고 그 지위가 상청좌경(上淸佐卿)에 이르렀으며 허밀의 셋째 아들이 옥부(玉斧)이다. 그는 상계연(上計掾)으로 천거되었으나 나가지 않았고 나중에 상청선공(上淸仙公)이 되었다. 옥부의 아들 황민(黃民)과 황민의 아들 예지(豫之)는 모두 신선이 되었다고 한다. 이 시에서 허연이 누구인가는 그다지 중요하지 않다. 다만 허연의 고사를 통해 종숙의 집안에 도가의 기운이 있음을 말하고자 했다.

道氣(도기) : 도가의 기운

6) 絳簡(강간) : 붉은 책. 도교에서는 선경(仙經)을 쓸 때 붉은 종이를 사용했다.

黃紙(황지) : 노란 종이. 당나라 때에는 황마지(黃麻紙)에 조서(詔書)를 썼다.

案(안) : 견해를 밝히는 말.

7) 丹爐(단로) : 붉은 화로. 도교에서 연단(煉丹)할 때 사용했다.

紫泥封(자니봉) : 자줏빛 진흙으로 봉하다. 황제의 옥새는 무도(武都, 지금의 감숙성(甘肅省))의 자줏빛 진흙으로 봉했다. 이 네 구는 이포가 완전히 도교에 귀의하지 못한 채 관직을 지내면서도 수도하는 삶을 지내고 있음을 표현한 것이다. 붉은 책과 붉은 화로는 도기(道氣)를 뜻하고, 노란 종이와 자줏빛 진흙은 관직생활을 뜻한다.

8) 華陽洞(화양동) : 도홍경(陶弘景, 456-536)은 남조(南朝)의 양(梁)나라 학자인데, 37세 때 관도를 버리고 구용현(句容縣)의 구곡산(句曲山)에 은거했다. 이 산 아래가 제팔동궁(第八洞宮)이었는데, 금단화양지천(金壇華陽之天)이라 이름을 붙이고 자호를 화양은거(華陽隱居)라 했다. 그때부터 그는 명산을 돌며 선약을 찾았는데, 영원(永元) 연간 초에 다시 3층 누대를 짓고 도홍경은 맨 위에, 제자는 중간에, 빈객은 그 아래에 거하게 했다. 그는 세상과는 연락을 끊고 오직 아이 하나만이 그 옆에서 시중을 들게 했다.(《남사(南史) · 처사전(處士傳)》) 이 두 구는 나중에 관직을 그만두고 은거할 때 내가 이포의 누각에 몇 층까지 올라가도록 허락할 것인가를 물은 것이다.

해설

이 시는 정주에 있는 종숙인 기거사인 이포에게 바친 것이다. 이포가 관직을 지내면서도 도교에 심취해 있었던 까닭에 전체적으로 도교와 관련된 시어와 전고를 많이 사용했다. 제1-2구는 이포에 대해 설명한 것이다. 도교의 성지나 용어를 통해서 그의 도교 편향의 성향을 나타내고, 삼관이라는 벼슬을 통해서 지금 재직 중인 사인 벼슬을 짐작하게 했다. 제3-4구에서는 모군과 허연의 전고를 빌려 이포의 성향이 대대로 이어져 내려오는 집안 전체의 가풍임을 말했다. 제5-6구에서는 도교적 색채가 짙으면서도 현직에 머물러 있음을 말했으며, 제7-8구에서는 도홍경의 전고를 들어 훗날 화양의 제자를 들인 도홍경처럼 빈객을 받을 것인가를 물었다. 이상은도 옥양산에서 도를 배운 적이 있고 도술을 숭상했기 때문에 종숙의 거취에 관심을 가지고 물은 듯하다. 이 시는 평자에 따라서 자신을 조정으로 이끌어주길 간청하는 시로 보기도 한다. 그러나 그런 의미보다는 도교에 심취해 있는 이포에게 보내는 응수(應酬)의 작품으로 보는 게 나을 듯하다.

259

西南行却寄相送者

서남쪽으로 가다 배웅한 이들에게 다시 부치다

百里陰雲覆雪泥,[1]	백 리의 음산한 구름이 눈 내린 길을 덮고
行人只在雪雲西.[2]	행인은 단지 눈구름 서쪽에 있네.
明朝驚破還鄉夢,	내일 아침 귀향의 꿈에서 놀라 깨어나는 건
定是陳倉碧野雞.[3]	틀림없이 진창의 벽계 때문이리라.

주석

1) 陰雲(음운) : 흐린 날의 구름.
   雪泥(설니) : 눈이 내린 뒤의 진흙 길.
2) 雪雲(설운) : 눈구름.
3) 陳倉(진창) : 지금의 섬서성 보계시(寶鷄市).
   벽야계(碧野雞) : 전설상의 신물(神物)인 벽계(碧鷄). 《사기 · 봉선서(封禪書)》에 진(秦)나라 문공(文公)이 닭의 신인 진보(陳寶)를 제사지냈다는 기록이 있고, 《한서 · 교사지(郊祀志)》에는 선제(宣帝) 때 익주에 벽계(碧雞)의 신이 있어 초제(醮祭)를 지냈다는 기록이 있다. 여기서는 이 두 가지 내용을 하나로 합쳐 활용한 것으로 보인다.

해설

이 시는 시인이 동천절도사(東川節度使) 막부의 절도판관(節度判官)이 되어 재주(梓州)로 가던 길에 진창(陳倉)에 이르러 배웅했던 사람들에게 부친 것이다. 제1-2구는 여정 중에 눈이 내린 것을 묘사한 것이다. 배웅했던 이들과 작별하고 진창까지 오는 동안 계속 눈이 내렸고 하늘에는 여전히 눈구름이 가시지 않았다고 했다. 청나라 요배겸(姚培謙)의 지적대로, 이 대목은 왕유의 〈안서로 가는 원이를 보내며(送元二使安西)〉 시에 보이는 "서쪽으로 양관을 나서면 친구도 없다(西出陽關無故人)"는 구절을 연상시킨다. 제3-4구는 진창의 벽계를 빌려 귀향의 소망을 피력한 것이다. 꿈속에서는 아직 고향에 머물고 있겠지만 벽계가 우는 소리에 놀라 깨면 진창의 여관에 쓸쓸히 몸을 누이고 있는 자신을 발견하리라고 했다. 마지못해 재주 행을 선택한 시인의 울적한 마음이 진창의 벽계와 어울려 잘 표현된 시라 여겨진다.

260
四皓廟
사호묘

羽翼殊勳棄若遺,[1]	보좌했던 특별한 공로도 잊은 듯 버려졌으니
皇天有運我無時.[2]	하늘에 운이 있다지만 나에겐 때가 없구나.
廟前便接山門路,[3]	사당 앞은 바로 산문의 길과 잇닿아 있어
不長青松長紫芝.[4]	푸른 소나무를 기르지 않고 자줏빛 영지를 기르네.

주석

1) 羽翼(우익) : 보좌하는 사람. 한고조 유방이 관중(關中)에 도읍을 둔 뒤에 태자를 폐하고 척부인(戚夫人)의 아들을 태자로 세우려 하자 장량(張良)은 사호(四皓)를 세상에 나오게 하여 태자의 자리를 지켜주었다. 사호가 굳건히 태자를 보호하자 임금은 척부인을 불러 "내가 바꾸고자 하나 저 네 사람이 태자를 보좌하니 바꾸기 어렵겠소."라 했다.(《사기 · 유후세가(留侯世家)》)

   棄若遺(기약유) : 잊은 듯 버리다.

   《시경 · 소아 · 곡풍(谷風)》 편히 즐겁게 살만하게 되자 나를 잊은 듯 버리네(將安將樂, 棄予如遺.)

2) 皇天(황천) : 하늘에 대한 경칭.
3) 山門(산문) : 절에 들어가는 문. 사호는 상진(商鎭, 지금의 섬서성 단봉현

(丹鳳縣))에 묻혔다.

4) 靑松(청송) : 푸른 소나무. 여기서는 동량(棟梁)이 되는 재주를 의미한다. 紫芝(자지) : 자줏빛 영지. 사호는 〈자지가(紫芝歌)〉를 지었는데, 여기서는 은거를 의미한다.

해설

이 시는 대중(大中) 원년(847) 정아(鄭亞)를 따라 계주(桂州)로 가는 도중에 사호묘를 지나면서 지은 것이다. 공을 이루었으나 인정받지 못한 데 대한 감개를 담았다. 제1-2구에서는 사호가 태자를 보호한 공이 있지만 결국 버림받게 되었던 것을 빌어 임금이 공신(功臣)을 홀대한 것을 풍자하고 있다. '하늘에 운이 있다(皇天有運)'는 것은 혜제(惠帝)가 제위에 오른 것을 가리키고 '나에겐 때가 없다(我無時)'는 사호의 입장에서 공이 있으나 버림받게 된 것을 의미한다. 제3-4구는 묘 앞의 황량하고 적막한 풍경을 묘사한 것이다. 청송은 기르지 않으면서 자줏빛 영지만 기르는 것을 빌려 군주의 냉담함을 암시했다. 공을 세운 그들을 나라의 동량으로 여기지 않고 그저 은둔하는 사람으로 치부했다는 것이다. 평자에 따라서 사호가 이덕유(李德裕)를 비유한다고 풀이하기도 한다. 이덕유가 무종(武宗)을 보좌하여 빛나는 공업을 세웠으나, 선종(宣宗)이 즉위하자 그를 형남절도사(荊南節度使), 동도유수(東都留守) 등으로 좌천시켰던 사실을 풍자한 시라는 것이다.

261

題白石蓮花寄楚公[1]

백석 연화대에 제하여 초공에게 부치다

白石蓮花誰所共?	백석 연화대는 누가 바쳤는가?
六時長捧佛前燈.[2]	종일 부처 앞에서 등을 늘 받쳐 들고 있네.
空庭苔蘚饒霜露,[3]	빈 정원의 이끼에 서리와 이슬 한껏 내리자
時夢西山老病僧.	때때로 서산의 늙고 병든 스님을 꿈꾼다오.
大海龍宮無限地,[4]	큰 바다의 용궁에는 땅이 가없고,
諸天雁塔幾多層.[5]	모든 하늘의 기러기 탑은 몇 층이나 되는가.
謾誇鶖子眞羅漢,[6]	추자가 진짜 나한이라 자랑하지만
不會牛車是上乘.[7]	우마차가 가장 뛰어난 수레인 줄 알지 못하네.

주석

1) 白石蓮花(백석연화) : 흰 돌을 깎아 만든 연꽃이 새겨진 대.
楚公(초공) : 누구인지 미상이다.

2) 六時(육시) : 종일. 불교에서는 주야(晝夜)를 신조(晨朝), 일중(日中), 일몰(日沒), 초야(初夜), 중야(中夜), 후야(後夜) 등으로 나눈다.
捧(봉) : 받들다.

3) 苔蘚(태선) : 이끼.
饒(요) : 넉넉하다.

4) 大海(대해) : 큰 바다. 불가에서는 경전을 바다 속 용궁에 숨겨두었다 하여 큰 바다는 불가의 경전을 비유한다. 이 구는 불가 경전의 도리가 끝없는 땅처럼 한없이 높고 깊은 것을 의미한다.

5) 諸天(제천) : 모든 하늘. 불가에서는 하늘이 여덟로 되어 있는데, 그 여러 하늘은 마음을 수양(修養)하는 경계(境界)를 따라서 나뉘어 있으며 이 여덟의 모든 하늘을 말한다.

雁塔(안탑) : 기러기 탑. 인도의 인드라사일라구아산(Indrasailaguhā, 帝釋窟山)의 동쪽 봉우리에 있었다고 하며, 옛날 보살(菩薩)이 정육(淨肉)을 먹는 중을 바로잡기 위해서 기러기로 화하여 하늘에서 떨어지자 그를 묻어 세워준 탑이라 한다. 앞 구절과 더불어 이 구절도 불가의 도가 넓고 숭고함을 이른 것이다.

6) 鶖子(추자) : 석가의 10대 제자 중 하나로 지혜가 가장 뛰어났다고 한다. 산스크리트어의 샤리푸트라와 팔리어의 샤리푸타(Sāriputta)를 음역(音譯)한 것으로, 사리불(舍利弗), 사리자(舍利子)라고도 한다.

羅漢(나한) : 아라한(阿羅漢)의 준말. 부처의 제자들. 일체번뇌를 끊고 깨달음을 얻어 중생의 공양에 응할 만한 자격을 지닌 불교의 성자.

7) 會(회) : 알다. 이해하다.

牛車(우거) : 우마차.

上乘(상승) : 뛰어난 수레. 가장 뛰어난 부처의 가르침을 가리킨다.

해설

이 시는 시인이 동천(東川)에 있으면서 불가에 관심을 보일 때 지은 듯하다. 백석연화에 제하면서 초공을 그리워하는 내용으로 이루어져 있다. 제1-2구에서 백석연화대에 대하여 언급하고 이후는 초공에 대해 할애하고 있다. 첫 두 구에서는 부처 앞에 등을 받쳐 들고 있는 백석연화대의 모습에 대해 묘사했다. 제3-4구에서는 빈 정원에 서리와 이슬이 내려 날이 싸늘해지자 서산에 있는 늙고 병든 스님이 걱정되어 꿈에서 보게 된다고 했다. 제5-6구에서는 큰 바다의 용궁은 끝이 없어 헤아릴 수 없는 것이 측량할 수 없는 초공의 불심을 비유하는 듯하고, 모든 하늘의 기러기 탑이 높아 몇 층이나 되는지 알지 못한다고 한 것은 초공의 불도가 숭고하여 감히 다 쳐다볼 수도 없음을 이른 듯하다. 이 두 구 모두 초공을 찬미하고 있다. 제7-8구에서는 위 연의 내용을 계속 잇고 있다. 사람들은 추자가 진짜 부처의 제자라고 자랑하지만, 모든 것을 다 실을 수 있는 우마차 같은 능력을 가진 초공이야말로 좋은 수레, 즉 부처의 가르침을 제대로 전수하고 있다는 것을 알지 못한다며 초공의 능력을 치켜세웠다.

262

安定城樓

안정성의 누각

迢遞高城百尺樓,[1]	까마득히 높은 성의 백 척 누각
綠楊枝外盡汀洲.[2]	푸른 버들가지 밖으로는 죄다 물가 평지와 모래톱.
賈生年少虛垂涕,[3]	가의는 젊은 나이에 헛되이 눈물 흘리고
王粲春來更遠遊.[4]	왕찬은 봄이 왔어도 다시금 먼 곳을 떠돌았지.
永憶江湖歸白髮,[5]	언제나 강호로 백발 되어 돌아가련다 생각했지만
欲迴天地入扁舟.[6]	천지를 돌려놓고 나서야 조각배에 오르고 싶었다.
不知腐鼠成滋味,[7]	썩은 쥐가 무슨 맛이 있다고
猜意鴛雛竟未休.[8]	원추에 대한 시기가 끝내 그치지 않는다.

주석

1) 迢遞(초체) : 높은 모양.
2) 汀洲(정주) : 물가 평지와 모래톱.
3) 賈生(가생) : 가의(賈誼). 한나라 문제 때의 문인으로, 모함을 받고 장사왕(長沙王)의 태부(太傅)로 좌천되었다.

가의, 〈진정사소(陳政事疏)〉 통곡할 만한 것이 하나, 눈물을 흘릴 만한 것이 둘, 장탄식을 할 만한 것이 여섯 있다.(可爲痛哭者一, 可爲流涕者二, 可爲長太息者六.)

垂涕(수체) : 눈물을 흘리다.

4) 王粲: 동한말의 문인으로 건안칠자(建安七子) 가운데 한 사람. 형주(荊州)에서 떠돌다 유표(劉表)에게 의탁했으나 십여 년 동안 중용되지 못했으며, 〈등루부(登樓賦)〉라는 작품을 남겼다.

5) 永憶(영억) : 언제나 생각하다.

6) 迴天地(회천지) : 회천전지(迴天轉地). 천지를 돌려놓다. 막강한 힘으로 국면을 전환시키는 것을 말한다.

扁舟(편주) : 조각배. 작은 배. 《사기 · 화식열전(貨殖列傳)》에 의하면 범려(范蠡)는 회계(會稽)의 치욕을 씻은 뒤 조각배에 올라 강호를 떠돌다 이름과 성을 바꾸고 제나라로 가 치이자피(鴟夷子皮)가 되었다고 한다.

7) 腐鼠(부서) : 썩은 쥐. 죽은 쥐를 말한다.

滋味(자미) : 맛.

8) 猜意(시의) : 시기하다.

鵷雛(원추) : 봉황류의 새. 《장자 · 추수(秋水)》에 의하면, 혜자(惠子)가 양(梁)나라의 재상이 된 후에 장자가 그 자리를 노린다고 생각하고 그를 찾아가자, 장자는 혜자의 생각이 죽은 쥐를 잡은 소리개가 그런 먹잇감은 거들떠보지도 않는 원추에게 탐내지 말라고 으름장을 놓는 격이나 매한가지라고 했다고 한다.

해설

이 시는 개성 3년(838) 봄 경원절도사(涇原節度使) 막부가 있던 감숙성 경주(涇州) 안정성의 누각에 올라 지은 것이다. 이 해에 그는 박학굉사과(博學宏詞科)에 응시했으나, 그의 합격을 극력 반대하는 인사가 있어 뜻을 이루지 못했다. 제1-2구는 안정성의 누각에 올라 내려다본 광경이다. 여기에 묘사된 원경(遠景)은 자연스럽게 원대한 포부를 연상시키는 역할을 한다. 제3-4구는 가의와 왕찬을 빌려 '원대한 포부'의 다음 단계라 할 박학굉사과 합격의 꿈을 이루지 못한 좌절감을 드러냈다. 가의는 주발(周勃) 등의 비방을 받아 장사(長沙)로 좌천되었고, 왕찬도 실의의 아픔을 〈등루부〉로 표현한 바 있다. 제5-6구는 시인 자신의 평소 포부를 밝힌 것이다. 백발이 성성한 나이가 되면 범려처럼 조각배를 타고 강호에 살겠지만 그것은 어디까지나 범려가 월나라를 도와 오나라를 멸망시킨 것과 같은 공을 세우고 난 뒤의 일이라고 했다. 제7-8구는 자신을 시기하는 자에 대한 비난을 담은 것이다. 《장자》의 고사를 빌려 자신을 보잘것없는 이록(利祿)이나 탐내는 자로 보고 험담을 늘어놓는 이들에 대해 일침을 가하고자 했다.

이 시는 이상은이 '공성신퇴(功成身退)'의 의지를 강하게 피력하고 있는데다 셋째 연의 구법이 독특해 역대로 많은 이들의 관심을 끌었다. 송나라 왕안석(王安石)도 그런 사람 가운데 하나로서 이 시를 예로 들며 당나라 시인으로 두보를 배워 근접한 이가 이상은 한 사람이라고 평한 바 있다. 그러나 마지막 연의 표현이 지나치게 직설적이어서, 두보라면 이렇게 노골적으로 마무리하지는 않았을 것이라는 반론도 만만치 않다.

263

隋宮守歲[1]

수궁의 제야

消息東郊木帝迴,[2]	동쪽 교외에 봄 신이 돌아왔다는 소식 전해오자
宮中行樂有新梅.	궁중에서는 새로 핀 매화를 한껏 즐기고 있다.
沉香夾煎爲庭燎,[3]	침향목과 협전으로 뜰의 화톳불을 펴고
玉液瓊蘇作壽盃.[4]	옥액주와 경소주로 만수를 축원하는 잔을 채운다.
遙望露盤疑是月,[5]	멀리 보이는 승로반은 달인 듯싶고
遠聞鼉鼓欲驚雷.[6]	아련히 들리는 타고 소리는 심한 천둥소리 같다.
昭陽第一傾城客,[7]	소양궁에 가장 아리따운 이와 같은데
不踏金蓮不肯來.[8]	금 연꽃 안 밟고서는 오지 않으려 한다.

주석

1) 守歲(수세) : 섣달그믐날 밤에 집안 곳곳에 불을 밝히고 잠을 자지 않는 풍속. 수 양제는 사치스러워 제야 때마다 궁전 앞에 침향목을 태워 화산(火山)을 수십 개 만들었다. 불이 잦아들면 갑전(甲煎)으로 불길을 더 성하게 했다.

2) 木帝(목제) : 봄을 관장하는 동쪽의 황제. 복희(伏羲), 태호(太皞). 여기서는 봄 신을 이른다.

3) 夾煎(협전) : 갑전(甲煎)과 같은데, 남방에서 나는 향의 일종이다.
燎(료) : 화톳불.
4) 玉液(옥액) : 옥에서 나오는 즙. 마시면 오래 산다 하여 도가(道家)에서 선약(仙藥)으로 침. 주로 맛좋은 술을 비유함.
瓊蘇(경소) : 술 이름.
壽杯(수배) : 만수를 축원하는 잔.
5) 露盤(노반) : 승로반(承露盤).
6) 鼉鼓(타고) : 악어가죽으로 만든 북.
驚雷(경뢰) : 격심한 천둥소리. 이 두 구는 매우 사치스러움을 묘사한 것이다.
7) 昭陽(소양) : 소양궁. 한대의 궁 이름. 여기서는 조비연(趙飛燕)을 가리킨다.
8) 金蓮(금련) : 금으로 만든 연꽃. 제(齊) 폐제(廢帝) 동혼후(東昏候)가 금을 오려 연꽃을 만들어 땅에 붙여 두고 반비(潘妃)로 하여금 그 위를 걷게 하면서 이르기를 "이 걸음걸음마다 연꽃이 피는구나"라고 했다. 이 두 구는 궁정의 수세의 풍경이 매우 성대함을 이른다.

해설

이 시는 수 양제의 사치스러움을 상상해 씀으로써 당대 황제의 사치를 풍자했다. 제1-2구에서는 궁중에서 봄이 되자 매화를 즐기는 모습을 그려내고 있다. 가운데 두 연은 사치스러운 풍경을 묘사했는데, 제3-4구에서는 비싼 침향목과 협전으로 불을 피우고 귀한 술로 잔을 채우고 있다고 했고, 제5-6구에서는 승로반과 귀한 타고를 그려냈다. 제7-8구에서는 아름다운 궁녀와 관련된 전고를 사용하여 군왕이 호색(好色)하는 것에 대해 말했다. 풍자의 대상이 누구인지 분명하게 말하기는 어려우나, 행락과 사치를 일삼는 자에 대한 풍자임은 명백하다고 하겠다.

264

利州江潭作

이주의 강담에서 짓다

神劍飛來不易銷,[1]	신검이 날아들어 녹이기 쉽지 않았거니
碧潭珍重駐蘭橈.[2]	푸른 못을 소중히 여겨 목란 노를 멈추었지.
自擕明月移燈疾,[3]	스스로 야광 구슬을 지녀 등불을 옮겨감이 빠르고
欲就行雲散錦遙.[4]	흘러가는 구름에 나아가려 멀리 비단을 펼친다.
河伯軒窓通貝闕,[5]	하백의 창문은 용궁과 통해 있고
水宮帷箔卷冰綃.[6]	수궁의 휘장과 발은 얼음 같은 생사를 말아놓은 듯.
他時燕脯無人寄,[7]	지난날의 제비 육포를 가져다 줄 사람 없이
雨滿空城蕙葉彫.[8]	비만 빈 성에 가득해 혜초 잎이 시든다.

주석

* 〔원주〕: 측천무후를 감응하여 잉태한 곳이다.(感孕金輪所.)

1) 神劍(신검) : 신비로운 칼. 여기서는 측천무후의 모친과 교합한 용을 말한다.

《예장기(豫章記)》 오나라가 아직 망하기 전에는 늘 두우성(斗牛星) 사이에 자주색 기운이 보였다. 장화가 뇌공장이 별자리에 뛰어나다는 말을 듣고 취침을 청하여 사람들을 물리치고는 물었다. '오직 두우성 사이에 이상한 기운이 있는데, 이는 보물의 정기로 위로는 하늘로 통하고 있소.' 뇌공장이 정기가 예장과 풍성에 있다고 자세히 알려주자 마침내 뇌공장을 풍성 현령으로 삼았다. 현에 이르러 땅을 파다 옥 상자를 얻었다. 그것을 열어 칼 두 자루를 얻었는데 하나를 남겨 상자에 담아 바쳤다. 후에 장화가 해를 입자 이 칼은 양성의 물속으로 날아 들어갔다. 뇌공장은 임종 시에 아들에게 항상 칼을 지니고 다니라 일렀다. 나중에 그 아들이 건안에서 종사하다 얕은 개울을 건너게 되었는데 칼이 홀연히 허리춤에서 튀어 오르더니 물속으로 들어가 용으로 변했다. 쫓아가 살펴보니 두 마리 용이 서로 따르며 가고 있었다.(吳未亡, 恒有紫氣見斗牛之間. 張華聞雷孔章妙達緯象, 乃要宿, 屏人問曰, 惟斗牛之間有異氣, 是寶物之精, 上徹於天耳. 孔章具言精在豫章豐城, 遂以孔章爲豐城令. 至縣, 掘得玉匣. 開之, 得二劍, 乃留其一, 匣而進之. 後張華遇害, 此劍飛入襄城水中. 孔章臨亡, 戒其子, 恒以劍自隨. 後其子爲建安從事, 經淺瀨, 劍忽於腰間躍出, 入水變爲龍. 逐視之, 見二龍相隨逝焉.)

銷(소) : 녹이다.

2) 珍重(진중) : 아끼다. 소중히 여기다.

蘭橈(난요) : 목란(木蘭)으로 만든 배의 노.

3) 明月(명월) : 야광 구슬.

疾(질) : 빠르다.

4) 行雲(행운) : 흘러가는 구름. 여기서는 측천무후의 어머니를 무산 신녀에 비유한 것이다.

散錦(산금) : 비단을 흩뜨리다. 금(錦)은 본래 운금(雲錦), 즉 아침노을을 뜻하는데, 여기서는 용의 비늘을 비유한다.

5) 軒窓(헌창) : 창문.

貝闕(패궐) : 아름다운 조개껍질로 장식한 궁전. 용궁.

6) 水宮(수궁) : 물 위의 궁전.

帷箔(유박) : 휘장과 발.

冰綃(빙소) : 얼음 같은 생사. 얇고 흰 비단을 말한다.

임방, 《술이기(述異記)》 남해에서는 교소사가 나는데, 교인(鮫人)이 물 속에서 짠 것으로 용사라고도 부른다. 그 값은 백여 금이고, 옷을 만들어 입으면 물에 들어가도 젖지 않는다.(南海出鮫綃紗, 泉室潛織, 一名龍沙. 其價百餘金. 以爲服, 入水不濡.)

7) 燕脯(연포) : 제비의 육포. 용이 즐겨먹는다고 전해진다.
《양공사기(梁公四記)》 구월의 나자춘 형제는 스스로 말하길 대대로 용과 혼인하여 악룡을 교화시킬 수 있다고 했다. 걸공이 이에 나자춘 형제에게 구운 제비 오백 마리를 주며 태호(太湖) 안의 동정산 동굴로 들어가 용녀에게 바치라 했다. 용녀가 그것을 먹고 크게 기뻐하며 큰 구슬 세 개, 작은 구슬 일곱 개, 잡구슬 한 말로 임금의 명에 보답했고, 자춘 형제는 용을 타고 구슬을 싣고 나라로 돌아왔다.(甌越羅子春兄弟, 自云家代與龍爲婚, 能化惡龍. 杰公乃令子春兄弟等齎燒燕五百枚, 入震澤中洞庭山洞穴, 以獻龍女. 龍女食之大喜, 以大珠三, 小珠七, 雜珠一石以報帝命, 子春乘龍載珠回國.)

8) 彫(조) : 시들다.

해설

이 시는 시인이 지금의 사천성 광원시(廣元市) 경내인 이주(利州)를 지나다 측천무후와 관련된 사적을 회상하고 지은 것이다. 강담(江潭)은 강물이 깊은 곳을 말한다. 대중 5년(851) 재주(梓州)의 동천절도사(東川節度使) 막부로 가던 길에 이주를 지난 것으로 추정된다. 제1-2구는 무후의 모친이 무후를 잉태했다는 '푸른 못'을 소개한 것이다. 칼이 물속으로 들어가 임금의 상징인 용이 된 고사를 소개하면서 영험한 칼이라 이를 녹여 없애기 어려웠다고 했다. 이는 태종 이세민(李世民)이 궁중에서 여제(女帝)가 나올 것이라는 예언을 듣고 의심스런 궁녀를 색출했던 일을 가리킨다. 제3-4구는 용으로 변한 칼이 무후의 모친과 교합(交合)한 일을 말한 것이다. 용은 야광 구슬을 지닌 까닭에 밝은 빛을 내며 빠르게 무후의 모친에게 다가와 용의 비늘을 펼쳤다고 했다. 제5-6구는 무후의 모친과 부부의 연을 맺은 용이 서로 자유롭게 왕래했다는 것이다. 무후의 모친이 탄 배의 창문으로 용의 궁전이 보였고, 그곳에는 교인이 짠 비단으로 만든 휘장과 발이 걸려 있었다고 했다. 제7-8구는 이제는 황폐해진 과거의 사적을 묘사한 것이다. 더 이상 용이 즐겨 먹는다는 제비 육포를 바치는 사람은 사라지고 자취를 알아볼 수 없을 만큼 쓸쓸한 장소가 되었다고 했다. 측천무후를 비판하려는 의도가 있다기보다 이주(利州)와 관련된 특이한 전설을 시인 특유의 전고 활용 수법과 곁들여 소개하려 했던 것으로 판단된다.

265

卽日

즉흥시

地寬樓已逈,[1]	땅이 넓어 누대 이미 멀어졌는데
人更逈於樓.[2]	사람은 누대보다 더욱 멀기만 하다.
細意經春物,[3]	은밀한 마음 품고 봄을 지내며
傷酲屬暮愁.[4]	술에 취해 저물녘의 근심 이어진다.
望賖殊易斷,[5]	멀리 바라보면 오히려 끊기기 쉬우니
恨久欲難收.[6]	한이 오래 쌓여 거두기 어려워진다.
大勢眞無利,[7]	대세를 보건대 진정 무익하니
多情豈自由.[8]	다정한 이가 어찌 자유로워지리오.
空園兼樹廢,[9]	빈 뜰은 나무와 함께 황폐해지고
敗港擁花流.[10]	쇠락한 항구의 강물은 꽃을 감싸고 흐른다.
書去靑楓驛,[11]	편지가 청풍역으로 떠나고
鴻歸杜若洲.[12]	기러기가 두약 모래섬으로 돌아갔다.
單棲應分定,[13]	홀로 지내는 것 응당 분수로 정해졌으니
辭疾索誰憂.[14]	병으로 물러나도 모름지기 누가 걱정하랴.
更替林鴉恨,[15]	숲 속 까마귀의 한을 대신하는 듯
驚頻去不休.[16]	놀라서 자주 떠나며 쉬지 않는다.

주석

1) 地寬(지관) : 땅이 넓다.
迥(형) : 멀다.
2) 人(인) : 마음속에 두고 있는 사람을 가리킨다.
3) 細意(세의) : 은밀한 마음. 상사의 정을 가리킨다. '세(細)'가 '추(抽)'로 된 판본도 있다.
春物(춘물) : 봄날의 경물.
4) 傷酲(상정) : 술에 취하다.
屬(속) : 이어지다. 계속되다.
5) 望賒(망사) : 멀리 바라보다. '희망이 요원하다'는 뜻의 쌍관어(雙關語)로 이해할 수도 있다.
殊(수) : 매우. 오히려.
易斷(이단) : 끊기기 쉽다. 시선이 차단되어 보이지 않는다는 말이다.
6) 收(수) : 거두다. 흩뜨리다.
7) 大勢(대세) : 큰 추세. 대략적인 상황.
無利(무리) : 무익하다.
8) 多情(다정) : 정이 많은 사람.
豈(기) : 어찌.
自由(자유) : 자유롭다.
9) 空園(공원) : 황폐한 정원. 버려진 정원.
兼(겸) : ~와 함께.
廢(폐) : 황폐해지다.
10) 敗港(패항) : 쇠락한 항구. 여기서는 그 앞을 흐르는 강물을 가리킨다.
擁(옹) : 감싸다.
11) 青楓驛(청풍역) : 쌍풍포(雙楓浦)라고도 부르며, 지금의 호남성 유양현(瀏陽縣) 경내에 있다. 여기서는 일반적인 먼 곳을 가리킨다.
12) 鴻歸(홍귀) : 편지를 보낸다는 말이다.
杜若洲(두약주) : 향초인 두약이 자라는 모래섬.
《초사 · 구가(九歌) · 상군(湘君)》 향기로운 모래섬의 두약을 캐다가 하계의 여자에게 바치리.(芳洲兮杜若, 將以遺兮下女.) '청풍역'과 마찬가지로 여기서는 일반적인 먼 곳을 가리킨다.

13) 單棲(단서) : 홀로 지내다. 혼자 자다.
應(응) : 응당. 틀림없이.
分定(분정) : 분수로 정해지다. 운명이 그러하다는 말이다.

14) 辭疾(사질) : 질병으로 인해 또는 질병을 핑계로 관직에서 물러나다.
索(색) : 모름지기.

15) 更替(경체) : 대체하다.
鴉(아) : 갈까마귀.

16) 頻去(빈거) : 자주 떠나다.

해설

이 시는 멀리 바라보며 누군가를 그리워하는 시이다. 제목은 본래 '오늘, 당일'이란 뜻인데 실은 '그날 보고들은 것'을 쓴다는 것으로 일종의 즉흥시이다. 전체 시는 의미상 네 단락으로 나누어 살펴볼 수 있다. 제1단락(제1-4구)은 멀리 떠나간 사람을 그리워하는 모습을 서술한 것이다. 사람은 떠나고 누대만 남아 날이 저물 때까지 그리움을 술로 달래며 봄을 보낸다고 했다. 제2단락(제5-8구)은 하염없이 바라보며 자조하는 내용을 담은 것이다. 이미 떠나간 먼 곳을 바라보았자 한만 더욱 쌓일 뿐 이로울 것이 없음을 알지만 다정한 이는 어쩔 수 없이 그러고 있노라 했다. 제3단락(제9-12구)은 눈앞의 쓸쓸한 풍경을 바라보며 떠나간 이에게 편지를 보내는 내용을 서술한 것이다. 나무가 자라던 뜨락은 점점 황폐해지고 항구 앞 강물만 세월 가듯 쉼 없이 흐르는데, 그리운 마음을 달래려 그가 떠나간 먼 곳으로 연신 편지를 부친다고 했다. 제4단락(제13-16구)은 자탄(自歎)의 심정으로 시상을 마무리한 것이다. 짝 없이 홀로 지내는 것을 운명으로 받아들이고, 마치 한을 품은 까마귀처럼 놀라 울어대며 이곳저곳을 전전한다고 했다.

이 시는 시인이 겪은 특정한 사건을 배경으로 하는 듯 보이지만 지금으로서는 무엇인지 알기 어렵다. 청나라 굴복(屈復)이 이 시 분단의 대의를 요약한 부분을 참고삼아 인용한다. "첫째 단락은 저녁에 근심스러울 때 누대에 오른 것이다. 둘째 단락은 눈앞에 보이는 것에 대한 감정이다. 셋째 단락은 눈앞에 보이는 경물이다. 넷째 단락은 스스로 마음 아파한 것이다.(一段當暮愁時登樓. 二段卽目之情. 三段卽目之景. 四段自傷.)"

266

相思

사랑

相思樹上合歡枝,[1]	상사수 위에 합환수의 가지
紫鳳青鸞竝羽儀.[2]	자주색 봉황과 푸른 난새가 날개를 함께 했네.
腸斷秦臺吹管客,[3]	애가 타는구나, 진나라 누대에서 피리 불던 길손
日西春盡到來遲.	해 지고 봄 가는데 도착하는 것 더뎠네.

주석

1) 相思樹(상사수) : 콩과의 상록 소교목. 높이는 4-7미터이며, 잎자루가 퍼져 잎처럼 된 가엽(假葉)도 어긋난다. 5월에 노란 꽃이 핀다.
合歡(합환) : 사귀나무. 쌍떡잎식물 장미목 콩과의 낙엽 소교목. 자귀나무는 부부의 금실을 상징하는 나무로 합환수(合歡樹)라고도 부른다. 이런 까닭에 정원수로 많이 심었다.

2) 羽儀(우의) : 날개.

3) 秦臺吹管(진대취관) : 진나라 누대에서 피리를 불다. 《열선전(列仙傳)》에 따르면 소사(蕭史)는 춘추시대 진 목공 때 사람으로 퉁소를 잘 불었다. 목공의 딸 농옥(弄玉)이 그를 좋아하여 결혼하고 날마다 퉁소로 봉황의 울음소리를 흉내 내니 어느 날 봉황이 날아왔다고 한다.

해설

이 시는 시인의 아내 왕씨의 죽음을 애도한 도망시다. 제1-2구는 나무와 새를 들어 부부의 애정을 되새긴 것이다. 상사수와 합환수처럼 금실 좋은 한 쌍의 부부로 연을 맺어 자주색 봉황과 푸른 난새처럼 함께 지냈다고 했다. 제3-4구는 소사(蕭史)와 농옥(弄玉)의 전고를 빌려 아내의 죽음을 애도한 것이다. 시인은 장안 서쪽에 주둔했던 경원절도사(涇原節度使) 왕무원(王茂元)의 딸을 아내로 맞았기에 왕씨와의 만남을 종종 '진나라 누대의 로맨스'로 부르곤 했다. 그러나 왕씨의 병세가 악화될 무렵에는 서주의 막부에서 지내느라 왕씨의 임종을 지키지 못한 듯하다. 아마도 집으로 돌아오는 길이었으나 왕씨가 세상을 떠난 늦봄을 지나서 당도했을 것이다. '도착하는 것 더뎠다'는 말에 왕씨의 마지막을 지켜주지 못한 아쉬움과 회한이 가득하다. 이 시에 대한 청나라 굴복(屈復)의 평어가 요점을 얻었다고 여겨진다. "새들도 오히려 함께 지내는데 진나라 길손은 봄이 다 가도록 오지 않으니 가슴이 아프지 않을 수 있겠는가.(鳥猶竝棲, 而秦客乃春盡不來, 能無腸斷.)"

267
茂陵[1]
무릉

漢家天馬出蒲梢,[2]	한나라의 천마는 포소에게서 나왔고
苜蓿榴花徧近郊.[3]	거여목과 석류꽃이 가까운 교외에 두루 널렸다.
內苑只知含鳳嘴,[4]	안뜰에서는 그저 봉황의 부리를 녹일 줄만 알고
屬車無復插雞翹.[5]	시종의 수레에 닭의 꼬리를 꽂지 않았다.
玉桃偸得憐方朔,[6]	옥 복숭아를 훔쳐낸 동방삭을 부러워했고
金屋修成貯阿嬌.[7]	금 집에 단장을 마친 아교를 감춰두었다.
誰料蘇卿老歸國,[8]	누가 알았으랴, 소무가 다 늙어 나라로 돌아와 보니
茂陵松栢雨蕭蕭![9]	무릉의 소나무와 잣나무에 비만 쓸쓸히 내릴 줄.

주석

1) 茂陵(무릉) : 한무제(漢武帝)의 능(陵). 장안 서북쪽 80리 되는 곳에 있다.

2) 蒲梢(포소) : 준마의 이름. 한 무제가 대완(大宛)을 치고 천리마를 얻었는데 포소라 이름하고 〈천마의 노래(天馬之歌)〉를 지었다.(《사기(史記)》)

3) 苜蓿(목숙) : 거여목. 콩과의 식물로 원산지는 신강(新疆) 일대이며, 대완(大宛)의 말이 잘 먹으므로 한무제가 씨앗을 가져다 궁궐 부근에 심었다.

榴花(류화) : 석류꽃.

《박물지(博物志)》 장건이 서역에 사신으로 갔다 돌아오면서 안석류 · 호도 · 포도를 얻어왔다.(張騫使西域還, 得安石榴 · 胡桃 · 蒲桃.)

4) 鳳嘴(봉취) : 봉황의 부리로 만든다는 아교로 부러진 활이나 칼을 붙일 수 있었다고 한다. 선가(仙家)에서 봉새의 부리와 기린의 뿔을 끓여 풀을 만드는데 속현교(續絃膠) 혹은 연금니(連金泥)라고 불렀다. 무제 때, 서역의 사신이 와서 이 풀을 바쳤으나 무제는 그 용도를 잘 알지 못했다. 무제가 사냥을 하다 쇠뇌의 현이 끊어지자 사신이 풀을 주어 붙여주었다. 무제는 "신기한 물건이다"라 했다고 한다.(〈십주기(十洲記)〉)

5) 屬車(속거) : 임금 시종의 수레.

雞翹(계교) : 임금이 행차할 때 시종의 수레에 난새 깃발을 꽂는데, 민간에서는 계교 즉 닭 꼬리라고도 불렀다. 이 두 구는 궁궐 안에서 사냥만 할 뿐 제대로 궁 밖으로 행차하여 민정(民情)을 살피지 않음을 이른 것이다.

6) 玉桃(옥도) : 먹으면 장생불사한다는 선계의 복숭아.

方朔(방삭) : 동방삭(東方朔).

《박물지》 서왕모가 구화전에 내려왔는데, 서왕모가 일곱 복숭아를 가려서 다섯은 황제에게 주고 서왕모는 두 개를 먹었다. 서왕모와 황제가 대좌하고 있자 시종은 모두 앞으로 나오지 못했다. 그때 마침 동방삭은 구화전의 남쪽 건물의 남쪽 창으로 서왕모를 훔쳐보았다. 서왕모가 동방삭을 돌아보고는 황제에게 "지금 창문으로 훔쳐보는 녀석이 내 복숭아를 훔치러 세 번이나 올 것입니다"라 했다.(王母降於九華殿. 王母索七桃, 以五枚與帝, 母食二枚, 惟母與帝對坐, 從者皆不得進. 時東方朔竊從殿南廂朱鳥牖中窺母, 母顧之, 謂帝曰, 此窺牖小兒常三來盜吾此桃.)

7) 阿嬌(아교) : 한무제 진황후(陳皇后)의 이름. 무제가 교동왕(膠東王)일 때 장공주(長公主)가 부인으로 아교가 어떠냐고 묻자 무제는 좋다면서 아교를 아내로 얻는다면 금으로 집을 지어 감추어 두겠다고 했다.(〈한무고사(漢武故事)〉),

8) 蘇卿(소경) : 소무(蘇武). 소무의 자는 자경(子卿)이고 무제 천한(天漢)

원년(BC 100) 흉노에게 사신으로 갔다가 소제(昭帝) 시원(始元) 6년(BC 86) 봄에 돌아왔다. 갈 때는 건장했으나 올 때는 머리가 모두 하얗게 되었다. (《한서 · 소무전(蘇武傳)》)

9) 蕭蕭(소소) : (빗소리 같은 것이) 쓸쓸하다.

해설

이 시는 한 무제의 공과(功過)와 그에 대한 비판을 담은 영사시로, 많은 평자들이 죽은 무종(武宗)에 대한 풍자를 기탁한 시로 본다. 앞의 세 연은 주로 역사적 사실을 쓰고 있다. 제1-2구는 무제의 무공에 대한 찬양이다. 무제가 사해에 이름을 떨쳐 천마를 서역에서 들여오고 거여목과 석류꽃이 장안 근교에 퍼져있는 사실로 무제의 무공이 탁월함을 드러냈다. 제3-4구에서는 무제의 과실을 썼다. 그저 봉황부리 풀만 안다는 것은 수렵만 열심히 한다는 것이고, 수레에 난세깃발을 안 꽂는다는 것은 무종이 항상 미복(微服)으로 노닐기만 할 뿐 제대로 지방에 행차하여 민정을 살피지 못한다는 것이다. 제5-6구에서는 신선술과 성색에 빠진 것을 묘사했다. 허망한 것에 빠져 국정을 등한시 한 것에 대한 비판인 것이다. 제7-8구에서는 소무가 환국해보니 무제가 이미 죽어 송백에 비 내리는 것만 보인다고 하여 옛 군주의 죽음에 대한 허망함과 아쉬움을 드러냈다. 여기서 소무는 시인 자신이라고 볼 수도 있다. 무종 역시 무공이 있었으나 수렵과 신선술을 무척 좋아했으며 수명도 짧았기 때문에 이상은은 이에 대해 침통하면서도 아쉬움을 느꼈던 것이다.

268

鏡檻

물가 정자

鏡檻芙蓉入,[1] 물가 정자로 연꽃 들어오고
香臺翡翠過.[2] 향기로운 누대로 비취새가 찾아드는데,
撥弦驚火鳳,[3] 줄을 튕겨 불의 봉새를 놀라게 하고
交扇拂天鵝.[4] 부채질하며 고니를 스친다.
隱忍陽城笑,[5] 은근슬쩍 양성의 웃음
喧傳郢市歌.[6] 떠들썩한 영중 저자의 노래,
仙眉瓊作葉,[7] 선녀의 눈썹은 옥으로 만든 나뭇잎
佛髻鈿爲螺.[8] 부처의 머리채는 금장식으로 만든 소라.
五里無因霧,[9] 오 리의 안개 만들 방도 없으니
三秋只見河.[10] 가을날 그저 은하수를 바라볼 뿐,
月中供藥剩,[11] 달에서 약을 바쳐 넘쳐나고
海上得綃多.[12] 바다에서 무늬비단을 얻어 허다하다.
玉集胡沙割,[13] 옥은 호사를 모아 잘랐고
犀留聖水磨.[14] 무소뿔은 성수를 남겨 갈았으며,
斜門穿戲蝶,[15] 쪽문으로 노니는 나비가 들어오고
小閣鎖飛蛾.[16] 작은 누각에는 날던 나비가 갇혔다.

騎襜侵韉卷,[17] 기마용 치마는 언치에 끼워 말고
車帷約幰鈋.[18] 수레의 휘장은 포장에 말아 모서리를 없앴는데,
傳書兩行雁,[19] 편지를 전하는 두 줄 기러기
取酒一封駝.[20] 술을 받아오는 단봉낙타.
橋迥涼風壓,[21] 다리 멀리로 서늘한 바람 불어오고
溝橫夕照和.[22] 봇도랑 가로 누워 석양과 어울리니,
待烏燕太子,[23] 까마귀를 기다리는 연나라 태자
駐馬魏東阿.[24] 말을 멈춘 위나라 동아왕.
想象鋪芳褥,[25] 향기로운 이불을 까는 모습 그려보노라니
依稀解醉羅.[26] 어렴풋이 비단 옷 벗은 듯도 한데,
散時簾隔露,[27] 흩어질 때 발 너머로 이슬 내리고
臥後幕生波.[28] 누울 때 휘장에 물결 일었다.
梯穩從攀桂,[29] 사다리 튼튼하니 아무렇게나 계수나무에 기어오르고
弓調任射莎.[30] 활을 겨누어 멋대로 사초를 맞춰야지,
豈能拋斷夢,[31] 어찌 꾸던 꿈을 버리고
聽鼓事朝珂.[32] 북소리 들으며 조회의 말굴레 장식을 일삼으리?

주석

1) 鏡檻(경함) : 물가 정자. 물빛이 거울 같다는 데서 이렇게 부른다. '경(鏡)' 자가 '금(錦)'과 통한다고 보고 비단 치마를 차양으로 두른 정자로 풀이하는 설도 있다.

2) 香臺(향대) : 향기로운 누대.

3) 撥弦(발현) : 줄을 튕기다.
火鳳(화봉) : 악곡 이름.

4) 交扇(교선) : 부채질하다.

拂(불) : 스치다.

天鵝(천아) : 고니.

5) 隱忍(은인) : 은근슬쩍. 감추고 드러내지 않는 모양.

陽城笑(양성소) : 양성의 웃음.

송옥, 〈등도자호색부(登徒子好色賦)〉 아름답게 한 번 웃어 양성을 홀리고 하채를 미혹시키네.(嫣然一笑, 惑陽城, 迷下蔡.)

6) 喧傳(훤전) : 떠들썩하다.

郢市歌(영시가) : 영중(郢中) 저자의 노래.

송옥, 〈대초왕문(對楚王問)〉 손님 가운데 영중에서 노래하는 자가 있었다.(客有歌于郢中者.)

7) 仙眉(선미) : 선녀의 눈썹.

瓊(경) : 옥.

8) 佛髻(불계) : 부처의 머리채. 구불구불한 머리모양을 말한다.

鈿(전) : 금장식.

螺(라) : 소라.

9) 五里霧(오리무) : 오 리에 펼쳐진 안개. 《후한서 · 장해전(張楷傳)》에 의하면, 장해는 도술을 부려 오 리의 안개를 만들 수 있었다고 한다.

10) 三秋(삼추) : 가을.

河(하) : 은하수.

11) 供藥(공약) : 약을 바치다. 항아가 불사약을 훔쳐 달로 달아난 것을 가리킨다.

剩(잉) : 넘쳐나다. 많다.

12) 得綃(득초) : 무늬비단을 얻다. 바다의 교인(鮫人)이 생사를 짜는 것을 가리킨다.

13) 胡沙(호사) : 오랑캐 모래. 변방 지역의 모래를 말한다.

14) 聖水(성수) : 성수천(聖水泉). 함양현(咸陽縣) 인근에 있었다고 한다.

15) 斜門(사문) : 쪽문. 궁궐의 정문 옆 작은 문을 말한다.

穿(천) : 통과하다. 들어오다.

戲蝶(희접) : 노니는 나비.

16) 鎖(쇄) : 가두다.

飛蛾(비아) : 날던 나비.

17) 騎襜(기첨) : 말을 탈 때 무릎을 가리는 치마.

侵(침) : 끼우다.

韉(천) : 언치. 안장 밑에 까는 깔개.

18) 車帷(거유) : 수레의 휘장.

約(약) : 말다.

幰(헌) : 수레 포장.

鈋(와) : 모서리를 둥글게 하다.

19) 傳書(전서) : 편지를 전하다.

20) 取酒(취주) : 술을 받아오다.

一封駝(일봉타) : 단봉낙타.

21) 迥(형) : 멀다. 높다.

壓(압) : 불어오다.

22) 溝(구) : 봇도랑.

23) 待烏(대오) : 까마귀를 기다리다. 《사기 · 자객열전》에 의하면, 진나라는 연나라 태자 단(丹)을 볼모로 잡고 "까마귀 머리가 희어지고, 말에 뿔이 생기면 돌려보내주겠다."고 했는데 단이 하늘을 우러르며 탄식하자 까마귀 머리가 희어지고 말에 뿔이 돋았다고 한다.

燕太子(연태자) : 연나라 태자 단.

24) 駐馬(주마) : 말을 멈추다.

魏東阿(위동아) : 위나라 때 동아왕에 봉해진 조식(曹植).

25) 芳縟(방욕) : 향기로운 이불.

26) 依稀(의희) : 어렴풋하다.

27) 簾隔露(염격로) : 발 너머로 이슬이 내리다.

28) 幕生波(막생파) : 휘장에 물결이 일다. 휘장이 흔들렸다는 말이다.

29) 梯穩(제온) : 사다리가 튼튼하다. 사다리가 안정되게 놓이다.

從(종) : 아무렇게나.

攀桂(반계) : 달에 있다는 계수나무에 기어오른다는 말이다. 과거에 급제하는 것을 비유한다.

30) 弓調(궁조) : 활을 겨누다.

任(임) : 멋대로.

射莎(석사) : 사초(莎草)를 맞추다. 무공(武功)을 세우는 것을 비유한다. 《북사(北史)·노녕전(盧寧傳)》에 의하면, 노녕은 백 보 밖에서 활로 사초를 쏴 일곱 발 가운데 다섯 발을 맞추었다고 한다.

31) 拋斷(포단) : 포기하다.

32) 聽鼓(청고) : 북소리를 듣다. 고대에는 북소리로 관리들의 출퇴근 시간을 알렸다.

事(사) : 일삼다.

珂(가) : 말굴레 장식.

해설

이 시는 첫 구의 두 글자를 따 제목으로 삼은 '무제류(無題類)'의 염정시다. 연회석에서 처음 만난 남녀의 뜨거운 애정 행각을 소재로 삼았다. 제1단락(제1-4구)은 여인이 연회석으로 들어오는 장면을 묘사한 것이다. '연꽃' 같기도 하고 '비취새' 같기도 한 여인은 악기를 연주하다가 부채질을 하기도 한다고 했다. '봉새'와 '고니'는 자리를 함께 한 여인들을 가리키는 듯하다. 제2단락(제5-8구)은 여인의 모습을 클로즈업한 것이다. 만면에 웃음을 띠고 노래하는 여인의 나뭇잎 같은 어여쁘고 틀어올린 머리채는 빛이 난다고 했다. 제3단락(제9-12구)은 여인과 헤어진 후의 아쉬움을 토로한 것이다. 은하수 멀리 떨어져 있으나 만나볼 뾰족한 방도가 없는데, 틀림없이 여인도 항아(姮娥)나 교인(鮫人)처럼 적막하리라고 했다. 제4단락(제13-16구)은 여인의 쓸쓸한 모습을 더 자세히 형상화한 것이다. 옥과 무소뿔로 장식을 해본들 소용없고 노니는 나비만 물끄러미 바라볼 뿐이라고 했다. 제5단락(제17-20구)은 노닐러 나간 길에 여인과 해후한 광경을 묘사한 것이다. 남자는 말을 타고 여인은 수레를 타고 와 연락을 주고받은 후에 술자리를 함께 했다고 했다. 제6단락(제21-24구)은 남녀가 만난 곳의 주변 경물을 그린 것이다. 저물녘 도랑이 흐르고 다리가 보이는 곳에서 남자는 연나라 태자 단인 듯, 위나라 조식인 듯 여인을 기다린다고 했다. 제7단락(제25-28구)은 즐거운 만남을 회상한 것이다. 여인이 이불을 깔고 옷을 벗던 장면이 아스라이 떠오르는데, 이슬이 내리는 새벽까지 함께 있다가 잠들었다고 했다. 제8단락(제29-32구)은 공명보다 애정을 추구하겠다는 생각을 피력한 것이다. 사랑의 꿈을 버리고 출근해 '계수나무'와 '활'같은 문무(文武)의 공적을 세우는 일은 대충대충 하는 것이 좋다고 했다.

이상은의 무제류 염정시는 남녀 간에 주고받는 사랑의 밀어와 은밀한 행동 등을 섬세하게 다루는 특징이 있다. 그러면서 적절히 문아(文雅)함을 유지하기 위해 때로는 생경한 비유와 상징이 동원되기도 하는데, 이런 수단이 난삽함으로 빠지는 원인으로 지적된다. 이런 각도에서 보면 청나라 주이준(朱彝尊)이 이 시를 두고 "각각의 구절만 보면 매 시어가 이해가 되지만, 전체 시를 보면 매 시어가 이해가 되지 않는다(以句求之, 字字可解. 以篇求之, 字字不可解.)"고 한 평이 적확하다고 여겨진다.

269

送鄭大台文南覲

남쪽으로 근친 가는 정전을 전송하다

黎辟灘聲五月寒,[1]	여벽탄의 소리는 오월에도 차가울 터인데
南風無處附平安.[2]	남녘바람에 안부를 물어달랄 곳도 없네.
君懷一匹胡威絹,[3]	그대 품고 올 호위의 명주 한 필로
爭拭酬恩淚得乾.[4]	어찌 은혜에 보답하는 눈물 닦아 말리랴?

주석

1) 黎辟灘(여벽탄) : 계주(桂州)에 있는 여울.
2) 附(부) : 덧붙이다. ~하는 김에 ~하다.
平安(평안) : 안부 인사.
3) 胡威絹(호위견) : 호위의 명주. 청렴한 부자(父子)를 나타낸다.
《진양추(晉陽秋)》 (호위)는 젊어서부터 이상이 있어 청렴결백한 절조를 지켰다. (아버지인) 호질이 형주자사가 되어 호위가 경성에서 성친(省親)하러 갔다. 집이 가난하여 거마와 동복도 없이 호위는 손수 나귀를 타고 홀로 가서 아버지를 뵈었다. 떠나오려고 할 때 호질이 명주 한 필을 내려주며 노자로 삼으라 했다. 호위가 무릎을 꿇고 말하기를 '아버지는 청백리신데 어디서 이 명주를 얻으셨는지 모르겠습니다'라 하니 호질이 '이것은 내 봉록에서 남은 것이라 너의 노자로 삼으라 했을 뿐이다'라 했다.((胡威)少有志尚, 厲操淸白. (父)質之爲荊州也, 威自京都省之. 家貧, 無車馬童僕, 威自驅驢單行, 拜見父. 臨辭,

質賜絹疋一, 爲道路糧. 威跪曰, 大人淸白, 不審於何得此絹. 質曰, 是吾俸祿之餘, 故以爲汝糧耳.)

4) 爭(쟁) : 어찌.
拭淚(식루) : 눈물을 닦다.
酬恩(수은) : 은혜에 보답하다. 여기서는 이상은이 정아의 은혜에 보답한다는 말이다.

해설

이 시는 정아(鄭亞)의 맏아들인 정전(鄭畋)이 아버지를 뵈러 남쪽으로 근친(覲親) 가는 것을 전송한 것이다. 정전은 자가 태문(台文)이며, 18세에 과거에 급제해 위남현위(渭南縣尉)가 되었다가 대중 3년(849)에 그만두고 장안으로 돌아와 5월에 광동(廣東)으로 폄적된 아버지를 뵈러 떠났다. 제1-2구는 정아가 처한 열악한 정치적 환경을 언급한 것이다. 정아가 계관관찰사(桂管觀察使)로 있던 계주는 따뜻한 남쪽 지방인데도 그곳의 여벽탄이 5월에도 차갑다는 것은 수온이 아니라 살벌한 탄압과 폄적을 말한 것으로 보인다. 정아가 계주에서 재차 폄적되어 간 순주(循州)는 더 궁벽한 곳이라 안부를 물어볼 곳도 없다고 했다. 제3-4구는 정아 부자의 청렴결백함을 칭송하는 동시에 정아의 은혜에 보답하고자 하는 시인의 마음을 내비친 것이다. 정전이 정아로부터 받아올 '호위의 명주' 한 필로는 시인의 눈물을 다 닦을 수 없을 만큼 정아의 은혜를 크게 생각한다고 했다. 여기에 쓰인 호위의 고사는 시의의 전달에 대단히 요긴하게 쓰여 용전(用典)의 모범으로 평가된다.

270

風

바람

迴拂來鴻急,[1]	감돌아 스치는 바람에 돌아오는 기러기 서두르고
斜催別燕高.[2]	비스듬히 재촉하는 바람에 떠나는 제비 높게 난다.
已寒休慘淡,[3]	이미 추워졌으니 처량하게는 하지 마라.
更遠尚呼號.[4]	더욱 멀어질수록 오히려 높고 긴 소리를 내는구나.
楚色分西塞,[5]	초나라의 모습은 서쪽 요새에서 나누어지고
夷音接下牢.[6]	오랑캐의 소리는 하뢰관에 이어진다.
歸舟天外有,[7]	돌아가는 배가 하늘 밖에 있으니
一爲戒波濤.	한번 파도를 일깨워주길.

주석

1) 來鴻(내홍) : 돌아오는 기러기.
2) 別燕(별연) : 떠나는 제비.
《예기 · 월령(月令)》 중추의 달에 거센 바람이 불면 기러기가 오고 제비가 돌아간다.(仲秋之月盲風至, 鴻鴈來, 玄鳥歸.) 이 두 구에서 기러기와 제비는 가을이 깊었음을 이르는 것이다.
3) 慘淡(참담) : 암담하다. 비참하고 처량하다. 이 구절은 만물이 이미 춥고 쇠잔해지는 때에 이르렀으니 바람은 더 이상 비참하고 처량하게 불지

말라는 뜻이다.

4) 呼號(호호) : 높고 긴 소리를 내다.

5) 西塞(서새) : 서쪽 요새.

《수경주(水經注)》 형문은 아래 있고 호아는 북쪽에 있는데, 이 두 산이 초나라의 서쪽 요새이다.(荊門在下, 虎牙在北, 此二山楚之西塞也.)

6) 下牢(하뢰) : 하뢰관(下牢關). 지금의 호북성 의창시(宜昌市) 서북쪽에 있다.

7) 歸舟(귀주) : 돌아가는 배.

天外(천외) : 하늘 밖. 아주 먼 곳을 가리킨다.

해설

이 시는 강가에서 부는 바람에 느낀 바 있어 그 모습과 감회를 담고 있다. 제1-2구에서는 바람이 부는 모습을 묘사하면서 기러기와 제비를 통해 때가 가을임을 나타냈다. 제3-4구에서는 추위와 바람의 소리에 대해 썼는데, 그 처량함과 싸늘함을 감당하기 어려운 시인의 정서를 은근히 드러내고 있다. 제5-6구에서는 하뢰관과 형문산 사이를 오가는 강 위에서 보이는 경치를 서술한 것이다. 형문산(荊門山) 아래는 초나라 경내에 속하여 "초나라의 모습은 서쪽 요새에서 나누어지고"라 했고, 하뢰관 위쪽은 오랑캐와 한족이 섞여 있는 곳이라 "오랑캐의 소리는 하뢰관에 이어진다"라 했다. 제7-8구에서는 자신이 탄 배가 멀리 있으니 바람에게 그 기세를 꺾어 파도를 잔잔하게 해줄 것을 기대했다. 이 시에 기탁된 뜻이 무엇인지는 분명치 않다. 다만 청나라 기윤(紀昀)은 "글자마다 감탄을 자아낸다(字字唱嘆)"며 숨겨진 의미가 있을 것이라고 했다. 세찬 바람과 추위 속에서 멀리 홀로 떨어져 파도가 잠잠하기만을 바라는 시인의 모습을 보건대, 답답하고 외로운 자신의 처지와 앞으로 조금은 나아졌으면 하는 바람을 담고 있는 듯하다.

271

洞庭魚

동정호의 물고기

洞庭魚可拾,	동정호의 물고기 주을 수 있으니
不假更垂罾.[1]	다시 그물을 칠 필요도 없네.
鬧若雨前蟻,[2]	비 오기 전 개미떼처럼 요란하고
多於秋後蠅.	가을 지난 뒤의 파리 떼처럼 많네.
豈思鱗作簟,	어찌 비늘로 자리가 만들어지게 될 것을 생각하고
仍計腹爲燈?[3]	또 배의 기름이 등불이 될 것을 계산했겠는가?
浩蕩天池路,	천지로 가는 드넓은 길에서
翶翔欲化鵬.[4]	훨훨 날아 붕새가 되려 했겠지.

주석

1) 罾(증) : 네 귀를 잡고 들어 올리는 어망.

2) 鬧(요) : 시끄럽다. 떠들썩하다.

雨前蟻(우전의) : 비 오기 전의 개미떼. 개미떼는 비가 오기 전에 구멍을 막고 모인다.

3) 腹爲燈(복위등) : 배의 기름으로 등불을 밝히다.

《천보유사(天寶遺事)》 남방에 물고기가 있어 기름이 많은데, 길쌈을 비치면 어둡고, 주연을 비치면 밝아 참등이라 한다.(南方有魚, 多脂, 照紡績則暗, 照宴

樂則明, 謂之饞燈.)

3) 翱翔(고상) : 날다.

化鵬(화붕) : 붕새가 되다. 붕새는 《장자(莊子) · 소요유(逍遙遊)》에 나오는 상상 속의 새이다. 이 두 구는 많은 물고기 중에는 천지로 가는 길에서 붕새가 되어 그 사이를 날 것을 생각하는 물고기가 있을 수 있다는 의미이다.

해설

이 시는 동정호의 물고기에 빗대어 붕당간의 알력 사이에서 득을 보는 세력에 대한 풍자의 의미를 담고 있다. 제1-2구에서는 동정호의 물고기가 너무 많아 그물을 치지 않고도 주워 담을 수 있을 정도라 했다. 제3-4구에서는 그 수가 너무 많아 개미떼나 파리 떼처럼 들끓는다 했다. 제5-6구에서는 그 물고기가 차마 자리가 되거나 기름으로 쓰일 줄 몰랐을 것이라 하여 자신의 신세가 어찌될 줄 모른 채 날뛰는 것을 말했다. 제7-8구에서는 앞으로 닥칠 일을 알지 못한 채 그저 붕새가 되어 날아갈 생각만 한다고 하여 허황된 생각을 하고 있음을 비판했다.

시인이 동정호의 물고기라 한 대상은 어지러운 정치 환경 속에서 그것을 이용하여 잇속을 채우며 덕을 보려는 조무래기 같은 존재를 의미한다. 이상은은 그런 사람들에 대해 염증을 느끼며 비린내가 나는 물고기로 비유하여 신랄하게 풍자했다. 그 비판의 의미가 너무 확연하여 어떤 평자는 깊이가 얕고 노골적이라 평하기도 했다.

272

天涯

하늘가

春日在天涯, 봄날 하늘가에 있는데
天涯日又斜. 하늘가인데다 태양까지 또 저문다.
鶯啼如有淚, 우짖는 꾀꼬리야, 네게 눈물 있다면
爲濕最高花. 나를 위해 제일 높은 꽃가지를 적셔다오.

해설

이 시는 하늘가에서 떠도는 시인이 황혼에 꾀꼬리가 지저귀는 것을 대하고 드는 슬픔을 담고 있다. 제1-2구에서는 하늘가에서 외로운 시인이 상춘(傷春)으로 아파하는데, 해까지 저물자 자연스레 지모지감(遲暮之感), 즉 이제는 때가 늦어 어쩌지 못하는 아쉬움까지 느끼게 되었음을 말했다. 제3-4구에서는 꾀꼬리더러 자신을 위해 가장 높은 꽃까지에서 울며 눈물을 뿌려달라고 했다. 시인은 이미 눈물을 다 뿌려 말라버렸기 때문에 무심한 꾀꼬리에게 부탁하여 높이 달린 꽃으로 상징되는 어떤 것, 즉 시인의 이상일 수도, 특정한 어떤 사람일 수도 있는 대상에게 그 마음을 표현하고 싶다는 것이다. 시절을 아파하고, 때를 놓쳐 돌이킬 수 없는 것을 슬퍼하며 이리저리 떠도는 고통 등이 행간에 담겨 있다.

273

喜舍弟義叟及第上禮部魏公[1]

동생 희수가 급제한 것을 기뻐하며 예부시랑 위부에게 올리다

國以斯文重,[2]	나라에서 예악을 중시하여
公仍內署來.[3]	공께서 다시 내부 부서로 오셨습니다.
風標森太華,[4]	품격은 태화산보다 삼엄하고
星象逼中台.[5]	별의 모습은 중태성에 가깝습니다.
朝滿遷鶯侶,[6]	조정에는 옮겨가는 꾀꼬리 같은 친구 가득하고
門多吐鳳才.[7]	문하에는 봉황을 토하는 재주 가진 이 많습니다.
寧同魯司寇,[8]	어찌 노나라 대사구였던 공자가
唯鑄一顏回.[9]	오직 안회 한 명만 만들어낸 것과 같겠습니까?

주석

1) 舍弟(사제) : 남에게 대하여 자기 아우를 겸손하게 일컫는 말.
義叟(희수) : 이상은의 동생인 이희수.
魏公(위공) : 위부(魏扶). 대화(大和) 4년(830) 진사에 급제하고 예부시랑(禮部侍郎)을 지냈다.

2) 斯文(사문) : 유교(儒教)의 도의(道義)나 또는 문화를 일컫는 말로, 예악교화와 전장제도를 가리킨다. 위부가 예부시랑이기 때문에 이 구절로 칭송을 했다.

3) 仍(잉) : 다시.
   內署(내서) : 내부 부서. 위부는 한림원의 직책을 겸하고 있었으므로 이렇게 이른 것이다.
4) 風標(풍표) : 풍도. 품격.
   太華(태화) : 태화산. 《산해경(山海經)》에 따르면 높이가 5000 길이나 된다고 한다.
   森(삼) : 삼엄하다.
5) 星象(성상) : 별의 모습. 옛사람들은 이에 따라 인사의 길흉화복을 점쳤다.
   中台(중태) : 중태성(中台星). 삼태성(三台星)의 하나로 상태성(上台星) 다음 가는 두 별. 한(漢) 이후로 중태는 사도(司徒) 또는 사공(司空) 벼슬을 가리키기도 했다. 여기서는 예부시랑이라는 벼슬을 가리킨다.
6) 遷鶯(천앵) : 높은 나무로 옮겨가는 꾀꼬리. 당나라 때에는 과거 급제를 비유하는 데 쓰였다. 이 구절은 조정에 위부의 급제 동기들이 많다는 뜻이다.
7) 吐鳳(토봉) : 봉황을 토하다. 문재(文才)를 가리키는 데 쓰인다. 《서경잡기(西京雜記)》에 따르면 양웅(揚雄)이 《태현경(太玄經)》을 지었는데 봉황을 토하는 꿈을 꾸었다고 한다.
8) 魯司寇(노사구) : 노나라의 대사구(大司寇)를 지낸 공자를 가리킨다.
9) 鑄顔回(주안회) : 안회를 만들어내다. 인재를 배양한다는 뜻이다.
   양웅(揚雄), 《법언(法言)》 어떤 사람이 묻기를 '사람은 만들어 낼 수 있습니까?'라 하자 대답하기를 '공자가 안회를 만들어 냈다.'라 했다(或曰, '人可鑄與?' 曰, '孔子鑄顔淵矣.')

해설

이 시는 예부시랑 위부에게 응수(應酬)한 것으로, 동생 이희수가 과거에 급제하자 조정에서 인재를 선발하는 그에게 바친 것이다. 이상은의 문집에 있는 〈예부시랑 거록공에게 바치는 계문(獻侍郎鉅鹿公啓)〉을 살펴보면, 동생이 과거에 급제한 후에 이상은이 위부가 쓴 〈조정의 동기와 새로 급제한 이와 여러 선배들에게 보내는 서간(寄呈在朝同年兼簡新及第諸先輩)〉이라는

5언 4운시 한 수를 보았다고 했는데, 아마도 이 시는 그 시에 화답한 작품일 것이다. 응수의 작품이기 때문에 상대에 대한 찬양이 주를 이루고 있다. 제1-2구에서는 위부가 예부시랑으로 예악을 담당하고 있으면서도 한림원의 직책을 겸하고 있어 천자의 신임을 받았음을 말했고, 제3-4구는 위부의 품격의 삼엄함과 벼슬이 높음을 찬양했다. 제5-6구는 조정에는 같이 과거를 급제한 동기들이 많고 문하에도 재주 있는 이가 많아 조정에서 상당한 영향력을 행사할 수 있음을 암시했고, 제7-8구에서는 공자가 안회를 길러냈던 고사를 사용하여 위부도 뛰어난 제자를 잘 양성해 주기를 기대했다.

274
哀箏
슬픈 쟁 소리

延頸全同鶴,[1]	자태는 학과 같이 목을 길게 빼고 있고
柔腸素怯猨.[2]	그 소리에 겁 많은 원숭이 같이 정에 사무치네.
湘波無限淚,[3]	상수의 물결에 끝없는 눈물이요,
蜀魄有餘寃.[4]	촉 망제의 넋에 가득한 원망이라네.
輕幰長無道,[5]	가벼운 수레 있지만 늘 갈 길이 없었고
哀箏不出門.	슬픈 쟁 소리는 문밖을 나서지 못했네.
何繇問香炷?[6]	어찌해야 향을 찾을 수 있으리오?
翠幕自黄昏.	푸른 휘장 속에 홀로 보는 황혼.

주석

1) 延頸(연경) : 목을 길게 빼다. 간절히 기다리고 바라다.
同鶴(동학) : 학과 같다. 《사기(史記) · 악서(樂書)》에 따르면, 사광(師曠)이 거문고를 연주하면 학이 모여들었고, 다시 연주하면 목을 길게 빼고 울며 날개를 쳐 춤을 추었다고 한다.

2) 柔腸(유장) : 여인의 사무친 정.
素(소) : 본디. 평소.

3) 湘波(상파) : 상수의 물결. 아황(娥皇)과 여영(女英)은 요(堯)임금의 딸인

데, 둘이 함께 순(舜)임금의 아내가 되었다. 순임금이 남쪽을 순시(巡視)하던 중 창오(蒼梧)에서 죽자 소상강(瀟湘江)에서 눈물을 흘렸는데, 떨어진 눈물로 반죽(斑竹)이 생겼다고 하며, 끝내 슬픔을 못 이겨 강물에 투신해 죽었다고 한다.

4) 蜀魄(촉백) : 촉(蜀) 나라 망제(望帝)의 넋. 두견이. 소쩍새.
5) 幰(헌) : 수레 휘장. 여기서는 수레를 가리킨다.
6) 何繇(하요) : 어떻게. 어찌하여.
香炷(향주) : 향불 심지. 타는 향.

해설

이 시는 슬픈 쟁 소리와 그 소리를 듣고 떠오른 감상을 담은 것이다. 전반부는 쟁 소리에 대해 썼고, 후반부는 쟁을 연주하는 이의 처지와 심정에 대해 쓰고 있다. 제1-2구는 쟁을 사람에게 비유한 것이다. 초췌하고 야윈 것이 학과 같다고 했고, 그 소리가 구슬퍼 정에 사무친다고 했다. 제3-4구는 전고를 이용해 쟁 소리를 형상화한 것으로, 슬픔과 원망이 음악 소리의 의경임을 말했다. 여기에 등장한 상수(湘水)와 촉(蜀) 두 지명을 시인이 과거에 노닐었던 장소로 보고, 이 시를 동천(東川)에서 돌아온 이후에 창작된 것으로 추정하기도 한다. 제5-6구는 두문불출하며 적막한 곳에서 쟁을 타고 있다는 것이다. 수레가 있으나 다닐 길이 없다고 하여 적막한 이유를 썼고, 쟁 소리가 애처롭지만 문밖으로는 들리지 않다고 했다. 제7-8구는 적막한 거처의 모습을 묘사한 것이다. 옛 일은 향 연기와 같아 다시 찾을 수 없는 것이니, 지금은 그저 푸른 장막 드리운 채 홀로 적막한 황혼을 맞이하고 있다고 했다.

275

自南山北歸經分水嶺

산남에서 북쪽으로 돌아가다 분수령을 지나다

水急愁無地,[1]	물살이 급해 땅을 가리지 않는 것 근심스럽고
山深故有雲.[2]	산이 깊어 본디 구름이 있다.
那通極目望,[3]	눈 닿는 데까지 멀리 바라볼 수 있기도 하지만
又作斷腸分.	또 가슴 아픈 이별을 해야 하는 곳.
鄭驛來雖及,[4]	정장역으로 오는 것은 비록 제때에 맞췄으나
燕臺哭不聞.[5]	연대에서는 곡소리를 듣지 못했다.
猶餘遺意在,[6]	아직 유언이 그대로 남아
許刻鎭南勳.[7]	진남장군의 공훈을 새기도록 허락하셨다.

주석

1) 無地(무지) : 땅을 가리지 않다. 물살이 급해 물이 일정하게 흐르지 않고 여기저기로 튄다는 말이다.

2) 故(고) : 본디. 절로.

3) 那(나) : 또. 게다가.

通望(통망) : 널리 바라보다.

極目(극목) : 눈 닿는 데까지 바라보다.

4) 鄭驛(정역) : 정당시(鄭當時)의 역참. 정당시의 자가 '장(莊)'이어서 '정장

역(鄭莊驛)'이라고도 한다. 《한서 · 정당시전》에 의하면, 정당시는 장안 교외 여러 곳에 역마(驛馬)를 두고 빈객을 맞아 밤새 놀았다고 한다. 이후로 '정장역'은 귀한 손님을 주인이 직접 맞이하는 곳을 가리키게 되었다.

5) 燕臺(연대) : 연(燕)나라 소왕(昭王)이 지어 인재를 초빙했던 황금대(黃金臺). 여기서는 영호초의 막부를 가리킨다.

6) 遺意(유의) : 유언. 영호초는 임종 전 이상은을 불러 유표(遺表)를 기초하게 했고, 영호초의 묘지문도 이상은이 지었다.

7) 鎭南勳(진남훈) : 진남장군(鎭南將軍)의 공훈. 영호초의 업적을 가리킨다.

해설

이 시는 영호초의 장례를 마치고 장안으로 돌아오는 길에 분수령을 지나면서 지은 것이다. 영호초는 개성 2년(837) 산남서도절도사 막부 임지에서 사망했고, 이상은이 그를 대신해 유언장이라 할 〈대팽양공유표(代彭陽公遺表)〉를 지었다. 당시 산남서도절도사 막부는 지금의 섬서성 한중시(漢中市) 부근에 있었다. 제1-2구는 분수령의 '물(水)'과 '산(嶺)'을 묘사했다. 세차게 튀는 물살과 짙은 구름이 후견인을 잃은 시인의 마음을 한껏 어지럽힌다. 제3-4구는 분수령의 '헤어짐(分)'을 서술했다. 고개를 넘는 뜻은 영호초와의 영결(永訣)이자 '홀로서기'의 서막이었다. 제5-6구는 만남과 이별의 분수령을 이야기했다. 생전에 영호초의 막부에 참여한 것은 참으로 다행스런 일이었으나, 이제 그는 영영 떠나서 곡소리도 들을 수 없다고 했다. 제7-8구는 이상은이 영호초의 묘지문을 썼다는 말이다. 이상은의 일생에서 영호초의 존재감은 새삼 강조할 필요가 없다. 그래서 그의 죽음은 이상은 인생의 분수령이라 해도 과언이 아니다. 이상은이 이후의 파란만장한 운명을 예감하고 이 시를 썼는지 알 수 없지만, 이런 시를 남겼다는 것이 참으로 기묘하게 느껴진다. 이상은의 초기 근체시가 대개 그렇듯이 이 시에서도 두보를 배운 듯한 '침울'한 풍격이 오롯이 다가온다.

276

舊頓[1]

옛 행궁

東人望幸久咨嗟,[2]	낙양 사람이 순행을 바라며 오랫동안 탄식해 왔는데
四海於今是一家.[3]	세상은 지금에야 일가를 이루었다.
猶鎖平時舊行殿,[4]	여전히 옛 행궁은 평상시에도 잠겨있고
盡無宮戶有宮鴉.[5]	궁 지키는 사람도 없고 궁 안엔 까마귀만 있다.

주석

1) 舊頓(구돈) : 옛 행궁. 돈(頓)은 숙식하는 곳을 이르는데, 천자가 행차해 머무는 곳이라는 의미도 있다. 여기서는 낙양 동도로 행차 했을 때 묵었던 곳을 이른다.

2) 東人(동인) : 낙양(洛陽) 동도(東都) 사람.
咨嗟(자차) : 애석하게 여겨 탄식하다.

3) 四海(사해) : 세상. 이 구에 대해 풍호(馮浩)는 헌종(憲宗)이 번진을 평정하고 조정을 재정비 한 것을 말한다고 했다.

4) 行殿(행전) : 행궁(行宮). 임금이 순행 중 일시 머무는 궁전.

5) 宮戶(궁호) : 행궁을 관리하는 사람.

해설

이 시는 퇴락한 옛 행궁을 묘사하여 더 이상 성대한 시기는 오지 않을 것에 대한 개탄을 기탁한 작품이다. 제1-2구에서는 낙양 사람은 천자의 순행을 바라며 세상이 평정되고 민심이 후해질 것을 바랐는데, 이제야 간신히 평정된 듯 보인다고 했다. 제3-4구에서는 세상이 평정되었다고 하나 지금의 행궁은 잠겨 있고 제대로 관리도 되어 있지 않아 황량하다고 했다. 과거의 성세가 다시 재현되기 어려울 것이라는 말이다.

277

代董秀才却扇

동수재를 대신해 부채를 걷다

莫將畫扇出帷來,[1]	그림 부채를 휘장 밖으로 가지고 나오지 마시오.
遮掩春山滯上才.[2]	봄 산을 가리면 뛰어난 재주도 막힐 터이니
若道團圓是明月,[3]	만약 둥근 것이 밝은 달이라 한다면
此中須放桂花開.[4]	이 속에서 마땅히 계수나무 꽃이 피어야지.

주석

1) 將(장) : ~을.
畫扇(화선) : 그림 장식이 있는 부채.
出帷來(출유래) : 휘장 밖으로 가지고 나오다.

2) 遮掩(차엄) : 가리다. 중국 고대의 혼례에서는 신부 양쪽에서 긴 손잡이가 달린 부채로 신부의 얼굴을 가리고 있다가 혼례가 끝나면 신랑이 부채를 걷는 풍습이 있었는데, 이를 '각선(却扇)'이라 한다.
春山(춘산) : 봄 산. 흔히 부녀자의 눈썹을 비유한다.
滯(체) : 막히게 하다. 실력을 발휘하지 못하게 한다는 말이다.
上才(상재) : 뛰어난 재주. 또는 그런 재주를 가진 사람. 여기서는 동수재를 가리킨다.

3) 若道(약도) : 만약 ~라고 말하다.

團圓(단원) : 둥근 것. 여기서는 부채를 가리킨다.

반첩여(班婕妤), 〈원가행(怨歌行)〉 마름질해 합환선을 만드니, 둥글기가 밝은 달 같네요.(裁爲合歡扇, 團圓似明月.)

4) 須(수) : 마땅히 ~해야 한다.

放開(방개) : 꽃이 피다.

桂花(계화) : 계수나무 꽃. 여기서는 신부의 얼굴을 비유한다.

해설

이 시는 동수재(董秀才)의 혼례에 참가해 신부의 부채를 걷는 '각선(却扇)' 행사에서 쓴 것이다. 현대 학자 황세중(黃世中)은 동수재가 당시에 기녀를 첩으로 들인 것이기에 그를 대신한 것이라 했다. 참고할 만하다. 제1-2구는 신부를 가린 부채를 걷으라고 요청한 것이다. 신부의 아름다운 용모를 보지 못하면 신랑이 재주를 펼칠 수 없을 것이라 했다. 제3-4구는 반첩여(班婕妤)의 시를 빌려 '각선'을 다시 재촉하면서 신랑과 신부를 축하한 것이다. 달 속의 계수나무처럼 어서 부채에서 얼굴을 내밀라고 말하며 '합환'과 '단원'을 빌었다.

278

有感

느낀 바가 있어

非關宋玉有微辭,[1]	송옥이 일부러 은근히 돌려서 글을 쓴 것이 아니라
却是襄王夢覺遲.	양왕이 꿈에서 늦게 깨었기 때문이다.
一自高唐賦成後,	〈고당부〉가 지어진 후에는
楚天雲雨盡堪疑.[2]	초나라의 운우를 쓴 작품은 모두 의심을 받게 되었다.

주석

1) 非關(비관) : ~때문이 아니고.
微辭(미사) : 은근히 돌려서 하는 말 또는 글.

2) 楚天雲雨(초천운우) : 초나라 하늘의 운우. 남녀의 애정을 묘사한 작품을 이른다. 송옥이 은근히 돌려서 한 말로 풍자한 〈고당부〉를 지은 후에는 남녀의 애정을 쓴 작품은 별도의 기탁이 있는 것으로 여겨졌다는 말이다.

해설

이 시는 송옥에 빗대어 시인 자신의 시가 창작에 대해 말하고 있다. 이상은은 자신을 송옥으로 즐겨 비유했고, 시에서도 "사람들이 내가 지은 고당부를 감상한다(衆中賞我賦高唐)"(〈偶成轉韻七十二句贈四同舍〉)고 했기 때문에 이 시를 두고 여러 평자들은 "무제시를 위해 풀이한 것(爲無題作解)"이거나 혹은 "기탁이 있는 듯하나 실은 그렇지 않은 것을 위해 풀이한 것(爲似有寓託而實不然者作解)"이라 보았다.

제1-2구에서는 송옥이 처음부터 풍자를 기탁한 글을 쓴 것이 아니라, 양왕이 꿈에서 헤맨 일이 있었기 때문에 풍자의 뜻을 품게 된 것이라 했다. 제3-4구에서는 〈고당부〉가 지어진 후 모든 초나라 운우에 대한 묘사에는 달리 기탁이 있는지 의심한다고 했다. 작품에 기탁이 있을 수도 있고 그렇지 않을 수도 있는데, 운우지정을 소재로 한 작품에는 모두 달리 기탁이 있다고 여긴다는 말이다. 시인 자신의 작품을 읽을 때 기탁의 유무에 집착하거나 또 한 가지로만 해석하지 말라고 당부한 것으로 볼 수 있다.

279

驪山有感

여산에서 느낀 바가 있어

驪岫飛泉泛暖香,[1] 여산에서 솟은 샘에는 따뜻한 향기 퍼지고
九龍呵護玉蓮房.[2] 아홉 마리 용들이 연꽃 탕을 지킨다.
平明每幸長生殿,[3] 새벽마다 매번 장생전으로 납실 때
不從金輿唯壽王.[4] 금수레를 따르지 않은 이는 수왕뿐이리.

주석

1) 岫(수) : 산봉우리. 현종은 개원(開元) 11년에 여산(驪山)에 온천궁(溫泉宮)을 지었는데, 천보(天寶) 6년에 화청궁(華淸宮)으로 개명했고 온천지(溫泉池) 역시 화청지(華淸池)로 바꾸었다.
2) 九龍(구룡) : 아홉 마리 용. 여기서는 온탕 안에 장식된 용을 이른다.
   呵護(가호) : 밖을 꾸짖어 안을 지키다. 강자가 약자를 보호하고 지킨다는 말이다.
   玉蓮房(옥련방) : 연꽃 모양의 온천탕.
3) 平明(평명) : 아침 해가 뜨는 시각. 새벽.
4) 金輿(금여) : 금수레. 황제가 탄 수레를 이른다.
   壽王(수왕) : 현종(玄宗)의 아들로 이름은 온(瑥)이다. 수왕의 비는 본래 양옥환(楊玉環)이었다. 현종이 무혜비(武惠妃)와 사별한 후 적적한 마음을 달래지 못하자 양옥환을 추천하는 이가 있어 현종이 인견하고는 마음

에 들어 이후 귀비(貴妃)로 삼았다. 수왕에게는 다시 위소훈(韋昭訓)의 딸을 비로 맞이하게 했다.

해설

이 시는 여산을 지나며 현종과 양귀비의 일에 대한 감회를 쓴 것으로, 성색에 빠진 왕에 대한 풍자의 뜻을 담고 있다. 제1-2구에서는 여산의 온천을 묘사했는데 건축물이 매우 화려하다고 했다. 제3-4구에서는 새벽에 왕과 비가 장생전으로 납실 때마다 다른 왕은 모두 따르나 오직 수왕만이 따르지 않는다고 했다. 부왕인 현종이 왕자인 수왕의 비를 빼앗아 간 부도덕한 상황에 대한 원망과 비판의 뜻이 기탁되어 있다. 이에 대해 청나라 요배겸(姚培謙)은 “풍자가 엄격하고 냉정하다(刺得嚴冷.)”며 칭찬했다.

280

別智玄法師

지현법사와 이별하다

雲鬢無端怨別離.[1]	한창 젊어서는 어쩔 수 없이 이별을 원망하면서도
十年移易住山期.[2]	십 년간이나 산에 머무르자는 기약 바꾸었지.
東西南北皆垂淚,	동서남북 사방에서 모두 눈물 흘리니
却是楊朱眞本師.[3]	오히려 양주가 진짜 내 스승이구나.

주석

1) 雲鬢(운빈) : 여자의 귀밑으로 드려진 탐스러운 머리털을 구름에 비유한 것. 여기서는 시인의 젊은 때를 의미한다.
無端(무단) : 어쩔 수 없이.

2) 移易(이역) : 바꾸다. 옮기다.

3) 楊朱(양주) : 양주(楊朱)는 전국시대 위나라 사람으로, 갈림길에서 울었다는 고사가 있다. 어느 길을 택하느냐가 결과를 좌우할 수 있음을 슬퍼한 것이다.
《회남자 · 설림훈(說林訓)》 양주가 갈림을 보고 울었으니, 남으로도 갈 수 있고 북으로도 갈 수 있기 때문이다.(楊子見逵路而哭之, 爲其可以南, 可以北.)
本師(본사) : 불교의 근본교사라는 뜻이나, 자기가 법을 받은 스승을 의미하는 말로 쓰인다.

해설

이 시는 지현법사와의 이별로부터 신세에 대한 감개가 느껴져 이를 담아낸 작품이다. 제1-2구는 불문(佛門)에 귀의하겠다는 약속을 지키지 못했다는 것이다. 젊었을 때 과거에 응시하는 등의 이유로 어쩔 수 없어 헤어진 후, 십 년간 이리저리 떠도느라 법사와의 약속을 바꾸며 지키지 못했다고 했다. 제3-4구는 지난 십 년간의 생활은 오히려 양주에 귀의한 것 같았다는 것이다. 제2구의 '십년'을 이어받아 그동안 분주하게 지냈지만 결국 아무 소득 없이 어디로 갈지 모른 채 눈물만 흘렸는데, 이는 갈림길에서 어쩔 줄 모르고 울었던 양주를 닮은 것이라고 자조했다. 겉으로는 자조의 어조처럼 보이지만, 그 안에 슬픔과 개탄이 가득한 것을 느낄 수 있다.

281

贈孫綺新及第

새로 급제한 손기에게 주다

長樂遙聽上苑鐘,[1]	장락궁의 종소리 멀리 상림원까지 들리는데
綵衣稱慶桂香濃.[2]	비단옷 입고 경사를 기뻐하니 계화향이 짙네.
陸機始擬誇文賦,[3]	육기가 〈문부〉를 자랑하려 했지만,
不覺雲間有士龍.[4]	구름 사이의 육사룡이 있음을 알지 못했지.

주석

1) 長樂(장락) : 장락궁(長樂宮). 한(漢)나라 고조가 진(秦)나라의 흥락궁(興樂宮)을 고쳐 지은 궁전.
上苑(상원) : 상림원(上林苑). 장안(長安)의 서쪽에 있었던 궁원(宮苑). 진나라 시황제가 건설하고, 한나라 무제가 증축했다.

2) 綵衣(채의) : 화려한 무늬의 비단으로 만든 옷. 여기서는 '채의이오친(綵衣以娛親)' 즉 색동옷을 입고 어버이를 즐겁게 한다는 뜻을 겸하는 것으로 볼 수 있다.
稱慶(칭경) : 경사를 기뻐하다. 경사를 치르다.
桂香(계향) : 계화향(桂花香). 여기서는 과거급제의 뜻도 겸한다.

3) 陸機(육기) : 진(晉)나라의 문인(260-303). 자는 사형(士衡). 동생 육운(陸雲)과 더불어 이륙(二陸)이라고 칭송된다. 오(吳)나라가 망한 후, 동생과 함께 진나라에서 벼슬했다. 화려한 문장을 써서, 조식(曹植) 이후 일인자

로 꼽힌다. 주요 저서에 《문부(文賦)》, 《변망론(辨亡論)》, 《육사형집(陸士衡集)》 등이 있다.

4) 雲間有士龍(운간유사룡) : 구름 사이의 육사룡. 사룡은 육운(陸雲, 262-303)의 자. 서진(西晉) 오군(吳郡) 오현(吳縣) 사람. 자는 사룡(士龍)이고, 육기(陸機)의 동생이다. 젊어서 형과 함께 명성을 나란히 해 '이륙(二陸)' 또는 '기운(機雲)'으로 불렸다. 《진서(晉書)》에 따르면, 순은(荀隱)과 육운이 장화(張華)의 소개로 처음 만날 때, 장화는 두 사람이 모두 대단한 재사들이라 일상적인 말을 하지 못하게 하니, 육운이 손을 들면서 "구름 사이의 육사룡이요(雲間陸士龍)"라 자신을 소개하자, 순은은 "해 아래의 순명학이외다(日下荀鳴鶴)"라 응수했다. 명학은 순은의 자다.

해설

이 시는 손기가 과거에 급제하자 그것을 축하하며 지어 준 것이다. 제1-2구에서는 과거급제한 것에 대해 썼다. 궁정의 종소리가 멀리 상림원 부근까지 들리니, 아마도 손기의 거처가 상림원 부근이 아닌가 싶다. 비단옷을 입고 과거 급제의 경사를 누리니 때마침 계화향이 짙을 때이다. 이 구절에는 과거 급제를 하여 어버이를 즐겁게 하는 효도를 했다는 의미도 포함되어 있다. 제3-4구에서는 육기와 육운 형제의 경우를 들어 손기 형제도 모두 그와 같이 뛰어나다고 했다. 손기의 형이 육기와 같이 뛰어난 재능을 가졌는데, 그의 동생인 손기도 육운만큼 뛰어나 형 못지않다고 치켜세웠다.

282

代秘書贈弘文館諸校書[1]

비서랑을 대신하여 홍문관의 여러 교서랑에게 드리다

清切曹司近玉除,[2] 맑고 절친한 부서 옥 계단에 가까운데
比來秋興復何如?[3] 요즘 가을의 감흥이 다시 어떠합니까?
崇文館裏丹霜後,[4] 숭문관에 서리 내린 뒤라
無限紅梨憶校書.[5] 끝없이 붉은 배나무에 글을 교정하던 일 떠오르네요.

주석

1) 秘書(비서) : 비서랑(秘書郎). 비서성은 중서성(中書省)에 속하고, 홍문관은 문하성(門下省)에 속한다. 비서성에는 비서랑, 교서랑 등의 관직이 있고, 홍문관에는 교서랑이 있다. 이상은은 비서성에서 관직을 한 적이 있다.
2) 清切(청절) : 맑고 귀하며 절친하다. 고상하면서 임금과 가까운 관직을 가리킨다.
曹司(조사) : 관청. 부서.
玉除(옥제) : 옥 계단. 이를 빌어 조정을 가리키기도 한다.
3) 比來(비래) : 근래. 요즘.
4) 崇文館(숭문관) : 본래는 태자의 학관(學館)이나 여기서는 홍문관을 가리킨다.

丹霜(단상) : 서리. 서리가 내린 후에 나뭇잎이 붉어지는 까닭에 그렇게 부른다.

5) 校書(교서) : 글을 교정하다.

해설

이 시는 가을을 맞아 홍문관의 교서랑에게 보내는 안부의 작품이다. 제1-2구에서는 가을날 조정에 있는 홍문관의 교서랑에게 안부를 물었다. 제3-4구에서는 홍문관 안의 가을 정경을 상상했는데, 서리가 내리고 붉은 배나무가 있는 배경으로 교서랑이 직무를 수행하던 모습을 떠올렸다. 특히 '떠오른다(憶)'는 표현은 시인이 예전에 자신이 그곳에 있었을 때를 그리워하고 있음을 짐작하게 한다. 짧은 절구 속에 교서랑 벼슬의 청절(淸切)함과 함께 가을의 흥이 청아(淸雅)함을 담아냈다.

283

亂石

어지러운 바위

虎踞龍蹲縱復橫,[1] 호랑이와 용이 웅크린 듯 세로로 다시 가로로 흩어져

星光漸減雨痕生.[2] 별빛이 점점 수그러들더니 빗물 자국이 생겼다.

不須倂礙東西路,[3] 동서로 난 길을 모두 막을 필요는 없었던 것

哭殺廚頭阮步兵.[4] 주방의 보병교위 완적을 슬피 울게 할 터이니.

주석

1) 踞(거) : 웅크리고 앉다.
蹲(준) : 쭈그리다.

2) 星光(성광) : 별빛.
《좌전 · 장공(莊公) 7년조》 밤중에 별이 떨어지니 비가 오는 듯했다.(夜中星隕, 如雨.) 여기서는 바위가 운석이라 상상했기 때문에 땅에 떨어져 빛이 소멸하고 비 맞은 흔적이 생긴다고 했다.

3) 不須(불수) : ~할 필요 없다.
倂礙(병애) : 모두 막다.

4) 廚頭(주두) : 주방.
阮步兵(완보병) : 보병교위(步兵校尉)를 지낸 완적(阮籍). 완적은 보병의 주방장이 술을 잘 빚고 저장해놓은 술 3백 말이 있다는 말을 듣고 청하여

보병교위가 되었다. 완적은 늘 수레를 달려 나갔다가 수레바퀴가 다하는 곳에서 통곡하며 돌아왔다고 한다.(《위씨춘추(魏氏春秋)》)

해설

이 시는 한밤중에 바위가 어지러이 종횡으로 놓여 길을 가로 막고 있는 상황을 보고 지은 것이다. 대중(大中) 2년(848) 시인은 정아(鄭亞)의 막부를 떠나 호남관찰사(湖南觀察使) 이회(李回)에게 의지하려 했으나 여의치 못해 고통을 받고 있었다. 따라서 여기서 읊은 어지러이 흩어진 바위는 당시 인재를 억압하는 어두운 정치 국면을 비유하는 것으로 풀이된다. 시인은 자신의 실의한 아픔을 이런 상황에 기탁했다. 제1-2구는 바위가 길을 막는 상황이 매우 오래 되었다는 것이다. 이는 어지러운 정치적 상황이 좀처럼 바뀌지 않고 있다는 말이다. 제3-4구는 완적의 고사를 활용한 것이다. 길이 막혀 더 이상 출로가 없다는 말로 시인이 느끼는 슬픔과 울분을 표출했다. 곧은 선비가 나갈 길이 막혀 있고 조그만 길 하나도 터주지 않는, 또 스스로 타개할 수도 없는 현실에 대한 분노를 통해 시인의 당시 처지를 충분히 짐작할 수 있다.

284

日日

날마다

日日春光鬪日光,	날마다 봄빛은 햇빛과 다투는데
山城斜路杏花香.	산성 비탈길에는 살구꽃이 향기롭다.
幾時心緖渾無事,[1]	언제나 내 마음은 아무 걱정 없어져서
得及遊絲百尺長.[2]	아지랑이 따라 백 척까지 날아볼까?

주석

* 〔원주〕: 제목을 '봄빛'이라 하기도 한다.(一云春光.)

1) 心緖(심서) : 마음속의 생각.

2) 遊絲(유사) : 아지랑이.

해설

이 시는 봄날 느끼는 수심에 대해 쓰고 있다. 제1-2구에서는 봄의 경치를 그려내었는데 아름답고 생명력이 풍부한 모습이다. 눈앞의 찬란한 봄빛이 날마다 시간과 다투고 산성 비탈길 옆으로는 살구꽃이 만발하여 향기를 뿜어내 아름다움을 맘껏 드러낸다고 했다. 제3-4구에서는 전반의 아름다운 경치와 대조를 이루며 수심을 담고 있다. 근심스런 마음의 실마리를 끌어내어 아지랑이에 멀리 날려버리고 싶은 시인의 바람을 말했다. 청나라 굴복(屈復)은 이 시를 평해 "봄빛을 헛되이 보낸다는 말(言虛度春光也.)"이라고 했다.

285

過楚宮[1]

초나라 궁전을 찾아가다

巫峽迢迢舊楚宮,[2] 무협 저 멀리에 있는 그 옛날 초나라 궁전
至今雲雨暗丹楓.[3] 지금은 구름과 비에 단풍이 어둡다.
微生盡戀人間樂,[4] 중생들은 못내 인간세상의 즐거움에 연연하지만
只有襄王憶夢中.[5] 오로지 양왕은 꿈속을 생각하는구나.

주석

1) 楚宮(초궁) : 초나라 궁전. 무산현(巫山縣) 서북쪽에 있던 초나라 궁전으로 양대(陽臺)가 옛 성안에 있는데, 이곳은 초 양왕(襄王)이 노닐었던 곳이다.

2) 巫峽(무협) : 장강 3협의 하나로 호북성(湖北省) 파동현(巴東縣) 서쪽에 있으며, 사천성(四川省) 무산현(巫山縣)과 접경을 이루고 있다.
迢迢(초초) : 아득히 먼 모양.

3) 雲雨(운우) : 구름과 비. 여기서는 무산의 운우를 말한다.
丹楓(단풍) : 단풍.
〈초혼 招魂〉 넘실대는 강물 위에 단풍이 있는데, 천리 밖을 둘러보며 애끓는 봄 마음(湛湛江水兮上有楓, 目極千里兮傷春心.)

4) 微生(미생) : 미미한 생명. 하찮은 인생

5) 只有(지유) 구 :

송옥, 〈신녀부〉 서문 초 양왕과 송옥이 운몽택 가에서 노닐었는데 송옥더러 고당의 일에 대해 부를 쓰라 했다. 그날 밤 왕이 잠자리에 들자 과연 꿈에서 신녀를 만났는데 그 모습이 매우 아름다워 왕이 기이하게 여겼다.(楚襄王與宋玉遊於雲夢之浦, 使玉賦高唐之事. 其夜王寢, 果夢與神女遇, 其狀甚麗, 王異之.)

해설

이 시는 초궁을 지나면서 초 양왕에 대해 말했지만, 그 기탁한 뜻이 무엇인지는 분명치 않아 양왕에 대한 비판, 부득의한 것에 대한 자상(自傷), 도망(悼亡)의 뜻을 담았다고 하는 등 의견이 분분하다. 제1-2구에서는 멀리 보이는 초궁의 모습을 묘사했는데, 구름과 비가 여전하다고 했다. 제3-4구에서는 중생의 세속적 즐거움과 초 양왕의 꿈속에서의 즐거움을 대비시켰다. 시의 주지는 후반부에 있는 듯하다. 인간사의 즐거움은 현실을 대표하고, 꿈속의 즐거움은 이상을 대표한 것이 아닐까 싶다. 시인은 현실의 즐거움보다는 이상적인 경계를 추구하고 있지만, 이는 허황되고 손에 잡히지 않은 것이어서 현실에서는 이루기 어렵다. 그렇다고 해서 인간세상의 즐거움 또한 충분히 이루고 있지도 못하다. 따라서 세속의 즐거움도 이상적인 즐거움도 누리지 못하는 시인 자신에 대한 애상(哀傷)도 기저에 깔려 있다고 볼 수 있다.

근인 학세봉(郝世峰)은 이 시를 이렇게 평한 바 있다. "이상은은 초월적이고 고결한 세계를 동경했으나, 아무도 그를 이해해주지 않고 오히려 무시와 질투의 대상이 되었다. 시인의 이러한 인생 경험이 고사의 정경과 서로 융합·중첩되어 여러 가지 감정이 녹아든 순간적인 연상이 탄생했다. 이러한 연상은 초 양왕에 대한 평가와 아무런 관련이 없으며, 그저 인생에 대한 시인 자신의 감탄일 뿐이다."(《이상은칠절억회(李商隱七絶臆會)》

286

龍池[1]

용지

龍池賜酒敞雲屛,[2]	용지에 주연 베풀며 운모병풍 펴놓았고
羯鼓聲高衆樂停.[3]	갈고 소리 드높자 다른 음악 모두 그쳤다.
夜半宴歸宮漏永,	한밤중 연회에서 돌아갈 때 궁중 물시계 소리 길기만 한데
薛王沈醉壽王醒.[4]	설왕은 몹시 취했으나 수왕은 술 깨어 있다.

주석

1) 龍池(용지) : 현종이 제왕일 때 지냈던 집에 있던 못. 그 집을 개원(開元) 2년에 흥경궁(興慶宮)이라 했다. 이곳에서 샘이 솟아 천자의 기운이 있다고 했고 그 샘을 용지라 했다. 옛 터가 서안시(西安市) 흥경궁공원(興慶宮公園) 안에 있다.

2) 敞(창) : 펴놓다.

3) 羯鼓(갈고) : 장구와 비슷하되 양쪽 마구리를 다 말가죽으로 멘 북. 현종이 이 소리를 매우 좋아했다고 한다.

4) 薛王(설왕) : 이현(李琄). 당나라 예종(睿宗)의 손자이자 혜선태자(惠宣太子) 이업(李業)의 아들이다. 이업이 설왕(薛王)에 봉해진 후 이현이 그것을 이어받았다.

壽王(수왕) : 현종(玄宗)의 아들로 이름은 온(瑥)이다. 비(妃)인 양옥환

(楊玉環)을 부왕인 현종에게 넘겨주어야 했던 인물이다.

해설

이 시는 용지에 얽힌 현종과 양귀비의 고사를 통해 부도덕한 황제를 풍자하고 있다. 제1-2구에서는 흥경궁 안의 용지에서 연회를 즐기는 장면을 묘사했다. 연회는 호화롭고 즐거운데 갈고 소리만 높다고 한 것은 현종의 일방통행식 통치를 느끼게 한다. 이는 후반부에서 언급될 내용의 근거가 되며, 현종의 의지와 욕망은 아무도 막을 수 없는 것이었다. 제3-4구에서는 연회가 끝나고 돌아가는 설왕과 수왕의 정경을 썼다. 설왕은 가슴 속에 아픔이 없어 연석에서 마음껏 마실 수 있었으므로 깊이 취했지만, 수왕은 비(妃)를 빼앗긴 아픔이 있어 취할 수 없었고 긴 궁루(宮漏) 소리를 벗하여 잠 못 이루는 것이다. 시인은 수왕에 대하여 '깨어 있다(醒)'는 표현만 썼지만, 기억, 그리움, 아픔, 분함, 치욕, 강렬한 비분 등 수왕의 고통과 원망을 함축한 뜻이 있다.

이 시는 노골적인 비판이나 직접 견책하는 방식을 피하고 궁정의 일상 장면을 택하여 측면에서 묘사함으로써 현종을 풍자하는 방식을 사용하여 상당한 성공을 거두었다. 이에 대해 청나라 오교(吳喬)는 《위로시화(圍爐詩話)》에서 "시어가 은미하면서도 의미는 분명하여 국풍 시인의 풍모를 얻었다(其詞微而意顯, 得風人之體.)"고 평했다.

287

淚

눈물

永巷長年怨綺羅,[1]	영항에서 오랫동안 화려한 비단 옷을 원망하고
離情終日思風波.[2]	이별한 이의 마음은 하루 내내 풍랑을 걱정한다.
湘江竹上痕無限,[3]	상강의 대나무에는 자국이 끝이 없는데
峴首碑前灑幾多.[4]	현산 입구 비석 앞에서도 얼마나 많이 뿌렸던가.
人去紫臺秋入塞,[5]	사람이 궁궐을 떠나 가을에 변방으로 들어섰고
兵殘楚帳夜聞歌.[6]	병사들이 남아 초나라 장막에서 밤에 노래를 들었다.
朝來灞水橋邊問,[7]	아침에 파수의 다리 옆으로 와서 물어보라
未抵青袍送玉珂.[8]	말단관리가 현달한 이를 전송하는 것에 못 미치리니.

주석

1) 永巷(영항) : 죄 지은 궁녀를 유폐(幽閉)하는 곳. 여기서는 군주로부터 총애를 잃고 쓸쓸하게 지내는 궁녀의 처소를 가리킨다.
長年(장년) : 오랜 기간.
綺羅(기라) : 화려한 비단 옷. 유폐된 슬픔으로 인해 비단 옷에 눈물을 떨군다는 뜻이다.

2) 離情(이정) : 이별한 이의 마음. 여기서는 여러 가지 사정으로 남편을 외지로 보낸 채 홀로 남은 아내를 가리킨다.
風波(풍파) : 풍랑. 여기서는 갖은 고생을 비유한다.
3) 湘江竹(상강죽) : 상강의 대나무. 상비죽(湘妃竹)이라고도 한다. 순(舜)임금이 죽었을 때 아황(娥皇)과 여영(女英)의 두 비가 슬피 울며 떨어진 눈물이 상강(湘江) 일대의 대나무에 배어 얼룩이 졌다고 한다. 상강은 지금의 광서성에서 발원하여 호남성으로 흘러드는 강이다.
4) 碑(현수비) : 현수(峴首) 즉 현산(峴山)에 세운 비석. 이 비석은 진(晉)나라의 덕장(德將)이었던 양호(羊祜)를 기리기 위해 세운 것이다.
《진서 · 양호전》 양호가 죽자 백성들은 현산에 비석을 세웠다. 그 비석을 보고 눈물을 흘리지 않은 사람이 없었다.(羊祜卒, 百姓於峴山建碑. 望其碑者莫不流涕.)
5) 紫臺(자대) : 한나라의 궁궐. 여기서는 두보(杜甫)의 〈영회고적(詠懷古跡)〉 다섯 수 가운데 셋째 수에서 "한번 자대를 떠나 사막까지 이어지고(一去紫臺連朔漠)"라 한 것처럼 왕소군(王昭君)이 머물던 곳을 가리킨다.
석숭(石崇), 〈왕명군사 王明君詞〉 나는 본래 한나라 사람인데 장차 선우의 조정으로 가려 하네. ……우울하여 마음이 상하고 눈물이 붉은 갓끈을 적시네.(我本漢家子, 將適單于庭. ……哀鬱傷五內, 泣淚濕朱纓.)
6) 兵殘(병잔) : 병사들이 남다. 패잔병들을 가리킨다. 항우(項羽)가 해하(垓下)에서 유방(劉邦)과 싸우다 패하고 나서, 밤에 한나라 군사들이 사방에서 초나라 노래를 부르자 눈물을 흘렸다는 사면초가(四面楚歌)의 고사를 쓴 것이다.
楚帳(초장) : 초나라 장막. 서초패왕(西楚霸王) 항우 군중의 장막을 가리킨다.
7) 灞水(파수) : 장안 동쪽을 지나 위수(渭水)로 들어가는 물. 당나라 때 동쪽으로 가는 이들은 대개 파수의 다리에서 송별했다.
8) 未抵(미저) : ~에 미치지 못하다. 위에서 말한 여섯 가지 눈물을 흘리지 않을 수 없는 상황도 불우한 선비의 눈물만큼 쓰라리지는 않다는 말이다.
青袍(청포) : 푸른 도포. 당나라 때 8, 9품 말단관리가 입던 관복의 색깔이 푸른색이었던 까닭에 흔히 불우한 선비를 가리킨다.

玉珂(옥가) : 옥으로 만든 말굴레 장식물. 흔히 이로써 현달(顯達)한 관리를 가리킨다.

해설

이 시는 '눈물'을 소재로 삼아 벼슬길이 여의치 않은 말단관리의 서글픈 심정을 토로한 것이다. 제1-2구는 총애를 잃은 궁녀와 독수공방하는 규중소부(閨中少婦)의 눈물을 예로 든 것이다. 궁녀는 군주의 총애를 잃고 오랜 기간 동안 쓸쓸히 지내며 애꿎은 비단 옷만 원망하고, 벼슬을 찾거나 장사를 하러 외지로 떠난 남편을 기다리는 아내는 종일 풍랑을 걱정하며 눈물을 흘린다고 했다. 제3-4구는 순 임금을 잃은 두 왕비와 어진 위정자를 떠나보내는 백성의 눈물을 예로 든 것이다. 창오산(蒼梧山)에서 붕어(崩御)한 순 임금의 두 왕비 아황(娥皇)과 여영(女英)은 그가 떠난 상강에 눈물을 뿌려 아직도 대나무에 그 자국이 남아 있고, 양호(羊祜)의 어진 정치에 감복한 양양(襄陽)의 백성들은 현산(峴山) 어귀에 세워진 공덕비를 읽으며 다시 눈물을 흘렸다고 했다. 제5-6구는 선우(單于)에게 시집가야 했던 왕소군(王昭君)과 한나라에 패한 초나라 병사들의 눈물을 예로 든 것이다. 모연수(毛延壽)가 초상화를 추하게 그린 탓에 한나라 궁궐을 떠나 흉노의 선우에게 가야 했던 왕소군은 변새의 땅으로 들어서며 눈물을 쏟았고, 유방(劉邦)의 군대에 패해 궁지에 몰린 항우(項羽)의 병사들은 사방에서 들려오는 초나라 노래를 들으며 눈물을 흘렸다고 했다. 세7-8구는 현달한 이를 전송하는 말단관리의 눈물을 예로 든 것이다. 파수의 다리에서 푸른 도포 입은 말단관리가 옥 굴레 장식을 한 말을 타고 떠나는 고급관리를 전송하며 흘리는 눈물은 앞에서 예로 든 여섯 가지 경우보다 훨씬 더 쓰라린 것이라며 여기에 시인의 작시 의도가 담겼음을 내비쳤다.

이 시는 흔히 기승전결로 이어가는 일반 율시와 구조가 다르다. 앞의 여섯 구에서 각기 다른 상황을 병렬적으로 나열하고 마지막 두 구에서 앞의 내용보다 정도가 심한 사례를 들어 주제를 드러내는 방식을 취했다. 이는 나열을 특징으로 하는 부(賦)의 기법을 율시에 옮겨온 것이라 하겠다. 이 시에서는 전후의 대비를 통해 얼마간 시적 효과를 거두었다고 볼 수 있으나, 서곤파(西崑派)와 같은 후대의 시인들이 다투어 이런 변칙적인 수법을 모방하려 한 것은 이상은 시의 정수를 계승하는 일과는 거리가 있었다. 송별에 비관말식의 설움이 담긴 것을 지적하지 않은 것은 다소 아쉽지만, 청나라 조신원(趙臣瑗)의 평이 비교적 이 시의 요체를 간명하게 언급한 것으로 보이기에 소개한다. "제1-2구는 허구적 묘사로서 제1구는 궁녀이고 제2구는 그리워하는 아낙네이다. 이 부류의 사람들이 가장 잘 울기에 발단으로 활용한 것이다. 가운데 두 연은 모두 눈물과 관련된 전고이나 각기 다른 점이 있다. 제3-4구는 남을 위해 눈물을 흘리는 것이고, 제5-6구는 자기를 위해 눈물을 흘리는 것이다. 고인을 떠나보내고, 은혜에 감격하고, 곤궁함을 슬퍼하고, 처지를 탄식하는 것이 모두 여기서 다 다루어졌다. 제7-8구는 다시 천하의 눈물 가운데 송별보다 많은 것이 없음을 허구적으로 묘사한 것인데, 송별의 눈물은 파수의 다리보다 많은 곳이 없기에 결말로 활용한 것이다. '미치지 못한다'는 것은 물이 깊이는 그래도 잴 수 있으나 눈물은 끝내 마를 날이 없다는 말이다.(一二先虛寫, 一是宮娥, 二是思婦. 此二種人也, 最善於淚, 故用以發端. 中二聯皆淚之典故, 然各有不同. 三四是爲人而淚者, 五六是爲己而淚者. 送終, 感恩, 悲窮, 歎遇盡於此矣. 七八再虛寫天下之淚無有多於送別, 而送別之淚無有多於灞橋, 故用以收煞. 未抵云者, 言水之淺深猶有可量, 淚則終無盡期也.)"

288

十字水期韋潘侍御同年不至, 時韋寓居水次故郭邠寧宅[1]

십자수에서 동년인 시어 위반과 기약했으나 오지 않았는데, 예전에 위반이 물가에 우거하면서 고 곽빈녕 댁에 묵었었다

伊水濺濺相背流,[2]	이수가 빠르게 흘러와 서로 등지고 흐르는데
朱欄畵閣幾人遊.	붉은 난간 화려한 누각, 이제는 몇 명이나 노니는가.
漆燈夜照眞無數,[3]	밤을 비추는 옻칠한 등은 진실로 셀 수 없이 많았고
蠟炬晨炊竟未休.[4]	아침밥을 짓는 촛불은 끝내 쉬지 않고 계속되었지.
顧我有懷同大夢,[5]	나를 생각하니 회포가 큰 꿈과 같았고
期君不至更沉憂.	그대와 기약했으나 오지 않아 더욱 깊이 근심하네.
西園碧樹今誰主,[6]	서쪽 정원의 푸른 나무는 지금은 누가 주인인가?
與近高牕臥聽秋.	그대와 함께 높은 창 가까이 누워 가을을 들었으면.

주석

1) 十字水(십자수) : 지명, 동도(東都) 낙양(洛陽)에 있다.
   韋潘(위반) : 자는 유지(游之)이고 이상은과 같은 해 진사에 급제한 동년이다.
   侍御(시어) : 관직명. 제왕을 가까이서 모시는 직책을 수행했다.
   同年(동년) : 동방(同榜). 같은 때에 과거에 급제하여 방목(榜目)에 함께 적혔던 이를 지칭하는 말이다.
   郭邠寧(곽빈녕) : 빈녕절도사(邠寧節度使)를 지낸 곽행여(郭行餘)를 가리키는 듯하다. 그는 감로지변(甘露之變)을 모의했던 이훈(李訓)과 동도(東都)에서 친분이 있었다.
2) 伊水(이수) : 낙양(洛陽)의 남쪽을 흐르는 강.
   濺濺(천천) : 물이 빠르게 흐르는 모양 또는 그 소리.
   이 구는 제목에서의 '십자수'를 묘사한 것으로 이수는 여기에서 갈라져 흐른다.
3) 漆燈(칠등) : 옻칠한 등. 귀등(鬼燈)이라고도 한다. 귀인의 무덤에 장식하는 데 쓰인다.
4) 蠟炬(납거) : 초. 《진서(晉書)》에 따르면, 석숭(石崇)은 초로 땔나무를 대신했다.
5) 大夢(대몽) : 큰 꿈.
   《장자 · 제물론(齊物論)》 참된 큰 깨달음이 있고 나서야 비로소 이 인생이 커다란 한바탕의 꿈인 것을 안다.(且有大覺, 而後知此其大夢也.) 여기서는 시인이 오랫동안 깨닫지 못한 채 꿈속에 있었음을 이른다.
6) 西園(서원) : 서쪽 정원. 부귀한 집의 정원.
   조식(曹植), 〈공자의 연회 公宴〉 맑은 밤 서쪽 정원에서 노니노라.(淸夜遊西園.) 여기서는 곽빈녕의 옛 집을 이른다.

해설

이 시는 위반과 만나기로 했으나 만나지 못하자, 예전에 그가 묵었던 곽빈녕 댁을 떠올리며 부귀의 무상함과 생사가 꿈과 같음을 깨달으면서 벗에 대한 그리움을 담아냈다. 제1-2구에서는 십자수와 위반이 묵었던 곽빈녕 댁에 대해 말했다. 이수가 흐르는 낙양 부근에 있는 곽빈녕 댁은 번성하고 아름다웠으나 지금은 사람이 거의 오지 않는다 하여 쓸쓸하고 황량한 곳이 되었음을 암시했다. 제3-4구는 제2구를 이어 부귀를 누리는 자들의 모습을 묘사했는데, 살아서든 죽어서든 다투어 호화로움을 누리고 있음을 말했다. 제5-6구에서는 자신에게로 시선을 돌리고 있다. 자신의 장대한 포부 역시 한바탕 큰 꿈과 같은 것을 깨달아 위반과 이야기 나누고 싶지만, 오지 않으니 자신의 감개를 표현할 길 없어 더욱 근심한다고 했다. 제7-8구에서는 다시 곽빈녕 댁으로 돌아와 넓은 정원에는 푸른 나무가 있으나 지금은 주인을 잃어 쓸쓸할 뿐이므로, 위반과 함께 누워서 가을의 소리를 듣고 싶다는 바람으로 맺었다. 청나라 굴복(屈復)은 이 시에 위반(韋潘) 시어를 풍자하는 뜻이 있다고 했다. 부귀의 무상함을 경계하고자 하는 뜻이 담긴 것으로 보면 충분할 것이다.

289

流鶯

꾀꼬리

流鶯漂蕩復參差,[1]	꾀꼬리가 정처 없이 떠돌며 들쭉날쭉
渡陌臨流不自持.[2]	밭둑을 건넜다 물가에 갔다 우왕좌왕.
巧囀豈能無本意,[3]	교묘한 울음 속에 어찌 본뜻이 없겠는가만
良辰未必有佳期.[4]	좋은 시절이라고 꼭 아름다운 기약이 있지는 않은 법.
風朝露夜陰晴裏,[5]	바람 부는 아침 서리 내리는 밤 흐리고 갠 날
萬戶千門開閉時.[6]	집집마다 문을 열고 닫는다.
曾苦傷春不忍聽,[7]	봄을 아파하며 괴로워했기에 차마 듣지 못하겠는데
鳳城何處有花枝.[8]	봉성 어디쯤에 꽃가지가 있을까?

주석

1) 流鶯(유앵) : 꾀꼬리. 꾀꼬리 울음소리가 물 흐르듯 부드럽다 하여 '流'자를 덧붙인다.
漂蕩(표탕) : 정처 없이 떠도는 모습.
參差(참치) : 들쭉날쭉. 가지런하지 않은 모습.

2) 渡陌(도맥) : 밭둑을 건너다.

不自持(부자지) : 자신을 주체하지 못하다. 우왕좌왕하다.

3) 囀(전) : 새의 울음소리.

本意(본의) : 본래의 의도. 자신의 생각.

4) 良辰(양신) : 좋은 시절.

佳期(가기) : 아름다운 기약. 좋은 기회.

5) 陰晴(음청) : 흐린 날과 맑은 날.

6) 萬戶千門(만호천문) : 천문만호(千門萬戶). 인가가 많은 것을 말한다.

開閉(개폐) : 문을 열고 닫다.

7) 不忍(불인) : 차마 ~하지 못하다.

8) 鳳城(봉성) : 진(秦)나라의 수도였던 함양(咸陽)을 단봉성(丹鳳城)이라 했다. 여기서는 장안(長安)을 가리킨다.

해설

이 시는 꾀꼬리를 묘사하면서 시인의 감회를 드러낸 영물시다. 장안을 가리키는 '봉성(鳳城)'과 같은 시어로 보아 이상은이 계주막부(桂州幕府)에서 돌아와 장안에 머물던 대중 3년(849) 봄 무렵에 지은 것으로 여겨진다. 제1-2구는 봄날 여기저기를 정처 없이 떠도는 꾀꼬리를 언급한 것이다. 시인의 눈에는 꾀꼬리가 스스로 머물 곳을 결정하지 못해 우왕좌왕하는 것처럼 보인다고 했다. 제3-4구는 꾀꼬리의 울음소리를 듣고 느낀 바를 서술한 것이다. 꾀꼬리도 자신이 생각하는 바를 담아 누군가에게 전하려고 하지만, 아름다운 봄날에도 귀 기울여 꾀꼬리 소리를 들어주는 이가 없다고 했다. 제5-6구는 때와 장소를 가리지 않고 울어대는 꾀꼬리의 처량한 모습을 묘사한 것이다. 사람들은 꾀꼬리 소리에 잠시 문을 열어보았다가도 이내 다시 닫는다고 했다. 제7-8구는 꾀꼬리가 편히 쉴 만한 꽃가지가 없음을 이야기한 것이다. 시인도 비슷한 아픔을 겪었기에 봄이 왔는데도 머물 곳과 노래를 들어주는 이 없는 꾀꼬리의 괴로운 심정을 십분 이해한다고 했다.

이 시는 꾀꼬리를 빌려 나타내고자 한 시인의 속뜻이 매우 분명하다. 정아(鄭亞)를 따라나섰던 계주막부에서 빈손으로 돌아와 여기저기 눈치를 보며 벼슬자리를 알아보아도 아무도 도움의 손길을 내밀지 않는 괴로운 처지를 하소연한 것이 틀림없다. 근인 왕벽강(汪辟疆)의 평어가 일목요연해 보인다. "시어는 슬프고 심정은 괴로우니 드넓은 사람들의 바다에서 깃들 가지가 없으니 글자마다 피눈물이다.(詞哀心苦, 茫茫人海, 無枝可棲, 字字血淚矣.)"

290

出關宿盤豆館對叢蘆有感

동관을 나서 반두관에서 묵다 갈대밭을 대하고 느낀 바가 있어

蘆葉梢梢夏景深,[1]	갈잎 비비대는 소리에 여름 풍경 깊어가니
郵亭暫欲灑塵襟.[2]	우정에서 잠시 세속적인 마음 씻어 보고파.
昔年曾是江南客,[3]	연전에도 강남의 나그네였지만
此日初爲關外心.[4]	이날엔 처음으로 관문 밖에 있다는 느낌이 드는구나.
思子臺邊風自急,[5]	사자대엔 변방 바람이 절로 급하고
玉娘湖上月應沉.[6]	옥낭호엔 상현달이 응당 가라앉으리라.
淸聲不逐行人去,	맑은 소리는 행인이 떠나도 따라나서지 않고
一世荒城伴夜砧.[7]	평생토록 황량한 마을에서 밤의 다듬잇돌을 벗하네.

주석

1) 蘆葉(노엽) : 갈잎.
梢梢(초초) : 나무 끝이 바람에 움직이는 소리.

2) 郵亭(우정) : 공문을 전달하는 사람들에게 숙박을 제공하던 여관.
灑(쇄) : 씻어내다.
塵襟(진금) : 속된 생각.

3) 江南客(강남객) : 강남의 나그네.

이상은, 〈누이 배씨를 위한 제문(祭裴氏妹文)〉 절수 곳곳을 6년 동안 떠돌았다.(浙水東西, 半紀漂泊.)

4) 關外心(관외심) : 관문 밖으로 나가는 느낌.

5) 思子臺(사자대) : 한 무제가 자살한 방태자(房太子)를 위해 세운 누대. 지금의 하남성 영보시(靈寶市)에 있다.

6) 玉娘湖(옥낭호) : 미상.

7) 一世(일세) : 일생. 평생.

砧(침) : 다듬잇돌.

해설

이 시는 이상은이 비서성 교서랑에서 홍농현위(弘農縣尉)로 전근을 가는 길에 지은 것이다. 홍농으로 가기 위해 동관(潼關)을 나서 반두관(盤豆館)에서 묵다 갈대밭을 보고 감회가 일어 쓴 것이라 했다. 반두관은 동관 밖 40리 되는 곳에 있었는데, 한무제가 이곳을 지날 때 한 노인이 쟁반에 콩을 바친 데서 나온 이름이라고 한다. 제1-2구는 반두관에 유숙하는 모습이다. 여름날의 갈대 소리를 벗 삼아 시름을 잊어보려 한다고 했다. 제3-4구는 재삼 관문 밖으로 밀려나는 감회이다. 소싯적에도 강남을 떠돈 적이 있어 감회가 더 진하다는 말이다. 제5-6구는 반두관 주변의 명승지를 언급했다. '子(자, 아들)'와 '孃(낭, 여인)'이라는 시어를 통해 노모와 아내를 그리워하고 걱정하는 마음을 드러냈다. 제7-8구는 시제의 반두관과 갈대로 다시 돌아간 것이다. 갈잎의 맑은 소리는 반두관에 묵고 떠나는 행인을 따라 사라지지 않고 황량한 마을의 다듬잇돌 소리와 섞여 내내 들려온다고 했다. 이를 통해 시름에 겨워 잠 못 이루는 시인을 넌지시 드러낸 것이다. 비서랑과 같은 경직(京職)에서 밀려나 서울의 경계인 동관을 벗어나는 이의 아련한 슬픔이 묻어난다. 이런 심정이 함축적으로 담겨 있는 '관외심(關外心)'이라는 시어는 이상은 시의 핵심 주제 가운데 하나인 '주변으로 밀려난 자의 설움'을 잘 보여준다.

291
和韓錄事送宮人入道

한녹사의 〈도관에 드는 궁인을 전송하며〉에 화답하다

星使追還不自由,[1]	하늘의 사신이 쫓아가 돌아오게 하니 거역할 수 없이
雙童捧上綠瓊輈.[2]	두 동자가 푸른 옥 끌채를 받들어 올리네.
九枝燈下朝金殿,[3]	아홉 개 가지 꽃등 아래 황금 궁전에 배알하다가
三素雲中侍玉樓.[4]	세 가지 색 구름 속 옥 누각에서 모시게 되었네.
鳳女顚狂成久別,[5]	제멋대로인 농옥과 오래도록 이별하게 되었고
月娥孀獨好同遊.[6]	외로운 달 속의 항아와 같이 놀기 좋겠다.
當時若愛韓公子,[7]	당시에 만약 한공자를 사랑했더라면
埋骨成灰恨未休.[8]	뼈를 묻어 재가 되어도 한이 사라지지 않으리.

주석

1) 星使(성사) : 하늘의 사신. 여기서는 도관(道觀)에서 마중하러 보낸 사람을 가리킨다.
追還(추환) : 쫓아가 돌아오게 하다. 본래 선계에 있다가 지상으로 내려간 궁인을 다시 도관으로 불러들인다는 말이다.

2) 雙童(쌍동) : 두 명의 동자. 옥동(玉童)과 옥녀(玉女).
捧上(봉상) : 받들어 올리다.

綠瓊(녹경) : 푸른 옥.

輈(주) : 끌채. 여기서는 수레를 가리킨다.

3) 九枝燈(구지등) : 아홉 개 가지의 꽃등. 《한무내전(漢武內傳)》에 의하면, 7월 7일에 서왕모가 올 때 무제는 궁전을 청소하고 구지등을 밝혔다고 한다.

4) 三素雲(삼소운) : 가지각색의 구름과 안개. 도교에서는 자주색, 흰색, 노란색을 원기의 색소라 하여 숭상한다.

5) 鳳女(봉녀) : 진 목공의 딸 농옥(弄玉). 여기서는 궁녀를 가리킨다.

顚狂(전광) : 미치다. 제멋대로이다.

6) 月娥(월아) : 항아(姮娥). 여기서는 여도사를 가리킨다.

孀獨(상독) : 고독하다.

7) 公子(한공자) : 귀인의 자제. 여기서는 한녹사를 가리킨다.

8) 埋骨(매골) : 뼈를 묻다. 매장하다.

해설

이 시는 한녹사(韓錄事)가 지은 시 '도관에 드는 궁인을 전송하며'에 화답한 것이다. 한녹사가 한종(韓琮)을 가리킨다고 보는 설도 있으나 자세한 것은 알 수 없다. 역사서에 따르면 개성 3년(838) 6월에 궁인 480명을 출궁시켜 도관(道觀)으로 보낸 일이 있었고, 이것이 세간의 관심을 끌어 장적(張籍), 왕건(王建), 원진(元稹) 등의 시인도 이를 소재로 한 시를 남긴 바 있다.

제1-2구는 도관에서 나온 사람들이 궁인을 영접해가는 광경이다. 왕명으로 집행되는 일이라서 궁인들은 어쩔 수 없이 명에 따라 도관으로 옮겨가야 한다고 했다. 제3-4구는 궁전에서 도관으로 거처가 달라지는 것을 언급했다. 궁전에서 임금을 모시다가 이제 도관에서 상제를 모시게 되었다는 말이다. 제5-6구는 거처가 바뀌면서 달라지게 될 벗을 이야기했다. 천방지축인 궁녀들과 조용히 도를 닦는 여도사의 모습을 대비시켜 궁녀의 처지를 동정했다. 제7-8구는 한녹사에 대한 화답의 의미를 담았다. 만약 한녹사와 어떤 연정이라도 있었다면 도관으로 가는 길이 더욱 안타까웠을 것이라는 말이다. 한녹사를 놀리려는 의도보다는 고독한 생활을 하게 될 궁인의 앞길을 걱정하는 마음이 더 크다고 보아야 옳다. 왕명을 거스를 수 없는 궁인의 모습에서 시인은 운명의 갈림길을 떠올린 듯하다. 〈회중의 모란이 비를 맞아 떨어지다(回中牡丹爲雨所敗)〉 시에서 '곡강'과 '회중'을 대비시킨 것을 참고하면서 '궁궐'과 '도관', '장안'과 '막부'를 연관 지어 생각해보면, 이 시를 지은 시인의 심정을 얼마간 가늠할 수 있을 듯하다.

292

卽日

즉흥시

小鼎煎茶面曲池,[1] 작은 주전자에 차를 달이며 곡강지를 마주하고
白髮道士竹間棊. 백발도사가 대나무 사이에서 바둑을 둔다.
何人書破蒲葵扇,[2] 누가 포규선에 글씨를 써
記著南塘移樹時.[3] 남쪽 연못에서 나무 심던 때를 기록할까?

주석

1) 小鼎(소정) : 작은 주전자.
煎茶(전다) : 차를 달이다.
面(면) : 마주하다.
曲池(곡지) : 곡강지(曲江池). 장안의 유흥지다.

2) 書破(서파) : 글씨를 쓰다.
蒲葵扇(포규선) : 빈랑(檳榔)나무 잎으로 만든 부채. 빈랑나무는 종려나무과의 상록 교목으로 잎의 길이가 1-2m에 이른다.

《진서 · 왕희지전(王羲之傳)》 즙산에서 한 노파를 본 적이 있는데 육각의 대나무 부채를 들고 파는 중이었다. 왕희지가 그 부채에 각각 다섯 자씩 글씨를 썼다. 노파는 처음에 화내는 기색이 있었다. 그래서 노파에게 이것이 왕희지의 글씨라고만 말하면 백 전을 받을 것이라고 말했다. 노파가 그 말대로 하니 사람들이 다투어 부채를 샀다.(嘗在蕺山見一老姥, 持六角竹扇賣之. 羲之書其扇,

各爲五字. 姥初有慍色. 因謂姥曰, 但言是王右軍書, 以求百錢邪. 姥如其言. 人競買之.)

3) 記著(기착) : 기록하다.
南塘(남당) : 남쪽 연못.
移樹(이수) : 나무를 심다.

해설

이 시는 곡강지 근처의 남쪽 연못에서 노닐었던 일을 즉흥적으로 묘사한 것이다. 제1-2구는 여러 사람들이 모여 곡강지를 마주하고 노니는 모습을 스케치한 것이다. 더러는 곡강지를 감상하며 차를 끓이고, 더러는 대나무 숲에 들어앉아 바둑을 둔다고 했다. 제3-4구는 당일 남쪽 연못에 나무를 심은 일을 언급한 것이다. 부채에 글씨를 쓰는 사람도 있었는데 그날 나무 심은 일을 기록하면 좋지 않겠느냐는 것이다. 전체 내용으로 보아 이날 모임에서 시인은 도사와 문인 등 평소 알고 지내던 벗들과 어울렸던 것 같다. 장안에 머물 때 자주 곡강지를 찾았던 이상은이 그러던 어느 하루 눈에 들어온 일을 즉흥적으로 쓴 것이어서 일기 이상의 의미를 부여하기는 어렵다.

293

聖女祠

성녀사

杳藹逢仙跡,[1] 깊고 아득한 곳에서 신선의 자취를 만났는데
蒼茫滯客途.[2] 사방이 어둑어둑해져 여정 중에 머물렀다.
何年歸碧落,[3] 어느 해에 하늘로 돌아갈까?
此路向皇都.[4] 이 길은 서울로 향하건만.
消息期青雀,[5] 소식 전해오기를 푸른 새에게 기대해 봐도
逢迎異紫姑.[6] 맞이하는 것 자고와 다르다.
腸迴楚國夢,[7] 초나라 꿈에 창자가 뒤틀리고
心斷漢宮巫.[8] 한나라 궁궐의 도사에 마음이 부서진다.
從騎裁寒竹,[9] 따르던 시종은 대나무를 심고
行車蔭白楡.[10] 올라탄 수레는 별들에 덮였다.
星娥一去後,[11] 직녀가 한번 떠난 뒤이니
月姊更來無.[12] 항아가 다시 올까?
寡鵠迷蒼壑,[13] 짝을 잃은 고니는 푸른 골짜기에서 길을 잃고
羈凰怨翠梧.[14] 홀로 된 봉황은 푸른 오동나무에서 원망한다.
惟應碧桃下,[15] 다만 응당 푸른 복숭아 아래에서
方朔是狂夫.[16] 동방삭을 남편 삼아야 하리라.

주석

1) 杳藹(묘애) : 깊고 아득하다. 운무가 잔뜩 낀 모양을 뜻하기도 한다.
仙跡(선적) : 신선의 자취. 여기서는 성녀사를 가리킨다.

2) 蒼茫(창망) : 흐릿한 모양. 저녁이 되어 주위가 어두워지는 것을 말한다.
滯(체) : 머무르다.
客途(객도) : 여정의 도중.

3) 碧落(벽락) : 도교에서 쓰는 말로 하늘을 가리킨다.

4) 皇都(황도) : 경성. 수도. 여기서는 장안을 가리킨다.

5) 靑雀(청작) : 푸른 새. 서왕모의 소식을 전한다는 새.
《산해경 · 대황서경(大荒西經)》 서왕모의 산에는 세 마리 푸른 새가 있는데 붉은 머리에 검은 눈을 가졌다 이름은 대려, 소려, 청조이다.(西有王母之山, 有三靑鳥, 赤首黑目, 一名曰大鵹, 一名小鵹, 一名靑鳥.)

6) 逢迎(봉영) : 맞이하다. 접대하다.
紫姑(자고) : 측신(厠神)의 하나. 유경숙(劉敬叔)의 《이원(異苑)》에 의하면, 이경(李景)의 첩이 본처에게 미움을 받고 허드렛일만 하다가 정월 보름에 한을 품고 죽자, 사람들이 그의 모습을 그려 뒷간에서 맞이했다고 한다.

7) 腸迴(장회) : 창자가 뒤틀리다.
楚國夢(초국몽) : 초나라의 꿈. 초나라 왕이 양대(陽臺)에서 노닐다 무산(巫山) 신녀(神女)를 만난 일을 가리킨다.

8) 心斷(심단) : 마음이 부서지다. 슬픔이 지극한 것을 말한다.
漢宮巫(한궁무) : 한나라 궁궐의 도사.
《한서 · 교사지(郊祀志)》 장안에 사사관과 여무를 두었다.(長安置祠祀官女巫.)

9) 從騎(종기) : 말을 타고 따르는 시종.
寒竹(한죽) : 대나무. 추위를 잘 견딘다 하여 이렇게 부른다. 여기서는 대나무 지팡이를 가리킨다.
《후한서 · 방술전(方術傳)》 호공이 대나무 지팡이를 장방에게 주며 이렇게 말했다. "이것을 타고 아무데나 가보시오." 장방은 지팡이를 타고 갔다가 순식간에 돌아왔다.(壺公以竹杖與長房曰, 乘此任所之. 長房乘杖, 須臾歸來.)

10) 行車(행거) : 수레에 오르다.

蔭(음) : 뒤덮다.

白楡(백유) : 별 이름. 느릅나무 꼬투리는 엽전처럼 생겨서 '유전(楡錢)'이라고 부르는데, 또 이를 이용해 별을 지칭한 것이다.

고악부 〈농서행(隴西行)〉 하늘에 무엇이 있나? 반짝반짝 흰 느릅나무 심었네.(天上何所有, 歷歷種白楡.) 본래의 뜻 그대로 '흰 느릅나무'로 풀이하는 이도 있다.

11) 星娥(성아) : 직녀.

12) 月姊(월자) : 항아(姮娥).

13) 寡鵠(과혹) : 짝을 잃은 고니. 흔히 과부나 시집가지 못한 여자를 비유한다.

蒼壑(창학) : 푸른 골짜기.

14) 羈凰(기봉) : 짝을 잃은 봉새.

翠梧(취오) : 푸른 오동나무.

15) 碧桃(벽도) : 푸른 복숭아. 선경(仙境)에 있다는 전설상의 복숭아.

16) 方朔(방삭) : 동방삭(東方朔).

《박물지(博物志)》 서왕모가 구화전에 내려왔는데, 서왕모가 일곱 복숭아를 가려서 다섯은 황제에게 주고 서왕모는 두 개를 먹었다. 서왕모와 황제가 대좌하고 있자 시종은 모두 앞으로 나오지 못했다. 그때 마침 동방삭은 구화전의 남쪽 건물의 남쪽 창으로 서왕모를 훔쳐보았다. 서왕모가 동방삭을 돌아보고는 황제에게 "지금 창문으로 훔쳐보는 녀석이 내 복숭아를 훔치러 세 번이나 올 것입니다"라 했다.(王母降於九華殿. 王母索七桃, 以五枚與帝, 母食二枚, 惟母與帝對坐, 從者皆不得進. 時東方朔竊從殿南廂朱鳥牖中窺母, 母顧之, 謂帝曰: "此窺牖小兒常三來盜吾此桃".)

狂夫(광부) : 부인이 남편을 겸손하게 일컫는 말.

해설

이 시는 성녀사(聖女祠)를 노래한 것이다. 본래 여신을 뜻하는 '성녀'가 구체적으로 지칭하는 대상을 여도사로 본다면, 성녀의 사당인 성녀사는 필경

도관(道觀)일 것이다. 시의 내용으로 보아 궁녀의 신분이었다가 도관으로 오게 된 여도사의 쓸쓸한 생활을 담았다고 여겨진다. 이 시는 의미상 네 단락으로 나뉜다. 제1단락(제1-4구)은 시인이 여로(旅路)에 머물게 된 도관과 그곳의 여도사를 서술한 것이다. 당시 장안을 향해 길을 가던 시인이 들른 도관에 황궁에 있다가 여도사가 되어 내려온 이가 있다고 했다. 제2단락(제5-8구)은 여도사가 황궁의 소식을 애타게 기다리고 있는 모습을 담은 것이다. 서왕모의 사자라는 푸른 새에게 좋은 소식을 기대하지만, 원소절(元宵節)마다 사람들이 맞이했던 자고(紫姑)와 같은 처지는 못 되었다. 그래서 궁궐에 있는 도사와의 운우지정을 꿈꾸며 마음 상해한다고 했다. 제3단락(제9-12구)은 여도사 주변 인물들이 하나둘 곁을 떠나 더 외로워진 상황을 서술한 것이다. 직녀와 항아가 대나무 지팡이와 수레를 타고 도관을 떠나 궁궐로 간 뒤 다시 돌아오지 않는다고 했다. 제4단락(제13-16구)은 여도사가 홀로 쓸쓸하게 지내는 모습을 묘사한 것이다. 여도사는 마치 짝을 잃은 고니나 봉황처럼 도관에서 외롭게 도를 닦으며 선계의 복숭아를 훔치러 올 동방삭이나 기다려야 한다고 했다. 해학 속에 깊은 외로움과 슬픔이 담겨 있다.

청나라 요배겸(姚培謙)은 여도사의 모습이 시인 자신의 비유라고 간주하고 이렇게 대의를 설명했다. “첫 네 구는 나그네 길에 사당 아래를 지나갔다는 말이다. ‘소식’ 네 구는 그의 영락한 처지를 말한 것이다. ‘종기’ 네 구는 그가 배우자가 없음을 말한 것이다. 결련에는 자신을 기탁하는 뜻이 담겨 있다.(首四句, 言客路經祠下. 消息四句, 言其冷落. 從騎四句, 言其無伴侶. 結聯含自寓意.)”

294

七月二十九日崇讓宅讌作

7월 29일 숭양택의 연회에서 짓다

露如微霰下前池,[1]	이슬이 작은 싸락눈처럼 앞 연못에 내리고
風過迴塘萬竹悲.[2]	바람이 굽이진 연못을 지나가니 모든 대나무가 슬퍼하네.
浮世本來多聚散,[3]	덧없는 인생에는 본래 모이고 흩어지는 일 많다지만
紅蕖何事亦離披.[4]	붉은 연꽃은 어째서 또 흩어지는 것일까?
悠揚歸夢唯燈見,[5]	정처 없는 귀향의 꿈 등불만이 지켜보고
濩落生涯獨酒知.[6]	쓸쓸한 생활 술만이 알아준다.
豈到白頭長只爾,	어찌 흰머리 되도록 늘 그렇기만 할 뿐이랴?
嵩陽松雪有心期.[7]	숭산 남쪽의 소나무와 눈에 마음의 기약 있느니라.

주석

1) 霰(산) : 싸락눈.
2) 迴塘(회당) : 굽이져 감도는 연못.
3) 浮世(부세) : 뜬구름 같은 인생.
4) 紅蕖(홍거) : 붉은 연꽃.

離披(이피) : 흩어지는 모양.
5) 悠揚(유양) : 정처 없다. 멀고 아득하다, 흩날리다.
6) 濩落(호락) : 공허하고 쓸쓸하다.
7) 嵩陽(숭양) : 숭산(嵩山)의 남쪽. 여기서는 시인의 고향을 가리킨다.
心期(심기) : 마음의 기약. 숙원(宿願).

해설

이 시는 7월 29일 낙양(洛陽)에 있던 왕무원(王茂元)의 저택 숭양택(崇讓宅)에서 벌어진 연회에 참석해 지은 것이다. 제1-2구는 연회가 벌어진 숭양택의 야경을 묘사한 것이다. 대나무가 무성한 연못가에 밤이 깊어 이슬이 내리고 바람도 강하게 불었다고 했다. 제3-4구는 인생무상의 감개를 피력한 것이다. 시들어 떨어지는 연못의 연꽃을 바라보며 늘 만났다 또 헤어지는 인간사가 덧없게 느껴진다고 했다. 부인 왕씨의 죽음을 애도한 것이라는 설명도 참고할 만하다. 제5-6구는 등불을 밝히고 술을 마시는 밤의 연회를 말한 것이다. 등불을 바라보노라니 고향 생각이 더욱 간절해져 지금의 쓸쓸한 심사를 술로 달래야 한다고 했다. 제7-8구는 새로운 전기를 마련해보려는 다짐을 밝힌 것이다. 세월이 흘러 나이가 먹도록 불우함을 면치 못하고 있으니 어서 고향으로 돌아가 여생을 편히 보내자고 했다. 이 시를 두고 "이상은이 상처(喪妻)한 뒤에 왕무원의 옛 집에 다시 와서 지은 것(義山悼亡後, 重來茂元舊宅而作也.)"이라고 한 청나라 육곤증(陸崑曾)의 주장이 타당해 보인다.

295

贈從兄閬之

종형인 낭지에게 주다

悵望人間萬事違,[1]	슬픔에 젖어 세상을 바라보니 만사가 다 어그러졌고
私書幽夢約忘機.[2]	편지에서도 꿈에서도 속세 잊자고 약속했지.
荻花村裏魚標在,[3]	물억새 꽃 핀 마을에는 어표가 있고
石蘚庭中鹿跡微.[4]	돌이끼 낀 정원에는 사슴 발자국 희미하겠지.
幽境定攜僧共入,[5]	그윽한 곳에는 분명 스님과 손잡고 함께 들 것이고
寒塘好與月相依.[6]	싸늘한 못가에서는 자주 달과 서로 의지하리라.
城中猘犬憎蘭珮,[7]	성안의 미친개는 난초 노리개를 싫어하니
莫損幽芳久不歸.[8]	그만두게나, 향기 잃으며 오래 돌아가지 않는 삶을.

주석

1) 悵望(창망) : 실의하여 슬피 바라보다.

2) 私書(사서) : 사신(私信).

幽夢(유몽) : 아득한 꿈.

忘機(망기) : 속세의 일이나 욕심을 잊음.

3) 荻花(적화) : 물억새 꽃.
   魚標(어표) : 물고기를 잡거나 팔 때 사용하는 표식.
4) 石蘚(석선) : 돌에 낀 이끼.
5) 幽境(유경) : 심오하고 조용한 곳.
6) 寒塘(한당) : 찬 못가.
   好(호) : 곧잘. 자주.
7) 猘犬(제견) : 미친 개. 여기서는 명예와 이익을 다투는 소인(小人)을 비유한다.
   蘭珮(난패) : 난초 노리개. 여기서는 고매한 현사(賢士)를 비유한다.
8) 損(손) : 잃다. 덜다.
   久不歸(구불귀) : 오래 돌아가지 않다. 오랫동안 외지에 머물며 귀은(歸隱)하지 않는 것을 이른다.

해설

이 시는 대중 3년 계막(桂幕)에서 돌아온 후 지은 것으로 보이는데, 종형인 낭지에게 귀은을 권유하고 있다. 제1-2구에서 세상사가 뜻대로 되지 않으니 속세를 잊자고 약속했던 것을 떠올렸다. 귀은의 이유가 바로 세상만사가 모두 어그러졌기 때문임을 밝혔다. 제3-6구는 약속의 내용이자 상상속의 은거지의 모습이다. 물억새 꽃이 피고 어표가 있는 물가의 마을에 사슴도 뛰어 놀았던 이끼가 낀 정원이 있는 곳이다. 그곳에서 스님과 함께 혹은 홀로 달과 벗하며 고요함을 즐길 것이라 했다. 제7-8구에서는 소인배가 고매한 현인을 싫어하므로 그들에게서 어서 떠나 자신만의 향기를 지키며 자연으로 돌아갈 것을 권했다. 종형에게 귀은을 권하는 것은 청나라 조신원(趙臣瑗)이 지적한대로 시인이 "세상과 시속에 대해 염증을 느끼고 있음(憤世嫉俗)"을 방증한다.

296
吳宮
오궁

龍檻沈沈水殿清,[1] 용 모양의 난간은 고요하고 물가의 궁전은 맑기만 한데
禁門深掩斷人聲. 대궐 문은 굳게 닫혀져 있고 사람 소리 끊기었다.
吳王宴罷滿宮醉, 오왕의 연회가 끝나자 온 궁은 취했고
日暮水漂花出城. 해질 무렵 물에 떠다니던 꽃은 성을 나간다.

주석

1) 龍檻(용함) : 용 모양의 난간. 궁중의 물가에 난간이 있는 정자류의 건축물을 가리킨다.
沈沈(침침) : 깊고 고요한 모양.

해설

이 시는 적막한 오궁을 보고 황음한 군주와 망국에 대해 개탄한 영사시다. 제1-2구에서는 황혼 무렵 오궁을 감싸고 있는 정적에 대해 썼다. 제1구가 주로 시각적 측면에서 오궁의 고요함을 썼다면, 제2구는 청각적 측면에서 묘사했다. 제3-4구는 앞 연에서 말한 고요함의 원인을 제시한 것이다. '온 궁이 취해 있다'는 것은 온 궁 안이 취했다는 사실뿐 아니라, 퇴폐적인 향락과

취생몽사에 빠져 망할 수밖에 없었음을 암시하고 있다. 특히 마지막 구는 이러한 화려한 배경 아래 풍부한 함의를 지닌다. 저녁 무렵 고요한 궁성에서 조용히 떠가는 물 위의 낙화는 어두운 그림자가 이미 소리 없이 온 궁 안을 덮고 있다는 것과 오궁의 번화함이 이미 사라지고 흥망성쇠의 처량함과 슬픔을 느끼게 한다. 일반적으로 궁정의 황음한 생활을 쓴 시는 그 것을 정면으로 묘사하기 마련인데, 이 시는 측면에서 묘사하여 풍자의 의미를 함축한 것이 독특한 점이라 하겠다.

297

常娥

상아

雲母屛風燭影深,[1] 운모 병풍에 촛불 불빛이 깊어가매
長河漸落曉星沉.[2] 은하수 점차 떨어지고 샛별도 가라앉는다.
常娥應悔偸靈藥,[3] 상아는 응당 영험한 약을 훔친 것을 후회하리라
碧海青天夜夜心.[4] 푸른 바다 파란 하늘 밤마다 느끼는 마음속에 서는.

주석

1) 雲母(운모) : 화강암에 많이 들어 있는 광물의 일종. 광택과 탄성이 있어 문이나 병풍의 장식재로 많이 쓰인다.
燭影(촉영) : 촛불의 불빛.
2) 長河(장하) : 은하수.
曉星(효성) : 샛별.
沉(침) : 가라앉다.
3) 常娥(상아) : 달의 여신. 항아(姮娥, 嫦娥)라고도 쓴다.
《회남자 · 남명훈(覽冥訓)》 예가 서왕모에게 불사약을 청했는데, 그의 아내인 항아가 그것을 훔쳐 달로 달아났다.(羿請不死之藥於西王母, 姮娥竊以奔月.)
應(응) : 응당. 틀림없이.
偸靈藥(투영약) : 영험한 약을 훔치다. 불사약을 훔친 것을 가리킨다.

4) 夜夜心(야야심) : 매일 밤 느끼는 쓸쓸한 마음을 말한다.

해설

이 시는 월궁(月宮)에서 지낸다는 항아의 적적한 생활을 소재로 삼은 것이다. 제1-2구는 항아가 사는 월궁에 밤이 깊어가는 모습을 그린 것이다. 운모병풍이 놓인 방에서 은하수가 떨어지고 샛별이 가라앉을 때까지 촛불을 켜놓고 밤을 지새운다고 했다. 제3-4구는 항아의 심정을 추측한 것이다. 불사약을 훔쳐 달로 달아났으나 푸른 바다와 파란 하늘만 바라보고 사는 월궁에서의 독수공방을 견디기 어려워 후회막심일 것이라 했다.

이 시에서 항아가 상징적으로 지시하는 대상은 우선 도관(道觀)의 여도사일 것으로 짐작된다. 그들이 수도를 위해 들어온 도관은 적막하기 짝이 없는 곳이라서 설령 득도하여 불사(不死)의 몸이 된다 하더라도 '영원한 고독'을 얻는 것에 불과하다고 시인은 생각했다. 한편 여도사의 이런 숙명은 시인을 포함한 모든 사람에게 확대 적용될 수 있다. 우리 모두는 '불사'가 상징하는 무엇인가를 얻기 위해 다른 무엇을 기회비용으로 희생시킬 수밖에 없는데, 그렇게 얻은 '불사'가 과연 그렇게 중요한 것이었던가 회의에 빠지는 순간이 오기 때문이다. 청나라 심덕잠(沈德潛)의 평이 이런 요점을 얻은 듯하다. "선비 가운데 길을 얻고자 앞을 다투다 스스로 후회하는 자가 있는데 또한 이와 같다고 볼 것이다.(士有爭先得路而自悔者, 亦作如是觀.)"

298

殘花
시든 꽃

殘花啼露莫留春, 시든 꽃 이슬에 울어도 봄을 머물게 할 수 없는데
尖髮誰非怨別人.[1] 부드러운 머리 지닌 여인 뉘인들 떠난 님 원망치 않으랴?
若但掩關勞獨夢, 만약 문을 걸고 홀로 꿈만 꾼다면
寶釵何日不生塵. 비녀에 먼지만 앉을 테지.

주석

1) 尖髮(첨발) : 어떤 모양인지 알려지지 않았으나 여인의 섬세하고 부드러운 머리카락을 가리키는 듯하다.

해설

이 시는 봄이 가는 것처럼 이별도 받아들이기를 권하는 내용이다. 제1-2구에서는 봄이 지나 꽃이 시드는 것처럼 이별한 후에는 떠난 님을 원망하기 마련이라고 했다. 제3-4구에서는 이별한 후 문을 걸고 꿈만 꾸면 생활이 게을러져 비녀에 먼지가 앉을 것이라고 했다. 슬픔 때문에 스스로를 가두고 포기하지 말라는 말이니, 적극적이고 진취적인 뜻을 표현했다고 하겠다.

299

天津西望[1]

천진교에서 서쪽을 바라보다

虜馬崩騰忽一狂,[2]	오랑캐 말이 돌연 한바탕 미친 듯이 날뛰고 나자
翠華無日到東方.[3]	천자의 깃발이 동쪽까지 이르지 못했다.
天津西望腸眞斷,	천진교에서 서쪽을 바라보니 진실로 애끊어지는데
滿眼秋波出苑牆.[4]	정원 담으로부터 흘러나오는 가을 물결만 눈에 가득하다.

주석

1) 天津(천진) : 천진교(天津橋). 낙양에 있던 다리로, 끝에 주루(酒樓)가 있었다.

2) 虜馬(노마) : 오랑캐 말. 여기서는 안사의 난을 가리킨다.
崩騰(붕등) : 내달리다, 날뛰다.

3) 翠華(취화) : 물총새의 깃털로 장식한 천자(天子)의 기(旗).

4) 苑牆(원장) : 궁정의 정원 둘레에 있는 담. 낙수(洛水)는 낙양 남서쪽 3리쯤에 있는데, 정원을 거쳐 동쪽으로 흐른다.

해설

이 시는 낙양 천진교에서 장안이 있는 서쪽을 바라보며 드는 감회를 쓴 것이다. 안사(安史)의 난 이후 황제가 순행을 하지 않았으니 더 이상 태평성대는 오지 않을 것이라고 개탄했다. 제1-2구는 천하가 난으로 어지러워진 후 황제가 더 이상 낙양으로 순행하지 못하게 된 것을 말했다. 제3-4구에서는 황량한 행궁에서 그저 보이는 것이라곤 흐르는 물밖에 없다고 했다. 국운이 쇠퇴한 이후의 쓸쓸한 정경을 그려낸 시로 여겨진다. 청나라 요배겸(姚培謙)은 "아픔이 가라앉은 뒤에 아픔을 생각하는 사람이 몇이나 되던가?(痛定思痛者幾人)"라며, 이 시의 의미를 쓰라린 과거를 반추하는 데서 찾았다.

300

西亭

서쪽 정자

此夜西亭月正圓,[1]	이 밤 서쪽 정자의 달이 한창 둥근데
疎簾相伴宿風煙.[2]	성긴 발이 나를 짝하여 바람과 안개 속에 잠 든다.
梧桐莫更翻清露,[3]	오동아 다시 맑은 이슬을 쏟지 마라
孤鶴從來不得眠.[4]	외로운 학은 그렇잖아도 잠 못 들고 있단다.

주석

1) 西亭(서정) : 숭양택(崇讓宅) 서쪽 연못가의 정자를 가리킨다.
2) 疎簾(소렴) : 성긴 발.
3) 翻(번) : 뒤집다. 오동잎이 뒤집혀 이슬이 쏟아지는 것을 말한다.
   清露(청로) : 맑은 이슬.
4) 孤鶴(고학) : 외로운 학. 흔히 고결한 사람을 비유하며 여기서는 시인 자신을 가리킨다.
   주처(周處), 《풍토기(風土記)》 두루미는 경계심이 높아서 8월에 서리가 내려 풀잎 위로 구르며 똑똑 소리가 나면 곧 운다.(白鶴性警, 至八月露降, 流於草葉上, 滴滴有聲, 卽鳴.)
   從來(종래) : 본래.

해설

이 시는 대중 5년(851) 가을 낙양의 숭양택 서쪽 정자에서 잠을 청하며 지은 시로 보인다. 제1-2구는 스산한 가을 밤의 정경을 묘사한 것이다. 둥근 달이 떠올라 더욱 그리운 이를 떠오르게 하는 때, 시인은 바람이 불어 이슬이 안개처럼 날리는 광경을 발 너머로 지켜보며 홀로 서쪽 정자에 있다고 했다. 제3-4구는 청각적 심상을 통해 시인의 괴로운 마음을 내비친 것이다. 오동잎에 맺힌 이슬이 모여 방울져 떨어지는 소리에 경계심 많은 학이 흠칫 놀란다고 했다. 학은 아내를 먼저 떠나보내고 외롭고 쓸쓸하게 지내는 시인의 모습이기도 하다. 괴로운 마음을 하소연할 데도 없는 터에 오동잎까지 사람을 놀라게 한다고 푸념을 늘어놓았다. 청나라 굴복(屈復)이 "둥근 달이 나를 짝하여 본디 잠들지 못하거늘 어찌 맑은 이슬까지 외로운 이를 놀라게 하는가?(圓月相伴, 本自不眠, 何用清露之驚孤哉?)"라고 한 평이 이 시의 요령을 잡아냈다고 여겨진다.

301

憶住一師[1]

주일사를 추억하다

無事經年別遠公,[2]	그대와 이별하고 별일 없이 여러 해를 보냈는데
帝城鐘曉憶西峯.[3]	장안의 새벽 종소리에 서쪽 봉우리 떠올리네.
鑪煙消盡寒燈晦,	향로 연기 다 사라지고 차가운 등만이 어두운데
童子開門雪滿松.	동자가 문을 여니 눈이 소나무에 가득했지.

주석

1) 住一師(주일사) : 누구인지 모르나 왕옥산(王屋山)에서 수행했던 승려인 듯하다.
2) 遠公(원공) : 동진(東晉) 시기의 고승(高僧)인 혜원(慧遠, 334-416). 여기서는 주일사를 높여 이른 것이다.
3) 帝城(제성) : 황제가 있는 수도. 여기서는 장안을 이른다.
   鐘曉(종효) : 새벽에 울리는 종. 장안에서는 새벽이면 궁중과 절의 종소리가 울렸다고 한다.

해설

이 시는 주일사와 함께 했던 정경을 회고하며 쓴 것이다. 제1-2구에서는 주일사와 이별한 후 몇 년이 지났는데, 문득 장안의 새벽 종소리를 듣고 그를 떠올리게 되었다고 했다. '장안'과 '별일 없음'은 시인이 장안에 체류하며 별

소득 없이 불우하게 지내고 있음을 넌지시 드러내고 있다. 제3-4구에서는 시인의 기억 중에서 가장 인상적인 장면을 보여줌으로써 옛날의 깊은 정의(情誼)를 함축적으로 표현했다. 불전의 연기가 사라지고 아직 어둑어둑한 새벽녘, 아이가 산문(山門)을 여니 흰 눈이 푸른 소나무 가지에 가득한 것만이 보인다. 이는 복잡한 속세의 정경과 상반된 모습으로, 시인은 주일사와 함께 지냈던 그때를 간절히 그리워하고 있음을 알 수 있다. 청나라 전옥(田玉)은 이 두 구를 평하여 그저 있는 곳의 정경을 그렸을 뿐이나 "그리워하는 정이 언외로 살며시 드러난다(所億之情, 言外縹緲.)"고 했다.

302
昨夜
어젯밤

不辭鶗鴂妬年芳,[1] 두견새가 아름다운 봄을 시샘하는 건 마다하지 않지만
但惜流塵暗燭房.[2] 다만 날리는 먼지에 촛불 밝힌 방 어두운 것이 애석하다.
昨夜西池凉露滿,[3] 어젯밤 서쪽 연못에 차가운 이슬이 가득했고
桂花吹斷月中香.[4] 계수나무 꽃 달 속의 향기는 불어 날려갔다.

주석

1) 不辭(불사) : 사양하지 않다. 마다하지 않다.
鶗鴂(제계) : 두견새. 춘분에 운다고 전해진다.
〈이소(離騷)〉 두견새 먼저 울까 두려워라, 저 온갖 풀이 그 때문에 향기롭지 않으리니.(恐鵜鴂之先鳴兮, 使夫百草爲之不芳.)
이상은, 〈숭양택의 동쪽 정자에서 취한 뒤 알근하여 짓다 崇讓宅東亭醉後沔然有作〉 화류마는 늙고 나이 먹는 것 걱정하니, 두견새가 아름다운 향기를 샘냄에랴.(驊騮憂老大, 鶗鴂妒芬芳.)
年芳(연방) : 아름다운 봄빛.
2) 流塵(유진) : 날리는 먼지.
燭房(촉방) : 촛불을 밝힌 방. 대개 행락의 장소를 가리킨다.

3) 西池(서지) : 숭양택(崇讓宅)의 서쪽 연못을 가리킨다.
露(노) : 이슬. 흔히 죽음을 상징한다.
4) 月桂(월계) : 달 속의 계수나무. 달빛을 뜻한다.

해설

이 시는 대중 5년(851) 가을 낙양에 머물 때 지은 것으로 보인다. 간밤에 숭양택의 서쪽 연못에서 달을 감상하고 느낀 바를 노래했다. 제1-2구는 서쪽 연못의 정자를 말한 것이다. 봄이 지나가는 것을 어쩔 수 없듯이, 촛불을 환하게 밝혔던 정자의 방도 시간이 흐르면 사람이 떠나고 먼지만 쌓이게 된다고 했다. 제3-4구는 서쪽 연못의 쓸쓸한 정경을 묘사한 것이다. 밤새 내리는 찬 이슬에 달빛도 빛을 잃었다고 했다. 죽음을 뜻하는 서리의 상징적 의미나 꽃이 향기를 잃었다는 비유적 표현으로 보아 지난날 시인과 함께 서쪽 연못가를 거닐었을 아내 왕씨의 죽음을 애도한 것으로 풀이된다.

303
海客
바다의 나그네

海客乘槎上紫氛,[1]	바다의 나그네가 뗏목에 올라 하늘에 오르니
星娥罷織一相聞.[2]	직녀가 길쌈을 멈추고 그를 한번 보았네.
只應不憚牽牛妬,[3]	다만 견우의 질투를 꺼리지 않은 탓에
聊用支機石贈君.[4]	잠시 베틀을 받치던 돌을 그대에게 주었네.

주석

1) 槎(사) : 뗏목
   紫氛(자분) : 하늘. 자소(紫霄)와 같은 말이다.
2) 星娥(성아) : 직녀.
   聞(문) : 원래는 '듣다'라는 뜻이나 여기서는 '보다'의 뜻으로 쓰였다.
3) 只應(지응) : '지인(只因)'과 같은 뜻이다. 즉 다만 ~때문에.
4) 支機石(지기석) : 베틀을 받치고 있던 돌.

   《형초세시기(荊楚歲時記)》 한무제가 장건에게 대하에 사신으로 가서 황하의 근원을 찾게 했다. 뗏목을 타고 달을 지나 어느 곳에 이르자 주부처럼 생긴 성곽을 보았는데, 실내에 한 여인이 무엇인가를 짜고 있었다. 또 한 사내가 소를 몰아 강에서 물을 먹이고 있는 것도 보았다. 장건이 '여기가 어딥니까?' 라고 묻자 '엄군평에게 물어보십시오'라 했다. 직녀는 베틀을 괴고 있던 돌을 가져다 장건에게 주었고 장건은 돌아왔다. 나중에 촉에 이르러 엄군평에게 물어보니, 엄군평이 '모년 모월 객성이 견우직녀성을 침범했다'고 했다. 베틀을 받치던 돌을 동방삭이 알고 있었다.(漢武帝令張騫使大夏, 尋河源, 乘槎經月而至一處, 見城郭如州府, 室內有一女織, 又見一丈夫牽牛飮河. 騫問曰, 此是何處? 答曰, 可問嚴君平. 織女取搘機石與騫俱還. 後至蜀問君平, 君平曰, 某年某月客星犯牛女. 搘機石爲東方朔所識.)

해설

이 시는 장건의 성사(星槎) 고사를 바탕으로 하고 있다. 이 전고는 보통 관직의 승진이나 명을 받고 출사(出使)할 때 사용되는데, 여기서는 정아(鄭亞)를 따르고자 하는 시인의 마음을 나타낸 것으로 봐야 할 듯하다. 시인은 우당(牛黨)과 이당(李黨)의 당쟁 가운데 고통을 당했기 때문에 정아를 따르면서도 당인들의 시기와 원망을 받아야 했는데, 그에 대한 자신의 심경을 이 시에 담았다고 볼 수 있겠다.

제1-2구에서는 장건이 뗏목을 탔다가 자기도 모르는 사이에 하늘에 올라가 견우직녀 두 별을 만나는 광경을 묘사했다. 이는 정아가 계관(桂管)에 가서 벼슬살이 한 것을 비유한다. 계주(桂州)는 실제로 바다와 가까워 정아를 '바다의 나그네'라 한 것과도 들어맞는다. '직녀(星娥)'는 시인 자신을 비유한다. 바다의 나그네를 보고 길쌈을 멈춘 것은 비서성의 직위를 그만두고 정아의 부름에 응하는 것을 의미한다고 볼 수 있다. 제3-4구에서는 직녀가 장건에게 베틀을 괴었던 돌을 주는 장면을 썼다. 여기서 돌은 시인이 가진 재주를 의미하고, 견우의 질투를 꺼리지 않는다는 것은 당인(黨人)의 시기에 개의치 않고 정아를 돕고 보답하겠다는 뜻이 담겨 있다.

304

初食笋呈座中

처음 죽순을 먹고 좌중에게 드리다

嫩籜香苞初出林,[1]	어린 대나무 껍질의 향기로운 죽순 처음 숲에 나와
於陵論價重如金.[2]	오릉에서 값을 따지면 황금보다 비싸답니다.
皇都陸海應無數,[3]	황도에는 산해진미가 응당 무수히 많을 텐데도
忍剪凌雲一寸心.[4]	구름을 찌르려는 한 마디 속을 모질게 자르는 군요.

주석

1) 嫩籜(눈탁) : 어린 대나무 껍질. 죽순은 대나무의 땅속줄기에서 돋아나는 어린 순을 말한다.
 苞(포) : 어린 죽순. 모양이 꽃 떡잎 같아서 이렇게 부른 것이다.
2) 於陵(오릉) : 당나라 장산현(長山縣)으로, 지금의 산동성 추평현(鄒平縣) 동남쪽 부근이다. 이곳은 대나무가 귀해 죽순 값이 비싸다.
 論價(논가) : 값을 따지다.
3) 皇都(황도) : 경성. 수도.
 陸海(육해) : 산해진미. 육지와 바다에서 나는 것들을 말한다. 장안 부근의 죽림을 가리킨다는 설도 있다.
 無數(무수) : 이루 다 헤아릴 수 없다. 매우 많다는 뜻이다.

4) 忍(인) : 잔인하다. 모질다.
剪(전) : 자르다.

해설

이 시는 연회석상에서 처음 죽순을 먹고 느낀 감회를 노래한 것이다. 제1-2구는 대나무 숲에서 막 돋아난 죽순을 묘사했다. 죽순은 대나무의 땅속줄기에서 돋아나는 어리고 연한 싹으로, 단백질과 비타민이 풍부해 봄철의 대표적인 영양식으로 손꼽힌다. 지금 연회가 열리는 경성에는 대나무가 많이 자라서 그렇지 대나무가 귀한 오릉 같은 곳에서는 죽순이 금값일 거라 했다. 제3-4구는 어린 싹인 죽순이 식탁에 오른 것을 안타까워한 것이다. 죽순이 맛과 영양에서 뛰어나다고는 하나 경성에는 필시 그에 못지않은 산해진미가 많을 터이다. 그런 까닭에 굳이 높고 곧게 자랄 꿈을 가진 죽순을 잘라 그 꿈을 앗아가야 하는 것인지 아쉬운 마음도 든다는 말이다. 제3-4구를 "황도의 육해에는 응당 무수히 많아서, 구름을 찌르려는 한 마디 속도 모질게 자르는 것이겠지요"라고 풀이하기도 한다. 경성에는 죽순과 같이 맛난 음식이 많아서 대수롭지 않게 여긴다는 것이다. '죽순'이 '청운의 꿈을 품은 젊은이'를 상징하는 것으로 이해한다면, 어떤 쪽으로 풀이해도 무방할 듯하다.

305

早起

일찍 일어나다

風露澹清晨, 바람 불고 이슬 내린 맑은 새벽
簾間獨起人. 주렴 사이로 홀로 일어난 사람 보인다.
鶯花啼又笑, 꾀꼬리 울고 꽃은 또 웃는데
畢竟是誰春?[1] 결국 이 봄은 누구의 봄인가?

주석

1) 畢竟(필경) : 마침내, 결국.

해설

이 시는 봄날 일찍 일어난 이의 외로움을 쓰고 있다. 제1-2구에서는 맑고 고요한 봄날 새벽 일찍 일어난 이가 있다고 했다. 이른 아침 홀로 일어난 것으로 그가 외롭고 수심에 젖어 있음을 알 수 있다. 제3-4구에서는 새가 지저귀고 꽃이 아름답게 펴 있다고 하여 생동하는 봄 풍경을 묘사했는데, 이는 앞에서 제시한 근심스런 이와 대조를 이룬다. 그는 이런 봄을 즐길 수가 없기 때문에 누구의 봄이냐고 되묻고 있다. 시인은 당한 어려움을 바로 말하지 않고 비유를 통해 상심과 고독을 에둘러 말하고 있으므로 청나라 풍호는 "신령한 맛이 퍽 뛰어나다(神味正長)"고 칭찬했다.

306

寄蜀客

촉 땅의 나그네에게 부치다

君到臨邛問酒壚,[1] 그대 임공에 가거든 주막을 찾아
近來還有長卿無.[2] 요즘도 아직 사마상여가 있는지 물어보시게.
金徽却是無情物,[3] 금 기러기발은 무정한 사물인지라
不許文君憶故夫. 탁문군이 옛 남편 그리워하지 않게 했을 터이니.

주석

1) 臨邛(임공) : 지금의 사천성 공래현(邛崍縣).
酒壚(주로) : 목로. 술잔을 놓기 위해 쓰이는 기다란 상으로 술집을 가리킨다.

2) 長卿(장경) : 사마상여(司馬相如, BC 179-BC 117). 전한의 문인으로 자가 장경(長卿). 어렸을 때 독서와 검술을 좋아했으며, 전국 시대의 인상여(藺相如)를 사모하여 자기의 이름을 상여로 바꾸었다. 임공(臨邛) 땅에서 탁왕손(卓王孫)의 연회에 갔다가 과부가 된 그의 딸 탁문군(卓文君)을 거문고로 꾀어내어 성도(成都)로 달아나 혼인한 이야기는 유명하다. 다시 임공으로 돌아와 주점을 열어 술을 팔았는데, 탁왕손이 부끄럽게 여겨 재물을 나누어준 덕분에 부자가 되었다.

3) 金徽(금휘) : 금으로 만든 기러기발. 거문고의 현을 지탱하는 데 쓰인다. 여기서는 거문고를 의미한다.

해설

이 시는 사마상여와 탁문군의 애정 고사를 사용하여 어쩔 수 없었던 상황에 대해 이야기하고 있다. 제1-2구에서는 제목의 '촉 땅의 나그네'에서 출발하여 임공과 주막, 그리고 사마상여까지 시상을 전개했다. 제3-4구에서는 사마상여가 거문고를 매개로 하여 과부가 된 탁문군을 꾀어낸 고사를 쓰고 있는데, 거문고가 본디 무정한 사물이라 탁문군의 마음을 움직여 옛 남편을 잊게 한 것이라 했다. 이것은 어쩔 수 없는 인간의 본성이자 진실한 정이지, 달리 다른 뜻이 있었던 것은 아니라는 것이다. 아마도 우당(牛黨)을 떠나 이당(李黨)에 합류했던 시기나 혹은 훗날 친구와 이 사건에 대해 이야기하다 그때의 상황을 염두에 두고 쓴 것으로 보이는데, 시인은 탁문군에게 자신을 기탁하여 어쩔 수 없었던 당시의 상황을 해명하려 했던 것 같다.

307

行至金牛驛寄興元渤海尙書[1]

금우역에 이르러 흥원의 발해상서에게 부치다

樓上春雲水底天,	누대 위 봄 구름 떠 있고 강은 하늘에 닿아 있는데
五雲章色破巴牋.	오색구름 갖가지 색이 파 땅의 종이에 담겼다.
諸生箇箇王恭柳,[2]	유생들은 개개가 왕공의 버들 같은 자태요
從事人人庾杲蓮.[3]	종사들은 하나하나가 유고지의 연꽃이라.
六曲屛風家雨急,	여섯 구비 병풍 둘러져 있는데 집 밖의 비 세차고
九枝燈檠夜珠圓.[4]	아홉 가지 등 걸이에 걸린 꽃불은 둥글었겠지.
深慙走馬金牛路,[5]	금우로에서 말 달렸던 것 몹시 부끄러워
驟和陳王白玉篇.[6]	조식의 백옥 같은 작품에 급히 화답하노라.

주석

1) 渤海尙書(발해상서) : 봉오(封敖)를 이른다. 봉오의 자는 석부(碩夫)이고 발해(渤海) 수(蓨, 지금의 하북성 경현(景縣)) 사람이다. 선종(宣宗) 때 예부(禮部)·이부시랑(吏部侍郞), 발해현남(渤海縣男), 평로(平盧)·흥원 절도사(興元節度使) 등을 지냈다. 문재가 뛰어나 이덕유(李德裕)에게 인정받았다. 《봉오한고(封敖翰稿)》가 있으나 지금 전하지 않는다.

2) 諸生(제생) : 여러 유생(儒生).
王恭(왕공) : 동진(東晉) 태원(太原) 진양(晉陽) 사람으로, 자는 효백(孝伯)이고, 왕온(王蘊)의 아들이다. 인물이 빼어났고 항상 학창의(鶴氅衣)를 입고 다녔는데, 눈이 올 때 이것을 입고 다니면 신선과 같았다고 한다. 특히 그는 자태가 빼어나 사람들이 그를 보고는 "봄 달빛 아래 빛나는 버들 같구나."라 했다 한다.(《진서(晉書)》)
3) 從事(종사) : 관직명. 자사(刺史)에게 속한 관리로, 문서를 관리한다.
庾杲(유고) : 유고지(庾杲之, 441-491). 진(晉)나라 신야(新野) 사람으로, 자는 경행(景行)이다. 청빈한 것으로 유명하다. 《남사(南史) · 유고지전(庾杲之傳)》에 의하면 왕검(王儉)의 막부를 당시 사람들이 '연꽃 핀 연못(蓮花池)'이라 불렀다고 한다.
4) 九枝燈(구지등) : 하나의 몸체에 아홉 개의 촛대가 달려 있어, 초를 꽂게 되어 있는 등.
檠(경) : 등잔걸이. 등.
夜珠(야주) : 꽃불. 이글이글 타오르는 불.
5) 金牛路(금우로) : 진(秦) 혜왕(惠王)이 촉(蜀)의 길을 알지 못해 돌로 소 다섯 마리를 깎아 금 꼬리를 만들어 놓고 이 소는 금 똥을 쌀 수 있다고 했다. 촉은 다섯 장정으로 하여금 소를 끌어가며 길을 만드니 진이 이 길을 통해 그들을 쳤다.(《십삼주지(十三洲志)》)
6) 驟(취) : 급히. 빨리.
陳王白玉篇(진왕백옥편) : 진왕은 조식(曹植)을 가리킨다. 조식에게는 〈백옥편〉이라는 작품이 없으므로, 여기서는 백옥처럼 훌륭한 작품으로 봐야할 것이다.

해설

봉오와 막부의 문사들이 함께 술자리를 가지며 창화했는데, 시인이 가지 못하자 나중에 이 시를 지어 봉오에게 부친 것이다. 제1-2구는 누각의 아름다운 봄 풍경을 묘사한 것이다. 그것이 종이 안에 아름답게 묘사되어 있다고 했으니, 봉오와 그의 동료의 누각에서 모여 서로 시를 주고받았음을 알 수 있다. 제3-4구는 봉오와 함께 있었던 막부의 문사들을 묘사한 것이다. 그들이 왕공과 유고지처럼 뛰어난 자태와 재능을 갖추고 있다고 칭송했다. 제5-6구는 누각 안에서 문사들이 시문을 짓는 모습을 상상한 것이다. 비가 내리는 날 병풍 앞 등불 아래에서 함께 즐거운 시간을 보냈으리라고 했다. 세찬 비는 시상이 빨리 떠오르는 것을 비유하고, 꽃불이 둥근 것은 시어가 원만함을 비유한 것이라 보기도 한다. 제7-8구는 모임에 참석하지 못한 데 대해 양해를 구한 것이다. 금우로에서 말 달리느라 연회에 참가하지 못해 시 한 수를 급히 지어 봉오의 작품에 화답한다고 했다. 이 시는 전형적인 수창시라 그다지 좋은 평가를 받지 못했다. 특히 전고를 사용한 제3-4구는 속되다는 평이 많다.

308

深樹見一顆櫻桃尙在[1]

깊숙한 나무에서 앵도 한 알이 아직 있는 것을 보다

高桃留晩實,[2]	높다란 앵도나무 뒤늦게 익은 열매를 남겨
尋得小庭南.	작은 정원 남쪽에서 찾다 발견했다.
矮墮綠雲髻,[3]	짧게 늘어뜨린 푸른 구름 같은 머리채에
欹危紅玉簪.[4]	기울어 늘어진 빨간 옥 같은 비녀,
惜堪充鳳食,[5]	봉황의 먹이가 될 만한 것이
痛已被鶯含.[6]	비통하게도 이미 꾀꼬리에 먹혀버렸다.
越鳥誇香荔,	월 지방 새가 향기로운 여지를 자랑하지만
齊名亦未甘.	나란히 거명되는 것 또한 달갑지는 않구나.

주석

1) 顆(과) : 낟알.
2) 晩實(만실) : 뒤늦게 익은 과일.
3) 矮墮髻(왜타계) : 짧게 늘어뜨린 머리채. 머리채를 이마 앞으로 늘어뜨린 머리모양.
4) 欹危(의위) : 기울어져 떨어질 듯한 모습.
簪(잠) : 비녀.
5) 鳳食(봉식) : 봉황의 먹이. 대나무 열매인 죽실(竹實)을 이렇게 부른다.

육기(陸機), 《모시초목조수충어소(毛詩草木鳥獸蟲魚疏)·봉황어비(鳳皇於飛)》
(봉황은) 오동나무가 아니면 깃들지 않고 대나무 열매가 아니면 먹지 않는다.((鳳皇)非梧桐不棲, 非竹實不食.)

6) 鶯含(앵함) : 꾀꼬리가 먹다. 앵도는 침묘(寢廟)에 바쳐지는 것으로, 꾀꼬리가 먹어서 앵도(鸎桃)라고도 하며 함도(含桃)라고도 한다. 이 구절은 자신이 조정에서 벼슬하지 못하여 막부에 의탁하게 된 것을 애통해 했다.

해설

이 시는 눈에 잘 뜨이지 않는 곳에 남아 있는 앵도 한 알을 통해 자신이 재주가 있으나 제대로 쓰이지 못하고 있다는 억울하고 외로운 심정을 토로해 낸 작품이다. 제1-2구에서는 높은 앵도나무에서 뒤늦게 열매를 발견한 것에 대해 썼다. 앵도는 본래 종묘에 바쳐지는 귀한 것인데, 뒤늦게 바쳐지지 못한 앵도 한 알을 발견했다고 했으니, 여기서 앵도는 제대로 쓰일 기회를 얻지 못한 시인 자신의 재주를 의미한다고 하겠다. 제3-4구는 앵도의 모습을 그려 내었는데, 푸른색과 붉은색을 대비시키고 여인의 머리채와 비녀로 비유한 것이 대단히 감각적이다. 제5-6구는 봉황의 먹이가 될 만큼 훌륭한 것인데 겨우 꾀꼬리의 먹이가 되어 애통하다는 것이다. 시인이 재주를 인정받지 못한 채 멀리 오게 된 가련한 신세임을 내비쳤다. 제7-8구에서는 월 땅의 새가 여지를 자랑하지만 앵도와 함께 거명되는 것조차 달갑지 않다고 했다. 이는 시인 자신의 재주가 매우 뛰어난데, 계주에 와서 다른 이들과 함께 거론되는 것이 내키지 않다고 불만을 표출한 것이다.

309

細雨

가랑비

帷飄白玉堂,[1]	장막이 백옥당에서 나부끼니
簟卷碧牙牀.[2]	대자리를 푸른 상아 침상에 말아 둔다.
楚女當時意,[3]	초나라 여인 당시의 의중
蕭蕭髮彩凉.[4]	주룩주룩 머리카락의 광채처럼 시원하다.

주석

1) 白玉堂(백옥당) : 백옥으로 만든 집. 신선의 거처를 가리키며, 부잣집을 비유하기도 한다.

2) 簟(점) : 대나무로 만든 자리.
碧牙牀(벽아상) : 푸른 물을 들인 상아로 꾸민 침대나 평상.

3) 楚女(초녀) : 초나라의 여인. 여기서는 무산(巫山)의 신녀(神女)를 가리킨다.
當時意(당시의) : 당시의 의중(意中). 무산 신녀가 "아침에는 구름이 되고 저녁에는 비가 되겠다"고 했던 생각을 가리킨다. '당시의 아름다운 모습'으로 풀이하는 설도 있다.

4) 蕭蕭(소소) : 비가 내리는 소리.
髮彩(발채) : 머리카락이 검게 윤이 나는 모습.
장협(張協), 〈잡시 雜詩〉 셋째 수 자욱한 빗줄기는 흩어진 실 같다.(密雨如散絲.)

해설

이 시는 가랑비를 묘사했다. 제1-2구는 가랑비가 내릴 때 바람이 불어오는 모습을 그린 것이다. 비를 부르는 바람에 백옥당의 장막이 휘날리고, 서늘한 기운으로 인해 대자리를 말아 둔다고 했다. '장막' 또한 가랑비를 비유한 것으로 보는 견해도 있다. 제3-4구는 가랑비를 무산 신녀에 비유한 것이다. 초나라 회왕(懷王)에게 약속했던 바 "저녁에는 비가 되겠다"던 말 그대로 쏟아지는 빗줄기가 신녀의 찰랑찰랑한 머리카락을 연상시킨다고 했다.

이 시에 어떤 기탁이 있는지 여부는 단정 짓기 어려울 듯하다. 이상은이 그의 시에서 자주 사용했던 '백옥당'이라는 시어를 볼 때, 여기서 말하는 '초나라의 여인'이 '영호초(令狐楚)의 가기(家妓)' 또는 도관(道觀)의 여도사를 가리킬 가능성도 충분하다. 그러나 곧잘 비를 여인에 견주었던 이상은의 작시 경향을 감안하면, 뚜렷한 대상을 염두에 두지 않고 순수하게 가랑비를 노래했다고 보아도 전혀 이상할 것이 없다.

310
歌舞
가무

遏雲歌響清,[1]	구름도 멈추게 할 노래 소리 맑게 퍼지고
迴雪舞腰輕.[2]	눈송이 흩어지듯 춤추는 허리 날렵하네.
只要君流盼,[3]	다만 임금께서 눈을 돌려 본다면
君傾國自傾.	임금의 마음 기울고 나라도 절로 기울겠지.

주석

1) 遏雲(알운) : 구름을 멈추게 하다. 《열자(列子) · 탕문(湯問)》에 따르면, 전국시대(戰國時代)에 노래를 잘 하기로 유명한 진청(秦靑)이란 이가 있었다. 그의 명성을 듣고 설담(薛譚)이란 이가 진청에게 가서 노래를 배웠는데, 그 재주를 다 배우지도 못했는데도 스스로 다 배웠다고 여기고 돌아가겠다고 했다. 진청은 붙들지 않고 교외의 갈림길까지 전송을 하면서 장단을 치며 노래를 해주었는데, 그 소리에 지나는 구름도 멈추었고 주변 나뭇가지까지 떨렸다 한다.
2) 迴雪(회설) : 눈을 흩어지게 하다. 여인이 옷소매를 뒤치면서 춤추는 모양을 비유하는 데 쓰인다.
3) 流盼(유반) : 눈을 돌려서 보다. 추파를 던지다.

해설

이 시는 임금이 가무에 마음을 뺏기면 나라가 위태롭게 됨을 경고하고 있다. 제1-2구에서는 노래가 맑고 춤이 아름다움을 말했다. 제3-4구에서는 임금이 이것에 마음을 준다면 나라도 함께 기울게 될 것이라 했다. 표현이 직설적이어서 함축이 부족한 단점이 있다. "가무를 좋아하다 나라를 기울게 한 자는 그렇게 많은데, 어진 이를 알아보는 자는 얼마나 적은가(好歌舞而傾國者多矣, 賢賢者何少也.)"라 했던 청나라 굴복(屈復)의 평처럼, 시인의 불우한 처지와 연결 지어 이해해도 무방할 것이다.

311

海上

바다 위에서

石橋東望海連天,[1]	돌다리 위에서 동쪽을 바라보니 바다는 하늘에 이어졌는데
徐福空來不得仙.[2]	서복이 부질없이 왔다가 신선을 얻지도 못했네.
直遣麻姑與搔背,[3]	마고에게 등을 긁게 한다고 해도
可能留命待桑田![4]	어찌 생명을 보전하여 뽕밭을 기다릴 수 있으랴!

주석

1) 石橋(석교) : 돌다리.

《삼제략기(三齊略記)》 시황제가 돌다리를 만들어 바다를 건너 해가 뜨는 곳을 보려 했다.(始皇作石橋, 欲過海看日出處.)

2) 徐福(서복) : 서불(徐市)이라 하기도 한다. 제나라 사람으로 진시황에게 상서를 올려 바다 가운데 봉래(蓬萊), 방장(方丈), 영주(瀛洲)라는 삼신산(三神山)이 있다고 했다. 이에 진시황은 서불에게 동남동녀 천 명을 주어 바다로 가 신선을 찾게 했다.(《사기(史記)·진시황본기(秦始皇本紀)》)

3) 麻姑(마고) : 전설에 나오는 신선. 새의 발톱과 같이 긴 손톱을 가지고 있어 가려운 곳을 시원하게 긁어준다고 한다. 《열선전(列仙傳)》에 따르면, 마고가 채경(蔡經)의 집에 내려왔는데, 채경이 마고의 손이 새의 발

톱과 같은 것을 보고 등이 가려울 때 이 발톱으로 등을 긁으면 좋겠다고 여겼다.

搔(소) : 긁다

4) 可能(가능) : 어찌 ~할 수 있으랴.

待桑田(대상전) : 뽕밭을 기다리다. 이 두 구는 마고와 같이 등을 긁어줄 수 있는 신선을 만난들 창해가 다시 뽕밭으로 변하는 날까지 어찌 살 수 있겠는가라는 말이다.

해설

이 시는 옛 고사를 인용하여 신선을 추구하는 것에 대한 어리석음을 풍자하고 있다. 제1-2구에서는 시황제가 서복을 보내어 바다 너머의 신선을 구했지만 얻지 못한 것을 말했다. 제3-4구에서는 신선 마고를 만난다 하더라도 결코 장생의 바람은 이루어지지 못할 것임을 말했다. 당나라 때 장생불사의 허망한 꿈을 꾸었던 임금인 무종(武宗)을 비판하는 뜻이 담겨 있는 것으로 보인다.

312
魏侯第東北樓堂郢叔言別聊用書所見成篇

위나라 제후의 저택 동북루당에서 이영 아저씨가 이별을 고하기에 애오라지 본 바를 씀으로써 시편을 이루다

暗樓連夜閣,	어둑함이 밤까지 이어지는 누각은
不擬爲黃昏.[1]	굳이 황혼이 되어야 할 것도 없습니다.
未必斷別淚,[2]	이별의 눈물 그치게 하지도 않지만
何曾妨夢魂.[3]	언제 꿈의 혼을 방해했던가요.
疑穿花逶迤,[4]	마치 꽃 사이를 비집는 듯 구불구불하고
漸近火溫馨.[5]	점점 불에 가까이 가는 듯 따뜻합니다.
海底翻無水,	바다 속에는 도리어 물이 없고
仙家却有村.[6]	신선이 사는 곳에는 오히려 마을이 있습니다.
鎖香金屈戌,[7]	향을 잠근 황금 걸쇠
帶酒玉崑崙.[8]	술을 머금은 옥 곤륜잔.
羽白風交扇,	깃털 희어 바람이 부채에 갈마들고
冰清月印盆.	얼음 맑아 달이 동이에 박혔습니다.
舊歡塵自積,[9]	지난날의 즐거움 먼지 절로 쌓이고

新歲電猶奔.[10]	새해는 번개가 달려가는 듯합니다.
霞綺空留段,[11]	노을의 비단은 부질없이 한 단락을 남기고
雲峰不帶根.[12]	구름의 봉우리는 뿌리가 달리지 않습니다.
念君千里舸,[13]	그대 천 리를 가는 배를 생각해보노라니
江草漏燈痕.[14]	강가의 풀이 촛불의 흔적을 드러내겠지요.

주석

1) 不擬(불의) : 반드시 ~할 필요가 없다.

2) 斷(단) : 그치게 하다.

3) 何曾(하증) : 언제 ~한 적이 있는가.
夢魂(몽혼) : 꿈의 혼. 고대인들은 꿈에 영혼이 육체에서 분리되어 돌아다닌다고 여겼다.

4) 穿花(천화) : 꽃길을 지나가다.
逶迤(위이) : 구불구불 가는 모양.

5) 溫馨(온향) : 따뜻하고 향기롭다. 여기서는 편의복사(偏義複詞)로 쓰여 따뜻하다는 뜻만을 나타낸다.

6) 仙家(선가) : 신선이 사는 곳.

7) 屈戌(굴술) : 창문이나 궤짝 등의 걸쇠.

8) 帶酒(대주) : 술을 머금다. '차례대로 술을 맛보다' 또는 '술에 취하다'라는 뜻으로 풀이하기도 한다.
崑崙(곤륜) : 술잔의 일종.

9) 舊歡(구환) : 지난날의 즐거움.

10) 電(전) : 번개.
奔(분) : 달리다.

11) 霞綺(하기) : 비단같이 아름다운 노을.

12) 雲峰(운봉) : 산봉우리 같은 구름.
根(근) : 운근(雲根). 산의 바위를 가리킨다.

13) 舸(가) : 큰 배.

14) 漏(누) : 드러내다.

燈痕(등흔) : 촛불의 흔적. 촛농을 가리키며 눈물을 비유한다.

해설

이 시는 이상은에게 아저씨뻘 되는 사람인 이영(李郢)이 '위나라 제후 저택의 동북루당'에서 떠나는 시점에 쓴 것이다. 위나라의 도읍이 변주(汴州)이었으므로, '위나라 제후의 저택'은 변주절도사부(汴州節度使府)를 가리키고, '동북루당'은 기루(妓樓)를 가리키는 것으로 보인다. 따라서 이 시는 막부의 연회석에서 지은 것이라 하겠다.

제1-4구는 동북루당의 저택 깊숙한 곳에 자리 잡고 있음을 말한 것이다. 으슥한 곳에 위치한 까닭에 저녁이 되기도 전에 어두워져 이별한 사람이라면 재회를 꿈꾸며 잠을 청하기에 좋다고 했다. 제5-8구는 동북루당으로 가는 길과 분위기를 묘사한 것이다. 구불구불한 꽃길을 지나면 불빛이 환한 곳에 동해 봉래산의 신선세계와 같은 건물이 나타난다고 했다. 제9-12구는 연회석의 모습을 소개한 것이다. 향이 피어오르고 술잔이 늘어선 방에서 시녀들은 부채질을 하고 달빛이 술동이에서 빛났다고 했다. 제13-16구는 세월에 흐름 속에 묻혀갈 연회의 즐거움과 이별의 아픔을 형상화한 것이다. 오늘의 즐거움은 번개처럼 지나가는 시간 앞에 과거지사가 되고, 추억의 흔적만 노을과 구름처럼 나타났다 사라질 것이라 했다. 제17-18구는 배를 타고 떠나는 이영의 모습을 상상한 것이다. 배가 지나는 강가의 풀잎에 맺힌 이슬이 이별을 아쉬워하는 눈물처럼 반짝일 것이라 했다. 전반적으로 이별의 연회를 다룬 시에 자주 보이는 평범한 내용과 표현이 주를 이루고 있으나, 마지막 두 구는 참신한 의경(意境)이 돋보인다.

313

白雲夫舊居

백도사의 옛 집

平生誤識白雲夫,[1]	평소 백도사를 허투루 알다
再到仙簷憶酒壚.[2]	다시 신선의 집에 와 술 마시던 목로를 추억한다.
牆外萬株人絶迹,[3]	담장 밖의 만 그루에 사람들 자취 끊기고
夕陽唯照欲棲烏.	석양은 오직 깃들고자 하는 까마귀를 비춘다.

주석

1) 平生(평생) : 평소.

誤識(오식) : 허투루 알다. 제대로 알지 못하다. '오(誤)'를 겸사(謙辭)로 보아 '운 좋게 알게 되었다'고 풀이하기도 한다.

白雲夫(백운부) : 백도사(白道士). 이상은의 시에 〈백도사에게 드려(贈白道者)〉가 있고 〈돌아와 (歸來)〉라는 시에는 "백도사를 찾기 어렵다(難尋白道士)"는 구절이 보인다. 백운부가 영호초를 가리킨다는 설도 있으나 취하지 않는다.

2) 仙簷(선첨) : 신선의 처마. 백운부의 집을 가리킨다.

酒壚(주로) : 술을 파는 곳에서 술동이를 놓은 체대(砌臺). 흔히 술집을 나타내기도 한다.

《세설신어 · 상서(傷逝)》 왕융(王戎)이 상서령이 되어 관복을 입고 작은 수레를 탄 채 황공의 술집 근처를 지나가다 뒤쪽 수레에 탄 손님을 돌아보며 말했다. '내가 예전에 혜강(嵇康), 완적(阮籍)과 함께 이 술집에서 진탕 술을 마신 적이 있다. 대나무 숲에서 노닐 때도 그 후미에 끼었다. 혜강이 요절하고 완적이 세상을 뜬 이후로 나는 세상에 얽매인 몸이 되었다. 오늘 이 술집을 보니 지척에 있는데도 산과 강을 사이에 둔 듯 멀어 보인다.'(王濬沖爲尚書令, 著公服, 乘軺車, 經黃公酒壚下過, 顧謂後車客, 吾昔與嵇叔夜, 阮嗣宗共酣飮於此壚, 竹林之遊, 亦預其末. 自嵇生夭, 阮公亡以來, 便爲時所羈紲. 今日視此雖近, 邈若山河.)

3) 絶迹(절적) : 자취가 보이지 않다.

해설

이 시는 이상은이 제원(濟源)의 옥양산(屋陽山)에서 도교를 공부할 때 알고 지냈던 백운부의 옛 집을 찾아가 지은 것이다. 〈백도사에게 드려(贈白道者)〉 시에 "호리병 속에 천지가 있는 듯하다(壺中若是有天地)"란 구절이 있는 것으로 보아 백도사는 애주가였던 모양이다. 제1-2구는 백운부의 옛 집에 찾아가 과거를 회상한 것이다. 옥양산에서 지내며 그와 술잔을 기울일 때는 그의 사람됨이나 그가 한 말의 의미를 정확히 이해하지 못했으나, 그가 떠난 후에 그의 옛 집을 다시 찾으니 새록새록 떠오르는 지난날의 추억이 많다고 했다. 제3-4구는 시인이 세상의 공명(功名)을 찾아 옥양산을 떠난 뒤로 제자리걸음을 하고 있다는 느낌을 피력한 것이다. 공명에 눈이 어두워 백운부와 같이 삶에 초연했던 사람들과 멀어진 지금, 시인은 저녁 무렵 안식처를 찾아 방황하는 까마귀처럼 허공을 맴돌고 있다고 했다. 근인 섭총기(葉蔥奇)는 마지막 구의 경물 묘사에 '만시지탄(晚時之歎)'이 담긴 점을 들어 이 시를 시인의 후기 작품으로 보았는데 일리가 있다고 생각한다.

314

同學彭道士參寥[1]

함께 배웠던 도사 팽참요

莫羡仙家有上眞,[2]	신선 중에 상진이 있는 것 부러워 마시게
仙家暫謫亦千春.	신선이 잠시 귀양한 것이 또 천년의 세월이니.
月中桂樹高多少,	달 속의 계수나무가 얼마나 높은지
試問西河斫樹人.[3]	서하의 나무꾼에게 한번 물어볼까.

주석

1) 參寥(참요) : 본래는 쓸쓸하다는 의미이나 《장자(莊子)》에서 "현명은 참요에게서 들었고 참요는 의시에게서 들었다(玄冥聞之參寥, 參寥聞之疑始.)"라 하여 허구의 인물로 등장한 이후 도가에서 인명으로 자주 쓰였다.

2) 仙家(선가) : 선도(仙道)를 닦는 사람.
上眞(상진) : 상선(上仙). 도교에서 수련하고 득도하는 이를 진인(眞人)이라 하는데, 다시 상중하의 구별이 있다.

3) 西河斫樹人(서하작수인) : 서하의 나무 베는 사람. 오강(吳剛)을 이른다. 《유양잡조(酉陽雜俎)》에 따르면, 달에 계수나무와 두꺼비가 있는데, 그 계수나무의 높이가 500장이나 된다고 한다. 계수나무 밑에 한 사람이 늘 도끼로 찍고 있었지만 상처 난 나무 부위에서는 새 살이 돋아 도끼질은 계속 되었다. 그는 오강(吳剛)으로 서하 사람이다. 도를 배우다 잘못을 저질러 귀양을 가 나무를 베게 된 것이다.

해설

이 시는 도사인 팽참요의 수도하며 신선을 추구하는 생활의 적막함과 무료함에 대하여 쓰고 있다. 제1-2구에서는 상진을 부러워할 필요 없으니, 선가에서의 잠시 동안의 귀양은 천년이나 되기 때문이라 했다. 도관에서의 수도생활의 적막함을 빗대어 이른 것이다. 제3-4구에서는 달 속의 계수나무를 끝없이 베어야 하는 오강의 고사를 들어 영원히 끝나지 않은 수도생활의 고달픔을 말했다. 청나라 하작(何焯)은 "스스로 마음 상한 뜻을 기탁한 것(寓自傷之意)"이라 했고, 풍호(馮浩)는 "과거에 급제하지 못한 감회(未第之感)"를 담은 것으로 보았다. 수도생활의 어려움을 통해 자신의 고통을 기탁한 시인 듯하다.

315

到秋

가을이 되다

扇風淅瀝簟流離,[1]	부채 바람 소리를 내고 대자리는 빛나는데
萬里南雲滯所思.[2]	만 리 남쪽 구름에 그리운 이 머물러 있다.
守到清秋還寂寞,	가을이 오기까지 지키고 있었건만 여전히 적막하니
葉丹苔碧閉門時.	잎 붉어지고 이끼 푸른데 문을 닫는다.

주석

1) 淅瀝(석력) : 바람 소리. 바람이 나무를 스치어 울리는 소리.
簟(점) : 대자리.
流離(유리) : 빛이 나는 모양.

2) 南雲(남운) : 남쪽으로 떠가는 구름. 보통 친지에 대한 그리움과 향수의 정을 기탁하는 데 쓰인다.

해설

이 시는 두 사람이 남쪽과 북쪽으로 헤어진 상황에서 상대를 그리워하며 쓴 것이다. 제1-2구는 이별한 상황의 시점과 지점을 이야기한 것이다. 여름이 지나고 가을이 와서 부채나 대자리가 쓸쓸해지는 때인데도 시인은 여전히 돌아가지 못하고 남쪽을 바라보며 멀리 떨어진 이를 그리워하고 있다고 했다. 시인이 서정적 화자인 여인을 대신하여 먼 곳에 떨어진 이를 그리워하는 상황으로도 해석할 수 있다. 제3-4구는 적막함 속에 묻혀 기다리는 우울한 심리를 담은 것이다. 특히 '가을이 오기까지 지키고 있었다'라는 표현을 통해 기다리는 시간이 매우 길고 지루했음을 드러냈다. 그토록 기다렸건만 상황은 바뀌지 않고 여전히 쓸쓸하기만 하니, 시인은 실망하여 문을 닫고 만 것이다. 붉은 단풍과 푸른 이끼는 가을날의 경색을 아름답고 선명하게 표현한 것인데, 시인이 겪는 처연함과 적막함을 부각시키는 역할을 한다. "돌아가고자 하는 마음이 이루어지지 않아 가을이 되자 참을 수 없는 마음이 한번 솟구친 것(歸心不遂, 到秋則一發不堪矣.)"이라 한 청나라 요배겸(姚培謙)의 평이 간명하다.

316
華師

화사

孤鶴不睡雲無心,	외로운 학 잠 못 들고 구름은 무심한 듯 흘러 갈 때
衲衣筇杖來西林.[1]	승복에 대지팡이 집고 서림사로 왔네.
院門晝鎖廻廊靜,	절 문은 낮에도 닫혀있고 회랑은 고요한데
秋日當階柹葉陰.	가을날 섬돌에 서니 감잎이 그늘 드리웠네.

주석

1) 衲衣(납의) : 스님의 검은색 법의. 납(衲)은 기웠다는 뜻으로 세상 사람들이 내버린 여러 가지 낡은 헝겊을 모아 누덕누덕 기워 만든 옷이라는 말이다.

筇杖(공장) : 대나무로 만든 지팡이.

西林(서림) : 진(晉)나라 혜영(慧永, 332-414)이 머물렀던 절. 태원(太元) 연간 초에 자사(刺史)가 자신의 집을 희사하자 서림(西林)이라 한 후 세속을 끊고 이곳에서 수행했다. 이 시에서는 절을 범칭하는 것으로도 볼 수 있다.

해설

이 시는 불법을 수행중인 화사에 대해 쓴 것으로 그의 고요한 심경을 부각시키고 있다. 화사가 누구인지는 알 수 없으나 아마도 고승(高僧)일 것이다. 제1-2구에서는 화사가 절에 왔을 무렵의 정경을 그려냈다. '외로움'과 '무심함'으로 화사의 분위기를 드러내면서 혜영의 고사를 써서 화사의 불법이 그처럼 높음을 넌지시 말했다. 제3-4구에서는 적막하고 고요한 절 내부의 모습을 묘사했다. 사람 하나 보이지 않는 절 안에는 감잎만 무성하다고 하여, 외물에 물들지 않은 고요한 화사의 마음상태를 연상하게 했다. 청나라 기윤(紀昀)은 "쓸쓸하고 담박하여 고요한 기운이 시어의 밖에 있다(落落穆穆, 靜氣在字句之外.)"고 평했다.

317

華嶽下題西王母廟

화악 아래에서 서왕모의 사당에 제하다

神仙有分豈關情,[1]	신선과 연분이 있다며 어찌 (여인에) 마음을 두었는가?
八馬虛追落日行.[2]	여덟 마리 말이 부질없이 지는 해를 쫓아 떠났구나.
莫恨名姬中夜沒,[3]	이름난 여인이 간밤에 죽었다 한탄하지 마라
君王猶自不長生.[4]	임금도 역시 불로장생하지는 못할 터이니.

주석

1) 關情(관정) : 마음을 두다. 마음이 움직이다.

2) 八馬(팔마) : 주 목왕의 여덟 마리 준마.

《목천자전(穆天子傳)》 천자의 준마는 적기 · 도려 · 백의 · 유수 · 산자 · 거황 · 화류 · 녹이이다.(天子之駿, 赤驥 · 盜驪 · 白義 · 踰輪 · 山子 · 渠黃 · 華騮 · 綠耳.)

3) 名姬(명희) : 유명한 미녀. 주 목왕의 총비였던 성희(盛姬)를 가리킨다. 성희가 일찍 죽자 목왕이 매우 애통해 했다고 전해진다.

中夜(중야) : 한밤중.

4) 長生(장생) : 오래 살다. 목왕은 50세에 제위에 올라 55년 동안 재위했다.

해설

이 시는 화산(華山)에 있던 서왕모 사당에 쓴 것으로, 주 목왕이 장생(長生)을 희구하고 미색(美色)에 빠진 것을 비판하는 영사시다. 화산 여러 곳에 서왕모의 사당이 있었다고 전해지는데, 그 중에 한 곳은 당나라 태종 때 건립되었다고 한다. 제1구에서는 신선과 관련 있는 자가 어찌 미색에 마음을 두는가를 물었다. 이는 목왕처럼 '여인에 마음을 두어(關情)' 미색을 좋아하는 자는 신선의 자격이 없다는 뜻을 기탁한 것이다. 제2구에서는 비록 팔준마를 타고 지는 해를 좇으나 역시 부질없는 짓이어서 결코 신선을 만날 수 없음을 말했다. 제3-4구에서는 장생을 희구하고 미색을 좋아하는 것에 대해 말했다. '이름난 여인(名姬)'이 한밤중에 죽고 자기 역시 죽음을 면하지 못했다는 것은 결국 그가 추구했던 모두가 허무한 것임을 의미한다. 여러 평자들이 이 시에 보이는 '이름난 여인'이 실제로는 당나라 무종(武宗)이 총애했던 왕재인(王才人)을 가리킨다고 지적했다. 그러나 이 시는 신선 추구에 대한 비판이 주선율이므로, 굳이 왕재인까지 끌어올 필요는 없어 보인다.

318

過華清內廐門[1]

화청궁 내묘의 문을 지나다

華清別館閉黄昏,	황혼녘 화청궁의 별관은 닫혀 있고
碧草悠悠內廟門.	내구의 문에는 푸른 풀이 아득하다.
自是明時不巡行,	이때부터 태평성세라 하여 순행하지 않았으니
至今青海有龍孫.[2]	지금은 청해에만 좋은 말이 있구나.

주석

1) 華清(화청) : 화청궁.
   內廐(내구) : 황실에서 말을 기르는 곳.
2) 青海(청해) : 중국 청해군(青海郡) 북동부에 있는 큰 호수. 이곳의 작은 산에서 준마(駿馬)를 길러내어 그 말을 용종(龍種)이라 했다.
   龍孫(용손) : 용종(龍種). 용의 종자. 훌륭한 말을 가리킨다.

해설

이 시는 황청궁의 퇴락한 모습을 통해 성세가 다시 오지 않을 것임을 개탄한 작품이다. 제1-2구에서는 화청궁 내구의 문이 닫혀 있고 풀이 무성한 모습을 통해 더 이상 말을 기르지 않고 있음을 말했다. 제3-4구에서는 황제가 순행하지 않고 좋은 말이 청해에만 있다고 하여 승평의 기운이 사라지고 국운이 쇠퇴했음을 말했다. 청나라 하작(何焯)은 "완곡하면서도 풍자가 많아 〈용지〉 시보다 훨씬 뛰어나다(婉而多風, 勝龍池多矣.)"고 이 시를 높이 평가했다.

319
樂遊原
낙유원

萬樹鳴蟬隔斷虹,	끊어진 무지개 너머로 모든 나무에서 매미 울고
樂遊原上有西風.	낙유원 위로는 가을바람 불어온다.
羲和自趁虞泉宿,[1]	희화는 우천을 찾아 쉬기만 하고
不放斜陽更向東.	지는 태양을 다시 동쪽으로 향하도록 놓아주지 않는다.

주석

1) 羲和(희화) : 중국(中國) 신화(神話)에 나오는 인물(人物). 수레에 해를 싣고 몰고 다닌다.
趁(진) : 뒤쫓다. 따르다.
虞泉(우천) : 우연(虞淵). 해가 지는 곳.

해설

이 시는 낙유원의 풍경과 희화 고사를 사용하여 세월이 흘러가 다시 돌아오지 않음에 대한 감개를 담고 있다. 제1-2구는 낙유원의 경치를 묘사했는데, 매미가 울어대고 서풍이 불어와 여름에서 가을로 바뀌는 때임을 말했다. 제3-4구에서는 희화가 해를 몰고 다니는 고사를 사용하여 세월이 가기만 할 뿐 다시 되돌릴 수 없음을 아쉬워했다. 엄연한 자연의 이치 앞에서 어쩔 수 없이 무력한 시인의 모습을 엿볼 수 있기에, 청나라 기윤(紀昀)도 "인생의 황혼에서 느낀 것을 지은 것(遲暮自感之作.)"이라 했으리라.

320
贈荷花
연꽃에게 주다

世間花葉不相倫,[1]	세상에서는 연꽃과 연잎이 서로 맞지 않다 여겨
花入金盆葉作盡.	꽃은 금화분에 심고 잎은 버려둔다.
唯有綠荷紅菡萏,[2]	오직 푸른 연잎과 붉은 꽃봉오리가 함께 있어야
卷舒開合任天眞.[3]	피고 짐에 자연 그대로에 맡겨지게 된다.
此花此葉長相映,	이 꽃과 이 잎이 늘 서로를 비추다가
翠減紅衰愁殺人.	푸르름이 줄고 붉음이 쇠하면 사람 근심스러웠지.

주석

1) 倫(륜) : 같은 종류로 여기다. 동등하게 여기다.
2) 菡萏(함담) : 연꽃. 연꽃의 봉우리.
3) 任(임) : 맡기다.
   天眞(천진) : 자연 그대로의 참됨.

해설

이 시는 연꽃은 연잎과 함께 있을 때 자연스러운 것임을 담은 작품이다. 평자에 따라 무엇을 읊었는지 분분하나, 다른 기탁 없이 자연 본래의 모습에 맡겨두는 것이 진정한 아름다움이라는 것을 전하고자 한 듯하다. 제1-2구에서는 세간에서 연꽃을 중시하면서 연잎은 경시하여 꽃은 좋은 화분에 심어두고 연잎은 버려둔다고 했다. 제3-4구에서는 오직 푸른 잎과 붉은 꽃이 서로 함께 있어야 자연스러운 정취를 얻을 수 있을 것이라 했다. 제5-6구에서는 붉은 꽃과 푸른 잎이 주는 정감을 시인이 아끼며 감상한다고 했다. 청나라 기윤(紀昀)은 "전혀 말이 되지 않는다(全不成語)"며 이 시를 혹평했는데, 시를 찬찬히 음미하지 않고 한 말이라 여겨진다.

321
丹丘
단구

青女丁寧結夜霜,[1]	청녀는 세심하게 저녁 서리를 맺고
羲和辛苦送朝陽.[2]	희화는 고생스럽게 아침 해를 보내온다.
丹丘萬里無消息,[3]	단산 만 리 너머에서 소식이 없어
幾對梧桐憶鳳凰.[4]	얼마나 오동을 마주하고 봉황을 생각했던가.

주석

1) 青女(청녀) : 서리와 눈을 관장하는 여신.
 丁寧(정녕) : 세심하다.
2) 羲和(희화) : 해의 수레를 모는 신.
 朝陽(조양) : 막 떠오른 태양.
3) 丹丘(단구) : '단구(丹邱)'라고도 하며, 신선이 사는 곳이다. 여기서는 봉황이 산다는 산의 이름인 '단산(丹山)'의 뜻으로 쓰였다.
 《여씨춘추 · 본미(本味)》 유사의 서쪽이자 단산의 남쪽에 봉새의 알이 있어 옥민에서 먹는다.(流沙之西, 丹山之南, 有鳳之丸, 沃民所食.)
 《산해경 · 남산경(南山經)》 단혈의 산에는 ……새가 있는데 그 모습이 닭과 같으며 다섯 색깔에 무늬가 있고 이름을 봉황이라 한다.(丹穴之山……有鳥焉, 其狀如雞, 五采而文, 名曰鳳皇.)
4) 幾(기) : 몇 번이나. 얼마나.

梧桐(오동) : 오동나무. 봉황은 오동나무에만 둥지를 튼다고 한다. 《시경 · 대아 · 권아(卷阿)》 봉황이 우는구나, 저 높은 언덕에서. 오동이 자라는구나, 저 산의 동쪽에서.(鳳凰鳴矣, 於彼高岡. 梧桐生矣, 於彼朝陽.)

해설

이 시는 봉황이 산다는 단산(丹山)을 소재로 봉황이 돌아오기를 바라는 마음을 담은 것이다. 제1-2구는 밤낮으로 시간이 흐르는 것을 형상화한 것이다. 밤이면 청녀가 서리를 내리고 아침이면 희화가 해를 몰고 오면서 그렇게 하루가 지나간다고 했다. 제3-4구는 봉황이 돌아오기를 기다리는 심정을 표현한 것이다. 봉황이 둥지를 틀었던 오동나무를 바라보며 만 리 먼 길을 떠난 봉황이 돌아오지 않아 애가 탄다고 했다.

이 시를 이해하는 관건은 '봉황'이 무엇을 상징하는가를 밝히는 일이다. 현대 학자 유학개(劉學鍇)와 여서성(余恕誠)은 '단구'가 애주사호참군(崖州司戶參軍)으로 좌천된 이덕유(李德裕)의 별칭인 '주애(朱崖)'를 가리키는 것으로 보았다. '단봉조양(丹鳳朝陽)'이라 하여 어질고 재주 있는 자가 밝은 시절을 만나는 것을 비유하는 성어가 있는 것을 참작하면, 봉황이 이덕유를 가리킨다는 주장이 일리 있어 보인다. 이와 달리 시인이 계주막부(桂州幕府)에 머무를 때 그의 처 왕씨가 시인을 그리워하는 마음을 대신 노래한 것이라는 주장도 있어 일설로 부기해 둔다.

322

房君珊瑚散

방군의 산호산

不見常娥影,[1]	상아의 그림자 보이지 않네
清秋守月輪.[2]	맑은 가을에 둥근달을 지키고 있으련만.
月中閒杵臼,[3]	달 속에서 한가로이 절구질 하더니
桂子擣成塵.[4]	계수 열매를 빻아 가루로 만들었구나.

주석

1) 常娥(상아) : 항아(姮娥). 달의 여신.
2) 月輪(월륜) : 둥근달.
3) 杵臼(저구) : 공이와 절구. 절구질하다.
4) 桂子(계자) : 계수나무 열매. 굽은 원통형으로 짙은 갈색을 띤다.
擣(도) : 빻다. 찧다.
塵(진) : 가루.

해설

이 시는 방군(房君)의 산호산(珊瑚散)을 노래한 영물시다. 방군은 단성식(段成式) 등의 시에 보이는 방처사(房處士)와 동일 인물로 추정된다. 산호산은 산호를 빻은 가루로 안질에 효험이 있다고 한다. 시인은 재주(梓州) 막부에 있을 때 안질에 걸려 고생한 적이 있다. 제1-2구는 안질로 인해 사물이 잘 보이지 않는다는 것이다. 맑은 가을날인데도 둥근달을 볼 수 없을 정도로 심하다고 했다. 제3-4구는 방군의 산호산이 영약(靈藥)이라고 찬미한 것이다. 약효가 뛰어난 것이 마치 항아가 계수나무 열매를 절구에 빻아 만든 듯하다고 했다. 산호산을 복용한 후 안질이 나아 달을 또렷하게 바라보게 된 것이라는 풀이도 있으나 지나쳐 보인다.

323

小桃園

작은 복숭아 동산

竟日小桃園,[1] 하루 내내 작은 복숭아 동산에 있는데
休寒亦未暄.[2] 한기가 가셨다가 또 따뜻하지 않다.
坐鶯當酒重,[3] 꾀꼬리 머물게 한 채 술자리 마주하여 늘어지고
送客出牆繁. 손님 전송하려 담 밖으로 내미니 무성하다.
啼久艶粉薄, 울음이 길어지자 아름다운 가루 엷어지고
舞多香雪翻.[4] 춤이 많아지자 향기로운 눈이 날린다.
猶憐未圓月, 오히려 아직 둥글지 않은 달이 좋구나
先出照黃昏. 먼저 나와 황혼녘에 비춰주니.

주석

1) 竟日(경일) : 종일.
2) 暄(훤) : 따뜻하다. 온난하다.
3) 坐鶯(좌앵) : 꾀꼬리를 머물게 하다.
當(당) : 마주하다.
重(중) : 늘어지다.
4) 香雪翻(향설번) : 향기로운 눈이 날리다. 여기서는 복사꽃이 떨어지는 것을 말한다. 매화와 같이 흰색의 꽃을 가리킨다고 보는 설도 있다.

해설

이 시는 작은 복숭아 동산에서의 무료한 하루를 노래했다. 제1-2구는 봄날의 동산으로 시상을 연 것이다. 봄이라고는 해도 한낮에는 따뜻하지만 아침저녁으로는 쌀쌀하다고 했다. 제3-4구는 복숭아나무의 가지를 그린 것이다. 꾀꼬리가 쉬는 동산 안쪽의 가지는 술자리 앞에서 늘어지고, 손님을 전송하듯 동산 밖으로 뻗은 가지는 복사꽃이 무성하다고 했다. 복숭아나무로 형상화된 시인의 상상이 잘 드러나 있다. 제5-6구는 복사꽃이 떨어지는 모습을 묘사한 것이다. 무희(舞姬)에 비유된 복숭아나무는 이슬이 내리고 바람이 불면 울면서 춤을 추듯 하는데, 이때가 되면 꽃가루가 옅어지면서 눈송이처럼 날린다고 했다. 제7-8구는 석양에 달이 동산을 비추는 광경을 그린 것이다. 아직 둥글어지지 않은 달이 사랑스러운 것은 복사꽃이 지면서 쓸쓸해질 동산을 비춰주며 위로해주기 때문이라고 했다. 가는 봄과 떨어지는 꽃을 아쉬워하는 마음이 행간에 가득하다. 필치가 세밀하고 감정과 경물이 잘 어우러진 작품으로 평가된다. 청나라 기윤(紀昀)은 "지극히 정취가 있지만 격조가 낮고 제5구는 특히 자잘하다(極有情致, 但格卑, 而五句尤纖.)"고 이 시를 평가했다. 장단점을 잘 지적하지 않았나 한다.

324

嘲櫻桃

앵두를 조롱하다

朱實鳥含盡, 붉은 열매를 새들이 다 먹어치웠는데
青樓人未歸. 청루에 있는 이 아직 돌아오지 않았다.
南園無限樹, 남쪽 정원에 수없이 나무 많아도
獨自葉如幃.[1] 홀로 잎이 휘장 같이 빽빽하다.

주석

1) 幃(위) : 휘장. 이 구는 잎이 빽빽하여 휘장을 친 듯한 것을 이른다.

해설

이 시는 앵두에 대한 조롱을 담고 있는데, 여기서의 앵두는 희첩으로 보아도 좋겠다. 제1-2구에서는 앵두가 열린 지 시간이 지나 새들이 와서 먹어버렸지만 그리운 이는 아직 청루에 있어 돌아오지 못하고 있다고 했다. 한창 때가 지나가버린 여인의 기다림을 빗대고 있다고 여겨진다. 제3-4구에서는 앵두는 다른 나무에 비해 먼저 열매를 맺기 때문에 잎도 다른 나무보다 먼저 휘장처럼 무성하게 된다고 했다. 이 구절은 무심히 세월만 보내면서 빈 휘장을 지키고 있는 여인을 암시하기도 한다. 한편, 청나라 강병장(姜炳璋)은 앵두가 시인 자신을 비유한다고 보았다. "훌륭한 재주가 소소한 데 쓰이고 감상해주는 이가 없으며, 남들은 모두 뜻을 얻었는데 자신은 막료로 고생하며 홀로 나이

만 먹어가는 모습을 보인다는 말이다. 자조는 사실상 스스로 마음 아파하는 것이다.(言長才小用, 相賞無人, 人皆得志, 而己困幕僚, 獨形遲暮. 自嘲實自傷也.)" 일설로 부기해 둔다.

325

和張秀才落花有感

장수재의 〈떨어진 꽃에 감회가 있어〉에 화답하다

晴暖感餘芳,[1] 화창하고 따뜻한 날 남은 향기 느꼈는데
紅苞雜絳房.[2] 붉은 봉우리에 붉은 화방 엇섞여 있었다.
落時猶自舞, 떨어질 때에는 여전히 춤을 추었고
掃後更聞香. 쓸어버린 후에는 향기가 더욱 진했다.
夢罷收羅薦,[3] 꿈에서 깨어 비단 이불 끌어당기는 듯
仙歸敕玉箱.[4] 선녀 돌아가면서 옥 수레 명하는 듯하니,
迴腸九迴後,[5] 심사가 뒤틀리고 또 아홉 번이나 뒤틀린 후에도
猶自剩迴腸.[6] 여전히 더욱 심사가 뒤틀린다.

주석

1) 晴暖(청난) : 날이 개고 따뜻함.
   餘芳(여방) : 남아 있는 향기.
2) 紅苞(홍포) : 붉은 꽃망울.
   絳房(강방) : 붉은 화방.
3) 羅薦(나천) : 비단 이불.
4) 敕(칙) : 명하다. 정돈하다.
   玉箱(옥상) : 거상(車箱). 즉 수레에 사람이 타거나 짐을 싣는 부분. 여기

서는 선녀가 타는 수레를 가리킨다.

5) 迴腸(회장) : 심사가 뒤틀리다.

6) 剩(잉) : 더더욱.

해설

이 시는 장수재의 낙화에 관한 시에 화답한 것이다. 장수재의 시가 전해지지 않지만 아마도 낙화에서 연상되는 과거시험 실패와 관계가 있을 것이며, 이상은은 그에 대하여 비통함으로 답하고 있다. 제1-2구는 꽃이 떨어지기 전의 모습이다. 맑고 따뜻한 날 많은 꽃이 다투어 펴 붉은 봉우리와 화방이 어지러이 섞여 있다고 했다. 제3-4구는 꽃이 떨어져 쌓여 있는 모습이다. 춤추며 떨어지는 모습과 향기로 나누어 말했다. 제5-6구는 낙화의 모습을 상상한 것이다. 마치 좋은 꿈에서 깨고 난 뒤에 비단 이불을 당기는 듯하고, 선녀가 돌아가려고 옥 수레를 명하는 것과 같다고 했다. 이는 제4구의 '쓸어버린 후'에 대한 구체적인 묘사이기도 하다. 제7-8구에서는 낙화 때문에 오래토록 심사가 뒤틀렸다는 것이다. 떨어진 꽃에 대한 아쉬움과 함께 장수재의 낙방에 대해 비통한 심정을 드러냈다.

326

代越公房妓嘲徐公主

월공방의 기녀를 대신해 서공주를 조롱하다

笑啼俱不敢,	웃거나 우는 것 모두 감히 하지 못해
幾欲是呑聲.[1]	거의 소리를 삼키려 하는구나.
遽遣離琴怨,[2]	갑자기 금을 떠난 원망 떨치게 된 건
都由半鏡明.[3]	모두 반쪽 거울이 밝았기 때문.
應防啼與笑,[4]	응당 울거나 웃어서
微露淺深情.[5]	깊고 얕은 감정을 살짝 드러내는 것 막아야겠네.

주석

1) 呑聲(탄성) : 소리를 내지 않다. 말을 하지 않다.

2) 遽(거) : 갑자기.

遣怨(견원) : 원망을 떨치다. 원망하는 마음이 사라진다는 말이다.

離琴(이금) : 금을 떠나다. 부부가 헤어지는 것을 비유한다.

3) 都(도) : 모두.

由(유) : ~으로 말미암다. ~ 때문이다.

半鏡(반경) : 반쪽 거울.

맹계(孟棨), 《본사시(本事詩) · 정감(情感)》 남조 진나라의 태자사인 서덕언이 낙창공주를 아내로 맞았다. 나라가 망하면 두 사람이 몸을 보전하기가 어려워

질 것 같아 구리거울 하나를 쪼개 각각 절반을 가지고 이듬해 정월 보름에 깨진 거울을 저자에 팔아 서로 만나기로 약조했다. 나중에 진나라가 망하자 낙창공주는 월국공 양소의 집으로 넘어가게 되었다. 서덕언은 기일에 맞춰 경사로 가서 반쪽 거울을 팔고 있는 노인을 보고 나머지 반쪽을 꺼내 맞춰보았다. 서덕언은 이런 시를 지었다. '거울과 사람이 함께 떠났다가 거울만 돌아오고 사람은 돌아오지 않네. 항아의 그림자는 다시없고 부질없이 밝은 달빛만 남아 있구나.' 낙창공주가 그 시를 듣고 슬피 울며 식사를 걸렀다. 양소가 그 사실을 알고 바로 서덕언을 불러 그에게 공주를 돌려주어 두 사람은 강남으로 돌아가 해로했다.(南朝陳太子舍人徐德言, 與妻樂昌公主. 恐國破後兩人不能相保, 因破一銅鏡, 各執其半, 約於他年正月望日, 賣破鏡於都市, 冀得相見. 後陳亡, 公主沒入越國公楊素家. 德言依期至京, 見有蒼頭賣半鏡, 出其半相合. 德言題詩云, 鏡與人俱去, 鏡歸人不歸. 無復嫦娥影, 空留明月輝. 公主得詩, 悲泣不食. 素知之, 即召德言, 以公主還之, 偕歸江南終老.)

4) 啼與笑(제여소) : 울거나 웃다. 《본사시 · 정감》에는 낙창공주가 서덕언과 재회한 후에 지었다고 시도 전한다. "오늘은 얼마나 난감한가, 새로운 관리가 옛날 관리와 마주했으니. 감히 웃지도 울지도 못할 노릇이라 사람 노릇하기 어려움을 이제야 알겠네.(今日何遷次, 新官對舊官. 笑啼俱不敢, 方信作人難.)"

5) 微露(미로) : 살짝 드러내다.

해설

이 시는 남조 진(陳)나라의 서덕언(徐德言)과 낙창공주(樂昌公主)의 이야기를 빌려 자신의 처지를 드러낸 것이다. 제목에 보이는 월공방(越公房)은 화음(華陰) 양씨(楊氏)의 한 종파이며, 그 중 한 사람으로 대중 연간에 이부상서(吏部尙書)를 지낸 이당(李黨)의 인사 양사복(楊嗣復)이 있다. 다음 시와 관련지어 볼 때 시인이 대중 5년(851)에 중앙 정계에 복귀하면서 우당의 눈치를 봐야 했던 형편을 자조적으로 노래한 것이 아닌가 한다.

제1-2구는 낙창공주의 시를 인용해 섣불리 감회를 표현하기가 어려움을 말한 것이다. 기구한 운명의 장난으로 난처한 상황에 처한 지라 당장은 아무

말도 하지 않으려 한다고 했다. 제3-4구는 서덕언과 낙창공주가 재회하게 된 연유를 설명한 것이다. '파경중원(破鏡重圓)'의 고사가 여기에서 나온 바, 두 사람은 깨어진 거울 반쪽씩을 가지고 있어서 다시 만날 수 있었다고 했다. 제5-6구는 울 수도 없고 웃을 수도 없는 얄궂은 처지에 놓였음을 말한 것이다. 서덕언을 다시 만나게 되었다 하여 웃는다면 양소에게 미안하고, 양소와 헤어지게 되었다 하여 운다면 서덕언에게 면목이 없을 것이라는 말이다.

이상은은 한동안 왕무원(王茂元)과 정아(鄭亞) 등 이당 인사들 곁에 머물다 다시 우당인 영호도(令狐綯)의 도움으로 태학박사(太學博士)가 되었다. 그런 사정이 진나라가 망한 후 잠시 양소에 몸을 의탁하고 있다가 서덕언에게 되돌아간 낙창공주와 다를 바 없기에 월공방 기녀의 입을 빌려 이 시를 지은 것으로 여겨진다.

327

代貴公主

귀한 공주를 대신하다

芳條得意紅,[1] 향기로운 가지에 의기양양 붉게 피었다가
飄落忽西東.[2] 흔들려 떨어져 홀연 이리저리 날렸다.
分逐春風去, 봄바람 따라 나뉘어 떠났다가
風迴得故叢. 바람이 돌아가자 옛 떨기를 얻었네.
明朝金井露,[3] 내일 아침 황금 장식 우물의 이슬
始看憶春風. 처음 보며 봄바람 생각하리라.

주석

1) 得意(득의) : 득의양양하다. '급제'를 비유하기도 한다.
2) 飄落(표락) : 흔들려 떨어지다. 시들어 떨어지다.
3) 金井(금정) : 난간에 장식이 있는 우물. 흔히 궁정원림의 우물을 가리킨다. 바위를 뚫어 만든 우물이라는 설도 있다.
露(노) : 이슬. 임금의 은혜를 상징한다.

해설

이 시는 〈월공방의 기녀를 대신해 서공주를 조롱하다 代越公房妓嘲徐公主〉라는 시의 자매편으로, 공주의 입장에서 월공방의 기녀에 답한 것이다.

제목의 '귀한 공주'는 바로 낙창공주(樂昌公主)를 가리킨다. 여기서는 공주의 운명이 꽃가지로 비유되어 있다. 제1-2구는 봄에 아름답게 핀 꽃이 바람에 날려 떨어지는 모습을 묘사한 것이다. 이는 진(陳)나라가 망하면서 낙창공주는 양소(楊素)에 귀속되고 서덕언(徐德言)은 거리를 떠돌게 된 것을 상징하는 것으로 이해할 수 있다. 제3-4구는 꽃잎을 날리던 바람이 잦아들자 꽃잎이 가지로 되돌아온 모습을 묘사한 것이다. 이는 낙창공주가 서덕언과 재회하게 된 사실을 가리킨다고 여겨진다. 제5-6구는 꽃가지에 이슬이 내리는 광경에 봄바람을 생각하게 될 것이라는 말이다. 이는 헤어짐의 아픔과 재회의 기쁨을 야기한 어떤 힘을 암시하려는 듯 보인다.

이 시는 이상은의 다른 시 〈복숭아나무를 조롱하다 嘲桃〉와 함께 감상하면 더 많은 힌트를 얻을 것으로 생각된다. 시인은 여기서 "어여뻐라 어린 복숭아 얼굴, 날 새니 우물 동쪽에 있네. 봄바람이 널 피게 해주었는데, 오히려 봄바람을 비웃으려 하는구나.(無賴夭桃面, 平明露井東. 春風爲開了, 卻擬笑春風.)"라고 노래했다. 여기서 알 수 있듯이 '꽃'과 '봄'은 이상은 시의 주요 모티브로 자주 등장한다. 시인은 이러한 시에서 종종 꽃과 같이 아름다운 존재도 바람이라는 거대한 힘에 종속될 수밖에 없다는 것을 보여주려고 했다. 이런 거대한 힘 앞에서 나약한 주인공들은 때때로 낙창공주처럼 웃지도 울지도 못하는 딱한 처지에 놓이게 된다는 것이다.

328

봉새

萬里峰巒歸路迷,[1] 만 리 산봉우리에 돌아가는 길 잃었어도
未判容彩借山雞.[2] 아직 용모와 풍채 산계의 것을 빌리고 싶진 않네.
新春定有將雛樂, 새봄엔 틀림없이 새끼를 거느리는 즐거움 있어
阿閣華池兩處棲.[3] 아각과 화지 두 곳에서 깃들리라.

주석

1) 巒(만) : 산. 둥근 봉우리.
2) 判(판) : 기꺼이 ~하다.
容彩(용채) : 용모와 풍채.
山雞(산계) : 꿩같이 생겼다. 수컷은 홍황색 깃털에 검은 반점이 있고 꼬리가 길며, 암컷은 검은 색에 약간 붉고 꼬리가 짧다. 옛날에는 적치(鸐雉)라고도 불렀고, 지금은 금계(錦雞)라 부른다. 《문자(文子)》에 초나라 사람이 산계를 봉황이라 속여 팔았는데, 그것을 산 사람이 왕에게 바쳐 큰 상금을 받았다는 이야기가 있다.
3) 阿閣(아각) : 사면에 기둥과 서까래가 있는 누각. 《제왕세기(帝王世紀)》에 황제(黃帝) 때 봉황이 아각에 둥지를 틀었다고 했다.
華池(화지) : 곤륜산에 있다는 전설상의 연못. 즉 요지(瑤池)를 이른다.

여기서는 산림을 가리킨다.

해설

이 시는 계관(桂管)에 있는 시인이 멀리 떨어져 있는 아내에게 부친 것이다. 봉새는 두 곳에 떨어져 지내는 암컷과 수컷을 아울러 이르며, 여기서는 시인 부부를 가리킨다. 제1-2구는 시인은 먼 곳에 홀로 머물러 돌아갈 길 요원한데, 자신의 용모와 풍채 화려하여 산계와 결코 같은 값이 아님을 말했다. 이는 이상은이 계관에 있으면서 장안에 있는 아내를 생각하며 자신의 재주가 출중하나 겨우 막료로 지낼 수밖에 없는 개탄을 함축하고 있다. 제3-4구에서는 봉새에게 새끼를 품은 즐거움이 있을 것이나, 두 곳에 떨어져 있어 그 즐거움을 공유하지 못할 것임을 말했다. 시인은 모자가 함께 있음을 부러워하면서 자신은 함께 하지 못하는 울분을 언외에 표출했다.

329-1

昭肅皇帝挽歌辭 三首(其一)[1]

소숙황제 만가사 3수 1

九縣懷雄武,[2]	온 나라에서 그의 웅건함을 그리워했고
三靈仰睿文.[3]	삼령은 그의 문덕(文德)을 우러러보네.
周王傳叔父,[4]	북주의 왕위는 숙부에게 전해졌고
漢后重神君.[5]	한나라 왕후는 신선을 중시했는데
玉律朝驚露,[6]	옥 대롱은 아침에 이슬에 놀라지만
金莖夜切雲.[7]	청동 기둥은 밤에 구름에 가깝네.
笳簫悽欲斷,[8]	호드기 소리 처량하여 끊어질 듯한데
無復詠横汾.[9]	다시는 분수를 건너며 노래할 이 없으리.

주석

1) 昭肅皇帝(소숙황제) : 무종(武宗). 무종은 회창 6년(846)에 죽었고 시호는 지도소숙효황제(至道昭肅孝皇帝)이며 장지는 단릉(端陵)이다.(《당서(唐書)》)

挽歌(만가) : 상가(喪歌).

2) 九縣(구현) : 구주(九州). 나라의 영토.

雄武(웅무) : 위풍당당함. 웅혼하고 강건함.

3) 三靈(삼령) : 해, 달, 별.

睿文(예문) : 황제의 문덕(文德).

4) 周王(주왕) 구: 북주(北周)의 명제(明帝)는 제위를 동생인 무제(武帝)에게 전했는데, 당 무종 사후 제위가 숙부인 광왕(光王)에게 이어졌다.

5) 漢后(한후) : 한나라 왕후. 여기서는 한 무제가 신선술을 몹시 좋아한 것을 이른다.

神君(신군) : 신령. 신선. 이 구절은 무종이 한 무제와 같이 신선방술을 좋아했던 것을 가리킨다. 이 두 구는 무종께서 북주의 왕의 풍도가 있어 위급할 때 조서를 내려 황권을 광왕에게 계승하게 했고, 한무제와 같은 취향을 지녀서 일생 동안 신선방술을 좋아했음을 말한 것이다.

6) 玉律(옥률) : 옥으로 만든 표준음정기. 황제(黃帝) 때 영륜(伶倫)이 대나무를 잘라 대롱을 만들고, 대롱의 길이로 소리의 청탁과 높이를 구별했다고 한다. 악기의 음은 이것을 표준으로 삼았다. 음과 양 여섯 개씩으로 나눠 모두 12율이었다. 옛날에는 또 이것을 12달에 분배하여 절기를 살폈다.

7) 金莖(금경) : 승로반을 받치고 있는 구리 기둥.

切(절) : 가깝다. 이 두 구는 설령 구름에 가까운 청동 기둥[승로반]이 있더라도 수명을 연장할 수는 없어 문득 아침이슬처럼 빨리 마름을 이른 것이다.

8) 笳簫(가소) : 호드기.

9) 橫汾(횡분) : 분수를 건너다. 〈한무고사(漢武故事)〉에 의하면 한무제가 하동군(河東郡)을 순행할 때 분수(汾水)의 다락배에서 신하들과 연회를 열며 〈추풍사(秋風辭)〉를 지었는데 그 가운데 "다락배를 띄워 분수를 건너는데 중류를 가로지르니 흰 물결 이네(泛樓舡兮濟汾河，橫中流兮揚素波.)"라는 구절이 있었다고 한다. 이후로 '분수를 건너다(橫汾)'라는 전고로 황제 또는 그의 작품을 칭송하게 되었다. 이 두 구는 황제가 떠나자 음악 소리도 처량하고 마음이 아픈데, 앞으로 아무도 한무제처럼 시를 읊을 이가 없음을 한탄한 것이다.

해설

이 시는 무종을 위한 만가이다. 따라서 슬픔과 애도와 함께 칭송의 내용이 있으며 역사적인 평가도 겸하고 있다. 당 후기의 여러 황제 가운데 무종은 헌종(憲宗)과 함께 정치, 군사 부문에서 치적이 있었다. 이상은도 무종의 무공에 대해서는 칭송을 하면서 웅건한 태도, 반란을 평정한 것에 대해서는 긍정했다. 그러나 그가 신선술에 빠지고 수명 또한 길지 못했던 것에 대해서는 안타깝게 여겨서 여러 전고를 빌어 풍자와 개탄을 했다. 세 수로 된 이 시는 첫 번째 시는 총론적인 역할을 하고 두 번째, 세 번째 시는 각각 첫 번째 시를 이어서 상세한 내용을 담고 있다.

첫 번째 시에서는 무종의 웅건한 태도와 문덕을 칭송하면서 신선을 중시한 것을 풍자했다. 신선을 추구하여 장생불사를 바라였으나 결국 일찍 세상을 뜰 수밖에 없었고 그래서 더 이상 〈추풍사〉와 같은 작품은 기대할 수 없다고 했다.

329-2

昭肅皇帝挽歌辭 三首(其二)

소숙황제 만가사 3수 2

玉塞驚宵柝,[1]	옥문관에서는 밤에 딱따기 소리에 놀랐고
金橋罷舉烽.[2]	금교에서는 봉화 드는 것 그쳤네.
始巢阿閣鳳,[3]	비로소 아각에 둥지를 튼 봉황이었는데
旋駕鼎湖龍.[4]	곧 정호에 수레를 타고 간 용이 되자,
門咽通神鼓,	대문에서는 신령과 통하는 북이 흐느끼고
樓凝警夜鐘.[5]	누대에서는 밤을 깨우는 종이 울리네.
小臣觀吉從,[6]	미관말직들은 제사 옷을 입은 신하들을 보고
猶誤欲東封.[7]	아직도 봉선을 거행하려는 줄로 잘못 아는구나.

주석

1) 玉塞(옥새) : 옥문관(玉門關)의 별칭.
柝(탁) : 딱따기. 이 구절은 회흘(回紇)이 밤에 기습하는 것을 평정한 것을 이른다.

2) 金橋(금교) : 상당(上黨)에 있었다. 상당은 당대 노주(潞州, 지금의 산서성 장치현(長治縣))의 치소(治所)로, 소의절도사(昭義節度使)가 여기에 주둔했다. 따라서 금교는 소의진(昭義鎮)을 가리킨다. 이 구는 유진(劉稹)의 반란을 평정한 것을 이른다.

3) 아각(阿閣) : 사면(四面)에 처마가 있는 높은 누각.
4) 旋(선) : 이윽고. 얼마 후.
鼎湖(정호) : 황제(黃帝)가 용(龍)을 타고 하늘로 오른 곳을 정호(鼎湖)라고 함. 황제가 하늘에 오를 때 활을 떨어뜨렸고, 그 장사지낸 교산(橋山)에서는 빈 관(棺)에 칼만 있었다는 고사(故事)에서 임금의 갑작스러운 죽음을 뜻하는 말로 쓰인다.
5) 警夜鐘(경야종) : 밤을 깨우는 종이 울리다. 궁중에서는 시계를 대신하여 종을 울려 궁인들을 일찍 깨웠다. 이 두 구는 문밖의 모든 북소리가 흐느끼는 듯하고 궁루위의 밤을 깨우는 종소리도 굳은 듯함을 말한 것이다.
6) 吉從(길종) : 길복(吉服, 제사 때 입는 옷)을 입고 따르는 신하.
7) 東封(동봉) : 봉선(封禪)을 거행하다. 한나라 사마상여(司馬相如)가 임종 전에 〈봉선문(封禪文)〉을 지어 한나라 덕의 위대함을 칭송했는데, 무제에게 동쪽으로 가서 태산에서 봉선을 하여 공업을 창대하게 할 것을 청했다. 무제는 그 말을 들어 동쪽의 태산으로 가서 봉선을 거행했다.(《사기 · 사마상여열전》) 이 고사로부터 '동봉'은 제왕이 봉선을 거행하여 천하의 태평함을 고하는 것을 이르게 되었다.

해설

두 번째 시에서는 첫 번째 시에서 언급한 무종의 웅건한 태도에 대한 구체적인 예를 들면서 그의 수명이 짧은 것에 대해 개탄했다. 국내의 반란을 평정하며 치적을 쌓았으나 일찍 세상을 떠나 태평성세를 이루지 못했으며, 마지막 두 구에서 백성들은 그를 여전히 봉선을 좋아하는 왕으로 여긴다는 것을 들어 풍자의 의미를 은근히 기탁했다.

329-3

昭肅皇帝挽歌辭 三首(其三)

소숙황제 만가사 3수 3

莫驗昭華琯,[1]	소화라는 피리도 효험이 없었고
虛傳甲帳神.[2]	갑장의 신도 헛되이 전해진 것.
海迷求藥使,[3]	바다 때문에 약을 구하러 간 사자는 길을 잃고
雪隔獻桃人.[4]	눈 때문에 복숭아 바치는 사람과 멀어졌네.
桂寢青雲斷,[5]	계수나무 침소에 푸른 구름 끊기고
松扉白露新.	소나무 사립문에 흰 이슬이 새롭네.
萬方同象鳥,[6]	온 세상이 코끼리와 새 같아
輦動滿秋塵.[7]	상여가 움직이니 가을날의 먼지 가득하네.

주석

1) 昭華琯(소화관) : 고대 관악기의 이름. '관(琯)'은 옥피리.

《서경잡기(西京雜記)》 권3 옥피리는 길이가 2척 3촌이고 26개의 구멍이 있으며, 불면 수풀 속에 거마가 어지러이 늘어서있는 것이 보였고 부는 것을 멈추면 다시 보이지 않았다. 소화의 피리라 이름을 새겼다.(玉管長二尺三寸, 二十六孔, 吹之則見車馬山林, 隱轔相次, 吹息亦不復見, 銘曰 : 昭華之琯.)

2) 甲帳(갑장) : 한무제가 만든 장막.

〈한무고사(漢武故事)〉 임금께서 유리 주옥 명월야광주를 천하의 진귀한 것과 섞어서 치장을 하여 갑장을 만들었고, 그 다음은 을장을 만들었는데, 갑장에는 신을 거하게 했고 을장에는 자신이 거했다.(上以琉璃珠玉明月夜光雜錯天下珍寶爲甲帳, 其次爲乙帳. 甲以居神, 乙以自居.)

3) 求藥使(구약사) : 불사약을 구하러 간 사신. 제나라 사람인 서불(徐市)이 불사약이 삼신산에 있다고 상소를 올리니 진시황이 동남동녀 천 명을 내려주었다. 서불은 이들을 이끌고 그것을 찾으러 갔으나 결국 돌아오지 않았다.(《사기 · 진시황본기(秦始皇本紀)》)

4) 獻桃人(헌도인) : 복숭아를 바치는 사람.

雪隔(격설) 구 : 왕가(王嘉)의 《습유기(拾遺記) · 주목왕(周穆王)》에 "서왕모가 주목왕에게 겸주의 달콤한 눈을 바쳤다(西王母進周穆王嗛州甜雪)"고 했다. 이에 대한 제나라 치평(治平)의 교주(校注)에 "《태평어람》 12에 '겸주에는 달콤한 눈이 있다. 겸주는 옥문과 30만 리 떨어져 있는데 땅에는 찬 눈이 많았다. 서리와 이슬은 목석 위에 붙어 있다가 모두 녹게 되면 달콤해져 과일로 여길 정도였다.'는 대목이 있다(御覽十二有嗛州甜雪. 嗛州去玉門三十萬里, 地多寒雪, 霜露著木石之上, 皆融而甘, 可以爲菓也)"고 했다. 이 두 구는 선약이나 복숭아가 있다 하더라도 바다가 넓고 눈이 오기 때문에 불가능함을 이른 것이다. 신선을 구하는 것이 허망함을 풍자하고 있다.

5) 桂寢(계침) : 계수나무 침소. 여기서는 무덤을 가리킨다.

青雲(청운) : 푸른 구름. 신선이 타고 다니는 구름이다.

6) 象鳥(상조) : 코끼리와 새.

《월절서(越絕書)》 순임금이 창오에서 죽자 코끼리가 밭을 갈았고, 우임금이 회계에서 장사지내자 새가 대신 김을 매었다.(舜死蒼梧, 象爲之耕, 禹葬會稽, 鳥爲之耘.)

7) 轝(여) : 수레. 여기서는 상여를 이른다.

秋塵(추진) : 가을날의 먼지. 백성들이 무덤 주변의 땅을 고르고 김을 매 먼지가 난다는 뜻이다.

해설

세 번째 시에서는 무종이 신선술을 중시한 것을 좀 더 집중적으로 비판하고 있다. 전반부에서는 구선의 결과가 모두 헛되었음을 여러 전고를 사용하여 담아내었고, 후반부에서는 무종이 세상을 뜬 후 무덤가와 상여의 모습을 묘사하여 그간의 노력이 모두 헛된 것이었음을 말했다.

청나라 풍호(馮浩)는 이 시를 평하여 "무종은 크게 무공을 세우고 신선술을 독실하게 믿었다는 점에서 한무제와 많이 닮았다. 그래서 세 수의 시에서 전고를 활용하면서 거의 무제에게서 취했다. 지극히 화려하면서도 처량하고 쓸쓸함이 잔뜩 묻어난다(武宗大有武功, 篤信仙術, 絶類西漢武帝. 三詩用典, 大半取之. 極華贍中, 殊含悽惋.)"고 했다. 이 시의 특징을 잘 요약했다고 생각된다.

330

梓州罷吟寄同舍[1]

재주 막부를 그만두고 읊은 시를 동료에게 부치다

不揀花朝與雪朝,[2]	꽃 피는 날이니 눈 오는 날을 막론하고
五年從事霍嫖姚.[3]	오 년간 곽표요를 모시고 섬겼네.
君緣接座交珠履,[4]	그대는 자리 접한 곳에서 구슬 신발과 교분 나누었고
我爲分行近翠翹.[5]	나는 줄 지어 추는 춤 속에 물총새 머리장식 가까이 했지.
楚雨含情皆有託,[6]	초나라 비는 정을 품어 모두 기탁이 있으나
漳濱多病竟無憀.[7]	장수 가에서 병 많아 의지할 데 없구나.
長吟遠下燕臺去,[8]	길게 읊조리며 멀리 가 연대를 떠나가니
唯有衣香染未銷.[9]	오직 옷의 향기만이 스며들어 사라지지 않네.

주석

1) 梓州(재주) : 지금의 사천성(四川省) 동북부. 대중(大中) 9년(855)에 유중영(柳仲郢)이 조정의 부름을 받으면서 재주의 동천절도사 막부를 그만두었다.

同舍(동사) : 동료.

2) 不揀(불간) : 가리지 않다. 막론하다.

3) 霍嫖姚(곽표요) : 곽거병(霍去病, BC 140-BC 117). 그는 전한(前漢) 무제(武帝) 때의 명장으로 흉노 토벌에 큰 공을 세웠다. 표기장군(驃騎將軍)을 지냈다. '표요'는 본래 빠른 모양을 의미하는데, 여기서는 표기장군을 가리킨다. 이 시에서는 유중영(柳仲郢)을 가리킨다.
4) 珠履(주리) : 구슬로 꾸민 신발. 여기서는 지체 높은 객을 이른다.
5) 分行(분항) : 나누어 줄 짓다. 여기서는 술자리 가무의 춤추는 행렬을 이른다.
   翠翹(취교) : 여자의 머리에 꽂아 꾸미는 장식. 비취새의 깃털처럼 생겼다고 한다. 여기서는 관기(官妓)를 가리킨다. 이 두 구는 시인과 그대가 막부에 재직하여 여러 객들과 교분을 나누고 관기를 가까이 했다는 것을 말한 것이다.
6) 楚雨(초우) : 초나라 비.
   송옥, 〈고당부〉 서문 아침에는 아침구름이 되고 저녁에는 지나가는 구름이 되어 아침저녁으로 양대 아래 있겠어요.(旦爲朝雲, 暮爲行雨, 朝朝暮暮, 陽臺之下.)
7) 漳濱(장빈) : 장수 물가.
   유정, 〈오관중낭장에 드리다 贈五官中郎將〉 시 둘째 수 나는 어려서부터 고질병을 앓아 맑은 장수 물가에 몸져누웠다.(余嬰沈痼疾, 竄身淸漳濱.)
   憀(료) : 의지하다.
8) 燕臺(연대) : 연 소왕(燕昭王)이 쌓은 대(臺). 연 소왕이 어진 선비를 구하려 이 대를 쌓았더니 사방에서 어진 사람이 모어들었다 한다. 여기서는 막부를 가리킨다.
9) 衣香(의향) : 옷의 향기. 순령군(荀令君)이 인가에 이르렀는데 앉았던 곳에 삼 일 동안 향내가 났다. (습착치(習鑿齒), 〈양양기(襄陽記)〉)

해설

이 시는 재주 막부를 그만 두며 5년간의 생활을 회고하며 지은 것이다. 제1-2구는 자신과 동료가 5년간 막부에서 함께 유중영을 모시며 지냈던 것에 대해 말했다. 제3-4구에서는 막부에서의 일상을 그리고 있다. 동료나 자신

모두 객을 접하고 관기를 대하면서 지냈다고 했다. 제5-6구에서는 좀 더 개인적인 이야기를 하고 있다. 제5구에서는 수년간 막주(幕主)의 보살핌을 받으며 모두 의탁함이 있어 같은 처지에 있었다고 했고, 제6구에서는 시인이 병이 많고 항상 의지할 데가 없다고 하여 그간 막부생활을 하면서 기대만큼 보좌를 잘 하지 못했음을 넌지시 표현했다. 제7-8구에서는 멀리 이별하게 되었지만, 옛날 옷에 스몄던 향기는 사라지지 않다고 하여 떠나는 마음이 무겁고 슬픔에 차있음을 말했다.

331-1

無題 二首(其一)

무제 2수 1

鳳尾香羅薄幾重,[1]	향기롭고 얇은 봉황무늬 비단 몇 겹이나 되는가.
碧文圓頂夜深縫.[2]	푸른 꽃무늬 비단 휘장 밤 깊도록 깁는다.
扇裁月魄羞難掩,[3]	달 같은 부채로도 부끄러움 가리기 어려웠고
車走雷聲語未通.[4]	요란하게 지나치는 수레에 말도 건네지 못했지.
曾是寂寥金燼暗,[5]	적막한 가운데 등잔의 불똥은 사그러들고
斷無消息石榴紅.	소식은 끊겼는데 석류꽃은 붉다.
斑騅只繫垂楊岸,	반추마는 버들 드리운 언덕에 매어져 있으니
何處西南任好風?[6]	남서풍 좋은 바람을 어디에서 기다릴까?

주석

1) 鳳尾香羅(봉미향라) : 봉황 무늬가 있는 비단.

2) 圓頂(원정) : 청려(靑廬)라고도 하는데, 혼례 때 푸른 천으로 집을 지어 신부가 일시 대기하거나 예식을 하던 곳이다. 여기서는 앞 구를 이어 비단 휘장으로 보는 것이 좋을 듯싶다.

3) 扇裁月魄(선재월백) : 달과 같이 둥근 부채.

반첩여(班婕如), 〈원가행(怨歌行)〉 비단을 마름하여 합환선을 만드는데 둥글둥글한 것이 밝은 달과 같구나.(裁爲合歡扇, 團團似明月.)

4) 車走雷聲(거주뇌성) : 수레가 천둥소리를 내며 달리다.

〈장문부(長門賦)〉 천둥소리 요란하게 울리니 그대의 수레소리가 들리는 듯. (雷殷殷而響起兮, 聲象君之車音.) 이 두 구는 옛날 마음에 둔 이를 해후한 정경을 추억한 것이다.

5) 金燼(금신) : 등불의 불똥. 이 구절은 그리움도 바랄 수 없게 되었음을 기탁한 것이다.

6) 何處(하처) : 어디. '어떻게'의 뜻으로 보기도 한다.

西南(서남) : 여기서는 남서풍을 이른다.

조식(曹植), 〈칠애시 七哀詩〉 원컨대 남서풍이 되어 늘 그대 품으로 들고 싶어라. (願爲西南風, 長逝入君懷.)

해설

이 두 수 모두 규중의 여인이 적막한 가운데 느끼는 상사의 정을 쓴 것으로, 깊은 밤 옛 일을 추억을 하며 감개를 펴는 심리적 독백의 방식을 택하고 있다. 제1-2구에서는 여인이 깊은 밤 비단 휘장을 깁고 있는 장면을 묘사했다. 비단 휘장은 보통 남녀의 결합을 의미하는데, 여인이 한 땀 한 땀 만드는 것은 연인에 대한 기대와 묵묵한 상사의 정을 표현한다. 제3-4구에서는 여인이 과거에 연인과 만난 정경을 추억하고 있다. 처음 만나서는 놀라기도 하고 기쁘기도 해 부채로 얼굴을 가렸으나 순식간에 수레도 가버리고 말도 하지 못했다고 했다. 임에 대한 부끄러움과 희열, 안타까움이 표현되어 있다. 제5-6구에서는 잦아드는 등불과 쓸쓸한 분위기는 여인의 처량함과 우울한 고민을 암시하고, 붉은 석류꽃은 봄이 이미 가버렸음을 뜻한다. 봄이 다하도록 소식이 없다고 하여 여인의 슬픔을 함축했다. 제7-8구에서는 임을 향한 애정과 동경을 담고 있다. 임이 버들 우거진 언덕에 말을 매어놓았는데 지척이라도 멀게만 느껴져 만날 수 없으니, 남서풍 좋은 바람이 불어 그와 만날 수 있기를 희망했다.

331-2

無題 二首(其二)

무제 2수 2

重幃深下莫愁堂,	겹 휘장 깊이 내려진 막수의 방에서
臥後清宵細細長.	누운 뒤의 적막한 밤은 올올이 길기도 길다.
神女生涯原是夢,[1]	신녀의 생애란 원래 한바탕 꿈같은 것이고
小姑居處本無郎.[2]	젊은 처자 처소엔 본시 낭군 없었다오.
風波不信菱枝弱,	풍파 불기에 약한 마름 가지는 견디지 못하고
月露誰教桂葉香?	달빛과 이슬에 어찌 계수 잎의 향을 풍길 수 있을까.
直道相思了無益,	서로 그리워하는 것은 아무 소용없다 해도
未妨惆悵是清狂.	치정에 미쳐 슬픔에 젖는 것 무방하리라.

주석

1) 神女(신녀) : 무산(巫山)의 신녀. 송옥(宋玉)의 〈고당부(高唐賦)〉에 나오는 신녀로, 초회왕(楚懷王)이 고당관에서 연회를 열고 즐기다가 잠시 낮잠을 자게 되었는데, 꿈속에 아름다운 여인이 찾아와 왕의 잠자리를 받들기를 원하자, 스스럼없이 운우지정(雲雨之情)을 나누었다. 헤어질 무렵 그 여인은 "저는 무산 남쪽의 험준한 곳에 살고 있는 여인이온데, 아침에는 구름이 되고 저녁에는 비가 되어 양대 아래에서 아침저녁으로

당신을 그리워하고 있을 것입니다."라 하고 사라졌다. 다음날 아침 왕이 무산 쪽을 바라보니 여인의 말대로 산봉우리에 아름다운 구름이 걸려 있었다.

2) 小姑(소고) : 시집가지 않은 젊은 처자.
無郎(무랑) : 낭군이 없다.
〈청계소고곡 青溪小姑曲〉 젊은 처자 거하는 곳, 홀로 지내 낭군님 없네.(小姑所居, 獨處無郎.)

해설

이 시는 사랑에 집착하는 여인의 감정과 신세에 대해 쓴 것이다. 제1-2구에서는 휘장이 내려진 깊은 규방에서 여인이 잠 못 들고 긴 밤 뒤척이고 있다. 적막하고 외로운 분위기는 여주인공 내심의 원망을 부각시킨다. 다음 두 연에서는 여인의 처량하고 희망 없는 신세를 묘사했는데, 제3-4구에서는 전고를 사용하여 여인의 애정이 한 바탕 꿈과 같다고 하면서 여전히 임 없이 홀로 거하고 있다고 했다. 제5-6구에서는 유약한 마름 가지와 계수 잎을 들어 여자의 가련함과 박명을 비유했다. 여인의 슬픔과 절망의 심리를 의탁하면서, 어려움이 있어도 여전히 애정을 포기하지 않고 있음을 넌지시 드러냈다. 제7-8구에서는 아무 소용없이 그리워하면서 여전히 견고한 사랑을 지니고 있다고 했다.

이상은의 무제시에 대한 평이 대체로 그렇듯이 이 시에 대한 평자의 의견도 분분하다. 청나라 서덕홍(徐德泓)은 "두 수 모두 불우함에 대한 개탄을 규방의 정에 기탁해 비유한 것(二首皆慨不遇而托喻於閨情也.)"이라 했다. 요배겸(姚培謙)은 두 수를 분리해 첫째 수는 "그리워하는 사람이 그리워만 하고 볼 수 없음을 노래한 것(詠所思之人, 可思而不可見也.)"이고, 둘째 수는 "이상은이 시를 짓는 취지를 스스로 밝힌 것(義山自言其作詩之旨也.)"이라고 보았다. 그런가 하면 정몽성(程夢星)은 첫째 수는 "남이 알아주기를 구하지 않는 것(不求人知)"이고, 둘째 수는 "자기를 알아주는 사람이 없는 것(人無知己)"이라고 했다. 규원시(閨怨詩)를 이해하는 일반적인 전통을 충분히 참고하는 가운데 독자 스스로 시의 내용을 음미하는 수밖에 없을 것 같다.

332

病中早訪招國李十將軍遇挈家遊曲江

병중에 초국리의 이장군을 방문했다 가족들과 곡강으로 놀러가는 길에 마주치다

十頃平波溢岸清,[1]	십 경의 잔잔한 물결 강안에 넘쳐흘러 맑지만
病來唯夢此中行.	병으로 인해 오직 꿈에서만 이곳을 거닐었다.
相如未是眞消渴,[2]	사마상여도 진짜 소갈증을 앓지는 않았던 모양이다
猶放沱江過錦城.[3]	그래도 타강이 금성을 지나도록 놔두지 않았던가.

주석

1) 頃(경) : 넓이의 단위. 당대에는 240보를 1묘(畝)라 하고, 100묘를 1경이라 했다.
溢(일) : 넘쳐흐르다. 넘실대다.
2) 相如(상여) : 한대의 문인인 사마상여(司馬相如).
消渴(소갈) : 소갈증. 당뇨병.
3) 猶(유) : 그래도. 여전히.
沱江(타강) : 사천성 중부 구정산(九頂山)에서 발원하여 성도(成都)를 지

나 장강으로 흘러드는 하천.

錦城(금성) : 사천성 성도(成都).

해설

이 시는 이상은이 장안의 초국리(招國里)에 사는 이장군을 찾아가는 길에 그와 만나고 지은 것이다. 양류(楊柳)의 《이상은평전(李商隱評傳)》에 의하면, 이장군은 왕무원의 사위로서 이상은에게 배필을 소개해주려 했던 사람이라고 한다. 그가 마침 곡강으로 놀러가는 참이어서 이 시의 주요 모티브도 곡강이 되었던 것으로 보인다. 그런데 여기서의 강은 소갈증을 앓는 환자를 해갈시켜 주는 곳이라는 우의가 담긴 시어라는 점에 유의해야 이 시의 내용을 쉽게 이해할 수 있겠다.

제1-2구는 병으로 인해 곡강에 가지 못했다는 것이다. 꿈에서 맑은 물결 넘실대는 곡강을 노니는 모습은 사랑에 대한 갈망을 나타낸다. 제3-4구는 사마상여를 빌려 자신의 심정을 드러냈다. 소갈증을 앓았다던 성도의 사마상여도 타강의 물을 다 마셔버리지 않고 그대로 놓아둔 것을 보면 증세가 심하지 않았을 것이라 했다. 그에 비해 자신은 곡강의 물을 다 마셔도 해소되지 않을 만큼 '사랑의 갈증'으로 목이 타들어 간다는 말이다. 쌍관(雙關), 은유, 과장의 수사법을 총동원해 자신의 심정을 드러낸 것이 흥미롭다.

333

昨日

어제

昨日紫姑神去也,[1] 어제 자고신이 떠나더니
今朝青鳥使來賒.[2] 오늘 아침 파랑새 사자 오는 것도 더디다.
未容言語還分散,[3] 말도 나누지 못하고 다시 헤어졌으니
少得團圓足怨嗟.[4] 만나는 시간 적었던 것 몹시 원망스럽다.
二八月輪蟾影破,[5] 열엿새 날 달은 두꺼비 그림자 깨어지고
十三絃柱雁行斜.[6] 열 셋 현의 기둥은 기러기 대열처럼 비껴 있다.
平明鐘後更何事,[7] 날 밝아 종 울리면 또 무슨 일을 할까?
笑倚牆邊梅樹花.[8] 웃으며 담장에 기대 매화나무 꽃 보겠지.

주석

1) 昨日(작일) : 시의 내용으로 볼 때 원소절(元宵節), 즉 정월 대보름을 가리킨다.
紫姑神(자고신) : 측신(廁神)의 하나. 《이원(異苑)》과 《현이록(顯異錄)》에 의하면, 이경(李景)의 첩이 된 하미(何媚)가 본처에게 미움을 받고 허드렛일만 하다가 정월 보름에 한을 품고 죽자, 사람들이 그녀의 모습을 그려 뒷간에서 맞이했다고 한다. 여기서는 사랑하는 여인을 비유한다.
2) 青鳥(청조) : 파랑새. 신화에 나오는 삼족오(三足烏)로 서왕모(西王母)의

사자(使者)였다고 한다. 흔히 사랑의 전달자 역할을 한다.

賖(사) : 더디다. 어조사로 보기도 한다.

3) 未容(미용) : ~하지 못하다.

言語(언어) : 말을 주고받다.

還(환) : 다시. '급히'로 풀이하는 설도 있다.

分散(분산) : 헤어지다.

4) 團圓(단원) : 모이다. 대개 부부가 함께 하는 것을 가리킨다.

怨嗟(원차) : 원망하고 탄식하다.

5) 二八(이팔) : 음력 16일. 기망(旣望).

月輪(월륜) : 달.

蟾影破(섬영파) : 두꺼비 그림자가 깨어지다. '蟾(섬)'은 달에 산다는 두꺼비 '蟾蜍(섬여)'를 가리킨다. 그림자가 깨어지는 것은 달이 이지러지기 시작했다는 말이다.

6) 十三絃(십삼현) : 쟁(箏)의 13현을 가리킨다. 홀수인 까닭에 흔히 외로움을 상징한다.

柱(주) : 기둥. 기러기발을 가리킨다.

雁行(안항) : 기러기의 대열.

斜(사) : 비끼다. 쟁의 기러기발이 대각선으로 늘어선 것을 가리킨다.

7) 平明(평명) : 날이 밝다.

8) 笑倚(소의) : 웃으며 기대다.

牆邊(장변) : 담장.

해설

이 시는 이별의 아쉬움을 노래한 것이다. 첫 구의 앞머리 두 글자를 제목으로 취했으므로 무제시의 일종으로 간주할 수 있다. 제1-2구는 이별 후에 그리워하는 광경을 그린 것이다. 원소절이었던 어제 여인은 떠나버리고 오늘 아침엔 전혀 소식이 없다고 했다. 제3-4구는 어제의 만남을 회상한 것이다. 돌이켜보면 몇 마디 말도 주고받지 못하고 순식간에 이별하게 된 것이 후회스럽다고 했다. 제5-6구는 이별 후의 정경을 사물에 비유해 나타낸 것이다.

원소절이 지나간 열엿새 날의 심정은 달이 이지러지듯 아프고, 쟁(箏)의 기러기발이 비스듬하게 서 있는 듯 정돈되지 않는다고 했다. 제7-8구는 다음날 여인의 모습을 상상한 것이다. 아마도 여인은 아무렇지 않다는 듯 담장에 핀 매화를 보며 깔깔거리리라 했다. '자고신'이나 '파랑새' 등의 시어를 쓴 것으로 보아 여인의 신분은 여도사(女道士)일 것으로 추정된다. 청나라 정몽성(程夢星)은 이 시에 대해 "이 시 또한 이별을 아쉬워한 것으로 별다른 기탁이 없다(此亦惜别之詞, 別無寄託.)"고 했다.

334

櫻桃花下

앵두꽃 아래에서

流鶯舞蝶兩相欺,[1]	이리저리 나는 꾀꼬리와 춤추는 나비 모두 업신여기니
不取花芳正結時.[2]	꽃봉오리 맺힐 때를 맞춰오지 못 해서지.
他日未開今日謝,[3]	이전에 아직 피지 않았는데 오늘에는 져버렸으니
嘉辰長短是參差.[4]	어쨌든 좋은 날은 들쭉날쭉 한 것을.

주석

1) 流鸎(유앵) : 이리저리 떠도는 꾀꼬리.
   欺(기) : 업신여기다.
2) 花芳(화방) : 꽃봉오리.
3) 他日(타일) : 지난 날.
4) 嘉辰(가신) : 좋은 날. 경사스러운 날.
   長短(장단) : 어쨌든. 이 구는 꽃 필 때를 제대로 맞추지 못했다는 말이다.

해설

이 시는 앵두꽃을 감상하려 했으나 이미 져버린 것을 통해 좋은 날을 만나지 못한 불우함을 기탁한 작품이다. 제1-2구에서는 꾀꼬리와 나비가 시인을 업신

여기듯 날아다니니, 이는 꽃이 필 때를 맞추지 못해서라 했다. 제3-4구에서는 예전에 왔을 때에는 아직 꽃이 피지 않았는데, 오늘은 이미 져버렸다 하여 꽃이 필 때, 즉 좋은 날을 만나기가 어렵다는 것을 말했다. 기회를 좀처럼 잡기 어려운 시인의 불우함을 개탄한 것으로 읽을 수 있겠다.

335

故驛迎弔故桂府常侍有感

예전의 역참에서 계림막부의 고 정아 상시를 맞이해 조문하며 느낀 바가 있어

飢烏翻樹晚雞啼,[1]	굶주린 새 나무를 맴돌고 저녁닭은 우는데
泣過秋原沒馬泥.[2]	말발굽 진흙에 빠지는 가을 들판을 울며 지난다.
二紀征南恩與舊,[3]	24년간 맺은 정남장군과의 은택과 옛 정
此時丹旐玉山西.[4]	이 시간 붉은 깃발은 옥산 서쪽에 있다.

주석

1) 飢鳥(기조) : 굶주린 새. 여기서는 시인 자신을 비유한다.
翻樹(번수) : 나무를 맴돌다.
조조(曹操), 〈단가행 短歌行〉 달 밝고 별 드문데 까마귀와 까치가 남쪽으로 날아간다. 나무를 에워싸고 세 바퀴를 돌아보지만 어떤 가지에 의지해야 하나?(月明星稀, 烏鵲南飛. 繞樹三匝, 何枝可依.)

2) 沒馬泥(몰마니) : 말발굽이 빠지는 진흙.

3) 二紀(이기) : 24년. 1기(紀)가 12년이다. 이상은이 관계(官界)에 이름을 알리기 시작한 태화(大和) 원년(827)부터 정아가 세상을 떠난 850년 전후까지 대략 24년이다. 이는 이상은이 형양(滎陽)에서 태어났고 정아가 형양 정씨이므로 일찍부터 이상은과 교분이 있었을 것이라는 가정을 전제

로 한다. 이와 달리 이상은이 정아의 막부에 들어가면서 두 사람의 교분이 시작되었다고 주장하는 학자들은 '기'를 '1년'으로 해석해 '2기'를 두 사람이 막부에서 함께 지냈던 2년으로 간주하기도 한다.

征南(정남) : 정남장군(征南將軍). 여기서는 정아(鄭亞)를 가리킨다.

舊(구) : 구의(舊誼). 옛 정.

4) 丹旐(단조): 단정(丹旌). 출상(出喪) 때 쓰는 붉은 깃발.

玉山(옥산) : 남전산(藍田山). 옥이 많이 난다 하여 붙여진 이름이다.

해설

이 시는 장안 동남쪽의 남전산에 있는 예전의 역참에서 계관방어관찰사(桂管防禦觀察使)를 지낸 정아(鄭亞)를 운구하는 행렬을 보고 그를 조문하며 지은 것이다. 정아가 좌천되어 간 순주(循州)에서 사망한 시점에 대해서는 학자들의 견해가 엇갈리는데, 대략 대중 3년(849)에서 5년(851) 사이로 본다.

제1-2구는 계주(桂州) 막부에서 돌아와 장안 인근을 오갔던 시인의 모습을 묘사한 것이다. 계주 막부에서 시인을 후대해 주었던 정아가 재차 순주로 폄적된 후 의지할 곳을 잃고 쓸쓸히 장안으로 돌아왔던 시인의 어려운 처지를 '굶주린 새', '저녁 닭', '진흙' 등의 이미지를 써서 형상화했다. 제3-4구는 정아의 장례 행렬을 보고 그의 은덕을 회상한 것이다. 정아의 운구 행렬을 알리는 붉은 깃발이 남전산의 역참을 지나는 것을 보며 소싯적부터 그가 시인에게 베풀었던 은덕이 새삼 소중하고 감사하다고 했다.

청나라 굴복(屈復)은 "서주의 아픔을 느낀 이가 당시에 몇이나 되었겠는가?(西州之痛, 當世有幾人哉.)"라고 평했다. 이는 사안(謝安)의 외조카인 양담(羊曇)이 사안이 죽은 뒤에 그의 추억이 서려 있는 서주에 이르러 통곡을 하며 떠났다는 고사를 인용한 것이다. 당시는 우당(牛黨)이 득세할 때라 이당(李黨) 인사로 좌천되어 임지에서 죽은 정아를 조문하는 이가 많지 않았을 텐데 이상은은 과거의 은덕을 잊지 않고 그를 추모하는 마음을 시로 전했던 것이다.

336

槿花

무궁화

風露凄凄秋景繁,[1] 바람과 이슬이 차가운 가을에 무성하지만
可憐榮落在朝昏.[2] 안타깝게도 피고 짐이 아침과 저녁에 있구나.
未央宮裏三千女,[3] 미앙궁 안의 삼천 궁녀
但保紅顔莫保恩.[4] 붉은 얼굴만 지키고 은총을 받지는 못했어라.

주석

1) 風露(풍로) : 바람과 이슬.
凄凄(처처) : 차갑다.
秋景(추경) : 가을 경치.
繁(번) : 성대하다. 무성하다.

2) 可憐(가련) : 안타깝다.
榮落(영락) : 꽃이 피고 지다.
朝昏(조혼) : 아침과 저녁. 무궁화는 이른 새벽에 꽃이 피었다가 오후가 되면서 오므라들기 시작하여 해질 무렵에는 꽃이 떨어진다.

3) 未央宮(미앙궁) : 궁전 이름. 한고조 7년에 세워 조회를 하던 곳이다.
《한무고사(漢武故事)》 주상이 명광궁을 짓고 연과 조의 미녀 삼천 명을 선발하여 이곳을 채웠다. 대체로 15세 이상 20세 미만을 데려다 나이가 40이 되면 시집보냈다. 건장, 미앙, 장락 세 궁궐은 모두 가마길로 서로 이어져 길로 가지

않아도 되었다.(上起明光宮, 發燕趙美女三千人充之. 率取十五以上二十以下, 年滿四十者出嫁. 建章未央長樂三宮皆輦道相屬, 不由徑路.)

4) 紅顔(홍안) : 젊은이의 붉은 얼굴빛. 여성의 아름다운 얼굴.
保恩(보은) : 은총을 지키다. 은총을 받는다는 말이다.

해설

이 시는 무궁화를 노래한 영물시다. 제1-2구는 무궁화의 개화 특성을 이야기한 것이다. 가을날 아침 흐드러지게 피지만 저녁이면 이내 지는 것이 무궁화라고 했다. 제3-4구는 궁녀의 운명을 무궁화에 빗댄 것이다. 미앙궁 안의 궁녀들도 무궁화처럼 꽃을 피우지만 아무도 봐주는 이 없이 지는 무궁화처럼 임금의 은총을 받지 못한다고 했다.

청나라 풍호(馮浩)의 설명을 참고하면, 이 시는 '가을'이라는 시어로 보아 대중 2년(848) 가을에 지은 것이 아닌가 한다. 대체로 대중 원년 가을에는 이덕유(李德裕)가 아직 조주(潮州)로 폄적되지 않았고 이회(李回)와 정아(鄭亞)도 지방관 자리에 있었으나, 대중 2년 가을이 되자 이덕유는 이미 조주로 폄적되고 이회는 호남관찰사로 강등되었으며, 정아 또한 이미 순주(循州)로 폄적되었다. 이당(李黨)에 속한 이상의 인물들이 하루아침에 지방으로 폄적되어 조정에서 사라진 것이 피었다가 바로 진 무궁화와 비슷한 점이 없지 않다.

337

暮秋獨游曲江

늦가을 곡강에서 홀로 노닐다

荷葉生時春恨生,[1]	연잎 피어날 때 봄의 한이 생기고
荷葉枯時秋恨成.[2]	연잎 시들 때 가을의 한이 만들어진다.
深知身在情常在,[3]	몸이 있기에 감정도 늘 있음을 깊이 알기에
悵望江頭江水聲.[4]	강가에서 강물 소리를 슬피 바라본다.

주석

1) 荷葉(하엽) : 연잎.
   春恨(춘한) : 봄날의 근심 또는 원망.
2) 枯(고) : 마르다.
3) 深知(심지) : 깊이 알다. 충분히 이해하다.
4) 悵望(창망) : 슬피 바라보다.
   江頭(강두) : 강가. 강언덕.

해설

이 시는 곡강에서 홀로 노닐며 느끼는 심사를 표현한 것이다. 시의 전체적인 정조로 보아 이전에 곡강에서 같이 노닐던 이는 멀리 떠났거나 세상을 하직한 듯하다. 제1-2구는 연잎이 나고 시듦에 따라 생겨나는 계절의 근심을 말한 것이다. 연꽃이 흔히 남녀간의 사랑을 상징한다는 점에 비추어 보면 봄과 가을의 한도 이와 연관이 있음에 틀림없다. 여기서의 '봄'은 '사랑'을 뜻하고 '가을'은 '이별'을 뜻하는 것으로 파악된다. 그러나 그 대상이 시인의 부인 왕씨(王氏)를 가리키는 지는 명확하지 않다. 제3-4구는 한이 생기는 연유를 이야기한 것이다. 사람으로서 살아 있다면 감정이 생겨날 수밖에 없기에 과거에 함께 노닐던 곡강에서 변함없이 흐르는 물소리를 들으며 슬픔을 되새긴다고 했다. 마지막 구는 '소리를 바라본다'고 하여 청각적 심상을 시각적으로 변환한 공감각적 표현이다. 청나라 요배겸(姚培謙)의 평이 간명하다. "감정이 있는 것이 없느니만 못하다.(有情不若無情也.)"

338

任弘農尉獻州刺史乞假歸京

홍농현위에 부임하여 괵주자사에게 휴가를 청해 서울로 돌아가는 글을 바치다

黃昏封印點刑徒,[1] 날 저물면 관인을 봉하고 죄수를 점검하니

愧負荊山入座隅.[2] 자리 옆으로 비쳐드는 형산을 저버린 것 부끄럽다.

卻羨卞和雙刖足,[3] 오히려 변화가 두 다리 잘린 것 부러워라

一生無復沒階趨.[4] 일생 동안 다시는 섬돌을 다 내려와 뛰지 않았으니.

주석

1) 封印(봉인) : 문서를 봉하고 날인하다. 세모에서 연초까지 관공서에서 휴무를 갖는 것을 가리키기도 한다.
點(점) : 점검하다.
刑徒(형도) : 죄수. 형을 받은 사람.

2) 座隅(좌우) : 자리의 옆.

3) 卞和(변화) : 춘추시대 초나라 형(荊) 사람으로, 화씨(和氏)라고도 한다. 《한비자 · 화씨》에 의하면, 형산에서 구슬을 발견하고 초나라 왕에게 바쳤으나 보물로 인정받지 못하고 월형(刖刑)을 받자 형산 아래에서 옥을 안고 통곡하다 마침내 문왕(文王)이 구슬의 가치를 알아보았다고 한다.

刖(월) : 발꿈치를 베는 형벌.

4) 沒階趨(몰계추) : 섬돌을 다 내려와 뛰다.

《논어 · 향당(鄕黨)》 섬돌을 다 내려와서는 빠르게 몇 걸음을 나아가는데, 마치 새가 날개를 편 듯 하셨다.(沒階, 趨進, 翼如也.)

해설

이 시는 개성 5년(840) 이상은이 홍농현위에 부임한 후에 괵주자사에게 휴가를 청하면서 쓴 것이다. 휴가를 청했다지만 사실상 사직서를 제출한 것이어서 일종의 〈귀거래사(歸去來辭)〉의 의미를 띠고 있다. 제1-2구는 고단한 현위의 직무에 대한 불만을 표출한 것이다. 현위는 주로 치안을 담당했으므로 이상은은 홍농현 공안국장(公安局長)에 임명된 셈이었다. 날마다 죄수들과 씨름하는 일이 결코 달가울 리 없어 아름다운 형산을 곁에 두고 온종일 그런 업무만 처리하는 것이 부끄럽다고 했다. 제3-4구는 같은 이름의 형산에 착안해 변화의 고사를 끌어들인 것이다. 초나라의 변화는 지금의 호북성 남장현(南漳縣) 경내에 있는 형산에서 발견한 옥을 바쳤다가 가짜라 하여 월형을 받고 다리가 잘렸던 사람이다. 이런 그가 부럽다는 것은 이리 뛰고 저리 뛰며 과중한 업무에 시달리는 현위 직책에 대한 불만을 표출하기 위해서인데, 과장의 수사법으로 보기에도 지나친 비유라 할 것이다.

339

贈勾芒神

구망신에게 주다

佳期不定春期賒,[1]	아름다운 날은 고정되지 않아 봄날이 짧으니
春物夭閼興咨嗟.[2]	봄의 경물 시들어버리고 탄식만 생긴다.
願得勾芒索青女,[3]	원컨대 구망신이 청녀를 아내로 맞아
不教容易損年華.[4]	꽃다운 시절 쉬이 가게 하지 않았으면.

주석

1) 賒(사) : 멀다. 여기서는 봄이 '짧다'는 뜻이다.
2) 春物(춘물) : 봄날의 경물. 흔히 꽃을 가리킨다.
夭閼(요알) : 꺾이다. 시들다.
咨嗟(자차) : 탄식.
3) 勾芒(구망) : 구망신. 수목을 주관하는 신. 여기서는 봄의 신을 가리킨다.
索(색) : 아내를 맞다.
青女(청녀) : 서리와 눈을 주관하는 여신.
4) 年華(연화) : 시절의 아름다운 경물.

해설

이 시는 봄이 짧아 아름다운 경물이 쉬 사라지는 것을 안타까워한 것이다. 제1-2구는 짧은 봄을 아쉬워한 것이다. 아름다운 날들은 언제나 고정되지 않고 지나가 버리는 까닭에 짧은 봄을 아름답게 장식했던 경물들도 순식간에 사라져 탄식을 자아낸다고 했다. 제3-4구는 봄날이 더 길어질 수 있는 묘안을 제시한 것이다. 봄이 짧은 것은 서리와 눈을 주관하는 여신인 청녀(靑女)가 봄을 시기해서 그러한 것이니, 봄의 신인 구망신(勾芒神)이 청녀를 아내로 맞아 부부가 금슬 좋게 지내면 봄도 영원할 것이라 했다.

340

無愁果有愁曲北齊歌

근심이 없다가 결국 근심이 생긴 노래 - 북제가

東有青龍西白虎,[1] 동쪽엔 청룡이 있고 서쪽엔 백호가 있으며
中含福星包世度.[2] 가운데에서 복성을 품고 모든 강역을 포괄한다.
玉壺渭水笑清潭,[3] 옥 호리병의 위수라도 맑은 못을 비웃으라만
鑿天不到牽牛處.[4] 하늘을 뚫어 견우 있는 곳에 다다르진 못했다.
麒麟踏雲天馬獰,[5] 기린은 구름을 밟고 천마는 사나우며
牛山撼碎珊瑚聲.[6] 우산에서는 산호를 흔들어 부수는 소리.
秋娥點滴不成淚,[7] 가을 미녀의 방울방울도 눈물이 되지 않고
十二玉樓無故釘.[8] 열 둘 옥 누각에는 옛날의 못이 없다.
推煙唾月抛千里,[9] 안개를 걷고 달을 뱉어 천 리에 내던지자
十番紅桐一行死.[10] 열 그루 붉은 오동이 한 줄로 죽었다.
白楊別屋鬼迷人,[11] 황철나무 자란 별당에서는 귀신이 사람을 홀리고
空留暗記如蠶紙.[12] 그저 잠퇴지처럼 비밀스런 기호로만 남아 있다.
日暮向風牽短絲,[13] 날 저무니 바람 불어와 짧은 실을 당기는데
血凝血散今誰是.[14] 피가 엉기고 피가 흩어지는 건 지금 누군가?

주석

1) 青龍白虎(청룡백호) : 왕실 호위부대인 신책군(神策軍)을 비유한다. 신책군은 좌우 두 개의 부대로 편제되어 있다.
2) 福星(복성) : 목성. 여기서는 경종(敬宗)을 가리키는 것으로 보인다.
 世度(세도) : 모든 강역.
3) 玉壺(옥호) : 옥 호리병.
 渭水(위수) : 위수. 경수(涇水)와 함께 장안 인근을 흐르는 황하의 지류인데, 경수가 탁한 반면 위수는 맑다.
 淸潭(청담) : 맑은 연못의 물.
4) 鑿天(착천) : 하늘을 뚫다.
 牽牛處(견우처) : 견우가 있는 곳. 천상을 가리킨다.
5) 麒麟(기린) : 기린. 사슴과 비슷한 전설상의 동물.
 踏雲(답운) : 구름 위에 오르다. 구름을 타고 다니다.
 天馬(천마) : 전설상의 동물.
 獰(녕) : 사납다. 모질다.
6) 牛山(우산) : 산동성에 있는 산. 제나라 경공(景公)이 이곳에 와 노닐었다고 한다.
 撼碎(감쇄) : 흔들어 부수다.
 珊瑚(산호) : 산호. 바다에 서식하는 무척추동물로 색깔이 아름다워 보물로 여겼다.
7) 秋娥(추아) : 가을 미녀. 나이 먹은 궁녀를 가리킨다.
 點滴(점적) : 빗방울이 떨어지다.
8) 十二玉樓(십이옥루) : 열두 개의 옥 누각. 신선의 거처인 곤륜산(崑崙山)에 있었다고 전해진다.
 故釘(고정) : 옛날의 못. '옛날의 못이 없다'는 것은 누각이 무너지고 없다는 말이다.
9) 推煙(추연) : 안개를 걷다.
 唾月(타월) : 달을 뱉어내다.
 抛(포) : 내던지다.

10) 番(번) : 그루.
紅桐(홍동) : 붉은 오동나무. 오동나무 가운데 귀한 품종이다.
11) 白楊(백양) : 황철나무. 오동나무와 함께 무덤 수위에 많이 심는다.
別屋(별옥) : 별당.
12) 暗記(암기) : 비밀스런 기호.
蠶紙(잠지) : 잠퇴지. 누에알을 붙인 종이.
13) 向風(향풍) : 바람을 맞다. '서풍(西風)'으로 된 판본도 있다.
短絲(단사) : 버들 실. 작은 풀이라는 설도 있다.
14) 血凝血散(혈응혈산) : 피가 엉기고 피가 흩어지다.

해설

이 시는 옛날의 일을 빌어 현재를 풍자한 것이다. 제목에 보이는 '근심이 없음(無愁)'은 북제(北齊)의 후주(後主)를 가리키는 말이다. 그는 스스로 〈무수곡(無愁曲)〉을 지어 '근심 없는 천자[無愁天子]'라는 별명을 얻기도 했는데, 실제로는 북주(北周)에게 망했기 때문에 근심이 없다고 하기는 어려웠다. 이 시는 이러한 역사적 사실을 빌어 당나라 경종(敬宗)을 풍자한 것으로 풀이된다.

이 시는 구성상 세 단락으로 나뉜다. 제1단락(제1-4구)은 향락에 빠져 흥청망청하는 군주를 풍자한 것이다. 신책군(神策軍)을 동원해 유흥을 위한 연못을 준설했는데, 이 연못의 물이 위수처럼 맑기는 하지만 하늘에 다다를 만큼 크게 만들지 못한 것을 안타까워했다고 했다. 제2단락(제5-8구)은 북주가 쳐들어온 사실을 서술한 것이다. 북주의 사나운 군대가 북제의 궁궐을 짓밟는 가운데, 비빈(妃嬪)들이 갖은 고초를 겪고 궁실이 무너지고 쓰러져 황폐해졌다고 했다. 이를 경종이 암살되던 상황과 연결 지어 풀이하기도 한다. 제3단락(제9-14구)은 난리 후의 비참한 모습을 묘사한 것이다. 후주는 천 리 멀리 달아나고 남아 있던 왕족들은 몰살당한 후에 원혼이 구천을 떠돌지만 사람들의 기억은 가물가물해졌다고 했다. 그런데 저녁 바람이 버들 실을 날리는 지금 누가 피비린내를 풍기고 있느냐는 것이다.

청나라 하작(何焯)이 이 시에 대해 "진정한 귀신의 시로서 이하(李賀)의 솜씨와 대단히 흡사하다(眞鬼詩, 太似長吉手筆.)"고 한 것처럼 이하의 영향을 받은 작품으로 보인다. 그러나 지나치게 난삽한 병폐가 그대로 드러나 좋은 시라고 평가하기는 어렵겠다.

341

房中曲

방중곡

薔薇泣幽素,[1]　　장미는 조용히 울고
翠帶花錢小.[2]　　푸른 띠에는 꽃들이 동전처럼 작구나.
嬌郎癡若雲,[3]　　귀여운 아이는 구름처럼 우두커니
抱日西簾曉.[4]　　해를 안고 서쪽 주렴 가에서 아침을 맞는다.
枕是龍宮石,[5]　　베개는 용궁의 신비한 돌인 듯
割得秋波色.[6]　　가을 물결 같은 색을 나눠 주고 있거늘,
玉簟失柔膚,[7]　　옥 자리는 부드러운 살갗을 잃은 채
但見蒙羅碧.[8]　　그저 푸른 비단 이불에 덮여 있네.
憶得前年春,[9]　　기억하건대 지난 해 봄에는
未語含悲辛.[10]　　말도 못하고 쓰라린 슬픔만 안고 있었네.
歸來已不見,[11]　　돌아와 보니 이미 당신은 보이지 않고
錦瑟長于人.[12]　　비단 슬만 사람보다 오래 사는구료.
今日澗底松,[13]　　오늘은 계곡 아래 소나무였다가
明日山頭蘗.[14]　　내일은 산꼭대기의 황벽나무 되겠네.
愁到天地翻,[15]　　근심스러운 것은 천지가 뒤집히는 때 되어
相看不相識.　　서로 보아도 알아보지 못할까 함이로세.

주석

1) 幽素(유소) : 고요하다. 적막하다. '고요히 흰 것'으로 풀이하여 이슬로 보기도 한다.
2) 翠帶(취대) : 푸른 띠. 장미의 여린 가지를 가리킨다.
 花錢(화전) : 동전처럼 작은 꽃송이.
3) 嬌郞(교랑) : 귀여운 아들.
 癡若雲(치약운) : 구름처럼 움직이지 않는다. 아이가 어려서 아직 슬픔을 모른다는 말이다.
4) 曉(효) : 아침. 해가 뜨는 아침에 일어난다는 말이다.
5) 龍宮石(용궁석) : 용궁의 돌. 보석이라는 뜻이다.
6) 割得(할득) : 나누어주다.
 秋波(추파) : 가을날의 물빛. 흔히 미녀의 눈빛을 비유한다.
7) 玉簟(옥점) : 대자리의 미칭.
 柔膚(유부) : 부드러운 피부. 여기서는 대자리에 누웠던 사람을 가리킨다.
8) 蒙(몽) : 덮다.
 羅碧(나벽) : 푸른색 이불을 가리킨다.
9) 憶得(억득) : 기억하다.
10) 悲辛(비신) : 슬픔과 괴로움.
11) 歸來(귀래) : 서주(徐州) 막부에서 돌아온 것을 말한다.
12) 錦瑟(금슬) : 무늬가 비단 같은 슬.
 長于人(장우인) : 사람보다 오래 살다. '長'은 '장수(長壽)'의 뜻이다.
13) 澗底松(간저송) : 계곡 아래의 소나무. 흔히 덕은 높으나 관직이 낮은 사람을 비유한다.
14) 蘗(벽) : 황벽나무. 쓴 맛이 난다는 데서 괴로운 마음을 비유한다.
 《악부시집(樂府詩集) · 자야가(子夜歌)》 황벽나무 울창하게 숲을 이루었으니, 괴로운 마음 많아지는 것을 어찌 하리.(黃蘗鬱成林, 當奈苦心多.)
15) 天地翻(천지번) : 하늘과 땅이 뒤집히다.

해설

이 시는 대중 5년(751) 늦봄에 세상을 떠난 시인의 아내 왕씨를 추모한 도망시(悼亡詩)다. 시제에 보이는 방중곡(房中曲)은 주나라 때 후비들이 불렀던 방중악(房中樂)을 말한다. 한고조(漢高祖) 때 당산부인(唐山夫人)을 위해 만들어진 〈방중사악(房中祠樂)〉을 보면 초성(楚聲) 계열의 노래라는 것을 알 수 있다.

이 시는 모두 네 단락으로 나누어 살펴볼 수 있다. 제1단락(제1-4구)은 장미와 아이를 대조시켜 도망의 시의(詩意)를 일으킨 것이다. 동전처럼 작은 장미의 꽃잎은 이슬에 젖어 눈물을 흘리는 듯한데 엄마를 잃은 슬픔도 알지 못하는 어린 아이는 구름이 해를 안는 아침이 되어야 부스스 일어난다고 했다. 제2단락(제5-8구)은 주인을 떠나보낸 침실을 스케치한 것이다. 베개, 대나무 자리, 푸른 이불은 그대로건만 그것들을 쓰던 사람은 이제 다시없다고 했다. '베개'로 왕씨의 눈빛을 그리고, '대자리'로 왕씨의 살결을 떠올리는 수법이 교묘하다. 제3단락(제9-12구)은 과거와 현재의 슬픈 심정을 이야기한 것이다. 지난해부터 왕씨에게 병색이 돌았으나 내색하지 않고 혼자 괴로워했는데, 이제 막부에서 집으로 돌아와 보니 왕씨는 벌써 세상을 뜨고 그녀가 뜯던 슬만 덩그러니 빈 방을 지킨다고 했다. 제4단락(제13-16구)은 도망의 마음을 전한 것이다. '소나무'는 미관말직을 전전하는 상황을 나타내고, '황벽나무'는 쓰라린 마음을 비유한다. 관도에서 실의한 이가 상처(喪妻)까지 하게 되니 그 아픔이 더하다는 말이다. 그렇게 괴로운 나날이 계속되면 시인의 몰골도 사나워져 언젠가 다시 만나는 날 서로 알아보지 못하게 되지 않을까 걱정했다. 이 시에 대해서는 고시(古詩)의 형식에 음울한 내용을 담았던 이하(李賀) 시의 영향을 받은 작품이라는 평가가 지배적이다.

342

齊梁晴雲

제량체를 본뜬 시 - 맑은 날의 구름

緩逐煙波起,[1]	느릿느릿 물안개 낀 수면을 따라 피어나는 모습
如妒柳綿飄.[2]	마치 버들솜 날리는 것을 시샘하는 듯.
故臨飛閣度,[3]	일부러 높은 누각 가까이 지나가며
欲入迥陂銷.[4]	먼 산비탈로 들어가 사라지려 한다.
縈歌憐畫扇,[5]	노래에 휘감겨 그림 부채 든 이를 동정하고
敞景弄柔條.[6]	햇살을 드러내 부드러운 가지를 어루만진다.
更耐天南位,[7]	다시 하늘 남쪽의 자리
牛渚宿殘宵.[8]	은하수에서 새벽까지 잠드는 것을 어찌 하랴.

주석

1) 緩(완) : 느릿느릿.
　煙波(연파) : 물안개가 낀 수면.
2) 妒(투) : 시샘하다.
　柳綿(유면) : 버들솜.
3) 飛閣(비각) : 높은 누각.
　度(도) : 지나가다.
4) 迥陂(형피) : 먼 산비탈.

銷(소) : 흩어지다. 사라지다.

5) 縈歌(영가) : 휘감기는 노래. 노래 소리가 휘감겨 구름을 멈추게 한다는 뜻이다.

《열자 · 탕문(湯問)》 노래 소리가 지나가는 구름을 멈추게 했다.(響遏行雲.)

畵扇(화선) : 그림 장식이 있는 부채. 여기서는 가기(歌妓)가 노래 부를 때 쓰는 가선(歌扇)을 가리킨다.

6) 敞景(창경) : (구름이 걷히고) 햇살이 나오다.

弄(농) : 어루만지다.

柔條(유조) : 부드러운 가지. 여기서는 버들가지를 가리킨다.

7) 耐(내) : 어찌 하랴.

天南位(천남위) : 하늘 남쪽의 자리. 7월에 견우성이 있는 위치를 말한다.

8) 牛渚(우저) : '견우저(牽牛渚)'의 준말로 은하수를 가리킨다.

殘宵(잔소) : 밤이 다 끝나가는 새벽.

해설

이 시는 제량체(齊梁體)를 모방해 맑은 날의 구름을 묘사한 것이다. 제량체는 남조 시대 제나라와 양나라에 걸쳐 유행한 시풍을 가리킨다. '바람'이나 '구름' 등을 묘사하는 데 그쳐 제재가 협소했으나, 세밀한 음률과 정교한 대장(對仗) 부분에서 얼마간 소득이 있었다. 제1-2구는 물가의 구름을 묘사한 것이다. 버들가지를 시샘하는 듯 느릿느릿 물안개 위로 피어오른다고 했다. 제3-4구는 구름이 여기저기 떠다니는 모습을 담은 것이다. 높은 누각과 먼 산비탈을 가리지 않고 오간다고 했다. 제5-6구는 제3-4구를 이어받은 것이다. 누각을 지나며 가기(歌妓)의 노래를 경청하고, 산비탈로 움직이며 해를 드러내 버들가지를 어루만진다고 했다. 제7-8구는 구름이 잠드는 곳을 말한 것이다. 밤새 견우성이 있는 하늘 남쪽의 은하수에서 머문다고 했다. 대체로 '구름'으로 창기(娼妓)를 비유했다는 설이 유력하다.

343

效徐陵體贈更衣

서릉체를 본떠 갱의 궁녀에게 주다

密帳眞珠絡,[1]	촘촘한 장막은 진주가 이어지고
溫幃翡翠裝.[2]	따뜻한 휘장은 비취새 깃으로 장식했다.
楚腰知便寵,[3]	초나라 가는 허리 총애에 적당함을 알겠고
宮眉正鬪强.[4]	궁궐의 눈썹은 한창 강함을 다툰다.
結帶懸梔子,[5]	띠를 맺어 치자를 걸고
繡領刺鴛鴦.[6]	옷깃에는 원앙새를 수놓는다.
輕寒衣省夜,[7]	가벼운 추위가 몰려오는 의성의 밤
金斗熨沉香.[8]	다리미로 침향을 다린다.

주석

1) 密帳(밀장) : 촘촘한 장막.

絡(낙) : 연결하다. 줄에 꿰어 잇는 것을 말한다.

2) 溫幃(온위) : 따뜻한 휘장.

翡翠(비취) : 비취새. 여기서는 그 깃털을 가리킨다.

裝(장식) : 장식하다.

3) 楚腰(초요) : 여인의 가는 허리를 가리킨다.

《한비자 · 이병(二柄)》 초나라 영왕이 가는 허리를 좋아하자, 나라 안에 굶는 사람이 많았다.(楚靈王好細腰, 而國中多餓人.)

便(편) : 알맞다. 적당하다.

寵(총) : 총애.

4) 宮眉(궁미) : 궁중에서 유행하는 눈썹 모양을 가리킨다.

최표(崔豹), 《고금주(古今注) · 잡주(雜注)》 위나라 궁녀들은 긴 눈썹을 그리기 좋아했는데, 지금은 대부분 푸른 눈썹과 경학계를 한다.(魏宮人好畵長眉, 今多作翠眉, 警鶴髻.)

鬪强(투강) : 강함을 다투다. 경쟁한다는 말이다.

5) 結帶(결대) : 띠를 맺다. 동심결(同心結)을 맺는다는 말이다.

懸(현) : 걸다. 매달다.

梔子(치자) : 치자나무의 꽃은 향기 강하고 다른 꽃과 달리 꽃잎이 6개인 것이 특징이다. '之子(지자)'와 발음이 비슷해 '임'을 암시하는 시어로 자주 쓰인다.

6) 繡領(수령) : 수놓은 옷깃.

刺(자) : 수를 놓다.

鴛鴦(원앙) : 원앙새.

7) 輕寒(경한) : 가벼운 추위.

衣省(의성) : 궁중에서 옷을 담당하는 기관.

8) 金斗(금두) : 다리미.

熨(울) : 다리다.

沉香(침향) : 향나무의 일종.

해설

이 시는 육조 시대 궁체시(宮體詩)로 유명했던 서릉(徐陵)의 시체를 빌려 궁중에서 옷을 담당하는 궁녀에게 준 것이다. 《한무고사(漢武故事)》에 무제가 위자부(魏子夫)의 노래에 심취하면 옷을 갈아입곤 했다는 기록이 보이는데, 시제의 '更衣(갱의)'는 여기에서 따온 것으로, 임금이 옷을 갈아입을 때 보조하는 궁녀라는 뜻이다. 이 시에서는 '가기(歌妓)'를 비유하는 말로 쓰인 것이라 여겨진다.

제1-2구는 궁녀의 거처를 묘사한 것이다. 진주로 만든 장막과 비취새 깃으로 장식한 휘장이 화려하기 이를 데 없다고 했다. 제3-4구는 궁녀가 용모를 가꾸는 것이다. 임금의 취향에 맞추어 몸을 단장한다고 했다. 제5-6구는 궁녀가 분위기가 나도록 소품을 꾸미는 것이다. 치자 모양의 동심결을 맺고 원앙새를 수놓아 임금의 관심을 한껏 끌고자 했다. 제7-8구는 궁녀가 담당하는 일을 보인 것이다. 의복을 관장하는 의성에서 추위가 느껴지는 늦은 밤까지 다리미로 옷에 향을 낸다고 했다. 근인 등중룡(鄧中龍)은 마지막 구절에 보이는 '침향'을 《옥대신영(玉臺新詠)》권10에 수록된 〈양반아(楊叛兒)〉의 한 구절 "그대는 침수향이 되고, 저는 박산로가 됩니다(郎作沉水香, 儂作博山爐.)"와 연관지어 이해해야 한다고 했다. 그렇다면 '침향'은 제5구의 '치자'와 마찬가지로 '임'을 상징하는 시어가 된다. 이 시 전체에 대한 평어로는 청나라 요배겸(姚培謙)의 말이 간명하다. "이 시는 총애를 바라지만 아직 기회를 얻지 못한 이를 위해 지은 것이다.(此爲希寵未遇者發.)"

344

又效江南曲

다시 〈강남곡〉을 본뜨다

郎船安兩槳,[1]	그대의 배는 두 상앗대를 두었고
儂舸動雙橈.[2]	제 배는 한 쌍의 노를 젓습니다.
掃黛開宮額,[3]	눈썹을 그리며 이마를 펴고
裁裙約楚腰.[4]	치마를 마름질해 허리에 묶습니다.
乖期方積思,[5]	기약이 어그러져 바야흐로 그리움이 쌓이니
臨醉欲拌嬌.[6]	잔뜩 취하여 교태를 드러내봅니다.
莫以采菱唱,[7]	〈채릉〉을 부른다 하여
欲羨秦臺簫.[8]	진나라 누대의 퉁소를 부러워하진 마세요.

주석

1) 郎船(낭선) : 그대의 배.
安(안) : 두다. 설치하다.
兩槳(양장) : 두 상앗대.
악부 〈석성악(石城樂)〉 나룻배에서 두 상앗대를 저어, 막수를 보내오려 서두르네.(艇子打兩槳, 催送莫愁來.)

2) 儂舸(농가) : 나의 배.
動(동) : 움직이다. 노를 젓는다는 말이다.
雙橈(쌍요) : 두 개의 노. '舸'와 '橈'는 남초(南楚) 지방의 방언이다.

3) 掃黛(소대) : 눈썹을 그리다.

宮額(궁액) : 아녀자의 이마. 옛날 궁중에서 아녀자들이 이마를 노랗게 바르던 데서 유래한 말이다.

4) 裁裙(재군) : 치마를 마름질하다.

約(약) : 묶다.

楚腰(초요) : 여인의 가는 허리를 가리킨다.

5) 乖期(괴기) : 기약이 어그러지다. 헤어진 것을 가리킨다.

積思(적사) : 그리움이 쌓이다.

6) 拌嬌(반교) : 교태를 드러내다.

7) 采菱(채릉) : 양 무제 소연(蕭衍)의 〈강남농(江南弄)〉 7곡 가운데 다섯 번째 노래.

8) 羨(선) : 부러워하다.

秦臺簫(진대소) : 《열선전(列仙傳)》에 따르면 소사(蕭史)는 춘추시대 진 목공 때 사람으로 퉁소를 잘 불었다. 목공의 딸 농옥(弄玉)이 소사를 좋아하여 그와 결혼했다.

해설

이 시는 남조 악부민가를 본떠 지은 것이다. 시제에 '다시 본뜬다'고 했으므로 먼저 지은 시가 있었을 것이나 현전하지 않는다. 제1-2구는 남녀의 만남을 서술한 것이다. 남녀 모두 배를 타고 와서 만난다고 했다. '강남수향(江南水鄕)'의 분위기가 물씬 풍긴다. 제3-4구는 여인의 몸단장을 묘사한 것이다. 얼굴 화장을 한 후에 치마를 차려 입는다고 했다. 제5-6구는 약속이 깨져 상심한 모습을 그린 것이다. 임을 만나지 못하니 속상한 마음에 술에 취하여 교태를 부려본다고 했다. 제7-8구는 기약을 저버린 임을 가볍게 원망한 것이다. 민가를 부르는 가기(歌妓)라 가볍게 보고 부귀한 이를 찾아 나서지는 말라고 했다. 이와 달리 민가를 함께 부른다고 소사(蕭史)와 농옥(弄玉)처럼 부창부수하는 관계가 되기를 기대하지는 말라고 풀이하는 설도 있으나 다소 억지스럽게 느껴진다. 현대 학자 등중룡(鄧中龍)은 이 시가 민가를 본뜨려고 했으나 시어의 조탁과 전고의 사용으로 인해 민가의 질박한 풍격과 다소 멀어졌다고 했다. 일리 있는 지적이다.

345

月夜重寄宋華陽姊妹

달밤에 송화양 자매에게 거듭 부치다

偸桃竊藥事難兼,[1]	복숭아 훔친 이와 약을 훔친 이 함께 하긴 어려운데
十二城中鎖彩蟾.[2]	열 두 굽이 성 안에 달 속의 두꺼비처럼 갇혔네.
應共三英同夜賞,[3]	세 여인과 함께 이 밤을 감상하겠지만
玉樓仍是水精簾.	옥루에는 여전히 수정 발 드리워졌겠지.

주석

1) 偸桃(투도) : 복숭아를 훔치다.

《박물지(博物志)》 서왕모가 구화전에 내려왔는데, 서왕모가 일곱 복숭아를 가려서 다섯은 황제에게 주고 서왕모는 두 개를 먹었다. 서왕모와 황제가 대좌하고 있자 시종은 모두 앞으로 나오지 못했다. 그때 마침 동방삭은 구화전의 남쪽 건물의 남쪽창으로 서왕모를 훔쳐보았다. 서왕모가 동방삭을 돌아보고는 황제에게 "지금 창문으로 훔쳐보는 녀석이 내 복숭아를 훔치러 세 번이나 올 것입니다"라 했다.(王母降於九華殿. 王母索七桃, 以五枚與帝, 母食二枚, 惟母與帝對坐, 從者皆不得進. 時東方朔竊從殿南廂朱鳥牖中窺母, 母顧之, 謂帝曰: 此窺牖小兒常三來盜吾此桃.) 여기서는 동방삭과 같은 남자 도사를 이른다.

竊藥(절약) : 약을 훔치다. 《회남자(淮南子)》에는 예(羿)가 서왕모(西王母)에게 불사약(不死藥)을 청해 얻었으나 항아(嫦娥)가 이를 훔쳐 달에서 도주했다가 두꺼비가 되었다고 했다. 여기서는 항아와 같은 여도사를 이른다.

2) 十二城(십이성) : 열 두 굽이의 성. 도관(道觀)을 이른다.
彩蟾(채섬) : 달 속의 두꺼비. 여기서는 송화양 자매를 이른다.

3) 三英(삼영) : 삼주수(三珠樹). 여기서는 세 여인을 가리키는 듯하다.

해설

이 시는 송화양 자매들과 달밤을 감상하고 싶지만 그럴 수 없음을 안타까워한 것으로, 사용된 용어로 보아 그들은 여도사(女道士)인 듯하다. 제1-2구에서는 신선을 구하고 수도를 하느라 송화양 자매는 도관에 깊이 갇혀 있어 남녀가 함께 달을 감상할 수 없다고 했다. 제3-4구에서는 이 밤 함께 자매들과 달을 감상하고 싶지만 발이 굳게 내려 있고 만날 수 없어 그저 그리워할 뿐이라 했다. 청나라 풍호(馮浩)의 평이 간명하다. "복숭아를 훔친 것은 남자이고, 약을 훔친 것은 여자다. 예전에는 함께 달을 감상했지만 지금은 서로 떨어져 있다.(偸桃是男, 竊藥是女. 昔同賞月, 今則相離.)"

346

訪人不遇留別館

찾아갔으나 만나지 못하고 별관에 머물다

卿卿不惜瑣窓春,[1]	자네는 봄이 든 격자창을 소중히 여기지 않고
去作長楸走馬身.[2]	나가서 키 큰 가래나무 숲에서 말 달리고 있겠지.
閑倚繡簾吹柳絮,	한가로이 수놓인 발에 기대어 버들솜 불어보는데
日高深院斷無人.	해가 높이 떠도 깊숙한 정원에는 인적 없네.

주석

1) 卿卿(경경) : 아내가 남편을 부르는 말. 여기서는 시인이 여성의 말투로 벗을 희롱하며 친근하게 부르는 말로 쓰였다. 《세설신어(世說新語) · 혹닉(惑溺)》에 진(晉) 나라 왕안풍(王安豊)의 아내가 남편을 '경(卿, 자네)'이라 부르므로, 왕안풍이 "그대가 어찌 나를 자네라 하는가?"라 하니, 아내는 "그대를 친히 하고 그대를 사랑하므로, 그대에게 자네라 부르오. 내가 자네라 부르지 않으면, 누가 그대를 자네라 하리오?(親卿愛卿, 是以卿卿, 我不卿卿, 誰當卿卿)"라 했다 한다.
   瑣窓(쇄창) : 꽃무늬를 새긴 격자창(格子窓).
2) 長楸(장추) : 키가 큰 가래나무. 낙엽교목의 일종이다.

해설

이 시는 시인이 벗을 찾아갔으나 그가 없어 별관에 머물며 무료함을 달랜 시다. 제1-2구는 벗을 찾아갔으나 만나지 못했다는 것이다. 봄빛 가득한 집에 있지 않고 숲속 어딘가에서 말 달리고 있을 것이라 하여 애석한 마음을 표현했다. 제3-4구는 시인이 별관에 머무르는 모습이다. 종일 무료하여 발에 기대어 버들솜 불면서 소일하고 있다고 했다. 청나라 기윤(紀昀)은 시의 어조로 보아 시인이 머문 곳은 기관(妓館)이 아닐까 의심스럽다며, 특히 제1구가 비속하고 전체적으로 격이 낮다고 비판했다. 그러나 청나라 풍호와 근인 장채전은 달리 의미를 부여하며 시인이 찾았던 이는 영호도(令狐綯)였고, 행간에 정회를 기탁하고 있다고 보았다. 설득력이 부족하게 느껴진다.

347

雨中長樂水館送趙十五滂不及[1]

빗속에 장락수관에서 조방을 전송하려 했으나 닿지 못하다

碧雲東去雨雲西,	푸른 구름 동쪽으로 사라지자 비구름이 서쪽에 있고
苑路高高驛路低.	동산 길은 높디높았는데 역 길은 나지막했네.
秋水綠蕪終盡分,[2]	가을 물과 푸른 잡초와도 인연이 다했는지
夫君太騁錦章泥.[3]	그대는 비단 말다래 펄럭이며 빨리도 갔구려.

주석

1) 長樂水館(장락수관) : 장안성 북쪽 장락파(長樂坡)에 장락역(長樂驛)이 있었는데, 장락수관은 이곳의 여관인 듯하다.
趙十五滂(조십오방) : 항렬이 열다섯 번째인 조방. 자가 사제(思濟)이며 충무군절도부사(忠武軍節度副使)를 지낸 적이 있다.

2) 綠蕪(녹무) : 푸르게 무성한 잡초.

3) 騁(빙) : 말 달리다.
章泥(장니) : 말다래. 말이 달릴 때 진흙 묻는 것을 방지하는 것. 여기서는 말을 비유한다.

해설

이 시는 조방을 전송하러 비속에 만나러 갔지만 만나지 못하자 아쉬움을

쓴 것이다. 제1-2구는 전송 시간에 닿지 못한 이유를 해명한 것이다. 비가 내리는 가운데 가파른 동산 길로 오느라 지체되었는데 조방은 벌써 평탄한 역참 길로 떠났다고 했다. 제3-4구는 조방이 떠나 전송하지 못한 아쉬움을 드러낸 것이다. 여관 주변의 강물과 푸른 풀과도 인연이 다 되었는지 조방이 급히 떠나버렸다고 했다. 청나라 기윤(紀昀)은 "조방은 응당 득의하여 서둘러 간 것이다. 그래서 이 시로 그를 풍자한 것(趙十五當是得意疾行, 故此詩刺之.)"이라 했다. 지나친 천착이라 하겠다.

348

汴上送李郢之蘇州

변상에서 소주로 가는 이영을 전송하다

人高詩苦滯夷門,[1]	인물은 고상하고 시는 애달퍼 이문에 머물렀지만
萬里梁王有舊園.[2]	만 리 밖에도 양왕의 옛 동산이 있겠지요.
煙幌自應憐白紵,[3]	안개처럼 얇은 휘장에선 절로 백저가를 사랑하겠지만
月樓誰伴詠黃昏.	달빛 어린 누각에선 누굴 벗하여 황혼을 노래한답니까?
露桃塗頰依苔井,[4]	복사꽃은 뺨에 분 바르고 이끼 낀 우물에 기대 있고
風柳誇腰住水村.[5]	버들은 허리를 자랑하며 물가 마을에 서 있을 것입니다.
蘇小小墳今在否,[6]	소소소의 무덤이 지금도 있을지
紫蘭香逕與招魂.[7]	자줏빛 난초 핀 향기로운 길에서 대신 혼을 불러주세요.

주석

1) 苦(고) : 애달프다.

夷門(이문) : 전국시대 위(魏)나라 도성의 동문. 지금의 하남성 개봉시(開封市) 동북쪽 모퉁이에 옛 터가 있다.

2) 梁王(양왕) : 양효왕 유무(劉武, B.C.184-144)를 가리킨다. 그는 한 문제의 둘째아들로 양왕에 봉해졌다. 사마상여, 매승, 추양 등이 그의 문하에 있었다.

《서경잡기(西京雜記)》 권2 양효왕이 궁실과 원림을 좋아하여 토원을 만들었다. 동산에 기러기 연못이 있고, 연못 사이에 학과 오리가 노는 모래톱이 있었다.(梁孝王好宮室苑囿之樂, 築兎園. 園有雁池, 池間有鶴洲鳧渚.)

3) 煙幌(연황) : 안개처럼 얇은 장막. 바람에 나부끼는 술집의 깃발로 보는 설도 있다.

憐(연) : 사랑하다. 흥이 나 노래를 부른다는 말이다.

白紵(백저) : 악부의 오나라 춤곡인 백저가(白紵歌). 백저는 본래 흰색 모시로, 이 춤을 추는 무희가 소매가 긴 흰색 저고리를 입은 데서 비롯되었다.

4) 露桃(노도) : 복숭아나무 또는 복사꽃.

《악부시집 · 계명(鷄鳴)》 복숭아나무는 덮개가 없는 우물에 자라고, 자두나무는 복숭아나무 옆에서 자란다.(桃生露井上, 李樹生桃旁.)

塗頰(도협) : 뺨에 분을 바르다. 노사심(盧士深)의 아내 최씨(崔氏)는 복사꽃으로 얼굴을 씻었다고 한다.

5) 風柳(풍류) : 바람에 날리는 버들.

誇腰(과요) : 허리를 자랑하다. 여린 가지가 바람에 흩날리는 모습이 무희의 가는 허리 같다는 말이다.

水村(수촌) : 물가의 마을.

6) 蘇小小(소소소) : 소주(蘇州)의 명기(名妓). 《악부광제(樂府廣題)》에 "소소소는 전당의 명기로 남제 때 사람(蘇小小, 錢塘名倡也, 南齊時人.)"이라 했고, 《오지기(吳地記)》에도 "소주 가흥현에 진나라의 기녀였던 소소소의 무덤이 있다(嘉興縣有晉妓蘇小小墓)"는 내용이 보인다.

7) 紫蘭(자란) : 자줏빛 난초.

香逕(향경) : 향기로운 길.

與(여) : ~를 위하여.

해설

이 시는 지금의 개봉시인 변상(汴上)에서 소주(蘇州)로 가는 이영(李郢)을 전송한 것이다. 이영은 이상은의 아저씨뻘 되는 사람으로, 자는 초망(楚望)이며 대중(大中) 연간에 진사에 급제해 시어(侍御)가 되었다. 내용으로 보아 이 시는 대중 4년(850) 이상은이 노홍정(盧弘正)의 서주(徐州) 막부에 있을 때 지은 것으로 판단된다. 제1-2구는 이영이 변상에 머무를 때를 말한 것이다. 고상한 인품의 그가 시를 지으며 변상의 막부에서 지내고 있었지만, 만 리 밖 소주에도 그런 곳이 있으리라고 했다. 제3-4구는 소주로 가면 지음(知音)이 없어 외롭지 않을까 걱정한 것이다. 소주에 가서 시흥이 돋으면 그 지방 노래인 〈백저가〉와 같은 시를 짓겠지만, 그 시에 화답해줄 이가 없을 지도 모른다고 했다. 제5-6구는 소주에서 즐길 만한 풍광을 그려본 것이다. 분홍빛으로 물든 물가의 복사꽃과 바람에 날리는 마을의 버들을 감상하며 위안을 얻을 수 있으리라고 했다. 제7-8구는 부탁의 말을 전한 것이다. 소주에 도착하면 남조(南朝) 때의 명기(名妓)인 소소소(蘇小小)의 무덤을 찾아 시인 대신 추모해달라고 했다. "이 시는 지기를 만나기 어렵다는 느낌을 쓴 것(此感知己之難遇也.)"이라는 청나라 주학령(朱鶴齡)의 평이 간명해 보인다.

349

贈鄭讜處士[1]

정당 처사에게 주다

浪跡江湖白髮新,[2]	강호에 떠돌다보니 백발이 새삼스럽고
浮雲一片是吾身.	뜬 구름 한 조각이 바로 내 몸일세.
寒歸山觀隨碁局,[3]	추우면 산 속의 도관으로 돌아와 바둑판을 따르고
暖入汀洲逐釣輪.[4]	따뜻하면 모래섬으로 들어가 낚시대를 좇는다네.
越桂留烹張翰鱠,[5]	남월의 계수나무로 장한의 회를 삶고
蜀薑供煮陸機蓴.[6]	촉지의 생강을 넣고 육기의 순채를 익히네.
相逢一笑憐疎放,[7]	서로 만나 한바탕 웃고는 매이지 않음을 부러워하니
他日扁舟有故人.	훗날 편주에서 친구로 만나기를.

주석

1) 鄭讜(정당) : 누구인지 미상.
2) 浪跡(낭적) : 정처 없이 떠돌아다니는 걸음, 또는 그 자취.
3) 山觀(산관) : 산중의 도관(道觀).
碁局(기국) : 기국(棋局). 바둑.
4) 汀洲(정주) : 강, 못, 호수, 바다 등의 물이 얕고 흙, 모래가 드러난 곳.
釣輪(조륜) : 일종의 릴낚싯대. 바퀴가 달려 있어서 줄을 멀리 보낼 수 있고 쉽게 다시 회수할 수 있는 낚시도구.

5) 越桂(월계) : 남월(南越)의 계수나무.
張翰鱠(장한회) : 《진서(晉書)·장한전(張翰傳)》에 따르면, 장한이 가을 바람 부는 것을 보고 오 땅의 부추, 순채국, 농어회를 떠올리며 "인생에서는 뜻을 즐겁게 하는 것이 중요하거늘 어찌 수천 리 밖에서 나그네 생활하며 명예와 관직을 바라겠는가?"하고는 돌아가 버렸다고 한다.

6) 蜀薑(촉강) : 촉 땅의 생강. 《수신기(搜神記)》에 따르면, 조조(曹操)가 농어회를 얻었는데 촉땅의 생강이 없음을 탄식하자 좌자(左慈)가 그것을 구해서 돌아왔다고 한다.
陸機蓴(육기순) : 육기의 순채국. 《세설신어(世說新語)》에 따르면, 그가 시중인 왕제(王濟)의 집으로 가자 왕제가 양의 젖으로 만든 값비싼 음료수를 가리키며 뻐기듯이 말했다. "오나라의 농촌의 그 무엇이 이런 진미에 필적할만한가?" 육기는 주저하지 않고 대답했다. "우리 오나라의 천리호에서 나오는 순채에 조미료를 넣어 끓인 국은 천하제일의 진미로 그것에 비하면 이 양젖은 조미료를 넣지 않은 맛에 불과하다." 이에 사람들은 그 말을 듣고 실로 대단한 명답이었다고 칭찬했다.

7) 疎放(소방) : 거칠고 맺힌 데가 없는 모양.

해설

이 시는 은자에게 주는 시로, 은자의 품격과 정조, 소박한 생활을 찬미했다. 시의 앞 세 연은 모두 정당에 대해 쓰고 있다. 제1-2구는 은자인 정당이 평생 이리저리 떠돌며 뜬구름 같이 자유로운 삶을 살았다는 것이다. 일생 동안 떠돌면서도 마음은 자유분방하여 호방하고 씩씩한 기운이 느껴진다고 했다. 제3-4구에서는 정당의 한적한 생활을 묘사했는데, 추우면 바둑을 두고 따뜻하면 낚시를 하는 전형적인 은자의 생활이다. 제5-6구는 장한과 육기의 고사를 활용한 것이다. 명리를 추구하지 않는 정당의 일생이 담박하다며 그의 품격과 정조를 그려냈다. 제7-8구는 정당에 대한 시인의 동경을 드러낸 것이다. 시인 역시 이렇게 얽매이지 않는 생활을 좋아하여 명리를 떨치고 은거하고 싶다고 했다.

350

復至裴明府所居

다시 배명부의 거처에 이르다

伊人卜築自幽深,[1] 그대 땅을 골라 집을 지었는데 스스로 깊고 그윽해져

桂巷杉籬不可尋. 계수나무 골목 삼나무 울타리 찾지 못하겠네.

柱上雕蟲對書字,[2] 기둥 위에는 충서로 대련이 적혀 있고

槽中瘦馬仰聽琴.[3] 마구간에서는 여윈 말이 고개 들고 거문고 소리 듣고 있네.

求之流輩豈易得? 그 같은 이 세속의 무리에서 구하나 어찌 쉽게 얻으랴?

行矣關山方獨吟. 나는 그저 관산에 행역 가며 홀로 읊조리고 있네.

賒取松醪一斗酒,[4] 솔 술 한 말을 사서

與君相伴灑煩襟.[5] 그대와 함께 벗하며 괴로운 마음을 떨쳐 버리고자.

주석

1) 伊人(이인) : 이 사람.

卜築(복축) : 살 만한 땅을 가려서 집을 짓다.

幽深(유심) : 깊고 그윽하다.

2) 雕蟲(조충) : 충서(蟲書), 즉 벌레의 형태를 본뜬 서체로 새기다. 여기서는 시속을 따르지 않고 충서로 대련을 쓰는 것으로 배명부의 고집스러움을 드러낸 것이다.

3) 槽(조) : 마구간.

仰聽(앙청) : 고개를 들어 듣다.

《순자 · 권학(勸學)》 백아가 거문고를 타면 여섯 말이 풀을 뜯다가 고개를 쳐들었다.(伯牙鼓琴, 而六馬仰秣.) 여기서는 배명부가 금을 연주하는 고아한 취미를 가지고 있어 백아에 견준 것이다.

4) 賖(사) : 사다.

松醪(송료) : 솔 술 솔잎이나 솔뿌리를 재료로 빚은 막걸리.

5) 灑(쇄) : 뿌리다. 깨끗이 하다.

煩襟(번금) : 괴로운 마음.

해설

이 시는 시인이 행역을 가다가 배명부의 거처를 다시 찾아 쓴 것이다. 그곳의 그윽함과 주인의 고아한 정취를 묘사한 후 그와 함께 술을 마시며 고민을 떨쳐버리고자 하는 마음을 담았다. 제1-2구에서는 배명부의 거처가 깊고 그윽한 곳이어서 찾기 어렵다고 하여 그가 세속과는 먼 사람임을 드러냈다. 제3-4구에서는 집주인의 고아한 정취에 대해 썼는데, 기둥 위의 충서는 시속과 다른 고집스러움을 보여주고, 마구간의 말이 거문고 소리에 귀를 기울이는 것은 주인의 아취를 보여준다. 제5-6구에서는 각각 배명부와 시인 자신에 대해 썼다. 제5구에서는 앞에서 묘사한 배명부와 같은 이를 세상에서 다시 찾기 어렵다고 했고, 제6구에서는 그렇기 때문에 자신은 행역을 가며 그저 홀로 읊조릴 뿐이라 했다. 제7-8구에서는 술로 고민을 떨쳐버리자며 이별을 앞둔 시인의 착잡한 마음을 슬쩍 드러냈다. 현대 학자 유학개(劉學鍇)와 여서성(余恕誠)은 "이 시가 이미 송나라의 곡조를 열었다."며 송시의 선성(先聲)이라고 평가했다. 생활 속에서 제재를 찾은 평담한 시풍에 주목한 말일 것이다.

351

覽古

옛 것을 보며

莫恃金湯忽太平,[1]	견고한 성을 믿고 태평함을 소홀히 하지 말지니
草間霜露古今情.	풀잎 사이의 서리와 이슬이 고금의 사정이로다.
空糊赬壤眞何益,[2]	공연히 붉은 흙을 바른다고 무슨 보탬이 되랴?
欲擧黃旗竟不成.[3]	황색 깃발 들려고 했으나 끝내 이루지 못했네.
長樂瓦飛隨水逝,[4]	장락궁의 기왓장 날려 물 따라 흘러가버렸고
景陽鐘墮失天明.[5]	경양루의 종은 떨어져 새벽이 사라졌지.
迴頭一弔箕山客,[6]	고개 돌려 기산의 나그네 조문하노라니
始信逃堯不爲名.	요임금을 떠난 것이 명예 때문이 아님을 믿게 되었네.

주석

1) 金湯(금탕) : 금성탕지(金城湯池)의 준말로, 방비가 아주 견고한 성을 말함.

2) 糊(호) : 풀로 개어 바르다.
赬壤(정양) : 붉은 흙. 풀로 붉은 흙을 개어 벽을 장식하기 위해 바른다. 여기서는 영원할 것같이 보이는 견고한 성이라도 불과 몇 백 년이면 허물어질 것을 부질없이 장식했다는 말이다.

3) 黃旗(황기) : 황색 깃발. 천자의 기운을 말한다. 여기서는 하늘의 뜻을 받은 군주가 되고자 했으나 실현할 수 없었다는 말이다.

4) 長樂(장락) : 장락궁(長樂宮). 송(宋) 폐제(廢帝) 경화(景和) 원년(465)에 석두성(石頭城)을 장락궁으로 삼았다.

5) 景陽(경양) : 경양루(景陽樓). 《남사(南史)》에 따르면, 제(齊) 문제(武帝)는 노닐기를 좋아하여 궁인들을 뒷 수레에 태우고 다녔다. 궁 안의 은밀하고 깊은 곳에서는 단문(端門)의 북소리를 듣지 못하자 경양루 위에 종을 두고 다섯 번과 세 번을 울리게 해서 궁인이 그 소리를 듣고 일찍 일어나 몸단장을 하게 했다.

6) 箕山(기산) : 지금 하남성 등봉시(登封市) 동남쪽에 있는 산. 요(堯) 임금이 왕위를 물려주려 하니 허유(許由)와 소부(巢父)가 이 산에서 은거했고, 또 후에 백익(伯益)이 우임금의 선양을 피해 이 산으로 들어갔었다. 여기서 나그네는 허유를 가리킨다.

해설

이 시는 옛 역사의 흥망성쇠를 보며 들었던 생각을 쓴 영사시다. 그 어느 것도 영원하지 않기 때문에 그것을 유념하고 경계로 삼을 것을 촉구했다. 제1-2구는 견고한 성의 유리함에만 의지해서는 안 된다는 것이다. 마치 풀 사이 서리와 이슬이 해가 나오면 쉽게 마르는 것처럼 고금의 모든 일들이 쉽게 변한다고 했다. 다음 두 연에서는 첫째 연을 구체적으로 묘사했다. 제3-4구는 성벽을 장식하는 일이 부질없다는 것이다. 군주 자리에 욕심을 가진 이들이 불과 몇 백 년이면 허물어질 것을 모르고 어리석은 짓을 했지만, 끝내 이루지 못했다고 했다. 제5-6구는 장락궁과 경양루를 예로 들어 나라의 패망을 이야기한 것이다. 송나라의 장락궁은 기울어 기와가 강에 떠내려가고, 제나라 경양루의 종도 떨어져 새벽을 알리는 종소리를 다시 들을 수 없다고 했다. 제7-8구는 허유가 요임금의 선위(禪位)를 거절한 이유를 되새겨본 것이다. 이러한 흥망사를 생각해보면 허유가 그렇게 한 것은 단순히 명예를 위해서가 아니라 세상 치란(治亂)의 이치를 깨달았기 때문일 것이라 했다. 따라서 이 시의 주지는 황음무도한 군주들에 대한 경고로 풀이된다. 역사상의 흥망성쇠를 예시하면서 현실 정치에 대한 감개도 기탁하려 했을 터인데, 그 현실의 구체적인 내용은 무엇인지 확인하기 어렵다.

352

子初郊墅[1]

자초의 시골 별장

看山對酒君思我,	산 보며 술 대하고는 그대 날 그리워했기에
聽鼓離城我訪君.	북소리 들으며 성 떠나 내 그대를 찾았네.
臘雪已添牆下水,[2]	납일에 내린 눈은 담 아래 도랑물에 더해졌고
齋鐘不散檻前雲.	절 종소리는 난간 앞 구름 흐트러뜨리지 않네.
陰移竹柏濃還淡,	대나무 측백나무의 그림자 옮겨지며 짙어졌다 또 옅어지고
歌雜漁樵斷更聞.	어부와 나무꾼의 섞인 노래 끊어졌다 다시 들려오네.
亦擬村南買煙舍,[3]	또 마을 남쪽에 시골집 사볼까 생각하면서
子孫相約事耕耘.[4]	자손들 함께 농사지을 것 기약해보네.

주석

1) 子初(자초) : 누구인지 미상.
   郊墅(교서) : 시골에 있는 별장.
2) 臘雪(납설) : 납일(臘日)에 내리는 눈.
3) 煙舍(연사) : 산촌이나 어촌의 집.
4) 耕耘(경운) : 밭 갈고 김매다.

해설

이 시는 자초를 그리워하여 그의 별장에 가서 아름다운 경치를 보고는 자신도 그곳에 살고자 하는 바람을 드러낸 작품이다. 제1-2구는 자초의 별장을 찾아간 이유를 밝힌 것이다. 친구가 시인을 그리워했기에 자신도 성을 떠나 이곳 별장에 왔다고 했다. 중간 두 연은 별장에서 본 경치를 묘사하고 있다. 제3-4구는 별장 주변의 고즈넉한 환경을 묘사한 것이다. 눈이 녹아 담장 아래 도랑물이 불어났고, 종소리가 은은하게 들려 마치 난간 앞의 구름을 붙잡고 있는 듯하다고 했다. 제5-6구는 시골 특유의 정겨운 분위기를 짚어낸 것이다. 대나무와 측백나무의 그림자가 짙어졌다 옅어졌다 하고, 어부와 나무꾼의 노래가 끊어졌다 이어졌다 한다고 했다. 제7-8구는 자초의 별장과 같은 거처를 마련하고 싶은 마음을 피력한 것이다. 자초의 생활이 마음에 든 시인이 자신도 집을 사서 자손 대대로 농사를 지으며 살 것을 소망했다. 청나라 풍호(馮浩)와 근인 장채전(張采田)은 이 시가 이상은답지 않다고 평했으나, 또 많은 평자들은 담박하고 소박한 아름다움이 있는 시로 보아 격조가 특별히 높다고도 했다. 이상은 시의 다양한 측면을 보여주는 작품이라 하겠다.

353

漢南書事[1]

양양에서 시사(時事)를 적다

西師萬衆幾時迴,[2]	서쪽 군대 수많은 사람들 언제 돌아올까?
哀痛天書近已裁.[3]	애통한 임금의 조서가 얼마 전 벌써 지어졌다.
文吏何曾重刀筆,[4]	문관은 어찌 낮은 벼슬아치나 중용하는가?
將軍猶自舞輪臺.[5]	장군들은 아직도 윤대에서 춤을 춘다.
幾時拓土成王道,[6]	언제 영토를 개척하며 왕도정치를 이루었던가?
從古窮兵是禍胎.[7]	예로부터 무력의 남용은 화근이 되었지.
陛下好生千萬壽,[8]	폐하께서 생명을 귀히 여기며 천만수를 누리시어
玉樓長御白雲杯.[9]	옥루에서 길이 백운배를 드시기를.

주석

1) 漢南(한남) : 한수 이남의 양양(襄陽)을 가리킨다. 이 시는 대중 2년(848) 양양을 거쳐 북쪽으로 돌아갈 때 지은 것이다.
書事(서사) : 시사에 대한 느낌을 쓰다.

2) 西師(서사) : 서쪽 군대. 서강(西羌)의 일족인 당항(黨項, 탕구트) 정벌에 나선 군대를 말한다. 당항은 청해, 감숙, 사천 일대에 근거지를 두고 있

었다.

萬衆(만중) : 여러 사람

3) 天書(천서) : 임금의 조서. 대중 2년 선종(宣宗)은 당항 토벌을 일시 중단한다는 조서를 내렸다.

裁(재) : 짓다.

4) 文吏(문리) : 문관

刀筆(도필) : 대쪽에 글씨를 쓰는 붓과 잘못 쓴 글씨를 깎아내는 칼. 도필리(刀筆吏)의 축약어로도 쓰인다. 도필리는 문안(文案)을 관장하는 낮은 직급의 관리.

5) 輪臺(윤대) : 한대 서역의 지명. 당대에 현읍을 설치하고 북정도호부(北庭都護府)에 예속시켰다. 옛 현읍 소재지는 지금의 신강성(新疆省) 위그루자치구 미천현(米泉縣) 경내에 있다. 이 두 구는 문관과 무관 모두 제격인 사람이 아니라는 의미이다.

6) 拓土(척토) : 영토를 개척하다.

王道(왕도) : 임금이 어진 덕으로 백성(百姓)을 다스리는 도리(道理). 여기서는 덕으로 천하를 통일하는 것을 이른다.

7) 窮兵(궁병) : 무력을 남용하다.

禍胎(화태) : 화근.

8) 好生(호생) : 생명을 아껴 살육을 좋아하지 않다.

千萬壽(천만수) : 천추만세의 수명.

9) 玉樓(옥루) : 신선의 거처.

白雲杯(백운배) : 선가(仙家)에서 쓰는 술잔.

해설

이 시는 대중 2년 양양을 거쳐 북쪽으로 돌아갈 때 선종(宣宗)이 당항 토벌을 일시 중단한다는 조서를 내린 데 대한 시인의 견해를 담은 것이다. 제1-2구는 선종의 조서가 내려진 상황을 말한 것이다. 당항 토벌을 중단한다는 조서가 내려왔으니, 서쪽에 파견된 군사들이 곧 돌아올 것이라 했다. 제3-4구는 토벌이 실패로 돌아간 이유를 시인 나름대로 분석한 것이다. 문관은 수준

낮은 벼슬아치를 기용하여 큰 틀을 볼 줄 모르고, 장군들은 전세를 파악하지 못한 채 변방에서 군사들만 괴롭히고 있다고 했다. 제5-6구는 과거의 사실을 들어 무력 남용을 비판한 것이다. 역대로 무력을 함부로 휘두르며 영토를 개척하는 것은 항상 왕도정치에 해가 되었다고 했다. 제7-8구는 선종의 조치를 칭송한 것이다. 그러나 칭송의 이면에는 무력을 남용하여 영토를 확장하고자 한 그를 풍자하려는 뜻 또한 은근히 드러나 있다.

이 시는 제1구와 제5구에 '언제(幾時)'라는 시어를 중복해 사용한 것이 흠이다. 그래서 청나라 기윤(紀昀)은 이에 대해 "'기시'가 두 번 중복된 것이 비록 좋은 시가 되는데 해를 미치지 않는다 해도, 서시가 가슴을 움켜쥔 것과 같아서 병이 아니라고 말할 수는 없다(複兩幾時, 雖不害爲好詩, 如西子捧心, 不得謂之非病.)"고 지적한 바 있다.

354

當句有對

구마다 대를 맞추다

密邇平陽接上蘭,[1]	평양공주의 저택에 가깝고 상란관과 인접하여
秦樓鴛瓦漢宮盤.[2]	진나라 누각의 원왕와에 한나라 궁궐의 승로반.
池光不定花光亂,[3]	연못의 빛은 고정되지 않고 꽃빛은 어지러운데
日氣初涵露氣乾.[4]	태양의 기운이 막 퍼지면서 이슬의 기운이 마르다.
但覺遊蜂饒舞蝶,[5]	노니는 벌이 춤추는 나비 사랑함을 느낄 뿐
豈知孤鳳憶離鸞.[6]	외로운 봉황이 이별한 난새 그리워하는 줄 어찌 알리오.
三星自轉三山遠,[7]	삼성은 저절로 돌건만 삼신산 멀어
紫府程遙碧落寬.[8]	신선의 거처로 가는 길 아득하고 푸른 하늘 넓기만 하다.

주석

1) 密邇(밀이) : 가깝다. 근접하다.

平陽(평양) : 한무제의 누이인 평양공주. 여기서는 평양공주의 저택을 가리키며, 이를 빌려 당대 공주들이 기거했던 영도관(靈都觀)을 나타내기도 한다.

上蘭(상란) : 진(秦)나라 때 만들어진 어원(御苑)인 상림원(上林苑)에 있었던 상란관(上蘭觀).

2) 秦樓(진루) : 진나라의 누각. 대개 진나라 목공(穆公)이 딸인 농옥(弄玉)에 지어준 누각을 가리킨다.

鴛瓦(원와) : 원앙와(鴛鴦瓦). 원앙처럼 짝을 맞춘 기와를 말한다.

盤(반) : 승로반(承露盤).

3) 不定(부정) : 고정되지 않다. 연못의 물빛이 산란한다는 말이다.

4) 日氣(일기) : 태양의 기운. 햇빛이 발하는 열기를 말한다.

涵(함) : 퍼지다.

露氣(노기) : 이슬의 기운. 물기를 말한다.

5) 遊蜂(유봉) : 노니는 벌. 날아다니는 벌.

饒(요) : 사랑하다.

舞蜨(무접) : 춤추는 나비.

6) 豈(기) : 어찌.

孤鳳(고봉) : 외로운 봉황. 봉황은 흔히 여성을 비유한다.

離鸞(이란) : 이별한 난새. 난새는 흔히 남성을 비유한다.

7) 三星(삼성) : 삼성(參星). 28수(宿) 중 하나로 서쪽에 있다.

《시경 · 당풍(唐風) · 주무(綢繆)》 땔나무 다발을 묶어놓고 나니 삼성이 하늘에 반짝이네. 오늘 저녁이야말로 어찌된 저녁인가? 우리 님을 만났네.(綢繆束薪, 三星在天. 今夕何夕, 見此良人.) 이로부터 삼성은 남녀의 만남을 상징한다.

自轉(자전) : 저절로 돌다. 별자리가 움직이면서 날이 밝아오는 것을 말한다.

三山(삼산) : 바다에 있고 신선이 산다는 삼신산(三神山). 왕가(王嘉)의 《습유기(拾遺記)》에 따르면 세 산의 이름은 각각 방장(方丈), 봉래(蓬萊), 영주(瀛洲)이다. 여기서는 도관(道觀)을 비유한다.

8) 紫府(자부) : 도교에서 말하는 신선의 거처.

程遙(정요) : 가는 길이 아득하다.

碧落(벽락) : 도교에서 쓰는 말로 하늘을 가리킨다.

해설

이 시는 내용과 무관하게 '매 구절마다 자체로 대를 이루는' 대장(對仗)의 한 형식을 가리키는 '당구대(當句對)'를 제목으로 삼았다. 따라서 일종의 무제시로 보아도 무방하다. 전체적인 내용은 〈푸른 성 3수(碧城三首)〉와 마찬가지로 여도사의 애정 행각을 소재로 삼았다. 제1-2구는 여도사의 거처를 소개한 것이다. 평양공주의 저택이나 상란관과 인접하다고 하여 신분이 높음을 암시하고, '원앙와'와 '승로반'을 나란히 거론하여 애정과 구도(求道)가 함께 진행되는 곳임을 내비쳤다. 제3-4구는 도관 주변의 경치를 묘사한 것이다. 연못과 꽃에서 빛이 퍼져나가는 봄날, 태양이 떠오르면서 이슬이 마른다고 했다. 제5-6구는 여도사의 외로움을 묘사한 것이다. 정원을 벌은 나비를 사랑하며 날아다니건만, 외로운 봉황 신세가 된 여도사는 도관에서 난새, 즉 사랑하는 임을 그리워할 뿐이라고 했다. 제7-8구는 임과 만날 기약이 없음을 안타까워한 것이다. 남녀의 만남을 상징하는 삼성은 또 떨어지건만 임이 있는 삼신산으로 가는 길은 멀고 아득하다고 했다.

칠언율시에서 당구대를 처음 사용한 것은 두보로 알려져 있다. 예컨대 그가 〈문하성의 벽에 적다(題省中壁)〉 시의 함련에서 "떨어진 꽃잎 흔들리는 거미줄에 흰 해는 고요하고, 우는 비둘기 어린 제비에 푸른 봄이 깊어간다(落花游絲白日靜, 鳴鳩乳燕青春深.)"고 한 것 등이 그러하다. 이상은이 이 시에서 이런 수법을 시 전편으로 확대하고, 그것에 '당구대'라는 이름을 붙였다는 점이 특기할 만하다.

355

井絡

정락

井絡天彭一掌中,[1]	민산과 천팽궐이 한 손바닥에 있는데도
漫誇天設劍爲峰.[2]	하늘이 칼을 세워 봉우리를 만들었노라 함부로 뽐낸다.
陣圖東聚煙江石,[3]	팔진도는 동쪽 안개 낀 강의 돌을 모아놓았고
邊柝西懸雪嶺松.[4]	변방의 딱따기는 서쪽 설령의 소나무에 걸려 있다.
堪嘆故君成杜宇,[5]	망제가 두견새 되었던 것도 탄식할 만한데
可能先主是眞龍.[6]	어찌 유비가 진짜 용이었겠는가?
將來爲報姦雄輩,[7]	이로써 간웅의 무리들에게 알리노니
莫向金牛訪舊蹤.[8]	금우도에서 옛 발자취를 찾지 마라.

주석

1) 井絡(정락) : 정수(井宿)의 분야(分野). 고대 중국의 별자리 28수(宿)의 하나인 정수가 포괄하는 곳. 여기서는 감숙성 서남부로부터 사천성 북부에 걸쳐 있는 민산(岷山)을 가리킨다. 《하도(河圖) · 괄지상(括地象)》에 "민산이 있는 땅 위가 정수의 분야다(岷山之地, 上爲井絡.)"라는 말이 보인다.

天彭(천팽) : 지금의 사천성 관현(灌縣)에 있는 산인 천팽궐(天彭闕). 두 산이 대궐처럼 마주 서 있는 까닭에 천팽문(天彭門)이라고도 불린다.

2) 漫(만) : 함부로, 멋대로.

誇(과) : 자랑하다. 뽐내다.

設劍爲峰(설검위봉) : 칼을 세워 봉우리를 만들다.

《구당서 · 지리지》 검주 검문현의 경계에 대검산이 있으니 곧 양산이다. 그 북쪽으로 30리 되는 곳에 소검산이 있다.(劍州劍門縣界大劍山, 卽梁山也. 其北三十里有小劍山.) 검주는 지금의 사천성 검각현(劍閣縣) 경내이다.

3) 陣圖(진도) : 팔진도(八陣圖). 제갈량이 창안한 진법(陣法)의 그림으로, 중군(中軍)을 가운데에 두고 전후좌우와 네 귀퉁이에 여덟 개의 진을 배치한 것이다. 《진서 · 환온전(桓溫傳)》에 "제갈량이 어복현의 평평한 모래펄에 팔진도를 만들었는데, 돌을 여덟 줄로 쌓고 줄 간 간격은 두 길이었다.(諸葛亮造八陣圖於魚腹平沙上, 壘石爲八行, 相去二丈.)"는 내용이 보인다. 팔진도의 유지(遺址)로 알려진 곳이 세 군데 있다. 〈환온전〉에서 말한 어복현, 즉 지금의 사천성 봉절현(奉節縣) 남쪽 강변 외에도 섬서성 면현(沔縣)의 제갈량 묘 동쪽과 사천성 신도현(新都縣) 북쪽이 더 있다. 이 시에서는 신도현의 유지를 가리키는 것으로 보인다.

煙江(연강) : 안개가 자욱하게 낀 강.

4) 邊柝(변탁) : 변방에서 순라꾼들이 치는 딱따기.

雪嶺(설령) : 성도(成都) 서쪽의 봉우리인 민산(岷山).

5) 故君(고군) : 옛 임금. 여기서는 전국시대 말기 촉 지방에서 황제를 칭했던 망제(望帝)를 가리킨다. 죽어서 두견새가 되었다는 전설이 있다.

杜宇(두우) : 두견새.

6) 可能(가능) : 어찌 ~할 수 있겠는가.

先主(선주) : 삼국시대 촉나라의 유비(劉備).

眞龍(진룡) : 다른 것이 변한 모습이 아닌 진짜 용. 흔히 황제를 비유한다.

《삼국지 · 주유전(周瑜傳)》 주유가 이렇게 말했다. '유비는 오래 남 밑에 있을 사람이 아니다. 아마도 교룡이 구름과 비를 얻으면 결국 연못의 동물이 아닌 것과도 같을 것이다.'(周瑜曰, 劉備非久爲人用者, 恐蛟龍得雲雨, 終非池中物也.)

7) 將來(장래) : 이로써.

爲報(위보) : 알리다. 고하다.

姦雄輩(간웅배) : 간사한 무리들. 사천 지역을 할거하려는 야심을 품은 사람들을 가리킨다.

8) 金牛(금우) : 금우도(金牛道). 석우도(石牛道)라고도 부른다. 지금의 섬서성 면현(勉縣)에서 서남쪽으로 칠반령(七盤嶺)을 넘고 조천역(朝天驛)을 지나 사천성 검각현(劍閣縣)으로 통하는 길이다. 고대에 관중에서 촉으로 가는 주요 교통로였다.

《화양국지(華陽國志)》 진나라 혜왕이 돌로 소 다섯 마리를 만들고 아침에 엉덩이에 금칠을 한 뒤 소가 금을 싼다고 말했다. 촉나라 사람들이 기뻐하며 사신을 보내 돌 소를 청하자 허락하여 장정 다섯을 보내 돌 소를 맞이하게 했다. 돌 소가 금을 싸지 않자 화를 내며 그것을 돌려보내고 진나라 사람을 비웃으며 '동쪽의 소치는 아이'라 했다. 진나라 사람이 웃으며 이렇게 말했다. '우리가 비록 소를 치지만 촉 땅을 차지할 것이다.'(秦惠王作石牛五頭, 朝瀉金其後, 曰牛便金. 蜀人悅之, 使使請石牛, 許之, 乃遣五丁迎石牛. 旣不便金, 怒遣還之, 乃嘲秦人曰, 東方牧犢兒. 秦人笑曰, 吾雖牧犢, 當得蜀也.) 후에 진나라에서 돌 소를 가져가느라 촉나라가 개척한 길로 군대를 보내 촉나라를 쳤다.

해설

이 시는 대중 6년(852) 이상은이 동천절도사 막부에 머물면서 성도의 서천절도사 막부를 오갈 때 지은 것으로 보인다. 정락, 즉 민산 주변 촉 지방의 패권을 노리는 번진(藩鎭)들에게 야욕을 거두라는 경고의 메시지를 담았다. 제1-2구는 험준한 지형상의 이점을 믿고 준동하지 말라고 경고한 것이다. 민산과 천팽궐이 손바닥만 한데도 천하의 요새라며 우쭐댄다고 했다. 제3-4구는 이민족의 위협이 계속되는 상황에 대한 각성을 촉구한 것이다. 촉 지방 동쪽과 서쪽 변방은 여전히 경계를 게을리 할 수 없는 형편이라고 했다. 제5-6구는 촉 지방을 차지했지만 대업과는 거리가 멀었던 사례를 제시한 것이다. 망제는 죽어서 두견새가 되었을 뿐이고, 유비도 삼국통일을 이룬 진짜 용은 아니었다고 했다. 제7-8구는 시인의 작시 의도를 직접적으로 밝힌 것이다. 간사한 이들에게 금우도로 망한 어리석은 촉나라 사람들의 전철을 밟지 말라고 촉구했다.

청나라 기윤(紀昀)의 평이 이 시의 장단점을 잘 지적하고 있다고 생각된다. “입론이 바르고 커서 시의 격조가 절로 높아졌다. 제5-6구는 완곡하게 질책한 전고의 사용이 정밀하다. 그러나 제3-4구의 전환은 지나치게 억지스럽고, 뜻은 통하지만 결국 구구한 해설이 요구된다.(立論正大, 詩格自高. 五六唱歎指點, 用事靜切. 三四轉折太硬, 意雖可通, 究費疏解.)”

356

寫意

생각을 적다

燕雁迢迢隔上林,[1]	연 땅의 기러기 멀리 상림원과 떨어져 있기에
高秋望斷正長吟.[2]	늦가을에 끝까지 바라보며 길게 소리 지른다.
人間路有潼江險,[3]	인간세상의 길에는 재동강의 험함이 있고
天外山惟玉壘深.[4]	하늘 밖 산에는 옥루산의 깊음도 있다.
日向花間留返照,[5]	해는 꽃 사이에 석양을 남기고
雲從城上結層陰.[6]	구름은 성 위에 짙게 깔린다.
三年已制思鄉淚,[7]	벌써 삼 년이나 고향 생각의 눈물을 참았는데
更入新年恐不禁.[8]	다시 새해로 접어들려 하니 견딜 수 없을 것만 같다.

주석

1) 燕雁(연안) : 연 땅의 기러기. '제비와 기러기'로 풀이하기도 한다.
上林(상림) : 상림원(上林苑). 한무제(漢武帝)가 진나라의 왕실 정원을 3백 리 둘레로 확대한 것으로, 그 안에 이궁(離宮)이 70개소 있었다. 지금의 섬서성 장안 부근에 있었기에 여기서는 장안을 가리킨다.

2) 高秋(고추) : 늦가을.
望斷(망단) : 더 이상 보이지 않을 때까지 바라보다.

長吟(장음) : 시를 읊다.

3) 潼江(동강) : 재동강(梓潼江). 치수(馳水) 또는 오부녀(五婦女)라고도 하며, 사천성 평무현(平武縣)에서 발원하여 남쪽으로 흐르다 사홍(射洪) 부근에서 부강(涪江)으로 유입된다.

4) 玉壘(옥루) : 옥루산(玉壘山). 사천성 관현(灌縣) 서북쪽에 있다.

5) 返照(반조) : 석양.

6) 從(종) : ~에. 처소를 나타낸다.

層陰(층음) : 잔뜩 낀 짙은 구름.

7) 制(제) : 절제하다. 참다.

8) 恐(공) : 아마도.

不禁(불금) : 견디지 못하다. 주체할 수 없다.

해설

이 시는 시인이 동천절도사 막부에 머무른 지 3년째 되는 대중 7년(853) 늦가을에 창작된 것으로 보인다. 막부에서 한 해를 보내고 또 새해를 맞이하는 서글픔을 시에 담았다. 제1-2구는 기러기에 시인 자신을 투영해 시상을 연 것이다. 월동을 위해 상림원에서 남쪽으로 내려온 기러기는 북쪽으로 바라보며 우는데, 이는 장안에서 재주로 내려와 고향을 그리워하는 시인의 처지와 비슷하다는 것이다. 제3-4구는 '촉도난(蜀道難)', 즉 촉으로 가는 길의 어려움을 노래한 것이다. 재주를 둘러싼 재동강과 옥루산의 산천이 험하고 깊다고 하여 타향에서의 고단한 생활을 암시했다. 제5-6구는 촉 땅의 음울한 기후를 소개한 것이다. 촉 땅은 해가 짧아 금세 석양이 지고 성 위에 구름이 짙게 깔리는 흐린 날도 많아 시인의 우울함을 가중시킨다고 했다. 제7-8구는 막부에서 다시 한 해를 보내는 심정을 토로한 것이다. 3년 동안 고향을 그리워하는 마음을 억눌러 왔는데 다시 새해를 맞이하려니 눈물을 주체할 수 없다고 했다.

개인의 운명적 고난을 묵직한 필치로 시에 담아낸 것이 두보 시의 큰 특징이라면, 이상은의 일부 작품도 이에 버금가는 것이 제법 있다. 이 시도 종종 그런 평가를 받았다. 예컨대 청나라 전양택(錢良擇)의 평은 이러하다. "이 시는 기세와 음운이 침착하고 힘이 있으며, 말은 다 했으되 의미는 무궁하니 두보 이후로 이 한 사람일 뿐이다.(此詩氣韻沉雄, 言有盡, 而意無窮, 少陵後一人而已.)"

357

隨師東

수나라 군대의 동쪽 정벌

東征日調萬黃金,[1]	동쪽을 정벌함에 하루에 일만 냥을 내걸고
幾竭中原買鬪心.[2]	중원의 재력을 다 소모해 투지를 사려 하네.
軍令未聞誅馬謖,[3]	군령에 마속을 목 벤다는 말은 들은 적이 없고
捷書惟是報孫歆.[4]	전과보고서는 오로지 손흠을 죽였다는 얘기로구나.
但須鸑鷟巢阿閣,[5]	봉황이 누각에 둥지를 튼다면야
豈暇鴟鴞在泮林.[6]	어찌 올빼미가 반궁 숲에 있겠는가.
可惜前朝玄菟郡,[7]	한대의 현도군이 애석하구나
積骸成莽陣雲深.[8]	쌓인 해골이 덤불을 이루고 전운이 깊어가네.

주석

1) 東征(동정) : 동쪽을 정벌하다. 수나라가 군사를 일으켜 고구려 정벌에 나섰다가 크게 패한 사실을 가리킨다.
   調(조) : 조달하다. 돈을 대다.

2) 幾(기) : 거의.
   竭(갈) : 고갈시키다. 소모하다.
   買鬪心(매투심) : 투지를 사다. 후한 상으로 사기를 고취시킨다는 말이다.

3) 誅馬謖(주마속) : 마속의 목을 베다. 제갈량(諸葛亮)이 마속(馬謖)에게 군사를 이끌고 가정(街亭)에서 위나라 장수인 장합(張郃)이 이끄는 군대와 교전토록 했는데, 마속이 물길을 끊기지 말라는 군령을 어기고 산으로 올라갔다가 대패하자, 제갈량이 울면서 그의 목을 베었다는 고사인 읍참마속(泣斬馬謖)이 전해진다. 여기서는 군령이 엄격한 것을 가리킨다.

4) 捷書(첩서) : 군사 첩보.
惟是(유시) : 오직 ~뿐이다.
報孫歆(보손흠) : 두예(杜預)가 오나라를 정벌하고 손흠(孫歆)을 생포해 오자, 그보다 앞서 손흠의 목을 베었다는 왕준(王濬)의 전과보고가 거짓임이 탄로나 웃음거리가 되었다고 한다.

5) 但須(단수) : 단지 ~하기만 하면.
鸑鷟(악작) : 봉황의 별칭.
阿閣(아각) : 사면에 기둥과 서까래가 있는 누각. 여기서는 궁궐의 가리키며, 봉황이 누각에 있는 것은 곧 조정에 어진 신하가 있다는 말이다.

6) 豈暇(기가) : 어찌 ~하게 두겠는가.
鴟鴞(치효) : 올빼미. 악조(惡鳥)의 일종이다.
泮林(반림) : 반궁(泮宮) 옆의 숲. 반궁은 주(周)나라 때 제후의 도읍에 설치한 대학. 《시(詩) · 노송(魯頌) · 반수(泮水)》에서 "펄펄 나는 올빼미가 반궁 숲에 내려앉네. 오디를 따먹고는 내 호의를 생각하네(翩彼飛鴞, 集于泮林. 食我桑黮, 懷我好音.)"라 했다.

7) 玄菟郡(현도군) : 한나라가 고조선에 설치했던 사군(四郡)의 하나. 지금의 함경도와 만주의 길림성(吉林省)에 걸쳐 있었다.

8) 積骸(적해) : 해골이 쌓이다.
成莽(성망) : 덤불을 이루다. 해골이 땅 위에 널브러져 있었다는 뜻이다.
陣雲(진운) : 전운(戰雲). 살기.

해설

이 시는 수나라의 고구려 정벌을 소재로 한 영사시다. 제목의 '수(隨)'는 수(隋)나라를 가리킨다. 수나라는 본래 '수(隨)'라고 쓰다가 문제(文帝) 때 받침자(辵)를 없애고 '隋'라 했다. 작자는 이런 역사적 사실을 빌어 경종(敬宗) 때 있었던 이동첩(李同捷) 토벌전을 비판한 것으로 보인다. 관군은 이 전투에서 고전을 면치 못하고 4년 만에 겨우 반란군을 진압할 수 있었다.

제1-2구는 수나라가 군사를 대대적으로 동원해 고구려를 침공한 것을 서술했다. 수나라는 모두 세 차례에 걸쳐 100만이 넘는 대군을 이끌고 고구려를 침공했다. 제3-4구는 허술한 군령과 거짓 전과보고로 난항을 거듭한 침공 과정을 꼬집었다. '읍참마속'의 준엄한 군령은 내려지지 않았고 단지 거짓된 승전보만 난무하는 상황이었다는 것이다. 당시 수나라는 고구려의 요동성을 함락시키지 못해 쩔쩔맸다. 제5-6구에서는 봉황과 올빼미의 비유를 들었다. 봉황 같은 어진 신하가 궁궐에 있어 군주에게 간언을 한다면, 올빼미 같은 간신이나 반역의 무리가 발붙이지 못할 것이라는 뜻이다. 어진 신하라면 틀림없이 무모한 고구려 원정을 만류했을 터였다. 제7-8구는 이전 한나라 시대와 비교한 비판의 목소리이다. 한나라는 고조선을 멸망시키고 예맥 땅에 사군(四郡)의 하나인 현도군을 설치해 통치했었다. 그런데 수나라는 그곳을 고구려에 내주고 되찾지 못한 채 대량의 희생자만 냈던 것이다. 수나라와 고구려간의 전쟁을 당나라 관군과 이동첩 반란군 간의 것으로 치환해서 생각하면, 이 시가 겨누고 있는 비판의 붓끝을 쉽게 이해할 수 있으리라 여겨진다. 두보를 배웠다고 평가되는 이상은의 칠언율시 가운데 아직 원숙한 경지에 이르지 못한 초기작으로 보는 견해가 많다.

358

宋玉[1]

송옥

何事荊臺百萬家,[2]	어찌하여 형대의 수많은 사람 가운데서
唯敎宋玉擅才華?[3]	유독 송옥만이 재주를 드날리게 했던가?
楚辭已不饒唐勒,[4]	초사는 이미 당륵을 풍성하게 해주지 않았고
風賦何曾讓景差![5]	〈풍부〉가 언제 경차보다 못한 적이 있었던가?
落日渚宮供觀閣,[6]	해질 녘 저궁은 감상할 누각을 마련해주고
開年雲夢送煙花.[7]	이듬해에도 운몽택(雲夢澤)은 봄 경치를 보내주네.
可憐庾信尋荒徑,[8]	유신이 황량한 길 찾아갔던 것 부러워하니,
猶得三朝託後車.[9]	그래도 세 왕조에서 시종의 수레에 기댔었네.

주석

1) 宋玉(송옥) : 송옥(?B.C.290-?B.C.222)은 춘추 전국 시대 초나라의 문인. 작품에 〈구변(九辯)〉, 〈초혼(招魂)〉, 〈고당부(高唐賦)〉 등이 있다.

《사기·굴원가생열전(屈原賈生列傳)》 굴원이 죽은 뒤에 초나라에는 송옥, 당륵, 경차의 무리가 있었는데 모두 사를 좋아하여 부를 잘 짓는 것으로 명성이 있었다. 그러나 이들은 모두 굴원을 종주로 삼아 침착한 사령을 본받기는 했으나 결국 감히 직간은 하지 못했다.(屈原既死之後, 楚有宋玉唐勒景差之徒者,

皆好辭而以賦見稱. 然皆祖屈原之從容辭令, 終莫敢直諫.)

2) 荊臺(형대) : 옛 초나라에 있던 저명한 누대. 지금의 호북성 감리현(監利縣) 북쪽에 있다. 《공자가어(孔子家語)》에 따르면, 초나라 왕이 형대에서 노닐려 하자 사마자기(司馬子祺)가 간언했다고 한다. 여기서는 초(楚) 지역을 두루 가리키는 말이다.

3) 擅(천) : 멋대로 하다.

才華(재화) : 재주.

4) 饒(요) : 풍성하다. 풍요롭다.

唐勒(당륵) : 당륵(?B.C.290-?B.C.223)은 춘추전국시대 초나라 문인으로, 송옥과 경차(景差)와 동시대 사람이다. 《한서 · 예문지(藝文志)》에 그에게 부 4편이 있었다고 했지만 지금은 망실되었다.

5) 風賦(풍부) : 송옥의 작품. 바람을 '대왕(大王)의 웅풍(雄風)'과 '서인(庶人)의 자풍(雌風)'으로 나누어 묘사하면서 사회의 불평등한 일면을 드러내고 있다.

景差(경차) : 경차(?B.C.290-?B.C.223) 역시 춘추전국시대 초나라 문인으로, 송옥과 동시대 사람이다.

6) 渚宮(저궁) : 초나라의 별궁으로, 지금의 호북성 강릉현(江陵縣) 동쪽에 있었다. 이 구절은 궁중의 관각(館閣)이 특히 높아 석양빛에 더욱 빛이 난다는 뜻이다.

7) 開年(개년) : 다음 해.

煙花(연화) : 봄 경치.

8) 可憐(가련) : 부러워하다.

庾信(유신) : 유신(513-581)은 남북조 시대의 문인으로 자는 자산(子山). 처음 남조의 양(梁)나라에서 벼슬을 하다가 후에 북주(北周)에서도 벼슬을 했다. 유신은 후경(侯景)의 난으로 건강(建康)에서 강릉(江陵)으로 돌아와 송옥의 고택에 머물렀던 적이 있었다.

〈애강남부 哀江南賦〉 송옥의 집에서 잡초를 베고, 임강왕의 관청에 길을 냈다.(誅茅宋玉之宅, 穿徑臨江之府.)

9) 三朝(삼조) : 세 임금의 시대. 여기서는 유신이 벼슬했던 세 임금의 시대

인 양(梁) 무제(武帝), 간문제(簡文帝), 원제(元帝) 시대를 가리킨다.

後車(후거) : 시종들이 타는 수레.

조비(曹丕), 〈조가령 오질에게 주는 편지 與朝歌令吳質書〉 시종들이 호드기를 불면서 길을 안내하고 문학가들은 뒤 수레에 탔다.(從者鳴笳以啓路, 文學託乘於後車.)

해설

이 시는 재주 많은 송옥에게 빗대어 자신의 불우함에 대한 감개를 기탁했다. 제1-2구는 수많은 명가들 가운데 송옥의 명성만 빛났던 까닭을 궁금해한 것이다. 송옥의 재주를 의심하는 것은 아니지만 어떻게 그런 행운을 가질 수 있었는지, 그리고 시인 자신도 송옥과 같은 재주가 있는데 왜 뜻을 펴지 못하고 있는지 물음을 던진 것이다. 제3-4구는 송옥의 재주를 당시의 인물과 비교한 것이다. 송옥이 당륵의 재주를 빛이 바래게 했고, 그가 지은 작품이 경차보다 나았다고 했다. 제5-6구는 송옥이 문학적 재능을 발휘할 만한 좋은 환경이 있었다는 것이다. 저궁에서 석양을 감상하고 운몽택의 봄 경치도 마음껏 감상할 수 있었다고 했다. 시인 자신은 그렇지 못하여 자신에게 궁궐의 누각을 제공해주는 사람도 없고 봄 경치를 감상할 여유도 없었다는 푸념이 행간에 깔려 있다. 제7-8구는 송옥의 고택에 머물렀던 유신을 언급한 것이다. 그의 일생은 송옥에 비하면 불행했지만, 그래도 그는 삼조를 두루 거치며 벼슬을 했다고 했다. 송옥의 재주는 유신을 거쳐 시인에게 이어졌다고 자부하지만, 그 재주를 펼 기회가 없이 막부만 떠도는 자신의 운명을 개탄하고 있는 것이다.

359

韓同年新居餞韓西迎家室戲贈

한첨의 새 집에서 서쪽에서 아내를 맞이하러 떠나는 그를 전송하며 장난삼아 지어주다

籍籍征西萬戶侯,[1]	명성도 자자한 정서장군 만호후
新緣貴壻起朱樓.[2]	새로 귀한 사위 얻고 붉은 누각 지어주셨다.
一名我漫居先甲,[3]	단번에 명성을 얻은 나는 공연히 앞자리를 차지했을 뿐
千騎君翻在上頭.[4]	천 명의 기병 가운데 그대가 도리어 맨 앞에 있다.
雲路招邀迴彩鳳,[5]	구름 지나는 길에서 초청하니 봉황이 돌아와
天河迢遞笑牽牛.[6]	은하수 저 멀리의 견우를 비웃는구나.
南朝禁臠無人近,[7]	남조의 궁중용 저민 고기엔 아무도 가까이 하지 않는데
瘦盡瓊枝詠四愁.[8]	말라빠진 옥 가지는 〈사수〉 시만 읊고 있다.

주석

1) 籍籍(자자) : 떠들썩한 모양. 여기서는 명성이 대단한 것을 말한다.
征西(정서) : 정서장군(征西將軍). 장안 서쪽에 있는 경원절도사(涇原節度使) 왕무원(王茂元)을 가리킨다.

萬戶侯(만호후) : 식읍(食邑)이 만 호에 달하는 제후라는 말로 고관대작을 가리킨다.

2) 緣(연) : 인연을 맺다.

壻(서) : 사위.

朱樓(주루) : 붉은 누각. 화려한 누각.

3) 一名(일명) : 단번에 이름을 날리다.

漫(만) : 헛되이. 공연히.

先甲(선갑) : 합격자 중 앞자리. '갑'은 본래 열흘 가운데 첫째 날을 가리키는 말이다.

4) 千騎(천기) : 천 명의 기병.

악부시 〈맥상상(陌上桑)〉 동쪽에 천 명의 기병이 있는데, 남편이 맨 앞입니다.(東方千餘騎, 夫壻居上頭.)

翻(번) : 도리어.

上頭(상두) : 앞자리.

5) 雲路(운로) : 하늘로 올라가는 길. 관도(官途)를 비유한다.

招邀(초요) : 초청하다.

彩鳳(채봉) : 광채가 나는 봉황. 여기서는 한첨(韓瞻)의 아내 왕씨를 비유한다.

6) 天河(천하) : 은하수.

迢遞(초체) : 높고 먼 모양.

牽牛(견우) : 직녀와 칠석에 하루만 만난다는 전설상의 인물.

7) 禁臠(금련) : 궁중에서 쓰는 저민 고기. 여기서는 한첨을 비유한다. 시인 자신을 가리킨다고 보는 설도 있다. 《세설신어(世說新語) · 배조(排調)》편에 의하면, 진무제(晉武帝)가 왕순(王珣)에게 진릉공주(晉陵公主)의 배필을 구해줄 것을 청하여 사혼(謝混)을 추천했는데, 나중에 원산송(袁山松)이 딸을 사혼에게 시집보내려 하자 '궁중용 저민 고기'에 손대지 말라고 했다고 한다.

8) 瘦盡(수진) : 말라빠지다.

瓊枝(경지) : 옥 나무의 가지. 재사(才士)를 비유하는 말로 여기서는 시인 자신을 가리킨다. 한첨을 사위로 맞으려던 다른 양반 댁 규수를 비유한다고 보는 설도 있다.

四愁(사수) : 장형(張衡)의 시. 매 장이 '내가 그리워하는 이는(我所思兮)'으로 시작된다.

해설

이 시는 급제 동기인 한첨(韓瞻)이 경원절도사 왕무원의 딸과 결혼한 후에 장인의 도움으로 장안에 새집을 장만하여 경원의 처가에 머물고 있던 아내를 맞이하러 떠나는 잔치 자리에서 그를 전송하며 지은 것이다. 제1-2구는 새집을 장만해준 한첨의 장인을 칭송한 것이다. 왕무원은 안사의 난 때 공을 세운 아버지 왕서요(王栖曜)의 뒤를 이은 무인으로, 경원절도사로 있으면서 갓 과거에 급제한 한첨을 사위로 맞고 장안에 신접살림을 차릴 집을 마련해주었다. 이후의 여섯 구는 모두 한첨과 시인 자신을 대비시켜 시샘과 희롱의 뜻을 담았다. 제3-4구에서는 과거 시험의 성적은 시인이 한첨을 앞섰는데, 결혼은 성적순이 아니어서 한첨이 먼저 장가를 들었다고 했다. 제5-6구에서는 한첨은 승승장구하여 봉황 같은 아내를 새로 맞이했는데, 자신은 견우의 신세가 되어 칠석 날 만날 직녀를 하염없이 기다리고 있다고 푸념을 늘어놓았다. 제7-8구에서는 한첨은 이미 '임자 있는 몸'이 된 데 비해 자신은 짝을 찾지 못해 시름겹다고 했다. 제7구도 시인을 가리키는 것으로 보아 자신의 재주는 공주를 배필로 맞을 정도인데 아직 기회를 얻지 못하고 연가(戀歌)만 부르고 있다고 해석하기도 한다. 전체적으로 보아 시샘과 자조(自嘲)의 감정을 적절히 추스르지 못해 미적으로 승화될 여지가 부족했던 즉흥작으로 평가된다.

360

奉和太原公送前楊秀才戴兼招楊正字戎

태원공의 〈전 수재 양대를 전송하고 겸하여 정자 양융을 초빙하며〉에 받들어 화답하다

潼關地接古弘農,[1]	동관은 땅이 옛 홍농과 닿아 있어
萬里高飛雁與鴻.[2]	만 리에 작고 큰 기러기 높이 날아다니네.
桂樹一枝當白日,[3]	계수나무 한 가지는 흰 해에 적당하고
芸香三代繼清風.[4]	운향으로 삼대 째 맑은 바람을 잇는구나.
仙舟尚惜乖雙美,[5]	신선의 배는 오히려 아름다운 한 쌍이 깨지는 것을 애석해하지만
綵服何繇得盡同.[6]	색동옷을 어찌 다 함께 입을 수 있으리.
誰憚士龍多笑疾,[7]	누가 육운에게 웃음 병이 있다고 꺼릴 것인가
美髭終類晉司空.[8]	아름다운 콧수염이 결국 장화를 닮았거늘.

주석

1) 潼關(동관) : 관문 이름. 지금의 섬서성 위남시(渭南市) 동관현 북쪽에 있다.

弘農(홍농) : 한대의 지명. 지금의 하남성 영보시(靈寶市) 북쪽이다. 여기

서는 양씨(楊氏)의 본관을 지적한 것이다.

2) 雁與鴻(안여홍) : 작고 큰 기러기. 여기서는 양대(楊戴)와 양융(楊戎) 형제를 가리킨다.

3) 桂樹一枝(계수일지) : 계수나무 한 가지. 과거 급제를 비유한다.
白日(백일) : 흰 해. 밝은 시대를 말하며, 여기서는 당 왕조를 칭송한 것이다.

4) 芸香(운향) : 향초의 하나로 잎을 책 속에 놓으면 좀을 먹지 않는다고 한다. 여기서는 비서성(秘書省)을 가리킨다.
三代(삼대) : 양대와 양웅이 조부 양릉(楊凌)과 부친 양경지(楊敬之)를 이어 과거에 급제했음을 말한다.

5) 仙舟(선주) : 신선의 배. 한나라 때 이응(李膺)과 곽태(郭泰)가 같이 배에 오르면 여러 빈객들이 모두 신선으로 여겼다고 한다.

6) 綵服(채복) : 색동옷. 일흔의 나이에도 부모님을 즐겁게 해드리려고 색동옷을 입었다는 노래자(老萊子)의 고사를 활용한 것이다.
何繇(하요) : 어찌 ~하겠는가?

7) 憚(탄) : 꺼리다.
士龍(사룡) : 진나라의 육운(陸雲). 육기(陸機)의 동생이다.
笑疾(소질) : 웃음 병. 한번 웃으면 멈추지 못하는 병. 《진서 · 육운전》에 의하면, 육기와 육운이 낙양에 들어간 후 장화(張華)를 찾아갔을 때 육운이 장화가 콧수염을 꼬는 모습을 보고 웃음을 주체하지 못했다고 한다.

8) 美髭(미자) : 아름다운 콧수염.
類(유) : 닮다.
晉司空(진사공) : 진나라 때 사공 벼슬을 한 장화.

해설

이 시는 태원공 왕무원(王茂元)이 양대(楊戴)와 양융(楊戎) 형제를 보내고 맞으며 쓴 시에 화답한 것이다. 전체적인 내용은 막부를 떠나는 양대보다는 새 식구가 될 양융을 환영하는 데 주안점이 있다. 제1-2구는 양씨 형제의 거주지와 본관을 서술했다. 두 사람은 동관에 살며 그곳은 양씨의 본관인 홍농과도 지리적으로 가깝다고 했다. 제3-4구는 형제의 집안을 칭송했다. 조부로부터 내리 삼 대째 과거에 합격하여 비서성의 관직을 받은 명망 있는 집안 출신이라는 것이다. 제5-6구는 들고 나는 형제의 상황을 서술했다. 양대가 막부에서 능력을 발휘하는 모습을 보지 못하는 것은 안타깝지만 부모님을 모시기 위해 부득불 떠나야만 하는 형편이라고 했다. 형제가 함께 막부에 있지 못함을 아쉬워하는 것이라고 보기도 한다. 제7-8구는 양융을 칭송한 것이다. 육운이 장화로부터 인정을 받았듯이 양융도 막주인 왕무원에게 사랑받는 종사관이 될 것이라는 말이다. 응수의 작품이기는 하나 전고의 사용이 치밀하고 고상한 운치도 있어 격이 낮지 않다고 하겠다.

361

池邊

연못가에서

玉管葭灰細細吹,[1]	옥피리의 갈대 재로 바람이 살랑살랑 불어오고
流鶯上下燕參差.[2]	꾀꼬리는 위아래로, 제비는 들쭉날쭉 날아다닌다.
日西千遶池邊樹,[3]	해질녘에 연못가의 나무를 수없이 맴돌며
憶把枯條撼雪時.[4]	마른 나뭇가지 붙잡고 눈 털던 때를 떠올린다.

주석

1) 玉管(옥관) : 옥피리. 옥으로 만든 고대의 악기로, 26개의 구멍이 있었으며 음률을 맞추는 데 썼다.
   葭灰(가회) : 갈대 재. 옛날 사람들은 갈대의 막을 태워 재로 만든 뒤 십이율의 피리에 두고, 실내를 밀폐시켜 기후를 점쳤다. 어느 계절이 되면 어떤 피리 속의 갈대 재가 날아오르는 까닭에 그 계절이 도래했음을 알 수 있었다.
2) 流鶯(유앵) : 소리가 고운 앵무새.
   參差(참치) : 가지런하지 않은 모양.
3) 遶(요) : 두르다. 에워싸다.
4) 撼雪(감설) : 눈을 털다.

해설

이 시는 쉼 없이 흐르는 시간을 노래한 것이다. 제1-2구는 봄날의 경관을 묘사한 것이다. 봄바람이 계절을 알리는 옥피리의 갈대 재를 날려, 꾀꼬리와 제비가 사방에서 날아다닌다고 했다. 제3-4구는 지난겨울의 모습을 회상한 것이다. 지난겨울에는 연못가의 나무를 맴돌며 마른 나뭇가지에 쌓인 눈을 털었다고 했다. 이 시에 담긴 시인의 의도를 정확히 알긴 어렵다. 다만 청나라 요배겸(姚培謙)은 이 시가 "득의했을 무렵 아직 그렇지 못했을 때를 회상한 것(從得意時追想未得意時.)"이라고 했다. 현대 학자 섭총기(葉葱奇)는 청나라 요배겸의 설을 부연하여 "과거에 급제한 뒤 이전 두 번의 시험에서 낙방했던 때를 떠올린 것"이라고 추정했다. 그렇다면 제목에 보이는 '연못'은 과거 급제 후에 잔치를 벌이는 곡강지(曲江池)로 이해할 수 있을 것이다. 일설로 부기해둔다.

362

賈生[1]

가의(賈誼)

宣室求賢訪逐臣,[2]	조정에서 어진 이 구하려 쫓겨난 신하 다시 찾으니
賈生才調更無倫.	가의의 재주는 다시 짝할 이 없었다.
可憐夜半虛前席,[3]	애석하다, 한밤중에 임금과 마주앉은 것도 헛일이었으니
不問蒼生問鬼神.	백성의 일 묻지 않고 귀신의 일만 물었다.

주석

1) 賈生(가생) : 가의(賈誼, BC 200-BC 168). 한나라 하남(河南) 낙양(洛陽) 사람으로, 시문에 뛰어나고 제자백가에 정통하여 18세 때 벌써 문명(文名)을 떨쳤다. 문제(文帝)의 총애를 받아 태중대부(太中大夫)가 되었으나 고관들의 시기를 받아 장사왕(長沙王)의 태부(太傅)로 좌천되었다. 4년 뒤 복귀하여 문제의 막내아들 양회왕(梁懷王)의 태부가 되었지만 왕이 낙마하여 급서하자 애도한 나머지 한 해 뒤 33세로 죽었다.
2) 逐臣(축신) : 쫓겨나 귀양 간 신하.
3) 前席(전석) : 자리를 앞으로 끌다. 상대와 가까이 하기 위해 앉은 자리를 옮기는 것으로, 상대의 말을 경청한다는 의미로 쓰인다.

《사기 · 굴원가생열전(屈原賈生列傳)》 상께서 귀신의 일에 관심이 많아 귀신의 근본에 대해 물었다. 가의는 그 까닭을 잘 설명했다. 밤이 깊어지자 문제가 자리를 앞으로 당기며 경청했다.(上因感鬼神事, 而問鬼神之本. 賈生因具道所以然之狀, 至夜半, 文帝前席.)

해설

이 시는 군왕이 가의를 쫓아낸 후 다시 찾고는 고작 귀신의 일을 물은 고사를 쓴 것이다. 군주가 현인을 등용하지 않고 백성을 돌보지 않으며 귀신에 빠진 것을 풍자하고 있다. 제1-2구에서는 조정에서 현인을 구하여 쫓아낸 신하인 가의까지 찾았다고 하면서 가의의 재주에 대해 찬탄했다. 여기까지는 군주를 찬양하는 듯한 내용이다. 제3-4구에서는 문제(文帝)가 그에게 백성의 질고나 치국의 도리를 묻지 않고 귀신의 이치만 묻는 것을 애석하게 생각한다고 했다. 이상은 당시에는 군주들이 불교나 도교를 숭배하고 신선술에 빠진 경우가 많았으니 이를 풍자한 것이라 여겨진다. 이 두 구에 대해 송나라 엄유익(嚴有翼)은 《예원자황(藝苑雌黃)》에서 고사를 사용하되 "그 뜻을 뒤집어 사용한 것(反其意而用之)"이라며 탁월한 전고 활용 수법을 칭찬했다. 군주가 우매하여 현인을 내친 것을 풍자하면서 현인을 다시 찾아서도 그의 재능을 엉뚱한 데 사용한 것을 슬퍼하고 개탄하는 뜻을 담고 있다.

363

送王十三校書分司[1]

교서분사 왕십삼을 전송하다

多少分曹掌秘文,[2]	많은 분사가 궁중의 서책을 관리하는데
洛陽花雪夢隨君.[3]	낙양에 눈 같은 꽃 날릴 제 그대를 따르는 꿈꾸네.
定知何遜緣聯句,[4]	그대도 분명히 알겠지. 하손이 구절을 엮은 것 때문에
每到城東憶范雲.	성 동쪽에 이를 때마다 범운을 그리워했음을.

주석

1) 王十三(왕십삼) : 누구인지 확실하지 않으나 아마도 왕무원(王茂元)의 차남인 듯하다.
校書(교서) : 서적의 교감을 맡는 관직.
分司(분사) : 동도(東都) 낙양(洛陽)에 파견된 중앙관원.
2) 분조(分曹) : 분사(分司).
秘文(비문) : 궁중의 서고에 있는 서적.
3) 洛陽花雪(낙양화설) : 낙양에 눈 같은 꽃을 날리다.
4) 何遜聯句(하손연구) : 하손이 구를 엮다. 《하손집(何遜集)》에 〈광주자사 범운의 저택에서 구를 엮어(范廣州宅聯句)〉라는 시가 있는데, 범운과 하손이 각각 시를 써 엮은 것이다. "낙양성 동쪽과 서쪽에서 도리어 해

를 넘긴 이별을 하네. 지난번에 떠날 때는 눈이 꽃 같더니 이번에 와보니 꽃이 눈 같네.(범운) 자욱하게 저녁연기 피어나고 희미하게 석양이 사그라지네. 그대의 사랑이 집에 가득하지 않았다면, 어찌 내가 수레바퀴 자국을 멈추었겠는가.(하손)(洛陽城東西, 却作經年別. 昔去雪如花, 今來花似雪.(雲) 濛濛夕煙起, 奄奄殘輝滅. 非君愛滿堂, 寧我安車轍.(遜))"라 했다.

해설

이 시는 교서분사인 왕십삼을 전송하며 쓴 것으로 전형적인 증별시이다. 제1-2구는 동도의 교서분사를 언급한 것이다. 왕십삼이 낙양에서 눈 같은 꽃을 감상할 것이지만, 시인은 그저 꿈속에서나마 좇을 수 있다고 하여 이별에 대해 말했다. 제3-4구는 이별 뒤의 그리움을 이야기한 것이다. 제2구의 "낙양의 눈 같은 꽃"을 이어 하손이 구절을 엮은 것으로 인해 성 동쪽에 이를 때마다 범운을 그리워했다는 전고를 인용했다. 여기서 하손은 왕십삼을 비유하고, 범운은 시인을 비유한다. 따라서 이는 왕십삼이 낙양에 가서도 좋은 풍경을 볼 때마다 예전에 시 짓던 것 떠올리며 시인을 그리워 할 것이라는 말이다. 청나라 요배겸(姚培謙)의 평이 간명하다. "꿈에서 (나는) 그대를 따르고 그대는 나를 추억하니, 서로 인정해줌을 세상이 알 바가 아니다.(夢隨君, 君憶我, 相賞非世俗所知.)"

364-1

寄惱韓同年二首(其一)

한첨에게 괴로운 생각을 부치다 2수 1

簾外辛夷定已開,[1]	주렴 밖 목련이 필시 이미 피었을 터
開時莫放艷陽迴.[2]	피었을 때 늦봄이 오도록 놓아두지 말게.
年華若到經風雨,[3]	시절의 아름다움이 만약 비바람을 겪는 데 이르면
便是胡僧話劫灰.[4]	바로 오랑캐 승려가 영겁의 재란 말을 할 걸세.

주석

* 〔원주〕: 당시 한첨은 소사(蕭史)의 동부(洞府)에 살았다.(時韓住蕭洞.)

1) 辛夷(신이) : 백목련. 목란과의 낙엽관목 식물. 일명 영춘화(迎春花).

2) 艷陽(염양) : 곱고 밝다. 흔히 봄날을 가리킨다.

3) 年華(연화) : 시절의 아름다운 경물.

4) 胡僧(호승) : 오랑캐 승려. 서역이나 북쪽 지방에서 온 승려를 말한다. 劫灰(겁회) : 영겁의 재. 흔히 전란이나 대재앙 뒤의 흔적을 가리킨다. 《고승전(高僧傳)·축법란전(竺法蘭傳)》에 의하면, 한무제가 곤명지(昆明池) 바닥에서 검은 재를 발견하고 서역 오랑캐에게 물어보라는 동방삭(東方朔)의 말에 따르니 축법란이 와서 세계의 종말 시에 영겁의 불이 동굴에서 타올랐고 그것이 남은 재라고 했다고 한다.

해설

이 시는 이상은의 진사 급제 동기이면서 왕무원(王茂元)의 딸을 아내로 맞은 한첨(韓瞻)에게 부쳐 시인 자신의 고민을 털어놓은 것이다. 원주에 보이는 '소사의 동부'는 소사가 진목공(秦穆公)의 딸 농옥(弄玉)과 결혼한 데서 나온 말로, 장인 댁을 가리킨다. 제1-2구는 한첨의 신혼생활을 목련에 빗댄 것이다. 한창 흐드러지게 핀 목련은 봄이 다 가기 전에 아름다움과 향기를 맘껏 뽐내듯이 아내와 함께 달콤한 신혼을 맘껏 즐기라는 말이다. 제3-4구는 봄이 지나간 후의 적막함이다. 고운 봄날이 지나고 비바람이 몰아치면 모든 것이 연기처럼 사라지고 영겁의 재만 남을 것이라고 했다. 그러니 허송세월 하지 말라는 것이다. 첫째 수는 아름다운 신혼생활을 축원했는데, 이보다는 둘째 수에서 시인의 창작 의도가 더 분명하게 드러난다.

364-2

寄惱韓同年二首(其二)

한첨에게 괴로운 생각을 부치다 2수 2

龍山晴雪鳳樓霞,[1]	용산에 눈 개고 봉루에 노을일 제
洞裏迷人有幾家.[2]	동부에서 홀렸던 이 몇이었던가?
我爲傷春心自醉,[3]	나는 봄을 마음 아파하느라 마음 절로 취했으니
不勞君勸石榴花.[4]	그대 석류화주를 권할 것 없다오.

주석

1) 龍山(용산) : 한첨의 장인 댁이 있는 곳을 가리킨다.
포조(鮑照), 〈유정의 풍격을 배운 시 學劉公幹體〉 다섯 수 가운데 셋째 수 오랑캐 바람이 북녘의 눈을 불어와, 천 리 용산을 넘는다.(胡風吹朔雪, 千里度龍山.)
鳳樓(봉루) : 여인의 거처.

2) 洞裏(동리) : 동부(洞府). 신선의 거처를 가리키는 말로, 여기서는 한첨의 장인 댁을 말한다.
迷人(미인) : 사람을 홀리다. 유의경(劉義慶)의 《유명록(幽明錄)》에 의하면, 한나라 때 유신(劉晨)과 완조(阮肇)가 천태산에서 선녀를 만나 집으로 초대를 받았다고 한다.
有幾家(유기가) : 몇 사람인가? '가(家)'는 '개(個)'를 뜻하는 구어이다.

3) 傷春(상춘) : 봄이 오고 가는 것을 보며 마음이 상하다.

4) 不勞(불로) : ~하느라 수고하지 말라.

石榴花(석류화) : 석류주(石榴酒). 과육 속에 많은 종자가 있어 다산(多産)의 의미를 나타낸다. 이상은의 〈회중의 모란이 비를 맞아 떨어지다(回中牡丹爲雨所敗)〉 시에 "공연히 석류꽃이 봄에도 피지 못함을 비웃는다(浪笑榴花不及春)"는 구절이 있듯이, 석류꽃은 늦봄에야 꽃이 핀다.

해설

둘째 수에서는 시인이 괴로워하는 이유를 서술했다. 제1-2구는 한첨의 장인인 왕무원의 집에 여러 딸이 있음을 암시했다. 원주에서 '소사의 동부'에 비유된 왕무원의 집에는 미모의 딸들이 있어 청년의 마음을 흔들었다고 했다. 《유명록》의 전고를 감안할 때 이상은과 한첨 두 사람이 모두 왕무원의 딸을 좋아했던 것으로 보인다. 제3-4구는 '상춘'의 주제를 표면화했다. 한첨은 왕무원의 딸을 아내로 맞아 장인 댁에서 신혼의 단꿈을 꾸고 있는데 자신은 그러지 못해 마음이 아프다며 다산을 기원하는 석류주를 권하며 '불난 집에 부채질'하지는 말아달라는 것이다. '상춘'의 아픔은 또 봄이 다 지난 오뉴월에야 꽃이 피는 석류화에서도 잘 형상화된다. 그러므로 한첨이 권하는 석류주가 시인에게 쓰디 쓸 수밖에 없는 노릇이다. 이 시는 이상은 시에 자주 보이는 '상춘'의 의미에 다가갈 수 있는 좋은 기회를 제공해준다.

365

謁山

산을 찾아가다

從來繫日乏長繩,[1]	예로부터 해를 붙들어 매려 해도 긴 끈이 모자랐고
水去雲廻恨不勝.[2]	물 흘러가고 구름 감돌아 한이 이루 말할 수 없었지.
欲就麻姑買滄海,[3]	마고를 찾아가 푸른 바다를 사려 했지만
一杯春露冷如氷.[4]	한잔 봄 이슬은 얼음처럼 차가웠네.

주석

1) 繫日(계일) : 해를 붙들어 매다. 시간이 흐르지 못하도록 한다는 말이다.
乏(핍) : 모자라다. 부족하다.
長繩(장승) : 긴 끈.
부현(傅玄), 〈구곡가(九曲歌)〉 어떻게 하면 긴 끈을 얻어 흰 해를 붙들어 맬까?(安得長繩繫白日.)

2) 水去雲廻(수거운회) : 물이 흘러가고 구름이 감돌다. 물이 한번 흘러가면 다시 돌아오지 않고 구름이 감돌다 사라지면 자취가 없듯이 시간의 흐름은 되돌릴 수 없다는 말이다.

3) 麻姑(마고) : 도교 신화에 보이는 선녀(仙女).
《신선전(神仙傳)》 (저번에) 응대한 이후로 동해가 세 번 뽕나무 밭으로 변한 것을 봤습니다.(接侍以來, 見東海三爲桑田.)

滄海(창해) : 푸른 바다. 이 시에서는 시인이 마고의 소유로 간주한 것이다.

4) 春露(춘로) : 봄에 내리는 이슬. 흔히 은택을 비유한다.

해설

이 시는 산을 찾아가 해가 지는 광경을 보고 시간의 흐름에 느낀 바를 피력한 것이다. 제1-2구는 흐르는 시간을 막을 도리가 없다는 것이다. 해를 붙들어 매어 둘 긴 끈이 없어 흘러가는 물과 지나가는 구름처럼 시간이 지나가고 나면 끝없는 여한이 남는다고 했다. 제3-4구는 시간을 되돌리려는 노력이 헛됨을 말한 것이다. 선녀인 마고에게 푸른 바다를 사 와서 흘러간 물을 보충하려고 시도해보지만, 냉정한 현실은 봄 이슬 한 방울조차 얼어붙어 구하기가 어렵다고 했다. 마지막 구절은 이하(李賀)의 〈몽천(夢天)〉 시 한 구절 "넘실거리는 바닷물이 잔 속에서 찰랑대네(一泓海水杯中瀉)"의 영향을 받았다는 설이 지배적이다.

366

鈞天[1]

천상의 음악

上帝鈞天會衆靈,[2]	상제께서 하늘의 중앙에 여러 신령들을 모으니
昔人因夢到青冥.[3]	옛사람은 꿈에 하늘에 이르렀다.
伶倫吹裂孤生竹,[4]	영륜은 피리를 불다 깨뜨릴 정도로 음악에 매진해도
却爲知音不得聽.[5]	도리어 음악을 알기에 균천을 들을 수 없었다.

주석

1) 鈞天(균천) : 하늘의 중앙. 천제가 사는 곳. 또 '균천광악(鈞天廣樂)'의 준말로 천상의 음악을 가리키기도 한다. 이때 균천을 듣는다는 것은 조정의 관직에 있으면서 임금을 가까이에서 모시는 것을 비유한다.

2) 衆靈(중령) : 여러 신령.

3) 昔人(석인) : 옛 사람. 춘추시대 진(晉)나라의 조간자(趙簡子)는 꿈에 하늘에 노닐며 천자의 처소에서 균천을 들었다고 한다.(《사기(史記)·조세가(趙世家)》)

青冥(청명) : 하늘.

4) 伶倫(영륜) : 황제(黃帝) 때 악관(樂官). 율려(律呂)를 정했다고 한다.

孤生竹(고생죽) : 홀로 서 있는 대나무. 여기서는 대나무로 만든 피리를 가리킨다.

5) 却爲(각위) : 도리어 ~ 때문에

해설

대중 2년 영호도(令狐綯)가 고공낭중(考功郎中), 한림학사(翰林學士) 등 내직을 지내게 되었는데, 이 시는 그에 대한 감회를 '균천광악' 고사를 이용하여 개탄을 기탁해냈다. 제1-2구는 조간자가 꿈에 하늘에 이른 것을 언급한 것이다. 그가 본래 음악에 대해 알았던 이가 아니라 꿈에서 우연히 그 기회를 얻었을 뿐이라는 것을 암시했다. 제3-4구는 음률에 정통했던 영륜의 이야기를 활용한 것이다. 그가 오히려 음악을 잘 알고 매진했기에 하늘의 음악을 듣지 못했던 상황을 제시했다. 음악을 잘 알았기에 듣지 못했다는 것은 누군가 그의 재능을 질투하여 그렇게 되지 못하도록 막았다는 것을 암시한다. 조간자가 영호도를 가리키고 영륜이 시인 자신을 가리킨다고 본다면, 영호도 같은 평범한 이도 천상(즉 조정)에 거하지만, 시인처럼 재주가 많고 노력을 한 이는 시기를 받아 그럴 수 없음을 개탄했다고 볼 수 있다.

367

失猿

무리를 잃은 원숭이

祝融南去萬重雲,[1]	축융봉에서 남쪽으로 가면 만 겹 구름
清嘯無因更一聞.[2]	맑은 울음 다시 한 번 들을 길 없네.
莫遣碧江通箭道,[3]	푸른 강에 화살 다닐 만한 길도 터놓지 말지니
不教腸斷憶同群.[4]	창자가 끊기도록 무리를 그리워하지 않게.

주석

1) 祝融(축융) : 형산(衡山)의 한 봉우리. 해발 1290m이다.
2) 淸嘯(청소) : 맑고 유장한 울음소리.
3) 箭道(전도) : 화살이 통과할 수 있는 좁은 길. 여기서는 상수(湘水)의 물길을 가리킨다.
4) 腸斷(장단) : 창자가 끊기다.

《세설신어 · 출면(黜免)》 환온이 삼협으로 들어가자 대오에서 원숭이 새끼를 잡자 그 어미가 언덕을 따라 슬피 우짖으며 백여 리를 좇아와 떠나지 않았다. 이에 배 위로 뛰어 오르더니 결국 죽었다. 그 배를 갈라 보니 창자가 모두 끊어져 있었다.(桓溫入三峽, 部伍中有得猿子者, 其母緣岸哀號, 行百餘里不去, 遂跳船上, 至, 便絶. 破視腹中, 腸皆寸斷.)

同群(동군) : 동반자.

해설

이 시는 대중 원년(847) 계주(桂州)로 가는 도중에 쓴 것으로, 무리를 잃은 원숭이에게 자신을 기탁하여 외로움을 토로하고 있다. 제1-2구는 계주로 가는 길을 먼저 제시한 것이다. 축융봉 남쪽으로 떠나니 구름이 겹쳐 있고, 그곳에서는 원숭이의 구슬픈 울음소리를 다시 들을 수 없다고 했다. 제3-4구는 푸른 강에 좁은 길도 다시는 터놓지 않기를 바란 것이다. 이는 원숭이가 남쪽으로 가다가 무리를 잃어버린 슬픔에 애가 끊어지는 것을 미연에 막자는 것이다. 시인은 실의한 정아(鄭亞)를 따라 계주로 가면서 아무 도움도 받지 못하며 외로운 신세가 되었는데, 그러한 감개를 무리를 잃어버린 원숭이에게 기탁했다.

368

戲題友人壁

친구의 벽에 장난삼아 제하다

花逕逶迤柳巷深,[1] 꽃길 구불구불하고 버들 우거진 골목 고요한데
小闌亭午囀春禽.[2] 한낮 작은 난간에서 봄 새 지저귀는 것 듣네.
相如解作長門賦,[3] 사마상여는 〈장문부〉를 썼으나
却用文君取酒金. 그저 탁문군이 술과 황금만 얻었네.

주석

1) 花逕(화경) : 꽃이 핀 오솔길.
逶迤(위이) : (길 같은 것이) 구불구불함.
2) 亭午(정오) : 한낮. 정오(正午).
囀(전) : 지저귀다.
3) 相如(상여) : 사마상여(司馬相如, BC 179-BC 117). 한 무제(漢武帝) 때 문인.
長門賦(장문부) : 사마상여가 지은 부의 하나. 〈장문부서(長門賦序)〉에 따르면, 진황후(陳皇后)가 무제(武帝)의 사랑을 잃고 장문궁(長門宮)에 별거할 때 황금 100근과 술을 주며 글을 써 달라 하여 이 작품을 지어 주었더니, 무제가 이 글을 보고 감동하여 진황후를 다시 총애하게 되었다 한다.

해설

이 시는 친구의 거처 주변의 봄 풍경을 묘사한 후 전고를 이용하여 불우함에 대한 개탄을 기탁한 작품이다. 전반부와 후반부가 내용상 단절되어 있어 제목에서 '장난삼아 쓴다'고 했듯 진지한 작품은 아닌 듯하다. 제1-2구에서는 친구가 사는 곳의 봄 풍경을 그려냈다. 꽃과 버들이 우거진 한적한 동네에 새가 지저귀는 한가로운 모습이다. 제3-4구에서는 사마상여의 〈장문부〉 고사를 쓰고 있는데, 어떤 의미인지 분명치 않다. 다만 청나라 굴복(屈復)이 "사마상여 같은 재주를 가지고 있으나 지음을 만나지 못한 것을 말했다(言有相如之才, 而不遇知音也.)"고 했는데, 이를 따른다면 사마상여가 〈장문부〉를 써서 진황후가 다시 총애를 받았지만, 정작 얻은 것은 술과 황금뿐, 꿈을 펼치거나 공을 세울 기회, 혹은 재능을 인정해줄 지음은 얻지 못했음을 말한 것으로 볼 수 있다. 여기서는 이를 따랐다. 그러나 청나라 요배겸(姚培謙)과 기윤(紀昀)은 벗이 아내의 재물에 의지한 것을 시인이 희롱한 것으로 보기도 했으니, 참고할 만하다.

369

假日

휴가

素琴絃斷酒甁空,[1] 소금의 현 끊어지고 술병은 비었는데
倚坐欹眠日已中.[2] 자리에 기대 비스듬히 잠을 자니 해는 이미 중천.
誰向劉靈天幕內,[3] 누가 유령을 따라 하늘의 장막 속에서
更當陶令北窗風.[4] 다시 도잠의 북쪽 창가 바람을 맞을까?

주석

1) 素琴(소금) : 장식이 없는 금. 《진서 · 도잠전(陶潛傳)》에 의하면, 도잠은 줄이 없는 금을 어루만지며 술을 마셨다고 한다.

2) 欹(의) : 비스듬하다. 기울다.

3) 向(향) : ~를 따라.

劉靈(유령) : 죽림칠현의 한 사람인 유령(劉伶).

天幕(천막) : 하늘의 장막.

유령, 〈주덕송 酒德頌〉 하늘을 장막으로 삼고 땅을 자리고 삼아, 마음 내키는 대로 지낸다.(幕天席地, 縱意所如.)

4) 當(당) : ~를 맞다.

陶令(도령) : 팽택현령(彭澤縣令)을 지낸 도잠.

北窗風(북창풍) : 북쪽 창가의 바람.

해설

이 시는 위의 〈자신에게 주다(自貺)〉 시와 마찬가지로 홍농현위에서 물러나며 쓴 것이다. 제목의 '휴가(假日)'는 〈홍농현위에 부임하여 괵주자사에게 휴가를 청해 서울로 돌아가는 글을 바치다(任弘農尉虢州刺史乞假歸京)〉 시에서 본 것처럼 실제로는 '사직'을 의미한다. 제1-2구는 도잠과 같은 여유작작한 생활의 모습이다. 현이 끊어지도록 금을 타고 술병이 바닥나도록 마셔댄 후에 해가 중천에 떠오를 때까지 잠을 잔다고 했다. 제3-4구는 유령과 도잠의 삶을 이상화시킨 것이다. 죽림칠현의 한 사람으로 세속의 명리를 좇지 않은 유령과 팽택현령의 자리를 내던지고 전원으로 돌아간 도잠을 본받고 싶다고 했다. 이상은은 〈이상서에게 올리는 장계(上李尙書狀)〉라는 글에서도 "세속과 단절하는 데 뜻을 두어 매번 북쪽 창가로 바람 불어오면 동쪽 밭에서 저녁에 돌아왔습니다(志惟絶俗, 每北窗風至, 東皋暮歸.)"라며 도잠의 삶을 흠모하는 듯한 말을 한 바 있다. 그러나 이는 당장의 벼슬이 마음에 들지 않을 때마다 했던 말이라 진정이 담겼다고 보기는 어렵다.

370

寄遠

멀리 부치다

常娥擣藥無時已,[1] 상아는 약을 찧으며 끝날 때가 없고
玉女投壺未肯休.[2] 선녀는 투호를 하며 쉬지 않는다.
何日桑田俱變了,[3] 언제나 뽕밭이 모두 다 변하여
不教伊水更東流.[4] 이수를 다시 동쪽으로 흐르지 못하게 할까?

주석

1) 常娥(상아) : 항아(姮娥)라고도 부른다. 《회남자(淮南子)》에 따르면 예(羿)가 서왕모(西王母)에게 불사약(不死藥)을 청해 얻었으나 상아가 이를 훔쳐 달로 달아났다고 한다.

擣藥(도약) : 약을 찧다. 달에서 흰 토끼가 약을 찧는다는 전설이 있다.

부현(傅玄), 〈천문을 본떠 擬天問〉 달에는 무엇이 있나? 흰 토끼가 약을 찧지. (月中何有, 白兎擣藥.)

已(이) : 끝나다.

2) 玉女(옥녀) : 선녀.

投壺(투호) : 연회에서 하던 놀이의 일종으로, 주인과 손님이 번갈아 화살을 술병에 던져 적게 들어간 사람이 벌주를 마시던 것이다.

《신이경(神異經) · 동황경(東荒經)》 동황공은 늘 한 선녀와 투호를 했는데, 매번 천이백 개를 던졌다. (東荒公恒與一玉女投壺, 每投千二百矯.)

未肯(미긍) : ~하려 하지 않다.

3) 桑田(상전) : 뽕밭. 상전벽해(桑田碧海)의 고사를 가리킨다.

了(요) : 그치다. 다하다.

4) 不敎(불교) : ~하게 하지 않다.

伊水(이수) : 낙수(洛水)의 지류 가운데 하나. 하남성 난천현(欒川縣)에서 발원하여 동쪽으로 흐르다 낙수로 흘러든다.

更(갱) : 다시.

해설

이 시는 임에 대한 끝없는 그리움을 토로한 것으로, 제목의 '멀리 부치는' 대상이 바로 그리움이다. 그리고 '상아'와 '옥녀' 같은 시어로 보아 임은 필경 여도사일 것이다. 제1-2구는 여도사의 수도 생활을 묘사한 것이다. 끝없이 약을 찧고 쉼 없이 투호하는 나날의 연속이라고 했다. 여도사의 이러한 수도 생활이 끝나야 시인과 재회할 수 있다는 행간의 뜻을 읽어야 할 것으로 여겨진다. 제3-4구는 기다림의 시간이 매우 길다는 것이다. 선계의 하루는 인간세상과 달리 너무 길어서 뽕나무밭이 푸른 바다로 변하는 일도 마무리되고 이수가 더 이상 동쪽으로 흐르지 않는 그날까지 한없이 기다려야 한다고 했다. '이수(伊水)'의 '이(伊)'에는 '너'라는 뜻이 있으므로, '이수'가 '너를 향한 그리움'을 상징한다고 보아도 무방할 것이다. 현대 학자 등중룡(鄧中龍)은 이 시의 주제를 이렇게 요약했다. "길고 긴 세월이 흘러도 내 마음은 변함이 없다." 참고할 만하다.

371

王昭君[1]

왕소군

毛延壽畫欲通神,[2]	모연수는 신통하게 그리려 했지만
忍爲黃金不爲人.	황금을 위해서였지 사람을 위해서가 아니었다.
馬上琵琶行萬里,	말 위에서 비파 타며 만 리를 떠나가니
漢宮長有隔生春.[3]	한나라 궁궐에는 생전의 봄과 같은 모습만 오래도록 남았다.

주석

1) 王昭君(왕소군) : 중국 전한(前漢) 원제(元帝)의 후궁이었으나 황제의 사랑을 받지 못하고 흉노의 호한야 선우에게 시집보내졌다. 《서경잡기(西京雜記)》에 따르면, 대부분의 후궁들이 화공에게 뇌물을 바치고 초상화를 예쁘게 그리게 하여 황제의 총애를 구했다. 그러나 왕소군은 뇌물을 바치지 않았기 때문에 얼굴이 추하게 그려졌고, 그 때문에 오랑캐의 아내로 뽑혔다. 소군이 말을 타고 떠날 즈음에 원제가 보니 절세의 미인이고 태도가 단아했으므로 크게 후회했으나 이미 어쩔 수 없는 일이었다. 원제는 크게 노하여 소군을 추하게 그린 화공 모연수(毛延壽)를 참형(斬刑)에 처했다고 한다.

2) 通神(통신) : 통령(通靈). 신통하다. 정신이 신령과 통함. 재능이 비범함을 이른다.

3) 隔生(격생) : 삶 너머. 여기서는 생전을 의미한다.
春(춘) : 봄. 이 구절의 의미가 분명치 않다. 현대 학자 주진보(周振甫)는 '세대를 너머서야 묘 위에 봄빛이 드러나게 된' 왕소군의 묘, 즉 청총(青冢)을 묘사한 것으로 보았으나(〈이상은절구초탐(李商隱絶句初探)〉), 여기서는 봄과 같은 왕소군의 모습으로 보았다.

해설

이 시는 모연수 때문에 미모가 가려진 왕소군의 가련한 처지를 묘사한 것이다. 재주는 있지만 불우했던 시인의 상황에 대한 개탄이 기탁되어 있다. 제1-2구에서는 모연수가 그림은 잘 그렸지만 사람을 위한 것이 아니라 금전을 위한 그림을 그렸다고 했다. 제3-4구에서는 왕소군이 비파를 타며 흉노에게로 떠나갔고, 한나라 궁궐에 남은 것은 그녀의 모습을 담은 그림뿐이라 했다. 모연수가 미추(美醜)를 전도시킨 것과 같이 군주를 속이는 세태에 대해 풍자하는 한편, 왕소군의 불행이 모든 회재불우한 선비들의 슬픔과 상통한다고 여겨 그에 대해 깊이 슬퍼했다. 청나라 하작(何焯)은 "문득 (사천성) 재동에 있다 또 문득 (호남성) 소담에 있었으니, 이상은 또한 만 리를 떠돈 왕소군이었다(忽而梓潼, 忽焉昭潭, 義山亦萬里明妃也.)"며, 이상은이 왕소군과 공감대를 형성한 이유를 설명했다. 참고할 만하다.

372

舊將軍

옛날 장군

雲臺高議正紛紛,[1]	운대의 유명한 논의가 한창 떠들썩할 제
誰定當時蕩寇勳.[2]	누가 그때 도적을 소탕한 공적을 판정했을까?
日暮灞陵原上獵,[3]	해질 녘 파릉의 초원 위에서 사냥하는
李將軍是舊將軍.[4]	이 장군은 옛날 장군이라네.

주석

1) 雲臺(운대) : 한대(漢代) 궁중의 높은 누대. 한 명제(明帝)는 영평(永平) 3년(60)에 광무제(光武帝) 때 공을 세운 장군 28인을 남궁(南宮)의 운대에 그리게 했다.
高議(고의) : 유명한 논의.
紛紛(분분) : 떠들썩하다. 시끄럽다.

2) 蕩寇勳(탕구훈) : 비장군(飛將軍) 이광(李廣)이 흉노를 물리친 공적을 말한다.

3) 灞陵(파릉) : 장안 동남쪽에 있는 한 문제(文帝)의 능묘.
獵(렵) : 사냥하다.

4) 李將軍(이장군) : 이광을 가리킨다.
《사기 · 이장군열전(李將軍列傳)》 (이광은) 남전(藍田)의 남산에서 지내며 사냥을 했다. 한번은 밤에 밭 사이에서 술을 마시다가 돌아오는 길에 파릉에서

술 취한 교위(校尉)가 이광을 멈춰 세웠다. 이광을 따르던 이가 '옛날 이장군이오'하니 교위가 '지금 장군도 밤에 나다닐 수 없는데 하물며 옛날 장군이야' 라고 했다.(野居藍田南山中射獵. 嘗夜從一騎出, 從人田間飮. 還至霸陵亭, 霸陵尉醉, 呵止廣. 廣騎曰, 故李將軍. 尉曰, 今將軍尙不得夜行, 何乃故也.)

해설

이 시는 한나라 때의 고사를 빌려 당 선종(宣宗)이 이덕유(李德裕)를 비롯해 선대에 공을 세운 이들을 축출한 데 유감을 표명한 것으로 보인다. 제1-2구는 한 명제가 남궁의 운대에 공신 28인을 그렸던 일을 서술한 것이다. 이는 선종이 즉위한 후에 능연각(凌烟閣)에 공신을 그리는 일을 논의하면서, 선대인 회창(會昌) 연간의 인물들을 모두 배제한 일을 빗댔다고 여겨진다. 제3-4구는 한나라 때 흉노와의 전투에서 특출한 공을 세워 '비장군'이란 명성을 얻고도 제후에 봉해지지 못한 이광의 에피소드를 소개한 것이다. 시에서는 이광이 당한 수모를 자세히 다루지 않고 '구장군'이라는 시어를 써서 넌지시 암시했지만, 사서에 기록된 내용을 보면 이광은 전공에 걸맞지 않은 푸대접을 받았던 것 같다. 이는 당 무종(武宗) 때 여러 차례 반란을 진압하는 혁혁한 공을 세웠는데도 선종 즉위 직후에 바로 애주사호참군(崖州司戶參軍)으로 좌천된 이덕유를 염두에 둔 것이 분명하다. 이처럼 역사의 한 장면을 교묘히 편집해 정치적 견해를 드러내는 수법은 이상은 영사시의 두드러진 특징이다.

373

曼倩辭

동방삭의 노래

十八年來墮世間,[1]	18년 동안 인간세상에 떨어져 있다 보니
瑤池歸夢碧桃閒.[2]	요지로 돌아가 푸른 복숭아를 꿈꾸는 것도 그쳤다.
如何漢殿穿針夜,[3]	어떻게 하면 한나라 궁전에서 바느질하는 밤에
又向窓中覷阿環.[4]	다시 창문으로 아환을 훔쳐볼까?

주석

1) 十八年(십팔년) : 《동방삭별전(東方朔別傳)》에 의하면, 동방삭은 원래 세성(歲星)이었는데 인간세상에 내려와 18년간 머물다가 다시 하늘로 올라갔다고 한다.

墮(타) : 떨어지다.

世間(세간) : 속세. 인간세상.

2) 瑤池(요지) : 곤륜산에 있다는 못. 주 목왕이 서왕모를 만났다는 곳이다.

碧桃(벽도) : 푸른 복숭아. 선경(仙境)에 있다는 전설상의 복숭아.

《박물지(博物志)》 서왕모가 구화전에 내려왔는데, 서왕모가 일곱 복숭아를 가려서 다섯은 황제에게 주고 서왕모는 두 개를 먹었다. 서왕모와 황제가 대좌하고 있자 시종은 모두 앞으로 나오지 못했다. 그때 마침 동방삭은 구화전의 남쪽 건물의 남쪽 창으로 서왕모를 훔쳐보았다. 서왕모가 동방삭을 돌아보고는 황제에게 "지금 창문으로 훔쳐보는 녀석이 내 복숭아를 훔치러 세 번이나 올 것입니다"라 했다.(王母降於九華殿. 王母索七桃, 以五枚與帝, 母食二枚, 惟母與帝對坐, 從者皆不得進. 時東方朔竊從殿南廂朱鳥牖中窺母, 母顧之, 謂帝曰: "此窺牖小兒常三來盜吾此桃.")

閒(한) : 그치다. 멈추다.

3) 漢殿(한전): 한나라 궁전.

穿針夜(천침야) : 바느질하는 밤. 칠석을 가리킨다. 이날 부녀자들이 직녀성을 향해 바느질 솜씨를 기원하던 풍습이 있었다.

4) 覰(처) : 엿보다.

阿環(아환) : 서왕모의 딸이라 하는 상원부인(上元夫人)의 소싯적 이름. 《한무내전(漢武內傳)》에 의하면 한무제 원봉(元封) 원년 칠석에 상원부인이 서왕모의 초청으로 한나라 궁전에 내려와 무제에게 득도의 방법을 알려주었다고 한다.

해설

이 시는 칠석을 맞아 동방삭(東方朔)과 관련된 여러 고사를 떠올린 것이다. 제목에 보이는 만천(曼倩)은 동방삭의 자(字)이다. 제1-2구는 《동방삭별전》과 《박물지》에 전하는 일화를 소개한 것이다. 동방삭이 본래 하늘의 세성(歲星)이었다가 인간세상에 내려와 18년간 머물렀고, 서왕모의 복숭아를 훔치러 간 적이 있다고 했다. 제3-4구는 앞 두 구에서 소개한 일화와 칠석을 연결시켜 상상력을 발휘한 것이다. 서왕모의 복숭아를 가져가려고 훔쳐보던 창문이 그가 벼슬살이하던 한나라 궁전이었고, 그때 마침 서왕모의 초청으로 궁전에 내려왔던 상원부인도 볼 수 있었으리라고 했다. 이상이 이 시의 표면 구조라면 심층구조를 이해하는 열쇠는 동방삭과 상원부인이 쥐고 있다 할 것이다. 여러 연구자들이 동방삭은 시인 자신을 지칭하고 상원부인은 시인이 옥양산(玉陽山)에서 도교를 공부할 때 만났던 여도사일 것이라고 추측한다. 그때가 태화(大和) 3년(829)이니 18년이 지난 시점에 이 시를 지었다면 창작 시기는 대략 대중(大中) 원년(847)이 된다. 근리한 풀이라고 여겨진다. 청나라 굴복(屈復)은 "푸른 복숭아의 꿈이 오래 전에 끊겼다가 뜻밖에 칠석에 다시 보게 된 것(碧桃之夢, 久已斷絶, 不意七夕復得一見也.)"이라며 여도사와의 우연한 재회를 말하는 것이라고 한 걸음 더 나아갔으나 그렇다고 단언하기는 어렵다.

374

所居

내가 사는 곳

窓下尋書細,[1]	창 아래에서 찬찬히 서책을 살피고
溪邊坐石平.	시냇가 앉는 바위 평평하다.
水風醒酒病,[2]	물에서 이는 바람이 술병에서 깨워주고
霜日曝衣輕.[3]	가을 햇볕이 옷을 말려 가볍다.
雞黍隨人設,[4]	닭과 기장은 사람 따라 차리고
蒲魚得地生.[5]	부들과 물고기 제 땅을 얻어 자란다.
前賢無不謂,[6]	전대의 현인 중에 이렇게 말하지 않은 이가 없었지
容易卽遺名.[7]	쉽게 이름을 남길 수 있다고.

주석

1) 尋(심) : 탐구하다. 음미하다.

2) 酒病(주병) : 과도한 음주로 병이 나다.

3) 霜日(상일) : 가을 햇볕.
曝(폭) : 햇볕에 쬐어 말리다.

4) 雞黍(계서) : 닭과 기장. 손님을 접대하는 음식을 말한다.

5) 蒲魚(포어) : 부들과 물고기.

6) 無不謂(무불위) : ~라고 말하지 않는 사람이 없다. '의미를 두지 않은 것

이 아니다'라고 풀이하는 설도 있다.

7) 遺名(유명) : 이름을 남기다. 여기서는 사는 곳으로 이름을 남긴다는 말이다.

해설

이 시는 영락에 한거하며 지은 것으로 보인다. 제1-2구는 거처에서의 한가한 생활을 소개한 것이다. 창가에서 전적을 살피다 시냇가 평평한 바위에 앉아 쉬기도 한다고 했다. 제3-4구는 대자연을 만끽하는 모습을 그린 것이다. 맑은 바람으로 술기운을 털어내고 상쾌한 햇볕에 옷을 말린다고 했다. 이상의 네 구는 청나라 요배겸(姚培謙)의 지적대로 제3구는 제2구를 이어받고 제4구는 제1구를 이어받는 '격구상승(隔句相承)'의 형태를 취한 것이 특징이다. 제5-6구는 풍부한 물산을 이야기한 것이다. 때로 닭과 기장을 차려내기도 하고 부들과 물고기도 잘 자란다고 했다. 제7-8구는 전현의 가르침을 되새긴 것이다. 전현들이 한결같이 한적한 곳에 은거하는 것이야말로 명성을 얻는 길이라 했다는 것이다. 딱히 공을 들였다고 보기 어려운 밋밋한 작품으로 평가된다.

375

高松

키 큰 소나무

高松出衆木,	키 큰 소나무 다른 나무보다 뛰어나
伴我向天涯.	나를 벗하여 하늘가에 서 있다.
客散初晴後,	손님 흩어지고 갓 날 갠 후에나
僧來不語時.	스님이 오시어 말씀 안 하시는 때이거든,
有風傳雅韻,	우아한 운치 전해줄 바람은 있으나
無雪試幽姿.	그윽한 자태 시험할 눈이 없구나.
上藥終相待,[1]	결국 신선의 약이 될 것을 기다리겠나니
他年訪伏龜.[2]	먼 훗날 엎드린 거북 신을 찾아오리라.

주석

1) 上藥(상약) : 신선의 약.
2) 伏龜(복귀) : 소나무 아래 엎드려 있다는 거북 신. 소무의 정령이 변해서 된 것이라 하는데, 이것을 먹으면 장수한다고 한다.

해설

이 시는 시인이 계주의 막부에 있을 때 지은 것으로 자신을 키 큰 소나무에 비유하여 훌륭한 자질을 가지고 있으나 그것을 증명할 수 없는 상황을 안타까워하면서 훗날을 기약하고자 했다. 제1-2구는 키 큰 소나무가 다른 나무보다 출중한데, 하늘가에 서 있어 시인과 마찬가지로 고독한 신세임을 말했다. 제3-4구에서는 그 뛰어남이 갠 날이나 스님이 올 때나 모두 드러난다고 했다. 제5-6구에서는 소나무의 뛰어남을 우아한 운치와 그윽한 자태로 요약했는데, 소나무가 있는 곳이 눈이 오지 않는 곳이어서 그윽한 자태를 드러낼 수 없다고 했다. 이는 자신이 가진 재능이 쓰일 곳이 없어 그것을 낭비하고 있음을 비유한 것이다. 제7-8구에서는 소나무가 신선의 약이 될 날을 기다려 많은 사람들이 찾아와 그 훌륭함을 알아보게 될 날이 오길 기대했다. 이는 훗날 자신이 그런 위치가 되길 바라는 마음을 기탁한 것이다. 청나라 요배겸(姚培謙)의 평이 깊이가 있다고 여겨진다. "먼 길을 간 나그네와 키 큰 소나무가 마주해 뜻밖에 오랜 친구가 되었다. 사람들은 다만 우아한 운치와 그윽한 자태를 세상에서 잘 얻을 수 없다고만 알지, 누가 그것이 결국 속세를 벗어나는 묘약이 되는 것을 알던가. 또한 자신을 기탁하는 뜻을 포함하고 있다.(遠客高松, 相對居然老友. 人但知雅韻幽姿, 世不多得, 孰知其終成度世之善藥也. 亦含自寓意.)"

376

訪秋

가을을 찾다

酒薄吹還醒,	술이 묽으니 바람에 도로 깨어나고
樓危望已窮.	누각이 높으니 바라보아도 이미 끝이 없다.
江皐當落日,[1]	강 언덕에서 지는 해를 마주하고
帆席見歸風.[2]	돛단배에서 돌아가는 바람을 본다.
煙帶龍潭白,[3]	용담을 두른 안개는 희고
霞分鳥道紅.[4]	새 길에 걸쳐진 노을은 붉다.
般勤報秋意,[5]	살며시 가을 정취를 알려주는 건
只是有丹楓.	오직 단풍뿐이로구나.

주석

1) 江皐(강고) : 강 언덕.

2) 帆席(범석) : 배의 돛.
歸風(귀풍) : 돌아가는 바람. 여기서는 고향으로 돌아가는 바람을 뜻한다.

3) 龍潭(용담) : 계림(桂林)의 백석추(白石湫)를 가리킴.

4) 分(분) : 나누다. 여기서는 두드러지게 드러낸다는 뜻이다.
鳥道(조도) : 새의 길. 나는 새도 넘기 어려울 만큼 험한 산속의 좁은 길.

5) 殷勤(은근) : 은근하다. 정성스럽다. 이 두 구는 이곳이 항시 따뜻해서

단풍 외에는 가을의 정취를 느낄 만한 것이 없다는 의미이다.

해설

이 시는 시인이 가을을 찾아 나선 후 마주치는 경물에 대한 묘사를 주 내용으로 하고 있다. 시인은 기후가 따뜻한 영남(嶺南) 지방에 있었다. 그래서 가을이 되어도 서늘하거나 쇠락하는 모습을 보기 어려워 일부러 가을 풍경을 찾아 나선 것이다. 제1-2구에서는 묽은 술에 깨어 가을의 정취를 느끼고자 누각에 올라 먼 곳을 바라본 것을 썼다. 다음 두 연은 누각에서 바라본 경치이다. 제3-4구에서는 석양이 지는 강 언덕과 바람을 안고 돌아가는 돛단배를 묘사하고, 제5-6구에서는 흰 안개와 붉은 노을을 묘사했다. 시야가 탁 트이는 아름다운 정경이긴 하지만 시인에게 색다른 감흥을 주지는 않았던 모양이다. 그래서 제7-8구에서 시인은 가을의 정취를 더 찾아보는데 오직 단풍밖에 없다고 했다. 계림의 가을 경치를 통해 시인이 겪는 타향살이의 아쉬움과 고향에 대한 그리움을 은근히 드러냈다.

377

昭州[1]

소주

桂水春猶早,[2]	계수는 봄이 아직 이르고
昭川日正西.[3]	소주의 내에 해가 막 서쪽으로 기운다.
虎當官路鬪,[4]	호랑이가 대로를 막고 싸우고
猿上驛樓啼.[5]	원숭이가 역루에 올라 운다.
繩爛金沙井,[6]	두레 줄이 금사정에서 삭고
松乾乳洞梯.[7]	소나무가 종유동굴 돌계단에서 마른다.
鄕音吁可駭,[8]	사투리가 흠칫 놀랄 만하여
仍有醉如泥.[9]	여전히 나는 곤드레만드레 취하여 지낸다.

주석

1) 昭州(소주) : 지금의 광서성(廣西省) 동북쪽에 위치한다. 역대로 주부(州府)가 있었던 곳으로 당나라 때에는 악주(樂州)였다가 나중에 소주로 불렀다. 계림과는 서쪽으로 200리 정도 떨어져 있다.

2) 桂水(계수) : 지금 광서성에 있는 계강(桂江)을 이른다.

3) 昭川(소천) : 평락수(平樂水)와 이수(灕水)가 합류한 계강을 이른다.

4) 官路(관로) : 관청에서 닦은 큰 길. 후에 대로를 지칭하는 말로 쓰였다.

5) 驛樓(역루) : 역참의 다락방.

6) 金沙井(금사정) : 평락현(平樂縣)에 있는 옛 우물 이름.
7) 乳洞(유동) : 종유동굴. 소주에는 종유동굴이 12개나 있었다 한다.
8) 吁(우) : 괴이함이나 놀람을 나타내는 감단사.
   駭(해) : 놀라다.
9) 醉如泥(취여니) : 몸을 가눌 수 없을 정도로 취하다. 이 두 구는 이 지역의 사투리에 아직도 적응을 못해 깜짝 놀라며 시인은 그저 취하여 시간을 보낼 뿐임을 이른 것이다.

해설

이 시는 소주의 경물을 묘사한 것이다. 시인의 눈에는 여전히 낯선 여러 경물들이 스케치 하듯 나열되어 있다. 제1-2구에서는 이른 봄 해질 녘의 계수의 모습에 대해 말했고, 제3-4구는 호랑이와 원숭이가 마을에까지 나와 날뛰는 모습을 그려냈다. 제5-6구에서는 금사정과 종유동굴이 있는 자연경물에 대해 썼고, 제7-8구에서는 여전히 사투리에 낯설어 적응을 못하는 시인의 모습을 담아냈다. 타향에서 나그네로서 살아야 하는 고충이 느껴진다.

378

哭劉司戶蕡

유주사호참군 유분을 곡하다

路有論寃謫,[1] 길거리에서 억울한 폄적을 논하는 이들
言皆在中興.[2] 모두 중흥에 있다고 한다.
空聞遷賈誼,[3] 가의를 승진시킨다는 말 헛되이 들려왔고
不待相孫弘.[4] 공손홍을 재상으로 삼을 때까지 기다리지 못했다.
江闊惟迴首,[5] 강 넓어 오직 고개만 돌리고
天高但撫膺.[6] 하늘 높아 그저 가슴만 쓸어내린다.
去年相送地, 지난해 서로 전송하던 곳
春雪滿黃陵.[7] 봄 눈이 황릉에 가득했지.

주석

1) 寃謫(원적) : 억울한 폄적.
2) 言(언) : ~라고들 한다. 이 구절은 유분이 올린 대책(對策)의 내용이 중흥을 바란 것이므로 폄적이 억울하다는 말이다.
3) 遷(천) : 승진하다.
《사기 · 굴원가생열전(屈原賈生列傳)》 이때 가의는 나이가 스무 살 남짓으로 가장 연소자였다. 매번 아래에서 논의하라는 조령이 내려질 때마다 여러 노선생들은 대꾸를 못했으나 가의는 그것에 모두 대답하니 사람들이 각기 자신이

하고 싶었던 말과 같다고 생각했다. 여러 선생들이 이에 그의 능력을 인정하고 그만 못하다 여겼다. 효문제가 기뻐하면서 특별히 승진을 시키니 1년만에 태중대부에 이르게 되었다.(是時賈生年二十餘, 最爲少. 每詔令議下, 諸老先生不能言, 賈生盡爲之對, 人人各如其意所欲出. 諸生於是乃以爲能, 不及也. 孝文帝說之, 超遷, 一歲中至太中大夫.)

4) 相(상) : 재상으로 삼다.
孫弘(손홍) : 공손홍(公孫弘). 그는 대책을 올렸다 내쳐졌으나 후에 다시 발탁되어 재상의 지위에 올랐다. 여기서는 유분이 그와 같지 못함을 안타까워 한 것이다.

5) 江闊(강활) : 강이 넓다. 장강을 사이에 둔 채 서로 멀리 떨어져 조문하기 어렵다는 말이다.

6) 撫膺(무응) : 가슴을 쓸어내리거나 치다. 안타까움, 슬픔, 분노 등을 나타낸다.

7) 黃陵(황릉) : 산 이름. 지금의 호남성 상음현(湘陰縣)에 있으며, 상수(湘水)가 동정호로 들어가는 곳이다. 이곳에서 이상은은 유분과 헤어졌다.

해설

이 시는 환관을 비판하다 유주사호참군(柳州司戶參軍)으로 좌천되어 억울하게 죽은 유분(劉蕡)을 재차 곡한 것이다. 제1-2구는 유분의 평적을 바라보는 여론을 소개한 것이다. 유분이 쓴 대책(對策)은 모두 나라의 중흥을 바라는 마음에서 직언한 것이므로, 이것이 환관의 비위를 거슬렸다 하여 그를 좌천시키는 것은 옳지 못하다는 말이다. 제3-4구는 고사를 통해 유분이 조정에서 응당 누려야 할 지위를 얻지 못했음을 안타까워한 것이다. 가의(賈誼)는 대책을 올려 태중대부로 승진하고 공손홍(公孫弘)도 재상의 지위에까지 올랐는데, 유분은 도리어 미관말직으로 좌천되었다고 했다. 한나라 문제(文帝)와 무제(武帝)처럼 인재를 알아보지 못하는 당나라 선종(宣宗)에 대한 비판이 깔려 있다. 제5-6구는 유분의 부음을 듣고도 멀리 떨어져 있기에 조문하지 못하는 안타까운 마음을 밝힌 것이다. 시인은 유분이 장강 멀리 심양(潯陽)에서 객사했다는 소식을 장안에서 전해들어 그쪽으로 고개만 돌릴 뿐 찾아가지 못할 뿐 아니라, 그의 억울함을 살펴줄 하늘도 멀어 탄식만 한다고 했다. 제7-8구는 그와 황릉에서 마지막으로 만났던 때를 회상한 것이다. 그 당시만 해도 그것이 마지막일 줄 몰랐다는 진한 애상이 담겨 있다. 청나라 기윤(紀昀)은 이렇게 시점을 거슬러 올라간 결미가 매우 훌륭하다고 평가한 바 있다. 또 요내(姚鼐)는 "이상은의 이런 시는 거의 두보의 정신을 얻었으니 외양만 갖춘 것이 아니다(義山此等詩殆得少陵之神, 不僅形貌.)"라고도 했다.

379

裴明府居止[1]

배명부의 거처

愛君茅屋下,	그대의 초가집 있는 곳 좋아하노니
向晚水溶溶.[2]	저물녘 강물은 조용히 흐르네.
試墨書新竹,	필묵을 써보느라 새 대나무를 그려보고
張琴和古松.	거문고 펼쳐놓으니 늙은 소나무와 어울리네.
坐來聞好鳥,[3]	이제까지 아름다운 새 소리 들었는데
歸去度疏鐘.[4]	돌아가는 길에서는 이따금씩 종소리 전해오네.
明日還相見,	내일 또 만나서
橋南貰酒醲.[5]	다리 남쪽에서 외상 술 사 마시세.

주석

1) 明府(명부) : 명부군(明府君)의 준말. 현령(縣令)의 별칭으로 쓰였다.
   居止(거지) : 거처.
2) 溶溶(용용) : 강물이 넓고 조용하게 흐름.
3) 坐來(좌래) : 지금까지. 이제까지.
   好鳥(호조) : 아름다운 새.
4) 度(도) : 나르다. 전하다.
5) 貰(세) : 외상으로 사다.

醲(농) : 진한 술.

해설

이 시는 배명부의 거처에 들러 한가한 시간을 보내다 돌아가면서 내일 다시 만날 것을 기약하는 내용을 담고 있다. 청나라 요배겸(姚培謙)은 배명부가 '관직에서 물러나 집에 기거하는 자(去官家居者)'일 것이라 했다. 제1-2구에서는 시인이 배명부의 소박한 거처를 좋아하여 그곳을 찾아 가니 해질 무렵 강물이 고요한 때임을 말했다. 제3-4구에서는 벗과 함께 새로 뻗은 대나무를 그리고 고졸(古拙)한 음으로 가야금을 탄다고 하여, 배명부의 평소 정취가 한일(閑逸)함을 드러냈다. 물론 시인도 이를 좋아하여 함께 즐기고 있다. 제5-6구에서는 이제까지 새소리를 들으며 자연과 함께였다가 돌아가는 길에 종소리를 듣게 된다고 했다. 배명부의 거처가 무척 고요할 뿐 아니라 시인이 그곳을 오고 가면서 마음이 한가롭고 맑게 정화되고 있음을 알 수 있다. 제7-8구에서는 내일 다시 또 만나 술을 마시며 회포를 풀자고 했다. 아마도 시인에게 오늘의 만남으로는 뭔가 미진한 것이 있었던 모양이다. 벗에 대한 도타운 정이 느껴진다.

380

陸發荊南始至商洛[1]

육로로 형주를 떠나 막 상락에 도착하다

昔去眞無素,[2]	예전에 갔던 것 진실로 평소의 교분 때문이 아니었고
今還豈自知.	지금 돌아오는 것도 어찌 스스로 알았겠는가.
靑辭木奴橘,[3]	푸르름은 나무 하인인 귤나무에서 떠나가는데
紫見地仙芝.[4]	자줏빛은 지상 신선의 영지에서 보이네.
四海秋風闊,	가을바람 부는 사해는 광활하고
千巖暮景遲.	저녁 햇빛은 수많은 바위 위로 뉘엿뉘엿.
向來憂際會,[5]	지금까지 기회를 만나지 못해 근심하지만
猶有五湖期.[6]	여전히 오호의 기약을 품고 있네.

주석

1) 荊南(형남) : 형주(荊州).
商洛(상락) : 상현(商縣)과 상락현(上洛縣)을 함께 부르는 말이다.

2) 無素(무소) : 평소에 내왕하지 않다. 이 두 구는 정아(鄭亞)와 별 교분이 없었는데 갑자기 천거되었다가 지금은 갑자기 파직하여 돌아가게 되니 이 모든 것이 뜻밖이라는 의미이다.

3) 木奴(목노) : 나무 하인. 감귤나무를 가리키는 말이다. 양양(襄陽)의 이형(李衡)이 가족 몰래 무릉 용양주(武陵龍陽洲)에 감자(柑子), 즉 감귤나무

천 그루를 심어두고 죽을 때 아들에게 '용양주에 천 마리 나무 하인을 두었으니, 해마다 비단 수천 필은 얻을 것이다.' 하고 말했다.(습착치(習鑿齒), 《양양기(襄陽記)》)

4) 地仙(지선) : 지상 신선. 도를 닦아 중급 수준에 이른 도사 또는 인간세상에 사는 신선. 여기서는 상산사호(商山四皓)를 가리킨다. 상산사호는 한 고조(高祖) 때 상산에 은거하던 네 노인이다.

5) 向來(향래) : 종래. 과거.
際會(제회) : 기회. 시기.

6) 五湖(오호) : 태호(太湖)의 별명. 태호와 인근 네 개의 호수라고도 한다. 여기서는 공을 이루고 물러나 배를 타고 오호로 들어간 범려(范蠡)의 고사를 쓴 것이다.

해설

이 시는 형주에서 상락으로 오면서 보이는 경치 묘사와 함께 불우함에 대한 감개와 제세(濟世)에 대한 포부를 담고 있다. 제1-2구는 옛날에 정아(鄭亞)의 인정을 받아 계관(桂管)에 있다가 떠나게 된 사실을 이른 것으로, 이런 일이 있을 것을 당초에 알지 못했다고 했다. 시의 도입부부터 불우함에 대한 감개가 느껴진다. 제3-4구에서는 제2구의 '지금 돌아오는 것(今還)'에 이어 여정 중의 형남과 상락의 경치를 묘사했다. 두 지역의 경치를 나열하여 몸을 기탁할 데가 없는 신세를 은근히 드러냈다. 제5-6구에서는 상락에 도착해 보이는 경치를 묘사했나. 여기에 묘사한 경치는 대체로 쓸쓸한 정경인데, 이를 통해 당시 정세가 쇠했고 시인 자신의 신세도 처량함을 암시했다. 제7-8구에서는 범려의 전고를 사용하여 공을 세운 후 은퇴하고픈 마음을 드러냈다. 은퇴를 하려면 공을 먼저 이루어야 하고, 공을 이루려면 먼저 군신(君臣)이 만나야 하는데, 시인은 계속 그러한 기회가 갖기 어려워 오랫동안 불우했음을 말했다. 그러나 시인은 실망하지 않고 '여전히(猶)' 공을 이루고픈 마음을 품고 있다고 하여 포부가 변하지 않았음을 드러냈다. 청나라 기윤(紀昀)은 이 시의 후반부가 훌륭하다고 평가했다. "후반부는 힘이 넉넉하고 신령함을 갖추어, 과연 두보라 할 만하다.(後半力足神完, 居然老杜.)"

381

陳後宮

진후주의 궁궐

玄武開新苑,[1]	새 동산에 현무호를 여니
龍舟讌幸頻.[2]	임금님 배에 잔치와 행차가 잦다.
渚蓮參法駕,[3]	물가의 연꽃이 천자의 행렬에 알현하고
沙鳥犯鉤陳.[4]	모래펄의 새가 구진에 날아든다.
壽獻金莖露,[5]	장수를 축원하며 구리 기둥의 이슬을 바치고
歌翻玉樹塵.[6]	노래를 불러 옥 나무의 먼지를 날리네.
夜來江令醉,[7]	밤이 되어 강총이 취하니
別詔宿臨春.[8]	임춘각에서 자도록 특별히 조서를 내리네.

주석

1) 玄武(현무) : 현무호(玄武湖). 진(晉)나라 때 북호(北湖)를 만들었는데, 송(宋)나라 때 여기에서 검은 물고기가 나타나자 현무호로 이름을 바꾸었다.

2) 龍舟(용주) : 천자가 타는 배.
讌幸(연행) : 연회와 행차.

3) 法駕(법가) : 천자가 거동할 때의 행렬은 의장대와 호위 인원의 규모에 따라 대가(大駕), 법가(法駕), 소가(小駕)의 세 종류가 있다. 법가의 경우 봉거랑(奉車郎)이 고삐를 잡고 시중(侍中)이 동승하며, 36대의 수레가 뒤

따른다.

4) 犯(범) : 날아들다.
鉤陳(구진) : 여섯 개의 별로 이루어진 별자리의 이름. 흔히 후궁을 상징한다.

5) 壽(수) : 축수하다.
金莖(금경) : 승로반(承露盤)을 받치는 구리 기둥. 이것으로 받은 이슬을 옥가루와 함께 복용하면 불로장생한다는 믿음이 있었다.

6) 翻(번) : 날리다. 노래가 울려 퍼져 대들보의 먼지가 떨어졌다는 고사를 암용한 것이다.
玉樹(옥수) : 옥 나무. 여기서는 남조 진후주(陳後主)가 지은 노래인 〈옥수후정화(玉樹後庭花)〉를 가리킨다. 〈옥수후정화〉는 장귀비(張貴妃)와 공귀빈(孔貴賓)의 아름다움을 노래한 것이 주요 내용이다.

7) 江令(강령) : 진후주를 시종하며 상서령(尙書令)을 지냈던 시인 강총(江總)을 가리킨다.

8) 詔(조) : 조서를 내리다.
臨春(임춘) : 임춘각(臨春閣). 진후주 때 지은 누각이다.

해설

이 시는 호사스런 생활을 하다 나라를 망친 진후주를 풍자한 것이다. 역사적 사건에 대한 감회를 피력하기보다 진후주의 일을 통해 만당의 혼란한 현실을 비판하려는 의도가 강하게 드러난다. 제1-2구는 진후주가 현무호에 배를 띄우고 노닐었던 일을 직서했다. 제3-4구에서는 연회가 열리는 장소를 더 구체적으로 묘사했다. 연꽃이 피고 새가 날아다니는 호수에는 임금의 의장대와 후궁들이 늘어서 있다. 제5-6구는 군주와 신하들이 연회에서 흥겹게 노니는 모습이다. 축수의 잔을 권하며 흥청거리는 동안 누군가가 진후주가 지었다는 망국의 음악인 〈옥수후정화〉를 부른다. 제7-8구는 진후주가 강총과 같이 군주 곁에서 아첨하는 시를 짓는 신하를 아꼈다는 것이다. 청나라 요배겸(姚培謙)은 이 시에 대한 평어에서 "군주와 신하가 이처럼 흥청망청하니 망하지 않으려 한들 가능하겠는가?(君臣沉湎如是, 欲不亡, 得乎?)"라고 했다.

382

樂遊原

낙유원

春夢亂不記,	봄 꿈은 어수선하여 적을 수 없어
春原登已重.[1]	봄 동산에 오르니 이미 여러 번일세.
靑門弄煙柳,[2]	아지랑이 품은 버들은 청문을 희롱하고
紫閣舞雲松.[3]	구름 속 솔은 자각봉에서 춤을 추는데,
拂硯輕冰散,	벼루를 터니 살얼음이 부서지고
開尊綠酎濃.[4]	술병을 여니 푸른 술이 진하네.
無悰託詩遣,[5]	즐거울 것 없어 시에 의탁하여 달래보나
吟罷更無悰.	다 읊어도 또 즐겁지 않네.

주석

1) 春原(춘원) : 낙유원(樂遊原)을 가리킨다. 낙유원은 장안(長安) 부근의 유원지로, 높고 넓어 장안을 손바닥처럼 볼 수 있었다. 명절이면 이곳에 올라 재액(災厄)을 떨치는 풍습이 있었다.
2) 靑門(청문) : 장안성의 동남문. 본래 이름은 패성문(霸城門)인데 문이 푸른색이어서 이렇게 불렀다고 한다.
3) 紫閣(자각) : 자각봉. 종남산(終南山)의 한 봉우리.
4) 酎(주) : 전국술(군물을 타지 아니한 진국의 술). 세 번 빚은 술.

5) 悰(종) : 즐거움.

해설

이 시는 봄 날 울적한 마음을 풀고자 낙유원에 올랐으나 여전히 슬픈 마음임을 쓴 것이다. 제1-2구에서는 낙유원에 오르게 된 이유를 말했다. 꿈이 어수선하다는 것은 마음이 어지럽다는 말이다. 마음을 달래려 낙유원에 올라보는데 이런 경우가 이미 여러 번이라 하여 상심할 일도 많고 그리된 지 오래되었음을 말했다. 제3-4구는 낙유원에 올라서 본 경치다. 봄물이 오른 생기 있는 모습이 무력하고 상심한 시인과 대조를 이룬다. 제5-6구에서는 낙유원에서 시와 술로 마음을 달래는 모습을 묘사했다. 제7-8구에서는 술과 시로 달래보아도 즐겁지 않고 더욱 근심스럽다고 했다. 다시 첫째 연과 연결되어 끊이지 않는 어지러운 마음을 함축해냈다. 청나라 굴복(屈復)은 "첫째 연은 매우 아름다우나, 나머지는 모두 상투적인 말(起甚佳, 下皆套話.)"이라 했고, 기윤(紀昀)도 이에 동의했다.

383

贈子直花下

꽃 아래에서 영호도에게 드리다

池光忽隱牆,[1]	연못의 빛이 문득 담장으로 숨더니
花氣亂侵房.[2]	꽃향기가 어지러이 방으로 밀려든다.
屛緣蜨留粉,[3]	병풍 가장자리에 나비의 꽃가루를 남기고
窓油蜂印黃.[4]	창가에서 벌의 노란색을 찍는다.
官書推小吏,[5]	관청의 문서는 하급관리에게 미뤄두고
侍史從清郎.[6]	시사가 청렴한 낭중을 따른다.
竝馬更吟去,[7]	말을 나란히 하고 번갈아 노래하다 떠나며
尋思有底忙.[8]	무슨 일로 바쁜지 곰곰이 생각한다.

주석

1) 池光(지광) : 연못의 빛.
2) 花氣(화기) : 꽃향기.
3) 屛緣(병연) : 병풍의 가장자리.
4) 窓油(창유) : 창가.
   蜂印黃(봉인황) : 벌의 노란색을 찍다. '봉황(蜂黃)'은 '화황(花黃)'이라고도 하며 여자가 장식으로 이마에 붙이던 노란 꽃잎을 말한다.
5) 官書(관서) : 관청의 문서.

小吏(소리) : 하급관리. 말단관리.

6) 侍史(시사) : 죄를 지어 관청의 노비로 편입된 이들 중 젊고 재능이 있다고 선발되어 잔심부름을 맡았던 여성.

清郎(청랑) : 청렴한 낭중. 《북사 · 원율수전(袁聿脩傳)》에 의하면, 상서랑으로 10년을 지내는 동안 한 말의 술도 하사받지 못한 원율수에게 상서 형소(刑卲)는 항상 그를 '청렴한 낭중'이라고 놀렸다고 한다.

7) 竝馬更吟(병마경음) : 말을 나란히 하고 번갈아 노래하다. 시사와 노래를 주고받는 것을 말한다.

8) 尋思(심사) : 생각하다.

有底(유저) : 무엇이 있는가.

해설

이 시는 영호도(令狐綯)에게 써준 시로, 자직(子直)은 영호도의 자(字)이다. '꽃 아래에서'라는 말을 통해 이 시가 화류계의 일을 담고 있음을 짐작할 수 있다. 제1-2구는 남녀의 은밀한 만남을 묘사한 것이다. '연못의 빛'의 화원으로 들어가니 방에 꽃향기가 가득했다고 했다. 제3-4구는 남녀의 운우지정을 비유적으로 그린 것이다. 병풍과 창문이 있는 방에서 나비와 벌이 날아다닌다고 했는데, 이는 남녀의 애정 행위를 비유한 것이다. 제5-6구는 공무를 미루고 압기(狎妓)한다며 놀린 것이다. 처리해야 할 안건을 하급관리에게 떠넘기고 기루에서 여인과 노닌다며 농을 건넸다. 제7-8구는 기루를 떠나는 아쉬움을 그린 것이다. 기루의 여인과 의기투합하여 즐거운 한때를 보냈지만 다시 공무에 얽매여 떠날 수밖에 없다고 했다.

정확한 창작 시점은 알기 어려우나 시에서 '청랑'의 전고를 쓴 것으로 보아 영호도가 낭관(郎官)으로 재직할 때인 듯하다. 이상은이 이렇게 '운우지사'를 소재로 영호도를 잔뜩 놀리는 시를 지은 것을 보면, 두 사람의 관계가 돈독했을 때 얼마나 가까이 지냈는지 알 수 있다.

384

小園獨酌

작은 정원에서 혼자 마시다

柳帶誰能結,[1]	버들가지 띠를 누가 맬 수 있을까?
花房未肯開.[2]	꽃잎은 아직 피려 하지 않는다.
空餘雙蜨舞,	부질없이 한 쌍의 나비춤만 남고
竟絶一人來.	끝내 한 사람 오는 것 끊겼다.
半展龍鬚席,[3]	용수초로 만든 자리 반쯤 펴고
輕斟瑪瑙杯.[4]	마노 잔으로 가볍게 홀짝인다.
年年春不定,	해마다 봄은 일정치 않건만
虛信歲前梅.[5]	새해 전에 핀 매화를 헛되이 믿었다.

주석

1) 柳帶(유대) : 버들가지. 버들가지가 띠처럼 가늘고 길다 하여 이렇게 부른다.
2) 花房(화방) : 꽃잎.
3) 龍鬚席(용수석) : 용수초로 만든 자리. 용수초는 돗자리의 재료로 쓰이는 골풀을 말한다.
4) 斟(짐) : 술을 따르다.
瑪瑙杯(마노배) : 마노로 만든 술잔. 마노는 회백색을 띠는 보석의 일종이다.

5) 歲前梅(세전매) : 새해가 되어 봄이 오기 전에 피는 매화.

해설

이 시는 작은 정원에서 홀로 술을 마시며 감회를 읊은 것이다. 제1-2구는 봄을 기다리는 심정을 묘사한 것이다. 마음은 벌써 버들가지 늘어지는 늦봄을 향해 가지만 실제로는 꽃도 피지 않는다고 했다. 제3-4구는 작은 정원의 쓸쓸한 풍경을 말한 것이다. 나비는 한 쌍이 다정스레 춤을 추건만 사람은 하나도 정원에 찾아오는 이 없이 시인 혼자라고 했다. 제5-6구는 혼자 술을 마시는 모습을 담은 것이다. 용수석에 앉아 마노 잔을 들이키는 모습은 멋있어 보이지만, 대작할 이 없이 혼자라면 그렇지만도 않을 것이다. 제7-8구는 매화에 불평을 늘어놓은 것이다. 매화를 봄의 전령사로 굳게 믿었건만 끝내 봄은 오지 않는다고 했다. 이 시를 애정시로 보아 기다리는 임이 오지 않는 것을 아쉬워했다고 풀이하는 설도 있으나, 여의치 않은 신세를 한탄한 것이라는 쪽이 설득력 있어 보인다. 청나라 기윤(紀昀)은 이 시를 두고 "지극히 청초하다(詩極淸楚)"고 평했다.

385

思歸

돌아가고픈 마음

固有樓堪倚, 본디 기댈 만한 누각이 있거늘
能無酒可傾? 기울일 술이 없어서야 되겠는가?
嶺雲春沮洳,[1] 고갯마루 구름은 봄이라 축축하고
江月夜晴明.[2] 강가의 달은 밤이라 쾌청하다.
魚亂書何託? 물고기들 어지러우니 편지를 어찌 맡길까?
猿哀夢易驚. 원숭이는 슬퍼 꿈이 깨기 일쑤.
舊居連上苑,[3] 옛 살던 곳은 상림원에 인접했거니
時節正遷鶯.[4] 시절은 바야흐로 꾀꼬리 옮겨 다니는 때로다.

주석

1) 沮洳(저여) : 낮고 습하다. 여기서는 구름이 습기를 머금었다는 뜻이다.
2) 晴明(청명) : 쾌청하다. 맑다.
3) 上苑(상원) : 상림원. 여기서는 시인이 예전에 이사한 관중(關中)을 이른다.
4) 遷鶯(천앵) : 꾀꼬리가 높은 나무로 옮겨가는 것을 말하며, 급제나 승진을 비유하기도 한다.

해설

이 시는 타향의 경물을 묘사하면서 고향을 그리워하는 마음을 담고 있다. 제1-2구에서는 누각에 올라 술을 마시며 경물을 감상하려 하는 모습을 그려냈다. 제3-4구에서는 누각에서 바라본 경치로, 산 위에 걸린 축축한 구름, 맑게 갠 밤에 떠오른 달은 결코 싫지 않은 모습이다. 제5-6구에서는 시상의 전환이 일어나 고향으로 돌아가고픈 그리움을 말했다. 고향으로 서신을 보내고 싶지만 전할 방법이 쉽지 않고, 애달픈 원숭이 울음소리에 마음 슬퍼 밤잠도 자주 깬다고 했다. 제7-8구에서는 상림원이 있던 고향의 봄을 떠올렸다. 꾀꼬리가 옮겨 다니는 때는 봄을 의미하기도 하지만 벼슬자리가 이동되는 시기를 뜻하기도 한다. 이때에 자신은 꾀꼬리와 같이 자리를 옮기지 못하고 어쩔 수 없이 처자와 헤어져 계림에 홀로 있으니 그리움에 슬퍼하지 않을 수 없다는 것이다. 청나라 요배겸(姚培謙)은 "이와 같은 때에 고향의 봄 경치를 그리워하지 않는다면, 어찌 인지상정이라 하겠는가?(當此之時, 而不念故鄕春色, 豈人情耶.)"라며, 시인의 심정에 깊이 공감했다.

386

獻寄舊府開封公

옛 막부의 개봉공 정아께 바치다

幕府三年遠,	막부에서 멀어진 지 삼 년
春秋一字褒.[1]	《춘추》와 같이 한 글자로 칭찬해주셨더랬지요.
書論秦逐客,[2]	글은 진나라의 〈간축객서〉에 견주어지고
賦續楚離騷.[3]	부는 초나라의 〈이소〉를 뒤이으셨습니다.
地里南溟闊,[4]	지리적 거리는 남해처럼 요원하고
天文北極高.[5]	천문은 북극처럼 높습니다.
酬恩撫身世,[6]	은혜에 보답하고자 신세를 돌아보아도
未覺勝鴻毛.[7]	기러기 털보다 낫다고 느껴지지 않습니다.

주석

1) 春秋(춘추) : 공자가 편찬한 것으로 알려진 역사서.
一字褒(일자포) : 일자포폄(一字褒貶)의 뜻. 글자 한 자를 가려 씀으로써 사람을 칭찬하기도 하고 비방하기도 함을 이르는 말. 공자의 저서 《춘추》의 서법(書法)으로서 칭찬할 때는 그 사람의 자(字)를 쓰고 비방할 때는 이름을 쓴 데서 유래한다. 흔히 언설이 엄정하고 분별이 있는 것을 가리킨다.

2) 論(논) : 견주다.

秦逐客(진축객) : 진나라 이사(李斯)의 〈간축객서(諫逐客書)〉. 외국 국적의 관리를 추방하려는 진 왕실의 정책의 부당함을 간언한 글이다. 당시 정아는 지금의 광동성 용천현(龍川縣) 경내인 순주(循州)로 좌천되었다.

3) 楚離騷(초이소) : 초나라 굴원의 〈이소〉.

4) 地里(지리) : 두 지역이 서로 떨어진 거리.
南溟(남명) : 남해.

5) 天文(천문) : 해, 달, 별 등 천체의 분포와 운행을 나타내는 말이다.
北極(북극) : 북극성. 여기서는 조정을 가리킨다.

6) 酬恩(수은) : 은혜에 보답하다.
撫(무) : 돌이켜보다.
身世(신세) : 주로 불행한 일과 관련된 일신상의 처지와 형편.

7) 鴻毛(홍모) : 기러기의 털. 무거운 것과 가벼운 것의 차이를 나타내는 말인 '태산홍모(泰山鴻毛)'에서 따온 것이다. 사마천(司馬遷)의 〈보임소경서(報任少卿書)〉에 "사람이 본디 한 번 죽기 마련인데 어떤 사람은 태산보다 무겁고 어떤 사람은 기러기 털보다 가벼우니 목숨을 걸고 지향한 바가 다른 까닭입니다(人固有一死, 或重於泰山, 或輕於鴻毛, 用之所趨異也.)"라 했다. 이 시에서는 '기러기 털보다 못하다'고 했으므로, 죽어도 보답하기 어렵다는 의미로 판단된다.

해설

이 시는 대중 4년(850) 이상은이 노홍정(盧弘正)의 막부에 머물 때, 계관관찰사로 있다가 순주(循州)로 좌천된 정아(鄭亞)에게 부친 것이다. 시제에 보이는 '옛 막부'는 계관관찰사 막부를 말하며, '개봉공(開封公)'은 형양(滎陽) 정씨인 정아의 봉호이다.

제1-2구는 계주(桂州) 막부에서의 지난날을 회고한 것이다. 3년 전 정아가 자신의 재주를 칭찬하며 막료로 기용했던 기억이 새롭다고 했다. 제3-4구는 정아의 좌천이 부당함을 넌지시 밝힌 것이다. 억울하게 순주로 좌천된 정아의 글이 이사의 〈간축객서〉와 굴원의 〈이소〉에 비견된다고 했다. 제5-6구는 현재의 어려운 형편을 말한 것이다. 정아가 남해가 지척인 광동성 순주까지 좌천되어 고초를 겪고 있으나, 이런 사정을 살필 조정은 북극성처럼 높이 있어 하소연하기 어렵다고 했다. 제7-8구는 정아의 은혜에 보답할 길 없는 자괴감을 드러낸 것이다. 자신이 여전히 막부를 떠도는 신세라 기러기 털보다 가벼운 목숨을 내놓아도 은혜를 갚을 길이 막막하다고 했다. 청나라 주이준(朱彝尊)은 이 시에 대해 “부치고 응수하는 작품에 지나지 않으나 그 고아함과 혼후함은 이미 후인이 따라갈 수 있는 정도가 아니다(不過投贈應酬之作, 然其高渾已非後人所及.)”라고 호평한 바 있다.

387

向晩

저물 무렵

當風橫去幰,[1]	바람을 맞아, 떠나려는 수레의 포장 옆으로 눕고
臨水卷空帷.[2]	물가의 빈 휘장을 만다.
北土鞦韆罷,[3]	북쪽 지방에서는 그네 타는 일 마치고
南朝祓禊歸.[4]	남쪽 지방에서는 계제사하고 돌아간다.
花情羞脈脈,[5]	꽃의 정은 부끄러워 바라만 볼 뿐
柳意悵微微.[6]	버들의 뜻은 슬퍼도 살며시 감추기만.
莫歎佳期晩,[7]	아름다운 기약 저문다고 탄식하지 마라
佳期自古稀.[8]	아름다운 기약은 예로부터 드물었으니.

주석

1) 當風(당풍) : 바람을 맞다.
   橫(횡) : 옆으로 눕다.
   幰(헌) : 수레의 포장.
2) 臨水(임수) : 물가.
   卷(권) : 말다. 걷다.
   帷(유) : 휘장. 장막.
3) 北土(북토) : 북쪽 지방.

鞦韆(추천) : 그네.

罷(파) : 마치다. 끝나다.

4) 南朝(남조) : 강남에 건국했던 송(宋), 제(齊), 양(梁), 진(陳)의 네 왕조. 여기서는 위 구의 '북쪽 지방(北土)'과 대칭을 이루어 '남쪽 지방'을 나타낸다.

祓禊(불계) : 계제사(禊祭祀). 음력 3월 상사일(上巳日)에 물가에서 액운을 씻던 세시풍속.

5) 花情(화정) : 꽃의 정. 여자의 마음을 가리킨다.

羞(수) : 부끄러워하나.

脈脈(맥맥) : 응시하다. 말이 없다. 마음에 담은 감정을 말없이 눈으로 표현하는 것을 말한다.

6) 柳意(유의) : 버들의 뜻. 남자의 마음을 가리킨다.

悵(창) : 슬퍼하다.

微微(미미) : 은미하다. 겉으로 드러내지 않는 것을 말한다.

7) 佳期(가기) : 아름다운 기약. 흔히 남녀의 만남을 가리킨다.

8) 稀(희) : 드물다.

해설

이 시는 3월 3일 상사절(上巳節)의 봄놀이를 소재로 한 것으로, 다소 정련되지 않은 시어를 감안할 때 시인의 초기 작품으로 보인다. 제1-2구는 봄놀이가 끝나서 모였던 사람들이 헤어지는 모습을 담은 것이다. 떠나려는 수레의 포장이 바람에 펄럭이고, 한편에서는 놀이를 위해 물가에 쳤던 휘장을 만다고 했다. 제3-4구는 상사절의 습속을 말한 것이다. 북쪽 지방에서는 그네를 타고 남쪽 지방에서는 계제사를 올리는데, 이 모든 일이 이제 끝나간다고 했다. 제5-6구는 봄놀이에 참석했던 청춘남녀들이 헤어지기 아쉬워하는 광경을 묘사한 것이다. 남녀 모두 자리를 떠나기 아쉬워하면서도 선뜻 그런 감정을 표현하지 못한다고 했다. 제7-8구는 시인이 스스로 위로하는 말이다. 좋은 만남이 끝나는 것은 아쉽지만, 이런 만남 자체가 쉬운 일은 아니라는 사실을 되새기며 위안을 얻고자 했다. 청나라 요배겸(姚培謙)의 평이 간명하다. "설령 꽃의 정과 버들의 마음이 끝없는 의미를 담고 있다고 해도, 세상에 어찌 끝나지 않는 아름다운 기약이 있겠는가?(縱花情柳意, 含蘊無窮, 然天下豈有不散之佳期耶.)"

388

春游

봄나들이

橋峻班騅疾,[1] 다리는 높고 반추마는 빠르며
川長白鳥高. 내는 길고 흰 새는 높이 난다.
煙輕唯潤柳,[2] 안개는 가벼이 오직 버들을 적시고
風濫欲吹桃.[3] 바람은 제멋대로 복숭아나무에 불어오려 한다.
徙倚三層閣,[4] 삼층 누각을 오가며
摩娑七寶刀.[5] 칠보도를 매만진다.
庾郎年最少,[6] 유랑의 나이 가장 어려
青草妒春袍.[7] 푸른 풀도 봄옷을 시샘했다.

주석

1) 峻(준) : 높다.
班騅(반추) : 청색과 백색이 섞인 말.
2) 潤(윤) : 적시다.
3) 濫(람) : 마음대로. 제멋대로.
吹桃(취도) : 복숭아나무에 불다. 바람이 꽃잎을 떨어뜨리려 한다는 말이다.
4) 徙倚(사의) : 배회하다.

5) 摩挲(마사) : 쓰다듬다. 어루만지다.
七寶刀(칠보도) : 여러 가지 보물로 장식한 칼. 위문제 조비(曹丕)가 만들었다고 전해진다.
6) 庾郎(유랑) : 동진의 장수인 유익(庾翼).
7) 青草(청초) 구 : 유신(庾信)의 〈애강남부(哀江南賦)〉에 "푸른 도포가 풀 같다(青袍如草)"고 했다.

해설

이 시는 이상은이 천평군(天平軍) 절도사 영호초(令狐楚)의 부름을 받고 그의 막부(幕府)로 들어가 순관(巡官)이 되었을 때 지은 것으로 보인다. 재주를 인정받은 젊은이의 한껏 부푼 패기와 자부심이 느껴지기 때문이다. 제1-2구는 말을 타고 멀리 바라보는 모습이다. 당시 천평군절도사 막부는 지금의 산동성 동평현(東平縣)에 자리 잡았는데, 황하를 끼고 동평호(東平湖)와 대청하(大淸河)가 있었다. 제3-4구는 제목의 '봄나들이'를 묘사한 봄의 경치이다. 안개와 바람, 버들과 복숭아나무로 봄날의 따사롭고 부드러운 느낌을 표현했다. 제5-6구는 누각에서 봄 경치를 감상하며 유유자적하는 젊은이를 그렸다. 막부에서 쓴 시이기에 '칠보도'를 언급한 것으로 보인다. 이는 제7-8구의 '유익'으로 이어진다. 《세설신어(世說新語)》에 따르면 동진의 장수인 그는 말타기에 능했다고 한다. 이상은은 18세의 젊은 나이에 쟁쟁한 실력자인 영호초의 막부에 들어갔던 터라 대단한 자부심을 느꼈던 것 같다. 그래서 풀도 순관이 입는 도포의 푸른빛을 부러워하리라 했다. 득의한 시절의 자부심과 패기가 잘 드러난 작품이다.

389

離席

이별하는 자리에서

出宿金尊掩,[1]	외지로 나가고자 금 술동이를 붙들고
從公玉帳新.[2]	공을 따르니 옥 장막이 새롭다.
依依向餘照,[3]	아쉬운 마음은 석양을 향하고
遠遠隔芳塵.[4]	아득히 향기로운 먼지와 멀어진다.
細草翻驚雁,	가느다란 풀에서 놀란 기러기 날아오르고
殘花伴醉人.	시들어 가는 꽃은 취한 사람의 벗이 된다.
楊朱不用勸,[5]	양주를 위로할 것도 없다오
只是更沾巾.	그저 다시 옷소매를 적시리니.

주석

1) 出宿(출숙) : 나와서 외부에 기거하다.
2) 玉帳(옥장) : 옥으로 꾸민 장막(帳幕). 장수(將帥)가 거처(居處)하는 장막(帳幕)을 이른다.
3) 餘照(여조) : 지는 해의 남은 빛. 석양.
4) 芳塵(방진) : 향기로운 먼지. 여기서는 장안을 가리킨다.
5) 楊朱(양주) : 중국 전국 시대의 사상가. 자(字)는 자거(子居). 《열자(列子)》에 따르면, 양주가 갈림길에서 어디로 가야할 지 모르고 울었다고

한다.

勸(권) : 위로하다.

해설

이 시는 대중(大中) 원년(847), 시인이 계관(桂管)으로 가는 중에 쓴 것으로, 새로운 막부로 가게 된 심경을 담고 있다. 제1-2구는 전별연 자리를 묘사한 것이다. 정아를 따라 새로운 막부로 가게 되었다고 했다. 제3-4구는 장안을 떠나는 아쉬운 마음을 담은 것이다. 장안에서 멀어질수록 아쉬움은 커지지만, 현재의 정국이나 자신의 신세 모두 석양의 분위기이기에 막부로 발걸음을 옮길 수밖에 없다는 것이다. 제5-6구는 여정 중에 눈에 드는 풍경을 묘사한 것이다. 현대 학자 등중룡(鄧仲龍)은 '놀란 기러기(驚雁)', '시들어 가는 꽃(殘花)', '취한 사람(醉人)' 등이 시인 자신을 가리키는 말이면서 동시에 장안의 당쟁 정국에 휩쓸린 사람을 가리키는 말이라고 했다. 제7-8구는 시인의 답답한 심정을 하소연한 것이다. 시인 자신이 갈림길에서 목놓아 울 참이니 양주(楊朱)를 동정할 때가 아니라고 했다. 청나라 기윤은 "격조와 힘이 매우 강건하나, 끝 두 구에서 지나치게 감정을 드러냈다(格力殊健, 末二句太竭情耳.)"고 평했다. 수긍할 만하다.

390

俳諧

놀리는 말

短顧何由遂,[1] 어찌해야 잠깐이라도 바라봐줄까
遲光且莫驚.[2] 시간이 지체된다고 놀랄 것도 없나니.
鶯能歌子夜,[3] 꾀꼬리처럼 한밤중에 노래할 수 있고
蜨解舞宮城.[4] 나비처럼 성궐에서 춤출 수 있건만
柳訝眉傷淺,[5] 버들눈썹이 옅은 것을 의아하게 여기고
桃猜粉太輕.[6] 복숭아꽃 가루가 가벼운 것에 놀라겠지.
年華有情狀,[7] 나이에 따른 모습이 있거늘
吾敢恡生平.[8] 내 감히 일생을 아끼겠는가?

주석

1) 短顧(단고) : 잠깐 보다.
何由(하유) : 어떻게 ~할 수 있겠는가.
遂(수) : 이루다. 달성하다.
2) 遲光(지광) : 시간이 지체되다. 세월이 흐르다.
3) 鶯(앵) : 꾀꼬리.
子夜(자야) : 한밤중. 〈자야가(子夜歌)〉로 보아야 한다는 설도 있으나, 아래 구 '성궐(宮城)'과의 대구 관계를 고려할 때 타당하지 않다고 판단

된다.

4) 蜨(접) : 나비.

解(해) : ~할 수 있다.

宮城(궁성) : 성궐. 《당육전(唐六典)》에 의하면 도성은 3중으로 이루어져 있는데 바깥부터 경성(京城), 중성(重城), 궁성(宮城)으로 불렸다고 한다.

5) 柳眉(유미) : 버들눈썹. 여자의 가늘고 예쁜 눈썹을 가리킨다.

訝(아) : 의아하게 여기다.

傷(상) : 너무. 지나치게.

淺(천) : 옅다.

6) 桃粉(도분) : 여자의 발그레한 뺨에 바르는 분을 가리킨다.

猜(시) : 의심하다.

7) 年華(연화) : 나이.

情狀(정상) : 모습.

8) 憖(인) : 아끼다.

生平(생평) : 일생. 평생.

해설

이 시는 제목을 '배해(俳諧)'라 했으니 해학적인 내용을 담은 것이다. 대체로 관심을 바라는 여인의 절박한 심정을 놀리는 투로 지었다고 생각된다. 제1-2구는 남자들의 주목을 받지 못하는 여인의 자조 섞인 푸념을 이야기한 것이다. 이성의 관심을 끄는 일이 쉽지 않으니 시간이 오래 걸린다고 놀라지 말자고 했다. 제3-4구는 여인이 자신의 출중한 능력을 과시한 것이다. 꾀꼬리처럼 노래할 수 있고 나비처럼 춤출 수 있다고 했다. 제5-6구는 꾸미지 않은 자태를 묘사한 것이다. 눈썹을 옅게 칠하고 얼굴에 분을 짙게 바르지 않은 청초한 모습에 놀랄 것이라고 했다. 제7-8구는 속히 배필을 찾기 바라는 마음을 표현한 것이다. 나이를 더함에 따라 모습이 바뀌는 까닭에 한창 아름다울 때는 시간을 아끼지 말고 배필을 찾는 데 힘써야 한다고 했다.

이상은의 시에 등장하는 어려운 형편의 여인들은 시인 자신이 투영된 경우가 많다. 이런 점에서 이 시에 대해 청나라 풍호(馮浩)가 "내게 비록 재주가 있어도 남들이 인정해주지 않음을 기탁해 말한 것(寓言我雖有才, 人未心許.)" 이라고 한 평이 간명해 보인다.

391

細雨

가랑비

瀟灑傍迴汀,[1]	싸늘하게 굽이진 물가의 곁으로 왔다가
依微過短亭.[2]	어렴풋이 단정을 지난다.
氣凉先動竹,	기운은 차갑게 먼저 대나무 흔들었지만
點細未開萍.[3]	빗방울은 가늘어 아직 부평초를 열지 못했다.
稍促高高燕,[4]	조금 급해진, 높이 날던 제비
微疎的的螢.[5]	살짝 성글어진, 반짝이던 반딧불이,
故園煙草色,[6]	고향 덩굴 풀의 빛깔도
仍近五門青.[7]	여전히 경성의 푸르름에 가깝겠지.

주석

1) 瀟灑(소쇄) : 싸늘하다. 처량하다.
迴汀(회정) : 굽이진 물가.

2) 依微(의미) : 어렴풋하다.
短亭(단정) : 예전에 행인들의 휴식이나 전송을 위해 세운 건축물. 5리마다 단정을 세우고 10리마다 장정(長亭)을 세웠다.

3) 點(점) : 빗방울.
開萍(개평) : 부평초를 열다. 빗방울이 부평초에 떨어져 모여 있던 잎이 흩어지는 것을 말한다.

4) 促(촉) : 급하다. 제비가 비에 젖지 않으려고 서두르는 모습을 말한다.

5) 疎(소) : 성글다.

的的(적적) : 밝게 빛나는 모습.

6) 故園(고원) : 고향.

煙草(연초) : 연무에 뒤덮인 풀 더미. 흔히 덩굴풀을 가리킨다.

7) 仍(잉) : 여전히. 아직도.

五門(오문) : 옛날 궁궐에 설치한 다섯 개의 문으로, 각각 고문(皐門), 고문(庫門), 치문(雉門), 응문(應門), 노문(路門)이라 불렀다. 여기서는 이를 빌려 경성(京城)을 가리킨다.

해설

이 시는 가랑비를 묘사하며 고향에 대한 그리움을 드러낸 것이다. 제1-2구는 가랑비가 다가오는 모습을 묘사한 것이다. 가랑비가 물가에 내리다가 단정 쪽으로 온다고 했다. 제3-4구는 가랑비의 '미세함(細)'을 표현한 것이다. 대나무를 흔드는 차가운 기운에서 비가 내린다는 사실을 알게 되었지만, 아직 연못의 부평초를 흩뜨릴 만큼 빗방울이 굵지는 않다고 했다. 이 연이 가랑비를 잘 묘사했다는 역대 평자들의 견해가 많다. 제5-6구는 가랑비로 인해 주변의 새와 곤충이 바빠진 모습을 포착한 것이다. 제비는 둥지로 돌아가는 날갯짓을 재촉하고 반딧불이는 조금씩 모습을 감춘다고 했다. 제7-8구는 빗속의 덩굴 풀을 보며 고향을 그리워하는 마음을 표출한 것이다. 고향의 풀도 경성의 것처럼 비에 젖어 푸르른 빛깔이 더 선명해지리라고 했다.

청나라 굴복(屈復)은 이 시에 대해 이렇게 평했다. "여덟 구 모두 비 내리는 경치를 묘사하고 모두 '세(細)'자를 묘사했으나 순서가 정연하다. 비록 두보의 '침울돈좌'나 '웅혼비장'한 맛은 없어도, 그 우아하고 고요함은 또한 낭송할 만하다.(八句俱寫雨景, 俱寫細字, 而層次井然. 雖無杜之沈鬱頓挫, 雄渾悲壯, 其雅靜亦自可誦.)"

392
商於新開路[1]

상오에 새로이 도로가 뚫리다

六百商於路,	육백 리 상오의 길
崎嶇古共聞.[2]	그 험함은 예로부터 들었던 바,
蜂房春欲暮,[3]	벌집에 봄은 저물어 가고
虎穽日初曛.[4]	호랑이 함정에 햇빛 막 어스름해졌네.
路向泉間辨,	길은 시내 사이에서나 알아보고
人從樹杪分.	사람은 나무 끝에서야 분간이 되네.
更誰開捷徑,[5]	다시 누가 지름길을 열까?
速擬上青雲.[6]	속히 청운에 오르고 싶은 자겠지.

주석

1) 商於(상오) : 옛날 지명. 장안에서 중국 동남부로 가는 간선도로였다. 전국 시대에 장의(張儀)가 초(楚) 나라 회왕(懷王)에게 상오의 땅 6백리를 바치겠다고 약속했다가 나중에는 이를 6리로 번복하여 회왕을 속인 일이 있다.

2) 崎嶇(기구) : 험하다.

3) 蜂房(봉방) : 벌집. 험준한 산과 골짜기에는 벌집이 많이 있다.

4) 虎穽(호정) : 호랑이를 잡는 함정. 위험한 곳을 비유한다.

曛(훈) : 어스레하다. 빛이 조금 어둑하다.

5) 捷徑(첩경) : 지름길.

6) 青雲(청운) : 본래는 상주(商州)에 있는 역의 이름이나, 여기서는 쌍관으로 '청운의 뜻(青雲之志)'을 아울러 가리킨다.

해설

이 시는 대중(大中) 원년(847) 정아(鄭亞)를 따라 계주(桂州)로 가는 도중에 이 길을 지나면서 쓴 것이다. 정국은 어지럽고 벼슬길도 여의치 않은데다 의지할 정아조차도 세력을 잃고 남쪽으로 가게 된 상황을 맞아, 상오를 지나며 그곳의 험난함에 대하여 구체적으로 묘사하면서 복잡한 심정을 기탁했다. 제1-2구는 상오의 길이 험난하다는 것은 이미 알려진 사실이라 했다. 다음 두 연에서는 그 구체적인 모습을 묘사했는데, 제3-4구에서는 벌집과 호랑이 함정을 등장시켜 험준함을 부각시켰고, 제5-6구에서는 길과 사람이 간신히 분간이 된다고 하여 지세의 험난함 속에 새로 길이 난 것임을 말했다. 제7-8구에서는 이런 험난한 곳에 다시 지름길을 놓을 사람이 있겠는가라고 물은 뒤, 그 사람은 남보다 먼저 청운에 오르고 싶어 하는 사람일 것이라 대답했다.

청운을 고유명사로 보면 상주에 빨리 닿고자 하는 이가 지름길을 뚫을 것이라는 의미가 있지만, 청운에 오르는 것은 큰 정치적 포부를 가진 것을 의미하므로 험난한 벼슬생활에서 남보다 먼저 벼슬하고 승진하는 지름길을 찾는 사람으로 볼 수 있다. 따라서 이 두 구는 어지러운 상황에서 지름길을 찾기는커녕 자꾸 뒤처지는 자신에 대한 감개를 기탁했다고 읽을 수 있다.

393

題鄭大有隱居[1]

정대의 은거지에 제하다

結構何峰是,[2]	어느 봉우리에 얼기설기 엮어놓았는가.
喧閒此地分.	시끌벅적함과 한가함이 바로 여기서 나누어진다.
石梁高瀉月,[3]	높은 돌다리 위로 달을 쏟아내고
樵路細侵雲.	좁은 나무하는 길로 구름이 스며든다.
偃臥蛟螭室,[4]	이무기가 사는 집에 벌렁 눕고
希夷鳥獸群.[5]	날짐승 들짐승 무리 속에서 현묘한 경계를 지킨다.
近知西嶺上,	근래 알았네, 서쪽 고개 위에서
玉管有時聞.[6]	옥피리 소리 때때로 들을 수 있음을.

주석

1) 鄭大(정대) : 정전(鄭畋, 820?-882). 당나라 형양(滎陽) 사람으로, 자는 태문(台文)이다. 진사 시험에 급제한 후 서판발췌(書判拔萃)로 위남위(渭南尉)에 발탁되었다. 선종(宣宗) 때 유첨(劉瞻)이 재상이 되자 천거를 받아 한림학사(翰林學士)가 되고 지제고(知制誥)를 지냈다. 여기서는 정대를 정아(鄭亞)의 아들인 정전으로 보았지만, 사실 확신하긴 어렵다. 달리 정대유(鄭大有)란 사람이 있을 수도 있다.

2) 結構(결구) : 얽은 짜임새. 얽거나 짜서 만들다.

3) 瀉(사) : 쏟다. 쏟아지다.
4) 偃臥(언와) : 거만하게 벌떡 누워 있음.
蛟螭(교리) : 이무기.
5) 希夷(희이) : 자연 그대로 청정하고 무위한 것. 현묘한 경계.
6) [원주] : 그대의 집은 왕자진의 게학대에 가깝다.(君居近子晉憩鶴臺)
玉管(옥관) : 옥피리. 왕자진(王子晉)은 주(周)나라 영왕(靈王)의 태자. 이름을 교(喬)라고도 한다. 생황(笙簧)을 잘 불었는데 봉황의 소리를 본떠 〈봉황곡(鳳凰曲)〉을 만들었다. 후에 도인 부구생(浮丘生)의 인도로 선학(仙學)을 배워 신선이 되었다고 한다.

해설

이 시는 정대가 은거하게 되자 그의 은거지에 대해 묘사하면서 그의 정신세계를 찬양한 작품이다.

제1-2구에서는 은거지가 산봉우리에 있는데, 속세와는 구분되는 곳에 있음을 말했다. 제3-4구는 은거지 주변의 풍경을 묘사한 것으로 앞 구에서는 청명함을, 뒷 구에서는 험난하면서도 한적한 느낌을 들게 했다. 제5-6구에서는 자유로이 은거하는 정대의 모습을 담고 있다. 이무기가 사는 집에서도 벌렁 눕고 짐승들 사이에 있으면서도 사람을 그리워하거나 만나지 못해 마음이 어지럽지 않은 모습이어서 속세로부터 마음이 떠났음을 알 수 있다. 제7-8구에서는 왕자진 고사를 인용하여 정대가 신선이 된 왕자진처럼 선계에 도달할 정도의 공력을 지녔음을 찬양했다.

394

夜飮

밤에 마시다

卜夜容衰鬢,[1]	거나한 술자리에 늙은이도 받아주는데
開筵屬異方.[2]	잔치 벌어지는 곳 타향이로다.
燭分歌扇淚,[3]	촛불은 가기의 부채에 눈물이 나뉘고
雨送酒船香.[4]	비는 술잔의 향기를 보내온다.
江海三年客,[5]	강호에 머무른 지 삼 년 된 나그네
乾坤百戰場.[6]	세상은 온갖 싸움이 벌어지는 곳.
誰能辭酩酊,[7]	누가 술에 취하는 것을 마다하고
淹臥劇清漳.[8]	아주 맑은 장수 가에 누울 수 있으리?

주석

1) 卜夜(복야) : 복주복야(卜晝卜夜)의 준말. 밤낮을 가리지 않고 술을 마심을 형용한 말이다. 《좌전 · 장공(莊公) 22년조》에 의하면, 춘추시대 제나라의 환공(桓公)이 진경중(陳敬仲)과 함께 술을 마시다 해가 저물어 불을 밝히라 명하자, 진경중이 사양하며 "신(臣)은 낮의 운수가 좋은가 나쁜가를 점쳤을 뿐이고, 밤이 어떠한가는 점을 쳐보지 않았으니, 감히 그렇게 하지는 못하겠습니다(臣卜其晝, 未卜其夜, 不敢)."라 했다고 한다. 이로부터 '복주복야'는 밤낮을 가리지 않고 환락에 빠진다는 뜻으로 쓰이게

되었다.

容(용) : 용납하다. 받아주다.

衰鬢(쇠빈) : 나이가 들어 하얗게 센 머리카락. 흔히 노년을 가리킨다.

2) 開筵(개연) : 잔치를 벌이다.

屬(속) : ~에 속하다. ~에 해당하다.

異方(이방) : 타향. 외지.

3) 歌扇(가선) : 가기(歌妓)의 부채.

4) 酒船(주선) : 큰 술잔.

5) 江海(강해) : 상호(江湖). 여기서는 동천절도사 막부가 있던 재주(梓州)를 가리킨다.

6) 乾坤(건곤) : 천지. 온 나라.

百戰場(백전장) : 많은 싸움이 벌어지는 곳. 청나라 하작(何焯)은 당쟁이 더욱 치열해진 것을 가리킨다고 보았다.

7) 酩酊(명정) : 크게 취한 모습.

8) 淹臥: 오랫동안 눕다. 몸져눕다.

劇(극) : 지극히. 매우.

淸漳(청장) : 맑은 장수(漳水). 유정(劉楨)의 시에서 유래하여 와병을 비유한다. 이 구절은 이상은의 〈숭양택의 동쪽 정자에서 취한 뒤 알근하여 짓다(崇讓宅東亭醉後沔然有作)〉 시 마지막 구절과 똑같다.

해설

이 시는 시인이 동천절도사 막부에 머무른 지 3년째 되는 대중 7년(853)에 창작된 것으로 보인다. 술자리를 빌려 번민을 털어버리려 하는 심정을 표출했다. 제1-2구는 잔치가 벌어지는 시간과 장소를 말한 것이다. 밤에 타향인 재주(梓州)에서 벌어지는 잔치 자리에 노쇠한 모습으로 참석했다고 했다. 제3-4구는 시각과 후각의 이미지를 통해 잔치 자리의 모습을 묘사한 것이다. 가기의 부채에 촛농이 날리고 밤비에 술의 향기가 더욱 짙어진다고 했다. 이는 제목의 '밤'과 '마시다'를 재차 드러낸 것이기도 하다. 제5-6구는 시인이 번민에 휩싸이게 된 이유를 밝힌 것이다. 재주의 막부에 머무른 지 어느덧

3년째인데 정국은 여전히 당쟁(黨爭)으로 어지러워, 장안(長安)으로 돌아갈 기미가 보이지 않는다고 했다. 제7-8구는 밤에 마시지 않을 수 없는 시인의 속내를 재차 설명한 것이다. 장수(漳水) 가에 몸져누웠던 유정(劉楨)처럼 건강이 악화되었으나 술을 마시지 않고는 울화를 달랠 묘안이 없다고 했다. 제5-6구에서 느껴지는 침울(沈鬱)함에서 두보의 풍격을 닮았다고 평가하는 이들이 많다.

395

江上

강가에서

萬里風來地, 만 리의 바람 몰려오는 곳
清江北望樓. 맑은 강의 북쪽 바라보는 누각.
雲通梁苑路,[1] 구름은 양원의 길로 통하고
月帶楚城秋. 달은 초나라 성의 가을빛을 띠었다.
刺字從漫滅,[2] 명함의 글자는 곧 없어지려는데
歸途尚阻修.[3] 돌아가는 길은 아직 험하고 멀구나.
前程更煙水,[4] 앞길은 다시 안개 자욱한 물가지만
吾道豈淹留.[5] 나의 길에서 어찌 머뭇거리랴.

주석

1) 梁苑(양원) : 서한(西漢) 양효왕(梁孝王)이 만든 원림. 옛터가 지금의 하남성 개봉시(開封市) 동남쪽에 있다. 사방 300여 리의 방대한 규모로 관상과 사냥용으로 쓰였다. 양효왕은 이곳에 빈객을 불러 모았는데, 사마상여(司馬相如), 매승(枚乘), 추양(鄒陽) 등이 그들이다. 토원(兎園)으로도 불린다.

2) 刺字(자자) : 명함의 글자. 후한 말 예형(禰衡)은 어려서부터 재능이 뛰어났고, 성격이 강직하면서 오만한 인물이었다. 평원(平原)인 으로 형주

(荊州)에서 피난살이 했다. 건안 초 위(魏)나라의 도읍인 허창(許昌)에 들어가기 전에 남몰래 자신을 소개하는 명함 한 장을 준비하여 품속 깊이 간직하고, 인재들이 많이 모인 도성에서 이상적인 인물을 만나 가르침을 구할 수 있기를 바랐다. 그러나 그의 바람과는 달리 허창을 떠날 때까지 그런 인물을 만나지 못했다. 그의 품속에 간직한 명함은 한 번도 꺼낼 기회가 없었을 뿐 아니라 품속에서 닳고 닳아서 글자가 알아보기 어려울 정도로 흐릿해졌다고 한다.(《후한서 · 문원전하(文苑傳下) · 예형(禰衡)》)

從(종) : 곧.

漫滅(만멸) : 마멸되다. 흐릿하여 알아보기 어렵게 되다.

3) 阻修(조수) : 길이 막히고 멀다.

4) 前程(전정) : 앞길. 흔히 공적의 성취를 비유한다.

煙水(연수) : 안개에 싸인 강가. 수면.

5) 淹留(엄류) : 머뭇거리다. 지체하다.

해설

이 시는 계림에서 장안으로 돌아오며 도중에 담주(潭州), 강릉(江陵), 기주(夔州)에 잠시 체류할 때 지은 것으로, 자신을 알아주지 못하는 세태와 앞으로의 길이 험난함에 대한 답답한 회포를 토로하고 있다. 제1-2구는 시인은 배를 타고 기주의 협곡을 빠져나와 강릉으로 가는 길에 바라본 경치를 묘사한 것이다. 강에 바람이 불어오고 강 남쪽 언덕에 누각이 있다고 했다. 제3-4구는 여정의 시점과 지점을 말한 것이다. 가을에 형초 지방을 지나고 있다고 했다. 제5-6구는 형주에서 피난살이 하며 이상적인 인물을 만나고자 명함을 품고 다녔던 예형의 전고를 인용한 것이다. 돌아가는 길이 멀고 험하다는 것은 시인이 간알을 했으나 아무 소득도 없었다는 말이다. 제7-8구는 이후의 행보를 다짐한 것이다. 앞으로의 길도 안개 낀 물가처럼 막막하지만, 길에서 다시는 머뭇거리지 말자고 다짐했다. 청나라 굴복(屈復)은 "전경후정의 수법으로, 두보의 시에 이런 것이 많다(前景後情, 杜詩多如此.)"고 했다.

396

凉思

서늘한 날의 생각

客去波平檻,[1]	손님이 떠나고 물결은 난간까지 찰랑이는데
蟬休露滿枝.	매미 소리 그치고 이슬이 나뭇가지에 가득하다.
永懷當此節,[2]	긴 상념으로 이 시절을 대하며
倚立自移時.[3]	기대어 서니 절로 시간이 지나간다.
北斗兼春遠,[4]	북두성과 봄은 멀어지는데
南陵寓使遲.[5]	남릉으로 소식 전하는 사신은 더디기만 하다.
天涯占夢數,[6]	하늘 끝에서 꿈으로 점치기를 여러 번
疑誤有新知.[7]	새로 사귄 사람이 있는지 의심했네.

주석

1) 檻(함) : 난간.
2) 節(절) : 시절. 시간.
3) 倚立(의립) : 기대어 서다.
移時(이시) : 시간이 지나다.
4) 北斗(북두) : 북두성.
兼(겸) : -와 함께.
5) 南陵(남릉) : 남릉현. 당나라 때에는 선주(宣州)에 속했으며, 지금의 안휘

성 남릉현이다. '남군(南郡)'과 '강릉(江陵)'의 합칭이라는 설도 있다.
寓使(우사) : 소식을 전해줄 사신.

6) 天涯(천애) : 하늘 끝.
占夢(점몽) : 꿈으로 길흉을 점치다.
數(삭) : 자주.

7) 疑誤(의오) : 의심하여 오해하다.
新知(신지) : 새로 사귄 사람.

해설

이 시는 시인이 봄에 사신으로 남릉(南陵)에 왔다가 시일이 지체되어 어느덧 가을을 맞이해 쓴 것이다. 남릉을 남군(南郡)과 강릉(江陵)으로 보아 대중(大中) 원년(847)에 시인이 계림(桂林)의 정아(鄭亞) 막부에서 지낼 때 지은 것으로 보기도 하나, 시의 전체적인 내용과 정조로 보아 개성(開成) 3년(838) 왕무원(王茂元)의 경원절도사(涇原節度使) 막부에 있을 때 남릉으로 파견되었다고 보는 설이 근리하다.

제1-2구는 시를 지은 시간적, 공간적 배경을 묘사한 것이다. 매미 소리가 그치고 이슬이 내리는 가을, 손님이 떠난 출장지의 숙소 곁으로 강물이 밀려든다고 했다. 제3-4구는 상념에 빠진 시인 자신의 모습을 이야기한 것이다. 사위가 고요해진 가을날 많고 깊은 생각에 난간에 기대어 하염없이 시간을 보낸다고 했다. 제5-6구는 시인에게 소식이 오지 않는 상황에 우려를 표한 것이다. 봄에 남릉에 온 뒤로 가을까지 소식을 전하는 사신이 오지 않아 걱정이라고 했다. 제7-8구는 소식이 오지 않는 이유를 따져보며 근심을 드러낸 것이다. 하늘 끝 남릉에서 꾸는 꿈으로 길흉을 점치다가 북쪽에 있는 이에게 새로 사귄 이가 생긴 것은 아닌지 모른다고 했다.

이 시는 형당퇴사(衡塘退士)가 펴낸 《당시삼백수》에 수록되어 비교적 널리 알려진 편이다. 그에 비해서 이 시에 대한 전인의 평은 그다지 많지 않는데, 아마도 이 시의 작시 배경이 다소 불분명하기 때문이 아닌가 한다.

397

鸞鳳

난새와 봉새

舊鏡鸞何處,[1]	오래된 거울의 난새는 어디 있나?
衰桐鳳不棲.[2]	노쇠한 오동나무라 봉황이 깃들지 못한다.
金錢饒孔雀,[3]	금화는 공작에게 양보하고
錦段落山雞.[4]	비단은 산닭보다 떨어진다.
王子調清管,[5]	왕자교는 맑은 피리를 연주하고
天人降紫泥.[6]	천상의 사자가 붉은 진흙을 내린다.
豈無雲路分,[7]	어찌 구름길과 연분이 없다 하겠는가?
相望不應迷.[8]	바라보며 길을 잃지 않을 일이다.

주석

1) 舊鏡鸞(구경난) : 오래된 거울의 난새.

범태(范泰), 〈난조시서 鸞鳥詩序〉 옛날 계빈국의 왕이 준묘산에 그물을 놓아 난새 한 마리를 잡았다. 왕은 그 난새를 매우 아꼈다. 울게 하고 싶었으나 그러지 못하자 금으로 둥지를 장식하고 온갖 맛난 모이를 주었다. 그러나 이를 보고 더욱 슬퍼하며 3년 동안 울지 않았다. 그의 부인이 '새는 자신과 같은 종류의 새를 보면 운다는 말을 들었는데 거울을 매달아 비추이면 어떠냐'고 했다. 왕이 부인의 의견을 따라 거울을 달자 난새는 그 모습을 보고 슬프게 울었는데, 슬픈 울음소리가 하늘을 찌르며 한 차례 진동한 후에야 그쳤다.(昔罽賓王結罝峻卯之山, 獲一鸞鳥. 王甚愛之. 欲其鳴而不致也, 乃飾以金樊, 饗以珍羞. 對之愈戚, 三年不鳴. 其夫人曰, 嘗聞鳥見其類而後鳴, 何不懸鏡以映之. 王從其意, 鸞覩形悲鳴, 哀響沖霄, 一奮而絶.) 이후로 '거울의 난새'는 흔히 헤어진 부부를 비유한다.

2) 衰桐(쇠동) : 노쇠한 오동나무. 본래 오동나무에 봉황이 깃든다고 알려져 있다.

3) 金錢(금전) : 쇠붙이로 만든 돈. 금화(金貨). 여기서는 공작의 무늬를 가리킨다.

만진(萬震), 《남주이물지(南州異物志)》 공작은 등부터 꼬리까지 모두 동그란 무늬에 오색이어서 서로 두른 것이 마치 천 개의 동전을 띠고 있는 듯하다.(孔雀背及尾皆圓文五色, 相繞如帶千錢.)

饒(요) : 양보하다.

4) 錦段(금단) : 채색 무늬가 들어간 의복용 비단.

落(낙) : 떨어지다. 다른 것보다 수준이 처지거나 못하다.

山雞(산계) : 산닭. 생김새는 꿩과 비슷하고 붉은색 깃털에 검은 반점이 있으며 꼬리가 길다. 스스로 깃털을 아끼며 항상 물에 비춰보며 춤을 춘다는 전설이 있다.

이백, 〈종제 열에게 주다 贈從弟洌〉 초나라 사람이 봉황을 알아보지 못해 높은 값을 주고 산닭을 샀다더라.(楚人不識鳳, 重價求山雞.)

5) 왕자(王子) : 신선으로 알려신 왕자교(王子喬)의 자(字).

《열선전(列仙傳)》 왕자교는 주나라 영왕의 태자 진이다. 생황을 잘 불어 봉황의 울음소리를 냈다.(王子喬者, 周靈王太子晉也. 好吹笙, 作鳳凰鳴.)

調(조) : 연주하다.

淸管(청관) : 소리가 맑은 관악기.

6) 天人(천인) : 천상의 사자(使者). 흔히 천자(天子)를 가리킨다.

紫泥(자니) : 자줏빛 진흙. 고대에 황제의 조서는 자줏빛 진흙으로 봉하고 그 위에 옥새를 찍었다.

7) 雲路(운로) : 구름길. 하늘로 오르는 길. 흔히 관도(官途)나 고위직을 비

유한다.

分(분) : 연분. 운수. 복.

8) 迷(미) : 길을 잃다.

해설

이 시는 난새와 봉새로 시인 자신을 비유하며 불우한 처지를 슬퍼한 것이다. 제1-2구는 난새가 짝을 잃고 봉새가 둥지를 잃은 애처로운 모습을 묘사한 것이다. 여기서의 '짝'을 시인의 아내 왕씨로 이해해 이 시를 도망시(悼亡詩)로 간주하기도 하나, 이후의 시상 전개로 보아 '동료'로 보는 것이 타당할 듯하다. 제3-4구는 난새와 봉새를 알아보지 못하는 세태를 개탄한 것이다. 난새와 봉새의 금화 같은 무늬와 비단 같은 깃털이 공작이나 산닭보다 못하다는 평가를 받고 있다고 했다. 제5-6구는 천상에서 난새와 봉새를 찾고 있음을 말한 것이다. 신선인 왕자교가 생황을 불고 천상의 사자가 조서를 내리는 것은 모두 난새와 봉새 같은 훌륭한 인재를 찾고 있다는 징표라고 했다. 제7-8구는 난새와 봉새에게 희망을 잃지 말고 꿋꿋하게 하늘로 날아가라고 당부한 것이다. 관도(官途)에서 뜻을 펼칠 날이 반드시 올 것이라는 믿음을 피력했다. 이 시의 창작 시점은 정확히 알 수 없으나 아직 청운의 꿈을 잃지 않고 있다는 점에서 개성(開成) 연간에 지은 것으로 보는 견해가 이치에 맞는 듯하다.

398
李衛公
위국공 이덕유

絳紗弟子音塵絶,[1]	붉은 장막의 제자들 소식 모두 끊기고
鸞鏡佳人舊會稀.[2]	난새 거울 속 가인과의 예전 같은 만남도 드물어졌다.
今日致身歌舞地,[3]	오늘 가무지에 몸을 두니
木綿花暖鷓鴣飛.[4]	목면나무 꽃이 따뜻하고 자고새 날리라.

주석

1) 絳紗弟子(강사제자) : 수업을 받는 학생. 여기서는 문하의 선비들을 가리킨다.

《후한서 · 마융전(馬融傳)》 마융은 높은 마루방에 앉아 붉은 장막을 쳤는데, 앞줄에서는 학생들이 수업하고 뒤 줄에서는 여악이 늘어섰다.(馬融嘗坐高堂, 施絳紗帳, 前授生徒, 後列女樂.)

音(음) : 소식.

2) 鸞鏡佳人(난경가인) : 난새 거울 속의 아름다운 여인. 본래 후방(後房)의 처첩을 뜻하는 말이나, 여기서는 가기(家妓)를 가리킨다. 정치적 동지를 가리킨다는 설도 있다.

3) 歌舞地(가무지) : 지금의 광주시(廣州市) 월수산(越秀山) 위에 있었다는 가무강(歌舞岡). 남월왕(南越王) 조타(趙佗)가 여기서 가무를 즐겼다는

데서 붙여진 이름이다. 여기서는 영남(嶺南) 일대를 가리킨다.

4) 木綿(목면) : 판야과에 속하는 열대 교목(喬木). 홍색 꽃이 피며 열매에 붙은 백모(白毛)는 담요의 원료가 된다.

鷓鴣(자고) : 까투리와 비슷하게 생긴 중국 남방의 텃새.

해설

이 시는 남쪽으로 폄적된 이덕유(李德裕)에 대해 애통한 심정을 피력한 것이다. 이덕유는 회창 4년(844) 유진(劉稹)의 반란을 평정한 공로로 위국공(衛國公)에 봉해졌나가 선종(宣宗)이 즉위한 직후인 대중 2년(848)에 재상에서 파직되어 조주사마(朝州司馬), 애주사호참군(崖州司戶參軍) 등으로 잇달아 폄적되었다. 이상은은 정치적으로 이덕유를 지지하는 입장이어서 이 시를 통해 그의 실각과 폄적을 안타까워했다.

제1-2구는 멀리 해남도(海南島)까지 폄적되면서 교유가 끊겼다는 것이다. 그를 따르던 문생들도 모두 뿔뿔이 흩어지고 가기들과 풍류를 즐기던 모습도 사라졌다고 했다. 제3-4구는 폄적지인 남방의 모습을 상상한 것이다. 남월왕이 가무를 즐겼다는 곳이라고 하지만, 남방의 꽃이나 새들과 벗하며 쓸쓸하게 지낼 것이라 걱정했다. "현자가 엉뚱한 곳에서 죽게 된 것을 슬퍼한 것(傷賢者之死非其地也.)"이라는 청나라 요배겸(姚培謙)의 평이 간명해 보인다. 이덕유는 이상은의 후원자였던 영호초(令狐楚)와 당파를 달리한 인물이기에, 이상은이 이처럼 이덕유 지지 의사를 드러낸 것은 그의 정치적 입지를 약화시키는 결과를 초래했다.

399

韋蟾

위섬

謝家離別正凄凉,[1]	사안 가문의 이별은 그야말로 처량하여
少傅臨歧賭佩囊.[2]	소부께서 헤어질 때 차는 주머니를 내기하셨지.
却憶短亭迴首處,[3]	단정을 추억하며 고개 돌리던 곳
夜來煙雨滿池塘.	밤새 안개와 비가 연못에 가득했네.

주석

1) 謝家(사가) : 사안(謝安)의 가문.

2) 少傅(소부) : 군주를 보필하는 직책. 여기서는 사안을 가리키는데, 실제로 사안은 태부(太傅)에 추증되었지 소부에 제수된 적은 없어 시인이 잘못 인용한 것으로 보인다. 사현(謝玄)을 가리킨다는 설도 있다.

臨歧(임기) : 갈림길을 만나다. 이별을 뜻한다.

賭(도) : 내기하다.

佩囊(패낭) : 허리에 차는 주머니.

《진서 · 사현전(謝玄傳)》 사현이 어려서 자주색 비단 향낭을 차기 좋아했는데, 사안이 이를 걱정하면서도 그의 마음을 다치게 하고 싶지는 않았기에 장난으로 내기를 해 얻어다가 바로 불사르자 이에 마침내 그치게 되었다.(玄少好佩紫羅香囊, 安患之, 而不欲傷其意, 因戲賭取, 卽焚之, 於此遂止.)

3) 却憶(각억) : 추억하다.

短亭(단정) : 고대에 길손의 휴식이나 송별을 위해 5리마다 설치해 놓은 시설물.

해설

이 시는 위섬과 이별한 후에 지은 유희적인 작품이다. 제1-2구는 위섬이 집을 나서기 전 염문(艷聞)이 있었음을 암시한 것이다. 사현이 차던 향주머니를 그의 숙부인 사안이 내기로 가져가 불살랐다는 전고를 인용한 것으로 보아, 위섬의 애정행각이 집안 어른에 의해 종지부를 찍게 되었음을 알 수 있다. 제3-4구는 도치법을 써서 위섬이 여인과 이별한 후의 정경을 묘사한 것이다. 위섬은 미련을 버리지 못하고 이별의 장소인 단정을 자꾸만 뒤돌아보았지만, 연못에 안개와 비만 쓸쓸히 내렸다고 했다. '연못'은 청나라 풍호(馮浩)의 지적대로 위섬과 여인 두 사람을 '원앙'에 빗댄 것으로 풀이된다.

400

自貺

자신에게 주다

陶令棄官後,[1]	도연명은 관직을 버린 뒤에
仰眠書屋中.[2]	서재에서 위를 보고 누웠지.
誰將五斗米,[3]	누가 다섯 말 쌀로
擬換北窓風.[4]	북쪽 창가의 바람과 바꾸려 할까?

주석

1) 陶令(도령) : 팽택현령(彭澤縣令)을 지낸 도잠(陶潛).
棄官(기관) : 관직을 버리다.

2) 仰眠(앙면) : 위를 보고 눕다.
書屋(서옥) : 서재.

3) 五斗米(오두미) : 다섯 말 쌀. 본래 도잠이 "다섯 말 쌀에 허리를 굽힐 수 없다(吾不能爲五斗米折腰)"고 했을 때의 '다섯 말 쌀'이란 오두미교를 신봉했던 강주자사(江州刺史) 왕응지(王凝之)를 지칭한 것이나, 여기서는 문자 그대로의 뜻을 취했다.

4) 擬(의) : ~하려 하다.
北窓風(북창풍) : 북쪽 창가의 바람. 《진서 · 도잠전》에 의하면, 도잠은 여름날 틈이 날 때마다 북쪽 창가 아래 누워 맑은 바람이 불어오면 스스로 희황상인(羲皇上人)이라 불렀다고 한다.

해설

이 시는 홍농현위로 재직하다 그만두고 떠날 때 지은 것이다. 제목의 '貺(황)'은 '주다'라는 뜻으로 '贈(증)'과 같다. 청나라 정몽성(程夢星)의 주석에 따르면, 당시 이상은은 죄인을 풀어준 일로 관찰사 손간(孫簡)의 비위를 건드려 자리에서 물러났다. 제1-2구는 도잠을 빌려 사직의 변을 전했다. 도잠이 팽택현령으로 있다가 독우(督郵)의 감사를 못마땅하게 여기고 떠난 고사를 통해, 자신이 홍농현을 관할하는 관찰사와 뜻이 맞지 않아 사직하게 된 이유를 밝혔다. 제3-4구는 도잠의 말을 약간 변용해 사직하고자 하는 굳은 의지를 피력했다. 도잠이 말한 '오두미'를 홍농현위의 '녹봉'으로 설정하고, 그것 때문에 '북쪽 창가의 바람'을 포기할 수는 없다고 했다. 이상은의 강직하고 고집스런 성격을 엿볼 수 있는 작품이다.

401
蜨
나비

孤蜨小徘徊,[1]	외로운 나비 조그맣게 맴돌다가
翩翾粉翅開.[2]	훌쩍 날아가며 가루 날개를 펼친다.
併應傷皎潔,[3]	응당 밝고 깨끗함을 아파하는지라
頻近雪中來.	자주 눈 가까이로 오는구나.

주석

1) 徘徊(배회) : 배회하다. 맴돌다.
2) 翩翾(편현) : 작게 나는 모양.
   粉翅(분시) : 가루가 묻어 있는 날개.
3) 併應(병응) : 응당 ~이다.
   皎潔(교결) : 밝고 깨끗하다.

해설

이 시는 나비를 빌려 시인 자신의 고결함과 고독함을 드러냈다. 제1-2구는 시인이 나비를 관찰한 것이다. 외로워 보이는 나비 한 마리가 주변을 맴돌다가 다시 날개를 펼치고 나풀나풀 날아갔다고 했다. 제3-4구는 나비가 자주 눈이 쌓인 곳으로 오는 이유를 추측한 것이다. 밝고 깨끗한 나비가 자신의 고결함과 어울리는 대상을 찾은 것이라고 했다. 이로써 볼 때 시인은 고결하지만 외로운 나비에 감정을 이입하여, 비슷한 상황에 놓인 자신의 처지를 슬퍼한 것이라 하겠다. "밝고 깨끗한 것이 짝이 없음을 느낀 것(感皎潔之無侶也)"이라고 한 청나라 요배겸(姚培謙)의 평이 간명하다.

402

夜意

밤 생각

簾垂幕半捲,	발 내려지고 장막은 반쯤 걷혔는데
枕冷被仍香.	베개는 차갑지만 이불엔 아직도 향기가.
如何爲相憶,	어찌하면 내 그대를 떠올려
魂夢過瀟湘?[1]	꿈속의 혼이 소상을 건너오게 할까?

주석

1) 魂夢(혼몽) : 꿈속의 혼. 여기서는 그리운 이의 혼이 꿈에서 소상강을 건너 자신과 만나는 것을 이른 것이다.
瀟湘(소상) : 호남성(湖南省) 동정호(洞庭湖)의 남쪽에 있는 소수(瀟水)와 상강(湘江)을 아울러 이르는 말.

해설

이 시는 대중(大中) 원년(847) 계주의 막부에서 지낼 때 아내를 그리워하며 지은 시이다. 제1-2구는 깊은 밤 잠에서 깨어보니 베개는 차갑지만 향기가 있어 마치 임의 향기를 맡는 듯함을 말했다. 제3-4구에서는 그리움을 펼쳐내었는데, 시인의 그리움이 전달되어 임이 꿈속에서 먼 길 마다 않고 소상강을 건너 자신을 만날 수 있기를 소망했다. 청나라 풍호(馮浩)는 "아내를 그리워한 작품으로, 매우 고풍에 가깝다(憶內之作, 殊近古風.)"고 평했다.

403

因書

인하여 쓰다

絶徼南通棧,[1] 험난한 변새는 남쪽으로 잔도로 통하고
孤城北枕江. 외로운 성은 북쪽으로 강을 베고 있는데,
猿聲連月檻, 원숭이 울음소리는 달 난간에 잇닿고
鳥影落天窓.[2] 새 그림자는 높은 창으로 떨어지네.
海石分碁子,[3] 바다 돌에서 바둑돌을 구별해내고
郫筒當酒缸,[4] 비 땅의 대나무 통은 술 단지가 되네.
生歸話辛苦, 살아 돌아가서는 고달팠노라 얘기하겠지만
別夜對凝釭.[5] 이별하는 밤에는 굳은 등불만 대하고 있네.

주석

1) 絶徼(절요) : 험난한 변경.
棧(잔) : 잔도. 진잔(秦棧)은 북쪽에 있고 검잔(劍棧)은 남쪽에 있다. 여기서는 남쪽의 검각(劍閣)으로 통하는 것을 이른다. 검각은 장안에서 촉으로 가는 길인 대검(大劍)·소검(小劍)의 두 산의 요충지다.
2) 天窓(천창) : 높은 곳에 달린 창.
3) 海石(해석) : 바다 돌. 빈틈이 썩 많아서 물에 뜰 정도(程度)로 가벼운 화산(火山)의 용암.

碁子(기자) : 바둑돌.

4) 郫筒(비통) : 비 땅의 대나무 통. 사천성 비현에는 비통지(郫筒池)가 있었는데, 못 옆에 커다란 대나무가 있었다. 그 대나무 마디를 베어 술을 부어 파초 잎으로 덮어두면 그 향기가 숲 바깥까지 났다고 한다. 그 술을 비통주(郫筒酒)라 한다.(《화양풍속록(華陽風俗錄)》)

酒缸(주항) : 술 담는 항아리.

5) 釭(강) : 등불.

해설

이 시는 재주 막부를 그만 두고 돌아갈 때 지은 것이다. 청나라 주이준(朱彝尊)은 이 시의 제목인 '因書(인서)'는 즉흥시의 뜻이라고 했다. 제1-2구에서는 시인이 지금 있는 곳의 지리를 묘사했다. 남으론 잔도와 통하고 북으로는 강을 베고 있는 이곳은 아마도 이주(利州)인 듯하다. 시인은 막부를 그만 두고 장안으로 돌아갈 때 이주를 거쳐 갔다. 제3-4구는 그곳의 좀 더 가까운 풍경을 묘사한 것이다. 원숭이 울음소리가 들리고, 높은 창문을 통해 새가 높이 날아가는 모습이 보인다고 했다. 제5-6구는 시야를 더욱 좁혀 촉 땅의 구체적인 경물을 그려낸 것이다. 바다 돌과 대나무 통을 들어 그곳의 독특한 풍물을 묘사했다. 제7-8구는 막부의 직책을 그만두고 돌아가는 심경을 말한 것이다. 집에 돌아가서는 이곳의 생활이 고달프다고 말할 것이지만, 자신의 앞날이 불투명하고 어찌 될지 몰라서 그저 먹먹한 가슴을 안고 잠들지 못한 채 등불만 바라보고 있다고 했다.

청나라 굴복(屈復)은 이 시를 이렇게 정리했다. "앞의 여섯 구는 모두 변방의 경물이고, 마지막 연은 언제 고향으로 살아 돌아가서 밤에 등불 아래서 이 고생을 얘기할 수 있을까 라는 말이다.(前六句皆絶徼景物, 結言何日得生歸故里, 夜燈之下話此辛苦也耶.)" 이는 〈밤비 내릴 때 북쪽에 부치다(夜雨寄北)〉 시에서 "언제나 함께 서창의 촛불 심지 자르며, 파산에 밤비 내리던 때를 이야기할까?(何當共剪西窗燭, 卻話巴山夜雨時.)"라 했던 의경과 매우 흡사하다고 여겨진다.

404

奉寄安國大師兼簡子蒙[1]

안국대사께 받들어 부치며 겸하여 자몽에게 보내다

憶奉蓮花座,[2]	연꽃 모양의 불좌를 받들며
兼聞貝葉經.[3]	아울러 불경을 듣던 것 생각납니다.
巖光分蠟屐,[4]	바위의 빛은 밀랍 나막신에 비치고
澗響入銅瓶.	계곡물 소리가 구리 물병으로 들어갔지요.
日下徒推鶴,[5]	장안에서 학을 밀어준 것도 헛되이
天涯正對螢.[6]	하늘 끝에서 마냥 반딧불이 마주하고 지냅니다.
魚山羨曹植,[7]	어산의 조식이 부러우니
眷屬有文星.[8]	가족 중에 그처럼 글재주 뛰어난 이가 계셨지요.

주석

1) 安國大師(안국대사) : 누구인지 확실치 않다.
子蒙(자몽) : 아마도 안국대사의 권속(眷屬)인 듯하다.

2) 蓮花座(연화좌) : 연좌(蓮座)라고도 하며 불좌(佛座)를 말한다. 불좌가 연꽃 모양이어서 그렇게 부른다.

3) 貝葉經(패엽경) : 불경. 고대 인도인들이 나뭇잎에 경전을 썼기 때문에 붙여진 이름이다.

4) 蠟屐(납극) : 밀랍을 바른 나막신. 동진(東晉) 때 고사 완부는 나막신을 매우 좋아하여 밀랍을 발라서 광택을 냈다 한다. 한가롭고 욕심이 없는 생활을 비유하는 말로 쓰인다.

5) 日下(일하) : 경사(京師). 수도. 해가 제왕을 뜻하므로 이런 뜻이 생겼다. 推鶴(추학) : 학을 추천하다. 《진서(晉書)》에 따르면, 육운(陸雲)과 순은(荀隱)은 서로 알지 못했는데, 장화(張華)가 마련한 연회자리에 참가하게 되었다. 육운이 "구름 사이의 육사룡(雲間陸士龍)"이라 하자 순은이 "해 아래 순명학(日下荀鳴鶴)"이라 했다. 둘 다 자신의 자를 재치 있게 소개했으니 장화가 이를 칭찬했다. 여기서 '학'이 '순명학'을 가리키는 것인지는 확실하지 않으나, 대체로 장안에 있을 때 스님이 시인을 추천한 적이 있음을 이른 것이다.
6) 對螢(대형) : 반딧불이를 마주하다. 《진서(晉書)》에 따르면, 차윤(車胤)은 집이 가난하여 등유를 얻기 어려워 여름이면 반딧불이 수십 마리를 비단 주머니에 넣고 책을 읽었다고 한다. 여기서는 시인이 어렵게 공부를 한다는 의미도 있지만 매우 적막함을 의미하기도 한다.
7) 魚山(어산) : 산 이름. 조식(曹植)이 이 산에 올랐는데 불경을 음송하는 소리가 들려왔다. 그 소리가 청량하여 골짜기에 울려 퍼져 경건한 마음이 들어 그것을 본떠 범패를 지었다고 한다.
8) 文星(문성) : 문창성(文昌星), 문곡성(文曲星)이라고도 한다. 글재주가 있는 사람을 가리킨다. 여기서는 안국대사의 가족인 자몽을 가리킨다.

해설

이 시는 계관(桂管)에서 지은 것으로 안국대사에게 보내는 안부의 시이다. 시 전반부에서는 안국대사에 대해 썼고, 후반부에서는 자기 자신과 스님의 권속인 자몽에 대해 썼다. 제1-2구에서는 예전에 안국대사가 베푸는 자리에서 불경을 듣던 것을 추억했다. 제3-4구에서는 당시 안국대사의 탈속적인 풍모를 그려내었는데, 바위 위에서 빛나는 밀랍 나막신과 구리 물병으로 들어가는 계곡물 소리는 그의 청정한 경지와 한적한 심사를 연상하게 한다. 제5-6구에서는 시인 자신에 대해 썼는데, 지난 날 장안에서 자신을 추천했던 것도 아무 소용없이 지금은 하늘 끝에서 떠돌며 외롭게 지내고 있음을 말했다. 제7-8구에서는 어산에 오른 조식처럼 문재(文才)가 뛰어난 이가 있음을 지적했으니, 그는 안국대사의 가족인 자몽일 것이다.

405

閒遊

한가로이 노닐다

危亭題竹粉,[1]	높다란 정자에서 분죽에 대해 시를 짓고
曲沼嗅荷花.[2]	굽은 못에서 연꽃 향기 맡네.
數日同攜酒,	며칠간 함께 술잔을 기울였는데도
平明不在家.[3]	이른 아침부터 집에 있지 않구나.
尋幽殊未極,[4]	좋은 경치 찾는 흥은 결코 다하지 않고
得句總堪誇.	시구를 얻으면 늘 자랑한다네.
强下西樓去,	억지로 서쪽 누대에서 내려와 떠나니
西樓倚暮霞.	서쪽 누대는 저녁노을을 기대고 있네.

주석

1) 危亭(위정) : 높은 정자.
竹粉(죽분) : 분죽(粉竹). 분죽은 볏과에 딸린 대의 하나로 줄기는 엷은 풀빛에 솜 같은 흰 얼룩점이 있으며, 마디는 겹바퀴꼴인 데 마디마다 몇 개의 가지가 나오며, 잎은 바소꼴로 뒤쪽에 잔털이 있음. 중국 원산으로 약 60년을 주기로 꽃이 핌. 죽순은 먹으며, 나무는 죽세공에 널리 쓰임.

2) 曲沼(곡소) : 구부러진 연못.

嗅(후) : 맡다.

3) 平明(평명) : 아침 해가 뜨는 시각.

4) 尋幽(심유) : 경치 좋은 곳을 물어 찾음.

해설

이 시는 여름날 벗과 노닌 후 다시 아침에 노닐며 본 경물과 한가로운 정취를 담고 있다. 제1-2구는 정자에 올라 분죽에 대해 시를 쓰고 연꽃향기를 맡으며 여름 경물을 대하는 모습을 그려냈다. 제3-4구는 벗과 이미 며칠간 술을 마시며 함께 즐겼으나 이른 아침에 찾았더니 벌써 나가고 없다고 하여, 여름의 즐거움을 찾아 즐기는 모습을 말했다. 제5-6구는 한가함을 즐기는 구체적인 내용을 들었는데, 빼어난 경치를 찾거나 마음에 드는 시구를 쓰며 흥과 즐거움을 누리는 것이다. 제7-8구는 해가 지기 시작하자 어쩔 수 없이 누대에서 내려와 노을 속의 누대를 바라본다고 하여 아쉬운 마음을 드러냈다. 청나라 풍호(馮浩)는 이 시를 이상은의 소싯적 작품으로 추정했다.

406

縣中惱飮席[1]

영락현의 술자리에서 동석자를 놀리다

晩醉題詩贈物華,[2]	저물도록 취하여 시를 지어 빼어난 경물에게 주고
罷吟還醉忘歸家.	읊은 뒤에는 다시 취하여 집에 돌아가기도 잊었다.
若無江氏五色筆,[3]	만약 강엄의 오색 붓이 없었다면
爭奈河陽一縣花.[4]	하양현에 가득한 꽃을 어찌하랴.

주석

1) 縣中(현중) : 영락현(永樂縣)을 가리킨다.
   惱(뇌) : 싸움을 걸다. 장난삼아 짓다. 놀리다.
   飮席(음석) : 술자리에 동석한 사람.
2) 物華(물화) : 아름다운 경치.
3) 江氏(강씨) : 중국 남조 시대의 문인인 강엄(江淹, 444-505)을 가리킨다. 그의 자는 문통(文通)으로, 젊어서 문장으로 이름을 떨치고 유학, 도학, 불경에 고루 통했다고 한다. 저술에 《강문통집(江文通集)》이 있다.
   五色筆(오색필) : 오색의 붓. 문재(文才)를 비유한다.
   《남사(南史)》 강엄이 일찍이 야정에 묵은 적이 있었는데, 자칭 곽박이라는 자가 꿈에 나와 이르기를 '내 붓이 경에게 몇 년이나 있었으니 다시 돌려주시오.'

라 했다. 강엄은 품을 찾아보니 오색의 붓이 있어 그것을 주었다. 이후에 시를 지을 때면 다시는 아름다운 시구를 얻지 못했는데, 당시 사람들이 재주가 다한 것이라 했다.(江淹嘗宿於冶亭, 夢一丈夫自稱郭璞, 曰, 吾有筆在卿處多年, 可以見還. 淹乃探懷中, 得五色筆一以授之. 爾後爲詩絶無美句, 時人謂之才盡.)」

4) 河陽一縣花(하양일현화) : 하양현 가득한 꽃. 반악(潘岳)이 하양(河陽, 지금의 하남성 맹주시(孟州市)) 현령이 된 후 현 경내에 복숭아 · 자두나무를 두루 심자 백성들이 "하양현 가득한 꽃(河陽一縣花)"이라 불렀다고 한다.

해설

이 시는 술자리에서 장난삼아 지은 것으로 '빼어난 경물(物華)', '하양현 가득한 꽃(河陽一縣花)'은 모두 술자리의 기녀를 비유하며 희롱의 대상이기도 하다. 제1-2구에서는 기녀에게 취기에 시를 써주며 놀다가 다시 취해 집에 돌아가는 것을 잊을 정도로 주흥이 무르익음을 말했다. 근인 섭총기(葉蔥奇)는 제1구 '주다(贈)'와 제2구 '잊다(忘)'의 주체를 술자리에 동석한 어떤 사람으로 보고, 아래 두 구가 그가 기녀에게 지어준 시를 놀린 것이라 했다. 일리 있는 설명이라 판단된다. 제3-4구에서는 강엄처럼 재주 많은 자신이 있기에 하양현에 핀 꽃처럼 아름다운 기녀를 그려낼 수 있다고 했다.

407

題李上謩壁

이상모의 벽에 제하다

舊著思玄賦,[1]	예전에 〈사현부〉같은 부를 짓더니
新編雜擬詩.[2]	새로 잡의시를 지었구나.
江庭猶近別,	강가의 정원에서 얼마 전에 이별을 했는데
山舍得幽期.[3]	산속의 집에서 그윽한 약속 지켰네.
嫩割周顒韭,[4]	주옹의 부추만큼 부드러운 것을 베어내고
肥烹鮑照葵.[5]	포조의 아욱만큼 통통한 것을 삶아내네.
飽聞南燭酒,[6]	남촉주에 대해 익히 들어서
仍及撥醅時.[7]	술 거를 때에 온 것이네.

주석

1) 思玄賦(사현부) : 동한의 장형(張衡, 78-139)이 지은 부. 장형은 시중(侍中)일 때 상시(常侍)들이 악행을 저지르자 이 작품을 지어 당시를 비판했다.

2) 雜擬詩(잡의시) : 중국 고시 분류의 한 형태. 고시(古詩)를 흉내 낸 여러 가지 의작시를 통틀어 이르는 말이다.

3) 幽期(유기) : 그윽한 약속. 여기서는 산속 거처에서 만나자는 기약을 이른다.

4) 嫩(눈) : 연약하다. 어리다.
周顒(주옹) : 남조 제나라 문장가. 《남사(南史)》에 따르면, 불교신자인 주옹에게 문혜태자(文惠太子)가 "채식을 해보니 무슨 채소 맛이 가장 좋던가?"라 묻자 주옹은 "이른 봄 부추와 늦가을 배추입니다."라 했다.
韭(구) : 부추.
5) 鮑照(포조) : 육조(六朝) 시대 송나라 시인.
〈원규부 園葵賦〉 국을 끓이고 삶으려 솥에 넣고 바구니에 가득 채우네. 단맛에 연하고 부드럽고 향기롭네.(乃羹乃瀹, 堆鼎盈筐. 甘旨蒨脆, 柔滑芬芳.)
葵(규) : 아욱.
6) 飽聞(포문) : 썩 많이 듣다. 물리도록 듣다.
南燭酒(남촉주) : 남촉(南燭)의 잎으로 담근 술. 남촉은 매자나무과에 딸린 늘푸른좀나무로, 중국남부지방이 원산지이다. 줄기, 잎, 열매는 약으로 쓰인다.
7) 仍(잉) : 인하다. 어떤 사실로 말미암다.
潑醅(발배) : 아직 거르지 않은 술.

해설

이 시는 이상모가 사는 곳에 가서 그의 작품을 보며 정성스런 대접을 받고는 흥이 올라 벽에 쓴 것으로 보인다. 제1-2구에서는 이상모가 사부에 뛰어났었는데 이번에는 시를 지었다고 하여 창작에 능함을 칭송했다. 제3-4구에서는 얼마 전에 헤어졌는데 약속대로 산속의 거처에서 다시 만났다고 했다. 제5-6구에서는 이상모가 시인을 정성스레 대접하는 모습을 두 전고를 사용하여 묘사했다. 제7-8구에서는 이상모가 담근 남촉주에 대해 익히 들어와서 때를 맞추어 이곳에 왔다고 하여 좋은 벗과 함께 주흥을 즐길 것임을 넌지시 드러냈다. 청나라 기윤(紀昀)은 "반듯한 작품으로 대단히 뛰어나지는 않지만 격조와 운치를 잃지 않고 있다(平正之篇, 無甚出色, 但格韻不失耳.)"고 평했는데, 참고할 만하다.

408

江村題壁

강마을 벽에 제하다

沙岸竹森森,	모래 언덕에 대나무 빽빽한데
維艄聽越禽.[1]	배를 대고는 월 지방 새소리를 듣네.
數家同老壽,[2]	여러 집들은 다 함께 오래 천수를 누리고
一徑自陰深.[3]	작은 길 하나 절로 깊고 그윽하네.
喜客嘗留橘,	길손을 좋아하여 남은 귤을 맛보게 하고
應官說采金.[4]	관청의 일에 응하여 금을 캔 일 이야기하네.
傾壺眞得地,	술병을 기울이며 진정 좋은 곳을 얻었으니
愛日靜霜砧.[5]	겨울의 햇볕에 차가운 다듬잇돌 고요하네.

주석

1) 維艄(유소) : 배를 정박시키다.
2) 老壽(노수) : 장수. 오래 삶.
3) 陰深(음심) : 유심(幽深)하다.
4) 采金(채금) : 금을 캐다. 영남(嶺南) 지방의 여러 군현에서는 금과 은이 많아 공물로 바쳤다.
5) 愛日(애일) : 겨울 햇빛. 《좌전(左傳) · 문공칠년(文公七年)》 "조쇠는 겨울날의 해이다.(趙衰, 冬日之日也)" 구절에 대한 두예(杜預) 주에 "겨울 해

는 사랑스럽다(冬日可愛)"고 했다. 후에 겨울의 햇볕을 '애일(愛日)'이라 했다. 또 흔히 은덕을 비유한다.
霜砧(상침) : 찬 가을의 다듬잇돌.

해설

이 시는 시인이 계관(桂管)의 장서기(掌書記)로 있을 때 강릉(江陵)에 사신이 되어 가는 도중에 지은 것이다. 주로 초겨울의 경치를 묘사하고 있으며 특별히 기탁된 뜻은 없는 것으로 보인다. 제1-2구에서는 강촌에 도착하여 보게 된 모습으로, 강기슭의 대나무 숲과 새소리를 묘사했다. 제3-4구는 강 마을의 평온하고 화목한 모습이다. 여러 가구가 오순도순 모여 살며 천수를 누리고, 오솔길도 그윽한 정취가 있다고 했다. 그래서 청나라 강병장(姜炳璋)은 "3,4구를 읽노라면 도화원 사람을 보는 듯하다(讀三四, 如見桃花源人.)"고 했다. 제5-6구는 그곳 사람들의 모습을 담은 것이다. 낯선 길손에게 친절하게 먹을 것을 나누어주고 이런저런 생활의 이야기를 나누고 있다며 평화롭고 한가한 모습을 전했다. 제7-8구는 시인이 이곳에 묵으며 술병을 기울이는 모습이다. 여독을 푸는 마지막 장면을 통해 한가로운 초겨울 정경을 그려냈다.

409

卽日[1]

바로 그 날

桂林聞舊說,[2] 계림에 대한 옛 말을 들었지만
曾不異炎方.[3] 종래 무더운 지방과 다르지 않았다.
山響匡牀語,[4] 산은 편안한 침상의 말을 전해오고
花飄度臘香.[5] 꽃은 섣달을 지난 향기를 날린다.
幾時逢雁足?[6] 언제나 기러기의 발을 만날까?
著處斷猿腸.[7] 여기저기서 원숭이 창자 끊긴다.
獨撫青青桂, 홀로 푸르디푸른 계수나무 어루만지며
臨城憶雪霜. 성에 올라 눈과 서리를 생각한다.

주석

1) 卽日(즉일) : 일이 일어난 바로 그 날. 당일.
2) [원주] : 송지문(宋之問)에게 '작은 장안'이라는 구절이 있다.(宋考功有小長安之句也)
송지문은 경룡(景龍) 연간(707-710)에 고공원외랑(考功員外郞)을 지냈고 계주(桂州)에서 죽었는데, 지금 그의 문집을 살펴보면 〈계주에서의 삼월 삼일(桂州三月三日)〉이라는 시가 있긴 하나 '작은 장안'이라는 구절은 없다.

3) 曾(증) : 줄곧. 종래.
炎方(염방) : 무더운 곳.
4) 響(향) : 울리다. 전해오다.
匡牀(광상) : 편안한 침상. 반듯한 침상이라는 설도 있다.
5) 度臘(도랍) : 섣달을 지나다.
6) 雁足(안족) : 기러기 발. 편지를 가리킨다. 이곳은 영남 지방이라 기러기가 오지 않으므로 편지를 부칠 수 없음을 이른 것이다.
7) 著處(착처) : 곳곳마다. 도처에.

해설

이 시는 시인이 계주에 와서 본 것과 경험한 것을 묘사하면서 이로 인해 든 향수를 기탁하고 있다. 제1-2구에서는 예전에 계주에 '작은 장안'이라는 명칭이 있다는 말을 들어 무더운 곳이라고 생각하지 않았는데, 지금 이곳에 오니 더운 지방이 맞음을 알 수 있다고 했다. 제3-4구는 앞 연의 구체적인 모습을 보여주고 있다. 계주는 성(城)이 좁고 산이 많은 궁벽한 곳에 있어 산속의 침상에서 나누는 말이 또렷하게 들려온다고 했고, 기후가 온화하여 섣달에도 꽃향기가 날린다고 했다. 제5-6구에서는 그곳에 기러기가 없고 원숭이가 많은 것을 말하여 고향과 자식을 그리워하는 마음을 기탁해냈다. 제7-8구에서는 계수나무를 어루만지며 눈과 서리를 생각한다고 하여 몸은 계주에 있으나 마음만은 장안을 그리워하고 있음을 드러냈다. 청나라 요배겸(姚培謙)은 두보의 시 〈계주자사 양담에게 부치다(寄楊五桂州譚)〉에 "오령 지방은 모두 무덥고, 사람 살 만한 곳은 계림뿐(五嶺皆炎熱, 宜人獨桂林.)"이라는 구절이 있으니, 이상은의 이 시는 그것을 뒤집은 것이라 했다. 일리 있는 지적이다.

410-1

漫成五章(其一)

즉흥시 5장 1

沈宋裁辭矜變律,[1]	심전기와 송지문은 시를 지으며 격률을 바꾸는 것을 중시했고
王楊落筆得良朋.[2]	왕발과 양형은 글을 지으며 쓸 만한 대구를 얻었다.
當時自謂宗師妙,[3]	당시에는 스승으로 삼을 오묘함이라 생각했지만
今日唯觀對屬能.[4]	요즘은 대구 맞추는 데 능한 것으로만 보일 뿐이다.

주석

1) 沈宋(심송) : 초당의 시인인 심전기(沈佺期)와 송지문(宋之問).
裁辭(재사) : 시어를 따지다. 시를 짓다.
矜(긍) : 숭상하다. 중시하다.
變律(변율) : 시의 격률을 바꾸다.
2) 王楊(왕양) : 초당사걸에 속하는 왕발(王勃)과 양형(楊炯).
落筆(낙필) : 글을 짓다.
良朋(양붕) : 좋은 친구. 여기서는 멋진 대구나 연을 가리킨다.
3) 宗師(종사) : 떠받들 만한 스승. 문단의 영수를 가리킨다.

4) 對屬(대촉) : 대구를 맞추다.

해설

이 시는 즉흥적으로 지은 다섯 수 가운데 첫째 수이다. 제1-2구는 초당의 문인을 평가한 것이다. 심전기와 송지문은 격률을 바꾸어 율시의 선구자가 되었고, 왕발과 양형은 대구를 맞추는 데 능한 변려문(駢儷文)의 대가들이었다고 했다. 제3-4구는 위에서 든 네 문인의 격률과 대구를 비판적으로 언급한 것이다. 갓 시문을 배울 당시에는 이들을 모범으로 삼아야 한다고 생각했으나, 지금 돌이켜보니 대구나 맞추는 잔재주에 불과하다고 했다.

이 시는 초당의 문인을 평가하려는 데 작시의 의도가 있지 않다는 데 유의해야 하겠다. 이 시에서 거론한 네 문인은 모두 영호초(令狐楚)를 따라 금체(今體)라 부르던 변려문을 공부한 시인 자신을 가리키는 것이다. 그가 영호초를 따라 변려문을 배운 것은 그와 같이 관도(官途)에서 득의하기 위해서였지, 막부를 전전하며 대구를 잘 맞추는 글이나 지으려고 했던 것이 아니었다는 말이다. 따라서 이 시는 시인의 문학론을 펼치려했다기보다 신세를 한탄하기 위해 지은 것으로 보아야 옳을 것이다.

410-2

漫成五章(其二)

즉흥시 5장 2

李杜操持事略齊,[1]	이백과 두보는 글을 짓는 일에서 대체로 나란하니
三才萬象共端倪.[2]	삼라만상에서 모두 두각을 나타냈다.
集仙殿與金鑾殿,[3]	집선전과 금란전에서는
可是蒼蠅惑曙雞.[4]	오히려 쉬파리가 새벽닭을 어지럽혔다.

주석

1) 李杜(이두) : 이백(李白)과 두보(杜甫).

《구당서 · 문원전(文苑傳)》 천보 말년에 시인 두보와 이백의 이름이 나란하여 당시 사람들이 '이두'라 불렀다.(天寶末, 詩人杜甫與李白齊名, 時人謂之李杜.)

操持(조지) : 시문을 짓다.

略齊(약제) : 대체로 나란하다. 대략 비슷하다.

2) 三才(삼재) : 천지인(天地人). 하늘, 땅, 사람.

萬象(만상) : 만물.

端倪(단예) : 두각을 나타내다.

3) 集仙殿(집선전) : 당나라의 궁전 이름. 개원 13년에 집현전(集賢殿)으로 개명했다.

《구당서 · 두보전》 천보 연간에 〈삼대례부〉를 바치니 임금히 기특하게 여기고

집현원에서 대기하면 문장을 시험하겠노라 명했다.(天寶中, 進三大禮賦. 上奇之, 命待制集賢院, 召試文章.)

金鑾殿(금란전) : 당나라의 궁전 이름.

《구당서 · 이백전》 하지장이 현종에게 말씀드려 금란전에서 접견하게 되었다. (이백은) 당시의 시사를 논하고 노래 한 편을 지었다. 현종은 음식을 내리고 손수 국의 간을 맞추었다.(賀知章言於玄宗, 召見金鑾殿, 論當世事, 奏頌一篇. 帝賜食, 親爲調羹.)

4) 可是(가시) : 오히려. 그러나.

蒼蠅(창승) : 쉬파리. 흔히 참언을 일삼는 소인을 비유한다.

《시경 · 제풍(齊風) · 계명(雞鳴)》 닭이 우는 것이라 아니라 쇠파리 소리이다. (匪鷄則鳴, 蒼蠅之聲.)

惑(혹) : 미혹시키다.

曙雞(서계) : 새벽닭. 새벽을 알리는 닭 울음소리를 말한다.

해설

이 시는 즉흥적으로 지은 다섯 수 가운데 첫째 수이다. 제1-2구는 이백과 두보를 나란히 칭송한 것이다. 두 사람의 붓 끝에서 삼라만상 모든 것이 시로 지어졌다고 했다. 제3-4구는 두 시인이 시기하는 자들의 비방을 받은 것을 언급했다. 두보와 이백이 현종의 인정을 받았던 집선전과 금란전에 쉬파리가 들끓어 닭이 새벽을 알리듯 군주를 일깨우는 두 사람의 본분을 훼방 놓았다고 했다. 이 시의 의도는 매우 명확하게 드러난다. 시인 자신은 이백과 두보처럼 세상이 다 알아주는 능력과 재주를 가지고 있으나, 이를 시기하는 소인배들의 방해공작으로 불우한 나날을 보내고 있다는 말로 이해된다.

410-3

漫成五章(其三)

즉흥시 5장 3

生兒古有孫征虜,[1]	아들을 낳음에 옛날에는 손권이 있었고
嫁女今無王右軍.[2]	딸을 시집보냄에 이제는 왕희지가 없구나.
借問琴書終一世,[3]	묻노니, 금과 글씨로 일생을 보내는 것을
何如旗蓋仰三分.[4]	깃발과 일산이 천하삼분의 위업을 우러르는 것과 비교하면 어떤가?

주석

1) 孫征虜(손정로) : 삼국시대 오나라의 손권(孫權). 그는 동한 헌제(獻帝) 때 승상으로 있던 조조(曹操)의 주청으로 토로장군(討虜將軍)에 임명되었다. 여기서는 평측 관계상 '정로'라 쓴 것으로 보인다. 《삼국지》〈손권전〉의 주에 의하면 조조가 "아들을 낳으면 마땅히 손권 같아야 한다(生子當如孫仲謀)"는 말을 했다고 한다.

2) 왕우군(王右軍) : 진나라 때 우군장군(右軍將軍)을 지낸 왕희지(王羲之). 《진서 · 왕희지전》 태위 치감이 왕도에게 심부름꾼을 보내 사윗감을 구하자 왕도는 동쪽 행랑으로 가서 자제들을 두루 보게 했다. 심부름꾼이 돌아와서 치감에게 말하기를, '왕도의 여러 자식들이 모두 훌륭한데 사람이 왔다는 말을 듣고 모두 자기 자랑을 했습니다. 오직 한 사람만 동쪽 평상에서 배를 드러내놓고 밥을 먹는데 홀로 소식을 못 들은 듯했습니다.' 치감은 '바로 이 사람이 훌륭한 사윗감이로다.'라 했다. 찾아가보니 바로 왕희지였고, 마침내 딸을 그

에게 시집보냈다.(太尉郗鑒使門生求女婿於導, 導令就東廂遍觀子弟. 門生歸, 謂鑒曰, 王氏諸少竝佳, 然聞信至, 咸自矜持. 惟一人在東床坦腹食, 獨若不聞. 鑒曰, 正此佳婿邪. 訪之, 乃羲之也, 遂以女妻之.)

3) 琴書(금서) : 금을 타고 글씨를 쓰는 일. 여기서는 왕희지가 정치에 관심을 두지 않고 금과 글씨에 빠져 지냈던 것을 가리킨다.

《진서·왕희지전》 왕희지는 단약을 먹고 양생하는 것을 좋아하는 터라 경사에서 지내는 것이 즐겁지 않았다. 처음 절강으로 건너가자 곧 거기서 눌러앉겠다는 생각을 가졌다. ……왕희지는 관직에서 물러난 뒤 동쪽 지방의 인사들과 산수의 즐거움을 만끽하며 사냥과 낚시로 소일했다.(羲之雅好服食養性, 不樂在京師, 初渡浙江, 便有終焉之志. ……羲之既去官, 與東土人士盡山水之游, 弋釣爲娛.)

4) 旗蓋(기개) : 의장대의 깃발과 일산(日傘).

三分(삼분) : 셋으로 나누다. 여기서는 손권이 천하삼분(天下三分)의 한 축을 맡아 오나라를 일으킨 위업을 가리킨다.

해설

이 시는 즉흥적으로 지은 다섯 수 가운데 셋째 수이다. 제1-2구는 손권과 왕희지를 예로 들어 자신의 부족함을 겸손하게 말한 것이다. 아들로서는 오나라 건국의 위업을 이룩한 손권에 비할 바가 못 되고, 사위로서는 서예의 대가인 왕희지만 못 하다고 했다. 제3-4구는 위의 두 구를 이어받아 문무(文武)로 대별되는 손권과 왕희시 두 사람의 업적을 비교한 것이다. 금을 타고 글씨를 쓰며 문인으로 일생을 보내는 것과 나라를 일으켜 천하 사람의 추앙을 받는 무인이 되는 것을 비교하면 어떤 것이 낫냐고 물었다. 시인의 의도를 파악한 견해에 따라 각각 전자 또는 후자가 낫다고 본 것이라는 두 가지 설이 있다. 문인의 삶이 낫다고 보았다면 무인 출신으로 권세를 잡아 거들먹거리는 자를 비판한 것이다. 무인의 삶이 낫다고 보았다면 애써 공부하여 과거에 급제해도 고작 무인의 막부에서 심부름꾼 노릇이나 하는 처지를 비관한 것이다. 두 가지 의미를 모두 내포하고 있다고 보아도 무방할 것이다.

410-4

漫成五章(其四)

즉흥시 5장 4

代北偏師銜使節,[1] 대주 북쪽의 별동대에서는 사절의 직함을 받고
關東裨將建行臺.[2] 함곡관 동쪽의 부장으로 행대를 설치했다.
不妨常日饒輕薄,[3] 평소에 설령 무시를 당하더라도 아랑곳 하지 않고
且喜臨戎用草萊.[4] 전쟁을 맞아 미천한 출신으로 기용된 것을 또한 기뻐했다.

주석

1) 代北(대북) : 대주(代州)의 북쪽. 지금의 산서성과 하북성 북부를 말한다.
偏師(편사) : 전군(全軍)의 일부로 주력과 구별되는 부대. 별동대.
銜使節(함사절) : 방어사와 같은 사절의 직함을 받다. 여기서는 무종(武宗) 때의 장수인 석웅(石雄)을 가리킨다. 그는 이덕유(李德裕)의 천거로 회흘과의 전쟁에서 삼천 명의 별동대를 이끌며 전공을 세우고 풍주도방어사(豊州都防御使)에 임명되었다.
2) 關東(관동) : 함곡관(函谷關)의 동쪽. 하남도(河南道)의 여러 주를 가리킨다.
裨將(비장) : 부장(副將). 석웅은 태화(大和) 연간에 진무군절도사(振武軍節度使) 유면(劉沔)의 부장으로 있다가 회창 연간에는 진강행영절도사

(晉絳行營節度使)가 되었다.

行臺(행대) : 외지에 설치하는 군 통솔 기구.

3) 不妨(불방) : 아랑곳 하지 않다. 개의치 않다.

饒(요) : 설령.

輕薄(경박) : 경시하다. 무시하다.

4) 臨戎(임융) : 전쟁에 임하다.

草萊(초래) : 초야(草野). 여기서는 출신이 미천한 사람을 가리킨다.

해설

이 시는 즉흥적으로 지은 다섯 수 가운데 넷째 수이다. 앞의 세 수와 달리 무종 때의 장수인 석웅(石雄)의 사적을 서술했다. 제1-2구는 석웅의 전공을 열거한 것이다. 대주 북쪽의 별동대 삼천을 이끌며 회흘군을 격파하고, 진무군절도사 유면의 부장으로 있다가 진강행영절도사로 승진하여 행대를 설치했다고 했다. 제3-4구는 타인의 이목이나 대우에 연연하지 않고 묵묵히 소임을 다한 석웅을 칭송한 것이다. 미천한 출신이라 남들이 무시해도 심지를 굳게 하고 나라의 부름을 받은 것만으로도 영광으로 알았다고 했다.

연작시 다섯 수의 일관성을 고려할 때 이 시도 단순히 석웅의 사람됨을 칭송할 목적으로 지었다고 보이지 않는다. 석웅은 그를 천거한 이덕유가 재상에서 물러나자 분을 이기지 못하고 죽었다고 한다. 따라서 평소 이덕유의 정책을 지지했던 이상은이 석웅을 빌려 인재를 알아보는 식견을 갖춘 이덕유의 실각을 아쉬워하는 한편 회재불우(懷才不遇)의 심정을 토로하려고 지은 시로 판단된다.

410-5

漫成五章(其五)

즉흥시 5장 5

郭令素心非黷武,[1] 곽자의의 본심은 전쟁을 좋아한 것이 아니고
韓公本意在和戎.[2] 한국공의 본뜻도 이민족과의 화합에 있었다.
兩都耆舊偏垂淚,[3] 두 도성의 원로들 모두 눈물 흘린 것은
臨老中原見朔風.[4] 늘그막에 중원에서 북방의 풍속을 보게 되었기 때문.

주석

1) 郭令(곽령) : 당나라의 장군인 곽자의(郭子儀, 697-781). 안사의 난을 평정한 공로로 중서령(中書令)에 오르고 분양군왕(汾陽郡王)에 봉해졌다.
素心(소심) : 본심.
黷武(독무) : 전쟁을 좋아하다. 무력을 과시하다.

2) 韓公(한공) : 당나라의 장군인 장인원(張仁愿, ?-714). 삭방총관(朔方總管)을 맡아 황하 북쪽에서 돌궐(突厥)의 남침을 저지한 공로로 한국공(韓國公)에 봉해졌다.
和戎(화융) : 이민족과 화합하다.

3) 兩都(양도) : 서도 장안과 동도 낙양.
耆舊(기구) : 원로.
偏(편) : 모두.

垂淚(수루) : 눈물을 흘리다.

4) 臨老(임로) : 늘그막.

朔風(삭풍) : 북쪽 변방의 풍속. 여기서는 하서(河西)와 농우(隴右) 지역을 되찾아 이곳의 풍속을 다시 볼 수 있게 되었다는 말이다. 하서 · 농우 지역은 안사의 난 와중에 토번(吐蕃)의 수중으로 넘어가 대중 2년(848)에야 수복되었다.

해설

이 시는 즉흥적으로 지은 다섯 수 가운데 넷째 수이다. 직접적인 언급은 없으나 이덕유(李德裕)를 염두에 두고 창작한 것으로 보인다. 제1-2구는 초성당 시기 전쟁에서 전공을 세운 장군들의 진실한 뜻을 밝힌 것이다. 곽자의나 장인원 같은 장군들이 전쟁을 치렀던 것은 무력을 과시하거나 이민족을 핍박하기 위해서가 아니라, 반란을 제압하고 이민족과 화합을 도모하기 위해서라고 했다. 제3-4구는 80여 년 만에 이루어진 하서와 농우 지역의 수복을 언급한 것이다. 장안과 낙양의 원로들이 이 지역의 풍속을 다시 접하고 눈물을 흘린 것은 고토(古土)를 회복한 기쁨과 더불어 그 동안 이 문제를 해결할 유능한 장수가 없었다는 아쉬움 때문이라 할 수 있다. 이덕유는 회흘(回紇)을 다루면서 강온 양면정책을 적절히 펼쳐 군사적인 안정을 가져왔으나, 선종(宣宗)이 즉위하고 우당(牛黨)이 득세하면서 이와 같은 정책이 전면 부정되기에 이르렀다. 이상은은 이에 대해 강한 불만을 표출한 것으로 보인다.

● 이 다섯 수의 연작시 제목에 '손 가는 대로 이루어졌다'라는 뜻으로 쓴 '만성(漫成)'은 두보가 이런 제목으로 칠절(七絶) 연작시를 지었던 것을 모방한 것이 분명하다. 이상은은 이 다섯 수를 통해 자신의 일생을 되짚어보고 평소의 정치적 주장을 펼쳤다. 영호초(令狐楚)의 문하생이 되면서 청운의 뜻을 품었지만, 고작 막부에서 공문을 쓰며 대구를 맞추는 신세에 머물러 있을 뿐 아니라 그마저도 소인배의 시기와 질투로 편할 날이 없다고 했다. 엉터리 무장(武將)들이 득세하여 문인들이 기를 펴지 못하고 있고, 이덕유와 같은 식견을 갖춘 인재는 당쟁의 소용돌이 속에서 배척을 받고 있다며 우울한 현실을 개탄했다. 다수의 칠절 연작시로 정견(政見)을 펼쳤던 두보의 맥을 잇는 작품으로 평가된다.

411

射魚曲

물고기 잡는 노래

思牢弩箭磨青石,[1]	사뢰죽으로 만든 쇠뇌의 화살을 푸른 바위에 가는
繡額蠻渠三虎力.[2]	이마에 문신을 새긴 부족장은 호랑이 세 마리의 힘.
尋潮背日伺泅鱗,[3]	조수를 찾아 해를 등진 채 헤엄치는 물고기를 엿보면
貝闕夜移鯨失色.[4]	조개 궁궐은 밤에 옮겨 다니고 고래도 대경실색.
纖纖粉簳馨香餌,[5]	가느다란 흰 낚싯대엔 맛있는 미끼의 향기가 나고
綠鴨迴塘養龍水.[6]	푸른 오리 연못은 용을 기르는 물.
含冰漢語遠於天,[7]	함빙전의 황실의 말 하늘보다 먼데
何繇迴作金盤死?[8]	어쩐 연유로 돌아와 황금쟁반에서 죽게 되었나?

주석

1) 思牢(사뢰) : 대나무 이름. 남쪽 사뢰국(思牢國)에서 나는 대나무로, 단단하여 갑옷을 만들 수 있다고 한다.

弩箭(노전) : 쇠뇌의 화살

2) 繡額(수액) : 이마에 문신을 새기다. 고대 중국 남방 부족들의 풍습이다.

蠻渠(만거) : 남쪽 오랑캐의 우두머리.

3) 伺(사) : 엿보다.

泅(수) : 헤엄치다.

4) 貝闕(패궐) : 자주조개로 장식한 궁궐.

《초사 · 구가(九歌) · 하백(河伯)》 고기 비늘로 지은 집 용 비늘로 꾸민 마루, 자주조개로 장식한 궁궐에 진주 장식한 궁이로다.(魚鱗屋兮龍堂, 紫貝闕兮珠宮.)

5) 纖纖(섬섬) : 가늘고 긴 모양.

粉簳(분간) : 흰 낚싯대. 간(簳)은 작은 대나무라는 뜻이다.

6) 綠鴨(녹압) : 머리가 푸른 오리.

迴塘(회당) : 연못.

養龍水(양룡수) : 용을 기르는 연못.

7) 含冰(함빙) : 전각 이름. 대명궁(大明宮) 안에 있었다.

漢語(한어) : 한나라 황실의 말.

8) 何繇(하요) : 무슨 이유로.

金盤(금반) : 금 쟁반. 여기서는 회를 담는 쟁반을 가리킨다. 이 두 구는 연못에서 사는 물고기라 본래 궁궐과는 매우 먼데 무슨 이유로 죽어서 금 쟁반에 놓여 먹히게 되었느냐는 말이다.

해설

이 시는 주지가 무엇인지에 대해 여러 설이 분분하나, 대체로 화의 조짐은 예측하기 어렵다는 것으로 보인다. 제1-2구는 낚시에 나서는 부족장을 묘사한 것이다. 이마에 문신이 있는 이 부족장은 사뢰죽으로 만든 쇠뇌의 화살을 준비하는데, 평소 호랑이 세 마리 만큼 힘이 장사라고 했다. 제3-4구는 부족장이 낚시 대상을 물색하는 모습이다. 부족장이 낚시를 하러 나타나면 물고기들이 대경실색하여 내뺀다고 했다. 제5-6구는 연못에 낚싯줄을 드리우는 광경이다. 푸른 오리 같은 색깔의 연못에 미끼를 단 낚싯대를 던진다고 했다.

제7-8구는 낚시에 걸려든 물고기의 운명을 이야기한 것이다. 황실의 말이 들리는 대명궁의 함빙전은 본래 연못에서 지극히 멀리 떨어져 있는데, 물고기가 낚시에 걸려 궁중요리로 황금쟁반에 오르게 된 연유를 알 길이 없다고 했다. 시에 묘사된 정경이 남방(南方)의 모습이어서 계주(桂州) 막부에서 지낼 때 지은 것이 아닌가 한다.

412

日高

한낮

鍍鐶故錦縻輕拖,[1]	문고리에 낡은 비단 매어져 살짝 늘어지고
玉篵不動便門鎖.[2]	옥 열쇠 움직이지 않은 채 곁문은 잠겨 있다.
水精眠夢是何人,[3]	수정 발 속에 깊이 잠든 이 누구인가?
闌藥日高紅髲鬗.[4]	난간의 작약이 한낮에 붉게 피어 한들거린다.
飛香上雲春訴天,[5]	피어나는 향기는 구름 위로 올라 봄날 하늘에 호소하지만
雲梯十二門九關.[6]	구름사다리 열 둘에 관문이 아홉.
輕身滅影何可望,[7]	몸을 가볍게 하고 모습을 감추기를 어찌 바라리오?
粉蛾帖死屛風上.[8]	흰 나방 병풍 위에 달라붙어 죽어 있는 것을.

주석

1) 鍍鐶(도환) : 도금한 문고리.
故錦(고금) : 낡은 비단.
縻(미) : 묶이다.
拖(타) : 늘어지다.

2) 玉篵(옥시) : 옥으로 만든 열쇠. '篵'자는 '匙(시: 열쇠)'의 이체자이다.

便門(편문) : 곁문.

鎖(쇄) : 잠기다.

3) 水精(수정) : 수정 발.

眠夢(면몽) : 깊이 잠들다.

4) 闌藥(난약) : 난간의 작약(芍藥).

日高(일고) : 해가 중천에 뜨다. 한낮을 가리킨다.

髲䰄(피아) : '䰄'자는 정확한 뜻을 알기 어려우나 대체로 '駊騀(파아: 말이 머리를 흔드는 모습)'와 비슷한 의미일 것으로 추정된다. 여기서는 '한들거리다'의 뜻으로 쓰였다.

5) 飛香(비향) : 날아가는 향기. 작약의 향기를 말한다.

上雲(상운) : 하늘로 올라가다.

訴天(소천) : 하늘에 호소하다.

6) 雲梯十二(운제십이) : '운제'는 '구름 사다리'라는 뜻으로 신선 세계로 가는 길을 말하는데, 여기서는 신선 세계를 가리킨다. 신선의 거처로 알려진 곤륜산(崑崙山)에는 '십이옥루(十二玉樓)'라 하여 열두 개의 옥 누각이 있다고 한다.

門九關(문구관): 아홉 개의 관문.

7) 輕身(경신) : 몸을 가볍게 하다. 도교의 용어로 신선 세계로 오르는 것을 비유한다.

滅影(멸영) : 모습을 감추다. 은거를 가리킨다.

望(망) : 바라다.

8) 粉蛾(분아) : 흰 나방.

帖(첩) : 달라붙다.

해설

이 시는 한낮이 되도록 일어나지 않는 여인을 묘사한 염정시다. 제1-2구는 어느 귀족의 화려한 저택을 묘사한 것이다. 곁문이 굳게 잠겨 있어 들어가지는 못한다고 했다. 제3-4구는 늦잠을 자는 여인을 형상화한 것이다. 수정 발 속에 잠들어 있는 여인을 붉게 핀 작약에 비유했다. 제5-6구는 여인의 모습을 바라보며 피어나는 욕망을 서술한 것이다. 꽃향기와 더불어 춘정(春情)이 불타오르지만 선계의 구중궁궐처럼 다가가기 어려운 곳이라고 했다. 제7-8구는 체념의 심리 상태를 드러낸 것이다. 선계로 가기 위해 섣불리 몸을 내던지면 불에 뛰어든 나방 신세를 면치 못할 것이라 했다. 비유와 상징으로 점철된 표현에서 이하(李賀)의 영향을 가늠할 수 있다. 근인 장채전(張采田)은 이 시에 대한 평어에서 "염정을 빌려 가까이 할 수는 있으나 친밀해질 수는 없다는 의미를 기탁했다(假艶情寓可近而不可親之意)"고 했다. '여인'을 '욕망'으로 대체하여 감상하면 이 시의 우의(寓意)를 가늠할 수 있지 않을까 한다.

413

宮中曲

궁궐의 노래

雲母濾宮月,[1]	운모는 궁궐의 달빛에 씻겨
夜夜白於水.	밤마다 물보다 하얀데,
賺得羊車來,[2]	양 수레가 오는 영광을 얻게 되어
低扇遮黃子.[3]	부채를 내려 액황을 가린다.
水精不覺冷,[4]	수정 빗 차갑다 느끼지 않고
自刻鴛鴦翅.[5]	스스로 한 쌍의 귀밑머리 단장할 제,
蠶縷茜香濃,[6]	명주실에 꼭두서니 진한 향을
正朝纏左臂.[7]	바로 왼팔에 묶어주는구나.
巴牋兩三幅,[8]	파 지역에서 나는 종이 두세 폭에
滿寫承恩字.[9]	가득 쓰는 '승은'이라는 글자,
欲得識青天,[10]	푸른 하늘을 알고 싶다면
昨夜蒼龍是.[11]	어젯밤 청룡이 그것이다.

주석

1) 雲母(운모) : 광물의 일종. 분말은 은백색 광택이 있어 창문을 장식하는 데 쓰인다.

濾(여) : 씻다.

宮月(궁월) : 궁궐을 비추는 달빛.

2) 賺得(잠득) : 얻다. 획득하다.

羊車(양거) : 양이 끄는 작은 수레. 진무제(晉武帝)는 양이 끄는 수레를 타고 후궁들의 처소로 가서 양이 멈추는 곳에서 하룻밤을 지냈다고 한다.

3) 低扇(저선) : 부채를 내리다. 얼굴을 가린다는 말이다.

遮(차) : 가리다. 막다.

黃子(황자) : 액황(額黃). 이마에 노랗게 칠한 점으로 화장법의 일종이다.

4) 水精(수정) : 여기서는 수정으로 만든 빗을 가리킨다. 침상을 가리킨다는 설도 있다.

5) 刻(각) : 단장하다. 꾸미다.

鴛鴦翅(원앙시) : 한 쌍의 귀밑머리. 여기서 '원앙'은 모습을 묘사한 것이 아니라 '한 쌍'의 뜻을 나타낸다.

6) 蠶縷(잠루) : 명주로 짠 실.

茜香濃(천향농) : 꼭두서니 향기가 진하다. 꼭두서니는 신홍색 염료로 쓰이는 풀이다.

7) 正朝(정조) : 바로 ~에.

纏左臂(전좌비) : 왼쪽 팔에 묶다. 고대에 오색실을 팔에 묶고 이를 '장명루(長命縷)'라 불렀다. 또 진무제는 양가의 자제를 내직에 임명하고 그 가운데 미색이 뛰어난 이를 골라 붉은 깁을 팔에 묶었다고 한다.

8) 巴牋(파전) : 파 지역에서 만는 양실의 종이.

幅(폭) : 종이를 세는 단위.

9) 承恩(승은) : 은혜를 입다.

10) 欲得(욕득) : ~하고자 하다.

青天(청천) : 푸른 하늘. 흔히 임금을 상징한다.

11) 蒼龍(창룡) : 청룡(青龍).

《사기 · 외척세가(外戚世家)》 박희가 말했다. "신첩의 꿈에 청룡이 뱃속으로 들어왔습니다." 고조가 말했다. "그것은 귀한 징조이니, 내 널 위해 그 꿈을 이뤄주마." 한번 총애하여 아들을 낳으니 이 아들이 대왕(代王, 후의 한문제)

이 되었다.(薄姬曰, 妾夢蒼龍據我腹. 高帝曰, 此貴徵也, 吾爲女遂成之. 一幸生男, 是爲代王.)

해설

이 시는 궁녀가 임금의 은총을 받게 되는 과정을 묘사한 궁체시다. 이 시는 의미상 세 단락으로 나뉜다. 제1단락(제1-4구)은 임금의 은총을 오래 기다려온 후궁이 마침내 소원을 이루게 되었음을 말한 것이다. 운모로 장식한 창문에 달빛이 하얗던 어느 날 밤 임금의 행차를 맞이하게 되었다고 했다. 제2단락(제5-8구)은 임금의 은총이 깊음을 묘사한 것이다. 수정 빗으로 머리를 곱게 빗고 붉은 명주실을 팔에 묶어 단장한다고 했다. 제3단락(제9-12구)은 은총을 받고 감격한 마음을 표현한 것이다. 파 지역에서 나는 종이에 '승은'이라고 거듭 쓰며 '푸른 하늘의 청룡'을 잉태한 기쁨을 만끽한다고 했다. 별다른 기탁의 뜻 없이 은총을 받은 궁녀를 가볍게 묘사한 시로 여겨진다.

414
海上謠
바다의 노래

桂水寒於江,	계수는 장강보다 차갑고
玉兎秋冷咽.	옥토끼는 가을 추위에 떠네.
海底覓仙人,[1]	바다 속에서 신선을 찾지만
香桃如瘦骨.[2]	향기로운 복숭아나무는 마른 뼈다귀 같구나.
紫鸞不肯舞,	자주색 난새도 춤을 추려 들지 않고
滿翅蓬山雪.	날개 가득 봉래산의 눈일세.
借得龍堂寬,[3]	넓은 용궁을 빌리긴 했지만
曉出揲雲髮.[4]	새벽이 오면 구름 같은 머리칼을 다듬네.
劉郎舊香炷,[5]	유랑의 향심지 여전한데
立見茂陵樹.[6]	곧 무릉의 나무가 보이네.
雲孫帖帖臥秋烟,[7]	먼 자손들 가을 안개 속에 줄줄이 누워 있고
上元細字如蠶眠.[8]	상원부인의 가느다란 글씨는 잠든 누에 같네.

주석

1) 海底(해저) 구 : 《사기 · 봉선서(封禪書)》에 따르면 사신이 불사약을 구하러 삼신산을 찾아 바다로 갔는데, 멀리서 보면 마치 구름 같지만 삼신산

은 바다 밑에 있다고 했다.

2) 香桃(향도) : 선경(仙境)의 복숭아나무.

3) 龍堂(용당) : 용궁.

4) 擽(엽) : 움직이다. 여기서는 머리카락을 가다듬는다는 의미이다.

5) 劉郞(유랑) : 한무제(漢武帝) 유철(劉徹).

6) 茂陵(무릉) : 한무제(漢武帝)의 능(陵). 장안 서북쪽 80리 되는 곳에 있다.

7) 雲孫(운손) : 먼 후손.

帖帖(첩첩) : 휘장의 주름처럼 겹쳐진 모양.

8) 上元(상원) : 상원부인(上元夫人). 신화 중의 선녀로 이름은 아환(阿環)이다. 서왕모의 딸이자 삼천진황(三天眞皇)의 어미로, 상원(上元)의 벼슬을 하면서 십방(十方) 옥녀(玉女)의 명부를 관장한다고 한다. 《한무제내전(漢武帝內傳)》에 따르면, 한무제 원봉(元封) 원년 7월 7일 밤에 서왕모가 무제의 기도에 감응하여 한나라 궁전으로 내려가 시녀 곽밀향에게 명해 상원부인을 초청하여 연회에 오게 했다. 연회가 끝나고 무제의 청에 응해 서왕모는 무제에게 《영광생경(靈光生經)》, 《오악진형도(五嶽眞形圖)》를 주었고, 상원부인은 서왕모의 뜻을 받들어 무제에게 《육갑영비초진십이사(六甲靈飛招眞十二事)》를 주었다.

細字(세자) : 작은 글씨.

해설

이 시는 바닷가의 모습을 노래한 듯 보이지만, 제왕이 바닷가에서 신선을 구하는 것을 풍자한 의미가 있다. 시의 전반부는 바닷가의 싸늘한 선경(仙境)을 그리고 있다. 제1-2구는 바닷가의 서늘함을 썼다. 계수가 장강보다 차갑고 달 속에 있는 토끼도 추위에 떨고 있다고 했다. 제3-4구는 바다로 들어가 신선을 구하나 신선은 만나지 못하고 마른 뼈 같은 복숭아만 보았다는 것이다. 이는 신선과 선약을 찾는 것은 모두 허망한 것임을 암시한다. 제5-6구는 봉래산의 선경을 쓰고 있는데, 매우 싸늘하고 추워 날개에 눈이 쌓인 자란도 춤추려 하지 않는다고 했다. 시의 후반부는 선경이 이러함에도 불구하고 신선을 추구하는 제왕을 제시하며 이것의 허망함에 대한 풍자의 뜻을 담아냈다. 제7-8구는 신선을 추구하는 제왕이 비록 넓은 용당을 빌어 거하지만 생사와 수명에는 무력하다는 것을 말했다. 아침마다 구름 같은 머리 다듬는 것은 머리가 쇠해 백발이 될 것을 근심하는 모습이다. 제9-10구는 무제가 서왕모를 기다리며 피운 향이 여전하지만 무릉의 나무는 이미 빽빽함을 말했다. 제11-12구는 무제의 먼 후손 역시 지하에 있는데, 아무 소용없는 상원부인의 비서(秘書)만이 인간 세상에 전해질 뿐이라 했다. 만당의 군주들은 실제로 신선방술을 추구하고 불로장생을 희망했다. 시인은 이러한 현실을 겨냥하여 신랄하게 풍자한 것이다.

415-1

李夫人 三首(其一)

이부인 3수 1

一帶不結心,[1]	하나의 띠로는 마음을 맺을 수 없고
兩股方安髻.[2]	두 가닥이라야 머리채가 안정된다.
慚愧白茅人,[3]	다행스럽게도 흰 띠풀을 든 사람이
月沒教星替.[4]	달 지고 나니 별을 대신하게 하는구나.

주석

1) 結心(결심) : 동심결(同心結)을 맺다. 동심결은 두 고를 내고 맞죄어 매는 매듭을 말한다. 여기서는 쌍관(雙關)으로 '마음이 합치하다'는 뜻도 나타낸다.

양무제(梁武帝), 〈유소사 有所思〉 허리춤의 한 쌍 비단 띠로 꿈에서 동심결을 만들었네.(腰間雙綺帶, 夢爲同心結.)

2) 兩股(양고) : 두 가닥.

髻(계) : 머리채. 틀어 올린 머리.

3) 慚愧(참괴) : 다행스럽다. 감사하다.

白茅人(백모인) : 흰 띠풀을 든 사람. 여기서는 동천절도사 유중영(柳仲郢)을 비유한다.

《상서위(尙書緯)》 장차 제후로 봉하고자 하면 각기 방사를 구해서 흰 띠풀로 싸서 제단으로 삼았다.(將封諸侯, 各取方土, 苴以白茅, 以爲社.)

4) 月沒(월몰) : 달이 지다.

해설

이 시는 대중 7년(853) 시인이 동천절도사 막부에 머물 때 '이부인'을 제재로 지은 도망시(悼亡詩) 세 수 가운데 첫째 수이다. 이부인은 한무제 때 사람으로 창가(倡家) 출신이었으나 황후 다음의 자리인 '부인'에 봉해져 한무제의 다섯째 아들인 유박(劉髆)을 낳아 후에 효무황후(孝武皇后)로 추봉(追封)되었다. 이부인이 젊어서 죽고 난 후 무제는 그녀를 잊지 못해 방사(方士)를 시켜 그녀의 혼을 부르게 했다. 이상은이 상처(喪妻)한 후 동천절도사 막부에서 지낼 때 막주인 유중영(柳仲郢)이 장의선(張懿仙)이라는 가기(歌妓)를 내려 계실(繼室)로 삼게 했으나, 이상은은 이 시를 지어 완곡하게 거절했다.

제1-2구는 계실을 얻을 뜻이 없음을 완곡하게 밝힌 것이다. 끈 하나로는 동심결을 만들 수 없고 두 가닥으로 머리채를 올려야 안정된다는 비유를 들어 남녀관계는 양쪽이 다 의사가 있어야 성립될 수 있다는 생각을 전했다. 제3-4구는 유중영에게 감사의 뜻을 전한 것이다. 막주인 유중영이 시인의 고독한 심정을 이해하고 가기를 내려준 뜻은 고마우나 이미 달(아내)이 진 뒤에 별(가기)이 그것을 대신할 수는 없을 것이라 했다.

415-2

李夫人 三首(其二)

이부인 3수 2

剩結茱萸枝,[1] 수유가지를 넉넉히 묶었고
多擘秋蓮的.[2] 가을 연실을 많이 쪼갰다.
獨自有波光,[3] 홀로 물결의 빛 있으니
綵囊盛不得.[4] 채색 주머니에 담지 못하겠다.

주석

1) 剩(잉) : 남다. 많다.
結(결) : 묶다.
茱萸(수유) : 식물 이름. 향기가 강하며 매운맛이 난다. 옛날에 중양절(重陽節)에 수유를 꽂고 액운을 막는 풍습이 있었다.
2) 擘(벽) : 쪼개다.
蓮的(연적) : '蓮菂(연적)'으로도 쓰며, 연꽃의 열매인 연실(蓮實)이다. 다소 쓴맛이 난다.
3) 獨自(독자) : 홀로.
波光(파광) : 물에 반사되어 나오는 빛.
4) 綵囊(채낭) : 채색 주머니.
《속제해기(續齊諧記)》 홍농의 등소가 팔월 초하루에 화산에 들어가 약을 캐다가 동자 하나를 보았다. 다섯 가지 색깔의 주머니를 들고 측백나무 위의 이슬을 담는데, 모두 구슬이 주머니에 가득한 듯 했다. 등소가 '무엇에 쓰려고 하느냐'고 물어보니 '적송 선생이 그것을 가져다 눈을 밝게 한다'고 대답했다.(弘農鄧紹嘗八月旦入華山採藥, 見一童子, 執五彩囊, 承柏葉上露, 皆如珠滿囊. 紹問曰, 用此何爲, 答曰, 赤松先生取以明目.)

盛不得(성부득) : 담지 못하다.

해설

이 시는 대중 7년(853) 시인이 동천절도사 막부에 머물 때 '이부인'을 제재로 지은 도망시(悼亡詩) 세 수 가운데 둘째 수이다. 제1-2구는 식물의 맛을 빌려 상처(喪妻) 후의 심경을 피력한 것이다. 수유는 매운맛(辛)이 나고 연실을 쓴맛(苦)이 나는데, 이를 많이 묶고 쪼갰다는 것은 아내를 먼저 떠나보낸 후 그만큼 마음고생(辛苦)이 많았다는 말이다. 제3-4구는 전고를 통해 생전 아내의 아름다움을 묘사한 것이다. 아내의 맑은 눈빛은 채색 주머니에 담을 수 없을 만큼 눈부셨다고 했는데, '홀로'라 했으니 다른 사람에게서는 그런 눈빛을 찾아볼 수 없었다는 의미로 이해된다. 따라서 이 시도 가기를 내려주려는 유중영의 뜻을 완곡하게 거절한 것이라 하겠다.

415-3

李夫人 三首(其三)

이부인 3수 3

蠻絲繫條脫,[1]	남방의 실로 팔찌를 묶고
妍眼和香屑.[2]	아름다운 눈에 향기 나는 가루를 발랐다.
壽宮不惜鑄南人,[3]	수궁에서는 남방의 구리로 주조하는 것을 아까워하지 않고
柔腸早被秋眸割.[4]	흔들거리는 마음은 일찍부터 가을 눈동자에 갈라졌다.
清澄有餘幽素香,[5]	맑고 깨끗함이 넘치고 담박한 향기 그윽한데
鰥魚渴鳳眞珠房.[6]	자가사리와 목마른 봉새가 진주 방에 있다.
不知瘦骨類冰井,[7]	비쩍 마른 몸이 빙고와 비슷해진 것도 몰랐는데
更許夜簾通曉霜.	다시 밤에 주렴으로 새벽 서리가 통과함을 허락한다.
土花漠碧雲茫茫,[8]	이끼가 아득히 푸르고 구름이 너울거리는 곳
黃河欲盡天蒼蒼.[9]	황하가 끝나는 하늘만 푸르리라.

주석

1) 蠻絲(만사) : 남방에서 나는 실.
繫(계) : 묶다.

條脫(조탈) : 팔찌.
2) 姸眼(연안) : 아름다운 눈.
和(화) : 바르다.
香屑(향설) : 향기 나는 가루.
3) 壽宮(수궁) : 신을 모시는 궁전.
鑄(주) : 주조하다.
南人(남인) : 미상. 청나라 주학령(朱鶴齡)이 '남금(南金)', 즉 남방에서 나는 구리의 잘못으로 본 설을 따르기로 한다.
4) 柔腸(유장) : 흔들거리는 마음. 흔히 어떤 대상에 사로잡힌 심리 상태를 비유한다.
秋眸(추모) : 가을 눈동자. 가을의 물처럼 맑은 눈동자를 말한다.
割(할) : 갈라지다.
5) 淸澄(청징) : 맑고 깨끗함.
素香(소향) : 담박한 향기.
6) 鰥魚(환어) : 자가사리. 큰 민물고기의 일종으로 근심에 잠을 이루지 못한다 한다.
渴鳳(갈봉) : 목마른 봉새.
眞珠房(진주방) : 진주를 박아 꾸민 신궁(神宮).
7) 瘦骨(수골) : 비쩍 마른 몸.
冰井(빙정) : 빙고(氷庫). 얼음을 보관하는 지하 창고.
8) 土花(토화) : 이끼.
茫茫(망망) : 멀다. 까마득하다.

해설

이 시는 대중 7년(853) 시인이 동천절도사 막부에 머물 때 '이부인'을 제재로 지은 도망시(悼亡詩) 세 수 가운데 셋째 수이다. 이 시는 내용상 세 단락으로 나누어 살펴볼 수 있다. 제1단락(제1-4구)은 아내의 신상(神像)을 묘사한 것이다. 신당(神堂)에 모신 아내 왕씨의 조상(彫像)은 마치 살아 있는 듯 눈빛이 생생하다고 했다. 제2단락(제5-8구)은 아내를 떠나보낸 허전함에 괴로워하는 모습을 묘사한 것이다. '자가사리와 목마른 봉새'처럼 외로움에 잠 못 이루며 삶의 의욕을 잃었다고 했다. 제3단락(제9-10구)은 아내의 무덤이 있는 곳을 상상한 것이다. 푸른 하늘로 횡하가 사라지는 곳에 이끼와 구름만 오락가락할 것이라고 했다.

● 한무제는 젊은 나이에 불치의 병으로 세상을 떠난 이부인을 잊지 못하고 신선술의 힘을 빌어서라도 그녀를 다시 만나고자 했다. 그래서 소옹(少翁)이라는 방사(方士)에게 청하여 이부인의 혼을 불러오려고 했다. 이 시를 보면 이상은도 한무제와 비슷한 심정이었던 듯하다. 그의 거처에 신방(神房)을 마련하고 아내 왕씨의 조상(彫像)을 세워두었던 것이다. 이 시를 통해 이상은이 가기를 내어주려던 유중영에게 전하려 했던 말은 원진(元稹)의 〈이별의 그리움(離思)〉 다섯 수 가운데 넷째 수의 첫째 연으로 압축된다고 하겠다. "푸른 바다를 겪고 나면 물이라 하기가 어렵고, 무산을 제외하고 나면 구름이랄 것이 없답니다.(曾經滄海難爲水, 除卻巫山不是雲.)"

416

景陽宮井雙桐

경양궁 우물가의 두 그루 오동나무

秋港菱花乾,[1]　가을 항구의 마름꽃 말랐고
玉盤明月蝕.[2]　옥쟁반 같은 밝은 달도 월식이런가,
血滲兩枯心,[3]　피가 두 그루 마른 오동나무 고갱이로 스며들었는데
情多去未得.[4]　정이 많아서 떠나지 못하고 있구나.
徒經白門伴,[5]　헛되이 백문 근방을 지나나니
不見丹山客.[6]　단산의 길손은 보이지 않는데,
未待刻作人,[7]　깎아서 나무 인형을 만들기도 전에
愁多有魂魄.[8]　근심이 많아 혼백이 깃들었다.
誰將玉盤與,[9]　누가 옥쟁반과 함께하려 했었던가?
不死翻相誤.[10]　죽지 않고 도리어 일을 그르쳤고,
天更濶於江,[11]　하늘은 다시금 장강보다 넓은데
孫枝覓郎主.[12]　새로 돋은 가지는 주인을 찾는구나.
昔妒鄰宮槐,[13]　예전에는 이웃한 홰나무를 질투하며
道類雙眉斂.[14]　두 눈썹 모으는 것 같다고 말했었지,
今日繁紅櫻,[15]　오늘날엔 붉은 앵두만 무성하여

拋人占長簟.[16]	사람들 사라진 긴 대자리를 차지했다.
翠襦不禁綻,[17]	비취색 저고리 해지는 것 막지 못하고
留淚啼天眼.[18]	눈물을 남기니 하늘의 눈이 우는 듯,
寒灰劫盡問方知,[19]	차가운 재가 영겁을 지난 줄 묻고서야 알았는데
石羊不去誰相絆.[20]	돌 양이 떠나지 않음은 누가 묶어두어서일까?

주석

1) 秋港(추항) : 가을의 항구. 여기서는 진(陳)나라의 수도였던 건강(建康), 즉 지금의 남경(南京)을 가리킨다.

菱花(능화) : 마름꽃. 구리거울의 문양으로 많이 쓰이는 까닭에 흔히 구리거울을 비유하며, 여기서는 우물을 가리킨다.

乾(건) : 마르다.

2) 玉盤(옥반) : 옥쟁반.

明月(명월) : 밝은 달. 여기서는 우물을 가리킨다.

蝕(식) : 월식(月蝕). 달이 가려져 보이지 않듯 우물이 말랐다는 뜻이다.

3) 血滲(혈삼) : 피가 스미다. '血'을 '피눈물'로 풀이하는 설도 있다. 수나라 군대가 진나라 도성으로 진입할 때 후주(後主)의 총비였던 장려화(張麗華)와 공귀빈(孔貴嬪)이 경양궁 우물에 숨었다가 체포되어 청계중교(青溪中橋)에서 처형되었다.

兩枯心(양고심) : 두 그루 마른 오동나무의 고갱이.

4) 去未得(거미득) : 떠나지 못하다.

5) 徒(도) : 다만.

白門伴(백문반) : 백문 근방. '伴'은 '畔(반: 부근)'의 뜻이다. 백문은 건강(建康)의 선양문(宣陽門)을 말한다. '伴'을 '동반자'로 풀이하여 까마귀를 가리킨다고 보는 설도 있다.

> 남조 민가 〈양반아 楊叛兒〉 여덟 수 중 둘째 수 잠시 백문 앞으로 나갔더니, 버드나무에 까마귀가 숨을 정도네요.(暫出白門前, 楊柳可藏烏.)

6) 丹山客(단산객) : 단산의 길손. 봉황을 가리킨다.

《여씨춘추 · 본미(本味)》 유사의 서쪽이자 단산의 남쪽에 봉새의 알이 있어 옥민에서 먹는다.(流沙之西, 丹山之南, 有鳳之丸, 沃民所食.)

7) 未待(미대) : 기다리지 않다. ~하기도 전에.

刻作人(각작인) : 깎아서 인형을 만들다. 고대에는 오동나무를 깎아 나무 인형을 만들어 무덤에 부장품으로 넣는 풍습이 있었다.

8) 愁多(수다) 구: 장려화와 공귀빈의 근심이 많아 오동나무에 이미 그들의 혼백이 깃들었다는 말이다.

9) 玉盤(옥반) : 경양궁 우물을 가리킨다.

與(여) : 함께하다. 우물 속으로 들어가는 것을 말한다.

10) 不死(불사) : 죽지 않다. 장려화와 공귀빈을 데리고 우물 속으로 들어갔던 진후주가 나중에 투항하여 목숨을 부지했던 것을 말한다.

翻(번) : 도리어.

誤(오) : 그르치다. 장려화와 공귀빈을 죽게 만든 것을 말한다.

11) 濶於江(활어강) : 장강보다 넓다. 진후주는 수나라의 포로로 잡힌 후 낙양으로 압송되어 그곳에서 15년을 더 살다가 망산(邙山)에 묻혔다. 진후주와 두 총비가 장강을 사이에 두고 생사가 갈라졌기에 이렇게 표현한 것이다.

12) 孫枝(손지) : 나무줄기에서 자라난 새로운 가지.

覓(멱) : 찾다.

郎主(낭주) : 주인. 고대에 처첩이 남편을 일컫던 말.

13) 妒(투) : 질투하다. 시샘하다.

宮槐(궁괴) : 수궁괴(守宮槐). 홰나무. 이 나무의 잎은 낮에는 포개어 합쳐져 있다가 밤에는 다시 벌어진다.

유견오(庾肩吾), 〈영득유소사 詠得有所思〉 우물가 오동나무는 아직 (우물을) 덮지 못하고, 홰나무는 돌돌 말려 다시 드문드문하다.(井梧生未合, 宮槐卷復稀.)

14) 道(도) : 말하다.

類(유) : 비슷하다.

雙眉斂(쌍미렴) : 두 눈썹을 모으다. 홰나무의 잎이 낮에 포개져 있는 모습이 마치 여인이 눈썹을 모은 듯하다는 말이다.

15) 繁(번) : 무성하다.

紅櫻(홍앵) : 붉은 앵두. 여기서는 새로 총애를 받게 된 이를 비유한다.

16) 抛人(포인) : 사람들이 사라지다.

占(점) : 차지하다.

長簟(장점) : 긴 대자리.

17) 翠襦(취유) : 비취색 저고리. 오동나무 잎을 비유한다.

不禁(불금) : 금하지 못하다. ~하게 되다.

綻(탄) : 해지다. 찢어지다. 여기서는 '잎이 시든다'는 뜻이다.

18) 留淚(유루) : 눈물을 남기다. 오동나무 잎에 빗물이나 이슬이 남은 것을 가리킨다.

啼(제) : 울다.

天眼(천안) : 하늘의 눈. 옛날 사람들은 해나 달이 하늘의 눈이라고 여겼다.

19) 寒灰劫盡(한회겁진) : 차가운 재가 영겁을 다 지나다. 《고승전(高僧傳)·축법란전(竺法蘭傳)》에 의하면, 한무제가 곤명지(昆明池) 바닥에서 검은 재를 발견하고 서역 오랑캐에게 물어보라는 동방삭(東方朔)의 말에 따르니 축법란이 와서 세계의 종말 시에 영겁의 불이 동굴에서 타올랐고 그것이 남은 재라고 했다고 한다.

問方知(문방지) : 물어보고 나서야 알다.

20) 石羊(석양) : 돌로 만든 양. 우물의 돌난간에 새겨진 양을 가리킨다. 무덤 앞의 기물을 가리킨다는 설도 있다.

絆(반) : 묶다.

해설

이 시는 경양궁 우물가의 두 그루 오동나무를 소재로 한 회고시다. 두 그루 오동나무가 진(陳)나라가 망할 때 우물로 숨었다가 후주(後主)와 생사를 달리한 총비(寵妃)인 장려화(張麗華)와 공귀빈(孔貴嬪)을 상징한다는 점에서 역사적 사실을 회고한 듯 하지만, 여기에 다른 기탁을 담으려 했다는 평도 만만치 않다.

이 시는 내용상 다섯 단락으로 나누어 살펴볼 수 있다. 제1단락(제1-4구)은 우물가의 오동나무를 소개한 것이다. 우물은 이미 버려지고 물도 말랐지만, 우물에서 벌어진 참극을 지켜본 오동나무는 차마 그곳을 떠나지 못한다고 했다. 제2단락(제5-8구)은 경양궁의 황폐해진 모습과 장려화와 공귀빈의 영혼이 깃든 오동나무를 이야기한 것이다. 진나라가 망한 뒤 백문이 폐허가 되어 더 이상 봉황이 날아들지 않는 오동나무는 나무 인형을 만들기도 전에 장려화와 공귀빈의 영혼을 품어주었다고 했다. 제3단락(제9-12구)은 진후주와 두 총비의 엇갈린 운명을 이야기한 것이다. 수나라 군대가 들이닥쳤을 때 진후주의 계책으로 우물에 숨었다가 붙잡혀, 진후주는 낙양으로 압송되고 두 총비는 처형되면서 장강을 사이에 두고 삶과 죽음을 달리한 후, 오동나무에 깃든 총비의 영혼은 진후주를 찾고 있다고 했다. 제4단락(제13-18구)은 옛날과 오늘을 대비시켜 처량한 분위기를 자아낸 것이다. 예전에는 오동나무가 홰나무와 은총을 다투었으나, 지금은 그 자리를 앵두가 차지한 터라 시드는 잎을 부여잡고 운다고 했다. 제5단락(제19-20구)는 시인이 회고의 감개를 피력한 것이다. 진나라가 망한 후 수백 년의 세월이 흘렀지만, 우물가 돌난간에 새겨진 양은 그대로 남아 역사의 일단을 전해준다고 했다.

이상은에게 진후주와 두 총비를 다룬 본격적인 영사시로 〈경양궁의 우물(景陽井)〉이 있으므로, 이 시는 작시 의도가 다른 데 있을 것으로 짐작된다. 근인 소설림(蘇雪林)은 문종(文宗)의 후궁으로 이상은과 알고 지내다가 모종의 사건에 연루되어 우물에 투신한 비란(飛鸞)과 경봉(輕鳳)의 일을 기록한 것이라 했고, 현대 학자 유학개(劉學鍇)·여서성(余恕誠)은 노쇠한 궁녀가 민간으로 돌아온 것을 소재로 삼았다고 추정했으나, 모두 확실한 근거가 있는 것은 아니다.

417

秋日晚思

가을날 저녁의 상념

桐槿日零落,[1]	오동잎과 무궁화 날마다 떨어지더니
雨餘方寂寥.[2]	비 그친 뒤 이제 고요해졌다.
枕寒莊蝶去,[3]	베개가 차가워 장주의 나비 떠나가고
窓冷胤螢銷.[4]	창문이 추워 차윤의 반딧불이 흩어진다.
取適琴將酒,[5]	금과 술로 기분을 전환하고
忘名牧與樵.	마소치고 나무하며 명리를 잊는다.
平生有游舊,[6]	평소 사귀었던 옛 친구들
一一在煙霄.[7]	하나하나 구름 흘러가는 하늘에 있다.

주석

1) 桐槿(동근) : 오동잎과 무궁화.
2) 寂寥(적료) : 고요히 소리가 없다.
3) 莊蝶(장접) : 장주(莊周)의 나비. 장주가 꿈에 나비가 되었다는 말에서 잠을 가리킨다. '나비가 떠난다'는 것은 잠을 이루지 못한다는 말이다.
4) 胤螢(윤형) : 차윤(車胤)의 반딧불이. 차윤은 반딧불이를 모아 책을 읽었다고 한다.
5) 取適(취적) : 쾌적함을 구하다. 기분이 좋아질 만한 것을 찾다.

將(장) : ~와.

6) 游舊(유구) : '구유(舊游)'와 같은 말로, 지난날 사귀던 친구.

7) 煙霄(연소) : 구름 흘러가는 하늘. 높은 지위를 비유한다.

해설

이 시는 가을 저녁의 상념을 노래했다. 제1-2구는 가을의 낙엽과 비를 묘사한 것이다. 오동잎과 무궁화가 떨어지는 소리가 쓸쓸함을 자아내더니 비가 그친 뒤의 고요함이 더욱 쓸쓸하게 느껴진다고 했다. 제3-4구는 가을의 서늘함에 잠 못 드는 시인의 모습을 묘사했다. 창문 틈으로 들어오는 찬바람에 선득해진 베개가 숙면을 취하기 어렵게 만든다고 하소연했다. 제5-6구는 쓸쓸함을 잊으려고 노력하는 모습을 담은 것이다. 금을 타고 술을 마시며 적적함을 달래고 손수 가축도 기르고 땔감도 마련하며 명리(名利)를 잊으려 한다고 했다. 제7-8구는 친구들과의 대비를 통해 신세를 한탄한 것이다. 예전 친구들은 모두 번듯한 자리를 얻어 하늘 높은 줄 모르고 올라가는데, 자신은 가을의 쓸쓸함과 추위나 만끽하고 있다고 자조했다. 두보가 〈추흥팔수(秋興八首)〉 셋째 수에서 "동문수학한 소년들 대부분 지위가 높아져, 장안에서의 옷과 말은 자연히 가볍고 살졌으리라(同學少年多不賤, 五陵衣馬自輕肥.)"라고 했던 것과 일맥상통한다. 청나라 하상(賀裳)이 둘째 연 대구의 아쉬움을 지적한 것을 참고할 만하다. 그는 출구(出句)에서 '나비(蝶)'로 '잠'을 나타낸 기발함과 달리 대구(對句)에서는 실제 '반딧불이(螢)'를 가리켜 격이 떨어진 것이 안타깝다고 했다.

418

春宵自遣

봄날 밤 스스로 회포를 풀다

地勝遺塵事,[1]	사는 곳 풍경이 좋아 속세의 일을 잊고
身閒念歲華.[2]	몸이 한가로워 아름다운 경치 생각한다.
晩晴風過竹,	저녁에 날이 개어 바람이 대나무를 지나가고
深夜月當花.[3]	깊은 밤 달이 꽃을 마주한다.
石亂知泉咽,[4]	바위가 어지러운 것 냇물이 흐느끼는 데서 알겠고
苔荒任逕斜.[5]	이끼 무성하니 길 비탈지도록 내버려두었음이라.
陶然恃琴酒,[6]	흠뻑 취해 금과 술에 의지하니
忘却在山家.	산가에 있다는 것도 잊게 된다.

주석

1) 勝(승) : 경치가 뛰어나다. 풍경이 좋다.
   塵事(진사) : 속세의 일.
2) 歲華(세화) : 아름다운 경물.
3) 當(당) : 마주하다. 비추다.
4) 咽(열) : 흐느끼다. 냇물이 흐르는 소리를 비유한 것이다.
5) 苔(태) : 이끼.
   任(임) : 내버려두다.

逕(경) : 길.

6) 陶然(도연) : 흠뻑 취한 모양.

恃(시) : 믿다. 의지하다.

해설

이 시는 봄날 산가에서 술을 마시며 밤의 정취를 느끼고 지은 것이다. 위 시와 마찬가지로 영락에 한거할 때의 작품으로 보인다. 제1-2구는 한가로운 거처를 묘사한 것이다. 사는 곳이 경치 좋은 곳이어서 속세의 번다한 일을 잊고 아름다운 경물에 빠질 수 있다고 했다. 제3-4구는 봄날 밤의 바람과 달을 묘사한 것이다. 대나무 숲에서 맑은 바람이 불어오고 밝은 달이 꽃을 비춰주는 멋진 경치를 소개했다. 제5-6구는 감각적 이미지를 동원한 것이다. 냇물이 흐르며 '콸콸' 소리를 내는 것을 들어보니 내에 바위가 많음을 알겠고, 길이 비탈져 다니는 사람이 적으니 이끼가 무성하다고 했다. '바위가 많다'거나 '길이 비탈지다'는 표현에서 환해(宦海)의 풍파(風波)를 암시하려 한 의도가 엿보인다. 제7-8구는 회포를 푸는 장면을 그렸다. 음악과 술에 의지해 산가(山家)에 기거하는 옹색함을 잊으려 한다고 했으니, 진정으로 산가의 생활을 즐기는 태도는 아니라는 것을 알 수 있다. '의지한다(恃)'는 말이 전체 시의 시안(詩眼)이라 하겠다.

419

七夕偶題

칠석에 우연히 짓다

寶婺搖珠珮,[1]	무녀는 구슬 패옥을 흔들어주고
嫦娥照玉輪.[2]	항아는 옥 수레바퀴로 비춰준다.
靈歸天上匹,[3]	신령은 천상의 배필에게 돌아가고
巧遺世間人.[4]	솜씨를 세상 사람들에게 남겼다.
花果香千戶,	꽃과 과일이 집집마다 향기롭고
笙竽溢四隣.[5]	생황과 피리 소리 사방 이웃에 넘친다.
明朝曬犢鼻,[6]	내일 아침 잠방이를 말리면
方信阮郎貧.[7]	비로소 완함이 가난하다는 것을 믿겠지.

주석

1) 寶婺(보무) : 무녀성(婺女星)으로 28수(宿) 중 하나이다. 무녀성 위쪽에 직녀성이 있다.
珠珮(주패) : 구슬을 엮어 만든 패옥.

2) 嫦娥(항아) : 항아(姮娥) 또는 상아(常娥)라고도 하는 중국 신화의 인물. 《회남자》에는 예(羿)가 서왕모(西王母)에게 불사약(不死藥)을 청해 얻었으나 항아가 이를 훔쳐 달에서 도주했다가 두꺼비가 되었다고 했다.
玉輪(옥륜) : 옥 수레바퀴. 달의 별칭이다.

3) 靈歸(영귀) 구 : 신령이 천상의 배필에게 돌아가다. 이는 견우와 직녀가 만나게 된 것을 가리킨다.
4) 巧遺(교유) 구 : 솜씨를 세상 사람들에게 남겼다. 칠석을 걸교절(乞巧節)이라 부르는 데 착안한 것이다. 부녀자들은 칠석날 밤에 견우(牽牛)와 직녀(織女)의 두 별에게, 길쌈과 바느질을 잘하게 하여 달라고 빌었는데, 이 때문에 걸교절이라고도 부른다.
5) 笙竽(생우) : 생황과 피리. 대나무로 만든 관악기이다.
   溢(일) : 넘치다.
   四隣(사린) : 사방.
6) 明朝(명조) : 내일 아침.
   曬(쇄) : 햇볕에 쬐어 말리다.
   犢鼻(독비) : 독비곤(犢鼻褌). 즉 잠방이. 짧은 바지.
7) 阮郎(완랑) : 완함(阮咸). 서진(西晉) 때 죽림칠현(竹林七賢) 중 한 사람. 칠석에는 원래 옷을 뜰에 내다 걸어 햇볕을 쬐는 풍습이 있었는데, 진나라 때에는 이것에 경쟁이 붙어 부잣집에서는 비단옷을 내어 말려서 자기의 부를 과시하고자 했다. 완함은 이에 대항하여 일부러 잠방이, 즉 독비곤 같이 누추한 옷을 꺼내 장대에 걸어 마당 가운데에서 말렸다고 한다.(《세설신어 · 임탄(任誕)》) 가난하지만 배포가 큰 것을 비유한다.

해설

이 시는 칠석을 맞아 칠석명절과 관련된 여러 내용을 서술한 뒤 마지막 연에서 감개를 기탁하고 있다. 제1-2구는 칠석에 견우와 직녀가 상봉하는 이야기를 떠올린 것이다. 직녀성 곁의 무녀성은 패옥을 흔들며 반기고 항아는 달을 환히 밝혀 그들의 만남을 비추어 준다고 했다. 제3-4구 역시 칠석과 관련된 내용이다. 제3구가 앞 연을 이어 견우직녀의 이야기를 썼다면, 제4구에서는 인간세상에서의 걸교(乞巧) 풍습에 대해 써서 다음 연을 열어주는 역할을 했다. 제5-6구는 칠석을 축하하며 즐기는 민간의 모습이다. 꽃과 과일이 풍성하고 음악 소리가 시끌벅적하다고 했다. 마지막 제7-8구는 완함의 고사를 빌어 가난한 자신을 서글퍼한 것이다. 완함은 배포가 크게 남의 이목을 개의치 않고 잠방이를 말렸는데, 시인은 그런 완함을 동경하면서도 슬픔에 잠겨 있다. 칠석은 견우직녀의 아름다운 애정고사가 얽혀 이를 즐거워하며 흥청거리는 날이다. 그러나 시인은 혼인으로 인해 벼슬길이 막혀 어쩔 수 없이 가난을 감수해야 했기 때문에, 명절이 즐겁지만은 않아 서글픈 마음을 기탁했던 것이다.

420

靈仙閣晚眺寄鄆州韋評事

영선각에서 저녁에 바라보며 운주의 위평사에게 부치다

愚公方住谷,[1]	막 우공의 골짜기에 살기 시작했는데
仁者本依山.	어진 이는 본래 산에 의지한다지요.
共誓林泉志,[2]	함께 수풀과 샘의 뜻을 맹세했건만
胡爲尊俎間.[3]	어찌 연회 자리에 있게 되었습니까?
華蓮開菡萏,[4]	화산 연화봉엔 연꽃이 피었고
荊玉刻孱顏.[5]	형산의 옥 높고 험하게 깎았습니다.
爽氣臨周道,	상쾌한 기운이 큰길가에 있고
嵐光出漢關.[6]	아지랑이 빛이 한나라 관문에서 나옵니다.
滿壺從蟻泛,[7]	가득한 술병은 멋대로 개미가 떠 있고
高閣已苔斑.	높은 누각엔 이미 이끼가 얼룩졌습니다.
想就安車召,[8]	편안한 수레의 부름에 나아가고자 생각하셨으니
寧期負矢還.[9]	어찌 화살을 멘 분 돌아오길 기대하겠습니까?
潘遊全璧散,[10]	반악이 노니니 온전한 구슬이 흩어지고
郭去半舟閒.[11]	곽태가 떠나니 반쪽짜리 배가 한가롭습니다.
定笑幽人迹,	고요한 이의 발자취 비웃을 것에 틀림없지만
鴻軒不可攀.[12]	기러기가 높이 나는 것 따라 오를 수 없습니다.

주석

1) 愚公谷(우공곡) : 우공(어리석은 사람)의 골짜기. 《설원(說苑)·정리(政理)》에 나오는 말로, 제환공(齊桓公)이 사냥을 나간 골짜기의 이름을 노인에게 물었더니 노인은 자신이 '우공의 골짜기'로 이름 붙였다고 답했다 한다. 여기서 우공은 이상은 자신을 가리킨다.
2) 林泉志(임천지) : 수풀과 샘의 뜻. 은둔하고자 하는 뜻을 말한다.
3) 尊俎(준조) : 술통과 도마. 여기서는 막부의 연회석을 말한다.
《신서(新序)·잡사(雜事)》 술통과 도마 사이를 벗어나지 않고도 천 리 밖을 아니 아마도 안자를 말함이며 가히 적을 격퇴했다고 하겠다.(不出於樽俎之間, 而知千里之外, 其晏子之謂也, 可謂折衝矣)
4) 華蓮(화련) : 화산(華山)의 연화봉(蓮花峰). 영락현 서쪽에 있다.
菡萏(함담) : 연꽃.
5) 荊玉(형옥) : 형산(荊山)의 옥. 여기서의 형산은 영락현 동쪽에 있는 것을 가리킨다.
孱顔(잔안) : 산세가 험한 모양.
6) 嵐光(남광) : 아지랑이 기운. 산의 안개가 햇빛을 반사하여 내는 빛을 말한다.
漢關(한관) : 함곡관(函谷關).
7) 從(종) : 멋대로.
蟻泛(의범) : 개미가 뜨다. 술 위의 거품을 말한다.
8) 安車(안거) : 앉을 수 있어 편한 작은 수레. 고관이 낙향하거나 명성이 높은 이를 초빙할 때 흔히 이 수레를 쓴다.
9) 寧期(영기) : 어찌 ~하기를 바라겠는가.
負矢(부시) : 화살을 메다.
10) 潘(반) : 반악(潘岳).
全璧(전벽) : 온전한 구슬. '연벽(連璧)'과 같은 말이다. 《세설신어·용지(容止)》에 의하면, 빼어난 용모의 반악과 하후담(夏侯湛)이 함께 다니는 것을 두고 당시 사람들이 '연벽'이라 불렀다고 한다.
11) 郭(곽) : 곽태(郭泰). 《후한서·곽태전》에 의하면, 하남윤(河南尹) 이응

(李膺)은 곽태와 단둘이 배를 타고 강을 건넜다고 한다.
12) 鴻軒(홍헌) : 기러기가 높이 날다. 재주가 비상함을 비유한다.

해설

이 시는 영락현에 있는 영선각에서 산동성 운주(鄆州)의 막부로 간 급제 동기 위반(韋潘)에게 부친 것이다. 제1단락(제1-4구)은 함께 은거하자던 기약을 회상한 것이다. 시인 자신은 인자요산(仁者樂山)의 가르침에 따라 우공의 골짜기로 들어왔다며, 위반에게 왜 기약을 어기고 막부의 연회석으로 갔느냐고 물었다. 제2단락(제5-8구)은 저녁에 바라보는 경치를 묘사한 것이다. 영락 서쪽으로는 화산이 있고 동쪽으로는 형산이 있어 상쾌한 기운과 아지랑이 기운이 넘실댄다고 했다. 제3단락(제9-12구)은 자신과 위반의 처지를 언급한 것이다. 자신은 이끼가 얼룩진 누각에서 대작(對酌)할 이도 없이 세월을 보내고 있지만, 위반은 이미 막부의 부름에 응해 운주로 떠났기에 돌아오길 기대하기는 어렵다고 했다. 제4단락(제13-16구)은 위반에게 부치는 말이다. 두 사람이 각기 영락과 운주에 기거하고 있어 과거에 반악과 하후담, 곽태와 이응처럼 단짝으로 지냈던 생활이 그립고, 영락에 은거한 모습을 비웃을 것임에 틀림없지만 그렇다고 위반의 고상한 뜻을 따라가기는 어렵다고 했다. 평범한 기증(寄贈)의 시이나 얼마간 청신(淸新)한 맛도 느껴진다. 청나라 기윤(紀昀)은 제8구가 가구(佳句)라고 했다.

421

幽居冬暮

은거하는 겨울 저녁

羽翼摧殘日,[1]	깃털이 빠지고 해진 날
郊園寂寞時.[2]	교외의 동산이 쓸쓸하던 때.
曉雞驚樹雪,	새벽닭이 나무의 눈에 놀라고
寒鶩守冰池.[3]	겨울 집오리가 언 연못을 지킨다.
急景倏云暮,[4]	짧은 해는 어느덧 저물고
頹年寖已衰.[5]	만년은 점점 이미 시들어간다.
如何匡國分,[6]	어째서 나라를 바로잡는 본분은
不與夙心期.[7]	평소의 마음과 일치하지 않는 것일까?

주석

1) 羽翼(우익) : 새의 날개.
　摧殘(최잔) : 훼손되다. 파손되다.
2) 郊園(교원) : 성 밖의 원림.
3) 寒鶩(한목) : 겨울의 집오리.
4) 急景(급영) : 빨리 지나가는 햇빛. 겨울의 짧은 해를 말한다.
　倏(숙) : 갑자기.
　云(운) : 뜻이 없는 조사.

5) 頹年(퇴년) : 만년.
寖(침) : 점점.
6) 匡國(광국) : 나라를 바로잡다.
分(분) : 본분.
7) 夙心(숙심) : 평소의 바램.
期(기) : 일치하다.

해설

이 시는 은거하는 곳에서 겨울 저녁을 묘사한 것이다. 창작 시기를 영락에 한거하던 때로 보기도 하고 대중 10년(856) 이후 정주(鄭州)에 살던 만년으로 보기도 하는데, 시의 내용으로 보아 앞의 견해가 더 설득력이 있다. 제1-2구는 한거하게 된 상황을 말한 것이다. 날개가 상해 날지 못하는 새처럼 뜻한 바가 순조롭게 이루어지지 않아 쓸쓸하게 동산에 은거하고 있다고 했다. 제3-4구는 겨울의 풍경을 묘사한 것이다. 새벽에 깨어 눈을 보고 깜짝 놀라는 닭과 얼어버린 연못에서 애써 먹이를 찾는 집오리에 시적 화자의 감정을 이입했다. 제5-6구는 겨울의 짧은 해를 이야기한 것이다. 이미 늙어버려 얼마 남지 않은 여생이 마치 금방이라도 질 것 같은 겨울의 해와 같다고 했다. 제7-8구는 뜻을 이루지 못하는 심정을 피력한 것이다. 쇠망해가는 나라를 바로잡고자 했던 평소의 다짐은 공허한 메아리처럼 헛되이 흩어질 뿐이라고 했다. 마지막 연은 이상은의 정치 사상을 논할 때 자주 인용되는 부분이다. 청나라 기윤(紀昀)은 이 시에 대해 "가구로 뽑을 만한 것은 없으나 자연스럽게 깊이를 얻었다(無句可摘, 而自然深至.)"고 평했다.

422

過姚孝子廬偶書

요효자의 오두막을 찾아가 우연히 쓰다

拱木臨周道,[1] 아름드리 나무 큰길가에 있고
荒廬積古苔.[2] 황량한 오두막엔 오래된 이끼가 쌓였다.
魚因感姜出,[3] 물고기는 강시에 감동하여 나오고
鶴爲弔陶來.[4] 학이 도간을 조문하러 왔다.
兩鬢蓬常亂, 양쪽 귀밑머리는 쑥대처럼 늘 어지럽고
雙眸血不開.[5] 두 눈은 충혈 되어 뜨지 못했다.
聖朝敦爾類,[6] 성스런 조정에서 효성을 장려했으니
非獨路人哀.[7] 다만 길 가던 사람만 슬퍼한 것은 아니었다.

주석

1) 拱木(공목) : 무덤 옆의 아름드리 나무.
周道(주도) : 대로.
2) 荒廬(황려) : 황량한 오두막.
3) 姜(강) : 한나라 때의 효자인 강시(姜詩). 《후한서 · 열녀전(列女傳)》에 의하면, 강시와 그의 처 방씨(龐氏)는 효성이 지극하여 생선회를 좋아하는 어머니를 봉양하기 위해 갖은 애를 쓰다가 집 근처에서 샘에서 매일 아침 두 마리 잉어를 얻었다고 한다.

4) 陶(도) : 동진의 장수인 도간(陶侃). 《진서 · 도간전》에 의하면, 도간이 모친상을 당해 시묘하고 있었는데, 홀연 두 손님이 문상을 와 곡도 하지 않고 물러나기에 따라가 보니 두 마리 학이 하늘로 날아올랐다고 한다.

5) 雙眸(쌍모) : 두 눈.
   血(혈) : 충혈 되다.

6) 敦(돈) : 장려하다.
   類(유) : 선한 일.
   《시경 · 대아 · 기취(旣醉)》 효자의 효도 다함 없으시니 영원토록 복 내리시겠네.(孝子不匱, 永錫爾類.)

7) 路人(노인) : 길 가던 사람. 행인.

해설

이 시는 당나라 정원(貞元) 연간에 효자로 이름난 영락 사람 요서균(姚栖筠)을 소재로 한 것이다. 요서균은 아버지가 형을 대신해 수자리 갔다가 죽고 재가한 어머니 대신 백모에 의해 양육되었는데, 백모가 돌아가자 요서균은 백모와 아버지의 무덤 옆에 오두막을 짓고 평생 살았다고 한다. 따라서 이 시는 이상은이 모친상을 당해 영락에 한거할 때 창작한 것으로 보인다.

제1-2구는 세월의 흐름을 묘사한 것이다. 요효자 오두막 앞의 나무가 훤칠하게 자랐고 주위엔 이끼가 가득할 만큼 시간이 지났다고 했다. 제3-4구는 요효자 생전의 효성을 묘사한 것이다. 요효자의 지극한 효성을 강시(姜詩)와 도간(陶侃)의 전고를 써서 형상화했다. 제5-6구는 당시에 싱심으로 수척해졌을 요효자의 모습을 떠올린 것이다. 머리카락이 흐트러진 채 피를 토하며 우는 '봉두읍혈(蓬頭泣血)'의 몰골이었을 것이라 했다. 제7-8구는 나라에서 효자로 칭송했다는 것이다. 그의 효성은 시인을 포함해 영락을 오가는 행인뿐 아니라 조정에도 알려져 현령이 비석을 새겨주었다고 한다. 〈곽산역의 누각에 오르다(登霍山驛樓)〉 등의 시편과 마찬가지로 즉흥적으로 지어 문학적 성취를 따질 만한 부분이 거의 없다.

423

賦得月照冰池八韻

〈달이 언 연못을 비춤〉을 노래하다

皓月方離海,[1]　　하얀 달이 막 바다를 떠나고
堅冰正滿池.[2]　　단단한 얼음은 한창 연못에 가득하다.
金波雙激射,[3]　　금빛 물결 한 쌍으로 뿜어내고
璧彩兩參差.[4]　　구슬의 광채 두 군데서 엇갈린다.
影占徘徊處,[5]　　그림자가 배회하는 곳이요
光含的皪時.[6]　　빛이 선명한 때라.
高低連素色,[7]　　높거나 낮으나 흰 빛이 이어지고
上下接清規.[8]　　위나 아래나 달과 맞닿았다.
顧兎飛難定,[9]　　돌아보는 토끼 나는 것 예정하기 어렵고
潛魚躍未期.[10]　　물에 잠긴 물고기 뛰는 것 기약하지 못했다.
鵲驚俱欲遶,[11]　　까치가 놀라 모두 에워싸려 하고
狐聽始無疑.[12]　　여우가 물 소리를 들어보고 비로소 의심이 없어진다.
似鏡將盈手,[13]　　거울처럼 손에 가득하고
如霜恐透肌.[14]　　서리처럼 피부를 뚫을 것 같다.
獨憐游翫意,[15]　　홀로 감상하는 뜻 사랑하여

達曉不知疲.[16] 새벽에 이르기까지 피곤한 줄 모른다.

주석

1) 皓月(호월) : 밝은 달.
2) 堅冰(견빙) : 단단한 얼음.
3) 金波(금파) : 금빛 물결. 여기서는 달빛을 가리킨다.
激射(격사) : 분사하다.
4) 璧彩(벽채) : 구슬의 광채. 여기서는 달빛을 가리킨다.
參差(참치) : 엇갈리다.
5) 占(점) : 어떤 상황에 처하다.
6) 的皪(적력) : 빛나고 선명한 모양.
7) 素色(소색) : 흰색.
8) 淸規(청규) : 맑은 그림쇠. 여기서는 달을 가리킨다.
9) 顧兎(고토) : 달의 별칭.
10) 潛魚(잠어) : 물속의 물고기.
조식(曹植), 〈공자의 연회 公宴〉 물속의 물고기 푸른 물 위로 뛰어오르고, 좋은 새 높은 가지에서 운다.(潛魚躍淸波, 好鳥鳴高枝.)
11) 遶(요) : (나무를) 에워싸다.
조조(曹操), 〈단가행 短歌行〉 달 밝고 별 드문데 까마귀와 까치가 남쪽으로 날아간다. 나무를 에워싸고 세 바퀴를 돌아보지만 어떤 가지에 의지해야 하나?(月明星稀, 烏鵲南飛. 繞樹三匝, 何枝可依?)
12) 狐(호) : 여우. 여기서는 얼음 위를 걷는 여우인 이빙호(履冰狐)를 말한다. 황하가 갓 얼었을 때는 청력이 좋다는 여우를 먼저 건너게 해 얼음이 단단한지 점검한다고 한다.
13) 盈手(영수) : 손에 가득하다.
육기(陸機), 〈의명월하교교 擬明月何皎皎〉 손으로 쥐려 해도 가득 차지 않는다.(攬之不盈手.)
14) 恐(공) : ~인 듯하다.
透肌(투기) : 살갗을 뚫다.

15) 游翫(유완) : 유람하며 감상하다.
16) 達曉(달효) : 새벽에 이르다.

해설

이 시는 일종의 시첩시(試帖詩)로, '달'과 '얼음'을 소재로 한 것이다. 시첩시는 소재와 관련된 전고나 표현을 힘껏 끌어 모아 짓는 시이므로, 시인의 진실한 사상과 감정이 담겼다고 보기 어렵다. 이 시는 구성상 네 단락으로 나뉜다. 제1단락(제1-2구)은 '달'과 '얼음'을 나누어 서술한 것이다. 달이 막 떠오르고 연못은 꽁꽁 얼어붙었다고 했다. 제2단락(제3-8구)은 '달'과 '얼음'을 결합해 묘사한 것이다. 하늘의 달과 얼어붙은 연못에 반사된 달이 그림자를 만들고 빛을 증가시켜, 하늘과 땅이 모두 하얀 달빛으로 가득하다고 했다. 제3단락(제9-14구)은 다시 '달'과 '얼음'을 나누어, 출구(出句)에서는 '달'을 묘사하고 대구(對句)에서는 '얼음'을 묘사한 것이다. 즉 토끼, 까치, 거울 등으로 묘사한 것은 '달'이요, 물고기, 여우, 서리 등으로 묘사한 것은 '얼음'이라는 말이다. 제4단락(제15-16구)은 시상을 마무리 지은 것이다. '달'과 '얼음'이 이루는 아름다운 모습을 감상하느라 꼬박 날을 지새웠다고 했다.

장악(臧岳)의 《당시유석(唐詩類釋)》에서는 제11-12구에 대해 모초청(毛初晴)의 말을 인용하여 "까치가 얼음을 에워싸려 하고 여우가 달을 의심하지 않으니, 가히 훌륭한 장인이 고심한 결과(鵲欲繞冰, 狐不疑月, 可謂良工苦心.)"라고 했다. 이는 '달'과 '얼음'을 교묘하게 연결시킨 수법을 높이 평가한 것이다. 한편 제9-12구에서 네 종류의 조수(鳥獸)를 잇달아 쓴 것은 이상은 시의 상용 수법 가운데 하나인데, 청나라 기윤(紀昀)은 이를 병폐라고 지적했다. 이런 부류의 이상은 시가 보여주는 장점과 단점이 모두 드러난 작품이라고 하겠다.

424

永樂縣所居一草一木無非自栽今春悉已芳茂因書卽事一章

영락현 거처의 풀 한 포기 나무 한 그루를 손수 심지 않은 것이 없는데 올 봄 모두 이미 향기롭고 무성하여 즉흥적으로 시 한 수를 짓다

手種悲陳事,[1]	손수 심으며 지나간 일을 슬퍼하는 것은
心期翫物華.[2]	마음으로 경치를 감상하리라 기약했기 때문.
柳飛彭澤雪,[3]	버들솜은 팽택의 눈처럼 날리고
桃散武陵霞.[4]	복사꽃은 무릉의 놀처럼 흩어진다.
枳嫩棲鸞葉,[5]	탱자나무 부드러우니 난새 살던 잎이요
桐香待鳳花.[6]	오동나무 향기로우니 봉황 기다리던 꽃이다.
綬藤縈弱蔓,[7]	인끈 같은 등나무 약한 덩굴을 휘감고
袍草展新芽.[8]	도포 같은 풀 새싹을 틔웠다.
學植功雖倍,[9]	심는 법을 배워 공은 비록 배가 되었지만
成蹊跡尚賒.[10]	길을 이루기에는 발자취 아직 멀었다.
芳年誰共翫,[11]	꽃다운 세월 뉘와 함께 즐기리오?
終老召平瓜.[12]	소평의 오이와 함께 늙으리라.

주석

1) 手種(수종) : 손수 심다.

陳事(진사) : 지나간 일.

2) 翫(완) : 감상하다.

物華(물화) : 경치. 자연경물.

3) 彭澤(팽택) : 팽택현령을 지낸 도잠(陶潛)을 가리킨다. 도잠은 집 옆에 다섯 그루의 버드나무가 있어 '오류선생(五柳先生)'이라 자호했다.

4) 武陵(무릉) : 무릉도원. 도잠의 〈도화원기(桃花源記)〉에 나오는 이상향.

5) 枳(지) : 탱자나무.

《후한서 · 구람전(仇覽傳)》 탱자나무와 가시나무는 난새와 봉황이 깃드는 곳이 아니다.(枳棘非鸞鳳所棲.)

嫩(눈) : 부드럽다.

6) 待鳳(대봉) : 봉황을 기다리다.

《시경 · 대아(大雅) · 권아(卷阿)》 봉황이 우는구나, 이 높은 그물에서. 오동나무가 자라는구나, 이 동쪽에서.(鳳凰鳴矣, 于彼高岡. 梧桐生矣, 于彼朝陽.)

7) 綬藤(수등) : 인끈 같은 등나무.

縈(영) : 휘감다.

弱蔓(약만) : 약한 덩굴.

8) 袍草(포초) : 도포 같은 풀.

서릉(徐陵), 《옥대신영(玉臺新詠) · 고시(古詩)》 푸른 도포는 봄풀과 같다.(青袍似春草.)

新芽(신아) : 새싹.

9) 學植(학식) : 나무 심는 법을 배우다.

10) 成蹊(성혜) : 길이 만들어지다.

《사기 · 이장군전찬(李將軍傳贊)》 복숭아와 자두 나무는 말이 없지만 아래에 자연히 길이 생긴다.(桃李不言, 下自成蹊.)

賒(사) : 멀다. 아득하다. 여기서는 실제 이룬 것이 있어야 상응하는 명성이 생긴다는 말이다.

11) 芳年(방년) : 꽃다운 세월. 청춘.

12) 召平瓜(소평과) : 소평의 오이. 동릉과(東陵瓜)라고도 한다. 진(秦)나라의 동릉후(東陵侯) 소평(召平)이 나라가 망한 후 장안성 동쪽에 은거하며 심었다는 오이를 말한다.

해설

이 시는 영락(永樂)에 한거하면서 이전에 손수 심었던 풀과 나무가 무성하게 자란 것을 보고 감회가 일어 지은 즉흥시다. 이들 초목에 자신의 신세를 기탁하여 아름답게 자라도 아무도 감상해주는 이 없음을 안타까워한 것이다. 이 시는 구성상 세 단락으로 나뉜다. 제1단락(제1-2구)은 영락의 초목을 손수 심었다는 것이다. 풀과 나무가 잘 자라 볼 만한 때가 되었지만 오히려 슬픈 생각이 든다고 했다. 제2단락(제3-8구)은 봄날에 초목이 우거진 모습을 묘사한 것이다. 버드나무, 복숭아나무, 탱자나무, 오동나무, 등나무, 풀까지 일일이 열거하며 모두 무성하게 잘 자란 것이 예쁘다고 했다. 그러면서 제7-8구에서는 넌지시 관직이 보잘 것 없음을 암시해 결미를 이끌어냈다. 제3단락(제9-12구)은 성과가 빛을 보지 못할 것에 대한 두려움을 서술한 것이다. 초목이 잘 자랐듯이 자신도 얼마간 성과를 올리기도 했지만 번듯한 공명(功名)과는 아직 거리가 먼데, 청춘의 나이에 일찌감치 은거하며 오이를 키웠던 소평(召平)과 같은 처지가 될까 걱정스럽다고 했다. 영락 한거 시기 시인의 조바심을 엿볼 수 있는 작품이다. 청나라 요배겸(姚培謙)의 평이 이 시의 핵심을 간파한 것으로 보인다. "이 시는 손수 심은 것들로 인해 신세에 대한 느낌을 토로한 것이다. 수미가 호응한다.(此因手植而發身世之感也. 首尾呼應.)"

425

南潭上亭讌集以疾後至因而抒情

남강 위 정자의 연회에 병으로 뒤늦게 도착해 그로부터 감정을 펼치다

馬卿聊應召,[1] 사마상여가 억지로 부름에 응할 때
謝傅已登山.[2] 사안은 이미 산에 올랐는데,
歌發百花外, 노래가 온갖 꽃 밖으로 퍼져 나오고
樂調深竹間,[3] 음악이 깊은 대나무 숲에서 연주된다.
鷁舟縈遠岸,[4] 익새 그려진 배가 먼 강안에 정박하고
魚鑰啓重關.[5] 물고기 자물쇠가 겹겹의 관문을 여니,
鸎蝶如相引,[6] 꾀꼬리와 나비가 나를 이끄는 듯하고
煙蘿不暇攀.[7] 연무에 뒤덮인 덩굴은 더위잡을 틈이 없다.
佳人啓玉齒,[8] 아름다운 여인이 입을 열자
上客頷朱顏.[9] 귀빈들이 붉은 얼굴을 끄덕이는데,
肯念沉痾士,[10] 기꺼이 중병에 걸린 인사까지 생각해주었으니
俱期倒載還.[11] 모두 거꾸로 실려 돌아가기로 약속하자.

주석

1) 馬卿(마경) : 서한의 문인인 사마상여(司馬相如, B.C.179-117).

《사기 · 사마상여열전》 임공에는 부자가 많았는데 탁왕손은 가동이 8백 명이었

고 정정 역시 수백 명이었다. 두 사람이 서로 만나 말하기를 '현령에게 귀한 손님이 있다고 하니 연회를 열어 그를 초대하자'고 했다. 그리고 현령도 초대했다. 현령이 도착한 뒤에 탁씨의 빈객도 수백을 헤아렸다. 정오가 되어 사마상여를 찾아갔으나 사마상여는 병이 나 갈 수 없다고 했다. 임공현령이 음식에 손을 대지 못하고 자신이 사마상여를 맞이하러 갔다. 사마상여는 어쩔 도리가 없어 억지로 갔는데, 좌중이 모두 그에게 경도되었다.(臨邛中多富人, 而卓王孫家僮八百人, 程鄭亦數百人. 二人乃相謂曰, 令有貴客, 爲具召之. 幷召令. 令旣至, 卓氏客以百數. 至日中, 謁司馬長卿, 長卿謝病不能往. 臨邛令不敢嘗食, 自往迎相如. 相如不得已, 彊往, 一坐盡傾.) 여기서는 시인 자신을 가리킨다.

聊(요) : 억지로.

應召(응소) : 부름에 응하다.

2) 謝傅(사부) : 동진(東晉)에서 재상을 지낸 사안(謝安, 320-385).

《진서 · 사안전》 또 흙산에 별장을 지었는데, 화려한 건물을 두른 숲에 대나무가 대단히 무성하여 매번 여러 아들과 조카들을 데리고 오가며 연회를 열었다.(又於土山營墅, 樓館林竹甚盛, 每攜中外子姪往來游集.) 여기서는 유중영을 가리킨다.

3) 調(조) : 연주하다.

4) 鷁舟(익주) : 뱃머리에 익새를 그려 넣은 배.

縈(영) : 묶다. 배를 정박시킨다는 말이다.

5) 魚鑰(어약) : 물고기 모양의 자물쇠.

啓(계) : 열다.

6) 鶯蜨(앵접) : 꾀꼬리와 나비.

7) 煙蘿(연라) : 연무에 뒤덮인 덩굴.

不暇(불가) : ~할 틈이 없다.

攀(반) : 더위잡다.

8) 玉齒(옥치) : 옥같이 흰 이. 입을 가리키기도 한다.

9) 上客(상객) : 귀빈.

頷(함) : (머리를) 끄덕이다. 가기(歌妓)가 부르는 노래를 듣고 칭찬한다는 말이다.

10) 肯(긍) : 기꺼이.
沉痾(침아) : 중병.
11) 倒載(도재) : 수레에 거꾸로 실리다. 몹시 술에 취한 모습을 말한다.

해설

이 시는 와병 중이던 시인이 남담(南潭)의 정자에서 열린 연회에 뒤늦게 참석해 지은 것이다. 남담은 재주(梓州)를 흐르는 남강(南江)을 가리킨다. 제1-2구는 유중영의 강권에 못 이겨 연회에 참석했음을 밝힌 것이고, 제3-4구는 연석의 풍악(風樂)을 묘사한 것이다. 제5-6구는 남강의 정자를 묘사하고, 제7-8구는 주변 경물을 포착한 것이다. 제9-10구는 가기들의 노래를 상찬(賞讚)하는 손님들을 그린 것이고, 제11-12구는 와병 중이기는 하나 기왕 연회에 참석했으니 한껏 즐겨보기를 다짐한 것이다. 청나라 하작(何焯)이 "순서가 그림 같다(次第如畵)"고 평한 것처럼 연회의 광경을 파노라마처럼 보여주긴 했으나, 그 밖의 특징은 찾아보기 어려운 평범한 작품이다.

426

寒食行次冷泉驛[1]

한식날 냉천역에 유숙하다

歸途仍近節,	돌아가는 길인데다 명절도 가까운데
旅宿倍思家.	나그네 투숙하니 집 생각 더 난다.
獨夜三更月,	외로운 밤 삼경의 달
空庭一樹花.	빈 뜰에 한 그루 나무의 꽃.
介山當驛秀,[2]	역을 마주한 개산은 빼어나고
汾水遶關斜.[3]	관문을 감도는 분수는 비끼어 흐른다.
自怯春寒苦,	본디 봄추위의 고달픔을 겁냈는데
那堪禁火賒.[4]	불을 금하는 것이 엄하니 어찌 견딜까?

주석

1) 冷泉驛(냉천역) : 분주(汾州, 지금의 산서성 분양현(汾陽縣))에 있었다.
2) 介山(개산) : 산 이름. 산서성 개휴현(介休縣) 동남쪽에 있다. 춘추시대 진나라의 개지추(介之推)가 은거한 데서 붙여진 이름이다. 개지추는 개자추(介子推)라고도 한다. 진(晉)나라 문공(文公)이 왕위에 오르기 전에 아버지 헌공(獻公)에게 추방되었을 때, 19년 동안 그를 모시며 같이 망명생활을 했다. 뒤에 문공이 진(秦)나라 목공(穆公)의 주선으로 귀국하여 왕위에 오르고 많은 현신(賢臣)을 등용했으나, 개자추에게는 봉록을 주

지 않았다. 실망한 그는 면산(緜山)에 들어가 숨어 살았다. 문공이 자신의 잘못을 뉘우치고 그를 불렀으나 나오지 않았다. 문공은 그를 나오게 하기 위해 산에 불을 질렀다. 그러나 끝내 나오지 않고 어머니와 함께 그대로 타 죽었다.

3) 關(관) : 관문. 분주 영석현(靈石縣)에 음지관(陰地關)이 있었다. 관문과 역은 같은 곳을 이르며, 개휴와 영석 사이에 있었다. 분수(汾水)의 연안을 따라가면 동쪽에서 개산과 마주하게 된다.

4) 禁火(금화) : 불을 금하다. 개자추가 끝내 나오지 않고 불에 타 죽자 진 문공은 그날에는 불을 금하게 하고는 그를 애도했으며 이 날을 한식절(寒食節)로 삼았다.

賒(사) : 엄하다.

해설

이 시는 대체로 회창(會昌) 5년(845) 봄에 작자가 태원(太原), 영락(永樂)을 오가며 쓴 시로, 냉천역에 유숙하며 보고 느낀 것을 담고 있다. 제1-2구에서는 명절이 가까울 무렵 역에 투숙하는 나그네 신세에 대해서 썼다. 가족들 모이는 명절이니만큼 집 생각이 더욱 간절하여 외로움이 배가된다. 다음 두 연은 작자가 역에서 바라본 경치로 이루어져 있다. 제3-4구에서 가까운 경치인 깊은 밤 홀로 떠있는 달과 텅 빈 뜰에 외로운 나무를 통해 작자의 외로움을 기탁했다면, 제5-6구는 멀리 보이는 경치인 개산과 분수를 묘사했다. 개산의 빼어난 모습과 분수가 휘감아 흐르는 묘사는 홀로 지내는 작자와 대비를 이루며 외로움을 부각시킨다. 제7-8구에서는 역에서 추위와 외로움에 고통스러운 작자의 목소리를 냈다. 본래 봄추위도 겁을 내며 두려워하지만, 불까지 금한 한식을 앞두고는 추위에 더욱 민감해진다. 이것은 물리적 추위뿐 아니라 심리적 외로움이 겹쳐지기 때문일 것이다. 청나라 굴복(屈復)은 이 시를 이렇게 평가했다. "'집 생각 더 난다'고 한 부분이 전혀 드러나지 않다가 마지막 연에서 살짝 담겨졌다.(倍思家三字殊欠發揮, 結稍得之.)"

427

寄華嶽孫逸人[1]

화악의 손일인에게 부치다

靈嶽幾千仞,[2]	신령한 산은 수천 길이나 되고
老松逾百尋.[3]	늙은 소나무는 백 심이 넘는다.
攀崖仍躡壁,[4]	벼랑을 붙잡고 오르고 또 벽을 오르면서
啾葉復眠陰.[5]	나뭇잎을 따먹거나 또 그늘에서 눈을 붙인다.
海上呼三鳥,[6]	바닷가에서는 세 청조를 부르고
齋中戲五禽.[7]	방에서는 오금의 체조를 한다.
唯應逢阮籍,[8]	그대, 다만 완적을 만난다면
長嘯作鸞音.	길게 휘파람 불어 난새의 울음소리 낼 수 있으리라.

주석

1) 華嶽(화악) : 화산(華山). 지금의 섬서성(陝西省) 위남시(渭南市)와 화음시(華陰市) 부근에 있다.
孫逸人(손일인) : 일인(逸人)은 은일하는 사람, 은사, 도인을 뜻하는데, 손일인이 누구인지는 미상이다.

2) 仞(인) : 길(길이의 단위).

3) 逾(유) : 넘다. 넘기다.
尋(심) : 길이의 단위. 여덟 자가 1심이다.

4) 攀(반) : 붙잡고 오르다.
仍(잉) : 거듭. 자주.
躡(섭) : 오르다. 이르다.
5) 啖(담) : 먹다. 《열선전(列仙傳)》에 따르면, 화음산(華陰山)에 사는 모녀(毛女)는 온몸이 털로 뒤덮여 있었는데, 스스로 진시황(秦始皇)의 궁인(宮人)이었다고 했다. 진나라가 망하자 산에 들어와 솔잎을 먹었는데, 차츰 굶주림과 추위를 느끼지 못하게 되고 몸이 가벼워져 나는 듯했다고 한다. 이 구절은 손일인의 은자적 풍모를 드러내고 있다.
6) 三鳥(삼조) : 서왕모의 세 청조(靑鳥).
7) 戲五禽(희오금) : 오금지희(五禽之戲), 오금의 체조를 하다. 삼국시대 위(魏)나라의 화타(華陀)에 의해 220년대에 창작된 일종의 보건체조. 《후한서》에 따르면 고대 선인이 했던 도인법(導引法)을 기초로 만들었다고 한다. 호랑이, 사슴, 곰, 원숭이, 새의 동작을 기초로 했으며, 몸이 나른할 때 동물 한 마리를 흉내 낸 체조를 하면 기분이 좋아지고 땀이 난다고 한다.
8) 阮籍(완적) : 진(晉)나라 때 죽림칠현(竹林七賢)의 한 사람. 박학하고 노장(老莊)을 즐겼으며 휘파람을 잘 불고 거문고에 능했다. 《진서 · 완적열전》에 따르면, 소문산(蘇門山)에서 손등(孫登)을 만나 도가에 대해 몇 가지를 물었으나 손등이 대답이 없자, 완적은 물러나오며 길게 휘파람을 불었다. 산 중턱에 이르자, 난봉(鸞鳳)의 울음소리 같은 것이 골짜기를 울리니 이는 손등의 휘파람 소리였다고 한다. 이 두 구에서 손등은 손일인을 비유하고, 완적은 시인 자신을 비유한다고 하겠다.

해설

이 시는 손일인이 있는 화산과 수련하는 모습을 묘사하면서 그와 만나기를 바라는 마음을 기탁했다. 제1-2구에서는 손일인이 머무는 화악에 대해 썼는데, 높은 산에 키가 크고 늙은 소나무가 있다고 했다. 가운데 두 연은 손일인의 평소 모습과 수련하는 모습을 묘사한 것이다. 제3-4구에서는 험한 산을 자유자재로 타고 신선과 같이 나뭇잎을 따먹거나 지치면 그늘에서 눈을 붙이는 한가롭고 자유로운 생활을 하고 있다고 했다. 제5-6구에서는 심신을 수련하여 신선의 모습을 하게 되었다고 했다. 제7-8구에서는 완적과 손등의 고사를 사용하여 손일인을 손등만큼 도가의 정신을 잘 이해하고 방술에도 뛰어난 사람으로 치켜세웠다.

428

戲題贈稷山驛吏王全

장난삼아 지어 직산의 역리 왕전에게 주다

絳臺驛吏老風塵,[1] 강대의 역리 풍진세월에 늙어
耽酒成仙幾十春.[2] 술 좋아하여 신선이 된 것 몇 십 년이라.
過客不勞詢甲子,[3] 지나는 길손 나이를 묻느라 힘들이지 않네
唯書亥字與時人.[4] 다만 '해'자를 써서 당시 사람들에게 주니.

주석

1) 絳臺(강대) : 춘추시대 진(晉)나라 영공(靈公)이 도읍인 강(絳)에 세운 9층의 누대. 강은 지금의 산서성 운성시(運城市) 인근에 있었다.
驛吏(역리) : 역참의 서리.
2) 耽酒(탐주) : 술을 매우 좋아하다.
幾十春(기십춘) : 몇 십 년.
3) 詢甲子(순갑자) : 나이를 묻다.
4) 亥字(해자) : 73세. 《좌전 · 양공(襄公) 30년조》에 의하면, 진나라의 관리가 강 고을의 어떤 노인에게 나이를 물으니 갑자가 445번 지나갔다고만 하여 다른 이에게 물으니 '해자'의 생김새를 설명하며 '二(이)'에 '六(육)'이 달려 26,660일을 가리킨다고 했다고 한다. 26,660일은 햇수로 따지면 73년이다. 공자가 사망한 나이가 73세라 흔히 이를 피하여 '해자'로 대신한다.

해설

이 시는 직산(稷山)의 역리(驛吏)인 왕전(王全)에게 장난삼아 지어준 것이다. 《남부신서(南部新書)》에 따르면 왕전은 56년이나 역리로 있었는데, 사람들은 그가 도술을 부린다고 하면서 오갈 때 자주 시를 지어주었다고 한다. 아마도 시인이 영락에서 태원을 왕래하던 무렵에 지은 것으로 보인다. 제1-2구는 왕전을 소개한 것이다. 그는 몇 십 년이나 직산의 역리로 근무하며 술을 즐긴 것으로 유명했다고 한다. 제3-4구는 왕전의 나이를 말한 것이다. 그의 나이는 73세였는데, 이는 공자가 사망한 나이이므로 누가 나이를 물어보면 휘(諱)하기 위해 대신 '해자(亥字)'를 써준다고 했다. 즉흥적으로 쓴 시라는 점을 감안하면 전고를 꽤나 정밀하게 구사했다고 생각된다.

429

和韋潘前輩七月十二日夜泊池州城下先寄上李使君

동기 위반의 〈7월 12일 밤 지주성 아래에 정박하여 먼저 이사군에게 올림〉에 화답하다

桂含爽氣三秋首,[1] 계수나무 상쾌한 기운 머금은 가을의 첫 달
蓂吐中旬二葉新.[2] 명협풀이 중순을 토해내고 두 잎이 새롭다.
正是澄江如練處,[3] 바로 이곳은 맑은 강이 비단 같다고 했던 곳
玄暉應喜見詩人.[4] 사조도 응당 시인을 만나게 된 것을 기뻐하겠지.

주석

1) 爽氣(상기) : 상쾌한 기운.
三秋首(삼추수) : 가을의 첫 달. 7월을 말한다.
2) 蓂(명) : 명협풀. 달력풀. 초하루부터 잎이 하나씩 돋다가 16일부터는 다시 하나씩 떨어진다고 한다.
中旬(중순) : 10일.
二葉(이엽) : 다시 돋은 잎.
3) 澄江如練(징강여련) : 맑은 강이 비단 같다.
사조(謝朓), 〈저물녘 삼산에 올라 다시 경읍을 바라보며 晩登三山還望京邑〉 맑은 강이 비단 같이 고요하다(澄江靜如練.)

4) 玄暉(현휘) : 사조(謝朓)의 자(字). 사조는 선성태수(宣城太守)를 지냈는데, 시제에 보이는 지주(池州)는 본래 선성군(宣城郡)에 속했다. 여기서는 이사군을 가리킨다.

해설

이 시는 이상은과 급제 동기인 위반(韋潘)이 지은 시에 화답한 것이다. 시제에 보이는 이사군은 지주자사(池州刺史)를 지냈던 이방현(李方玄)을 가리킨다. 제1-2구는 시제의 '7월 12일'을 나타낸 것이다. 계수나무의 향기가 물씬 풍기는 가을의 첫 달 7월이요, 명협풀이 열흘을 지나고 두 잎이 더 난 12일이라고 했다. 제3-4구는 시제의 '밤에 지주성 아래에 정박하다'와 화답의 뜻을 나타낸 것이다. 지주는 남조의 시인 사조가 태수로 있었던 선성군에 속하는 곳인데, 지주자사로 있는 이사군도 시를 잘 짓는 위반과의 만남을 기뻐할 것이라는 말이다. 정교한 전고를 뽐내는 데 힘쓴 전형적인 화답시라 하겠다.

430

花下醉

꽃 밑에서 취하다

尋芳不覺醉流霞,[1]	꽃을 찾아 나섰다가 나도 모르게 유하주에 취하여
倚樹沈眠日已斜.[2]	나무에 기대어 깊이 잠드니 해 이미 기울었다.
客散酒醒深夜後,[3]	객도 흩어진 깊은 밤, 술에서 깨어
更持紅燭賞殘花.[4]	다시 붉은 촛불 들고 남은 꽃을 감상한다.

주석

1) 尋芳(심방) : 꽃을 찾다. 꽃을 감상하다. '마음속의 여인을 찾는다'는 비유적 의미로도 이해할 수 있다.
   流霞酒(유하주) : 신선이 마신다는 술. 여기서는 맛난 술을 가리킨다.
2) 倚樹(의수) : 나무에 기대다.
   沈眠(침면) : 깊이 잠들다.
3) 酒醒(주성) : 술이 깨다.
4) 殘花(잔화) : 아직 지지 않고 남은 꽃.

해설

이 시는 꽃을 감상하다 술에 취한 광경을 묘사한 것이다. '꽃'과 '취하다'의 상징적, 중의적 의미를 어떻게 이해하느냐에 따라 단순한 '영화시(詠花詩)'로 볼 수도 있고, 상징적인 '염정시(艷情詩)'로 볼 수도 있을 것이다. 제1-2구는 꽃구경을 나섰다 취한 것이다. 꽃을 구경하다 유하주에 취해 해가 저물 때까지 나무 밑에서 깊은 잠에 빠졌다고 했다. 여기서의 '유하주'는 실제 술일 수도 있고, 꽃향기의 은유적 표현일 수도 있다. 제3-4구는 꽃 감상에 미련을 버리지 못하는 모습을 그린 것이다. 같이 꽃구경을 왔던 사람들이 다 떠난 깊은 밤에도 촛불을 들고 남은 꽃을 감상한다고 했다. 현대 학자 등중룡(鄧中龍)은 객은 꽃구경을 핑계 삼아 술을 마시러 온 사람들인데, 시인이 이들과 대작하느라 꽃을 구경하지 못하다가 객이 다 가고 난 뒤에야 뒤늦게 꽃을 감상하는 것이라 했다. 이 시에 대한 전통적인 견해와 다른 재미있는 발상으로 여겨진다.

431

所居永樂縣久旱縣宰祈禱得雨因賦詩[1]

머물고 있는 영락현이 오래 가물다 현령이 기도한 뒤 비가 내리기에 시를 짓다

甘膏滴滴是精誠,[2]	단비가 후두둑 쏟아지니 이는 정성 덕분이라
晝夜如絲一夕盈.	밤낮으로 실처럼 내려 하룻저녁에 가득하다.
祗怪閭閻喧鼓吹,[3]	다만 백성들이 북 치고 피리 불며 떠들썩한 것 괴이히 여겼더니
邑人同報束長生.[4]	마을사람이 함께 속석에게 잘 자랐음을 알리는 게로구나.

주석

1) 旱(한) : 가물다. 가뭄.
   縣宰(현재) : 현령(縣令).
2) 甘膏(감고) : 단비. 고우(膏雨), 즉 농작물이 잘 자라게 제때에 내리는 비.
   滴滴(적적) : 비가 방울방울 떨어지는 모양.
3) 祗(지) : 다만.
   閭閻(여염) : 백성.
   喧(훤) : 떠들썩하다.

4) 報束長生(보속장생) : 속석(束皙)에게 잘 자랐음을 알리다. 진나라 때 속석이 군에 가뭄이 들었을 때 비를 청하자 사흘 만에 비가 쏟아졌다고 한다. 그러자 백성들은 속석의 정성에 감화되었다고 여겨 노래를 지어 불렀는데, "속 선생은 신명에 통하여 하늘에 삼일 동안 단비가 내려줄 것을 청했네. 내 곡식이 자라고 내 곡식이 실아나네. 무엇으로 갚을 것인가? 속석에게 잘 자랐음을 알려야지(束先生, 通神明, 請天三日甘雨零. 我黍以育, 我稷以生. 何以酬之, 報束長生.)"라 했다.(《진서》) 여기서 속석은 영락현령을 비유한 것이다.

해설

이 시는 가뭄이 든 영락현에서 현령이 기도를 한 정성에 비가 내리자 감동하여 지은 것이다. 제1-2구는 현령의 정성에 단비가 내려 하루 사이에 해갈이 되었음을 말했다. 제3-4구에서는 백성들이 떠들썩한 것은 속석과 같은 현령에게 감사하기 위함이었다고 했다. 청나라 하작(何焯)은 시어의 상관관계에 주의해 이렇게 평했다. "'괴이히 여기다(怪)'라는 시어는 '이는(是)'으로 부터 나온 것이다.(怪字從是字生出.)" 다시 말해서 단비가 내린 것이 현령의 정성 덕분이라 생각하면서 백성들이 떠들썩한 이유는 무엇일까 궁금해 했는데 나중에 그 이유를 알게 되었다는 말이다.

제목 찾아보기

[사]

[아]

[자]

[차]

[하]

구절 찾아보기

[가]

[다]

[라]

[마]

[자]

[차]

[하]

| 저자소개 |

이상은李商隱(813?-858)

자는 의산(義山)이고 호는 옥계생(玉溪生), 번남생(樊南生)이다. 원적은 회주(懷州) 하내(河內)이고 정주(鄭州) 형양(滎陽)에서 태어났으며 만당(晩唐)의 저명한 시인이다. 그는 일찍이 과거에 급제하였으나 당쟁에 휘말려 일생 뜻을 펼치지 못하였고 쓸쓸히 병사하였다.

그는 시적 아름다움을 추구하여, 기발한 구상, 화려한 수사, 섬세한 시어, 상징과 암시를 사용하여 알듯 모를 듯한 몽롱한 분위기를 구사하여 시가 창작에 독특한 성취를 거두었다. 특히 애정시와 무제시 등에서 개성을 발휘하였는데, 난해하다는 평도 있으나 천년이 넘도록 인구에 회자되며 후대 많은 작가에게 영향을 주었다.

| 역자소개 |

이지운李智芸

이화여자대학교 중어중문학과를 졸업하고 서울대학교 대학원에서 문학박사 학위를 취득하였다. 당시를 비롯한 중국의 고전 시문학을 번역하고 연구하고 있다. 저역서로 『전통시기 중국문인의 애정표현연구』, 『세계의 고전을 읽는다-동양문학편』(공저), 『이청조사선』, 『온정균사선』, 『당시삼백수』(공역), 『송시화고』(공역), 『사령운 사혜련 시』(공역) 등이 있으며, 주요논문으로 〈모호한 아름다움, 몽롱미-이상은 시의 난해함에 대한 시론〉, 〈이상은 영물시 시론〉, 〈당대 여성시인의 글쓰기-이야, 설도, 어현기를 중심으로〉, 〈심의수의 도녀시 연구〉 등 다수가 있다.

김준연金俊淵

서울대학교 중어중문학과를 졸업하고 동 대학원에서 박사학위를 받았다. 현재 고려대 중어중문학과 교수로 재직하고 있으며, 중국어문연구회 수석편집이사 등을 역임하였다. 두보와 이상은의 시를 중심으로 당시(唐詩)를 연구하고 가르치고 있다. 연구 논문으로 〈이상은 오언절구론〉, 〈이상은 칠언율시에 쓰인 동물 이미지 연구〉, 〈이상은 재주막부 시기 시 연구〉, 〈당대 시인의 사회연결망 분석〉 등이 있고, 저서로 『사불휴, 두보의 삶과 문학』(공저, 서울대학교출판문화원), 『중국, 당시의 나라』(궁리) 등 다수가 있다.

한국연구재단
학술명저번역총서
[동 양 편] 618

이의산시집 李義山詩集 ㊥

초판 인쇄 2018년 1월 15일
초판 발행 2018년 1월 25일

저 자 | 이상은
역 자 | 이지운·김준연
펴 낸 이 | 하운근
펴 낸 곳 | 學古房

주 소 | 경기도 고양시 덕양구 통일로 140 삼송테크노밸리 A동 B224
전 화 | (02)353-9908 편집부(02)356-9903
팩 스 | (02)6959-8234
홈페이지 | http://hakgobang.co.kr/
전자우편 | hakgobang@naver.com, hakgobang@chol.com
등록번호 | 제311-1994-000001호

ISBN 978-89-6071-728-2 94820
978-89-6071-287-4 (세트)

값 : 48,000원

■ 이 책은 2014년도 정부재원(교육부)으로 한국연구재단의 지원을 받아 연구되었음(NRF-2014S1A5A7035587).
This work was supported by National Research Foundation of Korea Grant funded by the Korean Government(NRF-2014S1A5A7035587).

이 도서의 국립중앙도서관 출판예정도서목록(CIP)은 서지정보유통지원시스템 홈페이지(http://seoji.nl.go.kr)와 국가자료공동목록시스템(http://www.nl.go.kr/kolisnet)에서 이용하실 수 있습니다. (CIP제어번호 : CIP2018001394)